U0947120

时笙

墨泠

—

著

[上册]

青岛出版社
QINGDAO PUBLISHING HOUSE

图书在版编目（C I P）数据

时筀 / 墨泠著. --青岛：青岛出版社，
2019. 5
ISBN 978-7-5552-7865-8

Ⅰ. ①时… Ⅱ. ①墨… Ⅲ. ①长篇小说—中国—当代
Ⅳ. ①I247. 5

中国版本图书馆CIP数据核字(2019)第033125号

书　　名 时　筀
著　　者 墨　泠
出版发行 青岛出版社
社　　址 青岛市海尔路182号（266061）
本社网址 http://www.qdpub.com
邮购电话 010-85787680-8015　13335059110
0532-85814750（传真）　0532-68068026
责任编辑 郭东明
责任校对 邓　旭
特约编辑 孙红彦
装帧设计 林　丽
照　　排 梁　霞
印　　刷 北京润田金辉印刷有限公司
出版日期 2019年5月第1版　　2022年3月第6次印刷
开　　本 16开（700mm×980mm）
印　　张 40. 5
字　　数 500千
书　　号 ISBN 978-7-5552-7865-8
定　　价 68. 00元

编校印装质量、盗版监督服务电话　4006532017　0532-68068638

建议陈列类别:畅销·青春文学

目录［上册］

目录【下册】

第一章　新的身份

时笙作为一个常年挖坑不填、坑死男女主角的后妈型作者，在一个风和日丽、艳阳高照的日子，总算明白了一个道理——挖坑不填，要遭报应。

她此时正蹲在一面半人高、外形酷似书的液晶屏前，心一抽一抽地疼。前一秒她明明还在和读者说男主角被男配角“掰弯”，女主角准备去“掰直”男配角，让男主角“注孤生”的狗血剧情，怎么转眼就到了这里？她要回去！

【回去的条件我也已经说过了，你还有五秒考虑时间，超过时限，你将被抹杀。】这声音平板冰冷机制，不含丝毫生机。

时笙：“……”果然是系统，动不动就抹杀，好残忍啊！

而此时那液晶屏上，已经开始倒数——

5……4……3……

“干干干干！”时笙为了小命，立即缴械投降，没有丝毫骨气可言。她要回去挖坑……她要回去写狗血……她要回去坑死男女主角……嘤嘤嘤，谁让她是后妈呢！

作为一个作者，对系统文简直是不能再熟悉了，她曾经……咳咳，那本文好像烂尾了，但流程她是知道的！

而此时屏幕上的倒数已经不见了，出现两行数据。

姓名：时笙

人品值：-100000

积分：0

“什么？这么简单？智力值、武力值、精神值、颜值呢？这和系统文画风不符合啊！还有，我的人品值为什么是-100000？”看着那一串零，时笙心抽痛得更厉害了，要将这一串“鸭蛋”全部消灭掉，她才能回去……她要何时才能回去啊！想想她也没干过什么杀人放火的事啊！怎么就负成了这样？

【作者是神，他们会赋予人物形象、生命、品质，创造出一个世界，而这个世界会赋予主角逆天的气运。但不是每个作者塑造的主角都拥有与气运相匹配的心灵，其结果就是导致一些配角死亡，怨气横生，世界面临崩塌。宿主的任务是进入不同的世界，完成那些死后有冤屈的配角遗愿，消除怨气。】

说白了，就是人设崩了呗！

“你还没回答我的问题，为什么我人品值-100000？”这个比较重要，关乎回家问题。

【当宿主人品突破-200000，宿主将被抹杀。】

什么？还有下限值？简直是够了！

【传送开始……】

这系统怎么不按常理来？不告诉她任务奖励吗？不给新手大礼包吗？不给就业指导吗？不给金手指外挂吗？

时笙只来得及爆了句粗口，眼前就是一黑。

“小姐，到了。”清亮的女声在时笙耳畔响起。

时笙猛地睁开眼，发现自己正坐在车里，旁边的车门已经被打开，一个女人站在车门外，正弯腰看着她。时笙无语。那破系统竟然不解释清楚就把自己给扔出来了，差评！

“小姐？不舒服吗？”女人见时笙脸色不好，顿时有些紧张，“要不在车里休息一会儿？宴会还有一段时间才开始。”

“嗯。”淡定淡定，本宝宝应该是用的别人的身体。

女人的话让时笙有机会接收剧情和这具身体的记忆。

女人关上车门，坐回了副驾驶座，时笙赶紧闭上眼睛接收剧情。

【是否接收剧情和记忆？是/否】

系统冰冷的电子音不断在时笙脑中刷着屏，时笙深呼吸一口气，才在脑中应了一声是。

【剧情传送……】

时笙脑袋里像是塞满了铁块，沉重而钝痛，无数的片段在脑中闪过。她咬着牙不让自己发出声音，免得惹前面的人注意。

原主叫许乘月，富二代，家中对原主也是宠爱异常，使得刚上大学的许乘月就和南宫景订了婚。许家资产自然比不上南宫家，许乘月能和南宫景订婚，还是因为老一辈的约定。但是南宫景并不喜欢她这个订婚对象，所以对许乘月一直是冷处理。许乘月却是真心喜欢南宫景的，即便被拒绝许多次，也没有灰心，身为富家女的骄傲矜持，在这个男人面前通通被她掩藏起来，南宫景的每一个喜好、每一句话，她都记得清清楚楚。

许乘月以为总有一天南宫景会被自己打动，可直到苏衣衣出现，南宫景都没有喜欢上她。在许乘月面前从来一副冷淡模样的南宫景，会体贴温柔地对待苏衣衣，许乘月不甘心，以未婚妻的身份出现在苏衣衣面前，警告她离南宫景远一点。苏衣衣得知南宫景有未婚妻，当真和南宫景保持了距离。

南宫景知道是许乘月去找了苏衣衣，让苏衣衣对他有了芥蒂，直接要和许乘月解除婚约。许乘月自然不肯，大哭大闹，却也改变不了南宫景解除婚约的决心。

而苏衣衣也被南宫景哄了回来，依旧和南宫景出双入对，面对许乘月的质问，苏衣衣永远一副受了委屈的小白兔模样，表示自己会离开南宫景。可是这些话说过之后，没有任何结果，两人只会更加明目张胆地秀恩爱。许乘月忍无可忍，将苏衣衣的事捅到了南宫景父母面前。苏衣衣只是普通工薪家庭的孩子，南宫景的父母自然不同意。

南宫景对于许乘月的纠缠已经忍到极限，又因为她将苏衣衣暴露在父母面前，就直接对许家下了手。许家面临破产，有南宫景的示意，无人敢支援许家，更有甚者落井下石。

许父许母出车祸双双去世，许家的烂摊子落在了许乘月身上，她一个娇养的千金小姐，没有经历任何磨难，要在短时间内撑起一个破败的许家谈何容易。

许乘月去求南宫景帮忙，却连南宫景的面都没见到，反而见到了苏衣衣。许乘月伤心难过，恍惚间没站稳，撞到苏衣衣，导致她从梯子上摔下去。谁知苏衣衣肚子里有孩子，因为许乘月这一撞，苏衣衣流产。

南宫景震怒，最后一点情面也被撕毁。

许家彻底败落，许乘月被上门要债的人侮辱致死。到死许乘月才领悟，自己落到这个下场，都是因为看上了南宫景，如果她早一点抽身，许家不会破产，许父许母不会出车祸，她也不会落得如此下场。

装修奢华的大厅中放着舒缓的音乐，精心打扮过的俊男靓女三五成群地站在一起交谈。时笙坐在角落，表情自然镇定，没有一点不适。

这场宴会是南宫夫人的生辰宴，而这天也正是原主将苏衣衣告到南宫景父母面前那天。原主的遗愿是远离渣男，保护好许家，孝敬许氏父母，让他们安享晚年。

“乘月，你怎么坐在这里？景少怎么没和你一起？”一道靓丽的人影坐到时笙旁边，来人一头齐腰鬈发，一张娃娃脸很是可爱。

时笙在脑中提出了来人的资料——

蓝雪，和原主关系较好的朋友，当然，这只是原主单方面以为的。当初许家落败，许乘月去请蓝雪帮忙，蓝雪不但不帮，反而冷嘲热讽地刺激了许乘月一番。南宫景和苏衣衣打得火热，原主也是从她口中得知。

“不知道。”时笙面无表情地回答。

蓝雪有些狐疑，但是也没多想，只当她心情不好。毕竟任谁看到自家未婚夫和别的女人搂搂抱抱，也会受不了。

“乘月，刚才我看到苏衣衣了。”蓝雪语气中满是担忧，可面上没一丝担忧的神色，“景少是你的未婚夫，你可不能让那个女人占了风头。”因为南宫景的父亲还没有退下来，所以这个圈子里，大家一直叫南宫景景少。

时笙余光扫了她一眼，蓝雪很多时候都没有多加掩饰，原主到底是有多瞎，才没有看出蓝雪对自己并没有那么友好？女配角智商永远不在线上，这句话说得一点没错。

“她怎么进来的？”时笙也不想现在和蓝雪撕破脸，随口问了一句。她当然知道女主角是怎么进来的，每一本小说中，除了男主角，还有许多情深不悔的男配角。苏衣衣就是跟着一号男配角凌浩过来的。

“和凌家小少爷一起过来的，那女人勾引景少还勾引凌少，也不知道从哪儿学的这些狐媚手段，太不要脸了。”蓝雪一脸愤然。

时笙正想说话，旁边忽然响起一道磁性的嗓音，仔细听的话，能从里面听出一丝不耐。

“你在这儿做什么？”

“景少。”蓝雪立即站起来，心底忐忑，刚才她说的那些话应该没有被景少听到吧？

南宫景冷淡地冲蓝雪点了下头，蓝雪给时笙挤眉弄眼，转身溜到其他地方，将空间给两人空了出来。

时笙抬头看了南宫景一眼，身为男主角，不管是容貌还是气质，都是别人望尘莫及的。时笙在心底啧啧两声，面色不动，也没有起身的打算：“不舒服，休息。”

依旧是他熟悉的声音，可那声音没有以往的腻人，只有平静，无尽的平静。她吃错药了？

“我妈叫你。”南宫景想起自己来找她的目的。

以前哪里用他来找，他在哪儿，许乘月就在哪儿，一抬眼就能看到。今天却连个人影都看不到，还要让他来找。南宫景心底有些窝火。

刚才看到苏衣衣那个女人竟然和凌浩出现在这里，两人姿势还很亲密，只要一想到这里，南宫景就忍不住心底冒火，看时笙的眼神也越发锐利。

“这么看着我做什么？我今天没惹你吧！”时笙被南宫景的眼神盯得不舒服。男主角了不起？男主角就能在有婚约的情况下和别人在一起？就算是不喜欢订婚对象，也应该先解除婚约，再和自己喜欢的人在一起，这是对自己喜欢的人负责，也是对订婚对象负责。

“今天你最好安分点。”南宫景低声警告。

“呵呵……”本宝宝看上去像是那么无聊的人吗？本宝宝也是很忙的！

南宫景带着时笙去了二楼，一路上时笙都很安静，不和他说话，也不对他动手动脚，简直像是换了个人。南宫景只当她是欲擒故纵，并未放在心上。他喜欢的人永远不会是她。

时笙正思索该怎么和南宫景解除婚约，也没在意前方，直到南宫景忽然停下，她一头撞上去，因为惯性后退了两步。

“你有——”毛病啊！看到对面站着的人，时笙默默将台词咽了回去。这算不算狭路相逢？苏衣衣和凌浩站在对面啊！两人还手挽着手啊！苏衣衣是小家碧玉型，精心剪裁的白色礼裙裹着她纤细的腰肢，她化着淡妆，气质很是纯洁无瑕。

看到南宫景，苏衣衣愣了愣，一双眸子如受惊的小鹿，但是看到南宫景后面的时笙，脸上立即露出一丝受伤的神色。

时笙抿了抿唇，步履轻快地从南宫景身边穿过：“我自己去伯母那里。”

“许小姐，你别误会。”苏衣衣委屈出声，一脸无助，好像真的害怕时笙误会什么。

时笙微微顿住，停在苏衣衣面前，微微侧目：“苏小姐，你想我误会什么？”

“我……”苏衣衣噎了噎，显然是被时笙的态度弄得不知所措。

“许乘月，你别过分！”南宫景在后面呵斥。

我做什么了？你简直是非不分啊！时笙忍了忍：“我心情好，不和你们计较。"

【宿主，请不要试图弄死男主角。】

系统冰冷的声音将时笙心底的念头浇灭。

时笙哼了一声，往南宫夫人的房间走去。

南宫景看着那个背影，心底隐隐感到有些怪异，今天的许乘月太不正常了。

"帮我照顾好她。"南宫景看向凌浩。

"不用你说，本少自然会照顾好小白兔。"

凌浩眼中的讽刺驱散了南宫景对许乘月的怀疑，南宫景瞪了凌浩一眼，又安抚地拍了拍苏衣衣的脑袋："我会很快解决的，别担心。"苏衣衣咬着唇点了点头。

走廊恢复安静，一扇房门忽然被人推开，两个身形高大的保镖从房间里出来，恭敬地站在两边。几秒钟后，一个男子从房间中走出来，身上没有穿西装，只有一件白色衬衣，袖口微微上挽，露出精致奢华的腕表，姿态慵懒。他看着空荡荡的走廊，嘴角微勾，抬步离开。

时笙和南宫夫人待宴会开始才结伴下去，南宫景一早就离开了，估计是不放心苏衣衣。对于应酬这种事，时笙是不喜欢的，但是身在这个圈子，这些应酬是必须的。

"许小姐越长越漂亮，景少可是好福气啊，不像我们家那小子，现在还没个着落。"姿容端庄的妇人一脸羡慕地看着南宫夫人，引起旁边的几位妇人齐齐附和。

"所以这好媳妇，就得早早定下。"

"哎，那也得看有没有福气，你看林家那个，不也是娃娃亲？结果呢？闹得一家不得安宁。我不是说许小姐，许小姐可别多心。"

拐弯抹角硌硬人，当人听不出来？时笙扯着嘴角敷衍地笑着，眼底满是不耐烦，要不是她醒过来的时候车子已经到外面了，她是绝对不会进来的。三个女人一台戏，这一群女人，得多少出戏？

"伯母，我爸爸来了，我过去一下。"时笙看到许父，立即找借口溜走。

"爸爸。"时笙走到许父跟前，态度温和地叫了一声。

"你这丫头来这么早，怎么没和阿景一起？"许父在她身后看了一圈，没看到南宫景，不免有些疑惑。

"嗯，他有事。"时笙脸上的笑容多了几分真诚，"妈妈怎么没来？"

"公司临时有事，去了分公司，你什么时候也会关心我们两个老的了，我还以为你眼里只有心上人呢！”许父打趣，满脸喜色，可见对原主有多么宠爱。

“人是会长大的。”时笙眨眨眼。

“好好好，我们家丫头长大了。”

都换了个芯子，当然不一样了！原主的遗愿之一可是要好好孝敬父母。

许父带着时笙先给今晚的寿星敬酒，又领着时笙在人群中转了一圈，一溜下去，该认识的也都认识了。见自家女儿今天这么乖巧，许父心底越发欣慰，女儿果然长大了。

时笙喝了一些酒，脑袋有些晕，和许父说了一声，就往花园走去，想醒醒神。南宫家的花园很大，时笙找了个地方坐着，被夜间的凉风一吹，脑袋果然清醒不少。

“你刚才和他在做什么？”隐含怒气的声音将昏昏欲睡的时笙惊醒。

时笙揉了揉脸，扒拉着椅背往后面看去，后面是几棵树，隐约有两道身影站在树后。这声音是南宫景吧？

“我……我没有……”

这声音打死她也不会认错，苏衣衣！这两个人在做什么？

“我都亲眼看到了！”南宫景显得很暴躁，“苏衣衣，我在为我们的未来努力，你在干什么？勾引男人吗？”

“景……你怎么这么说我？”

“我说错了吗？刚才如果不是我出现，你们是不是准备继续下去？啊？怎么不说话了？”

时笙眸子里闪着亮晶晶的光泽，南宫景看到女主角和凌浩干了什么？拥抱还是接吻？能让南宫景这么气急败坏，得是接吻吧？

原剧中，原主一直缠着南宫景，让他没时间找苏衣衣。而此时原主已经将苏衣衣捅到了南宫夫人面前，当时苏衣衣是和凌浩一起出现的，两人躲着干了什么，也是极有可能的。可这是什么神奇转折？

激烈的亲吻声在这安静的花园中显得格外清晰。时笙摸着下巴，这两人不会打算在这里做点什么吧？好在南宫景还有点理智，将苏衣衣抱走了，看那个方向应该是回房间。她现在要是去捉奸的话，一定能成功解除婚约。

天助我也，时笙立即从椅子上跳起来。

“啊！”她猛地跌回椅子上，看清站在自己面前的人，这才后怕地拍了拍胸口，“有病啊，站我后面不出声，想吓死我搞谋杀？”

那人轻笑了一声，声音清越悦耳：“你不生气吗？他是你的未婚夫吧？”来人穿着白衬衣、黑西裤，手放在裤兜里，慵懒地站在离她几步的地方，昏暗的光线勾勒出他俊朗的轮廓，美得有些不真实。他一双眸子定定地瞧着她，如同观赏一件稀世珍宝，嘴角挂着浅淡的笑。时笙第一感觉到的不是这个人有多帅、多美，而是他身上散发出来的邪气。他明明长了一副极具欺骗性的容貌，可偏偏身上有股引导众人堕入黑暗的邪气。

这个人很危险，这是时笙的第一个念头。她不动声色地收回视线："你是？"原剧中似乎没有这么一个人……

【触发隐藏任务，默认接受。】

什么？隐藏剧情是什么？默认接受又是什么？系统你是要强买强卖？你这是违法的你知道吗？

【隐藏任务：获得楚棠的真爱。】

楚棠？这个人是楚棠？你在开玩笑？原剧中楚棠本人并没有出场，但他的名字出现过，被人视为商界传奇。楚棠手下的公司曾对南宫景进行打压，持续时间并不长，给南宫家造成了一些损失，南宫景到最后都不知道是谁动的手，时笙也是在完整剧情中才知道那个人是楚棠。

获得真爱是什么梗？让这个商界传奇爱上她吗？开什么国际玩笑！

【是的，隐藏任务若是失败，宿主将直接被抹杀。】

啊！之前你没说要谈恋爱啊！

系统装死不理会时笙，反正该说的它都说得差不多了。

而楚棠一脸兴味地看着坐在椅子上，神色从震惊变成愤怒，由愤怒变成郁闷的女子，他还没回答，怎么她就变了这么一副表情？

"我去捉奸，你去吗？"时笙从椅子上站起来，朝楚棠发出邀请。

楚棠挑眉："你知道我是谁？"

隐在暗处的保镖惊得下巴都快掉了，竟然有人给少爷发邀请去捉奸，佩服佩服。

时笙恍惚了一下。哦，对，他还没自我介绍，她不应该知道面前这人是谁。所以，她很认真地摇摇头，诚恳道："我需要一个人证。"

"好。"

保镖再次惊呆了，少爷竟然答应了！

原主对南宫家挺熟悉，带着楚棠往南宫景三楼的房间走去。

"乘月……这位……"蓝雪正好从三楼下来，看到时笙旁边的楚棠，直接愣在了那里。这个男人……好帅，比南宫景还要帅上许多，她竟然没发现宴会上来了这么一个极品男人。

看到蓝雪眼底的痴迷，楚棠邪气地笑了笑，那笑容像是开到荼 的花朵，引人迷恋却忍不住随他堕落。时笙站在楚棠前面，自然没看到楚棠的笑容，否则她只会大呼变态。

“我没看到南宫景，我去房间找找他，你要一起吗？”多个人看到，也多个证人嘛！

有楚棠这么一个养眼的帅哥在，蓝雪没有丝毫犹豫就同意了。

“你好……我、我叫蓝雪。”

时笙这个时候还看不出蓝雪的意图，那就是蠢了。她后背僵了僵，后面可是个大变态，蓝雪也是勇气可嘉。

楚棠若是知道时笙在心底给他的定位，肯定会大呼冤枉，他明明什么都没做，怎么就是大变态了？

时笙不理会后面的人，快速朝南宫景的房间逼近。

在门口站定，她也没敲门，直接开门进去，值得庆幸的是南宫景并没有锁门。

“阿景，我——”时笙的声音戛然而止，随之逸出的是奇异的呻吟声，但也仅仅一秒，随即房间像是陷入了死寂。

蓝雪本在和楚棠搭话，听到这声音也停了下来，看向被时笙推开的门，里面的景象随之落入她眼中。南宫景僵在苏衣衣身上，显然没想到这个时候会有人进来，几秒钟后，苏衣衣才反应过来，尖叫着推开南宫景。

“谁许你进来的，不知道敲门吗？”南宫景将被单裹在苏衣衣身上，恼怒地瞪着时笙。时笙的手缓慢地从门把上抽离，将酝酿好的情绪爆发出来，一副伤心欲绝、生无可恋的模样。

“我在外面等你们。”时笙将门合上，“蓝雪，可以帮我去叫爸爸和伯父伯母他们吗？”蓝雪愣愣地点头，小跑着下了楼。

楚棠靠着墙，嘴角挑着戏谑的弧度，摆着看好戏的姿态。

“一会儿麻烦你帮我做证。”时笙看向楚棠。

楚棠仰了仰下巴，答应下来。

蓝雪将所有人请来的时候，已经过了五六分钟，几个人匆匆从楼梯上来，一眼就看到靠着墙的男子和站在门口低垂着头，浑身弥漫着悲伤气息的女子。

“爸爸。”见到许父，时笙立即开始发挥演技，直接往许父怀里扑。

“楚总……您怎么到这儿来了？”南宫政看到楚棠，心跳都漏了半拍，对一个和他儿子平辈的人用“您”字，可见楚棠的威慑力有多大。

刚才蓝雪虽然没有明说出了什么事，但大家都是过来人，从言语间已经猜出几分，此时时笙这个样子，直接就将猜测证实了。关键是，楚棠为什么会在这里啊？

楚棠并未答话，只是看向时笙，南宫政也只好忐忑地将目光落到哭得起劲的时笙身上。

“乘月……这是怎么了？”南宫夫人虽然猜出几分，但心底还是存有几分侥幸，希望不是她猜的那样。

“宝贝女儿别哭，和爸爸说，怎么回事？”许父安慰着时笙，满脸都是心疼。

时笙颤巍巍地指着紧闭的房门，哽咽道：“阿景……阿景他……有别的女人了……他们，他们……”后面她像是说不下去了，只剩下压抑的抽泣声。

紧闭的房门也在这个时候打开，心存侥幸的南宫夫人一见自家儿子牵着一个陌生的女孩子出来，那几分侥幸也被浇灭。

苏衣衣见外面站了这么多人，害怕地往南宫景后面缩，一张小脸红得都快滴血了。

许父本就阴沉的脸色此时越发阴沉，犹如暴风雨来临：“这件事，我希望你们能给个解释。”这还只是订婚，男方就开始偷吃，结了婚还了得？许父很爱许母，一辈子没找过别的女人，就算出去应酬也是尽量避开，绝对不会让任何人有机可乘，他自然也想自己的女儿嫁个和自己一样的男人。

“南宫景，她是谁？”南宫政摸不清楚棠和时笙的关系，只得对着儿子大吼。

南宫景将苏衣衣紧搂在怀，宣誓般道：“我喜欢的是衣衣，除了衣衣，我绝对不会娶别人！”

“你个臭小子，喝糊涂了！”南宫夫人上前，想要劝诫他。

南宫景打断南宫夫人：“妈，我如果连喜欢的人都无法选择，这人生还有什么意思？”

“景……”苏衣衣扯着南宫景的手使劲摇头，满脸的楚楚可怜样。

“别怕，我一定会对你负责的。”南宫景将苏衣衣搂得更紧了。

许父沉着脸没说话，这事他还得听自家女儿的意思，但是南宫景这个人已经在他的黑名单上了。

时笙抬头的时候正好看到那幅场景，艰难地开口：“爸、伯父伯母，既然阿景有喜欢的人，那我们就解除婚约吧，这样对……对大家都好。”

在场的除了从始至终看戏的楚棠，其余人皆是一脸惊讶。他们知道许乘月有多喜欢南宫景，怎么可能说不喜欢就不喜欢了？

南宫景惊讶的是，没想到他还没将解除婚约这茬提出来，许乘月自己就提出来了。

南宫夫人反应过来，立即安慰时笙："乘月，别胡说，伯母不会让这小子胡来的。"

"伯母……强扭的瓜不甜，阿景心里没有我，以后苦的只会是我。我以为我这些年能打动他，可事实证明我错了，一个人的心如果用几年时间都不能打动的话，那说明他永远不会喜欢我。"

原主从还没订婚起就喜欢南宫景，可是南宫景从未对原主有过好脸色，对待原主就像对待招之即来挥之即去的宠物。大好青春浪费在这么一个渣男身上，真是不值。

"丫头……你……"许父也很惊讶，不知道自家女儿说的是气话还是真话。若是真的，他自然拍手称好，他家女儿要颜值有颜值，要学识有学识，怎么会找不到好男人？

"爸，我考虑得很清楚了。"时笙顿了顿，满脸疲倦，"从我第一次见到他们在一起的时候，就在考虑这个问题了，我累了。"

"乘月，这臭小子只是一时糊涂，你可别说气话。"南宫夫人是真的很喜欢这个未来的儿媳妇，虽然家世比不上他们家，但是其他方面都是绝佳的。最重要的是，家世低上一等，也好拿捏。

此时，时笙脸上还挂着泪痕。她眼眶微红，咬着唇瓣，故作倔强的样子格外惹人怜惜。

"伯母，谢谢您这些年的喜爱，身为女人，您应该明白这个道理，我……"

这句话可谓说到南宫夫人心坎里去了，南宫政没有许父那么专一，但南宫政一直拎得清，所以她也只能睁只眼闭只眼，这就是豪门规则。

但是此时看到一个年纪轻轻的姑娘，还是自己很喜欢的姑娘，即将步自己的后尘，南宫夫人心底自然有些不忍。她动了动唇瓣，最终却什么都没说出来。

"丫头可想清楚了？"许父郑重地问了一遍。

时笙点头："想清楚了。"

她抬眼看向南宫景，明明是一脸沉重悲伤之色，可南宫景对上她那双眼睛，只看到平静，即便她眼角还挂着泪，眼底也只有平静。南宫景总觉得哪里奇怪，仿佛她不应该这样。但是一想到能解除婚约，那分奇怪又被他压了下去。他冷冷地对上时笙的视线。

"乘月丫头，这事不是小事，关乎两家的利益，咱们还是从长计议可好？”

南宫政想的是，老爷子若知道这两人解除婚约，指不定把他骂成什么样子。他最怕的就是老爷子，所以也最不愿时笙和南宫景解除婚约。不管是从两家利益还是从私人角度考虑，解除婚约都不是明智之举。要不是那臭小子……竟然敢在自己家里偷吃，实在是年轻气盛，自己还得好好教导一下。

“南宫先生。”

楚棠忽然出声，吓得南宫政一个激灵，赶忙回头，略带恭敬地看着楚棠。楚棠弯了弯嘴角：“人家姑娘说得很明白了，南宫先生就不要耽搁别人的幸福了。”

南宫政余光扫了一眼低垂着头的时笙，她竟然能让楚棠帮忙说话……

“我知道了。”楚棠这人一言不合就能让人破产，南宫政可不敢得罪。

在场的人除了时笙和南宫政，估计没人知道楚棠的真正身份，所以此时南宫政这么一副低声下气的模样，着实让人奇怪这个青年的身份，但也没人敢问。

解除婚约需要召开记者发布会，所以这件事被南宫政推迟到了三天后。三天的时间，若是有什么变故，也足够了。

楚棠临走的时候给了时笙一张名片，黑色打底，银色暗纹绘制，低调奢华，却极显尊贵，上面只有“楚棠”两个字和一串数字，显然是私人号码。

时笙上车的时候，许父好奇地瞅了好几眼，最终还是忍不住，问道：“丫头啊，那个男人……”能让南宫政那么恭敬，他实在想不出来那人是谁。

“楚棠。”时笙将名片正对着许父，楷体加粗的“楚棠”两个字映在许父的瞳孔中，特别清晰。这个名字在许父脑中过了好几遍，最终和财经杂志上那个只露了模糊侧脸的商界传奇人士对上。

楚棠……那个楚棠?

时笙点头，是的，他没想错，就是那个楚棠。然后，时笙就不管许父内心是如何翻江倒海，淡定地将名片上的数字输入手机中，至少那个变态对自己的印象不算太糟，攻略起来应该不会太难……

直到回到家，许父才堪堪回过神：“丫头……你不会是为了他才和南宫家那小子解除婚约的吧？”

时笙嘴角抽搐了下，这是亲爹吗?

见时笙脸色不好，许父以为自己说错话：“丫头别难过，是南宫家那小子没福气，楚棠是个好男人，咱们把他拿下！”

亲爹，你好牛！楚棠要是那么好拿下，这个世界上那么多女人都只能买块豆腐撞死。时笙摇摇头，懒得理会这个脑回路清奇的亲爹。

现在解决了婚约问题，算是完成了第一个任务：远离渣男。不过，若是能再踩上几脚，她也是很乐意效劳的。没有许乘月这个感情催化剂，男女主角的感情是否能有那么坚定呢？时笙还真是有些期待啊！

“丫头，你等等爸爸啊，你和爸爸说说，你怎么和楚棠认识的？他竟然给了你私人号码，他是不是喜欢你？丫头你加把劲，把楚棠追到手，让南宫家那臭小子后悔死……”

#我家亲爹脑回路清奇，我该怎么拯救他，在线等，挺急的#。

#未来女婿出轨，亲爹却怂恿女儿去追另一个男人回来打脸#。

三天后，记者发布会成功召开。

当初许家和南宫家联姻闹得挺大的，青梅竹马，金童玉女，是这个圈子典型的代表。此时忽然听闻两家要解除婚约，纷纷表示十二万分关注。发布会上并没有过多解释两家为何解除婚约，引得外界猜测不断。

而此时，当事人正坐在一间高档餐厅，和某个变态大眼瞪小眼。她不过是试探性地给楚棠发了条短信，没想到他竟然回了……回了就算了，还答应和她吃饭，简直吓死人！

时笙扯了下嘴角：“楚先生看够了吗？”他们进来快半个小时了，楚棠就这么盯着她，看得她头皮发麻，浑身僵硬。

“刚和人解除婚约，就来和我约会，许小姐就不怕媒体乱写？”楚棠邪肆的目光在时笙脸上扫过，带着几分玩味和戏谑。

时笙左手按住右手。忍住！不能打！那是你的未来对象！

时笙一脸严肃：“我只是为了答谢楚先生当天仗义执言。”

“可是我觉得你……”楚棠顿了顿，嗓音上扬，“像是要打我。”

“楚先生真会开玩笑。”时笙扯着脸上僵硬的肌肉，露出一个难看的笑容，话题转得很生硬，“楚先生不饿吗？要不我们先吃东西？”

他们在这里坐了半个小时，服务员眼神都变了好几种模式。最重要的是她中午就没吃多少，这会儿已经七点多了，早饿得前胸贴后背。

“不饿，出来的时候吃了下午茶。”

哼！和老子约会你还吃下午茶，简直没人性！

看着对面咬牙切齿的女子，楚棠莫名被取悦了，眉眼都是弯弯的，身上的邪气像是收敛起来。此时的楚棠就像是一个落入凡尘的天使……天使，时笙被这个词恶心了一下，决定吃东西压压惊。

用餐期间，楚棠并未说话，仪态高贵，动作优雅，看他吃饭都让人觉得是一种享受。

美人当前，时笙食欲好了许多，吃得肚子鼓鼓的。楚棠看着时笙摸自己肚子的小动作，嘴角不免又弯了几分："我很好奇，许总是亏待了许小姐吗？"

时笙动作一顿，他这是说她吃得多吗？

"看到楚先生，食欲难免增加。"时笙回以浅笑。

楚棠愣了下，他这是……被调戏了？两个小时前，这丫头见自己还是一副自己会吃了她的模样，两个小时后竟然敢调戏他了，胆子倒是不小。

吃饱喝足后，时笙的胆子确实大了不少。哦，不对，她的胆子向来大，只是一开始她有些不适应和楚棠相处。就像一杯热饮和一杯冷饮，两者结合，是需要一定时间的。

"楚先生晚上有约吗？"

"怎么，许小姐想约我？"楚棠低笑了一声，"我的出场费很贵的，许小姐确定付得起吗？"

"付不起我可以肉偿。"撩汉技能她早就点爆了，小样！

"那就不必了，给许小姐算个优惠价，一百万。"楚棠指尖搭在桌面上，轻轻敲了几下。

两人沉默了几秒，时笙不确定地问："你不会真的要我付钱吧？"

楚棠仰着下巴，矜贵地点了点头。

呵呵，来人啊，把这个变态给本宝宝拖出去！

时笙思索了片刻，从包里掏出许父让她随便开的支票，唰唰给楚棠开了一千万，啪的一声拍在楚棠面前，豪气道："我包你十天！"

楚棠修长的手指间夹着薄薄的支票，他看着上面娟秀的字，眼底闪过一抹邪气："许小姐为了我一掷千金，哪有拒绝的道理。"说完，楚棠就将支票放到了裤兜里，起身，绅士地朝着时笙伸出手，"许小姐，接下来的十天我就是你的，干什么都没问题。"

时笙嘴角抽搐，不知为何感觉自己接下来会"大出血"。她竟然把楚棠给包了……想想还是蛮兴奋的。

时笙将手放到楚棠手中，他的手有些凉。两人往门口走去，快到门口的时候，被人给拦住了。

"先生，还没付账。"服务员语气很温柔，但眼神难免有些疑惑，这两人也不像付不起账的人，咋就不付账呢？

时笙握住楚棠的手紧了紧，丢死人了！楚棠事不关己地站着，目光微斜，正好落在时笙身上。时笙认命地拿出卡递给服务员："抱歉，忘了。"

服务员心中雀跃，就知道他们是忘了，这么好看的人，怎么可能不付账。

出了门后，时笙一把甩开楚棠，指着楚棠，胸口起伏了好几下，最终什么也没说出来。这货绝对是故意的，故意不提醒她付账！

两人站在大门口，时笙看着楚棠，楚棠看着时笙，好一幅深情款款的浪漫场面。

“楚先生，你的车呢？”站这里给人围观吗？

“我让司机回去了啊。”楚棠说得非常理所当然。

所以，他们现在要怎么走？她出来的时候是直接让许父的司机送的，根本就没开车啊！时笙身上没有纸钞，楚棠更不用说了，身上根本不带钱，打的也不能刷卡……

“楚先生能叫你的司机回来吗？”

“不能。”楚棠双手插兜，“不过许小姐付工资的话，我倒是可以效劳。”

“我知道你为什么这么有钱了。”

奸商啊！时笙默默咽下一口血，决定带楚棠去坐公交车。

钱？哦，她准备刷脸！事实证明，刷脸是有用的，开公交车的是个年轻小伙子，时笙三言两语将那小伙子哄得迷迷糊糊的，拉着楚棠就往公交车车厢后面走。此时车上人不多，但是也没座位，时笙刚站稳，转眼就见楚棠身边的一个妹子红着脸站起来，将座位让了出来……然后，时笙眼睁睁地看着楚棠一脸理所当然地坐了下去。

楚棠，你的脸呢？人家是个妹子啊！妹子啊！你怎么好意思坐下去。这种行为，诸位不出言制止吗？时笙看了一下周围，四周的年轻小姑娘看到这一幕明显有些恼怒，但是恼怒的绝对不是妹子将座位让给一个汉子坐，而是她们没有机会将座位让出去。

后面公交车上上了不少人，还算宽敞的空间一下子变得拥挤不少。一些胆子大的姑娘看到颜值爆表的楚棠，纷纷朝他挤了过去，试图引起楚棠的注意，甚至有人问他的微信号、手机号、各种号。楚棠脸色从一开始的镇定自若，到后面微微冷沉，最后直接不耐烦。

看到这里，时笙心底很是解气，装过头了吧？哈哈哈哈！

【宿主，友情提示，楚棠乃你的攻略目标。】

时笙心底正偷笑得起劲，被这冰冷的声音惊醒，伸手揉了揉脸颊，挤开那些姑娘，直接站在楚棠面前，挡住那些如狼似虎的眼神。

“嘿，你这人懂不懂先来后到，后面排队去，别挡住我男神！”有人立即不满了，伸手去拽时笙。

“放手！”时笙看着拽着自己的姑娘，神色微冷，目光带上几分凌厉，那姑娘不由自主就松了手。

时笙满意地将被扯皱的衣服抚平，声音不大不小，但足以让围着楚棠的姑娘们听见：“这个男人是我的，你们远观可以，但是不可以亵玩，懂？”

时笙全身上下都是名牌，那个男人身上穿的虽然看不出是什么牌子，但那面料一看就不便宜，加上爆表的颜值和气质，活脱脱的豪门少爷嘛！

这下这些姑娘矜持了许多，但也只是行动上有所收敛，目光一点也不矜持。

时笙背对着楚棠，看不清他的神色，但是从他此时散发出来的气势来看，想必心情是不错的。时笙垂下头，翻了个白眼，追个人咋就这么难！

坐公交车绝对是楚棠这辈子第一次尝试，下车的时候，他是极其不舒服的，但是为了维持形象，楚少爷仍强撑着继续装。时笙倒没讽刺他，不过也不同情，谁让他把司机打发走的，叫回来还要收钱，怎么不钻钱眼里去。

时笙带楚棠去公园遛了一圈，最后走路回家。两人相处得让系统都有些看不下去了，这要是打起来，它都不觉得奇怪。系统已经预见隐藏任务失败的场面……

时笙快到家了，楚棠还没有要走的意思。

“楚先生，你不回去？”

楚棠双手插在裤兜里，往别墅区走：“我现在是属于许小姐的，自然要跟着许小姐回家。”

回……家？时笙嘴角抽搐，这楚棠脑子有坑吧？

不管楚棠脑子有没有坑，他都跟着时笙回了家。许父还没睡，正坐在沙发上诡异地看家庭伦理剧，却看到时笙和一个陌生男人进来。他愣了下，随后跳了起来，大吼：“丫头，你竟然带个男人回家！”

吼完他才看清楚棠的面貌，这不是那天那个男人吗？楚棠！许父眸子一亮，激动得有些手足无措：“楚先生？”

楚棠微微笑了下：“许总，打扰了。”

“不打扰不打扰，楚先生能光临寒舍，寒舍真是蓬荜生辉，快请坐。丫头愣着干什么？快去沏茶！”

时笙：“……”

等时笙泡好茶出来，许父已经和楚棠聊上了。等时笙上去换身衣裳下来，许父已经不叫楚先生，叫小楚了！偏偏楚棠还应了！应了！她换个衣裳的时间发生了什么？这两人的友谊得到了质的升华吗？

时间太晚，许父也不好拉着楚棠聊太多，督促时笙给楚棠准备房间，那样子恨不得把她打包塞到楚棠的被窝里……

“丫头，加油，爸爸看好你！”许父冲着时笙做了个加油的手势。

#亲爹的脑回路有点无法理解系列#。

时笙跟着楚棠进了客房：“那个……我爸他那人说话若有冒犯的地方你别介意，若是说错了，我代他向你道歉。”她完全不知道这两人聊了什么，但是总觉得不是什么好事。

“许小姐多虑了。”楚棠伸手解开衬衣上的扣子，一本正经地问，“许小姐还不走，是要我陪睡吗？”

时笙退出房间，砰的一声关上门。楚棠勾了勾嘴角，修长的手指几下将衬衣扣子解开，露出里面结实的胸膛。

“丫头，丫头……”许父站在转角处，见时笙出来，一个劲地冲她招手，在自己家还弄得跟做贼似的。

时笙走过去：“爸，你还不睡？”

“哎哟丫头，我哪儿睡得着，你和小楚什么关系？”许父现在激动得能跑五千米长跑。

楚棠什么人？商界传奇！他连媒体的邀约都很少答应，更别说答应去别人家这种私密的事。但是现在楚棠就睡在他们家，许父想想就好激动。

时笙默了默，诚恳道：“‘包养’与‘被包养’的关系。”她花了一千万，那不是个小数目，还是提前通知许父一下比较好。

许父惊得下巴都快掉地上了，好半晌才找回自己的声音，比之前更为兴奋：“小楚把你包养了？”

喂喂，亲爹，这是你该有的态度吗？

“我把他包养了。”时笙无力地摆摆手，“爸，你去睡吧，这事说来话长，有空我再和你唠。你放心，我一定会把楚棠追到手的！”末了她还不忘安抚一下许父，免得他拉着自己不放。

趁着许父还没消化楚棠是被包养的那个，时笙明智地溜回了自己的房间。结果就是——第二天她起来的时候看到门缝里塞进来一张支票。

有个败家的亲爹，也是谜之体验。时笙拿着支票站在门口出神的时候，对面的门也打开了，已经穿戴整齐的楚棠从里面出来，看到时笙手上的支票，微微挑眉：“许小姐这是想续约？”

续约……这个词是这么用的吗？

楚棠上前看了一眼支票的金额，食指和中指夹着薄薄的支票将其从时笙手中抽走：“许小姐既然这么想包我，那我也不能拂许小姐的面子，就不客气地收下了，期限提升到一个月。”

"你……"谁说要续约了！

"我饿了。"楚棠快速地将支票收进自己的口袋。

时笙想了想自己把那支票抢回来的可能性，最终只得作罢，也好，反正接下来有大把的时间来刷好感度。

下楼的时候，楚棠和时笙一前一后，许父坐在餐桌上，贼兮兮的目光在时笙和楚棠身上打转。

"爸，早。"时笙顺势坐下，楚棠站在她旁边看着她，时笙嘴角一抽，屁股一抬，给楚棠让座。

这是花钱买的大爷吧？系统，你确定这种硬茬可以攻略？

【宿主请用心对待，你不付出真心，别人怎么可能把真心交给你。】在该回答的问题上，系统一点也不拿乔的。

老子哪里来那么多真心，保不齐以后还会出现这种任务，老子要是个个都爱上，直接不用回家，精神崩溃了。

【至少请宿主装出一点真心。】

时笙咬咬牙，装就装吧！反正她就当……锻炼演技，说不定以后回家了还能进军演艺界！

对于时笙的行为，楚棠很满意，顺手接过她手中的牛奶，礼貌地向许父问好："许总，早。"

"早早，呵呵，那个……我公司还有点事，丫头好生招待小楚啊！"许父麻溜地起身往外走，临走前还不忘给时笙一个加油的眼神。

许父一走，时笙和楚棠相互对视了一分多钟，最终还是时笙肚子饿了，才将注意力转移到食物上面。楚棠指尖在桌面轻敲，目光若有若无地放在对面埋头吃东西的女子身上，窗外的晨光倾泻进来，将她包裹其中，莹莹的光辉让她有一种不染纤尘的美好，纯洁而宁静。可他知道那是假象，她身上有着他熟悉的气息，黑暗与恶意交织的气息……这或许是同类间特别的感应，就像时笙能一眼看穿他一般。

楚棠并没有待多久，他的助理在许父走之后就上门将他接走了。助理和楚棠走出许家大门，助理尽职地询问："少爷，需要查查许家的资料吗？"

"不用了。"

助理诧异，回头看了眼许家大门，这许小姐在少爷心中不一样吗？

楚棠走的时候将那两张支票都留了下来，她这是赚了啊！不过对于楚棠的出尔反尔，时笙表示很鄙视。

为了符合系统说的装出一点真心，时笙便定时定点地给楚棠发关心短信。楚棠多数时候是不回的，但若实在受不了时笙的骚扰，他也会大发慈悲回上几个字——别作死。是的，就是这么简短的三个字。

许父断了和南宫家的合作，不知是不是出于补偿心理，南宫家倒是什么都没说，连违约金都没要。没有原主后面的作死，南宫景没理由对许家动手，因此时笙也不着急，南宫景她是绝对不会放过的。

许母解决完分公司的事，风风火火赶了回来。许母是一个女强人，但是在许父面前，她会立即化身贤妻良母，不会显露出丝毫强势来。时笙很享受和他们在一起的时光，这才像一家人……

然而许母和许父意见一致，支持时笙包养楚棠。时笙心累，就他们家这点家产，也不够包养啊！然后她就发现，自家父母开始铆足了劲赚钱。许父其实很有能力，只是他希望的是家和万事兴，许母和女儿才是他的心头好，心思多半花在家里。如今为了宝贝女儿能包养一个男人，这两个活宝父母开始发大招了。

当初如果不是原主要死不活的样子让许父许母分了心，或许许家根本不会落得那个下场。于是，圈子里的人发现许氏集团最近跟打了鸡血似的，赚钱赚得整个公司的人都乐呵呵的。

原主还在念大三，开学时间一到，时笙也只好收拾东西去学校。好在原主以前在学校很低调，学校的人百分之九十不认识她，不至于导致她被围观。

说低调也不对，是她基本不在学校出现，认识她的都是在那个圈子里混的。

她班上的人估计都不知道有这么一号人。

“许大小姐竟然还来上学，我以为许大小姐在家寻死觅活，不敢见人呢。”

时笙刚进校门就被人拦了，将拦路的人打量了一遍，她脑中立即蹦出一个人名——肖薇。这女人可是这本书中比她还惨的女配角，同为女配角，时笙决定不和她计较，女人何苦为难女人。

时笙绕开肖薇要走，肖薇伸手推了时笙的肩膀一下，将她推得一个踉跄后，讥讽地开口：“怎么不说话？之前不是挺傲的吗？这下看你还怎么傲！”

时笙被推了一下，心底的怒火噌的一下就点燃了：“你是不是脑子有病，你喜欢南宫景，你去巴着他啊，找我干什么？秀优越感吗？你连南宫景的小手都没摸过，有什么立场在我面前秀优越感，好歹也是老子甩了南宫景！”

“你骂我！”等等，她刚才说，她把南宫景甩了？肖薇顿时冷笑起来：

“许乘月，你莫不是被景少甩了，受刺激了吧？你以前怎么追着景少不放的，敢甩了景少，也不怕笑掉大牙？”

两家解除婚约的时候并没有多加解释，所以外界的人并不知道是谁先挑起头，又是因为什么要解除婚约。但人都是将自己想要的结果往上面套，像肖薇这类人自然就脑补肯定是南宫景甩了时笙，绝对不会是时笙甩了南宫景。

“你信不信是你的事，别找我麻烦，你的情敌现在是苏衣衣。”

“苏衣衣？你们系的那个苏衣衣？”

苏衣衣身为女主角，自然不可能籍籍无名。

时笙白了肖薇一眼，要不是看在你的悲惨命运上，老子才懒得理你。

“今天开学，不信你可以去苏衣衣的寝室楼等着，看看是不是南宫景送她来的。”

肖薇还是满脸狐疑，觉得时笙在逗她，苏衣衣虽然有点出名，可她家庭极为普通，怎么可能有机会接触到在公司上班的南宫景？时笙耸耸肩，一副“爱信不信，反正我告诉你了，错过真爱就别怪我”的表情。待时笙走了，肖薇还没怎么回过神。

时笙在学校有寝室，原主住的时间十根手指都数得过来，这次为了重温一下大学生活，也为了避免家里活宝父母逼她去包养楚变态，她决定住校。这大学教过不少富家子弟，那些从这所学校出去的富家子弟在社会上有了一定影响力后，就开始往母校砸钱，以此彰显自己没有忘本忘根。所以，这所学校的寝室是很舒适的，虽然是四人寝，空间却很大。

时笙到的时候寝室还没有人，她按照原主的记忆找到自己的位置，将东西整理了一遍。她刚收拾好，门也被人打开了，吵闹声从门外传来，走道上不少人在嬉闹。开门的是个短发女生，看到时笙明显一愣，好一会儿她才走进来，打量着被时笙收拾好的床和书桌：“许乘月，你这次要住寝室？”从大一到现在，时笙回宿舍的时间屈指可数，这位室友突然看到她，不诧异才怪。

时笙自己回忆了下，从角落里将女生的名字翻了出来——夏柠。原主和她的关系不怎么好，时笙没打算和她拉近关系，所以只是礼貌地点了点头，然后扒拉着自己身前的东西继续看。夏柠尴尬地站了几秒钟后，开始收拾东西。

“衣衣，别哭了，那女人跟个疯子似的，赶紧去敷一下脸。有钱人就了不起啊，太没素质了。”

时笙无力扶额，自己把这茬忘了。苏衣衣和她住一个寝室！当初如果不是原主，苏衣衣和南宫景还勾搭不上呢！看来她得搬出去住才行，她可不想和女主角住，心塞得很。

门外已经有两人进来了，苏衣衣被一个女生扶着，女生满是怒容，嘴里骂骂咧咧。

“许——”苏衣衣看到寝室里的时笙，直接僵在原地。她脸颊上有五个手指印，显然被人打了。

“衣衣，你这是怎么了？”夏柠关心地走了上去。

扶着苏衣衣的女生立即开口：“还不是那个肖薇，莫名其妙地跑出来打了衣衣一巴掌……”女生义愤填膺地将事情说了一遍。

肖薇虽然不相信时笙说的，但女人是好奇心与疑心病并驾齐驱的生物，她还是来了寝室楼下，正好看到苏衣衣从南宫景的车上下来，作为女配角，瞬间被点燃了作死技能。等南宫景走了，肖薇直接上去甩了苏衣衣一巴掌。

“她怎么这样，有点钱就了不起，随便欺负人。”夏柠也是一脸怒气。

这个寝室除了时笙，其他三个都是普通家庭的孩子，肖薇是艺术系的系花，家里有钱众所周知。

苏衣衣却没心情听身边的两人为自己打抱不平，她此时只想知道，许乘月为什么会在寝室，看她那样子，难道要在寝室里住？她是想要报复自己吗？

就在苏衣衣胡思乱想的时候，时笙的手机响了。看到“楚棠”两个字，时笙黑了脸。她每天定时定点表达关心，表达爱意，人家高兴了回她一个字，不高兴根本不甩她，这会儿给她打电话干什么？

铃声响了十几秒后，时笙才接。

“下楼。”简短慵懒的两个字后，接着就是忙音。

时笙起身走到窗户边往外面看了一眼，下面果然停着一辆保时捷，时笙不会认错，那是楚棠的车。为了那个破隐藏任务，时笙认命地拿着包往寝室外走。

“她不是不住寝室吗？怎么忽然回寝室住了？”

“不知道，我来的时候她就在了。”夏柠耸耸肩。

另一个女生不屑地哼了一声：“也不知道被谁包养了，就没见她回过寝室，身上还穿的名牌，不会是被人甩了，这才回寝室的吧？”

“安安，你怎么能这么说乘月……”苏衣衣小声道。

“我又没说错，你看看她那股高傲劲，看不起谁呢？”

夏柠跑到窗边往下看，正好看到时笙站在车前敲车窗。

“你们来看，那辆车是保时捷吧？”

安安和苏衣衣一起走到窗户边，一眼就看到下面那辆吸引人眼球的车。时笙似乎和车里人说了什么，然后拉开车门坐上去。

“你们看，我没说错吧？”安安嘴上不屑，眼底却有些羡慕。

苏衣衣勉强笑了笑："别人的事，咱们还是少管吧。"

许乘月经常不露面不回寝室，这几个人中，除了苏衣衣，没人知道许乘月是有钱人家的孩子。而上流圈子她们根本挤不进去，就算偶尔听到人说，人家也是用许大小姐代替，基本不叫名字，更何况许乘月在学校待的时间也不长。

时笙被楚棠拉着去参加了一场高级宴会，清一色成功人士，财经频道才能看到的那种，她实在不明白楚棠干吗要找她做女伴。

等她被楚棠送回来，已经快晚上十一点了。

"楚先生，我的出场费？"时笙冲楚棠伸手。宴会上那些人看向她的探究疑惑的眼神，都快把她射穿了，她的小心肝受到了惊吓。

楚棠垂眸看着伸到面前的小手，伸手握了握。

"干什么，耍流氓？"时笙嫌弃地将手抽回来。

"和我握手很贵的，许小姐赚了。"楚棠勾着唇浅笑，车内昏暗的光线勾勒着他的轮廓，不真实中带着几分颓靡的诱惑，像是隐藏在黑暗中的引诱者。

时笙浑身一颤，瞳孔微缩。变态！她开门迅速下车，砰地甩上车门，踩着高跟鞋进了宿舍楼。

时笙开门进寝室的时候，三个室友都还没睡。安安看到她回来，还换了身看上去很高档的衣服，直接轻嗤了一声："大晚上的还在外面浪，回来干什么？"

"安安。"苏衣衣叫了一声，满脸歉意地看着时笙，"安安没有恶意。"

时笙冷淡地扫了她一眼，一言不发地拿了衣服进卫生间洗澡。

"什么态度。"安安的声音很大，即便隔着门都能听到。

等时笙出来，苏衣衣正好站在卫生间门口，见她出来，压低了声音道："你为什么要来寝室住？"

"我为什么不能来？学校你家开的？"时笙好笑地看着苏衣衣。

"不是……我不是那个意思，我只是……"苏衣衣绞着衣摆，满脸委屈，"我也没想到会发展成那样，那天我真的不是故意的。"但仔细看的话，会发现她眼底有一丝不易察觉的得意。

"让开。"晚上喝了一点酒，此时后劲上来，时笙只想睡觉，没心思和苏衣衣在这里演戏。

"对不起……我真的没想到事情会发展成那个样子，我知道我对你造成的伤害怎么都弥补不了……"

时笙揉了揉眉心，伸手推开苏衣衣，她力道不大，顶多让苏衣衣让开身子，苏衣衣却一下子摔在了地上，动静很大，立即让另外两个人看了过来。从她们的角度，就像是时笙将苏衣衣推到了地上。

“许乘月，你干什么推衣衣？”安安直接从床上跳下来，愤怒地冲时笙吼。

时笙咬咬牙。女主角大人，你何必呢？时笙决定来一场新游戏拆CP。原主的遗愿中并没有这项任务，但是苏衣衣非要赶着上来，那她就勉为其难配合一下好了。

“她挡路了。”时笙奉给安安一个大大的笑容，讽刺无比。

“你这女人……”

“安安，我没事，她不是故意的。”苏衣衣拉着要暴走的安安，柔声解释。

“许乘月，你怎么可以推衣衣呢？”夏柠也走了过来，不过她的语气要温和一些，只是眉宇间有些反感之色，“既然你要在这里住，大家还是和平相处的好，衣衣性子善良，你别欺负她。”

“柠柠，我真的没事。”苏衣衣从地上站起来，一脸委屈地冲夏柠摇头。

这表情落在夏柠眼中，却成了苏衣衣害怕时笙，不敢说实话，对时笙越发厌恶起来。

“人家主角都说没事了，你们就别狗拿耗子多管闲事了。”时笙从苏衣衣面前绕过去，走了两步，悠悠回头，勾着红唇道，“就算我欺负她，也是她欠我的。”

苏衣衣变了变脸色，心底满是疑惑，她不明白这个许乘月为什么忽然间变得这么难以捉摸。以前的许乘月，她说几句话就能糊弄过去，现在却有种什么都被看穿的窘迫感。

时笙转身回到自己的床位。

苏衣衣，你不是要装成欠了本宝宝的样子吗？那本宝宝就成全你。

原主念的是金融管理，许家就她这么一根独苗苗，以后要继承家业，选这个专业也无可厚非。也许是遗传了许父的天赋，原主即便多数时间跟着南宫景跑，成绩却没落下。

刚开学没什么课，时笙就开始找房子，但是附近的房子都租出去了，太远的她还不如回家住。没找到合适的，时笙只好暂时搁浅这个计划。于是没事干的时笙只好整天抱着书看，认识她的人，都觉得她是因为和南宫景解除婚约被刺激到了，开始发愤图强。然而只有时笙自己知道，她看的是什么书。

自从那天晚上后，夏柠和安安就越发排斥时笙，在苏衣衣有意无意的引导下，时笙在她们眼里就成了一个被人包养的拜金女。

“衣衣，周末的晚会你去吗？”安安咋咋呼呼地从外面回来，看到时笙也在，不免翻了个白眼。

“嗯，凌学长邀请我了。”苏衣衣笑着点了点头。

凌浩虽然已经进入公司，但只是实习，大多数时间还是在学校。毕竟女主角在这里，身为女主的忠实拥护者，离女主太远有点说不过去。

每年开学有两场晚会，一场是谁都可以参加的，一场是需要请帖才能参加的。说白了一场是为学校的普通人准备的，就像是大学里的迎新晚会。而另一场是为上流人士准备的，必须拿到学生会发下的请帖才能参加，持有请帖的人可以邀请一个人。

“这么说你能去西礼堂那边，不同我和柠柠一起了？”安安眼中明显有着羡慕之色，甚至是嫉妒，她和夏柠都只能去南礼堂。

苏衣衣不好意思地笑了笑：“凌学长邀请我，我不好拒绝……”

安安摆摆手：“凌学长那么好的人，衣衣你可得抓紧，我听说他家里条件很不错。”

苏衣衣脸色更红了，支支吾吾了一声。

女主角大人，你脸红个什么啊！还记得你的真爱是男主角大人吗？

时笙沉默地将书翻了页。

“衣衣，你的快递。”夏柠推开寝室门进来，将手上的盒子放到苏衣衣的床上，“你买的什么东西，这么大个盒子。”

苏衣衣无辜地摇摇头：“我没有买东西啊。”

“拆开看看。”

安安推着苏衣衣过去，苏衣衣只好当着她们的面把盒子拆开。

“天，好漂亮的礼服。”安安发出一声惊呼，抢先将盒子里的礼服拎了出来。

白色为主，收腰款式，裙摆上绣着红色的图案，极为显眼。

“这是凌学长送的吧？不愧是大家哭着要嫁的男神！好羡慕你啊，衣衣……”

苏衣衣扯着嘴角，眼底是藏也藏不住的得意，特别是看向时笙的时候。

这衣服自然不是凌浩送的，凌浩送的她昨天就收到了。

“许乘月，你不是整天豪车接送吗？周末不去参加宴会？”安安羡慕完苏衣衣，又忍不住挑时笙的刺头。

安安见时笙不理自己，继续讽刺：“不会是没人带你去吧？你可别嫉妒我们衣衣，你这样的人，怎么有资格去参加那种晚会。”

“安安，乘月肯定能去，你别乱说。”

原主前两年都没有参加这种晚会，苏衣衣也不清楚时笙手上有没有请帖，所以此时才拦着安安。

“可不要用些见不得人的手段才好。”

“请问许乘月同学是住这里吗？”门外一个娇小的女生敲了敲门，往寝室里望了望。

“有事？”时笙起身，走到那个女生面前。

女生上下打量了下时笙，估计是在确认时笙的身份。确认完毕，她将手上拎着的袋子递给时笙：“这是薇薇姐给你的。”

时笙没接，皱着眉问：“肖薇？”女生点点头。

“她有病啊。”

女生僵了僵：“东西我已经给你了，我先走了。”她将袋子直接放到时笙面前，一溜烟就跑了。

时笙将袋子拎起来，安安愤怒地冲到时笙面前，一把将袋子挥到地上：“你和肖薇是一伙的。”

袋子掉到地上，里面的东西也露了出来，是件款式和苏衣衣那件相似的礼服。安安直接将衣服扯出来。

“许乘月，衣衣到底哪里惹到你了，你要和肖薇联手整衣衣？”

“乘月……你和肖薇……”苏衣衣一副震惊的模样，似乎知道了什么不得了的事。

“脑洞很大，你们怎么不去写小说呢。”肖薇估计是从什么地方知道了苏衣衣有这么一件礼服，所以特意送上门来硌硬苏衣衣，也或许是恐吓，这就要看苏衣衣的脑洞有多大了。

“许乘月，你到底想干什么？今天你不说清楚，别想出这个门。”安安转头安抚地对着苏衣衣道，“衣衣你别怕，我保护你。”

时笙好笑地看着这两人，智障啊！

“你笑什么？这是学校，我告诉你许乘月，别以为你有几分姿色，勾搭了金主就不得了。”

啪！安安被突来的一巴掌打得有些蒙，好一会儿才反应过来，道：“你打我！”她也算小康家庭出身，父母从来没打过她，这个贱人竟然敢打她！

“嘴巴放干净点，苏衣衣，拴好你的人，别放出来丢人现眼。”时笙甩了甩手。

拴好？她把自己当狗吗？

“许乘月，我打死你个贱人！”安安叫骂着朝时笙扑了过来，时笙身子灵巧地闪过，伸脚绊了一下安安，安安身子不稳，将正要过来拉架的苏衣衣扑倒在地，苏衣衣额头撞到了桌脚上。苏衣衣倒抽一口冷气，脑袋被撞得有些晕。

安安连忙从苏衣衣身上爬起来：“衣衣，衣衣你有没有事？”

一直离得远的夏柠也赶紧上前：“额头都磕破皮了，快把衣衣扶起来。”

刚才她们没关门，闹这么大动静，早就有人叫了管理老师，此时老师带着几个学生一起进了房间，本来宽敞的房间，便显得有些拥挤。

“怎么回事？”管理老师板着脸，厉声询问，“大白天的你们在宿舍里打架？”

“老师，我们没有打架，是许乘月故意推衣衣，害得苏衣衣受了伤。”安安立即大声反驳，“老师你看，衣衣的脑袋都磕破了。”

管理老师朝着苏衣衣看去，果然看到苏衣衣的额头红了，便皱着眉问：“苏衣衣，是谁推的你？”

苏衣衣缩了缩，余光瞄了眼时笙，随后摇头：“没事，我自己摔的。”

这么欲盖弥彰的行为，老师哪里会看不出来？

“不许撒谎，是不是她推的你？”

“不是……”苏衣衣还欲解释。

“衣衣，你替她遮掩什么？老师，就是她，我和夏柠可以做证。”

夏柠迟疑了下，见时笙那副浑然不理的模样，心底有些怨气，也跟着点了点头。

“你叫什么名字？”老师看向时笙，摆明已经相信了安安和苏衣衣。

“许乘月。”时笙似笑非笑地盯着苏衣衣。

那眼神盯得苏衣衣很不自在，但是一想到她绝对没有证据，不免又定了定心神。

“许乘月同学，和同学起了争执，导致同学受伤，罚你扫一周操场，有意见吗？”

“老师就听信她们的一面之词？”时笙微微挑眉，只问苏衣衣她们就定罪了，这老师明摆着偏帮苏衣衣。

老师脸色黑了一瞬，她本来只是想小小惩罚一下，这死丫头竟然不领情。

“有两位同学亲眼所见，你还有什么好狡辩的？身为学生就该有学生的样，别整天想着有的没的，这个社会复杂得很，你以为那点小心思真的能让你飞上枝头变凤凰？”

时笙直接冷了脸："老师这话是什么意思？"

"你自己做过什么，你自己不知道？还有脸问。"安安讥讽地接话。

苏衣衣满脸委屈，眼角却全是得意。就算不是真的，可说的人多了，谁还管是不是真的。

此时门外已经有不少人围观，听到这话纷纷低声议论。

"前几天我看到她上了一辆保时捷，有时候还有车在校门口接她呢！"

"那天我不在，没看到，不过我听好多人说起过。"

"没听说她是有钱人家的女儿啊！"

"有钱人家的女儿谁住校，你是不是傻，你看看那几个，谁不是自己开车的？"

老师听到议论，非但不制止，反而底气足了些："许乘月同学，你的作风很有问题，我会向学校反映，对你进行处罚。"

"要想人不知，除非己莫为。"安安越发得意。

"这句话我还给你。"时笙转身回到书桌前，将书桌上的一个玩偶拿在手中，"还真是抱歉，这是我刚得到的一个新玩具，可以保存一个小时的录像，我们去教导主任那里说吧，这样显得公平。"

苏衣衣脸色唰的一下就白了，她没想到时笙竟然录像了。刚才的事，确实是安安将自己扑倒的，和时笙完全没关系。这事若是闹到教导主任那里，她的名声就全毁了。不行……不能去！

时笙却打定主意，率先往门外走："老师也一起去吧，你刚才可是诋毁我的声誉，我相信教导主任一定会给我一个满意的答复。"

"乘月，不过是件小事，何必闹这么大。"苏衣衣拦住时笙。

"小事？你们三个妄图栽赃陷害我，这位老师出言诋毁我的声誉，这是小事吗？"

"乘月……我……"安安此时也偃旗息鼓，显然也没料到时笙有录像。比起打一架，栽赃陷害的罪名可就严重多了，这是作风问题。

老师也有些心虚。诋毁学生的名誉，她可是要被开除的。这么一想，老师也去门口挡住："许乘月同学，这事不必惊动教导主任，本来就是你推苏衣衣同学在先，你道个歉，这事就算了。"

时笙也不废话，直接掏出手机，按了个号码："汪律师，你来学校一趟。嗯，我在寝室，你直接上来。"时笙挂了电话，也不往外走，转身拖了把椅子坐着。

老师气得脸色铁青，她竟然叫律师！

外面的人面面相觑，这发展有点不对劲啊！

汪律师来得很快，他挤过层层的女生，心底那叫一个汗，这才是真正的万花丛中过啊！费了九牛二虎之力，他才挤进寝室，推了推有些歪的眼镜，走到时笙面前："许小姐。"

外面的人惊呆了，律师真的来了……

时笙点了点头，将手中的东西递过去，语速不急不缓地将事情说了一遍。

汪律师推了推眼镜，对着老师和苏衣衣三人道："三位同学栽赃陷害我的当事人推了这位同学，导致她受伤，根据《中华人民共和国治安管理处罚法》，将处五日以上，十日以下拘留。这位老师诋毁我当事人的名誉……"情况自然没有汪律师说的那么严重，但是这不妨碍他说得严重一些，毕竟这些都是写在法律上的，她们不服，也可以请律师。

苏衣衣三个人再厉害，哪里说得过律师？这会儿惨白着脸，不知该怎么办。

就在她们听着汪律师滔滔不绝的时候，教导主任闻讯来了。律师都出动了，他能不来吗？

"好了，都别围着，回自己寝室去。"

教导主任一来，围观的人都散了。

教导主任来的时候已经将事情的经过了解了一遍，直接将那个老师训斥了一顿，当着时笙的面将她开除。教导主任很是诚恳地给时笙道了歉，这件事本就不是人家的错，他赔礼道歉也不冤枉，这真要闹大了，对他们学校的名声可不好。至于苏衣衣三个人则被他带走了，他还表示一定会给时笙一个满意的交代。

一下宿舍楼，教导主任就将报信的老师骂得狗血淋头："让你们把学校那些富二代记住记住，记到哪里去了？这次遇上的只是许乘月，下次遇上肖薇那样的，还不得把学校给掀翻了！"

报信的老师很委屈，要像肖薇那样的，哪里用得着记？处处彰显着我是富二代好吗！

事后，苏衣衣三人被处罚当着全校师生的面给时笙道歉，还是全校大会的时候。苏衣衣气得不轻。那天的事那么多人看见，自然有人传了出去，苏衣衣栽赃陷害别人，名声受到一些影响，走在路上都有人对她指指点点，苏衣衣更是将时笙恨得牙痒痒。本来就因为她和凌浩走得近，惹了一些女生嫉妒，这事一出，苏衣衣在学校的日子也不好过，偏偏凌浩不在，南宫景也在国外出差。

安安和夏柠因为被处罚的事，对时笙的意见更大，但也只敢言语针对，她们可不想被这个女人叫来的律师轰炸一番。

时笙忙着找房子，也没空理会这些人。她觉得要是再和苏衣衣住下去，她会被恶心死。也不知是不是她运气好，正好有一个学生要出国留学，一套公寓空下来，离学校很近。时笙二话不说就接了下来，不过要重新装修，她还得在学校住一段时间。

时笙交完房款，从公寓下来，就遇到了两个她绝对不想看到的人。南宫景搂着苏衣衣，和时笙狭路相逢。

"许乘月，你这么阴魂不散有意思吗？"南宫景冷眼看着挡路的女人，下巴抬得高高的，一副睥睨天下的霸道范儿。

时笙扫了眼苏衣衣，她小鸟依人地贴着南宫景，眼角眉梢都带着得意。但是她一说话就是一副柔柔弱弱、委屈到极致的模样："许小姐，上次的事，对不起，我不是故意的，当时我被撞得有些晕，不知道她们会那么说你，之后我也当着全校的面给你道歉了，你就原谅我吧……"这话苏衣衣说得漂亮啊，把自己完完全全给择出去了。

一听苏衣衣提起这茬，南宫景的神色就更冷了，极为不耐烦地道："许乘月，你从宿舍搬出来。"

"南宫景，你脑残剧看多了吧？"这学校是你家开的啊，你让搬就搬？

南宫景眉心猛跳："别挑战我的耐性。"

"我不挑战你的耐性，但是女……苏衣衣同学肯定会挑战你的持久性。"时笙咧嘴笑得恶劣。

苏衣衣一开始没反应过来，等反应过来，脸色爆红，不知是羞的还是怒的。

"许乘月，你怎么这么不知羞耻？许伯父这些年就是这么教导你的？"南宫景暴怒，他从来不知道那个追在自己后面跑的女人，会说出这种话。

"我觉得比你好多了啊！"时笙一脸无辜，"你看，我没有当着自己未婚妻的面和别人滚床单吧？"

南宫景："……"

"许小姐，你太过分了！"苏衣衣泪眼婆娑地抬头，"我知道我和景在一起你心里不舒服，可是感情这种事怎么可以强求，你到底要怎么才肯放过我？"

"过分？你要是没做过，我能过分起来吗？"明明是你们不肯放过我好吗！

苏衣衣噎住，染着雾气的眸子委屈地看着南宫景，南宫景体内的保护欲顿时被激了起来。

“够了！”南宫景沉声呵斥，“许乘月，我最后一次警告你，我绝不会喜欢你，你死了这条心。再敢找衣衣麻烦，我绝对不会放过你。”

时笙嗤笑：“别自作多情了，南宫景。”时笙顿了顿，轻蔑的眼神落在苏衣衣身上，“你这眼光……真的不怎么样。以前我看上你，真是瞎了眼。放心，我已经把眼瞎的毛病治好了，绝对不会多看你一眼，我怕得眼病。”

苏衣衣暗恨，这女人竟然拐弯抹角地骂她不怎么样。

南宫景的注意力却停留在“自作多情”四个字上，他从来没想到，这四个字有一天会用到他头上，而且还是曾经喜欢自己的女人说的……

时笙绕开两人，一边走一边挥手：“小心小白花爬上墙头哟！”

知道南宫景和苏衣衣可能在公寓那里有房子，时笙就打消了去公寓住的念头。南宫景不是要让自己搬出寝室嘛，她偏不如他愿。

时笙在寝室住着，每天看那三人恨自己牙痒痒却不敢拿自己如何的样子，心情就很不错。

苏衣衣当天晚上没有回来，第二天早上才满面风光地出现，自然被安安和夏柠询问了一番，苏衣衣说是有亲戚来了，所以在外面住的酒店。

时笙很不给面子地闷笑了一声，苏衣衣顿时就没声了。

晚上就是晚会，寝室的三人从下午就开始打扮，苏衣衣穿的不是那条和肖薇送来撞了款式的裙子，而是另外一条，也是白色，不过裙摆稍微长一些，看上去更有仙气。

“衣衣真好看，啊，可惜我不能和你去……”安安满脸失望。

“对不起啊，安安……”苏衣衣满脸歉意，可仔细看，就能发现她眼底有得意和倨傲之色。

安安笑着摇头：“没事没事，你和凌学长好好玩儿。”她心底却嫉妒得要死，她要是能去西礼堂，说不定就能认识一个高富帅。

夏柠也换好了衣服，三人虚情假意恭维了一番，夏柠又将目光放到没动静的时笙身上：“许乘月，你不去参加晚会？”

“没看到她没收到请帖吗？也没谁邀请她，她去哪儿？”安安嗤笑。

“可以和我们去南礼堂啊！”

“别逗了，人家什么身份，怎么可能和我们去南礼堂。许乘月，要不你现在去勾搭一个，说不定还能去西礼堂，这种事对你来说想必没什么难度吧！”

夏柠和安安一唱一和地挤对时笙，时笙将笔记本合上，恶劣地冲她们笑了笑：“对啊，去西礼堂对我来说不难，但是对你们来说……怕是到毕业都没机会了。”

安安和夏柠变了脸色，最后还是安安嘴硬地回了一句：“不过是靠男人，有什么好得意的，真以为你是个什么东西。”

“总比你们想靠男人都靠不了好啊！”

“不要脸！”

“不要脸怎么靠男人？”

“……”

最终安安落败，当一个人无耻起来，你如果不能比她更无耻，就只能默默忍受了。

西礼堂偏向欧式风格，场地却不是很大，能收到请帖的，都是全国五百强企业的子女，这些人中也不是都在这所大学念书，许多都选择出国。所以来的人也没多少，加上各自带来的同伴和一些学生会的成员，总共不足百人。

时笙没有男伴，一个人站在角落，看着场中那些形形色色的人，他们脸上戴着面具，谁也不知道面具下是什么样的表情。可是作为旁观者，就能轻易捕捉到，他们会在对方不注意的时候露出厌恶、鄙夷、嫉妒、羡慕之类的情绪。

“你看什么这么开心？”清亮的女声在时笙耳畔响起。

肖薇穿着紧身礼服，将凹凸有致的身材曲线完美勾勒出来，精致的妆容，一头波浪卷头发，举手投足间都透着无限的风情魅力，御姐范十足。

时笙觉得挺无聊的，看了肖薇一眼，索性和她聊天：“你不觉得他们很好玩吗？”

“哪里好玩？”

“整天戴着面具，你说他们累不累？”

肖薇愣了下，像是看怪物一般看着时笙，见她依旧兴致勃勃地盯着场中的人，肖薇发现自己忽然有些看不懂面前的女生了。她和许乘月虽然不是很熟，但因为许乘月是南宫景的未婚妻，她没少收集许乘月的资料，可资料上的那个许乘月和面前这个女生，明显有些不一样。许乘月骄傲，是被娇养出来的公主，和所有的豪门千金差不多。但是面前这个女生，带着一股说不出的感觉，非要让肖薇形容的话，应该是恶意，对所有人都存在的恶意。

这是要报复社会？肖薇被这个想法吓了一跳，再看旁边的女生，见她依旧笑眯眯的，像只看到好玩玩具而兴趣十足的猫，哪里有半点危害？肖薇觉得自己想多了，赶紧将那个念头甩开。

“一会儿有场好戏，你要加入看戏小分队吗？”时笙突然朝肖薇发出邀请。

肖薇压下刚才那诡异的感觉，恢复了风情万种的御姐范，眼带不屑："什么好戏？"

这个女人在搞什么？

"保证不让你失望。"

时笙完全看在肖薇是个悲惨女配角挺倒霉的分上，才邀请她的。

肖薇思索了下，微微颔首，她倒要看看许乘月在搞什么鬼。

时笙已经锁定了苏衣衣，苏衣衣和凌浩站在一起，凌浩正和她说着什么，引得她频频轻笑，旁边的一些女生恨得牙痒痒，恨不得拿眼刀子戳死苏衣衣。

等苏衣衣和凌浩分开，时笙拉着肖薇到了人群中，她也没做什么，就这么在人群里漫无目的地走着。一些认识的，和她打招呼她都很有礼貌地回了，肖薇越发看不明白。

"苏衣衣，你故意的是不是！"

"对不起，我没想到你会忽然转身。"苏衣衣连忙道歉。

"算了，把东西给我捡起来。"女生一副懒得和她计较的表情，指着地上的手包。

苏衣衣将手中的饮料放在旁边自助区的餐台上，弯腰去捡手包。就在她弯腰的时候，那个女生立即给旁边的人使了个眼色，那人便伸手去换苏衣衣的饮料，不想苏衣衣忽然抬起头。女生一惊，却见一道身影站在她面前，正好将苏衣衣的视线吸引过去。

"许大小姐。"女生松口气的同时，又有些心虚。

从许乘月刚才过来的角度，应该看到了吧？

时笙微微颔首，笑眯眯道："麻烦递我一杯果汁。"女生忙不迭拿了一杯果汁给时笙，时笙连个眼神都没留给苏衣衣，转身走进人群。

女生和另外一人确定饮料换了，自己弯腰将手包捡起来走了。肖薇没有看到苏衣衣的饮料被换，不明所以地看着时笙去那边拿了一杯果汁过来，满头雾水。

这场戏在原剧情中也发生过，有人嫉妒苏衣衣和凌浩走得近，想要教训苏衣衣，将她的饮料换成加了料的。苏衣衣当时发现了，却不动声色，什么都没说，背着下药人将饮料换到了许乘月那里。许乘月喝了加料的饮料，有些头晕，苏衣衣让人将许乘月送到礼堂后面的休息室。她吸引了下药人的注意力，所以没人发现许乘月被人带了进去。之后苏衣衣装作身体不适，借故去休息室，还故意让下药的人看到是她进去。进去后，她将许乘月身上的衣服脱下来，换在自己身上走了出去，又在厕所将衣服换回来，外面的人以为里面的人是苏衣衣，引着喝醉的人进了那间休息室，导致许乘月被人玷污。更不幸的是，苏衣衣还将南宫景叫来了，南宫景亲眼看到了那个场面。因为这件事，南宫景理直气壮地和许乘月解除婚约，苏衣衣成了最大的受益者。

时笙现在做的，只是转移苏衣衣的注意力，没让她发现那杯饮料被人动过，那么这个结局……

肖薇站在时笙旁边，觉得她笑得太瘆人了，不由得远离了几步。

时笙等了一会儿，果然看到苏衣衣被人扶走，而凌浩也被人缠着脱不开身，没有注意到苏衣衣不见了。

“你有南宫景的电话吗？”时笙转头问肖薇。

肖薇点头，她当然有。

“给他打电话，就说苏衣衣喝醉了，让他来领回去。”

“你为什么不打？”肖薇自然也看到苏衣衣被人扶走了，这里面肯定有猫腻。

时笙似笑非笑地看着她：“打不打随你，反正对我而言又没损失。”

肖薇微微皱眉，转身离开了一会儿，回来的时候看时笙的表情更古怪了。她往时笙的方向凑了凑：“这件事你做的？”

“肖大小姐，饭可以乱吃，话不能乱说。你一直和我在一起，哪只眼睛看到我做了？”

肖薇回想了下，确实如此，整个晚会许乘月都在自己的眼皮子底下，刚才去苏衣衣那边，许乘月也只停留了一会儿，根本没机会下药。可她明显从一开始就知道……难道是她背后指使的？肖薇觉得这个可能性很大，但是不知为何，一看到时笙那笑眯眯的软萌模样，她就动摇了这个念头。

“我让人用苏衣衣的手机给景少发的短信。”肖薇压低声音说了一句。

“你这智商也不低啊……”怎么在原剧情中就那么蠢，最后落得个不得善终的下场呢？亲妈作者真是偏心！

肖薇狠瞪了时笙一眼，她那惋惜的口气是几个意思？

南宫景来得很快，同时凌浩也摆脱了纠缠，满场找苏衣衣。有侍者指路说看到苏衣衣往休息室去了，两人同时奔向休息室，时笙抬脚跟了上去，肖薇迟疑了下，也跟了上去。短信是她让人发的，就算查下来，她也可以说只是担心苏衣衣，整件事都和她没有关系。

而在时笙和肖薇跟上去后，下药的那个女生也装成喝醉的样子，让人扶着她，一群人跟着过去看热闹。

这里的休息室不止一个，一些人累了就在休息室里玩儿。南宫景收到的短信只说苏衣衣在休息室，没说在哪一间，他只能一间一间找过去。南宫景和凌浩那颜值，自然引起了不少人的注意。

也许是故意的，苏衣衣被弄到了最后一间休息室，这会儿其他休息室的人都被引了出来。最后一间休息室的门被推开，不堪入耳的声音传了出来，南宫景僵在门口，满目震惊地看着里面。苏衣衣正被一个男生压在身下，脸色绯红，目光迷离，正攀着男生的肩膀。休息室的门被推开他们都没察觉。

凌浩听到声音从另一个休息室过来，见此场景，怒气滔天，推开南宫景，上去就将那个男生掀翻，一拳打了过去。

“衣衣……”凌浩手足无措地将苏衣衣抱进怀中，用散落在地上的衣裳勉强将她遮住。苏衣衣身体里的药效有些强，忽然被人打断，她不舒服地扭了扭，似乎看清了面前的人：“学长……我难受……”

南宫景似乎被这句话惊醒，猛地冲进房间，砰的一声关上房门。里面顿时噼里啪啦好一阵声响，这休息室的隔音效果很不错，能传出这么大的声音，证明里面的人有多用力。

时笙靠着墙，思索着这两人不会在里面做什么奇怪的事吧？

肖薇不知为何，看到南宫景那么进去，还把门关上，对南宫景忽然生出几分失望。有时候喜欢上一个人是一瞬间，心生失望，也只是一瞬间。她回头看时笙，却见她眸子亮晶晶的，盯着房门，好似能透过房门看到里面的情形一般。

“里面谁啊？”

“不知道，不过刚才那个男人好像是景少。”

“什么好像，就是景少，凌学长也进去了，里面的女生是谁啊？”

“许大小姐也在，和肖女神站在一起，天，这什么情况？”

“细思恐极！”

这些学生好奇里面的女生是谁，自然不愿意走，纷纷等在门外，而一些听到风声的人也围了过来。

好在没多久门就开了，南宫景抱着穿好衣服的苏衣衣出来，将她的脸遮住了，外人看不到是谁。凌浩跟在后面，手中拎着昏过去的男生，男生只穿了一条裤衩，脸上和身上都是血迹，看上去极其惨烈。

南宫景余光扫到时笙，瞳孔爬满了血丝，俊美的脸庞满是冷色：“许乘月，这件事我绝对饶不了你。”

凌浩也跟着看过来，眸子里的冷意让人不寒而栗。

众人纷纷后退，这两人太可怕了。

时笙和肖薇彻底暴露出来，肖薇是想后退的，但是不知为何，看到南宫景盛怒的样子，她就不想退了。时笙站直了身子，往南宫景的方向迈了几步：“南宫景，你这是要栽赃陷害我？”

“你敢说不是你做的？”如果不是抱着衣衣，他恨不得掐死这个女人，她怎么能这么狠毒。

“我为什么要为了一个无关紧要的女人，毁掉我的大好前程？”

“就只有你和……她有过节儿，除了你还能有谁？”他对许乘月就是太仁慈了，他要让她生不如死。

“听景少的意思，好像是许大小姐做的，景少抱着的到底是谁啊，完全看不到。”

“那礼服……好像是、好像是苏衣衣，那是苏衣衣穿的礼服。”人群中不知谁说了一句，顿时激起千层浪。

“苏衣衣？不会吧……”

“许大小姐、景少、苏衣衣、凌少……这什么关系，好乱。啊，许大小姐旁边站着肖女神。”

肖薇喜欢景少不是什么秘密。

但是她此时和景少的前任未婚妻站在一起，这两人不会合伙干了什么吧？

南宫景锐利的眸子扫向四周：“今日的事谁敢出去乱说，就别怪我南宫景不客气。”

四周的人顿时噤声，能和南宫家对着干的，在场的估计……只有肖家和凌家。

“许乘月，这件事没完。”南宫景担心苏衣衣的身体，也不敢多待，要为衣衣报仇，随时可以。

凌浩警告地瞪了时笙一眼，拎着人紧随南宫景离开。时笙默默在后面竖了个中指。肖薇汗颜，这个前任情敌，画风好像真的不太对啊！围观群众和肖薇同一个念头。

时笙和肖薇分开，独自回了寝室。夏柠和安安还没回来。时笙洗漱一番，直接上床睡觉。今晚某些人怕是睡不着啊！想想有人睡不着，她就睡得特别开心。

虽然南宫景警告了那些人，但是依旧有风声传出去，当时在场的人那么多，还有请来的服务人员，哪里查得到是谁泄露出去的。苏衣衣之前就有点不好的名声，加上这件事，这次算是彻底毁了。

时笙已经预料到了南宫景会找上门，只是没想到南宫景会绑架她。

“南宫景，我看你真的是疯了。”时笙安静地坐在两个彪形大汉中间，神色淡然，微微上翘的嘴角似乎有几分讥讽。

南宫景坐在她对面，面容沧桑，像是老了好几岁。他没有从对面的女人身上看到害怕、惊慌、恐惧，更没有对他的爱意。他只看到了平静。南宫景心底一阵暴躁，许乘月不该是这样的。

“衣衣受的罪，我会让你千百倍还回来。”南宫景说完这句话就有些狼狈地移开了视线。他讨厌对面那个女人一脸平静、不把自己放在眼里的样子，他要她跪在地上求饶，跪着给衣衣道歉。

“关我什么事？”智障！

“你敢说不是你指使的？”他已经查到下药的人是谁，但不相信这件事和许乘月没有关系，一定是她在背后指使，只有她才会那么恨衣衣，恨不得毁了她。

时笙推了推旁边的彪形大汉，给自己留出更多的空间，换了个舒服的姿势坐着：“如果是我来做这件事，苏衣衣何止是受那点罪。”

原主曾经又做错了什么，苏衣衣明知道那饮料被动了手脚，还换给原主，最后将南宫景叫来，自己不过是把苏衣衣曾经对原主做的还给她，她还没动手。

“你怎么那么恶毒？”南宫景猛地转头，满身阴戾。

“谢谢夸奖，你不是第一个这么说我的。”

“不可理喻。”

不可理喻的到底是谁啊！这位先生，你这脑回路也是挺清奇的。我现在不和你说，有你哭的时候。

也不知是不是因为她没什么攻击力，南宫景并没有绑她，车子开了许久，到后面越来越颠簸，最后直接进了山。车子停在山里的一处别墅前，时笙被粗鲁地扯出来，南宫景让人将她关在二楼的一个房间，这次倒是把她给绑上了。

【宿主，你为什么一再挑衅南宫景？】

时笙扭着身子，麻溜地给自己松了绑。

【……】宿主这技能它好像还没给点亮啊！

“因为这样我就有正当理由把他往死里整了。”时笙将绳子扔到地上，摸了摸被绑得有些疼的手臂。

【你的任务并没有逆袭男女主角。】因为是第一个世界，它特意选了个简单的，让宿主熟悉一下业务。

“啊，我看他们不爽。”时笙不知从哪儿摸出一部手机，指尖在屏幕上滑动了几下，帅气地揣回了兜里。对时笙来说，这些人就是智能NPC，她不过是个玩家，要怎么玩儿，她高兴就好。等系统意识到这个问题的时候，已经晚了，当然这是后话。

房间里有一扇窗户，时笙往下面看了一眼，院子里有两个人守着，时笙琢磨了下，自己怎么跑比较帅气。

就在她思考的时候，看到一辆熟悉的车出现在别墅外面。楚变态怎么来了？

楚棠坐在车里，目光透过车窗，看向二楼的窗户。时笙惊了惊，明明是黑乎乎的车窗，她却感觉到楚棠在看她。车子并没有停留，直接开了过去。从时笙的方向看去，能看到远处的别墅，这里应该是一处用来度假的别墅区。这种地方有时候会用来作为谈判的地点，楚棠来这里也不是说不过去。时笙微微松口气，在心底安慰自己应该是巧合。

楚棠的车驶进了不远处的一栋白色别墅，他的车一进去，几个保镖就从别墅里出来，恭敬地站在车子两侧。助理先下车给楚棠开门。楚棠从车里下来，依旧是那副清贵公子的模样，双手插在裤兜里，明明不是很雅观的动作，在他做来却优雅无比。

“楚少，许小姐的位置已经查清楚了。”助理从保镖手中接过一台平板电脑，上面显示的是南宫景别墅的三维图，而二楼的一个房间，有一个红点。

楚棠只瞥了一眼，勾了勾嘴角：“不用惊动他们，在外围确保她的安全。”

助理满肚子疑惑，他们不是应该冲进去把人救出来，然后让许小姐感激涕零，以身相许？楚少最近的作风越来越让人摸不透了。

摸不透的情况下，助理只能严格执行楚棠的命令，安排人在外围确保那位许小姐的安全。楚少好不容易遇到个感兴趣的姑娘，可不能就这么没了。助理怕有什么三长两短，所以亲自去盯着。傍晚的时候，他看到有辆车进了南宫景的别墅，下来一男一女，男的他有印象，凌家的那个小少爷。真是可惜，动楚少的东西……呸呸，动楚少的人，这凌家小少爷怕是要不保了。

“去查查那个女人是谁。”助理对旁边的保镖吩咐了一声。

助理在手上的平板电脑上点了点，立即有清晰的画面显示，最先显示的是时笙所在的房间，她似乎有所察觉，正直勾勾地盯着他……透过屏幕盯着他。

时笙看的方向是窗户的旁边，她看了一会儿，收回了视线。正好这个时候，房门也被人打开。看到双手环胸站在房间里的时笙，南宫景一脚踹向旁边的大汉："让你绑着她，你怎么做事的。"大汉诧异的同时又很委屈，他绑了啊！

苏衣衣从南宫景后面走出来，阴沉着脸盯着时笙，都是这个女人毁了她。她要让这个女人生不如死。也许是怕南宫景和凌浩看到自己脸上的狰狞，苏衣衣强迫自己压下了一些恨意。

"绑起来。"南宫景又是一脚踹向那个大汉。大汉立即朝着时笙走去，心底直犯嘀咕，他真的绑了的！

时笙面不改色地站着，一直放在裤兜里的手伸了出来。看清时笙手中的东西，那个大汉直接僵在了那里。大汉的身子挡住了后面几人的视线，所以他们并不清楚大汉怎么停下了。南宫景不耐烦地催促了几声，可大汉都没动。如果有人转到他前面，就会发现他满头冷汗，眼底满是惊恐。

被大汉挡住视线的其他人看不到时笙手上拿的什么，但是一直用视频监视的助理看得清清楚楚。她手上拿的是一枚手榴弹，规格有点像军用，但是和军用的又有些区别。

大汉内心只有两个字：妈的！这妹子哪里来的这玩意！

"你站着干什么，快把她绑起来！"南宫景等得有些不耐烦。

大汉冷汗涔涔，果断往旁边站了一步，将时笙暴露出来。人家手上拿着手榴弹，他敢上去绑人吗？

南宫景一开始还没认出那是什么，但是凌浩瞬间就认出来了，脸色骤变，拉着苏衣衣立即退到了门边："许乘月你疯了？"

时笙抛了抛手上的东西，满脸鄙夷："瞧你们那熊样，这就吓到了？这不过是个玩具，刚才在这房间找到的。"

凌浩盯着时笙手上的手榴弹看了片刻，依旧没办法分辨真假，转念一想，她一个千金大小姐，哪能弄到手榴弹，更何况绑来之前还搜过身，她肯定是不能藏着这东西的。

这别墅是他舅舅的，家里也有小孩，带过来度假的时候把玩具落下了也说得过去。

"许乘月，死到临头你还有心思吓唬我，把他绑起来，我要让她好看。"凌浩阴沉着脸吩咐大汉，转头对着苏衣衣又是一脸柔情，"衣衣，你先出去。"接下来的画面太血腥，不让衣衣看到比较好。

苏衣衣咬咬牙，拉了拉南宫景的衣袖，楚楚可怜地看着他。南宫景阴戾的眸子扫过时笙，带着苏衣衣出了房门，临走前苏衣衣暗中投给时笙嘲讽和得意的眼神。就算她失了清白又如何，这两个男人还不是把自己视若珍宝。

大汉已经走到时笙面前，拿走了她手上的手榴弹，入手的时候大汉只觉得很真实，那手感和重量不像是玩具，大汉不免多看了几眼。时笙趁大汉分神的时候，猛地朝着窗户飞奔过去。她早就把窗户打开了，此时一推就开，大汉还没反应过来，时笙已经翻过窗户。

“真是可惜，本想直接解决你们三个的。”时笙说完这句话，直接跳了下去。

大汉手中的手榴弹在时笙滑落的瞬间，嘀了一声，随后就是剧烈的爆破声。整座别墅都跟着抖了抖，二楼的窗户直接被炸飞，水泥块漫天溅落。

下面一楼有一个平台，时笙跳下去并不会有什么危险，那爆炸的威力不是很大，并没有波及时笙。在院子里的保镖听到爆炸声，抬头就看到站在平台上的时笙，几人直接冲了过去，想要抓住时笙。时笙迅速跳到院子里，把手中的东西快速扔出去，于是再次响起爆炸声。保镖被挡住了去路，时笙乘机从他们身边绕过去，跑出了别墅。

助理见时笙跑出来，忙吩咐司机将车开过去。看着那辆熟悉的车停在自己面前，时笙迟疑了下，目光极快地变换了几次，拉开车门坐了上去。车里只有司机和助理，时笙见过这两人，自然不陌生。

“许小姐。”助理脸上的表情很是精彩，有震惊、惊讶、质疑等各种奇奇怪怪的情绪。这许小姐竟然随身揣着炸弹……太恐怖了！

时笙拍了拍身上的灰尘，平静地看了他一眼：“你都看到了？”助理僵着脸点了点头。

“那我是不是该杀你灭口？”

助理咽了咽口水，为什么他觉得许小姐此时的样子，和楚少要处理得罪他的人的时候一模一样！

“我什么都没看到。”助理瞬间改了口。

助理将时笙送到那栋白色别墅后，便以生平最快的速度跑出时笙的视线范围，他还想多活几天。

时笙推开门进去，楚棠斜靠在沙发上，双腿交叠放在茶几上，姿势慵懒，听到声音，微微侧目，妖冶的脸颊上露出一丝邪肆的笑意：“许小姐可真是让我意外。”随身揣着炸弹的妹子，可不是意外吗？

时笙走到楚棠对面：“能让楚先生感到意外，我很荣幸。”

楚棠饶有兴趣地看了时笙几秒，身子微微前倾，将面前的笔记本对着时笙。笔记本上的画面正是爆炸后的别墅，凌浩似乎被炸昏了，正被人往车上抬。南宫景和苏衣衣站在旁边，苏衣衣一双眼睛通红，南宫景捺着性子在安慰苏衣衣。

时笙看了一眼就没兴趣了，直接将笔记本合上。楚棠眸子暗了几分，声音依旧清澈，却含着几分不易察觉的危险："你就这么放过他们？"

"你会放过想弄死你的人吗？"时笙不答反问。

楚棠像是得到了想要的答案，眼底的危险之色退去，染上了盈盈笑意。

时笙暗自腹诽了几句。这个变态刚才想弄死老子！别说她有被害妄想症，她的直觉绝对不会错！

"你怎么在这里？"时笙拉回自己跑远的思绪，她之前还觉得这个男人来这里是巧合，可是看到助理在外面接她，还有那监控画面，她可不觉得那是巧合。

"许小姐猜猜看。"

"楚先生不会是爱上我了，看到我和南宫景走了，吃醋追上的吧？"你让老子猜的，恶心不死你！

楚棠果然将笑意收敛了几分："许小姐，你有没有听过一个成语？"

"什么成语？"时笙心底已经起了戒备。

"祸从口出。"楚棠漂亮的眸子微微眯起，笑容慢慢地爬上脸颊，却含着无尽的危险，一股无形的压迫感从他身上散发出来，让人有些喘不过气。

时笙往后退，转了转眼珠子，脸上的表情瞬间变成狗腿的谄媚："楚先生刚才听到什么了吗？刚才是我忘记吃药了，楚先生千万不要和我这个病人计较。"

"不知许小姐得了什么病？"

时笙含羞带怯："得了一种叫楚先生恋爱综合征的病，楚先生就是我的药。"

楚棠："……"如果不是楚棠那不太对劲的眼神，时笙也算是撩汉成功了。

而躲在角落的助理和保镖纷纷表示受到了惊吓。许小姐竟然在调戏楚少！

凌浩有点轻微脑震荡，腿被炸伤了，清醒过来的第一件事就是报复许家。但他还没开始行动，凌氏企业忽然被人举报非法洗钱、走私，证据充足。这一切来得太快，快得让凌氏企业的人还没明白发生了什么，就被司法机关暂停了一切业务。和凌氏企业合作的公司也在一夜间纷纷断了和凌氏的来往，平日交好的家族，都避而不见，债主更是上门要账。凌氏孤立无援，陷入绝境。

“不是我不帮你，是我帮了你，我就得和你一起玩完。”这句话是凌氏听得最多的。有过命交情的人告诉他们，有人发了一些黑料威胁他们，不准帮忙，否则那些东西就会公之于众。

而此时，南宫家也好不到哪里去。南宫政忽然带回一个私生子，私生子的年纪竟然只比南宫景小一岁，当年南宫政和南宫夫人也是家族联姻，那个私生子的母亲才是南宫政的至爱。

私生子早就被南宫政安排进了分公司，这次带回来后，南宫政就让私生子进了总公司，虽然比不上南宫景，但也是极其重要的职位。

南宫景直接和南宫政翻了脸。但是南宫景此时还没有将公司完全掌握在手里，一些本就不满他的人，直接站在了私生子那边，双方陷入夺权战斗。

南宫景逍遥快活了二十多年，从来没觉得这么憋屈过。那个私生子竟然在分公司笼络了不少人，一进总公司，又花言巧语地说服几个本来就和南宫景不对付的人支持他。

“大哥，真是得感谢你给我这个机会，让我来做这个项目的负责人，你放心，我一定好好做，不会让你失望的。”青年面带微笑，声音温和，好像他们真的是亲生兄弟一般。

南宫景双手攥拳，手背上青筋暴起，神色阴戾。这个项目他都做得差不多了，结果就因为他的一个决断失误，就让这私生子捡了便宜。

“别叫我大哥，恶心。”南宫景强迫自己冷静，他不能在私生子面前示弱。

青年微微一笑：“大哥，我们是有血缘关系的，这一点你无法否认。”

南宫景一想到家里病倒的南宫夫人，再也忍不住怒气，直接朝青年脸上招呼过去。

两人打架的消息很快就传遍公司，因为私生子完全没还手，全程被南宫景揍，公司的舆论直接偏向私生子。而之前一直隐晦的解除婚约事件，也被人挖了出来。

南宫景和别的女人上床，被前任未婚妻许家大小姐抓了个正着，许家大小姐受不了，这才提出解除婚约。如果没有私生子事件，这件事被拿出来说也没什么，但是现在被人挖出来，再被有心人添油加醋，那性质完全不一样了。

南宫景出轨的对象也被挖了出来，她如何借着许大小姐和南宫景攀上关系，如何与凌家小少爷暧昧不清、酒会上被人睡了的事自然也避免不了被曝光。

而众人看南宫景的眼神就像在看一个傻子，一个被别的男人睡过的女人，他竟然还当成宝贝。

南宫景在公司受了一天的气，回到公寓见苏衣衣那含羞带怯的模样，脑中不由自主地闪过苏衣衣在别人身下呻吟的场景，顿时气不打一处来。他大步走向苏衣衣，一把将她按在桌子上，桌上的餐具稀里哗啦滚在地上。

"景，你弄痛我了。"苏衣衣没发现南宫景的不对劲，反而声音娇媚地撒娇。

南宫景心底的恶兽像是觉醒了一般，赤红着双眼，粗暴地扯掉苏衣衣身上的衣服，连个缓冲都没有留给苏衣衣，直接进入她的身体。苏衣衣疼得倒抽一口冷气，总算发现南宫景不对劲，开始拼命挣扎。

"景……景你怎么了……你停下，啊……景你放开我，放开我。"苏衣衣双手被南宫景束缚着，整个人趴在餐桌上，根本动弹不了。

和以往不同，这次有的只有痛和粗暴，她从来没有被南宫景这么对待过，她害怕了。可不管她怎么求饶，南宫景都没有回应她，只有越来越粗暴的行为。

等两人结束，苏衣衣身上满是青痕，私密处更是撕裂一般疼。她抱着身子，缩在沙发的一角，泪痕遍布的小脸上满是惊恐。南宫景一个劲在她身边道歉，说自己在公司的境遇，说他是被气疯了，让苏衣衣原谅他。

"衣衣，我保证以后再也不会这么对你了，我错了，请你原谅我。"南宫景低声下气地道歉。

苏衣衣虽然有些害怕，但是一想到南宫景如今的境遇，又有些心疼，哽咽道："你真的吓到我了。"

"以后不会了。"南宫景紧紧地将苏衣衣抱在怀中，不断重复这句话。

两人抱了一会儿，又滚到了一起，这次南宫景就温柔了许多，让苏衣衣彻底放松下来。

金满楼，这座城市最大的销金窟。

包厢装修奢华，光线调得极暗，来这里的人都是为了放松找乐子，坐在这个包厢的男子却显得极其不安，不时东张西望，似乎四周有什么人监视着一般。

就在他神经绷到最紧的时候，包厢的门被人推开。光线太暗，他只能隐约看到门口是个女子，身形高挑，剪裁得体的长裙勾勒着玲珑有致的身体曲线，身姿曼妙。

啪！包厢的光线顿时亮了起来，门口的女子进来关上房门，迈着小步走到男子对面，容貌精致，嘴角含笑，是极为年轻的一个女子，举手投足间透着优雅贵气。她的眸子极平静，即便脸上笑容满满，那双眸子也没有激起半点涟漪。

来人不是别人，正是时笙。

“您来了。”男子战战兢兢地站起来，明显对时笙有些惧怕。

“事情办好了？”时笙示意男子坐，男子拘谨地坐下，脸上满是惶恐和紧张。

“都办好了，按照您的吩咐，凌家接下来的麻烦会越来越多。”

当初凌浩如果不参与绑架，时笙也不会出手对付凌家。她从来不会对敌人心慈手软。

时笙点点头，从随身包里拿出一个文件袋：“东西都在这里，记住，我能找到你的把柄一次，自然可以找到第二次，反水的后果你要掂量清楚。”

男子迫不及待地将文件袋拿过去检查了一遍，确定没有问题后，谨慎讨好地道：“许小姐放心，这事绝不会有第三个人知道。”

时笙颔首：“走吧。”

男子像是得了赦令，恨不得一步走出包厢，当他拉开包厢门的瞬间，背后悠悠传来一句话——

“少做缺德事。”

男子身形僵了下，冷汗瞬间爬满整个后背，他回头对着时笙鞠了一躬，逃一般离开了包厢。

男子一走，时笙撑起来的形象立即就散了，软绵得像只小猫。

凌家的黑料太多，前面她动点手脚，后面就根本不需要她插手了，有的是人要凌家倒台。

【宿主，根据数据扫描，你并不具备任何黑客技能，这具身体也不具备这个技能，你能解释一下你的技能从哪里来的吗？】

那些黑料，全是宿主用黑客技术弄出来的。当时看到的时候，系统是纳闷的。它这积分商城都还没开放，宿主在哪儿学会的黑客技能？这个宿主和常理不太合啊！

“天生的，不行吗？”

【那上次那个炸弹，你怎么解释？】

“我拒绝回答你这个问题。”时笙哼了哼，“你不是会读心吗？你读啊，读啊！”

【……】宿主最近越来越刁蛮了。

成功让系统闭嘴后，时笙整理了下衣服，从包厢出去，这地方是那个男人选的，听说私密性极好。

外面是回字形走廊，很像古时候的那种青楼，站在走廊上能看到下方的场景，倒也不是很喧哗，人们三三两两坐在卡座中，低声交谈着。

而一些光线极暗的地方，却是暧昧的场景。时笙扫了一眼就移开视线，她一点兴趣都没有。

时笙从走廊往下楼的方向走，走到一个房间门口的时候，房门忽然被人拉开，一道高大的影子直接扑了过来，满身酒气，时笙下意识往旁边闪开。

那人影摔在栏杆上，扒着栏杆，样子极其狼狈。

“景少，我扶你。”房间里出来一个浓妆艳抹的女人，穿得极少。

“滚开。”南宫景甩开那个女人，自己撑着栏杆站起来，脸色青灰。

余光扫到站在离自己两步远的女人，南宫景眸子里如暴风雨袭过，他从牙缝里挤出几个字：“许乘月！”

他在里面陪着那些人喝得跟孙子似的，出来却看到穿得光鲜靓丽的女人，他心底不知怎么就涌出一股恨意。

“前未婚夫啊！”时笙做出才认出面前人的夸张表情，“好巧在这儿也能遇上。”

看着那张熟悉的笑脸，南宫景心底的恨意翻涌而上，她凭什么这么得意?

“你还敢出现在我面前。”南宫景咬牙，上次竟然让她跑了。

“我为什么不敢？干出绑架这事的又不是我，我都没追究你的责任，已经算是大人有大量了。真不敢出现的，该是你吧！”

她不报警的原因很简单，就算报了，以当时南宫家的能力，三言两语就能揭过去，她干吗要去浪费时间？而让他好好地待在外面，也是一件极其痛苦的事。

南宫景觉得对面的女人笑得可恶极了，酒精麻痹下，抬手就朝时笙脸上打过去。时笙本能地往后退，后背却抵上了一个温热的胸膛，一只手臂从她头顶伸过，修长如玉竹的手准确地抓住了南宫景的手腕。咔嚓！南宫景瞬间脸色苍白，手腕无力地垂了下去，抓着他手腕的主人嫌弃地将其放开，从旁边接过一条干净的手帕擦了擦手。

“南宫景，你还有时间在这里欺负女人，看来你们家的事已经解决好了……”楚棠的声音和平时没有什么区别，但是落在耳中，无端让人背脊发凉。

“你……”南宫景有些晕，但也认出这个男人是谁。

楚棠，那个传说中的商界传奇。他和许乘月竟然有关系。当初在他家，这两个人就勾搭在一起了吧！这女人还做出一副受了多大委屈的模样，也是会演，竟然连他都骗过去了。南宫景狠瞪了时笙一眼，让一直站在他身边的女人扶着他进房间，他惹不起还躲不起吗？

时笙没心情理南宫景，身子错开一步，拉开和楚棠的距离：“怎么到哪儿都能遇见你。”这才是阴魂不散！

“呵……许小姐不是说要追我吗？”楚棠斜睨着时笙，观察她脸上的表情，她此时的样子，就像被喂了不喜欢食物的宠物，满脸都写着“我不乐意见到你”。当初在别墅，可是这个女人一字一顿地说，要追他来着。

“……”时笙把这茬忘了，瞬间变脸，“我和楚先生这是天定的缘分，随便在哪儿都能遇见，楚先生要不就答应我的追求？”

楚棠心底好笑，他敢用所有资产打赌，她绝对不喜欢自己。也不知道这女人想做什么，非要做出一副喜欢自己的样子，真是让人好奇！

“许小姐不拿出一点诚意来？”有个和自己是同类的女人追求自己，楚棠觉得应该享受一下被追是什么感觉。

时笙恨不得一巴掌拍死楚棠，脸上却不得不挤出笑容：“那楚先生觉得怎么才有诚意？”

“给许小姐一个机会，三年内，许小姐的身家若是能达到我的十分之一，我就答应许小姐的追求如何？”

“就这么简单？”

楚棠浅笑不语。

旁边的保镖快要憋不住了。你知道我们楚少身家多少吗？知道十分之一是多少吗？三年的时间，除非把许家卖了，否则谁能赚到那么多钱？许小姐，你到底哪里来的信心，说出“这么简单”四个大字？

“行，成交。”时笙在脑子里快速搜索着楚棠这货到底值多少钱。

“还有个附加条件。”

“你有完没完！”时笙爹毛。

“想不想追我？”

“……”时笙在心底告诫自己忍住，“楚先生请说。”

“许小姐这三年内需要按照普通人的方式追求我。”

“凭什么？”系统你确定他不是来捣乱的？就这种变态，到死也追不上啊！

保镖二人组已经惊呆了，表示完全不理解有钱人的脑回路。

一年的时间说长不长，说短也不短。

凌浩的父母进了局子，公司被凌浩的大伯接手，凌浩被扫地出门。凌浩在那次爆炸中被炸伤了腿，因为后续治疗费用不够，走路有些问题。一开始他想去找苏衣衣，可是南宫景根本不让他见苏衣衣，等他身上的钱越来越少，才意识到自己早就不是那个高高在上的公子哥儿，也就没那个心思去找苏衣衣了。最后，凌浩不知所终。

而南宫景和私生子进入白热化的争夺中。有那个私生子在，南宫景绝对不会好过。原剧情中，那个私生子出场的时间比较晚，那个时候南宫景已经彻底将公司掌握在手中，私生子也是有些能力的，蹦跶了一段时间才被南宫景解决掉。但是现在那个私生子出场的时间提前了，南宫景还没有那个能力，而私生子又有南宫政的暗中相助，两人相争，最终胜利的说不定就不是南宫景了。

当然私生子提前出场，自然有时笙的手笔，公司里那么多人帮着他，也是时笙拿了一些黑料，那些人不得不帮着他，不然以他一个空降的私生子，别人凭什么那么相帮？至于以后，他能不能拿捏住那些人，就不关时笙的事了。

南宫景在公司过得越来越不如意，回到公寓，对着苏衣衣轻则打骂，重则凌虐。一开始南宫景事后还会道歉，但是当苏衣衣试图离开他的时候，南宫景被激怒，将苏衣衣囚禁在了别墅中。苏衣衣开始还能原谅他，可是时间一长，她心底便滋生怨恨。南宫景，这个恶魔毁了她。

苏衣衣双眼空洞地躺在床上，像是没有灵魂的傀儡。良久，她忽然动了，从床上爬到另一边，拉开旁边的柜子，伸手从里面拿出一根尖锐的铁扦。尖锐的铁扦抵着她的手腕，只要她微微用力，就能把手腕割开。一分钟、两分钟……苏衣衣始终维持着这个姿势，五分钟后她把铁扦收了起来，目光空洞地躺回了床上。

时笙毕业那天，才听到苏衣衣死了的消息。她刺伤南宫景后自杀，谁知道南宫景命大，竟然被抢救过来，但是精神出了问题，听说已经被送到精神病院去了。

南宫景和苏衣衣落到这一步，已经出乎时笙的预料。当初她本来准备好好回报一下苏衣衣，可是她发现苏衣衣一直在南宫景的别墅里，还以为南宫景是为了保护她，没想到却是囚禁。

照完毕业照，时笙抬头就看到站在不远处的楚棠，一如初见，白衬衣配西裤，双手插兜，满身透着邪气，却非常吸引人的眼球。

“你不是还有几天才回国？”时笙在一众诧异、惊艳、羡慕、嫉妒的目光中走到楚棠面前。

楚棠勾了勾嘴角：“作为追求者，你已经五天没给我发信息、打电话，我以为你出了什么意外，特意回来看看。”

时笙擦汗，她要忙毕业的事，还要忙公司的事。她恨不得一个人分成三个人来用好吗！

“现在看到了，没死。”时笙没好气地往校门外走去。

“伯母和伯父叫我们回家吃饭。”楚棠迈着大长腿，轻易就追上了时笙。

时笙：“……”到底谁是亲的啊！自从半年前，楚棠以方便时笙追求为借口住进了许家，许父许母统统叛变，搞得她在那个家像是捡来的，这变态才是亲生的。

到校门的时候，楚棠去开车，时笙站在门口等他。

“许大小姐，你可算是在学校露面了，见你一次可比登天还难。”一青年搂着一个女生从校门出来，看到时笙，青年惊喜地打了个招呼。

“林少，我们三天前才见过。”时笙和这个林少见过几次，最近的项目需要和他家接触，这个林少是负责人带在身边长见识的。

时笙扫了眼林少搂着的女生，女生却极其戒备地盯着时笙，好像时笙要和她抢人似的。

安安，时笙的那个室友。

最近一年多，时笙忙着赚钱，根本没来学校，寝室自然也没住了，那两个室友什么情况她也没时间关注。只记得她上次去寝室收东西的时候，听到安安在和人打电话，说话特别暧昧，身上穿的、戴的也上了一个档次。

安安瞪着时笙，双手搂着林少的胳膊，无声宣示主权。

“不知许大小姐什么时候有空，我请你吃个饭？”

“林少……”安安难以置信地叫了一声，她好不容易才让这个富二代看上自己，结果转眼他就要请许乘月吃饭，“许乘月，林少的女朋友是我，见人就勾搭，你是有多不要脸。”她不敢和林少对上，只好冲时笙吼。

这妹子脑子有问题！时笙鉴定完毕，直接收回视线：“等签合同的时候吃吧！”

林少还没来得及反应自家新上任的女朋友的话，一辆保时捷就停在了时笙面前。时笙上车离开，用了不过几秒。等车子彻底消失在林少的视线里，他才一把拂开安安，低声呵斥："你是不是有病？敢那么和她说话？"刚才若是时笙一个不高兴，那个项目就完了！

"我说错什么了？"安安没想到林少会突然吼自己，脸色猛地一变，"你是不是看上她了？"

林少冷笑一声："我倒是想看上她，可人家看不上我。你知道人家是谁吗？云尚集团的千金，如今身家过亿，她要是能看上我，我倒贴都乐意。"林少不管安安什么反应，径直离开，他可不想因为一个女人，让到手的项目飞了，他家老子得打死他。

安安在这个圈子也混了一段时间，自然听过云尚集团的许大小姐，但是她没想到，那个许大小姐竟然是她的室友。

许大小姐就是许乘月？这怎么可能！安安在网上搜了"许乘月"三个字，跳出来的报道有许多，都没有照片，可她从那些字里行间能推断出，那个许大小姐，就是她认识的许乘月。想想自己说过的话，安安恨不得一头撞死。人家堂堂云尚集团千金会被人包养？明明从许多地方都能看出她不是普通人，可是自己为什么就是没发觉呢？对了……苏衣衣，是她在自己耳边不断暗示，许乘月被人包养。

想到苏衣衣，安安脸上又是一阵铁青。

三年的时间，时笙让自己的身家达到了楚棠身家的十分之一，楚棠这次倒是没再推托，在许父、许母的见证下，向时笙求了婚。订婚、结婚，一切都很顺利。两人感情极其稳定，楚棠未曾有除了时笙外的任何女人，不管出席什么场合，两人都是同进同出。楚棠对时笙体贴入微的照顾，羡杀旁人。

然而，只有亲近的人才知道，这两人相处的时候绝对火药味十足，随时能打起来似的。

许父许母晚年幸福美满，唯一觉得遗憾的是，没有看到外孙。

时笙在这个位面守着楚棠离世，才成功离开，回到系统空间。

恢复了自己年轻貌美的模样，时笙那叫一个开心，在空间中蹦跶了好一阵才安静下来，盘腿坐在那本半人高的书前。

【恭喜宿主回来，宿主可有什么感觉？】系统冰冷的声音适时响起。

感觉？什么感觉？时笙一脸迷茫地看着屏幕。

【……】

时笙撑着下巴，立即转移话题："我的隐藏任务应该没有完成吧？"楚棠不爱她，她能感觉到。楚棠从来不碰她，或许后面楚棠把她当成了亲人，但是那份爱里绝对没有男女之情，要多纯洁就有多纯洁。

【是的，隐藏任务并未完成。】

时笙面前的屏幕出现了变化。

姓名：时笙

人品值：−99000

任务等级：F

任务评分：75

积分：1000

隐藏任务：未完成

【隐藏任务完成率达到60%，不进行抹杀，但是将扣除积分500以示惩罚。】

系统声音一落，就见积分那一列直接变成了500。

时笙："……"

【系统商城触发，是否开启？】

系统商城？哎哟，真的有这玩意啊，开开开！时笙面前的屏幕立即变成了物品栏。物品……都是什么鬼？小到柴米油盐洋娃娃，大到异能幻术星际战舰，还有办证、开锁……要多齐全就有多齐全。

时笙看着星际战舰的图标，需要积分零太多，数不过来。时笙果断关掉商城，太贵，买不起。

【宿主，由于你上个任务出现bug（漏洞），现在需要对你进行扫描，请宿主不要抵抗。】

bug……说的应该是她的黑客技术和那两个炸弹吧，这傻系统！时笙翻了个白眼，扫描得出来个鬼啊！

最后，系统自然没扫描出什么，得出的数据和最开始的数据分毫不差，依旧没有显示宿主有任何黑客技能。

系统迷茫了，这不对啊……

【是否进入下个任务？】

【传送开始……】

喂喂，老子还没回答呢？绝对是在报复！

第二章　新的任务（上）

啪！时笙刚有知觉，脸上就被人扇了一巴掌，她身子一晃，朝着地上倒去。

“停！谁让你坐下去了？你坐下去干什么？你当你是林黛玉啊！这都第几条了，看看你演的什么！”

时笙被经过扩音器放大的声音吼得有些蒙，晃了晃脑袋，这才看清自己所处的场地。古香古色的房间，面前还站着一个古典美人，当然，如果美人不用那么不屑加鄙夷的眼神看她，就更美了。

时笙环顾了下四周，眼底的茫然一扫而空。拍戏、娱乐圈、明星，这几个词迅速蹿入时笙脑中。她深吸一口气，从地上站起来，扫了一眼站在自己面前的女人，刚才应该就是她打的自己。

时笙不知道这身体和眼前这人有什么恩怨，只得暂时压下怒火，冲着导演鞠了一躬：“抱歉导演，下次一定过。”

导演是个胖子，火气还没下去，但时笙一个小姑娘，此时好言好语道歉了，导演一个大男人也不好说什么，烦躁地挥挥手：“休息，一会儿再拍。”

导演发话，工作人员立即散开。一直站在时笙面前的女人冷哼了一声，昂着高贵的头颅，拎着曳地的裙子，如骄傲的女王往场外走去。

时笙摸了摸有些疼的脸颊，目光晦暗地盯着女人离开的背影。

原主叫江晚，家在一座二线城市，十岁的时候父母出意外双亡，寄住在大伯家。因为原主父母是意外死的，赔了不少钱，那些钱本来够原主念完大学，但是大伯一家对她并不好，那些钱被大伯拿走了不说，原主在大伯家也被当成用人，他们连她考上高中的学费都不给出。

原主一边读书一边打工，半工半读想要念完高中，但是高三那年，她那个大伯却想将她嫁给一个四十多岁的老男人，原主不想自己一辈子就这么毁掉，从大伯家逃了出来。她又怕大伯一家找自己，原主心一横，从那座二线城市到了一线城市青市。到青市后，原主阴错阳差踏入了娱乐圈，一开始只是接一些龙套，后来因为她长得不错，运气好时能接到比较有身份的丫鬟一类的角色。后来在一部戏中，她拿到了一个女三的角色，那个角色人物讨喜，加上又是青春剧，播出后，原主小火了一把，成功签约东方娱乐。

也是因此，原主迎来了她一生悲剧的源头，东方娱乐的总裁席墨。这个位面的男主角。说起来原主完全是无辜的，不过是用来给女主角做挡箭牌。

女主角叫夏满，夏满和席墨打小就认识，高中毕业，夏满出国，席墨觉得夏满违背了他们之间的诺言，从一个暖男黑化成喜怒无常、只手遮天的霸道总裁。

可就在这时，夏满回来了，并进了娱乐圈。两人第一次见面的时候，原主正巧从两人身边过去，席墨顺手就抓了她，宣布她是他的女朋友，夏满直接被气走，席墨也扔开原主独自离开。

第二天，席墨的助理就找上原主，安排了最好的经纪人，配了最好的团队，势必要将她捧红。

席墨要求，在他需要原主出场的时候，她随叫随到。席墨是大boss（老板），原主是个一穷二白毫无后台的十八线小明星，加上原主常年寄住别人家，早就习惯看人脸色，养成了自卑懦弱的性子，哪里敢不从？她小心翼翼地待在席墨身边，并不敢奢望席墨能喜欢自己。是的，在原主心底，席墨就是高不可攀的神祇，她的喜欢卑微到了尘埃里，喜欢席墨都是一种奢望。

有席墨明面上护着，她的星途在那段时间绝对是走得最顺的，但是紧随而至的还有刁难、排挤、嘲讽……在席墨看不到的地方，她经受了无数的折磨。

席墨的最终目的是让原主吸引头号恶毒女配角的注意力，而原主也确实做到了。

席墨和夏满在原主的掩护下早就和好如初，所有人的视线都放在原主身上，等众人回神，夏满已经红遍全国。在夏满出名的同时，原主被爆出丑闻。各种莫须有的罪名扣在原主头上，她的身份信息被网友公开在网上，无数人叫嚷着让她滚出娱乐圈，滚出地球。原主躲在家中哪里都不敢去，但是没想到大伯一家会找上门，逼她拿钱。原主根本就没积蓄，被席墨“护”着的那段时间，她表面风光，可她的签约合同不过是公司最差的那种，大头都被公司拿走了。

她还要自己花钱学习各种表演课、形体课，化妆品、服装这些都需要自己出钱，她哪里拿得出钱。原主不拿钱，大伯一家就在网上诋毁她，将一些她根本没做过的事扣在她头上，生生将原主逼上了绝路。原主唯一一次发狠，是临死的时候，当着媒体的面倒下，只留下最后一句话——

“这个世界上，最恶毒的就是人心，它能将你一夕捧上天堂，也能将你一夕打入地狱。”

原主的遗愿有三个：第一个是大伯一家受到惩罚，第二个是让那个女配角尝尝她经受的这些折磨，第三个，她要站在娱乐圈的巅峰。

原主的遗愿中，没有关于男女主角的心愿。

时笙接受完剧情，胸口一阵阵发闷，好一阵才适应过来。这个身体……有点傻。这是时笙接收完剧情的第一个反应。

随后是第二个反应，这身体应该是被作者写崩了。作为女配角，这个身体并没有任何黑点，她只是有些自卑懦弱，有群渣亲戚，心怀梦想，这种设定……更像是女主角闺密。这种发展路线应该是，女主角帮女配角解决渣亲戚，改变她的性格，然后带着她一起飞。可是原主被作者强行用来突显男主角对女主角的维护宠爱，违和感不要太强！

时笙收拾了下，从厕所出去，工作人员已经陆陆续续走向自己的岗位。她现在过来的时间点不算太晚，刚被席墨“护”上。

今天拍的这部戏，正是席墨给她分配的经纪人给她的女二角色。这部剧是改编的，播出后反应一般，剧情烂俗，没有亮点。又因为剧场的人刁难，原主当初的表现并不好，这部剧之后还成为原主的一个黑点，说是因为有她才毁了这部剧。

时笙无视导演的怒吼，让化妆师给自己补妆，盖住脸上的红肿。

“贱人就是矫情。”

时笙抬头看向说话的人，是之前打她的女人林姗姗。这女人也算是重要人物，百万字的剧情，这货至少蹦跶到了五十万字，前期的恶毒女配角就由此人担任，为反派炮灰做出了卓越的贡献。她和原主都签在东方娱乐，林姗姗是东方娱乐这段时间力捧的对象，这次女二的角色她本来想推荐一个人，可是被公司安排给了原主，林姗姗就将原主记上了。

“林姗姗，这一巴掌我给你记着。”时笙指了指已经被遮住的脸，眸子里闪着阴戾之色。

不知为何，林姗姗觉得后背有些发凉，那双以往盛满自卑和懦弱的眸子，此时像狼眸一般幽暗，让人不敢直视。

等林姗姗回过神，时笙已经走了。林姗姗摸了摸胸口：“这小贱人的眼神怎么变得那么瘆人？哼，以为一个眼神就能唬住我，当我林姗姗是吃素的啊！”

旁边的化妆师只当没听到林姗姗的话，自顾自收拾东西走人。

拍戏的时候，林姗姗倒是想下手，不过都被时笙避开了。林姗姗几次甩了空，导演又开始咆哮，这次不但时笙被骂，连林姗姗都被骂了。时笙反正是不怕骂，就当导演在放屁。

“你们到底还想不想拍了，就这状态，拍到明天也过不了！”

林姗姗胸中燃烧着熊熊烈火，这个江晚，她非要对方知道厉害！

好不容易过了，林姗姗见时笙去了厕所，也跟着进去，从后面大力推了时笙一下，道：“江晚，刚才你是不是故意的？”

时笙扶着洗手台才没摔倒，目光一沉，转身就是一巴掌甩过去，道：“这一巴掌是还你的。”

林姗姗被那一巴掌扇蒙了，几秒钟后反应过来，张牙舞爪地就去抓时笙的头发。时笙早就防着她，灵巧地避开她的手，绕到她后面，伸手将她往前推了一把，迅速退出厕所。

厕所出来的方向，很多地方都能看到，林姗姗不敢以那个形象出现，时笙便大摇大摆地离开。等林姗姗收敛好情绪出来，片场已经没有时笙的身影，林姗姗肺都快气炸了。但是等她冷静下来，就发现不对劲了。江晚胆小懦弱，她之前欺负江晚，江晚哪次敢吭声了，这次怎么忽然发飙了？

把那一巴掌打回来，时笙没有给任何人打招呼，趁人不注意直接溜走了，至于导演有什么愤怒，找席墨给她安排的那个经纪人好了。既然席墨利用她，她可不会学原主，不知道利用。

时笙从身上搜出一张卡，去银行查了下，里面只有三万块钱，在这个圈子，这点钱根本就不够看。赚钱对她来说不难，但是三万块钱的启动资金，嗯……有点少，短时间内想要快速圈钱肯定是不行的。

就在时笙思考人生的时候，身上的电话忽然响了。时笙摸出手机看了一眼，是她那个经纪人打来的，拒接！经纪人打了几次，被拒接后，换成了助理。时笙照样拒接拒接！

等手机铃声再次响起，时笙下意识拒接，拒接完才看清来电显示上的名字。时笙撇了撇嘴，极其凶残地发了条短信过去：“本宝宝在思考人生，别打扰老子，让你的人也别打扰老子！”然后她果断关机。

等时笙理清头绪，这才慢悠悠地往住的公寓走。公寓是公司准备的，之前她和别的艺人一起住，自从席墨拿她做挡箭牌后，就给她单独拨了一套。

开门进去，看到里面的人，时笙一点也不意外。

她的经纪人米兰，穿着职业套装，三十出头，短发，看上去精明干练。

“你还知道回来。”米兰声音中带着一丝怒气，“你知道我给你打了多少个电话吗？”

“哦，然后呢？”时笙敷衍地应了一声。

这个经纪人是很有能力，可她不是真心待原主，甚至有些看不起原主，不然也不会给原主接这么一部烂剧。就拿今天来说，本该在片场等原主的助理，被米兰带去给她手下的另一个艺人帮忙。

米兰被时笙问得有些蒙。江晚这丫头有些不对劲，这是米兰脑海里第一时间闪过的念头。她仔细打量了时笙一番，眉头皱了起来，身为经纪人，看人是必备课程。

以前的江晚虽然长得不错，可性格太过自卑懦弱，处处透着小心谨慎，让人觉得有些小家子气。可是此时陷在沙发中的江晚，仅仅是坐在那里，就有一股浑然天成的贵气，眼底没有自卑，没有谨慎，只有平静。如果不是那张脸，米兰会觉得这根本不是江晚。

“《倾城》我不拍了，你帮我解决掉。”时笙见米兰盯着自己半天不出声，只好先出声。《倾城》就是她现在拍的那部古装戏的名字。

米兰被拉回思绪，条件反射地问：“不拍了？为什么？”

“不喜欢。”比起拍戏，她更喜欢赚钱。可惜原主的遗愿是，非要混到娱乐圈的巅峰……

米兰像是听到什么好听的笑话：“江晚，你以为你是谁，你说不拍就不拍？你以为剧组是你家开的啊！”

“反正我不拍了。”

“江晚！”米兰怒了，本来让她来带这么一个艺人，她就觉得够憋屈，现在这艺人还不识好歹。

时笙捏了捏耳尖，无辜道：“米兰姐，你有时间跟我吼，还不如想想怎么解决这件事。”

米兰强迫自己冷静下来，好言相劝：“江晚，《倾城》已经拍了一半，你现在说不拍，公司要赔多大一笔钱你知道吗？你现在刚进公司，哪里拿得出那么多钱？而且这对你的名声也不好，你得为自己想想，为你后面的星途想想。”

“我不拍。”

“江晚，你不过是个新人，这么任性下去，公司就算再看重你，你也得被雪藏！”

“我不拍。”不管米兰怎么威逼利诱，时笙都是这三个字。

米兰最后怒气冲冲地走了。

米兰走后没多久，席墨的电话就过来了。时笙等铃声响了三十多秒才接通。

“为什么不拍了？”席墨的声音有些低沉，每一个音节都染上了磁性，让人听着就醉了。

“不喜欢。”时笙简短地回答。

席墨那方沉默了一会儿，然后挂断电话，手机里传来冰冷短促的忙音。

呵……这大忙人还能抽空打电话，证明还是挺看重她这个挡箭牌的嘛！

时笙将手机扔开，从杂乱的被窝里找到原主用的笔记本。时笙先搜了搜原主的名字，没什么大新闻，又将原主演的那部青春爱情剧大致看了一遍，原主演技一般，但因为是青春剧，演技也不是那么重要，长得好看就行。她又搜索了一些东方娱乐和席墨的资料了解一番，这才关掉网页。

原主好像有微博，时笙在记忆中找出微博号登录，刚上去就是一连串提示音，页面卡顿了几秒才缓过来，上面有上千条@她的消息，而且数量还在不断增加。

原微博是一个叫“睡不醒的猫猫”发的，内容很简洁，剧外惊现剧内情景，配着一个惊恐的表情，然后就是一个手机拍摄的小视频。视频内容正是时笙在厕所打林姗姗的画面，前面和后面都被剪掉了。有好几个影响力不错的“大V”转发，一些网友扒出两人正在拍摄的电视剧，然后对应发布的剧照，再结合原著，很快就有人得出了自以为是的真相。

下方无数网友开始@原主的微博，并加以正义的声讨，林姗姗的粉丝纷纷拥向原主的微博，骂得可难听了。

“怎么会有这么恶毒的女人，之前看她演的那部爱情剧就觉得她演技好烂，现在人品还这么烂，欺负我们姗姗，江晚滚出娱乐圈。”

“打脸是戏里情节需要，姗姗女神就算真打你，那也是为了更好的拍摄效果，你凭什么在戏外打回来？戏里戏外都分不清，当什么演员，江晚滚出娱乐圈。”

“现在的新人太不尊重前辈了，一点素质都没有，果断路转黑。”

“江晚道歉，滚出娱乐圈。”

说得难听的什么都有，问候全家都是轻的。这些人躲在网线后面，真相是什么他们根本不在乎，拎着一点自以为是的真相就开始胡说八道，还能帮你把背景补全。

不过半个小时，#江晚道歉，滚出娱乐圈#就被顶上了热搜。越来越多的人拥向她的微博发表评论。网友的脑洞是无限大的，用江晚的那句话说，这个世界上最恶毒的就是人心，它能将你一夕捧上天堂，也能将你一夕打入地狱。

时笙没有回应网上的事，知道自己越是回应，这些人就蹦得越欢，更何况，还有公司顶着。果然，很快米兰就打来电话，语气生硬，极为不悦，大致意思是让她什么都别回，公司那边会处理。时笙对此表示，资源不用白不用。

林姗姗的事处理得极快，但也可以看出米兰对原主的不用心，不过是用公司另外的艺人将这条热度盖过去，根本就没有要帮她正名的意思。

时笙越发坚定要离开东方娱乐。合约是三年期限，如今她刚签约不到半年，还有两年半的时间，想要离开就得付违约金，那违约金可不是她现在付得起的。

第二天，时笙约了公司的一个经纪人。

“江小姐，你是米兰的人，她手上的资源和人脉都是最好的，为什么想要转到我这个刚进公司的经纪人这边？”年轻男人推了推架在鼻梁上的眼镜，说话慢条斯理。

“我需要的是一个负责的经纪人。”时笙暂时无法脱离东方娱乐，只能将自己的利益最大化了。米兰这个人，她是绝对不敢用的。

“江小姐凭什么觉得我可以从米兰手中抢人？”年轻男人的声音不急不缓，却带着几分犀利。

时笙眉眼含笑，嘴角微微上勾，红唇轻启，语气笃定：“我相信你，你能做到。”

年轻男人微微抬头，透过镜片和面前的女孩对视。她眸色平静，没有一丝波澜，配上那张含笑的脸，无端有些怪异。他进公司不到一个月，她凭什么那么笃定，他能将她从公司金牌经纪人手中要过来？年轻男人下意识推了推眼镜，语气中多了几分审视：“那么江小姐又有什么底牌，让我带你？”

“我终有一天会站在这个圈子的金字塔顶端，唐隐先生，我再次郑重邀请你同行，你可愿意？”

唐隐看着面前郑重朝他伸手的女孩，镜片后的目光暗沉了几分，语气依旧不急不缓：“抱歉，我没办法带你。”

时笙：“……”这男人果然没那么好搞。

她要唐隐做她的经纪人，最重要的一点，是这货以后会超越米兰，当初第一个跟着唐隐的人，后来要多风光就有多风光。

“你要如何才能做我的经纪人？开个条件。”时笙周身的气场骤然一变。

如果说之前的时笙是个女神，高贵优雅，那么现在她就是个女流氓，痞气十足。唐隐看着在两种气场间切换自如的时笙，眸色渐浓。

“如果江小姐能让公司把你交给我负责，我自然很愿意带你。”

时笙：“……”

对方又把这皮球踢回来了，敢情她之前说的那些话都白说了！

“行，你等着。”时笙咬牙应下，反正唐隐不做自己的经纪人，她也肯定是要和米兰分道扬镳的。

唐隐并没有抱多大希望，米兰是公司的金牌经纪人，她已经接手的艺人，不可能平白让出来。

但是当天下午，他就被叫到了总监办公室，江晚的所有资料外加一个顶级团队被移交到了他手上。

公司的人都知道，公司最近给米兰配了一个团队，他以为是米兰凭借对公司的贡献才得到的，可万万没想到，那个团队是专门为江晚准备的。

既然接下了，唐隐也很快进入角色，第一时间就是处理林姗姗的事。林姗姗背景本来就不干净，只需要操作一下就能将时笙洗白，对一个拥有最好团队的艺人来说，这根本不是事儿。米兰拿着这样的团队，却不给江晚办事，难怪江晚不愿意在她手下。

公司配了这样一个团队，米兰却敢挪用，估计是没把江晚放在眼里，那江晚的身份就值得推敲了。不过不管怎么样，江晚现在都是自己的艺人。

“既然做我的艺人，那么我的规矩希望你能听一听。”唐隐习惯性地推了推眼镜。

时笙毫无形象地坐在沙发上：“什么规矩？”

“第一，任何事我都有第一时间知情权。第二，我希望你能和我说说你未来的规划。第三，接什么剧，希望你能听我的。”

除了第一条，另外两条唐隐的语气都没有那么强硬，显然在他看来，第一条最重要。作为经纪人，第一时间掌握自己艺人的动向是必须的，不然等艺人都弄出事来了，经纪人还不知道发生了什么，他要怎么提前预防处理？

时笙毫无诚意地应了，唐隐察觉到她的不用心，也没说什么。

“《倾城》剧组那边公司已经处理好，但是违约金得从你的片酬里扣。”唐隐顿了顿，略带疑惑道，“这个剧本真的很烂，你当初为什么要接？”

时笙耸耸肩：“米兰安排的，我一个十八线开外的小明星，哪里有资格和一个金牌经纪人叫板。”

闻言，唐隐越发对这个自荐上门的艺人表示好奇。自从他接了她，公司直接给了他单独的办公室，甚至好资源都往他这里送，这对一个还没带过艺人的新人来说，简直是天上掉馅饼。

不知为何，唐隐隐隐有种被坑了的感觉。压下心底的怪异，唐隐将三本剧本递给时笙：“这是我选过的剧本，你挑一下。”

时笙只看了眼名字，就将其中一本挑了出来：“就这部。”

唐隐没有反对，这三本都是他选出来的，随便她怎么选，都不会太差。

时笙选中的是仙侠电视剧，讲述修真宗门玄宗被人灭门后，仅剩一口气的弟子青宴，被一株修炼成妖的桃花树所救，一人一妖踏上寻找玄宗被灭真相的故事。这是根据网络小说改编的，算是近年仙侠文中名气较大的一部。

时笙要试镜的不是女主角桃花妖，而是女三，出身不凡，不过结局不太好。

“有把握吗？”唐隐很不确定地问。

他看过她演的戏，演技并不怎么好，但是这部电视剧中，女三是一个极为重要的角色，前期女三俏皮活泼，后期会黑化，变得冷漠无情，两极化的性格不是那么好演绎的。他看中的是女二的角色，虽然以江晚的资质不一定拿得到……谁知道，她选的竟然是女三。

时笙合上剧本，露出一口白牙：“试试不就知道了。”

唐隐深深地看了她一眼，带着她上楼，到试镜的楼层。电梯门刚打开，两人就看到米兰带着一个青春靓丽的女生迎面而来。

米兰看到时笙，眼神有些厌恶，更多的是不满和恨意。对方竟然放着自己这个金牌经纪人不跟，跑去跟一个刚进公司的新人，这不是打自己的脸吗？当然，更多是因为那支团队。

“米兰姐。”唐隐不咸不淡地打了声招呼，余光扫了一眼那个女生，眸色深了几分。

米兰微微颔首，标准化地笑了笑，有些时候，表面功夫还是要做的。

米兰还没出声，她后面跟着的女生先开了口，语带讥讽：“江晚也来试镜？不知是想要试哪个角色？要不要米兰姐帮你参考一下，可不要耽误了前程。”说完，她意有所指地看了唐隐一眼。

“不敢劳烦米兰姐，我怕前程变成前尘。”时笙眉眼弯弯地回答，声音轻软好听。还参考，参考着让她去演丫鬟吗？

米兰眉头一皱，犀利的目光投向时笙，警告意味十足。

女生显然也听懂了时笙的话外音，有些愤怒道：“江晚你这是什么意思，米兰姐好歹也带过你……总归是小地方出来的，这点教养都没有，物以类聚这句话说得果然没错。”这话到最后，又变成了浓浓的讥讽，特别是最后一句。

时笙不动声色地看了眼唐隐，他面色没什么变化，垂在身侧的手却攥紧了。

“嗯，之前跟着米兰姐，还真是多亏米兰姐的照顾。”米兰一听时笙这么说，脸色好看了一些，但是下一秒脸色就变得铁青。

“之前是我不懂事，眼神也不太好使，选择跟着米兰姐。不过你们放心，现在我已经改邪归正了，眼神也好了，一定会擦亮眼选一个好人。”她明明满嘴歉意，却生生让人觉得讽刺极了。

改邪归正……这个词能用在这里吗？说得她们跟做了坏事一般。

“江晚！”女生指着时笙，气得直发抖。

“干什么？和我聊天可是很贵的，看在咱们同一个公司的分上，给你打个折……”

“行了，你接下来还有通告，别为了一些不相干的人在这里浪费时间。”米兰打断时笙的话，狠瞪了她一眼，“江晚，做人别太狂，这个世界比你想的要复杂。”

本宝宝要是狂起来，你早就躺地上领盒饭了，还能在这里放话？

时笙但笑不语，不接话。米兰看着那笑容，心底发毛，站在她面前的人明明什么都没变，可她偏偏有种什么都变了的感觉。

一个小丫头，能翻起什么浪来？以她的人脉，暗中给对方使点绊子，轻而易举就能让对方在这个圈子混不下去。这么想着，米兰心底好受了一些，轻哼一声，走向电梯。

女生踩着高跟鞋从两人中间过去，狠撞了唐隐一下，将他撞得后退了两步：“给我等着！”

等电梯门合上，时笙似笑非笑地看了唐隐一眼。

唐隐推了推眼镜：“对不起。”身为经纪人，刚才他竟然任由人欺负自己的艺人，这是他的失职。

“说起来，刚才那个女生也姓唐。”时笙明显感觉到女生对唐隐的敌意，而唐隐的反应也有些不对劲。

唐隐身躯一僵，镜片后的眸子里极快地闪过一丝慌乱和难堪。

时笙还没来得及看清，就听系统的声音忽然响起。

【随机任务，是否接受？】

还有随机任务？我天，拒绝！主线任务一条还没完成呢！

时笙以为系统会强迫她接受，但是系统这次直接没声了。看来这个随机任务不重要……

“走吧。”被系统这么一搅和，时笙也懒得问唐隐的事。

唐隐不由得松口气，不过看时笙的眼神有些变化。她和资料上的那个江晚很不一样，至少这几天的相处中，他没从她身上看到任何自卑胆小这类的性格。

试镜大厅已经有不少人，唐隐给时笙领了号，陪着她在外面等着。

来试镜的人不少，有经纪人的低声和经纪人交谈着，没经纪人的紧张地坐在一边，满脸都是忐忑以及对未来的期盼。然而每个进去的人，出来的时候不是一脸沮丧，就是直接哭着跑掉了。

时笙大爷似的坐在那里，没有丝毫的紧张和忐忑，甚至连剧本都没看，只盯着对面的女生。那个女生被时笙看得有些不好意思，往旁边移了移，这才发现人家根本不是看她，只是随意将目光放在那里，明显在神游。

直到念到时笙的号，时笙才从那个姿势中回过神，起身进了房间。房间里坐着五个人，是这次试镜的评委，中间的是导演，一个将近四十岁的男人，面容刚硬，不太好相处的模样。

导演叫宋韩，出了名地挑剔，据说曾经有个演员，一场戏在他手上NG不下百次，当然这只是个传闻，真假无从得知。而他吹毛求疵的结果就是捧红了不少艺人，有夸张的说法，在宋韩手中走一圈，演技直线上升。

“各位老师好，我是江晚。”时笙声音不轻不重，正好让在场的人都听到，却又不会显得刺耳。

几位评委翻看了一下江晚的资料，交头接耳一番，其中一人直接露出不看好的神情。

“自由发挥，开始。”宋韩板着脸喊开始。

时笙点点头，也不管其他四人，酝酿好情绪开始表演。

她演的是女三白绾黑化，是最重要的一场戏。原主的演技不怎么样，时笙能借鉴的不多，只能自行想象，将自己代入白绾，被人误解，没一个人相信她，她的世界充满绝望和悲伤，在爱而不得的情况下，彻底沦为幕后boss的爪牙。

在场的人盯着场中的女子，似乎看到了那个绝望到极致、堕入黑暗的白绾。

直到时笙结束表演，房间陷入死一般的寂静。三秒后，宋韩回神，看着时笙，吐字清晰道:“你演得很好，回去等通知。”

其他四人各自对视了几眼，这意思就是定了？之前试镜的，这位除了喊开始，一声都没吭过。

见此情景，其他四人纷纷说了几句场面话，态度明显比之前好了不少。

时笙按照规矩退出房间，唐隐立即上前，也没问她结果如何，直接带着她往外走，直到远离众人的视线，唐隐才慢条斯理地问：“结果如何？”

“等通知。”时笙耸耸肩，一脸无所谓。她知道宋韩开口，这个角色八九不离十，但是还没签约，她也就不急告诉唐隐，免得有什么意外。

唐隐本来也没抱多大的希望，听到这个答案，也没有露出失望的神色。

两人下楼的时候，唐隐接了个电话，挂了电话，他脸色很难看，对着时笙道：“我先送你回去，今天没什么事，你在家休息。”

“你有事？”

唐隐抿了抿嘴角，算是默认了时笙的话。

“有事就去办吧，正好趁我还没大火，我得享受一下平凡的生活。”

这妹子是有多自信，才确定自己一定能大火？唐隐摇头：“我还是先送你回去。”作为经纪人，他哪里敢把自家艺人扔在大街上。

时笙满含深意地看了他一眼，似笑非笑道：“我不管你有什么事要处理，但是我希望你能处理好，不希望以后因为你的事而连累我，明白？”

唐隐心底狂跳了几下，对上那双平静无波的眸子，有种被看透的窘迫感，沉默了片刻道：“那你小心点，有事给我打电话。”

【隐藏任务：一掷千金。】

时笙坐在一家咖啡馆里，系统的声音莫名其妙就跳了出来。

哼！现在连装模作样的询问程序都跳过了，强制执行了吗?

【隐藏任务是不可拒绝任务。】

时笙在脑中将那破系统的投资商加研发组的祖宗十八代问候了一遍，这才稍稍心平气和：“一掷千金是什么意思？”还开始转词了?

【一掷千金：让陆清韵在宿主身上花的钱超过十亿美金。】

“你说谁？”

【陆清韵。】

时笙：“……”这算哪门子的隐藏任务啊！为什么要让她去勾搭陆清韵，然后花他的钱？！

陆清韵是谁？这个故事中最厉害的反派，要钱有钱，要颜有颜，绝对的人生赢家。但是……他也是一个极其危险的人。和楚棠那个打酱油的不同，陆清韵是真的和男主角席墨正面对上，到后期搅得娱乐圈腥风血雨。结局是他因为夏满放弃了和席墨作对，出国去了，作者也没交代陆清韵是否喜欢夏满。

至于他为什么要和席墨作对，剧情中没详细说明，但是隐晦提到和一个人有关，男人女人就不得而知了。

让她去勾搭这么一个人，系统你是不是中毒了？

【目标人物在宿主九点钟方向，请宿主把握机会。】系统扔下这句话就销声匿迹了。

把握机会，要她把握什么机会啊？倒是说清楚再滚啊！

时笙往九点钟的方向看了一眼，那是一个包间，此时房门紧闭，外面站着服务员。

就在时笙内心咆哮的时候，砰的一声巨响传来，接着哗啦一声——

“啊！”

玻璃窗突然炸裂，咖啡馆里的人尖叫出声，坐在玻璃窗边的人纷纷往安全的地方跑。几个打扮怪异的男人从对面的银行跳到街道上，头上套着黑丝袜，手中拎着旅行包，还有人拿着枪械。

混乱的人群从街道上跑过，不是拥进旁边的商铺，就是尖叫着朝两头散开，警笛声从两边街道迅速传来，将那几个人堵在了银行前。

时笙坐在角落，看着外面的突发事件，神色阴晴不定。这就是机会？这算哪门子的机会啊！这都持枪抢劫了！

抢匪似乎对警车的出现并不意外，转着脑袋打量了下四周，其中一人打了个手势，然后就见几人朝着咖啡馆飞奔过来，从破碎的玻璃窗中跳了进来。

“快跑！”

“啊……杀人了！”一些人想往咖啡馆外面跑。

抢匪顿时朝着咖啡馆门口开了一枪，枪声震得四周鸦雀无声。一个抢匪用枪来回在人群中扫动，粗着嗓子吼：“都不许动，双手抱头蹲地上，靠着墙，不许叫，谁叫老子就打死谁。不许交头接耳，都给老子靠着墙，动作快点！”

这咖啡馆根本不是一个躲藏的好地方，抢匪还往里面跳。敢抢银行，没点智商可不行，给剧情大神跪了！

时笙抱怨完，从座位上起来，抱着头往墙边移动，正好靠近那个包间，此时服务员蹲在地上瑟瑟发抖，满脸惊恐。

咖啡馆是两个走道形的，抢匪让所有人靠墙蹲着，外面根本就看不到里面的情况，劫匪更是站在两端的视线盲区，外面的人看不到劫匪，他们却能清晰地看到外面。这些抢匪一看就不是新手，分工明确，各司其职，根本不需要人指挥。

时笙暗骂几声晦气，不但被强制接了个隐藏任务，连生命都受到了威胁。关键是系统还不给金手指，简直是丧心病狂，差评！

剧情中原主这个时候还在剧组拍戏，自然不会经历这件事，但这件事在剧情中是写得较为详细的，因为女主角在这里。时笙刚才打量了一番，很可惜没看到女主角，也不知道是不是在包间中。

夏满就是在这里救了陆清韵。陆清韵发现夏满和席墨关系不一般，从而接近夏满。

外面已经被警察重重包围，而抢匪也将包间里的人赶了出来。

夏满是从最后面的包间出来的，穿着修身的运动服，面容偏冷，看上去很镇定，按照抢匪的指挥，蹲在墙边，和时笙隔了两个人的距离。

夏满的表现不免让时笙多看了两眼。

“让开！”厉喝声传来，一个高大的抢匪站在时笙面前，那个服务员已经哭着让开了，抢匪进入包间。

包间里传来几声怒骂，接着两个人从包间走了出来。

“蹲在这里，敢乱动就打死你！一个男人竟长这么漂亮……”

时笙感觉有人蹲了下来，微微偏头，正好看见男人俊美白皙的侧脸，嘴角轻抿，眉眼低垂，神色没什么变化。他即便蹲着，姿势也极为优雅，四周的混乱和他格格不入，让人有种身处两个世界的错觉。

不知是不是察觉到时笙的视线，他偏头看过来，整张脸都暴露在时笙的视线中，那是一张无法用言语来形容的脸。他扯着嘴角笑了笑，漆黑如墨的瞳孔中刹那间犹如万千繁花绽放。

时笙恍惚了一下，有种看到楚棠的错觉。不过这一点立即被她否认了，这个男人和楚棠不一样。楚棠是具有不动声色引人堕入黑暗的邪气，而这个男人身上充满毫不掩饰、针锋相对的恶意。

系统你出来，我要和你谈谈人生。为什么隐藏任务的人都是这种变态？

本宝宝感觉生命受到了威胁，请求外挂金手指，好歹把新人礼包补发给本宝宝啊！

#宿主老是不忘新人礼包这个梗怎么办，在线等挺急的#。

陆清韵狐疑地看着蹲在旁边的女孩，还是第一次有人看到自己这张脸，露出深仇重怨的表情。他的魅力减少了不成？

陆清韵转头，对着另一边的一个女孩展颜一笑，那个女孩子惊慌害怕的神情还残留在脸上，但是眸子里已经有了几分痴迷之色，似乎忘记了她此时正被抢匪劫持，忘记了危险。

看，这才是看到他该有的表情。就在陆清韵满意地转头，准备再观察一下稀有物种的时候，他的手臂被人抓住，随后就被人拽了起来。

而那边夏满也被人拽了起来。

“过去，站好！”抢匪指着已经没有玻璃的窗户，将两人推搡到了外面可看见的地方。

时笙手疾眼快地拉住那个抢匪，抢匪扭头，黑乎乎的枪指着时笙，粗着嗓子吼：“干什么！找死？”

时笙眉眼弯弯地笑了笑，指着陆清韵：“我和他一起过去。”

抢匪眼底满是诧异，估计没见过这种抢着送死的人质，还是个长得蛮好看的妹子。诧异完，抢匪抖了抖枪威胁：“少废话，敢乱动老子弄死你。”在一群大老爷们儿都怕得哭爹喊娘的情况下，一个小姑娘竟然笑吟吟地申请去当炮灰，这不是明摆着告诉他有鬼吗？真当他傻啊！

时笙小脸一垮，可怜巴巴道：“可是……他是我男朋友啊，我们说好同生共死的，我怎么能放他一个人面对这么危险的情况？你就让我过去吧，你看我一个手无缚鸡之力的弱女子，对你们能有什么威胁？”

新上任的“男朋友”陆清韵：“……”

而一直看着时笙的夏满嘴角都跟着抽搐了两下，她不是席墨的女人吗？怎么转眼又变成这个男人的女朋友了？

咖啡馆的其他人质纷纷投给时笙赞赏敬佩的眼神，小年轻的爱情，就是感人！

不过一看陆清韵那容貌，有几个年轻的姑娘心底顿时羡慕起来，这么极品的男人，她们也愿意同生共死啊。

外面的警察不断地叫嚣，抢匪估计是看时间耽搁得太多，也懒得求证，恶声恶气地呵斥：“站起来，不许耍花招，双手放在老子看得到的地方。”

时笙立即站起来，冲到陆清韵身边，迅速抓住他的胳膊，末了还不忘冲他笑了笑。

抢匪要警方准备车，半个小时没准备好，就杀人质。

"嘿，你怕不怕？"时笙小声地问陆清韵。

陆清韵随意站着，姿势优雅，清越的声音带着恶意的调笑："有人陪着我一起死，为什么要怕？"他的目光从时笙抓着自己胳膊的手上扫过，带着几分意味不明的晦涩，脸上的笑容却越来越灿烂，整个世界恍如失去了光彩。

时笙有一瞬间头皮发麻、脑中警铃大作，迟疑了几秒，到底没放开他。

"你猜他们多久能把我们救出去？"时笙将目光放到外面的警察身上，一群人还在拿着个大喇叭和抢匪交流。

"也许我们出不去了。"

"放心，看到你旁边的妹子了吗？"时笙说的话虽然是安慰性质的，可那语气里半分安慰的意思都没有，"跟着她，绝对死不了，不过会不会受伤就不知道了。"

陆清韵侧目看了一眼站在他另一边的夏满，夏满直视着前方，下巴紧绷，后背绷直，明显紧张，哪儿像这个自称他女朋友的女孩，全身都是放松的，毫无恐惧。

"你怎么知道跟着她死不了？"

当然是因为主角光环了！这话肯定是不能说的，时笙弯了下嘴角，怂恿道："你实践一下不就知道了。"

系统是崩溃的，任务是让你去撩汉子，没让你去怂恿反派boss攻击女主角。

#我家宿主总是不按套路走系列#。

夏满站得有些远，并不能听清时笙和陆清韵在说什么，但是她看到两人都不怀好意地望过来，整个人都僵硬了，那种感觉比她被抢匪用枪指着脑袋还要诡异。

外面的警察也很无语，怎么感觉那两个人质好惬意啊！还聊上了！你们能不能尽职点，现在"演"的是枪战片，不是爱情片！

抢匪和警方已经谈好了，但惊变就在一瞬间，人质中，一个瘦弱的男人突然扑向最近的一个抢匪，抢匪一时不防，男人一口咬在抢匪的脖子上。

"啊！"抢匪惨叫一声。

娱乐文变丧尸文？还能这么玩儿？

显然是时笙想多了，抢匪一把将男人推开，狠狠踹了他一脚，男人摔在墙上，痛苦地呻吟了一声，下一瞬又从地上跳起来，朝着抢匪扑过去，疯狂大喊："像你们这种败类就应该去死，去死，我要代表正义消灭你们，我是英雄！我是英雄！"

"疯子，快把他拉开。"被攻击的那个抢匪暴怒地冲着旁边的人喊。

男人却像打了鸡血，手脚并用，抓头发，嘴咬，只要是有效攻击，男人都会利用。

趁着一个抢匪上前帮忙的时候，旁边出现了空缺，胆子大的人猛地从那边冲过去，往门口跑去。

砰！枪声猛地响起，疯狂的男人像是被按了暂停键，眼睛瞪圆，身子朝后倒去，鲜血从他身下流了出来。

空间出现一瞬间的凝滞。

"谁让你开枪的！"站在另一头的一个抢匪怒吼了一声。

"啊！杀人了，救命啊！"

"我不要死，我上有老下有小，放过我，放过我……"

"让我出去，让我出去！"

本是蹲着的人忽然都站了起来，争先恐后地往外面跑，抢匪估计也没真的想杀人，只是强悍地用武力将人堵回去。那些人不知是不是猜到这一点，胆子忽然大了起来，甚至有人开始抢枪。

混乱中，有人朝着时笙这边过来，他们面前的窗户可以直接出去，比走门快得多。

前后时间不过几秒，夏满反应过来，第一时间往窗户跑，也不知道是不是刚才太紧张，她一动，双脚竟然发软，踉跄着朝前面扑去。

砰！又是一声枪响。因为时笙一直拉着陆清韵的胳膊，在那个抢匪开枪的时候，时笙扯着陆清韵朝旁边闪去，顺手推了夏满一把，子弹擦着夏满的肩膀过去，射入地面。

"出去。"时笙指了指窗户。

即便是在这么混乱的情况下，陆清韵脸上的笑容依旧灿烂，看得人头皮发麻，冷汗直冒。时笙赶紧移开视线，拽着他往窗户跑，两人一前一后翻过窗户，迎面而来的就是枪声，警察冲上来，两人迅速被护到了后方。

"你刚才救了她。"陆清韵姿势随意地靠着警车，挑眉看着坐在地上毫无形象的女孩。

时笙噘着嘴，吹了吹挡住视线的刘海，义正词严道："救人一命胜造七级浮屠。”

剧情中，夏满那一歪，是会帮陆清韵挡子弹的，虽然是意外，救命之恩却是实实在在的。陆清韵因此结识女主角，虽是怀着利用的目的，但不可否认，陆清韵几乎是夏满的一个外挂，将她一路安稳地送上“神坛”。刚才她推夏满那一下，让那发子弹没打中她，只是因为看夏满还算顺眼。

陆清韵满心怀疑，他可没忘记这个女人之前怂恿自己干什么，这会儿竟然义正词严地说救人一命胜造七级浮屠？这玩笑一点也不好笑。

他看着正在摆弄手机的女孩，黑眸中宛若点缀了无数繁花，层层涟漪随风而起，嘴角缓缓上翘，勾勒出一抹浅笑。

四周的一些警察直接看呆了，怎么有人可以美成这样？

抢匪很快就被捉了起来，当时在咖啡馆的人除了受伤的，都被叫到警察局录口供。

等时笙从警察局出来，天色已经暗了。

唐隐靠在车边抽烟，见时笙出来，立即掐了烟，脸上说不出是什么表情，声音依旧不急不缓，但是很明显加重了语气：“一个下午，你就弄出这么大的事。”

“媒体知道了吗？”时笙眨巴着眼。本宝宝也很无辜的好吗？

“都处理好了。”唐隐叹口气，顶级团队不是吹的啊！

两人正准备离开，时笙余光瞄到从警局出来的陆清韵，噌噌地跑上去：“陆先生，要我送你一程吗？”

陆清韵斜睨着时笙，展颜一笑，吐字清晰：“不需要。”然后，他便绕开时笙走了……

“江小姐，你能告诉我刚才那个男人是谁吗？”唐隐不知什么时候站在时笙旁边，镜片在路灯下折射着寒芒。刚才两人站得有些远，光线本就暗，陆清韵又是从另一边离开的，所以唐隐并没有认出时笙跑去打招呼的男人是谁。

“金主啊！”时笙下意识回答了一句。

“什么？”金主？他家艺人竟然有金主？

时笙像是反应过来自己说了什么，摇头否认。

唐隐松口气，这个圈子这种事很常见，但是对艺人来说，到底是不好的，然而他还没将心放下去，就听他家艺人很郑重地改口：“未来的金主！”

噗——唐隐差点一口气没上来，这个艺人是来坑他的吧？

未来金主陆清韵，此时坐在来接他的车子的副驾驶座上，双手环胸，双脚搁在车子上，眉眼含笑，似乎很开心。开车的男人余光扫了他好几次，最终忍不住了："陆清韵，你没事浪笑什么？大晚上的瘆不瘆人？"

车里只有安静舒缓的音乐，男人早就习惯了他问话旁边人不答的情况，直接转移话题："你这才回国就去警察局一日游，我说你就不能少惹点事？国内不比国外，我可没那么多精力去捞你，别给我整幺蛾子。"

"今天是你迟到，我才在那里耽搁那么久。"

男人一噎，他哪里知道这么倒霉，竟然会遇上持枪抢劫的，简直是灾星附体。

"你知道今天和我一起的那个女人是谁吗？"陆清韵偏头看着男人，那双眸子犹如沉淀了世间最美的黑玉，流光溢彩，璀璨万分。

"哪个？"男人下意识反问，下一瞬，诡异的眼神直往陆清韵身上瞟，"不是，你竟然问我女人？呵，我还以为你已经'弯'得不能再'弯'了，等再过几年'嫁'不出去，我就勉强把你收了，你这个时候竟然开窍了。"

"你的废话和公司的年产值成反比。"

"陆清韵，你不说话的时候才像个人。"男人咬牙切齿地瞪他，亏他长了这么一张皮，简直是暴殄天物。

"你说话的时候像个神——"陆清韵顿了顿，"经病。"

男人憋了一腔怒气，他干吗要去警察局接这人？让他在那里反省反省不是很好吗？

咖啡馆抢劫的事，没有媒体敢大肆报道，和剧情中一样，这才是时笙并不怎么担心的原因，前面有反派boss顶着，怕什么啊！

悲剧的是，时笙的仙侠剧试镜一直没动静，唐隐打电话过去问，才知道那个角色已经定下了。这个结果倒是让时笙有些意外，毕竟当时宋韩对她应该算是很满意的。

"除了女三，还剩下什么角色没有？"这部仙侠剧可是会大火的，于情于理，时笙都不想放过这么好的机会。

唐隐刚才已经问过那边的工作人员，直接摇头："没了，全定了。"

宋韩的电视剧一直是很抢手的，说不定人家刚露出筹备新戏苗头，就有人暗暗开始走后门内定了。

"女三是谁啊？"剧情里女三是个新人，后来凭着这部剧火了起来，直接跃居三线。

“林姗姗。”

林姗姗这几天不是丑闻缠身吗？怎么还有时间去争一个女三的角色？

唐隐推了推眼镜，慢条斯理道：“她是在针对你，背后的人有点来头。”

“什么来头？”真要算起来，林姗姗和她也没多大仇，如今这架势，却是要你死我活啊！

唐隐看了她一眼：“陆大鹏。”

陆大鹏，房地产行业的巨鳄，他夫人的娘家还沾着政字，能不有点来头嘛。

“你也别想太多，最近的资源不少，我明天给你看看。对了，今天有个酒会，公司要求你参加，还送了礼服。”唐隐将一个袋子递给时笙。

公司让艺人参加酒会还送礼服？时笙眼里明晃晃地写着不解。

“有时候公司会准备，酒会开始的时候公司会有车接你，经纪人不能跟着进去，到时候你自己机灵点，我会在外面等着你，有什么事给我打电话。”

唐隐如同对待新人，尽责地将注意事项和时笙说了一遍，声音不急不缓，如缓缓流动的微风，不会让人觉得烦躁。

时笙难得没有打断他，这些事都是米兰从来没和原主说过的。

等时笙看到酒会现场的夏满，才猛地反应过来，今天这酒会是女主角回国后第二次和男主角见面。

难怪公司给她送礼服，还不给她安排男伴，是席墨吩咐的吧！

时笙趁着没人发现自己，赶紧从酒会溜了，她可不想给席墨当挡箭牌。她从人少的地方穿过，眼看就要出大门，林姗姗挽着一个男人进来，和时笙撞了个正着。

林姗姗看到时笙的瞬间，一丝恨意从她眼底闪过。她挽着男人堵住时笙的去路，面含微笑：“哟，这不是江小姐吗？酒会刚刚开始，江小姐要去哪里？”

时笙微微皱眉，扫了眼她挽着的男人，长得还算周正，只不过年龄应该有点大，和林姗姗站在一起，说是父女都不为过。

“我去哪儿，和你有什么关系？”反正都撕破脸了，时笙也没必要给林姗姗好脸色。

林姗姗脸色微变，瞧着时笙一个人，勾着红唇讥讽道：“江小姐不会是没找到男伴吧？孤零零一个人怪可怜的，陆老板，要不您给江小姐找一个伴？”说到后面，林姗姗整个身子都贴到了陆大鹏身上。

陆大鹏被林姗姗的动作取悦，放在她腰间的手捏了两把，笑眯眯道："江小姐想要什么样的男伴？我老陆没什么大本事，但是朋友还是有的。"

"哦，不知陆总的朋友有没有长得特别帅的，陆总你也知道，像我们这种年轻人，就喜欢长得好看的，长得太丑的，我怕影响食欲。"时笙不顾陆大鹏慢慢沉下来的脸，咧着一口白牙，笑眯眯道，"陆总若是认识这种人，倒是可以给我介绍介绍。"

陆大鹏也不是个蠢货，自然听出了话外音，这女人拐弯抹角骂他又老又丑。

"江小姐，别敬酒不吃吃罚酒。"陆大鹏压着怒火，"在青市，我陆大鹏说一句话，你别想再在这个圈子混下去。"

林姗姗站在一旁，得意又讥讽地看着时笙，本来还以为这女人不会和陆大鹏直接对上，准备在旁边添点油、加点火，谁知道时笙那么蠢，直接一句话就得罪了陆大鹏。谁不知道陆大鹏最讨厌人说他丑、说他老，她倒要看看，这下时笙还怎么在这个圈子混。敢和她林姗姗作对，也不掂量掂量自己的分量。

"敬酒？陆总何时给我敬酒了？若陆总给我敬酒，我自然不会拒绝。"时笙语气诚恳而真挚，"不过陆总明明没有给我敬酒，这不是冤枉我吗？陆总可不能看着我是一个小姑娘，就欺负我啊！"

"好你个伶牙俐齿的小丫头。"陆大鹏气笑了，直接放狠话，"有你求我的时候，咱们到时候再算账。"他还不信治不了一个小丫头，这些年轻气盛的新人，真以为这个圈子是那么好混的？

"陆二叔要和谁算账？"清越含笑的声音从陆大鹏后面传来。

陆大鹏身子僵了一下，脸上的表情变化极快，他怎么好像听到……那位的声音了？不可能吧，他不是在国外吗？但是除了那人，还有谁能将陆二叔叫得杀气四溢的？

时笙本就是正对着大门的，一眼就看到从陆大鹏后面走进来的人，灯光映着他的面容，犹如镀上了一层光晕，让来人看上去如同从画卷中走出来的仙人，一双眸子漆黑如墨，只一眼就让人迷失其中。

他穿的不是西装，而是休闲装，在一众西装革履、奢华礼服之人中，偏偏不会让人觉得突兀。他每走一步，都恍如踩在人的心尖上，站在让人仰望的王座上，如同一个发光体，不需要一言一语，就能吸引所有人的注意力。

陆大鹏也看清了来人，最后一丝侥幸被掐灭。他只觉得喉咙发干，头皮发麻，脊背上早被冷汗浸湿，最后却不得不硬着头皮道："大少爷什么时候回来的，怎么都没告诉我们一声。"

陆清韵站定，笑容灿烂地道：“我什么时候回来的，还要和陆二叔报备？”

“大少爷，我不是那个意思。”陆大鹏吓得赶紧否认，“我只是想说，大少爷告诉我一声，我也好给大少爷接风洗尘。”陆大鹏内心满是忐忑和恐慌，这煞星在国外待得好好的，回来做什么啊！

陆家乃百年望族，家规森严，别看陆清韵叫陆大鹏一声二叔，可陆大鹏不过是陆家的旁支，而面前这位，是陆家正儿八经的嫡系。这些年陆家嫡系已经撤出了国内，不知道他回来做什么……

“那就不必了。”陆清韵目光落在时笙身上。

时笙立即扬起一抹笑容，金主啊，这是未来的金主，不能得罪。

林姗姗早就看痴了，这个圈子里估计找不出比眼前这个男人还帅的人。听陆大鹏的称呼，身份比他还尊贵，若是能攀上这样的人物……想到这里，林姗姗立即打消了这个念头，眼底的痴迷也慢慢褪去。这个男人一看就不是好相处的，能让陆大鹏这么低声下气的人物，哪儿是她能惹的，还不如好好守着陆大鹏，免得得不偿失。

林姗姗无疑是有自知之明的，但是她一抬头，就看到时笙对着那个男人笑，而那个男人竟然朝时笙走了过去。见此，林姗姗更恨时笙了，她凭什么！

“金……陆先生巧啊！”时笙眉眼弯弯地打招呼。

陆大鹏见陆清韵竟然冲时笙点了点头，当即吓得魂都飞了，不是说江晚只是个普通人吗？怎么和这个煞星认识？

“陆二叔还有事？”陆清韵在时笙身边站定，侧目扫向僵着身子不敢动的陆大鹏。

陆大鹏浑身一颤，连连摇头：“没事没事，那大少爷，我就先走了。”陆大鹏拉着林姗姗，转身就往门外走，连酒会都不参加了。

“等等。”

陆大鹏顿住脚步，转过身，恭敬又忐忑道：“大少爷还有什么吩咐？”

“道歉。”

道歉？陆大鹏冷汗涔涔地看了眼江晚，直接弯腰：“江小姐，刚才是我的错，你大人有大量，别和我计较。我和你无冤无仇，都是林姗姗撺掇我，我这才猪油蒙了心……”

林姗姗脸色煞白，她哪会想到，这陆大鹏这么轻易就把自己卖了。

“陆大鹏，你这是什么意思？”他害怕这个男人，所以就要把错全推到她身上？

“闭嘴。”陆大鹏满脸狠厉地呵斥林姗姗，要不是她，他根本不会正眼看江晚，更不会得罪这个煞星。

“怎么做，不用我教你吧？”

“是是，大少爷放心，我一定会处理好的。”

陆大鹏眼底闪过一丝狠色，林姗姗害得他差点得罪那个煞星，他找不到地方出这口气，那就只能发泄在林姗姗身上了。

“别丢我陆家的脸。”陆清韵挥挥手，陆大鹏恍如得了恩赦，拉着面色苍白的林姗姗大步走出大门。

“你竟然这么威风。”时笙做出一脸崇拜的表情，“那陆总可是这个圈子数一数二的人物，他都叫你大少爷，你真是太厉害了。”

陆清韵望进时笙平静的瞳孔，没有半点涟漪，这女人根本就不想夸他，做戏都这么不走心，完全就是在敷衍。陆大少不得不再次怀疑自己的魅力，怎么就对这女人没效果呢?

“你原本不想夸我，却昧着良心夸我，不难受？”

你说你违背良心夸人，至少装样子掩饰一下，别让人看出来啊!

“不难受啊。”

陆清韵：“……”陆大少第一次发现自己词穷了，这坦诚得有点过头了吧!

“咦，陆清韵你上哪儿抓的姑娘？我不过是停个车，你就抛弃我了，亏我辛辛苦苦把你接过来，你还有没有人性！”抓？这词用得真是……

时笙看向来人，穿得很正式，长得也挺好看的。

然而还不等陆清韵回答，来人立即又跳到下一个话题：“我刚才看到陆大鹏了，他怎么跟吃了炸药似的，对着一个女人发火，你对他做什么了？”

时笙：“……”这人还真是了解陆清韵啊，仅仅是看到陆大鹏发火，就猜到陆清韵对陆大鹏做了什么。这人设剧情中只有一个人，陆清韵的好朋友加好帮手，苏宜修。

“这位姑娘是？”苏宜修瞬间又将话题转回时笙身上，好奇地打量着时笙，“能和他站在一起，姑娘你心可真大。”这不就是上次陆大少问的那个妹子嘛，居然面不改色地和陆清韵站在一块儿，难怪他要问她。

“心怀天下。”时笙正经脸。

“噗……”苏宜修没忍住笑了出来。

时笙瞪他。

“我是江晚。”未来金主的人，能无视就无视好了。

苏宜修面露惊喜，音调都上扬了几分："原来你就是江小姐啊，我是苏宜修，陆清韵的发小兼保姆。"

时笙嘴角一抽，发小兼保姆，还能这么玩儿？

"上次的事，真是多谢你了，要不是你，陆清韵估计得交待在那里。你不知道，他什么都好，就是体力不行，初中的时候……"

"你安静下来，还是个美男子。"陆清韵打断苏宜修的话。

"我不安静也是美男子。"苏宜修哼了一声，没有再接刚才的茬。

时笙："……"反派阵营，竟然有这么蠢萌的人。

"江小姐，今晚一个人？"既然陆清韵对这妹子感兴趣，他这个既是保姆又是助理的兄弟，自然得帮一把。

"暂时是。"席墨还没来，也不知道干什么去了。

"那太好了，一会儿我还有点事，得先离开。陆清韵才回国，对国内不太熟悉，能麻烦江小姐帮我看着他一晚吗？"兄弟，我只能帮你到这里了。

时笙总觉得苏宜修用词很诡异。

"就这么说定了，江小姐真是个好人，那我先走了。"苏宜修自顾自说着，末了又有些不放心地警告陆清韵："陆清韵，我告诉你，你少给我整幺蛾子，友谊的小船可是说翻就翻的。"言罢，苏宜修跟后面有人追他似的，一溜烟出了大门。

被发好人卡的时笙："……"我还没答应呢，你就走了？虽然……我也不会拒绝。

"夏满，你竟然还有脸回来，你怎么就这么不要脸呢？我要是你，这辈子就待在国外，打死也不回来，免得丢人现眼，败坏夏家的名声。"

时笙正准备往里面走的时候，听到夏满的名字，顿了顿，回头看去。一个打扮靓丽的女人堵在门口，那个女人就站在离时笙几步远的地方，而夏满被堵在门口。

夏满目光微沉，面色冷淡地道："我和夏家没关系。"

夏萱眉眼间染上了讥讽："哟，这么硬气啊，不是又找到什么靠山了吧？也是，你现在能靠的也就是那个身子了……"

啪！

夏萱身子一歪，正好撞到时笙身上，时笙身子踉跄了下，撞到旁边的花盆，花盆是四方形，有棱有角，顶得她腰间一阵钝痛。她只是看个戏，怎么也能被连累啊！还有这个陆清韵，拉她一把会死啊！

陆清韵刚才就站在她旁边，明明只需要顺手扶她一下，就能让她稳住身子，可这货倒好，环着手，笑得跟朵花儿似的，眼睁睁看着她撞到花盆上。

“没事吧？”

一双手将她扶住，时笙微微皱眉，抬头看向手的主人——席墨。

“阿墨，你竟然让人打我？我做错什么了？”夏萱捂着脸，满脸委屈地看向席墨，而刚才动手的人还站在夏萱旁边，是席墨的助理。

席墨将时笙扶起来，单手环过她的腰，声音淡漠：“你挡着我女朋友了。”

时笙：“……”这理由也太不走心了！你大爷的，席墨这男人明明是替夏满鸣不平，偏偏要把仇恨值往她身上拉。你想护着心头的白月光朱砂痣，没问题，可是把仇恨值往她身上拉，那就是个禽兽了！

夏萱瞳孔放大，满脸难以置信，如刀子一般的眼神戳向时笙，指着她质问：“她……她是谁？”女朋友？阿墨哪里来的女朋友？一定是这个女人勾引阿墨的！

时笙反感席墨碰自己，伸手就抓住陆清韵，借力将自己从席墨怀中拉了出去，靠着陆清韵的胳膊：“席总，饭可以乱吃，话不能乱说。我和你清清白白的，你这么毁我名誉，可不太好。”

今天她得和席墨闹翻了。算了，反正她在东方娱乐也硌硬得慌，随时有个准备把自己推出去做挡箭牌的老板，何止是可怕啊！

陆清韵看着靠在自己身上的女人，眼底闪过一丝恶意。他往后面退了一步，想要让时笙摔到地上。时笙早就猜到他会做点什么，看似将力量压在了他身上，实际上并没有，他一动，时笙也跟着动了。两人动作不大，外人看来，只是陆清韵换了个姿势扶着时笙，实际上两人却是在暗中较劲。

最终陆清韵眯着眼笑了笑，放弃将时笙推出去，顺手搂住她的腰，恶意地在她腰间掐了一下。

陆清韵这个贱人！时笙在心底咬牙切齿，很好，黑名单上的楚棠可以排第二了。

前后不过几秒的时间，席墨还没从时笙那句话中回过神，猛地看到陆清韵，眉头一阵狠皱，眼神阴戾地扫向时笙：“晚儿别闹，过来。”

“席总这是什么意思，我虽然是你公司的艺人，但我没有卖身给公司。”时笙冷冷地瞧着席墨。你后面站着反派女配角小boss，老子疯了才过去。

席墨压低了声音：“江晚，别忘了你答应过我什么？”

时笙装傻：“我答应过席总什么？”答应席墨的是原主，更何况，席墨本就是半哄半威胁，她就不信，他还敢当着这么多人说出来。

“晚儿，我今天迟到是因为公司有事，你别生气。”席墨忽然放软了语气，“你先过来，别为了赌气，赔了自己的前程。”

竟然威胁她！席墨这个人的凉薄可不是盖的，除了夏满，估计这个世界上他谁都能利用。不，他连夏满都能利用，只不过利用的程度很浅罢了。

深吸一口气，时笙笑着道：“我和席总不过是老板和艺人的关系，席总对我解释迟到的原因，还不如对您的未婚妻解释。”

席墨的未婚妻，就是刚才被打的女人夏萱。夏父前妻的女儿，夏满同父异母的姐姐，更是原主要报仇的对象。因为有夏家做后盾，夏萱在娱乐圈可是混得风生水起，属于一线明星。

席墨听到时笙提起夏萱，心底冷笑，只当时笙是知道了自己有未婚妻，故意和自己闹脾气。这么一想，席墨冷峻的脸上多了几分柔色：“我和她的婚约是长辈定下的，我心里只有你，晚儿，你先过来。”

“席总，我想我的话说得够清楚了，你堂堂一个总裁，何必为难我这个小艺人。”

席墨差点咬碎一口银牙，还知道他是总裁，那还敢这么违逆他？之前他还觉得这个女人有自知之明，没想到如今看来也是贪心不足的。

“江晚，很好。”席墨脸色阴沉，也不装了，他刚才已经给足她面子，是她不知好歹。

“借席总吉言。”

席墨握紧双手，目光阴沉。江晚，我能捧着你，自然也能毁了你，我倒要看看，到时候你来求我的样子。

因为他们站在这里，已经有人频频朝着这边看来，席墨自知这里不是说话的好地方，冷哼了一声，朝着酒会场子里面走去，连夏满都忘记了。

“阿墨，等等我。”夏萱拎着裙摆追上去，末了还不忘狠瞪一眼时笙，她记住这个女人了。

时笙无语了，人家都那么打你了，你还追上去，找虐啊！

夏满一直站在后面，从一开始的酸涩到后面的迷惑，最后直接蒙了。这什么情况？席墨被嫌弃了？

看看陆清韵那张脸，夏满忽然觉得，席墨被嫌弃，好像也不是什么奇怪的事。

时笙挑眉看了眼夏满，这个女主角倒是挺正常的。

第三章　新的任务（中）

“陆先生，你要不要潜我？”时笙还靠着陆清韵，声音不轻不重道。

夏满从她身边过去的时候，正好听到，身子一歪，差点摔了。她诡异地看了眼那个状似趴在男子怀中的女子。这个江晚，怎么这么奇葩？

“你回去多吃点木瓜，说不定我会考虑考虑的。”

木瓜？时笙垂头看了眼胸部，脸色陡然难看起来。

陆清韵推开时笙，笑容满面地威胁：“别跟着我，否则我会让你死得很难看。”

“不行，苏宜修把你交给我了，答应人家的事，我得做好。”时笙手疾眼快地拽着他，他跑了，她上哪儿逮人去？

“就算这样，他也不会喜欢你的，他喜欢的是男人。”

喜欢男人？没看出来苏宜修竟然是这种人！不是，干吗要他喜欢？

时笙脑子蒙了，等反应过来，陆清韵已经挣开她，往人多的地方去了。时笙黑着脸，抬腿追上去。

“陆清韵，你考虑考虑啊，你看我用处可多了，炒得了股，开得了公司，赚得了钱，坑得了人。你潜我，那就是直接娶了一个人生赢家，像我这样的人才打着灯笼都找不着的，过了这个村就没这个店了。”

#宿主不要起脸来，天下无敌系列#。

对于时笙的自我推销，陆大少直接无视，不过也没赶她走，那双眸子笑意盈盈的，不知在打什么坏主意。

时笙是有戒备的，可为了那个一掷千金，她也得硬着头皮上。让陆清韵在她身上花钱，她觉得比自己赚钱给他花还要难！

两人一前一后地走在酒店走廊上，陆清韵听着后面的声音，眸子里的笑意越来越浓。

“陆清韵，我胸虽然小了点，但是会长的，就算不会长，这也不错了。”

“我穷，潜不起。”陆清韵忍着笑，正儿八经回了一句。

你穷个屁啊！作为最厉害的反派，你后台那是硬得不能更硬好不好，你怎么能说不行！啊呸，说穷！

时笙正准备组织语言，谴责一下他装穷是多么不厚道的行为的时候，陆清韵忽然停下来，伸手拉了一把时笙，拐进安全通道中。

“陆……”

“你再说一个字，打死苏宜修我也不会潜你。”

躺着中枪的苏宜修：“……”

时笙衡量了下，乖乖闭上嘴，顺着安全通道的门看向外面。

在安全通道前面一点的地方站了两个人，正是席墨和夏满。夏满似乎要走，而席墨不让她走，两人说话声音不大，又隔着门，时笙他们自然听不清。

但是很快夏满就挣开席墨跑了，席墨懊恼又气愤地捶了墙壁一拳，挟着满身怒气离开。

时笙倒是把这茬忘了，今天晚上还有场好戏。

“你和席墨有仇？”时笙明知故问地戳了戳陆清韵。

陆清韵拉开门出去，笑容灿烂：“他不是你的老板吗，想帮你老板打探敌情？”

“我可不敢有他这样的老板。”时笙嫌弃地撇撇嘴，眼珠子滴溜溜转了转，“要不陆先生把我挖过去？”

“挖过去做什么？摆着当花瓶都嫌脏眼睛。”

这人嘴怎么这么贱？

“我不管，反正你不把我挖过去，我就去告诉苏宜修，你睡了我不给钱。”

陆清韵笑容有一瞬间的僵硬。

时笙立即得意地仰了仰下巴，果然对付贱人，就要比他更贱才行。

“行，挖过来。”陆清韵眉眼间都是笑意，可时笙觉得瘆得慌。

不过好在她能离开东方娱乐，席墨绝对会打击报复她，以陆清韵手中的有间娱乐，保她不成问题，后面的事可以慢慢来。

等时笙分完神，面前哪里还有陆清韵的身影？她上上下下找了半天，连根毛都没看到。以陆清韵的人品，不认账这种事是极有可能发生的。

时笙回到酒会时，席墨一个人坐在一边喝酒，夏满站在不远处，时不时会看一眼席墨，而夏萱不知道去了哪里。

时笙转了转眼眸，往夏满的方向走过去。夏满看到时笙过来，微微愣了下，不由自主地想起之前这姑娘让那个男人潜她的场面。

“夏小姐。”时笙在夏满面前站定，脸上笑意盈盈，眸子里却一如既往地平静，看上去着实有几分怪异。

“江小姐，”夏满回过神，礼貌微笑，“上次的事，我还没谢谢你。”要不是时笙推她一下，说不定她就得被子弹打中，现在能不能站在这里都难说。

“我没打算救你，不过是因为你朝着陆清韵倒过来了，我才推你一把。”时笙恶劣地笑了笑，“只能说你运气好，不然，你的下场可就有点不好说了。”

夏满直接僵在那里。这人……怎么这么奇葩？

“我们做个交易如何？”时笙无视夏满僵硬的表情，转身和她并排站着，正好能看到席墨。

“什么交易？”夏满回神，她和时笙这才第三次见面，能有什么交易可做？

“夏小姐觉得这里是个谈话的地方吗？”时笙眨巴着眼，一脸无辜。

夏满狐疑地看着时笙，心底很好奇，她在打什么主意？

等夏满和时笙再次回到酒会，两个女人心照不宣地笑了笑。

时笙往席墨待的地方看了眼，那里已经没有人了。很好，让男女主角成功避开，还和女主达成了合作关系，她今晚没白来。

夏满却有些落寞，她和时笙说了一声，就一个人往外面走了。

时笙被唐隐安全送回公寓，至于陆清韵，早就被她忘到太平洋了。

洗完澡，时笙躺在床上，盯着天花板，良久，她噌的一下坐起来，拽过旁边的笔记本。她回忆了下剧情，在网上找到一个工作室的电话，用电脑将号码加了密之后，给那个工作室发了条短信。

收到短信的是胡硕，他是这工作室的老板，说是工作室，其实也就他一个人。他是个狗仔，专挖明星黑料，被他盯上的人，没有一个能讨到好的。胡硕不缺钱，所以他做这件事完全是出于兴趣。他就是看不惯有的明星嘴上说一套，背地里却是另一副嘴脸。没做过亏心事的人自然不怕他挖，那些做过亏心事的，却是极为怕他。

“夏萱……”昏暗的房间中，胡硕抽着烟，若有所思地盯着匿名者发过来的信息。

良久，他掐灭了烟蒂，拿过桌上的相机离开房间。

自从酒会后，陆清韵那边没有丁点反应，但是席墨这边发难了。

唐隐完全不知道酒会上发生了什么，所以等他发现公司态度一百八十度大转变的时候，整个人都蒙了。最后从时笙那里得知真相的唐隐哭晕在厕所。你把老板得罪了是几个意思？不想混了吗？

唐隐看着对面依旧一脸无所谓的时笙，嘴角抽搐了好几下，这都被雪藏了，她还不急不慌的。

“你现在打算怎么办？”她和东方娱乐可还有两年半的合同。

东方娱乐这边不给资源，就算他们自己出去找，谁敢拂东方娱乐的面子？

“等着呗。”

“等着？”等着做什么？等着人老珠黄不成？艺人就是吃青春饭的，真要是被雪藏个一两年，想再混可就难了。

时笙眉眼一弯，笑得毫无诚意：“对啊，等着。”

唐隐一口气堵在胸口，这真的是他家的艺人啊，不是派来折磨他的？

时笙说等着，还真的整天不见人影，唐隐这个经纪人自然也闲得慌。

一个月后。

时笙刚踏进公司，就听到不少人在议论唐隐。她一路上去也将事情听了个大概。啧啧，她这么久没来，唐隐竟然过得这么惨。

“没想到啊，这唐隐竟然是唐家的私生子，长得和唐家人一点也不像……”

“哪个唐家？”

“还能是哪个唐家……”

“想听八卦进去听啊，躲在外面听有什么意思。”

“你疯了，唐家大小姐还在里面……”回答的那人疑惑地回头，看清站在她后面的人，顿时站直了身子，还拉了几下身边的人。

时笙冲她们恶劣地笑了笑，伸手推开门进去。

“拽什么拽，不过是被公司雪藏的艺人，如今又摊上这么个经纪人，怕是一辈子也别想翻身了。”

“走走，一会儿那位看到了，咱们可吃不了兜着走。”

时笙一进办公室，就被一道尖锐的女音给镇在了原地。

“唐隐，这辈子你都别想回唐家，唐家是绝对不会承认你的，你就死了这个心吧！”

这声音有几分熟悉，时笙循着声音望去。唐隐坐在办公桌后面，他面前站着一个打扮精致的女子。

“唐哥，你们这是开会还是认亲呢？”

唐隐听到时笙欠扁的声音，顿时抬头看过去，眉心一阵猛跳。她怎么来了？最近他根本找不到她，时笙就跟失踪了似的，这会儿怎么忽然出现了？

“江晚，你有没有规矩，进来不知道敲门吗？”那女人回头就对着时笙呵斥。

女人正是时笙去试镜时遇见的唐妍。

“我进我经纪人的办公室，敲不敲门、懂不懂规矩，与你有何关系？”时笙似笑非笑地看了她一眼，“唐妍，你对着我的经纪人吼什么？”

“一个私生子，我能和他说话，那是他修了八辈子的福。”唐妍不屑地冷哼一声。

唐隐死死攥紧双手，镜片下寒芒遍布。他的出身是他不能选择的，如果可以，谁愿意做一个私生子？

“江晚，你现在自身难保，还有心情管闲事？”唐妍得意地扬起嘴角。

“小晚……”唐隐也开口，她现在的处境本就不好，如果再因此得罪唐妍……

时笙打断唐隐，眉眼一弯，笑容浅浅：“因为我闲啊，怎么会没心情管闲事？”

唐妍跟看白痴似的看了时笙几眼，这女人是不是疯了？她不信对方不知道自己的身份，还敢凑上来，就不怕在这个圈子混不下去？

“唐妍，就算你看着我，我也不会死掉，最重要的是，被你这么丑的人看着，我会有心理阴影。”

“你……”唐妍被气得脸色通红，指着时笙半晌没说出话来。她丑？她哪里丑了？！唐妍还从来没见过这么能拉仇恨的人，感觉自己在唐家学了二十多年的那些手段，在这个女人面前根本就不顶用。她不按常理来啊！

时笙手中的手机振动了下，时笙看了眼，对着唐妍又是一笑，笑容如三月春风，温柔细腻，可那双眸子里一片平静，没有激起半分涟漪。

“唐小姐，我和唐隐还有事要办，就不多陪你了。”时笙顿了顿又道，“我知道有几个技术特别好的整容医生，唐小姐若是有需求，我可以帮忙哟。”

你才丑，你全家都丑！唐妍面容狰狞地瞪着时笙，眼眶红红的，额头上青筋暴起，本是姣好的容貌，此时看上去却真有几分丑陋。

“唐哥，还不走，要我请你？”时笙看向唐隐。

唐隐也确实不想再待下去，立即起身，跟着时笙往外走。

出了办公室，时笙领着他往楼上去，遇到的人对着他们指指点点，说什么难听话的都有。唐隐后背绷直，极力隐忍。

时笙看着跳动的数字，跳到“30”的时候，她忽然回头：“唐隐，别为了无关紧要的人影响自己，你只需要一路向前，当他们还在底层奋斗的时候，你就站在他们仰望的位置，那个时候，你才是主宰。”

数字跳到“32”，叮一声，门打开。唐隐看着走在前面的娇小身影，镜片下，目光快速变幻了几下。他忽然有点明白，当初为什么会答应她了。她身上的那股张扬自信，是谁也比不了的。

总裁办公室，夏满和几个西装革履的男人站在席墨面前。夏满神色镇定，并没有因为对面的人是席墨就露出退意。

办公室的门被推开，容貌清秀的女子一步一步从外面走进来，她身上穿的是简单的休闲服，踩着一双平底鞋，神情漫不经心，却有着让人无法忽视的气场。

明明是最平凡的装束，却偏偏让人有种在看人走红地毯的错觉。

公司的人都知道总裁发火了，就在时笙他们离开后。没人知道他们在里面谈了什么，只知道公司和时笙解除了合同，就连唐隐也辞职了。

夏满开车，时笙坐在副驾驶座，唐隐坐在后面。

到现在他都有点蒙，他进去后一句话都没说，就听自家艺人和夏满一人一句，迅速将席墨给解决了。

不但合同解除了，就连他也被挖走了？

“公司地址我已经选好，资金已经到位。”时笙可没心情理会唐隐的心情，低着头迅速在笔记本上打字，“接下来最重要的就是艺人了。”

“嗯，艺人方面我们还得请专业人士。”夏满心底是有些喟叹的。

就在一个月前，她把母亲留给她的所有资产交到了时笙手上，她母亲留给她的资金不算少，加上不动产和一些珠宝，足足有五千万。五千万，不是五百万。当时她都不明白自己为什么相信时笙，明明时笙说得那么浮夸，那么不走心。可是对方的表情太过真诚……真诚得让人不由自主地相信。而一个月后，她看着自己翻了倍的资产，除了震惊还是震惊。这赚钱的速度……简直是要上天啊！

“资金我留了一部分，毕竟以后用钱的地方还多，我得多赚点，前期资金，五千万已经够了。”

夏满没有意见，虽然启动资金是她的，可是这些资金在她手中想要翻倍根本是不可能的。

“等等……”听了半天的唐隐总算反应过来了，“你们要开公司？”

“对啊，公司已经注册好了。”时笙扭头看着唐隐，“艺人方面还是需要你负责，我想要……那种长得美美的、萌萌的，只要往台上一站，什么都不用做，也能让人看一两个小时的。”

夏满：“……”这哪儿是艺人，这是国宝吧？

唐隐：“……”他家艺人这一个月到底做了什么？现在的艺人套路都这么深了？之前在电梯里她说的那段话，是在这里等着他的吧？他总感觉上了贼船，怎么回事？

因为唐隐的加入，一些被两个妹子忽略的问题都被唐隐提了出来，避免了走歪路。唐隐受的教育不比那些富二代差，许多问题他都看得比较透彻。但是他发现，自家艺人并不差。作为经纪人，他自然将艺人的祖宗十八代都研究了一遍，可是资料上显示，她连大学都没有念过，又是怎么懂这些的？

疑惑归疑惑，时笙完全没有告诉他的意思，他问，她就用天赋好搪塞他。

等忙起来，他也就没时间去追究了。

时笙最近忙得摸不着东南西北，好不容易出来浪一圈，喝了一些酒，晕乎乎地从包间出来，拍了拍脸颊往厕所的方向去。

去厕所要经过一个大转弯，时笙刚准备转过去，眼尖地看到一道熟悉的身影。

男人穿着墨色的休闲服，双手插兜，因为背对时笙，她看不到他脸上的表情。

他面前站着一个女人，精致的修身裙将女人的身材勾勒得十分惹火，白皙的脖颈和香肩裸露在空气中。她仰头看着男人，脸上满是爱慕。

时笙没有出去，而是靠着墙，看着那边的两人。

“清韵哥哥，你回来这么久，怎么都没来家里？爷爷很想念你……我……我也很想念你。”唐妍声音中满是娇羞，哪里还有曾经的骄横？

“我为什么要去？”

陆清韵笑容满面，让他那张脸看上去越发好看，如墨的眸子里点缀着碎光，明明是一副优雅贵公子的形象，却有种恶意针对的感觉。

“我们……”唐妍有些无措，最后咬咬牙，“我们有婚约啊。”

“婚约？”陆清韵清越的声音在安静的走廊上显得格外清晰，“如果我没有记错，当初是你不承认的，现在怎么又想攀附我了？”

唐妍脸色骤变，瞳孔紧缩，但很快又镇定下来：“清韵哥哥，我可以解释的。”

“不用了。”陆清韵笑得眉眼都弯了，薄唇轻启，“没必要。”

唐妍像是被人按了暂停键，即便化着妆，脸色看上去也是苍白一片。她呆呆地看着陆清韵，眼底有悔恨，有不甘，有爱慕，各种复杂的情绪交织在一起。

陆清韵看也不看她，转身往时笙的方向走。他看到时笙一点也不意外，似乎早就知道她在这里。

时笙还靠着墙，姿势有些懒散随意，看到他，脸上立即堆满了敷衍的笑：“金……陆先生这么巧，果然是有缘千里来相会，我们之间的缘分是注定的，陆先生要不考虑潜规则一下我？”

陆清韵含笑的目光从她脸上慢慢下移到胸前，层层涟漪荡漾的眸子里却有一丝嫌弃。时笙顺着陆清韵的目光看下去，脸色黑了黑。

“清韵哥哥……”唐妍从后面追上来，看到时笙，顿时一愣，随后眼中泛起一抹嫉恨，“江晚，你怎么在这里？”她刚才是在和清韵哥哥说话吗？清韵哥哥怎么会认识她？几秒的时间，唐妍脑中已经转了好几圈。

时笙看了她一眼：“脚在我身上，我在哪儿是我的自由。”这女人和陆清韵竟然还有这么一层关系，剧情可没有提到。不对，主剧情里，这个唐妍根本就没出场过几次。她这是开启了支线剧情吗？

唐妍估计想骂时笙，但是碍于陆清韵在场，只得愤愤警告：“江晚，我告诉你，你别缠着清韵哥哥，清韵哥哥不是你这种人能肖想的。”

“哦，我不肖想。”时笙诚恳道，“我只是想让他潜规则我而已。”

她怎么会那么肤浅！就陆清韵这种人渣……时笙忽然感觉到一阵凉意，将她脑中的想法击溃，她一抬头就对上陆清韵含笑的眸子，那看似温柔如水的眸子中满是浓浓的恶意。她刚才……好像没说什么啊？

“你……”唐妍指着时笙，脸蛋上一片红晕，不知是气的还是羞的，“你怎么这么不要脸？”

都想让清韵哥哥潜规则她了，还不是肖想？这个可恶的贱人，她一定要让江晚付出代价。唐妍眼底极快地闪过一抹疯狂神色，清韵哥哥是她的，谁也抢不走。

陆清韵根本不管两个女人之间的硝烟，抬脚离开。

“陆先生，欢迎你随时来潜我哟！”时笙淡定地冲陆清韵喊了一句。

陆清韵步子顿了半秒，随后又如常落下，几步消失在她们的视线中。

没了陆清韵，唐妍也不再端着："你是不是看上清韵哥哥的钱了？我告诉你，清韵哥哥是绝对不会看上你的，就你那家世，给清韵哥哥提鞋都不配。"不等时笙说话，唐妍狠瞪了她一眼，就追着陆清韵走了。

时笙揉了揉眉心，刷反派的好感度这种事，果然费力不讨好。

时笙觉得今天她就不该出来玩，她上厕所回来，还没到包厢，就见她那间包厢围着不少人，吵吵嚷嚷的声音很大。她好不容易挤进去，入眼是一片狼藉，汤汤水水碎瓷器，溅得满地都是。

夏满坐在地上，单手捂着头，指缝间有鲜血流出来，一滴一滴地滴落在地上。

"小满，真是对不起，我不是故意的。"夏萱伸手要去扶夏满，脸上满是歉意，"我没想到你会没站稳，小满你都流血了，我带你去医院吧，都是我不好。"

夏满冷着脸打开她的手，声音低沉嘶哑："夏萱，你演够了就滚。"

"嘿，这人怎么不知好歹？刚才我看是她一直推那个姑娘，谁知道自己没站稳，把自己摔了，这会儿还怪人家。"

"那不是夏萱吗？"

"夏萱是谁？"

"夏萱你都不知道，国民女神啊！"

"天，竟然看到国民女神了，女神好温柔。那个女人是谁啊？竟然敢这么和女神说话，让女神这么委屈。"

四周的人对着夏满指指点点，表示愤怒的同时，又为看到女神激动。

幸好来这里吃饭的都是有身份的，不会做出出格的事。

"小满，都是我的错，你别闹脾气了好不好？我们先去医院，留疤就不好了。"夏萱一副好姐姐的派头，担忧又无措地看着夏满，脸上的表情恰到好处，不愧是要跨入影后级别的人。

就在时笙准备过去的时候，唐隐从人群中进来，一把将夏满扶起来，挡住了外面的视线，面上没什么表情，眼神却是冷冰冰的："夏小姐，你身为公众人物，是否该注意一下场合？这里是私人场所，你引起这么多人的注意，是什么意思？"

唐隐这话可是说得一点都不隐晦，能在这里吃饭的，哪个不是人精？瞬间，这些人的思绪就转了好几道弯。

夏萱明显感觉四周的视线有些变化，心底暗恨，脸上却不得不做出温柔的神色："这位先生……我是小满的姐姐，只是想带小满去医院看看伤，没有其他意思，毕竟女孩子脸上留下伤疤就不好了。"

夏满冷笑，这女人恨不得她死，现在却做出这么一副嘴脸，还真是恶心。

夏满看到人群中的时笙，咬着牙没上去给夏萱两巴掌，而是对着唐隐道："我们走吧。"

唐隐半扶着夏满往外走。

"小满……"夏萱拉住夏满，"我听说你想做演员，我手上有几个剧本，你若是想——"

夏满毫不客气地甩开她，冷笑道："你这是在施舍我吗？还真是让你煞费苦心了，可惜，我不需要。"

"夏满，你怎么和你姐姐说话的？"一道低沉的声音响起。

席墨高大挺拔的身影从人群中走过来，黑沉着一张俊脸，特别是在看到夏满被唐隐扶着时，周身隐隐有股杀气溢出，让四周想要打招呼的人纷纷往后退。

夏满看到席墨，本就有些苍白的脸色直接变得煞白，却倔强地和席墨对视，好像谁先移开视线，谁就输了一般。

"给你姐姐道歉。"席墨沉着脸出声。

"道歉？凭什么？"夏满的声音有些破碎。

"阿墨，没事的，她是我妹妹。"夏萱上前挽住席墨，非常大度道。

可这话不就是在间接说错的人是夏满，她夏萱没错？因为她是姐姐，所以她容忍妹妹的无理取闹，看，她是一个多么大度的人！

"你这么纵容她，她连天高地厚都不知道了。"席墨泛着寒芒的眸子扫向唐隐，这个男人，他倒是小看了，竟然勾搭上夏满……

唐隐其实是有些担心的，他们公司还没开始，如果得罪了席墨，他们还怎么在青市立足？

"阿墨，她是我唯一的妹妹，我不纵着她，谁还纵着她。"夏萱娇嗔一声，心底甚是得意。夏满，你现在还有什么能和我争的？

只要把她手上的股份拿过来，她就会彻底被自己踩在脚下……

席墨哪里不明白夏萱对夏满的心思，但是夏满惹怒了他，他现在不介意和夏萱演戏，算是对夏满的惩罚。

"你好心，别人不一定领情。"

夏萱委屈地看着夏满："小满……你和我去医院吧，你一个姑娘，和一个陌生男人在一起，我不放心。"这话明着暗着说夏满和一个陌生男人不清不楚。

果然，席墨听完这话，看唐隐的眼神更冷了。

"唐隐，你想看着夏满流血而死吗？"时笙关闭看戏模式，冲着唐隐喊了一句。

几人的注意力立即被时笙吸引。

夏萱还记得上次的事，这个女人简直不知好歹，现在又和夏满这个贱人一伙。

席墨自然也没什么好脸色，他不知道这女人用什么手段让夏满替她付了违约金，但是在他眼中，时笙就是背叛了自己。对于背叛自己的人，他从来不会手软。本来想好好教训她一下，谁知道她解约后，不再进娱乐圈，他就算想教训她，也无计可施。

“走啊，准备站在这里当花瓶？就算你想当，人家也不付钱啊！”时笙见两人不动，催促了一声。

夏满知道时笙没有恶意，也不和她计较，扯了唐隐一下，朝着时笙走过去，夏萱还想拦。

“夏小姐，你妹妹现在可是要流血死了，你还要拦着她，我看你这才是想要她死啊？”时笙先一步开口。

围观群众：“……”

夏萱这下不敢拦了，只能眼睁睁看着三人走掉，满心怨毒，又是这个女人，可恶！

席墨沉默地看着，不知道在想什么。

“席总，查到夏满小姐最近在弄公司，那个唐隐和江晚都在这个公司。”席墨的助理将查到的事向席墨报告。

“公司？”席墨眼中冷光闪烁，“她哪里来的资金？”

“是夏满小姐的母亲留给她的，还有……”

“哼，她倒是胆子大。”这么多年过去，她还是这么天真莽撞。

她以为开公司是那么简单的吗？

“我不想看到她的公司，明白怎么做吗？”他要让夏满明白，只有他才能护着她。

助理脸色古怪，嗫嚅地开口：“席总，夏满小姐的公司注册地址在京城……”

席墨如利刃的目光射向助理，助理顿时一个哆嗦，面如菜色，冷汗涔涔。

席墨怎么也没想到，夏满会把公司开到京城去，席家在青市呼风唤雨，在京城却没有多大的号召力。

京城，那才是真正的豪门遍地走、吃人不吐骨头的地方。夏满胆子是有多大，敢把公司开到京城去？这下不用他出手，夏满就会灰溜溜地回来。

助理看着自家老板那阴森森的笑容，只觉得后背凉风直蹿，小心肝都跟着抖了好几下。

公司开在京城，这事只有夏满和时笙知道，所以她们才不怕得罪夏萱和席墨。这两家只能算是青市的豪门，放到京城，也就是个三流封顶、二流未满的家族。

当时夏满其实是不同意的，可是被时笙一忽悠，等她反应过来，自己已经同意了。因为公司注册选址都是时笙在弄，夏满也不知道到底在什么地方。所以直到站在京城的某处办公楼前，夏满和唐隐才回过神。

唐隐：“……”他们的公司竟然在京城？

夏满：“……”他们的公司竟然在黄金地段？

又是一阵人仰马翻，公司总算正式开业。

两人本来打算让唐隐做总裁，可唐隐推托了，只领了个艺人总监的职位，时笙和夏满都不想做这个总裁，时笙只好花大价钱在国外弄了个职业的回来。

挖掘艺人什么的都是唐隐在干，时笙和夏满携手闯荡娱乐圈去了，毕竟时笙还有个要做娱乐圈女王的任务。每次开会的时候，时笙的任务就是，给钱给钱给钱。职业总裁大人惊呆了，给这样的老板打工，简直是人生最幸福的事。

唐隐已经习惯了，他不知道现在时笙手上有多少钱，但是他们公司从来不差钱就是了。要角色？拿钱砸啊！要女主角？投资拍啊！

虽然公司有钱，但是规矩也很严，艺人必须自律自爱，不可投机取巧，不可和公司艺人产生矛盾，必须团结友爱，只要你有实力，捧红你不是问题。

合同将艺人利益最大化，所以这些艺人在公司得到了公平对待，内部矛盾基本没有。时笙和夏满也是作为艺人出现在这些人面前的。时笙看上去很好接近，可接触过的人都发现这妹子并没有表现出来的那么软萌，反而有点浑身带刺，她不舒服了，也要让你不舒服。但是你不招惹她，她也不会刺你。

因为她是第一批进公司的人，如今名气稳居三线，只差一个契机就能跃居二线，所以公司的艺人和她并没有什么利益冲突。有时候公司还会让她带人，虽然每次她都是一脸不情愿，但遇上有人欺负公司的艺人，她绝对会帮忙找场子，所以基本没人招惹她。

夏满就不同了，她在公司很受欢迎，简直就是公司的吉祥物。

“满姐，满姐，你今天怎么回公司了？你的戏拍完了吗？”夏满一进公司就被几个妹子围上了，亲切地问候。

“满姐，我上次去探班，你竟然不在……”

“满姐，我最近努力练习了，你什么时候有空帮我看看？”

时笙落后夏满几分钟，进来的时候就看到夏满被人围着。她一出现，那几个妹子立即噤声。夏满回头就看到跟黑帮大姐似的时笙，一身黑色风衣，利索的齐耳短发，墨镜将她的脸遮了一大半，看上去有些冷，特有范儿，正大摇大摆朝着自己走过来。

几个妹子都看呆了，好有气场啊！然而下一秒，时笙拉了拉墨镜，画风陡然一转，非常嫌弃道：“你怎么也回来了？”

夏满已经习惯她秒变的画风，但是那几个妹子无法适应。你能想象一下，上一秒你看的是女神，下一秒看的是女神经的落差吗？

“唐哥叫我回来的。”夏满耸耸肩，“我们先上去了，你们加油。”

前面一句她是对时笙说的，后面一句是对那几个妹子说的。几个妹子连连点头，呜呜呜，还是满姐好，满姐温柔又漂亮，满姐还鼓励她们，她们一定要加油。

唐隐和职业总裁已经等了两人一阵，时笙一进办公室就霸占了总裁的电脑，夏满和唐隐对视一眼，都有些无奈。

等唐隐和夏满汇报完，又说了最近公司的发展方向，最后询问时笙的意见。

“公司培养的组合已经可以推出了，小晚最近不是有个真人秀节目？节目组是可以带人的，小晚，要不你带他们去露个面？”

“为什么要我？而且那个真人秀那么凶残，你想要那几枝花骨朵未开先谢？”

唐隐：“……”你就不能盼点好？

职业总裁：“……”不懂自家老板的脑回路。

“也不能这么说，小晚，你那个真人秀很火，而且他们只是露个面，又不是要和你一起全程录制。”夏满镇定出声。

不能和她较真，较真你就输了。

“那多不公平。”时笙嘟囔一声，“凭什么我累死累活，他们却只亮个相就完了？不行，我听说节目组最近在拉赞助……”

“那个小满啊，你最近的电影怎么样了？”唐隐赶紧转移话题。

等她说下去，肯定是让公司赞助了，然后顺便把他还没来得及推出去的组合往死里整一番，这以后绝对是黑历史啊！

“挺好的，快要杀青了……”夏满显然也知道时笙的“尿性”，很配合唐隐。

职业总裁在一边蒙了，真的不太懂自家老板们的脑回路。

不管时笙怎么抗拒，最终她还是带着几朵花骨朵上节目了。

这个组合一共四个人，两男两女，这样的组合很少见，主要是路子不宽，所以在决定打造这样的组合时，公司也是考虑了很久。好在这四人的底子很好，主要是长得好，训练了一段时间，默契也不错，所以公司最终还是同意了这个方案。

“小晚，你来了……小晚带了新人？”接江晚的是节目组的林导演，看到她身后那四个嫩得冒水的少女少年，顿时眼睛一亮。

这四人长得可不是一般漂亮。

“嗯，带他们亮个相。”时笙点了点头，给双方介绍了一下，“这是林导演，韩灵、方瑾瑜、言泽、姜明。”

“林导演好。”四人乖巧地问好。

“好好，正好，正好。”林导演笑呵呵地连连点头。

他刚才还在愁去哪儿找长得漂亮的少年们，没想到这就送上门了，江晚简直就是他的福星，瞌睡来了送枕头。

他们这档节目叫《极限世界》，挑战节目组设下的各种任务，这些任务不说有多难，但是绝对很奇葩。

第一季收视率并不好，导演咬牙做了第二季，又花大价钱请了长得好看的几个明星，第二季迅速火了。现在是第三季，前面已经录了两期，这是第三期。这期节目需要两个少年，还需要长得特别水灵好看的。

本来节目组已经联系好了，谁知道人现在来不了，短时间内让他去哪儿找人？就算后面还有时间，要找符合条件的人，也是个难题。

现在虽然时笙带了四个来，但他只需要改改剧本就好了，而且那两个少女也很漂亮啊！

“这次我们拍摄的目的地在南山，等人到齐了咱们就出发。”林导演笑眯眯地看着时笙后面的四个人，满意得胡子都快翘起来了。

林导演给时笙和四人安排了一辆车，又匆匆地走了。

“晚姐……这节目我们看了，会不会特别难玩儿？”四人中，胆子最大的韩灵靠着时笙坐着，忐忑地问了一句。

另外三人也紧张地看着时笙。他们之前都在训练，还从来没有上过节目。

“当然难玩。”时笙理所当然地点点头。不难玩，节目组的收视率要不要？

四人顿时垮了脸，那他们不是要出丑了？

“你们担心什么？最多是任务中的角色，又不是让你们去挑战，别想太多。”

四人：“……”总感觉晚姐在鄙视他们是怎么回事？

四人不敢再说话，安静地坐在车子里，外面却迟迟没有动作。时笙等得有些不耐烦，敲了敲前面驾驶座的玻璃：“怎么还不走，等着有钱拿啊？”

司机嘴角抽搐了下，拿着对讲机联系了后面的车，末了才回答时笙：“还有一个艺人没到，咱们还得等等。”

“不是说好十点集合的吗？”本宝宝老早就跑来了，结果现在还有人没到。

节目组集合的时间一早就定好了，集合的地方还特意选在不堵车的路段，怎么会有人还没到？

那司机无奈：“来的是影后夏萱，咱们节目组可是花了好大的功夫才请到她。”迟到一点算什么。

夏萱？

节目组这是和本宝宝过不去吧！

“小明，你的零食呢？贡献一点，我要压压惊。”吓死本宝宝了。

姜明满头“黑线”：“晚姐，能不叫我小明吗？”小明那是教科书里数都数不清的角色好不好，他明明那么聪明。

“好的，小明。”

姜明：“……”

将零食递给时笙后，姜明默默缩到旁边，他还是当背景板吧。

整个车里都是时笙咔嚓咔嚓吃薯片的声音，等到后面，变成五个人围成一圈吃薯片，幸好姜明是个吃货，带的零食多。

他们和时笙基本只打过几次照面，只知道她是唐总监亲自带的艺人，在公司地位很高。公司传闻她有些不好相处，但是此时相处下来，他们却觉得时笙除了说话有点噎人、不留情面外，其实比许多艺人好相处多了。

就这么一顿零食的时间，四人对时笙就亲近不少。

林导演过来了一趟，见几人吃着零食，玩着斗地主，一副不怎么在意的样子，欣慰地走了。后面已经有好几个人闹起来，还是这位让自己省心啊！

夏萱到的时候，已经将近中午，夏萱又引来一群记者，这一耽搁，等到出发已经是一点多了。

#影后夏萱加盟极限世界#，这条微博迅速被顶了起来。

整个节目组似乎都围着夏萱转，时笙带着四个小新人下车的时候，夏萱那边被围得水泄不通，她这边却是惨兮兮的。

韩灵往那边望了一眼，颇为不忿道："晚姐，夏萱自己迟到就算了，现在又让整个剧组的人都围着她转，是不是太过分了？"

方瑾瑜也跟着点头，姜明和言泽对视一眼，没发表意见。

"做人要低调。"时笙喝着姜明贡献出来的牛奶，含混不清地说着，"你们几个，一会儿跟节目组走后面，机灵点。"

机灵点做什么？

时笙神秘地笑了笑，抬脚往山脚的方向走。作为之前干等夏萱的赔礼，林导演将今天的拍摄内容告诉了时笙。今天的拍摄，艺人要从南山脚下爬上山顶，最先爬到山顶的能优先选择住宿和一顿丰盛的晚餐。所以，在其他艺人还等着夏萱的时候，时笙已经开始往山上走了。

跟拍的摄像师见有人过来，立即开始工作。

林导演也不算违规，因为这些东西都是写在最开始发给艺人的手册上的，只要仔细看过都知道，一旦到达目的地，拍摄就要开始，而抢占先机的人，能得到最好的资源。

但是基本没人认真去看。

"小哥，你累不累？"时笙走在摄像师前面一点的地方，倒退着看镜头，笑着问摄像师。

摄像师不能说话，所以只是摇了摇头。

"不累就好。"

摄像师莫名其妙地看着时笙。

"那我就要开始跑了，追丢了，就不是我的责任了。"

摄像师："……"他还没来得及反对，时笙已经开始往山上跑了，她速度很快，几乎眨眼就蹿出老远。他能不能请求倒带重来？

时笙成功把摄像师甩了，优哉游哉地顺着小路往山上走。反正后期会剪辑，前面录的那些已经够了，等到了山顶再录一点就行了。

"陆清韵，你等等，等等，我说你就不能少说几句？好歹是长辈……你慢点，我今天为了你……江小姐！"苏宜修埋怨的声音变成了惊喜的呼喊，"江小姐，江小姐，这边。"

时笙顺着声音看过去，另一条小道上，苏宜修穿着西装，正激动地冲自己挥手，那形象很滑稽。而他手上拉着的，正是许久不见的任务目标陆清韵。

哎哟，她都快把这茬忘了。

时笙从斜坡上直接跳下去，惊得苏宜修下巴都快掉地上了。这妹子，运动细胞不要太好。嗯，和陆清韵正好。一个运动白痴，一个运动精英，互补，非常完美。

苏宜修看江晚的眼神就跟看儿媳妇似的，就连时笙这么不要脸的，都被看得有些不自在。

“苏先生、陆先生，好久不见啊。”

“哈哈哈，哪有，我天天都在电视上看到你。”苏宜修想要放开陆清韵，但是又怕他跑了，只能拽着他往时笙面前凑，“江小姐怎么会来这里？”

陆清韵余光扫了一眼时笙，眉眼间流转着一股诡异的笑意，阳光穿透小道的绿叶，落在男人四周，映衬得他越发诡异。

“拍摄节目啊。”时笙眨巴了一下眼睛。

“极限世界吗？我把这件事给忘了，极限世界的节目组今天到这里。都怪你陆清韵，不然我还能下山去接江小姐，你说你什么时候能让我省点心，我养着你跟养个大爷似的……”

时笙：“……”每次看到苏宜修，她都觉得画风好和谐。

苏宜修教育完陆清韵，将陆清韵往时笙身边一推，恶狠狠地警告：“陆清韵，帮我把江小姐送上去，要是你敢半路跑，我保证你会后悔。”

陆清韵张了张嘴，似乎想拒绝，但是下一秒，他抿着唇，目光流转，笑容灿烂地点了点头。时笙鸡皮疙瘩起了一身，陆清韵这货好像有点不对劲。

苏宜修离开后，陆清韵站着没动，只是笑吟吟地看着时笙。时笙不想落了下风，自然瞪回去。一分钟后，陆清韵先移开视线，转身往山上走，时笙目光闪了闪，迈着步子跟上去。

“陆先生，我的提议，你真的不考虑一下吗？”

“江小姐，为何非要选我？”陆清韵顿了下，盛满笑意的眸子望向时笙，恍如要看清她内心深处。

她当初自荐说的那番话，确实不是夸大其词，她手上的资金可是以最快的时间堆积起来的，公司虽然不是她在管，但是她很有眼光。这样一个人，足以成就一番事业，何必求人包养？如果说她喜欢自己，他还能理解，偏偏她并不喜欢自己，有时候反而会露出嫌弃和杀气。

她在某些时候，是想杀了自己的。这样一个人，他是疯了才会答应潜规则她。

“因为你帅啊！”时笙眨巴着眼睛，捧着脸，一脸崇拜，“陆先生帅气多金，有钱有势，我为什么不选你？”

“有钱有势的人，这个世界很多……”陆清韵朝着时笙跨了一步，颇带压迫感地俯视着她，“那么，江小姐，你为何非要选我呢？”

你以为是老子愿意的吗？老子还不是被逼的。时笙突然有些意兴阑珊。还不如杀了他来得快……

陆清韵眯了眯眼，往后退了一步，这女人又动了杀机。

“陆先生，听说你体力不太好。”时笙没有收敛身上的杀意，抬头对上陆清韵略带疑惑的眼神，一字一顿说得格外清楚。

陆清韵深吸一口气：“你到底想从我身上得到什么？”从小到大，他遇上的危险数不胜数，有直接动手的，也有用美人计的。可是那些人，他一眼就能看清楚，唯独这个女人，他完全看不懂。

“我只是单纯想你潜规则我一下，给我钱花而已，陆先生你不要想太多。”

“就这么简单？”

“不然呢？”时笙反问，顿了下，恶劣地低笑了两声，“陆先生，你不会觉得是有人派我来对付你的吧？”这男人是不是有被害妄想症？

陆清韵垂下睫毛，细碎的头发挡住了他的视线，良久，他抬起头：“既然江小姐想要，那我便答应你。”

“嗯？”时笙诧异地看向陆清韵，“你怎么忽然答应了？难道不是应该抵死不从吗？”然后本宝宝就可以，来一场生死虐恋啊！都不给发挥的机会，差评！

陆清韵微笑：“那我收回刚才的话。”

“不要。”他好不容易答应了，怎么可以收回去。

“作为女朋友，陪睡也是义务，江小姐，不如我们现在就执行？”陆清韵眉眼含笑地抓着时笙的手腕，往山上走去。

“什么？”陪睡？谁要陪睡啊！

“陆清韵，等等，难道我们不该先培养感情吗？”

“床上培养更快。”

“胡说八道，没有爱情的性都是耍流氓，陆清韵，你等等……”

他还以为她真的无所畏惧呢。很好，她还是有怕的东西嘛！

半山腰，韩灵四人跟在节目组后面，慢腾腾地往上面挪。

参加录制的一共八人，可以自由选择路线，每个人只需要跟两名摄像师就可以了。

而节目组的大部队，是跟着夏萱的。

“萱姐说要休息，导演，我们休息一下吧。”夏萱的助理跑到导演面前，态度很倨傲地说了一声，没等导演说话，又噌噌跑回了夏萱身边。

导演无奈地让众人休息。

韩灵抱着工作人员给自己的冰水，咕咚咕咚喝了两口，无语地看着前面被几个人忙前忙后伺候的夏萱："这都休息六遍了，才爬到一半，等上去天都黑了，早知道就跟着晚姐走了。"

另外三人围了过来，方瑾瑜狡黠地笑了笑："我现在知道晚姐要我们跟节目组走是为什么了。"

"为什么？"

方瑾瑜晃了晃手机，以几人练出来的默契，不用说，也立即明白过来。

四个人围在一起，低声讨论着，大部分是方瑾瑜和韩灵在说，言泽和姜明在听。

"喂，你们找个人去山下帮萱姐买矿泉水。"夏萱的助理不知什么时候站在了四人旁边，颐指气使地吩咐了一句。

四周的工作人员此时都散得比较开，他们四个离得较近，又是平均年龄不到二十的少女少年，于是就被夏萱的助理给盯上了。

方瑾瑜抬头看了那个助理一眼："节目组不是有水吗？"

"萱姐不喝那个牌子的，叫你们去就去，废话怎么这么多。"

"抱歉，我们不是剧组的工作人员。"言泽起身，礼貌地冲助理笑了笑，"姐姐可以让工作人员去帮萱姐买，你看……我们也很累。"

助理皱了下眉，讽刺道："年轻人就该多锻炼锻炼，只是跑腿买个水，你们就不乐意？想在这个圈子混，懂得为人处世是最重要的。"

韩灵拉住言泽，不让他继续说："请问萱姐要喝什么牌子的矿泉水？我们这就去帮萱姐买。"

"这才懂规矩。"

助理将夏萱要的牌子名字告诉他们，让他们赶紧去买，随后趾高气扬地走了。

"韩灵，你拉着我做什么？"言泽有些气愤，那女人明显就是欺负他们。

"夏萱是影后，影响力极大，她身边的人虽然做事不太好，但是你看她，对谁都温温柔柔的，就连导演都被她哄得高高兴兴，我们都还没出道，怎么和她硬碰硬？"

韩灵年纪最大，比另外三人看得透彻些。

"那就这么算了？"方瑾瑜也有些不忿。

"怎么可能？"韩灵笑笑，"你们忘了，谁在上面？"

三人眸子一亮，他们晚姐还在上面。

韩灵和节目组的人说了一声，带着言泽下山去买水，本来节目组的人要帮他们去的，可是韩灵拒绝了，那可怜的小模样立即赢得好几个工作人员的好感，对夏萱那边也变得颇有微词。

等节目组的大部队到达预定地点，已经快六点了。

时笙坐在节目组的休息区，看着韩灵四人狼狈地走过来，微微抬眉："怎么了？弄得这么惨？"

"夏萱的人欺负我们。"公司的政策他们一清二楚，所以告起状来毫无心理压力。

干不过？没关系，找公司啊！

时笙往夏萱那边看去，夏萱也正往这边看过来，两人的视线在空中交会，时笙眼底风平浪静，没有半分涟漪，看得夏萱一阵恼火。

她就是看到那四个人从时笙车上下来，这才一路上变着方法折腾他们，没想到时笙竟然一点都不生气。

"先和工作人员去房间休息一下吧，接下来没你们什么事了。"时笙起身拍了拍韩灵的肩膀，朝着导演那边走去。

导演正扯着嗓子喊集合。

除了时笙，剩下的七人多多少少都是有些狼狈的。

"嘿，小丸子，又是你第一个到。"一个妹子从旁边走过来，一下子就挂到了时笙的脖子上。

她叫方立秋，是和时笙同一期进来的，一线明星，人气很不错，不知为什么，就看上时笙了，还给时笙起了个外号——小丸子。你说说，这算什么破外号？

"我下车的时候，本来想找你的，谁知道被……等我再去找你，你就不见了，你能想象当时我孤独无助的心情吗？"方立秋往夏萱那边看了一眼，满脸委屈。

当时，夏萱的车将后面的车队都堵住了，她挤不过去。

"不能。"时笙笑了笑，"不过，你要是再挂我身上，我保证一会儿吃饭的时候，你一定能再次体会什么叫孤独无助。"

方立秋立即放开时笙："嘿嘿，小丸子最好了。"

第一个到的可是有丰盛的晚餐，拍摄的时候不会全程拍，所以如果时笙同意，她也是可以去蹭饭的。

方立秋和时笙说话这会儿，导演已经说完废话，跳入正题："咳咳，现在我发布任务牌，任务牌只有提示词，你们需要在明天七点前，找到提示词对应的物品，没有找到物品的，将没有早餐。"

节目组的提示词极其坑人，你得把这个词的祖宗十八代都考虑一遍，才能找到对应的物品。

发完任务牌，接下来就是晚餐，除了方立秋，其他人只能看着时笙那桌丰富的晚餐。

夏萱戳着碗中的白菜，脸都快变形了，可在镜头转过来的时候，她立即变得温婉优雅，吃着水煮白菜，也像是在吃高级料理。

拍摄结束，方立秋被自家助理拉走了，时笙一个人坐在大厅。

“江晚，好久不见。”

时笙抬了抬眼，嘴角微微上翘：“有事？”

本宝宝还没找你，你倒是送上门了。

“你就不好奇我为什么会出现在这里？”夏萱坐到时笙对面，眯着眼打量着她。

时笙故作思考，片刻后，笑眯眯道：“影后任性？”

“你……”夏萱脸色变了变，时笙这回答不在剧本计划中啊！

“天，那个男人好帅。”

“这是咱们节目组请来客串的吗？可是没见过圈子里有这么一个明星啊……咦，他朝着萱姐那边去了……”

此时已经没有人拍摄了，所以一些工作人员也在用餐，看到从酒店门口进来的男人，一些年轻的小姑娘低呼起来。

“阿墨，”夏萱听到声音回头看去，脸上立即扬起惊喜娇媚的笑，起身迎过去，“你怎么来了？”

“在这里谈事，听说你在这里，顺便看看你。”席墨不冷不淡地应了一声，余光却落到了时笙身上。

那个他记忆中有些怯懦胆小的女孩，此时已经完全变了样。

没有华丽的衣服，没有精致的妆容，没有昂贵的首饰，她一身普通运动服，安静地坐在那里，一股贵气却油然而生。

但是那股贵气中，似乎又掺杂了一些痞气……

时笙看到席墨有些硌硬，起身准备离开，但从她这里出去，就必须路过两人，衡量了下，时笙又坐了回去。

席墨目光沉了沉，和夏萱说了几句话，离开了。

夏萱回到时笙桌边，压低了声音道：“江晚，我一定会让你滚出娱乐圈。”

“真巧，我的目标和你一样。”时笙往后仰了仰，“我们就看看，谁先让谁滚出娱乐圈，如何？”

夏萱轻蔑地嗤笑一声："让我滚出娱乐圈？江晚，你真以为和夏满弄出一个破公司，就能和我比了？你现在也不过是个三线明星，连一线都还没到，有什么能力让我滚出娱乐圈？"

时笙撑着下巴，笑着道："可是我现在是有后台的人啊！"

她现在可是有有间娱乐做靠山。有间娱乐在京城也是有地位的，不像东方娱乐。听闻东方娱乐最近在往京城发展，席墨此时出现在这里，恐怕就是为了这件事吧。

"后台？"夏萱皱了下眉，旋即又松开，眼底满是嫌恶，"呵，江晚，你觉得那些男人会为了一个明星，和一个影后与两个家族作对？"

她一个三线小明星，靠身体能找到多大靠山？

"会不会，试试不就知道了？"

"这是你自找的。"

"今天的任务已经发到你们的手机上，现在进行分组，两人一组，抽中同一个颜色的为一组。"导演扯着喉咙吼了一声。

工作人员拿着密封的盒子挨个走过来。

时笙和方立秋站在一块儿，方立秋抽中了蓝色，时笙却抽中绿色。

"啊，不是一组啊！"方立秋立即垮了脸，"小丸子，我们为什么不是一组啊！"

跟着小丸子有肉吃有汤喝，幸福得不要不要的，可是现在竟然不在一组，呜呜，好伤心。

"因为你太吵了。"

"我吵吗？没有啊，小丸子你怎么可以这么说我，我好伤心，你伤害到了我弱小的心灵。"

导演那边让抽中同一个颜色的人站在一起，方立秋再怎么号，也改变不了事实，磨磨蹭蹭地站到了一个男艺人身边。

而时笙看着同样拿着绿色小球的夏萱，嘴角抽搐了下。故意的吧？一定是故意的！

这期的主题是精灵王国，所以今天的任务是寻找水精灵，拿到生命之水。

八个人分成四组，每一组都会得到线索提示，根据提示去寻找下一条线索，最先找到水精灵的一组，就可以得到水灵珠，据说这玩意儿是后面的道具。

时笙得到的线索是在山庄的一处观景台。

两人一前一后走着，谁也没说话，摄像大哥尴尬症都犯了。他宁愿时笙像之前几期那样闹腾一点，至少有收视率啊！

事故发生的时候，摄像大哥还在尴尬中，等他看到从斜坡上滚下去的夏萱时，整个人都不好了。

夏萱被送往医院，记者闻风而动，立即报道了这场事故。

“江大小姐，你能说说到底做了什么吗？”唐隐在电话那头忍着怒气，冲着时笙低吼。

“我什么也没做啊。”时笙无辜道，“她是自己滚下去的，我连她的一根手指头都没动。”

当时她走在夏萱后面一点，谁知道夏萱忽然伸手来拉她。作为敌人，她当然是第一时间甩开夏萱。谁知道夏萱会那么不怕死，竟然自己往下面滚。啧，怎么就没摔死她呢！

“现在夏萱那边指控是你推的，网上的评论也是一边倒，你之前的那些事，也被人翻了出来……”唐隐在那边急急地吼着。

时笙好不容易挂了电话。

真是烦死了啊！既然夏萱这么急着找死，那就别怪她不客气了。

夏萱住院的第二天，网上忽然出现一些不雅照，照片中的女生很青涩，虽然没有大尺度的床照，但是激吻的照片是有的。

这些照片从青涩的少女到成熟的女人都有，越到后面，尺度越大，最后几张竟然像是聚众吸毒。一开始还有人没看出来，但是随着后面的照片流出，再看不出来就是眼瞎了。

医院VIP病房中，夏萱疯狂地翻着这些照片，嘴里念念有词：“怎么会这样，怎么会这样……这些东西不是早毁了吗？为什么还会出现？怎么可能……”

“明显是有人策划好的。”夏萱的经纪人皱眉看着她，劝诫道，“你别急，只要我们不承认，说这些照片是假的就好了，这些事都过去那么久了，就算查也要时间，到时候热度早就过去了。”

“一定是江晚，是江晚！”夏萱猛地将电脑砸到地上，“是那个贱人，她想害我。”一定是她，是她说要让自己滚出娱乐圈。可是她从哪里弄来的这些东西？当年那些人明明都……

夏萱打了个寒战，回身按住经纪人的肩膀，面容狰狞道：“我要让江晚身败名裂，现在立刻马上。”

“你冷静点！”几张照片而已，经纪人不明白为什么会把夏萱吓成这个样子。

这些照片连床照都没有，根本不算什么大事，公司稍稍运作一下就没事了。

“我怎么冷静？你让我怎么冷静！啊！”夏萱抱着脑袋尖叫，江晚为什么会有这些东西，那件事她是不是也知道？不行！她绝对不能让江晚把那件事曝出来。否则她就全完了。冷静，冷静，她一定有办法对付江晚。

#影后受伤，疑似人为#

#女神不为人知的过去#

#夏萱不雅照吸毒#

微博热门消息几乎被夏萱给承包了，她一个红透半边天的影后，在受伤后却被爆出读书时候的不雅照，看戏的人会少吗？

夏萱所在的医院被记者围得水泄不通，不时有记者溜进去，弄得那边人仰马翻，一时间，时笙这边的热度就被压了下去。

“这次你运气好，也不知道谁出手了，如果没有这件事，你知道现在我们面对的会是什么吗？你明知道她对你有敌意，还往她面前凑！就算你们是节目组要求在一起的，你就不能离她远点吗？节目组又没让你们当连体婴儿！”

唐隐在电话中继续咆哮，他的冷静早就被吃掉了，都是青春，一去不复返。

时笙嘴角一阵抽搐，满头黑线道：“当一个人想要害你的时候，会有一百种方法，你觉得防得住吗？”

“那倒也是。”唐隐估计吼完了，吐出一口浊气，又恢复了冷静模式，“虽然夏萱现在这个样子，但是那些照片也不算大事，等过几天就会平复下去，可你这件事不同，他们那边口口声声说有证据，到时候——”

“唐哥，这事你不用操心了，她没那个机会了。”时笙打断唐隐。

既然她已经动手，就不会给夏萱翻身的机会。

唐隐那边沉默下来，电话中寂静无声，良久，他沉着嗓音道：“这件事是你干的？”

“唐哥，你什么时候见我放任敌人逍遥，却什么都不做的？”

“行，那我不管你了。”这女人做事，能当场报复的绝对会当场报复，如果当场报复不能回本，那么她就会忍下来，然后让你爬得高高的，再把你拉下来。

他不止一次庆幸，他和她站在同一战线，而不是她的对立面。

挂了电话，时笙嘴角勾起一抹浅笑，那笑容凉薄而讽刺。

夏萱，接下来，就好好体验一下江晚当初经历过的一切吧。

夏萱的事虽然影响了节目组，但是节目组也不可能停拍，所以时笙依旧在节目组拍摄。

节目组的人对夏萱受伤真相明显很好奇，可那个摄像小哥也说不清，当时他回过神，夏萱就已经滚下去了，而时笙站在边上，看那样子真的像是摄像机记录下来的，是她将夏萱推下去的。

节目组的人喜欢夏萱的比较多，所以时笙就受到了一些刁难。

就连一向对她和颜悦色的林导演都离她远了一些，不是必要问题，绝对不会凑到她面前来。

时笙也不在意，她有和路人去计较这些问题的时间，还不如多赚点钱。

“晚姐，你吃午饭了吗？”结束拍摄，韩灵带着三个水嫩的小鲜肉凑到时笙面前。

“没呢。”时笙随意地将头发扎起来，现在是七月天，大太阳下拍摄，热得不要不要的，但是节目组为了效果，非要她把头发放下来。

“我就知道。”韩灵愤然，将手中的饮料递给时笙，“刚才我们要帮你领盒饭，节目组的人竟然说你吃过了，他们欺人太甚。”

“晚姐，先吃点零食，我们去给你买饭。”姜明将包里的零食掏出来堆到时笙面前。

吃货就是好，随身都有零食。

方瑾瑜也有些气愤：“这几天节目组的人越来越过分了，明明现在闹丑闻的是夏萱，他们怎么把气撒到晚姐身上？”

话不多的言泽只是附和了一句，不过眸子里满是担心。

“好了。”时笙将东西收好，“多大点事，走，姐姐带你们吃好吃的去。”

这南山这么大一个度假山庄，还怕没吃的？

“晚姐，你不生气吗？”

四人都是一脸奇怪地看着时笙，别的艺人遇到这种事，哪个能这么心平气和？

“和一群无关紧要的人生气，你们看我像是那么无聊的人吗？不管在什么地方，这种事都是很常见的，你们以后会遇见更多的黑暗。”时笙领着他们往山庄的方向走，“如果每个无关紧要的人都得自己费心思去计较，那你们的成就也不会太大。”

四人此时有些不明白，但是很多年后，他们无比庆幸，当初时笙和他们说的这些话。

苏宜修正在和前台妹妹说什么，瞥到时笙进来，当即扔开前台妹妹，一溜烟跑到时笙面前。

“小晚儿，小晚儿，你是来找陆清韵的吗？要不要我去帮你叫他？”

对于苏宜修的这个叫法，时笙已经免疫了，上次陆清韵答应她之后，苏宜修就不叫她江小姐了。

“我来吃饭。”时笙无语地翻了个白眼，“苏总，敢问你为什么这么闲？”

都在这里晃悠多少天了？他家公司不要了？

“还不是那个不省心的陆清韵。”苏宜修气得差点跳起来，“你不知道，这几天我过得有多苦，小晚儿啊，你可得帮帮我，我感觉我的身家性命受到了严重威胁……”

四人组围观了苏宜修一个大男人变着脸在那里唱独角戏。

这真的是个男人吗？

怎么感觉是立秋姐附体了？

“呀，小丸子。”说曹操曹操就到，方立秋从酒店外进来，看到时笙，那眼神就跟看到宝贝似的，冒着绿光，张牙舞爪地扑向时笙。

时笙往旁边一闪，方立秋刹车不及，直接扑到苏宜修身上。

“哪个不要脸的往本少怀里扑？”苏宜修迅速将方立秋推开。

“不要脸？你才不要脸……”声音戛然而止，方立秋狐疑地打量着对面的男人，几秒后，她脸上忽然换上了阴森森的冷笑，“苏宜修，真是踏破铁鞋无觅处，得来全不费工夫啊！”

“方……立秋？”苏宜修声音抖了好几下。

“你刚才骂我不要脸，嗯？”方立秋“霸道总裁”上身，小手抓着苏宜修的衣领，将他往自己面前扯，“看着我，刚才你是不是骂我不要脸了？”

“没……”苏宜修弱弱道。

“那是我听错了？你的意思是说我听力有问题？”

苏宜修：“……”他明明什么都没有说啊！

陆清韵，你快来救我啊！

第四章　新的任务（下）

最后吃饭的人变成了八个。

时笙和四个小鲜肉，苏宜修和方立秋，以及方立秋的经纪人。

方立秋和苏宜修的渊源有点久远，得追溯到初中时期。从初中到高中，两人都是同学。只是后来苏宜修先出国，方立秋没多久也跟着出国，可惜两人不在一个国家，自然没什么交集。

时笙算是看出来了，这两人多半是互相喜欢的，不然以苏宜修的功力，怎么可能在方立秋说话的时候只能弱弱反抗。

“晚姐，立秋姐和那位先生有奸情。”方瑾瑜双眼放光地看着坐在对面的两人。

这两人好配啊！

“要你说，有眼睛的人都看得出来。”姜明白了方瑾瑜一眼。

时笙抿着唇笑：“吃饭。”

感觉以后能甩掉两个包袱了，好开心，本宝宝要多吃点，哈哈哈哈！

吃到一半的时候，苏宜修接了个电话，然后趁方立秋缠着时笙的时候溜出了房间。

等他回来的时候，陆清韵就跟在了他后面。

“小晚儿，陆清韵找你。”苏宜修站在门口冲时笙招手。

他不想进去，一点也不想！

“哇！好帅！”方瑾瑜最先看到门口的陆清韵，顿时双眼冒桃心，怎么可以有这种帅得不像人的男人。

“小丸子，你竟然背着我找野桃花。”方立秋的反应最大，就差跳起来揍时笙，“还找一个长得这么好看的，都把你比下去了，岂不是他要负责貌美如花，小丸子负责赚钱养家？不要啊！小丸子你不要想不开啊……”

本宝宝也不想想不开啊！

说多了都是泪。

时笙起身走向笑容满面的陆清韵：“有事？”

陆清韵看了眼苏宜修，苏宜修苦着脸退出房间，顺便将门关上，隔绝里面的视线。

“和我去见个人。”

“谁啊？”

“去了你就知道了。”

“……”

打死时笙也没想到，陆清韵带自己见的人是陆老爷子。

时笙浑身不自在地坐在沙发上，她对面坐着满头银发的老爷子，穿着宽松的唐装，面容和蔼，但是那锐利的眸子像能看穿一切。

陆清韵随意地坐在她身边，嘴角噙着浅笑，半点开口的意思都没有。

本宝宝这是在见家长吗？

可为什么本宝宝感觉前面有刀山火海在等着呢？

错觉，一定是错觉。

“江小姐是演员？”陆老爷子开口，声音洪亮沉稳，那一瞬间，似乎有无形的压迫朝着时笙荡去。

老狐狸！

时笙暗骂一声，心底更是不待见陆清韵，面上却笑着道：“演员只是副职。”

“哦？江小姐还有正职？”这个小姑娘倒是不简单，如果换个人，此时怕是话都说不利索了。

想到此，陆老爷子不免满意了一点。

“正在自己创业，不过是和别人合伙的，和陆爷爷比肯定是九牛一毛……”

时笙乖乖回答着陆老爷子的问题，到后面，陆老爷子越来越满意。

“好了，小晚还有工作吧？小兔崽子赶紧送小晚过去。”前面他说得和蔼可亲，后面就横眉竖眼了。

等两人离开，一个老者从门外进来。

陆老爷子摸着下巴：“你觉得那小姑娘如何？”

老者思索了一下："很聪明的一个孩子，背景干净，处变不惊，谈吐不凡，不像是……一个小姑娘。"更像是个经历过大风大浪的人。

可是一个年纪轻轻的小姑娘，上哪儿去经历大风大浪？老者觉得这个想法有些荒谬，所以也就没说出来。

但是陆老爷子这个纵横商场一辈子的人会看不出来吗？

"她的资料查到了吗？"

"查到一些了，她名下确实有一家娱乐公司，她的个人资金应该不少，不过我们还没查到具体金额。"那些资金都不是直接放在她名下的，就算以陆家的能力，也只能查到她手中有大量资金，却无法查到准确的金额。

陆老爷子对此似乎一点也不惊讶，笑着道："年轻人的事，就让他们去折腾吧。"

一个有能力堆积起大量资金的姑娘，他不觉得她对陆家会有什么图谋，只要她想，她就能不断将那些钱翻倍。

出了陆老爷子住的地方，时笙第一时间是抓着陆清韵到偏僻的地方，恶狠狠地瞪着他："陆清韵，你带我去见你爷爷，不应该提前告诉我一声吗？"

陆清韵拨开时笙的手，慢条斯理地理了理被她抓出褶皱的衣裳："你应付得很好，老爷子对你可是很满意的。"

"我要是——"时笙哼了一声，鼓着腮帮子道，"不行，我受到了惊吓，你得给我补偿，我要买衣服，买包包，买豪车，买别墅。"

她要是心理素质差点，早就吓死了！就陆老爷子那气场，和他说话都感觉压力大，这货竟然一声不吭就把她带了过去。

陆清韵忽然伸手在她头上揉了揉，眯着眼笑："你要是能把老爷子哄出国，不让他插手我的事，你要什么我都给你买。"

时笙正想拂开陆清韵的爪子，就听到他后面那句话，顿时眼睛一亮："真的？我随便买什么都可以？随便花多少都可以？"

买买买买买！现在时笙脑中只剩下这无限刷屏的字了。陆清韵不动声色地收回手，如墨的眸子中映着女子白皙的面容，他勾了下嘴角："真的。"陆清韵在很久以后才知道，今天的决策，是他这辈子最后悔的决策，没有之一。

陆清韵将时笙送回节目组拍摄的地方，一时间，节目组的人都知道时笙有个帅得要上天的金主，林导演虽然不认识陆清韵，但是认识苏宜修。苏宜修是送方立秋他们过来的，所以等到陆清韵送时笙回来，才和他一起离开。

能让苏宜修跟着的人，就只有陆家的那位。从一年前就有人传陆家的那位回来了，但是在圈子里谁也没见过，所以这消息是真是假不得而知，如今看来，那位确实回来了。林导演庆幸之前自己没有对时笙落井下石。

时笙趁着录节目的空当，去找陆老爷子，打着交流的口号，将陆老爷子哄得十分开心。等节目录完，陆老爷子也出国了，临走还送了时笙一条项链。时笙目测那项链至少值五千万。

“这项链……”陆清韵看着时笙把玩的项链，目光一瞬间有些凝滞，顿了下道，“别弄丢了。”

时笙将项链放回盒子里，娇声道：“男朋友大人放心，奴家一定好好保管爷爷给我的传家宝。”

“那东西——”陆清韵张了张嘴，神色有些莫名，不过他的声音很小，时笙没听清。

“你说什么？”

陆清韵扯着嘴角笑得灿烂：“没什么。”

时笙狐疑地看了他几眼，神经病！转眼她又眉开眼笑：“我们现在是不是去买买买？”她终于可以花陆清韵的钱了，好兴奋。

陆清韵心底无声地叹气，比起老爷子，这个女人也同样难缠。

心满意足地花掉陆清韵上千万，时笙才回公寓。这点钱，还不够任务的零头，好心塞！那是十亿啊！还是美金！她得买多少东西，才能完成这个成就？这么一想，时笙又郁闷了，怀着报复的心情观看了网上的大战。

时笙开始干正事，这几天夏萱的愤怒值怕是到达了顶峰，正是好时机。主要是她心情不太好，那就让人跟着她一起心情不好。有苦同当嘛！

夏萱已经回家，她本来也没受什么伤，不过是点擦伤，想要弄时笙，才故意装出重伤的样子，谁知道刚进医院就发生这种事。医院人多眼杂，随时有记者混进去，她哪里还住得下去。

夏萱的粉丝团体很庞大，但是他们喜欢的是夏萱表现出来的温柔、善良、纯洁，而不是那个照片中满是污点的人。

所以，此时夏萱的微博早就吵翻了天。

“夏萱平时装得那么清高，没想到私底下是这样的人，真是看错她了，已取关。”

“真是瞎了眼，就这种女人还做女神，不知道被多少男人睡过。”

“楼上的积点口德，我们萱萱绝对不是那种人，那些照片绝对是PS的，萱萱别怕，我们挺你。”

“PS？你看不到几个大V都鉴定过了吗？自欺欺人也不过是徒增笑料！”

“就算是真的又如何，谁还没个过往？萱萱也没做什么过分的事，你们这么攻击她做什么？萱萱你别伤心，你还有我们，我们绝对不会离开你！”

诸如此类的争吵数不胜数，夏萱不想去看那些评论，可是她控制不住。她想找人删掉那些照片，可不管她找多少人，都没人能把那些照片删掉。夏萱捏着鼠标，手背上的青筋突了起来。她突然将鼠标摔出去，鼠标砸在墙上，啪的一声碎成了几块，落在地上。

就在此时，电脑突然黑屏了，鲜红的大字慢慢浮现出来：

为死去的亡魂赎罪。你准备好了吗？

死去的亡魂……赎罪……

“啊！”夏萱尖叫着将电脑推到床下，电脑嗞嗞了两声，彻底黑屏。

“宝贝，怎么了怎么了？”房门被人推开，夏母快速冲进来，抱着尖叫的夏萱，“宝贝，是不是做噩梦了？没事了没事了，妈妈在这里。”

“妈……”夏萱抓着妇人的手，神情狰狞，“妈，那件事被人知道了，有人来找我了……妈，你不是说你处理好了吗？为什么还会有人知道？”

“萱萱你在说什么？”夏母紧张地看着夏萱，“萱萱你冷静点，和妈妈说，到底发生什么事了？”

随着夏母的安抚，夏萱渐渐冷静下来，不过那双眼睛布满了血丝，抓着夏母的手因为太过用力，泛着青白，长长的指甲掐进了夏母的皮肤里。

但是怕自己刺激到夏萱，夏母只能忍着。

“妈，有人知道当年那件事了，他要毁了我。”夏萱咬牙切齿地瞪着虚空。

夏母脸色一变：“不可能，当年那件事我处理得很干净。”

“不，那些人还没死，当年那么多人，他们都知道，他们都知道。你为什么不杀了他们，为什么？”夏萱突然推开夏母，“当年你若是杀了他们，现在我用得着被人威胁吗？你为什么不杀了他们，呜呜呜，为什么……”

夏萱无力地伏在被子上痛哭。

“萱萱你放心，这事妈妈会帮你解决好的，你是我唯一的女儿，我不会让你有事的。”夏母保养得姣好的面容上露出一丝狠厉之色。

虽然有夏母的保证，但夏萱还是觉得不安全，她连夜去了席墨家。席墨看到裹得严实的夏萱，微微皱眉，略带不满：“你来干什么？”她现在丑闻缠身，还敢到他这里来，这不是给他添麻烦吗？

“阿墨救救我。”夏萱扑到席墨怀中，死死地抱着他。夏萱出门的时候化了妆，此时看上去倒是有几分楚楚可怜。

“你找人把照片删了就是，找我做什么？”席墨声音有些冷，因为他和她未婚夫妻的关系，如今东方娱乐也受到了影响，他不想再节外生枝。

“阿墨，有人要毁了我，那些照片根本删不掉。”夏萱抱着席墨小声啜泣，“他们不但要毁了我，还要拉东方娱乐下水。阿墨，帮我也是在帮你，你帮帮我。”

席墨目光一沉，他确实发现有人刻意将火往东方娱乐身上引，不过他发现及时，没有让那火烧起来。难道真的是有人要对付东方娱乐？先拿夏萱开刀？

夏萱根本不知道这件事，此刻随口胡诌，只是想让席墨帮她。也不得不说她运气好，随口胡诌，也能说到正题上。夏家势力不在娱乐圈，说话没什么分量，只能在财力上给予支持，其他的却没办法。只有席墨，他有东方娱乐，他才能帮自己。

“别哭了，先去洗洗。”席墨推开夏萱，颇为不耐地开口。

夏萱这个时候倒也聪明，没有黏着席墨，而是顺从地去洗澡。席墨还没查清楚事情的来龙去脉，之前爆料的工作室又开始爆料了。这次爆的是夏萱在剧组耍大牌欺负人的证据，有照片，也有视频……

在公众面前的夏萱，和那些照片、视频上的夏萱如同两个人。有了前面的事做铺垫，此时爆出来的这些东西，很快就被人接受了。

网上又掀起层层风浪，将夏萱推到了舆论的风口浪尖。之前那些被欺负的人碍于她影后的身份，只能忍着，如今这么好的机会，那些人怎么可能继续忍下去，纷纷雇水军，势必要把夏萱从影后的“神坛”上拉下来。

“席总，那个工作室只有一个人，我们根本找不到他。”席墨的助理紧张地看着自家boss。

“查IP！”

“也查不到……”助理双腿发软，说话都不利索了。

“查不到？”席墨声音上扬了几分，“怎么会查不到？你们查不到，就找人查，这么简单的事，还需要我教你吗？”

助理手忙脚乱地退出去，忙联系人去查IP。可惜那IP被时笙动过手脚，席墨的人怎么可能查得到。

相较于夏萱这边骂声不断，时笙新开播的电视剧却火了起来，时笙的人气也跟着上涨，而之前录的《极限世界》也开播了，网上顿时热闹起来。

“小丸子一出场就那么逗，她考虑过摄像小哥的感受吗？求摄像小哥的心理阴影面积。”

“秋女神和小丸子站一起好般配，只有我一个人这么觉得吗？”

“摄像小哥辛苦了，跟了我们小丸子这么一个不靠谱的艺人，我代表小丸子后援会给摄像小哥敬礼。”

“楼上的楼上+1。”

“小丸子的新剧萌得我一脸血，嗷嗷嗷，我要继续去舔屏。”

“什么萌，明明是霸气，我也要去舔屏了！”

“嗷嗷嗷，那个精灵好美美美美！”

“我也看到了，美出新境界，简直就像天使，我要换老公了！”

韩灵四人一出场，就用脸圈了不少粉，纷纷跑到《极限世界》官方微博下问这四人是哪个公司的，会不会出道之类。

《极限世界》的官方微博很给面子，发了几张四人拍摄精灵时的单人照，又用合照凑成了九宫格，最后@漫天娱乐。这意思再明显不过，这是漫天娱乐的人。

漫天娱乐不就是小丸子的公司吗？小丸子和精灵们一个公司，好幸福有没有！

唐隐早就准备好了，公司立即开发布会，宣布King组合正式出道，随后推出四人的首支MV。而他们也被粉丝们称为精灵，不但因为他们有精灵般的容貌，更有精灵般的歌声。

一首歌，让四人瞬间火了起来。

唐隐忙着他们的事，就没多少时间管时笙，时笙只能自己搞定自己。

接戏？自己来。通告？自己来。她感觉自己以后去兼职经纪人，一定也会做得很好。

时笙谈完新戏合同，将人送走后，要死不活地给陆清韵打了电话：“陆先生，你的女朋友遗失在安居路卡莱尔大酒店，请速速来认领。”

陆清韵那边也不知道在做什么，有些吵，但是很快就安静下来，他清越含笑的声音透过电话传来：“先寄放在那里好了。”

“陆先生，我想你肯定很想陆爷爷。”小样，我早就把陆老爷子的好感度刷爆了。俗话说，要搞定一个人，就得先搞定他身边的人，这话很有哲理啊！

“等我。”比起应付陆老爷子，陆清韵宁愿应付时笙，至少她只是让他付账，也不干其他的事。

陆清韵到达时笙指定的地方，看着那满桌子根本没动的食物，以及还在不断点餐的某人，嘴角忍不住抽了抽，她是有多闲？

“咦，这么快，我才点一轮。”时笙将菜单合上，服务员瞄了眼进门的陆清韵，确定时笙不再点菜后，迅速退出了房间。她也算是老员工，真的没见过这样的客人，一个人竟然点着菜玩儿。浪不浪费？

“你就这么喜欢花我的钱？”她虽然让他买衣服买包包，可最后他都没看到她穿过用过那些东西。

时笙无辜地眨眼：“花男朋友的钱天经地义，有什么不对吗？”

陆清韵笑容僵了僵，拉开椅子坐到她旁边，余光扫到桌子上的合同：“接新戏了？”

“没办法啊，得为了影后的桂冠往上爬啊！”时笙顿时垮了小脸，“金主大人，要不你花钱给我买个影后吧？”

怎么不让我花钱买个地球给你玩儿！明明不喜欢，还非得去做，这不是有病吗？就跟她不喜欢自己，还非得往自己身边凑一个样……陆清韵眸色暗了暗，和她接触的时间里，他唯一弄清楚的，大约就是她真的不是别人派来的奸细。至于目的，他只解锁了一个，花他的钱。

时笙将那一桌子菜送给酒店的工作人员吃，随后挽着陆清韵出门，留下一众纳闷的工作人员。

刚才那人怎么看起来那么眼熟？

等他们反应过来那人是谁，早就看不到他们的影子了。

就在陆清韵将时笙送回去后不久，一条新闻横空而出：#揭秘当红小花旦江晚背后的男人#。

时笙第一时间看到新闻，照片很模糊，是陆清韵为她开车门，她弯腰上车，而陆清韵侧目的照片。也不知道是不是故意，陆清韵的面容有些模糊，她的却特别清晰。

这段时间她的新闻不少，此时这则新闻一出，立即引起争议。唐隐打了电话来，问她自己处理还是公司处理，顺便教训她出门被人偷拍都不知道。时笙直接挂了电话，登上微博，发了一条微博。

江晚V：金主大人晚安@陆清韵。

等着看事件进展的粉丝，第一时间刷出时笙的微博，立即沸腾了，纷纷点进被圈的那人的主页。陆清韵的微博没有认证，只有一条微博，还是一条链接，一个字都没有，看到这里，众人迷茫了。连个认证都没有，竟然是小丸子的金主？

那条链接点进去还是类似登录界面的东西，有账号和密码，可是没有注册啊！域名完全看不懂啊！坑人吧？黑粉们摩拳擦掌，跃跃欲试，准备将时笙往死里黑。

可当他们点开关注陆清韵的微博列表，顿时惊呆了，不但有权威媒体，还有各种商界大佬，甚至有一些是政界的，一溜下去，全是蓝黄相间的大V。

这人谁啊？丸子粉瞬间爆发，碾压那些准备看时笙笑话的。看看，人家就算不加V也是厉害的，我们家小丸子的金主必须是这个样子。

方立秋V：金主大人求包养！//@江晚：金主大人晚安@陆清韵。

苏宜修V：金主大人求发工资！//@江晚：金主大人晚安@陆清韵。

这两条转发，瞬间又激起千层浪。

方立秋的粉丝数也是很庞大的，自家女神竟然在微博上光明正大求包养，女神虽然你有点跳脱，但是请矜持好吗？

还有那个苏宜修，那不是有间娱乐的boss吗？他还求发工资，不就是说这是boss的boss？天哪，这个世界怎么了？

那个陆清韵是谁，快来个人科普啊！一些人倒是想科普，可是完全查不到，就这么一个名字，一个模糊的侧面，连个电话都没有，怎么查？就算能查到，也不是一时半会儿能查出的。

于是有人开始说，觉得这是自导自演，那些关注列表肯定都是刷的。这个说法一出，就有人反驳，你也刷一个全是大V的关注列表出来！大战一触即发，偏偏陆清韵那边没有丝毫动静，有的技术宅查出那个账号的最后登录时间，正是发布唯一一条微博的时间，之后就再也没登录过。

众人傻眼了。

时笙这边闹哄哄的，夏萱那边也没消停，因为之前那个工作室说了，不少人等着后面的料。

就在时笙的微博发出后不久，工作室也更新了。

这次更新的内容就比较特别了，是一张合照，照片中是一群青春靓丽的大学生，背景是国内的一所大学，夏萱站在中间，看上去俏皮可爱，很有活力。

这看上去就是一张普通的合照，没有任何不对劲的地方。

但是夏萱看到这张照片的时候，却惊叫出声，若是之前她还心存侥幸的话，那么现在那侥幸荡然无存，只剩下无尽的恐惧。

夏萱哆嗦着手，给夏母打电话，按了好几下才拨出去。

“萱萱，这么晚了怎么还不睡？”夏母温柔的声音从电话那端传过来。

“妈，那件事你查得怎么样了？”夏萱的声音都在发抖，她惶恐不安道，“网上有人……有人爆出了我和那些人的合照……背后的人肯定知道了当年那件事。妈，你要救我，我不想被抓。”

夏母那边传来一阵奇怪的声音，她听到夏父不满的嘟囔声和夏母的安抚声，随后就安静下来：“萱萱，你到底得罪谁了？这件事你知道多严重吗？”

“我没有……”夏萱无力地反驳，脑中却浮现时笙的面孔，会是她吗？

她会有那么大的本事，挖出那么久远的事吗？

“萱萱你好好想想，你到底得罪谁了，当年那件事那些人都有份，他们不可能说出去。”

“不是还有那几个人的家人，会不会是他们？”

夏母那边沉默下来，夏萱只能听到她略微沉重的呼吸，心底慌得不行，带着一丝哭腔和祈求道：“妈你说话啊，我不想就这么毁掉，你要救我……”

“萱萱，我们见面说。”夏母给了夏萱一个地址，然后就挂了电话。

夏萱和夏母见面，夏萱抱着夏母好一阵痛哭，这几天她一直处于那种即将被人揭开过往，将她曾经做过的事昭告天下，令她陷入世人咒骂的恐惧中。

就在母女俩商量的时候，网上早就炸开了锅。

那张照片之后，很快又有几张照片发出来，是夏萱和合照上的几名男女对两个年轻姑娘欺凌的照片，接着还有视频，是那群男女欺凌姑娘的过程。

他们选择隐蔽的地方下手，不会在明显的地方留下什么伤痕，事后还给被欺凌者治疗，为了下次更好地欺凌。

被欺凌对象除了两个姑娘，还有一个少年，为了保护受害人，三人的面容都被打码了。

欺凌的过程很漫长，看得人触目惊心，心惊胆战，那照片和视频里的人，看起来还都是孩子啊！

“欺凌者里面有夏萱吗？夏萱怎么会是这样的人？想我还那么喜欢她，没想到她竟然这么残忍。”

“照片上的那些人都是谁？人肉出来，这种人竟然没有受到法律制裁，一群禽兽！”

“那照片上的学校好像是‘211’大学，我想起曾经有一则很轰动的新闻就是发生在‘211’大学，一男一女被人在废旧教学楼里残忍分尸，到现在都还没破案。”

"我是那'211'大学的，我正好是那一届的毕业生，当时我还去现场看了，到现在想起来还会做噩梦，太残忍了。"

"夏萱不会是杀人凶手吧？"

"我认识夏萱旁边的那个人，叫胡梦，那件事发生后不久，胡梦就转学了，我听人说，好像是出国了……"

"你们没证据少胡说，萱萱绝对不是这种人。"

"就是，我们萱萱那么善良，怎么可能是杀人凶手。"

"夏萱也是在那一年出国的，时间就在'211分尸案'一个月后。"

"脑残粉还在维护杀人凶手，你们是不是心理变态，竟然喜欢一个杀人凶手，物以类聚人以群分吗？"

越来越多的网友跳出来，照片上的人瞬间就被人肉出来，所有人都是在"211分尸案"后，一个月左右出的国，这些人家庭背景都不错，是富二代甚至官二代。

有这样的身份，在杀人分尸后，被家里的势力处理干净，是很容易的事。

网上的人纷纷开始圈"211"大学官方微博和当年办案的警方官方微博。

一时间网上风起云涌，无数人指责夏萱和那群施虐的人。

当时他们才多大？十八九岁，正是最美好纯真的年纪，可他们在做什么？他们竟然在对身边的同学进行欺凌，还有可能杀人分尸，这么危险的人如今竟然还是公众人物。

"211"大学很快就回应了，不过很官方，大概意思就是仅凭几张照片和视频不能认定夏萱是凶手，请大家不要误传谣言。

警方则没有回应。

席墨没想到会有这么一出，看到网上那些照片，好半天都没回过神。

他一直知道夏萱并不如在外界表现的那般，但他以为她顶多是和那些千金小姐一样，目中无人一些，绝对没有想过她曾经有可能杀人。

"席总，席董事长电话。"助理拿着手机进来，说话都不敢大喘气。

现在的boss比之前还可怕。

席墨啪的一下合上电脑，接过助理手中的电话。

"爸。"

"召开发布会，和夏萱解除婚约。"电话那端的男人语气很强硬，"我不管你想做什么，现在夏萱不能是你的未婚妻，记住了吗？"

"我知道了。"

席墨挂了电话，神色微沉："去安排发布会。"

#东方娱乐总裁单方面宣布与影后夏萱解除婚约，是否代表夏萱曾经真的杀过人？#

新闻一出，夏萱的电话就打到了席墨的手机上。席墨看都没看，直接将手机关机。夏萱这个女人，只能放弃，东方娱乐正处在关键时期，不能因为夏萱毁了他的计划。

夏萱不敢出门，外面全是蹲守的记者，甚至有愤怒的网友，如果不是她住的小区安保设施不错，恐怕那些人都要冲进她家门了。但是小区又不是只有夏萱一个人，还有别的明星也住这里，他们出行受到了严重的阻碍。

警察最终不得不介入调查。

叮咚叮咚！门铃急促地响着，外面穿着警服的人对视了几眼，让人去叫物业的管理人员来开门。

门一打开，一股血腥味便扑面而来。客厅的沙发上，夏萱只穿着吊带睡裙，一只手垂在半空，手腕上有一条长长的伤口，鲜血滴答滴答顺着指尖滴落在铺着羊毛地毯的地板上，将白色的地毯染成了红色。

“警官，请问夏萱是畏罪自杀吗？”医护人员一出来，记者就围了上去。

“夏萱是他杀还是自杀？她真的是‘211分尸案’的凶手吗？警官，请你说几句。”

“抱歉，不方便透露，请让一让。”警察将记者分开，护送着夏萱上了救护车。

#夏萱畏罪自杀#

#“211分尸案”凶手#

微博热搜上都被“211分尸案”承包了。

“得罪你的人，还真是可怜。”陆清韵的视线从时笙的手机上扫过，脸上的笑容有几分诡异，衬得他那张脸满是恶意。

“可怜之人必有可恨之处。”时笙将手机收起来，眯着眼望向旁边的男人，“陆先生，从你嘴里听到‘可怜’这两个字，还真是……”讽刺啊！

陆清韵笑得灿烂，如墨的瞳孔中，如有浩瀚星海，盛满了璀璨星光：“我只是个普通人。”

“呵……”

普通人，有这么美得要上天的普通人吗？普通人，有这么阔绰得要成神的普通人吗？算了，他是金主，他说了算，不和他计较。

“你带我到机场做什么？”时笙看着外面的建筑，满脸疑惑。

“接老爷子。”

“陆爷爷要回来？”时笙眨巴着眼睛，转而严肃道，“我行程那么忙，你一个月还只给我那么一点包养费，我要涨价！”

陆清韵：“……”他就算有钱，也不是这么宰的！他们见面的次数和涨价的次数是成正比的。

眼看机场越来越近，为了不让老爷子烦自己，陆清韵就当花钱买清净，反正他有钱。不过……陆清韵突然靠近时笙，男性特有的气息瞬间将时笙包裹住：“那么作为女朋友，是不是该给我发点福利？”

时笙正奇怪陆清韵靠这么近做什么，听他要福利，小脸顿时一沉：“陆先生，我卖艺不卖身的。”

陆清韵：“……”你卖的是哪门子的艺？整天就知道花钱！花钱！花钱！

像是知道陆清韵在想什么，时笙义正词严道：“花钱也是一门艺术，最近我花出去的钱，可都是让你赚了。”

陆清韵默默坐正了身子。

机场人来人往，时笙作为一个已经有名气的艺人，完全没有艺人的自觉，光明正大、大摇大摆挽着陆清韵去VIP通道接陆老爷子。

站在时笙旁边的两个妹子一直盯着时笙看。

“好像是小丸子？”

“怎么可能，小丸子作为艺人，怎么可能就这么出现在机场……”说是这么说，但明显连说话的妹子都觉得站在她们旁边的就是小丸子。

“我们要不上去问问？”

“这……好！”

两个妹子深呼吸一口气，挪到时笙和陆清韵旁边，其中一个妹子红着脸，扯了扯时笙的衣袖：“请问，你是江晚吗？”

“嗯？”时笙蒙了一下，随后才点头，“我是啊！”

两个妹子眼睛猛地一亮，激动地拉着对方，她们竟然看到活的小丸子了，好兴奋，好幸福！

淡定，淡定，作为丸子粉，她们是有素质的。

平复下心底的激动，两个妹子摆着痴汉脸，眼冒桃心地看着时笙。

“那个……我们是你的粉丝，小丸子可以给我们签个名吗？”

“能给这么可爱的粉丝签名，是我的荣幸。”时笙一边说一边从陆清韵身上掏出他随身携带的笔，“要签在哪里？”

妹子开心得晕乎乎的，本能地从背包里拿出本子递过去，继续望着时笙。

小丸子好可爱，小丸子好帅！呜呜，她们要嫁给小丸子。

时笙将签好的本子还回去："看你们是学生吧？是来接人的吗？最近天气很热，要注意防暑哦。"

"小丸子也要注意身体，拍戏别太累，我们会心疼的。"

"小丸子你在《帝皇书》里演的女将军真的好帅，以后你还会演这样的角色吗？"

《帝皇书》就是她演的最近正在热播的电视剧，她不是女主角，是女二号，一个女将军，一个帅气的女将军，出场就帅了观众一脸血，每次出场的BGM（背景音）都特别帅，反正横看竖看就是帅！帅过了男主角，帅过了女主角！

"也许会哟！"时笙邪肆地挑了挑眉。

两个妹子就差抱着吼起来，但是心里知道不能吼，那会惹来更多的丸子粉，那样就有人和她们抢小丸子了。她们才不傻，像别人家的粉丝，见面就尖叫，把近距离接触自家大大的机会白白葬送掉。

两个妹子故意将时笙的身形挡住，旁边又有一个陆清韵戳着，前面就是通道，一时间真的没人发现时笙。

粉丝的套路都这么深！可怕！

时笙和两个妹子聊得很开心，甚至到后面互换了手机号码。

等陆清韵接到陆老爷子，被几个保镖护送着离开，不少人才发现时笙，一时间机场热闹了起来。好在陆老爷子的保镖够彪悍，一行人有惊无险地离开机场。

不少粉丝纷纷表示受到一万点暴击伤害。

#小丸子竟然和我同处一个机场，然而我没有看到#

#小丸子和金主大人大庭广众之下秀恩爱，狗粮我要鸡肉味的#

#大大亲笔签名，帅得不要不要的，我感觉要"弯"了#

最后一条被顶得最多，不但有近距离照片，还有合照和签名。许多粉丝纷纷表示羡慕嫉妒恨，她们怎么就没发现自家大大呢？

在网上的人被虐到的时候，时笙和陆清韵正陪着陆老爷子吃饭。

"小晚啊，你看你和这兔崽子也交往这么久了，什么时候把婚礼办了？"陆老爷子和蔼可亲地看着时笙。

时笙拿着勺子的手一抖，干笑道："陆爷爷……我们还小。"

久？久个屁啊！而且她只想花陆清韵的钱，没想着嫁给他啊！陆老爷子，您不要乱拉红线！

“不小了不小了，我像这兔崽子这么大的时候，他爸都能打酱油了。爷爷老了，想要在活着的时候看一眼重孙子……”

时笙在桌子底下踢了陆清韵一脚，陆清韵却只是淡淡扫了她一眼，转头就对陆老爷子道：“爷爷，您选个日子吧，我和小晚都听您的。”

“什么！”陆清韵和陆老爷子同时看向时笙，时笙连忙捂嘴：“那个……我只是觉得太快了，我觉得我和……清韵还要培养一下感情，对，再培养一下！”说到后面，时笙重重地点头。

“哈哈哈哈，结婚后培养也是一样的，而且爷爷看你们感情好得很啊！”陆爷爷脸上都快笑开花儿了，“这事就这么定了，一会儿就回去看看日子。”

他可是看到网上新闻才专门回来的。

“不是……”

“小晚，你家里还有什么人，和爷爷说说，爷爷也好安排安排。”

“我……”不嫁啊！

“小兔崽子，婚礼你得仔细准备，可不能委屈了小晚，否则我饶不了你。”

“爷爷放心。”

时笙：“……”让我说句话啊！我还没答应呢？你们就这么自说自话，真的好吗？

时笙就这么“被结婚”了。等陆老爷子走了，时笙才找陆清韵算账，陆清韵干净利索地晃了晃手中的支票，上面的一串零，分分钟就把时笙收买了。

“不就结个婚嘛，好说好说。不过……陆先生，这零是不是还要再添几个，我这么一个黄花大闺女，你这么点钱就想把我买回去，是不是太便宜了？”坐地起价什么的，她信手拈来。

“嫁给我，我的不就是你的？”

时笙眨巴下眼：“说得有道理。可是我现在还没嫁给你，你别转移话题。”

陆清韵：“……”他突然有点后悔，现在和爷爷说取消婚礼还来不来得及？

时笙最近忙着和陆清韵在陆老爷子面前刷恩爱度，除了拍戏，两人几乎都在一块儿。网上关于两人的新闻越来越多，而陆清韵的身份也总算被扒了出来。有间娱乐的最大boss，陆氏集团的继承人。小丸子上辈子拯救了银河系吗？

时笙忙得团团转，连自家公司都快忘了开在哪里。直到夏满给她打电话，她才想起自己还是老板要发工资了！回公司的时候，时笙遇到了四个小帅哥，如今这四人也是很火，已经出了专辑，销量很可观。

时笙印象最深的还是姜明，因为他随时随地能掏出吃的。

“小明，来点吃的。”

姜明：“……”为什么晚姐一见面就问他要吃的?

姜明满头“黑线”地从兜里摸出一包糖豆递给时笙。时笙露出果然如此的表情，这货穿的是演出服啊！他演出的时候，糖豆蹦出来了怎么办?

“姜明！”韩灵咬牙切齿地瞪着姜明，说了多少次，不许在兜里藏吃的。

姜明缩了缩脖子，求助地看向时笙。时笙拿着糖豆，冲他们挥挥手：“加油小帅哥！”

时笙到办公室的时候，只有职业总裁，唐隐和夏满都还没到，职业总裁大人对自家这个只知道给钱的老板也是印象深刻。时笙示意他别管自己，自个儿窝到沙发上看妖精打架。直到时笙都等得不耐烦了，唐隐和夏满才到，夏满神色看上去有些不好，唐隐直接就挂彩了。

“你俩……这是干吗了？”

“你在乱想什么？”唐隐瞪了时笙一眼，“小满遇到席墨了。”

“哦，我没乱想什么。”时笙抱着手机缩回沙发上，“你自己想多了。”

自己污，还怪本宝宝，这个锅本宝宝不背!

夏满坐到时笙旁边，低垂着头，神情略显狼狈。

“三条腿的蛤蟆不好找，两条腿的男人满地跑，夏姑娘，你在纠结什么？”时笙冲着唐隐痞气地吹了声口哨。

唐隐推了推眼镜，无视时笙的不正经。

夏满苦笑了下：“到底是喜欢那么多年的人，怎么可能说不喜欢就不喜欢了。”

可他是怎么说她的?

“那就去国外疗伤吧。”

夏满不解地看向时笙。

“唐隐，最近国外不是有部戏在选东方面孔？你带夏满去试试。”时笙拍了拍夏满的肩膀，突然认真地问，“你还想和席墨和好吗？”

夏满愣了一下，随后坚定摇头。

席墨早就不是她记忆中的那个人了，他们早就回不去了。

“那就去吧，半年之内不要回来，别问为什么，相信我。”

很好，成功拆CP。她的成就又要添上一笔。

夏满和唐隐一起走了，艺人总监暂时由时笙代理。

让时笙做艺人总监的后果就是，公司多了一溜颜值爆表的新人，在漫天娱乐，你长得不好看都不好意思在公司晃，人家连个扫地的都要求有颜值。

哪里需要撑门面的艺人，去找漫天娱乐！

职业总裁很心塞，这是在开娱乐公司吗？怎么感觉是在开青楼啊，而他是……老鸨？不对，他家老板才是老鸨，他顶多算是个龟……公？这么一想，他好想辞职啊！

#承包整个娱乐圈颜值的公司，请认准驰名商标漫天娱乐。只此一家，别无分店#。

夏萱不是自杀的，而是谋杀。凶手是周毅。时笙弄的那些照片和视频，都是从这个人的电脑里出来的。

当年那件事后，周毅就带着那些东西出了国，一直在国外，可他骨子里就是那样的人，根本止不住脑中那些邪恶黑暗的想法，一开始他只是看看那些照片和视频，以此来纾解欲望。

随着时间流逝，那些东西已经没办法带给他多少快感，他忍不住下了手。第一次得手后，他尝到了甜头，再次沉沦进那无尽的深渊。这么多年，从来没有被人发现过，还让他找到了几个志同道合的朋友。可是就在不久前，他莫名其妙收到一些谩骂信息，从那些只言片语里，他看到了夏萱的名字，上网一搜才知道出大事了。他都不知道自己为什么要去杀夏萱。当时就像有一个声音在他脑中不断盘旋，让他去杀了夏萱。

周毅被抓，当年的事也被他交代出来，他手上甚至有当时几人分尸的视频，血腥残忍。他说当时所有的人都吸了毒，他们是在旧教学楼发现那对情侣的，仗着人多，准备对他们进行欺凌，可是那两个人反抗得厉害，女生不知被谁推了一下，脑袋撞到了地上的尖锐物体，当场死亡。

男生见此反抗得更厉害，那群人根本没意识到有人死了，反而对着男生欺凌，导致男生活活被折磨死。分尸的提议周毅也想不起来是谁提的。

有视频，证据充足，夏萱锒铛入狱，当时参与的人全被警方缉拿归案。

这件事闹得这么大，那些人家里的势力再大，也不敢明目张胆做手脚，只得请律师，一切按程序走。按照各自家人的指示，所有人都表示自己吸了毒，当时神志不清，属于过失杀人。可是警方从视频中看，发现他们思维正常，神志清醒，分尸离开后，还知道抹除证据，于是警方认为是故意杀人罪。警方还找到了当时被欺凌的几个人，劝说他们出庭做证，也许是怕报复，只有一个人站了出来。

即便如此，那几个人还是被处以故意杀人罪和故意伤害罪，因其情节恶劣，判刑也比较重。但是宣判不久后，夏萱和周毅两人就被送到了精神病院。

时笙看完报道，无声地笑了笑，以为进了精神病院就可以逃脱吗？那个地方，进去了没病也得弄出病来，夏萱能撑多久呢？

夏萱这么快就玩完，还多亏了周毅。如果不是他，夏萱不在医院住那么久的院，肯定还会蹦跶一段时间。

夏萱这条线算是完成了，席墨就交给陆清韵好了。接下来就是走上人生巅峰！哦，对，还有那群渣亲戚！

陆清韵不负时笙所望，很快就对席墨动手了，席墨名下的东方娱乐最惨，席家的其他产业倒是没什么问题。他像只是针对席墨。

东方娱乐易主，成了继“211分尸案”后的热门。

陆清韵转手就将东方娱乐送给了时笙，美其名曰新婚礼物。时笙转过头又把东方娱乐卖了，于是东方娱乐又上头条了。

短时间内，接连易主。

两人的婚礼定在九月初九。

时笙将手上的戏拍完后就没接新戏，因为婚礼定在国外举行，时笙也没什么好忙的，每天除了去公司，就是吃饭睡觉买买买！网上对于时笙要结婚的消息，纷纷表示是噩耗。他们家小丸子要嫁人了！

“虽然小丸子要嫁人，但是我依旧爱她，就像老鼠爱大米。那个金主大人，你一定要对我们家小丸子好好好好，超级好！”

“小丸子要嫁人了，我是拒绝的，小丸子是大家的，怎么可以嫁人！”

“呜呜呜，小丸子不要嫁人，你要抛弃我们了吗？”

当然也有陆清韵的粉，表示不愿意让陆清韵娶时笙。

“江晚怎么配得上金主大人，她除了有几部作品还有什么？我们家金主大人可是真正豪门！”

“江晚要是有自知之明，请主动放弃金主大人。”

“江晚配不上金主大人，+10086。”

“心血来潮，查了下小丸子，发现她名下竟然有两家公司……”

“什么公司？求上图。”

那个人立即甩了两张图上来，第一张图是漫天娱乐，法人代表的名字就是写的江晚，第二张图是一家投资公司，名字只有一个S字母，法人代表也是江晚。

投资公司他们不熟，但是漫天娱乐他们熟啊！

这就是小丸子的签约公司，还是四个小精灵King组合的签约公司，还有好几个脸熟的艺人都是这家公司的。

这公司竟然是小丸子的？

“说配不上金主大人的，打脸了吧？疼不疼？小丸子这家公司完全是自己开起来的，可没什么家族后台！”

“那家投资公司倒是没听过，不过也是小丸子的产业，肯定是棒棒的！”

下面的丸子粉纷纷附和，在他们心里，小丸子做什么都是最棒的，他们是小丸子的脑残粉。

那家投资公司，是时笙用来掩盖她大量的资金出入的，不过公司是的确存在的，而且还做得不错。

“小丸子，你竟然要嫁人了，嘤嘤嘤，你要抛弃我了吗？说好我们相亲相爱的呢？”方立秋抱着时笙，扯着嗓门干号。

“何时爱过？”时笙淡定反问。

“你……你……”方立秋西子捧心状，大受打击，“你竟然不承认，没想到小丸子是这样的小丸子。”

时笙摸了摸方立秋的脑袋：“乖，找你们家苏宜修去。”

方立秋立即不号了，女王范儿瞬间上身，扯着嘴角笑得阴森：“他要是还敢出现在我面前，看我不手撕苏宜修。”

时笙：“……”苏宜修，你干了什么？

“不管，我要给你做伴娘。”方立秋转眼又号起来，“我觉得我要是给你做伴娘，身价都会往上提一提，这么好的机会，你不能让给别人。”

方立秋死皮赖脸地将伴娘的位子定下了，时笙本也没什么朋友，伴娘对她来说是谁无所谓。

江真真是从同学口中知道江晚要结婚的，她早在一年多前就在电视上看到过江晚，可是那个时候，江晚不过是配角，她对此嗤笑不已，觉得江晚不自量力。

江晚要是能火，她江真真的名字就倒着写。

可是这几个月，关于江晚的新闻却是源源不断，明显火了起来。

有熟悉的人见面就问江晚的事，还说她有个明星姐姐好福气。

江真真心底嫉妒得不行，江晚竟然真的红了。

如今江晚要结婚了，据说结婚对象很有钱，这让她如何不嫉妒？嫁入豪门，是她的愿望，可是在她还不知道怎么嫁入豪门的时候，她向来看不起的江晚竟然要嫁入豪门了。

最让她眼红的是，江晚名下竟然有公司。

如果江晚有钱，还需要嫁入豪门吗？

“爸爸，你看看江晚现在那么红，名下还有公司，我托朋友问了，她那家娱乐公司最低估价也是两亿，她还有一家投资公司，她得有多少钱？”

江源看着自家女儿，半信半疑：“她真那么有钱？”

“爸，你不知道，娱乐圈可赚钱了。”江真真点头，“一个广告就是好几百万呢。”

“可是……当初我们做的那件事，她还会认我们？”江母有些踌躇，早知道江晚这么厉害，当初她何必让江晚嫁给一个糟老头子？

“她敢，我们是她唯一的亲人，她在我们家吃喝拉撒那么多年，于情于理都该孝敬你们吧？”

“就是，我们教养她那么多年，有钱了就想不认我们，想得美。”江源附和江真真。

江真真心底已经开始畅想，自己有钱后，要将那些觉得和自己很遥远的东西都买回来。其实这不是江真真第一次撺掇父母去找江晚，但是江源和江母都有些别扭之前要将江晚嫁人的事。可是现在爆出来她有两家公司，金钱的欲望把江源心底的那点别扭压了下去。

江晚不过一个女娃子，到时候嫁人那些东西还不是夫家的？他老江家的东西，怎么能给外人？

江母听自家丈夫和女儿都这么说，心底也有了底气，她本来就是个贪财的，如今江晚那么大一块肥肉，她怎么可能放过？

一家人准备去京城找时笙。因为没有时笙的电话，他们费了好大的劲才到了漫天娱乐公司楼下。可等他们去的时候，却被告知漫天娱乐已经不在这里了，江真真在网上好一阵搜索，才找到漫天娱乐公司的新地址。

等他们辗转到公司楼下，天都黑了，可是看着那灯光璀璨的高楼大厦，再苦再累他们也不觉得了。

据说这栋楼都是漫天娱乐的，这得值多少钱啊！江真真激动得心跳加速，血脉偾张，脸色微红，仿佛看到无数的钱在朝她飞来。

“请问你们找谁？”进公司的时候，三人被保安拦住了。

“我找江晚。”江源不由得挺了挺胸脯，眼底满是得意，“我是她大伯，你快让她下来。”

保安皱了皱眉，公事公办道：“江小姐并没有说过会有客人来访。”如果是亲戚，怎么可能连电话都没有？当他这么多年的保安是白当的吗？

“我们来她不知道，大兄弟，我们真的是江晚的亲戚，不信你可以打个电话问问。”江母语气要温和许多。

“对不起，江小姐已经离开公司了，你们可以去江小姐家里找她。”随便来个人要找江小姐，他们就往上面报，那这保安也不用当了。

江母：“……”他们要是知道还会来公司吗？

保安也没有赶他们走，只是拦着他们不让进，反正他们做的都是职责范围内的事，就算这三个人真的是江小姐的亲戚，江小姐也不会为难他们。

三人好说歹说，保安油盐不进，最后气得江源破口大骂，还说等他见到江晚，一定要让他滚蛋。

保安听得那叫一个汗颜，最后动静闹得有些大，惊动了守在外面的狗仔，听到江晚的名字，纷纷围了上去。

江源一开始有些害怕，但是转念一想，这些记者若是把他和江晚的关系放出去，江晚还能不认吗？

他可是从江真真那里听了不少网络上的事。

江真真显然也是这么想的，和江源一人一句，将他们这么多年如何含辛茹苦把江晚养大，这次听说她要结婚，特地来参加她的婚礼云云说了出来。

他们嘴上说着只是来参加婚礼，实际上话里话外都在贬低时笙，说她忘恩负义。

保安一看这事要闹大，赶紧叫了值班的保安队长，保安队长将三人拉进了公司，这才算结束他们的“演讲”。

保安队长没办法只好给上面的人汇报，万一明天出了什么不好的新闻，到时候事情可就大发了。

时笙和陆清韵都到地方了，接到职业总裁的电话不得不返回。

她就猜到这群渣亲戚要上门，没想到来这么快。

“人呢？”时笙和陆清韵一前一后进了公司。

保安指了指大厅旁边的房间：“队长怕他们闹事，就请到办公室去了。”

江源一家子正和保安队长闹，房门突然被人推开，闹哄哄的办公室顿时安静下来。

江真真一眼就看到站在时笙后面的男人，眼睛都看直了，她从来没见过这么好看的男人。

“江小姐。”保安队长心底松了口气，这家人真是太难缠了，江小姐怎么会有这样的亲戚？完全和江小姐不是一个档次的，他们说江小姐是他们教育出来的，他都不相信。

“小晚，你看看你请的这是什么人，一点规矩都不懂。”江源说得理直气壮，“这样的人怎么能留在公司，赶紧开了。”

保安队长差点一口气没上来。他不懂规矩？到底是谁在这里无理取闹？

“出去说吧，你们也不想外人看笑话吧？”时笙似笑非笑地看了江真真一眼，“今天辛苦了，回头让财务给你们发奖金。”

保安队长面色一喜：“多谢江小姐。”看来今天他没做错。

“小晚，你怎么还给他发奖金？你是没看到他们是怎么对我们的！我们大老远过来，他们不给你打电话，还拦着我们，这么不懂事，得罪了我们没什么，要是得罪了其他人怎么办？”江母也是一脸不赞同。

“这里不是你们说了算，江先生、吴女士。”时笙咬字清晰，脸上明明带着笑，可那双眸子像盛满了寒冰。

江源和江母同时觉得一股凉气从脚底往上蹿，头皮阵阵发麻，不敢再吱声。

出了公司，时笙也不说话，让三人上车，陆清韵开车。

江真真的视线就没离开过陆清韵，网上的照片有些模糊，当时她虽然觉得那男人很帅，但是因为时笙的关系，江真真并没有将陆清韵看在眼里。

可是现在见到本人，她忽然发现这个男人真的好美。

江源和江母坐在后面，两人用他们才懂的眼神交流着。

最后江母先打破沉默，操着长辈的口气道：“小晚，你这孩子一个人在外面创业很辛苦吧？怎么也不给家里打个电话，我和你大伯也好帮帮你的。”

“不劳吴女士费心，我可不敢麻烦你们。”时笙丝毫没有掩饰语气中的讽刺。

“你这孩子怎么连大伯母都不叫，你就我们这几个亲人了，什么麻烦不麻烦的。当年你父母去世，不也是我们照顾你？怎么还和大伯母见外了。”

江母语气半嗔半无奈，那样子好像真的有多关心江晚似的。

但是那眼底的贪婪，暴露得彻彻底底。

“吴女士这话可不对，我父母去世留下将近百万的赔偿金，还有他们平日里的积蓄和房子，林林总总加起来也有两百万，这些钱不都被你们拿去了？不过这些钱就算是你们照顾我那几年的费用，我就不跟你们要了。”

江母被噎得说不出话。

当年要不是看在那些钱的分上，她怎么可能会收养一个拖油瓶？

“好啊江晚，你翅膀硬了是不是？”江源立即出声支援江母，“我们把你养大不花钱吗？你现在有钱了，就想翻脸不认人是不是，你爸爸都还叫我一声哥哥，你连尊卑都不知道了，你爸要是还在，非得被你气死。”

“呵……江先生，你在我身上花了多少钱，我们大家心知肚明。我爸要是知道你是这么对我的，指不定晚上还会上来找你。”

吓唬人的话，谁不会说？她是被吓大的吗？这一家子都是一个字，贪！当年原主的父母留下那么多钱，足够原主安稳读完大学，甚至是创业基金都有了，可是这家人以各种理由哄着原主将那些东西给了他们。这还不知足，还想把原主卖一个好价钱。这种人真的是亲戚吗？是仇人吧！

“你……你……”江源被气得说不出话，也有可能是心虚，不知该如何反驳时笙。

时笙冷笑了一声，偏头对着陆清韵道：“去卡莱尔酒店。”

陆清韵脸上笑意有些凉，时笙甚至感觉到了几分杀气。

将三人安排进了酒店，临走前，时笙警告了一句：“想要参加我的婚礼，就乖乖在酒店待着。”她当然不会觉得这三人会听她的话，不过不重要。他们的作死程度直接关乎他们的结局。

出了酒店，时笙拉着陆清韵一脸愁苦：“陆先生，你给点钱安慰一下我呗。”

陆清韵：“……”渣亲戚又不是他的，为什么要他给钱安慰？拒绝！

被拒绝的时笙很难过：“陆先生，你真的要拒绝我吗？陆爷爷可还等着我们呢，你说我要是告诉陆爷爷你欺负我，他会不会打死你？然后让我继承陆家？咦……这个想法还是蛮不错的。”

“你想得真多。”陆清韵将时笙塞进车里。他是那么容易就能被打死的吗？再说那是他亲爷爷，怎么可能打死他？

因为江源之前在公司外面说了一些话，时笙让人处理掉了，所以网上一片风平浪静。本还等着网上爆出这个消息的江源一家，就有些坐不住了。不是说那些狗仔能将一点事就弄得满城风雨吗？他昨天说的那些，怎么都算是大料吧？怎么会一点动静都没有！

“真真，你再看看。”江源烦躁地催促江真真。

江真真又搜索了一遍，依旧没什么新闻，江真真下意识点进了时笙的微博，刷新的瞬间，一条微博出来了。

江晚V：金主大人怎么看都帅[图][图][图]！

前面两张是婚纱照。

第一张是穿着火红婚纱的女子，赤脚站在一片星海中，盈盈的光晕打在她四周，像是黑暗中的妖魅，对面的男人身着黑色燕尾服，融入了星海，却又那般闪耀，让人移不开眼。

两人遥遥相望，恍如隔了整个星际，却能一眼看到彼此。

第二张是纯白的婚纱，女子奔跑，带动婚纱飞舞，男子站在远处，微微张开双臂，迎接着女子的到来，笑容灿烂，目光温柔。

“小丸子又在炫夫，不过婚纱照好美，大片既视感，已舔屏！”

“炫夫狂魔，小丸子你考虑过单身汪的感受吗？求单身汪的心理阴影面积。老公来看单身汪@天上有只汪。”

“婚纱好美，红色的婚纱一般人都驾驭不住，但是小丸子完全没问题，嗷嗷嗷，小丸子我发现我越来越爱你了怎么办！”

“楼上丧（干）心（得）病（漂）狂（亮），老公来看单身汪@基数。”

“楼上和楼上简直丧心病狂，单身汪需要抚摸，小丸子，呜呜呜，我的小丸子要嫁人了，好难过。PS：婚纱美丽，都是小丸子和金主大人颜值好。舔屏！”

“金主大人好温柔啊！不得不承认两人很般配。我退出，小丸子，我把金主大人交给你了，呜呜，我失恋了。”

江真真看着那一波一波刷着祝福的评论，心中的嫉妒早就将她淹没。

江晚不过是个没爹没妈的孤儿，凭什么能拥有这些？

那么完美的男人，竟然是江晚的，怎么可以！

时笙一早就防着江源一家，所以在他们找媒体的时候，她第一时间知道了，就让胡硕去见了他们。

胡硕二话不说就答应了。

因为夏萱的事，胡硕的工作室现在很有名气，他的身价也水涨船高，一般人的案子他是不会接的，但是对于时笙这个给了他一飞冲天机会的女子，他很愿意帮忙。

胡硕买通了不少狗仔，然后带着一群人浩浩荡荡去找江源。

江源见这么多媒体，觉得一定可以让江晚服软，她再怎么厉害，也不过是个女人，在传统的国家，不忠不孝不仁不义是大忌，以后会被人戳脊梁骨。

江源的想法也是够单纯，他也不想想娱乐圈这个地方，怎么可能像他家小区那么简单。

江真真心底隐隐有些不安，觉得这么做有些不对，可惜拗不过江源。

他们等着明天的新闻，等着明天时笙给他们赔礼道歉。可是没有。第二天什么都没发生。也不是什么都没发现，时笙又更新了婚纱照。

接下来几天依旧风平浪静，时笙定时定点“撒狗粮”。对于时笙这种炫夫的行为，粉丝们已经很淡定了，当然也有人骂，不过不太起眼，很快就被舔屏的人给刷下去了。

就在江源快要等不下去的时候，网上总算有了消息，但是和他想的完全不一样。那上面说的是一家子如何占了弟弟的家产，苛待侄女，最后在侄女凭着自己能力有了公司后，还想来分一杯羹。

胡硕文笔没的说，加上他工作室的名声，网友自然就相信了，而且很快有人扒出江源一家的信息，联系文里隐晦提及的几点，立即就对上号了。

在江源生活的那座城市，自然有人喜欢江晚，江源身边的人也不在少数，他们只知道江家出了一个明星，却不想这里面还有这么一段故事。

一些比较熟悉内情的，就知道当年江晚过得并不是很好。穿的用的都是江真真用剩下的，一年到头也没见她换过新衣裳。

几乎不用特意去挖掘，江源一家的恶习就被人爆了出来。江源想用网络的力量来对付她，时笙就这样还给了他们。网上的粉丝开始声讨江源一家，他们住的酒店被胡硕用小号公布出去，一时间江源一家几乎被堵在酒店。

“人家小丸子哪里亏待你们，这卡莱尔酒店总统套房一晚上一万多，你们哪里来的脸说小丸子忘恩负义？”

“真是林子大了什么鸟都有，人家小丸子和你不过是亲戚，还隔着一房呢，凭什么觊觎人家小丸子的家产！你们要不要脸，当我们家小丸子没人是不是！”

“我不是丸子粉，但是说句公道话，江晚确实大度，如果是我，这种亲戚贪了我的钱，我非得让他们一个子儿都不差地吐出来。”

江源一家完全出不去，还得被人堵着骂。

“好啊，江晚那个白眼狼，竟然敢这么整老子……”江源气得破口大骂。

“爸，现在我们怎么办？”江真真是有些害怕的，外面的那些人太恐怖了，这就是粉丝的力量吗？想到这里，她竟然又生出了几分羡慕和嫉妒。

江真真这么一问，江源就卡壳了。说到底他不过是小市民，哪里接触过这些事，此时也是脑中空白，不知该如何是好。

时笙没想到江真真还敢来找自己，无声地笑了笑，冲着她仰了仰下巴：“坐吧，找我什么事？”

“小晚，我们怎么说也是姐妹，我爸爸是你的大伯，你怎么能让人这么说我们。”江真真红着眼眶，声泪俱下地控诉。她是不愿意来向江晚低头的，可是江源说，她如果不来低头，那些东西不可能拿到。为了公司，为了钱……

“我让人说你们什么了？”时笙无辜地眨眼。

江真真面色红得都能滴血，不知是气的还是羞的，垂在身侧的手紧了又紧：“你让人在网上说我们——”

后面的话她说不下去了。

“哦，你们难道没做过？”

当了婊子还想立牌坊，真当本宝宝像江晚那个傻妞，那么好欺负？

“那些东西都是你自己给我们的。”江真真突然抬头，大声吼道，丝毫不掩饰眼底的怨毒。

“当年我小不懂事，是你们一家哄着我交出去的，我自己识人不清，所以不追究那些钱了，现在你们却想着我的公司，你当我还像以前那么蠢？”

论口才，江真真自然比不上时笙，更何况她还不占理。

江真真离开后，江源和江母轮流来找过时笙，说的无外乎千篇一律。说什么都是亲戚，江晚都发财了，怎么能不帮一把？

九月初九，婚礼在国外的一座小岛上举行。

江源一家也算脸皮厚，那么多人叫骂，竟然跟了过来，看着装扮富丽堂皇的会场，一家人眼珠子都快瞪出来了。

这一家子也不知道在想什么，竟然没有闹事，时笙让人看着他们一点，闹事立即给轰出去。

婚礼在网络上全程直播，算是时笙给粉丝的福利。

那盛大的婚礼场面，让粉丝见识到了真正的豪门。

婚礼后，时笙恢复了拍戏、赚钱、花钱的模式。

江源一家却像是和时笙杠上了，赖在京城不走，江真真更是直接进了娱乐圈。

娱乐圈这个大染缸，几乎不用时笙动手，就将江真真染得五颜六色。她不知用什么手段拿了几个小角色，最后又攀附上了陆大鹏。陆大鹏是谁？就是之前林姗姗的金主，陆家的旁支。

陆大鹏也是倒霉，在婚礼上他就见过江真真，因为一家子很安分，所以陆大鹏不知道江真真和时笙的关系，在第二次遇到江真真时，两人立即滚到了一块儿。但是事后，江真真要他对付时笙的漫天娱乐，他吓得差点硬不起来。他这是倒了血霉吧，怎么老是犯到大少爷头上？

陆大鹏也算聪明，表面上不动声色，转过头就给陆清韵汇报了。那位如今可是陆家的少奶奶，以后的陆家主母。他哪里得罪得起。

陆大鹏得了陆清韵的指示，对付江真真丝毫不敢怜香惜玉。他也没做什么，只是带江真真见识各种场合，对于江真真的要求他却一概不应，江真真想要得到那些东西，只能出卖肉体。因此在那个圈子，江真真的名声极其差。

江源在京城过得也不怎么好，他本就是个赌徒，当年江晚的那些财产，早就被他败得差不多了，这次来到京城，他以为自己会成为有钱人，谁知道碰了一鼻子灰，郁闷之下，又开始赌。仅剩的积蓄也被他败光，江母气得差点和他打起来。就在两人闹起来的时候，酒店竟然让他们收拾东西走人。

两人立即联手对外，不愿意离开，他们可是知道，他们现在住的这个地方一个晚上一万呢。前前后后加起来，他们在这里住了一个月，就是三十万。酒店可不管他们怎么叫嚣，直接叫来保安将他们扔了出去。面对强硬的保安，江源只能灰溜溜地走了，嘴里却不断咒骂江晚。

时笙得知这个消息的时候，只是嗤笑了一声，让他们住那么好的地方可不是白住的，接下来，他们还愿意回到那座小城市去吗？答案肯定是不会的。

江真真手上还有点钱，就租了个房子让江源和江母住。江源每天都去漫天娱乐找江晚，奈何根本见不到人。江源赌瘾越来越大，江真真拿回来一点钱，都被他拿去赌，最后甚至逼迫江真真去卖身。

江母和江源断打起来，在被江源打了几次后，受不了，收拾东西跑了。没了江母，江源越发不顾忌，最后赌输了，竟然把江真真卖了，自己却跑了。

两年后，时笙拿到影后桂冠，之后宣布退出娱乐圈，丸子粉纷纷表示不能接受。但是看到自家小丸子依旧丧心病狂地炫夫后，他们就淡定了，就算小丸子不混娱乐圈，她依然是他们的小丸子。

五年后，时笙给了陆老爷子十亿美金，然后由陆老爷子给陆清韵，陆清韵再转手给时笙。

瞬间完成任务的时笙，当场就要和陆清韵离婚。陆清韵当时是蒙的，完全不懂自家媳妇的套路，这是自己花钱买自己的自由？

有个有钱媳妇，真的“压力山大”。要不是陆老爷子拦着，恐怕真的要应了一些粉丝的话：嫁入豪门的多，离开豪门的也多。

虽然婚没离成，时笙却也不再和陆清韵待在一块儿，开始满世界乱跑。丸子粉发现他们家小丸子不炫夫了，开始“挖坑”，从一个娱乐巨星转行当了作者，名气竟然还不错，圈了一拨粉。唯一不好的就是，小丸子写的故事总是结局神奇，转折神奇，要不就是直接烂尾。可他们还是喜欢小丸子啊！每次小丸子一开坑，他们就一拨接一拨排着队往下跳。

陆老爷子离世前，逼着他们发誓不离婚，时笙想着反正自己也没什么喜欢的人，就答应了。陆清韵觉得时笙做陆家的主母很不错，他也懒得再去找什么女人，也顺势答应了陆老爷子。两人过着各自的生活，互不相干，却又息息相关。

时笙是在很久以后才知道陆清韵和席墨的恩怨。

唐妍有一个哥哥唐越，和陆清韵关系很铁，当年两家父母口头上定下的婚约就是他和唐越，但是因为两个都是男孩子，婚约才落到了后出生的唐妍身上。

陆清韵有心脏病，当时被诊断活不久，唐妍不愿意嫁给一个将死之人，就闹着要解除婚约。

还没等唐妍解除婚约，唐越就出车祸死了，肇事者是席墨。

陆清韵是为了给唐越报仇才针对席墨的，之后几年，席墨只要接手席家的企业，必定会受到陆清韵的攻击，没了女主角光环普照，偌大的席家也被折腾得所剩无几，最后守着一个小公司过活。

席墨也很不得志，娶了一个高官的女儿，经济命脉全被那个女人掌控着。

至于唐妍，在唐隐回归唐家掌握大权后，家族联姻嫁了人，婆婆刁难，丈夫嫌弃，过得也不是很好，直到生下儿子后才好过一些。但是当一些年轻貌美的女人出现在丈夫身边时，她的日子再次难过起来。

夏满和唐隐在一起了，在娱乐圈一路高歌，走上了娱乐圈女王之位。

时笙这一世只活到四十二岁，因疾病离世。

她的离开让那些喜欢她二十年的粉丝无比难过，粉丝们纷纷自发为时笙祈福。

就算她不在娱乐圈，她的粉丝也不比任何娱乐明星少，反而各界都有一大批。

她留下了许多传奇，不管在娱乐圈还是网文圈，抑或是商界，都有她的传闻。

她嚣张、狂妄，可她有嚣张狂妄的资本。

她是江晚，是他们喜爱的小丸子。

时笙回到系统空间，有点不开心地坐在那本半人高的书前。

【宿主，你不开心吗？】冰冷的电子音竟然隐隐有了起伏。

时笙撑着下巴，就差在脸上写“我不开心，快来哄我”几个大字。

【宿主可是觉得在那个位面生活了那么久，对那个位面的人有感情了？】

安静，死一般的安静。

【宿主，你可以吱一声，证明你还能喘气吗？】

时笙动了动眸子，噼里啪啦吐出一串字：“我的新坑还没开，不开心，你可不可以送我回去，让我把新坑开了？那可是我构思了好久的文，不开可惜了。”

【……】呵呵，它决定不理会抽风的宿主。

屏幕上显示出这次的数据。

姓名：时笙

人品值：-100000

任务等级：F

任务评分：88

积分：3500

隐藏任务：完成（鉴于宿主投机取巧，奖励减半）。

隐藏任务奖励：积分2000，特殊道具“时之间隔”（一次性道具）。

时笙：“……”

投机取巧……她赚的钱就不是钱了吗？

还有，为什么人品又负回来了？系统你不给本宝宝解释一下吗？

【宿主，你在这个位面一共写了二十八本小说，其中二十二本烂尾，一本负100人品，四舍五入一共负2000人品，而你此次获得1000人品，抵消之后，依旧负1000人品。宿主还有什么疑问？】

时笙：“……”你也没说烂尾要扣人品的啊！

【宿主是否查看离开后的剧情？】

“不看。”时笙粗暴地回了一句，瞪着那负回来的人品值，心情非常不爽。

【是否进入下个任务？】

【传送开始……】

系统，你要不要每次都这么自作主张？她会生气的！

第五章　另类修真（上）

时笙一睁眼就看到无边无际的火焰，而她正站在火焰中，皮肤滚烫，口干舌燥，头发早就化成灰烬，身上的衣服不知道是什么做的，没有损坏，但是依旧抵挡不住那炽热的温度。

“这时间点选得真好啊！”这是要烧死她啊！

时笙环顾四周，想要找到出去的地方。然而这里只有火焰，无边无际，看不到尽头，也看不到任何物体。灼热的气浪一层接一层席卷而来，她醒过来这么一会儿，就有些撑不住了，甚至听到裸露在外的皮肤被烤得嗞嗞地响。

这是什么鬼地方？！系统你出来，我要和你聊聊人生。

“师叔，师叔，你醒醒。”

“师叔，醒醒……”

突兀的声音在整个空间响起。

有人？

“师叔，这是幻境，你快醒醒啊！”

时笙一愣，柳眉微蹙，幻境？她这是进入玄幻本了？就算是玄幻，怎么一来就是幻境？这不对啊！时笙咬咬牙，闭上眼，让自己沉下心来，四周火焰燃烧的声音渐渐远去，温度也慢慢下降，周身的疼痛消失，她感觉到了一股清凉之意。

“呼……”

时笙猛地睁开眼，胸口快速起伏了几下。视线所及之处，是一个长相颇为可爱的少女，正一脸担忧地看着她，见她睁开眼，如释重负地松口气。

“师叔，吓死我了。”少女脸上是劫后余生的庆幸。

时笙不动声色地打量了少女几眼，她身上穿着白色的长袍，和自己这具身体穿的款式差不多，只是颜色不一样。这身体的长袍颜色是深蓝色的。

亲传弟子，时笙脑中自动浮现这么几个字。剧情和记忆纷至沓来，时笙脑中昏涨，眼前发黑，听到少女焦急唤她的声音，但是意识越来越远。

这是一个修真升级打怪的故事。

女主角叶清秋，一个元婴大能重生在凡俗界叶家不受宠的叶家庶女身上，洗筋伐髓，重新踏上修仙路。

叶清秋在修真界缥缈宗下界收弟子的时候，测出单一水灵根，水灵根几乎是修真界公认的炉鼎，可是女主角会成为炉鼎吗？答案肯定，是不可能的。

女主角被缥缈宗的宗主收为亲传弟子，这位宗主是男配角一号，有男配角一号的保驾护航，女主角在缥缈宗那是玩得十分溜，炼丹炼器，阵法符箓，就没女主不会用的。

这种时候怎么能让女主角一枝独秀呢，炮灰女配角自然齐齐上阵。而原主，就是其中一员。原主叫商殊，天尽峰峰主玉箫的亲传弟子。商殊喜欢她的师兄楚夜，但是楚夜喜欢叶清秋，商殊自然开始各种挑衅，这是作为女配角的职责。

而在一年一度的考核中，商殊本想教训女主角，却不想反被女主角给教训了，修为直接倒退到炼气八层。

修真界的修炼等级，在炼气期分为十层，后面才是筑基、金丹、元婴、化神、大乘、渡劫。商殊本来马上就要到筑基，结果一下子倒退了两层，这让原主很不好受，也更恨女主角。好在商殊的师父是真的为商殊打算，向掌门求了丹药，让商殊恢复了实力。

商殊自那次后，开始潜心修炼，一心想要超过女主角，吸引楚夜的注意力。

五十年一次的各大宗门交流会上，商殊和女主角交手的时候，使了上不得台面的手段。后面女主差点被人侮辱，被抓住的那人竟然说是商殊指使的，可是商殊知道，她根本没有做过。

宗主一气之下，竟然要废了商殊的修为，商殊辩解，却没有任何人相信她，只有她的师父玉箫站出来帮她说话。

玉箫拦下暴怒的宗主，承担了宗主的怒火，虽然不至于让商殊被废修为，但是商殊还是受到严重的惩罚，楚夜更对原主厌恶不已。

作为恶毒女配角，自然不会就这么偃旗息鼓。

在一次历练中，商殊再次作死，却不想破开了魔族封印，玉箫为了救商殊，被魔气侵蚀，而女主角为了救楚夜，将商殊推入了封印区域的魔气中。

玉箫拼着最后的力气，再次将商殊送了出去。可惜商殊运气不好，掉入了魔界，被魔界的魔气侵蚀，容貌被毁，修为尽废。她以为自己会死，可是没有，在她熬过那段时间后，发现修为竟然在慢慢恢复。她努力修炼，最后终于在魔族封印破开的时候出去了。她要找女主角报仇。她勾结魔族中一个很有野心的男人，两人设计将女主角引到了一处秘境中，那个男人想要强暴女主角，却被后面赶到的男主角所杀。

而商殊虽然跑了，却很快就被男主角找到。商殊死得很惨，被男主角以千刀万剐之刑折磨而死，那种痛，绝对不是常人能想象的。

商殊很恨，恨叶清秋，可更多的是悔。她的遗愿是不要让玉箫死掉，如果可以，她要一辈子陪在玉箫身边。她要报仇。

“师妹还没醒吗？”

“回师父，没有。师尊说，师叔的修为倒退了……师叔明明就快要到筑基了……如果师叔在今年到筑基，那她就是缥缈宗最年轻的筑基弟子，这下全被毁了，师叔知道了肯定很难过。”

“唉……”

时笙恢复意识，就听到那声长长的叹息。

“师叔，你醒了！”女子惊喜的声音在时笙耳边炸开，“师父，你快去叫师尊。”

时笙太阳穴突突地跳，涨痛难忍，好一阵才平复下来，站在她床边的正是之前她看到的那个少女。

林一一，天尽峰的弟子，和原主关系向来不错。

“我睡了多久？”时笙舔了舔干涩的唇瓣，声音嘶哑，喉咙犹如有火在烧，吞咽都觉得困难。

“三天了，师叔，你喝口水，师尊马上就来。”林一一转身倒了一杯水，小心喂时笙喝下。

清凉的水润泽了喉咙，时笙这才感觉好一些。她看着四周简陋的摆设，目光垂了垂，晦涩的光芒被她挡在眼睑之下。

这就是原主修为倒退的那场戏了。

玉箫来得很快，面上冷冰冰的，眼底却有一缕担忧。他掠过林一一，坐到时笙旁边：“小殊，你醒了……有什么不适的地方，和师父说。”他的声音犹如珠落玉盘，十分悦耳，语气却有些生硬淡漠，似乎不知道该用什么态度和她说话。

玉箫看上去很年轻，面容俊美，眉眼如画，周身散发着一股生人勿近的冰冷气息，是禁欲系师父。

商殊是不是傻！这师父这么好看，竟然放着不要，去折腾那个什么楚夜。真是珠玉里面挑王八啊！

时笙移开视线，微微摇头："没有不适。"

"没有就好。"玉箫依旧面无表情，"这次的事，你吃了教训，以后别去招惹叶清秋。"

作为女配角不招惹女主角，可能吗？

"徒儿记住了。"就算要找女主角麻烦，她也肯定不能告诉玉箫。

自家在外向来比较叛逆的徒儿忽然这么听话，玉箫眸子里闪过一丝诧异，但也只当她是这次受了教训，没有往深处想。

"师尊，这事就这么算了？"林一一不忿地开口，"我亲眼看到是叶清秋动手的……"

"一一！"一直站在林一一旁边的男子忙制止她说下去。

"师父……"为什么不让她说？明明就是叶清秋动手，才把师叔害成这个样子的。

那个男子是商殊的师兄，白琅。

玉箫作为天尽峰的峰主，可以收两名亲传弟子，在遇到商殊之前，他就收了白琅这么一个亲传弟子，后来将商殊捡回来，才收了商殊。

是的，商殊是被玉箫捡回来的。

林一一则是白琅的徒弟，比商殊还要小一辈。

"不要打扰小殊休息，都下去吧。"玉箫神色淡然地挥手，"考核的事，你们切记不要在外多说。"

"是，师尊。"林一一略带哀怨地看了自家师父一眼，随后目光转回时笙身上，"师叔，你好好养伤。"

林一一师徒离开后，玉箫顶着那张面无表情的俊脸，象征性地说了时笙几句，这才离开。

时笙重重地吐出一口浊气，之前的两个位面，原主都属于被炮灰的女配角，而这个位面，她是自己作死的女配角。所以随着位面的改变，原主的遗愿也会越来越难达成？

这个位面崩的人设明显是女主角，叶清秋前世是元婴大能，被人背叛而死，所以很难相信他人。但是作者写着写着，女主角就变成为了达到自己的目的，直接让无辜的人去死的性格。前期还不明显，到原主死的时候，已经有这个趋势，后面女主离开修真界，飞升仙界的剧情，已经崩得三观都快毁了。比起什么“白莲花”这种心狠手辣的女主角才更难对付。

原主的遗愿是要陪着玉箫一辈子啊……

这是修真啊！寿命长长长长……万一他一不小心飞升了，那她不是还得努力飞升？时笙想想就觉得可怕。

和剧情一样，玉箫果然拿来了让时笙恢复修为的丹药，时笙本不想吃，但是转念一想，女主角的金手指又粗又长，她要是不恢复实力，真要打起来，她干不过就尴尬了。于是，时笙只好吃下丹药，闭关恢复。

这一闭关，就是一年，不但让时笙恢复了修为，还成功筑基了。原主是变异冰灵根，时笙翻手甩出一片冰凌，谁知道房门突然开了，冰凌嗖嗖飞出门去。

“啊啊啊！”林一一的尖叫声也在门外响起。

林一一也有炼气七层了吧？还是火灵根，叫个鬼啊！

外面一阵奇怪的响声，然后时笙就见林一一垮着小脸进来，身上有些水渍，略显狼狈。

“师叔……”为什么一来就用冰凌扎她啊？

“咳咳……我只是试试，看好不好用。”

林一一眨巴眨巴眼，随后惊喜地问：“师叔，你筑基了？太好了，我就知道师叔是最棒的！”

等林一一兴奋完，时笙才知道这货完全是猜的，靠猜的也能自个儿兴奋起来，也是没谁了。

“对了，师尊说你今日会出关，让你去找他。”林一一想起自己是来传话的了。

自从到了这里，时笙只见过玉箫两次，第一次就是她醒过来那次，第二次是玉箫给她送丹药，之后她就闭关了。

这还是她第三次见玉箫。玉箫依旧是禁欲男神范儿，目光带着几分冷意，她曾经在他眸子里看到的担忧仿佛是错觉。

“小殊……筑基了？”玉箫一眼就看出时笙的修为。

原主的记忆中，这位师父一直是冷冰冰的，对她说不上严厉，但也绝不宠溺，所以原主是有些怕这个师父的。

“一不小心，就突破了……”这个真是一不小心，她是按照商殊的记忆修炼的，可能是这货天赋比较好，很顺利就筑基了。

“看来为师准备的东西是用不上了。”玉箫微微颔首，将桌上的东西收了起来，“过几日宗门要去凡俗世界收新弟子，你师兄带队，你若是想去，就和白琅说一声。”

时笙看着玉箫的动作，心里忍不住嘀咕。

这面瘫师父是个内心火热的师父啊！

“徒儿知道了。”

凡俗世界，叶清秋好像会去吧？还会在那里遇到男主角。

是的，其实男女主角早就相遇了，只是男主角那个时候只出场不到一章，而且出场的时候特别狼狈，如果不是时笙看过全剧，她都不觉得那个人是男主角。

啧啧，她不去都对不起这恶毒女配角的身份啊！怎么也得搞点破坏才成啊！

玉箫狐疑地看了时笙一眼，他怎么觉得自家徒儿刚才的样子邪里邪气的？他再仔细看去，那感觉又没有了。是由于他闭关这几日炼丹太累，出现错觉了吗？

“下去吧。”

时笙从玉箫那里出来，回头看了眼玉箫洞府。

虽然玉箫最后能为商姝做到那个份上，可是从她看到的剧情来看，玉箫眼中从来没有对商姝流露出男女之情，所以不是玉箫掩饰得太好，就是他真的是把商姝当成女儿在养。

商姝只说陪在玉箫身边一辈子，没说以什么身份啊。这个操作空间还是蛮大的……

在修真界，有灵根的弟子不是修真世家的，就是各大门派自产自销的，想要增加弟子，只能去凡俗世界。

缥缈宗每三年就会派弟子去凡俗界，寻找有灵根的弟子。每年浩浩荡荡去一大批人，十个人不一定带得回来一个，由此可见，凡俗界有灵根、能修仙的人是何其少。既然这么少，为什么这些宗门还乐此不疲往凡俗界跑呢？那是因为，扬名修真界，甚至是飞升的大能，半数是出自凡俗界。

没人知道为什么灵气不足的凡俗界，成了天才诞生的摇篮。所以就算去一次什么都捞不到，各大宗门还是愿意往凡俗界跑，不但能让弟子历练，说不定还能捡到下一任扬名立万的大能。

作为看过无数修真文的资深读者，时笙只想说……这都是套路！

主角身世必须惨，死爹死娘死全家，族人陷害，掉入悬崖，遇见老爷爷，得到奇怪传承，从此踏上修仙路，打怪升级，打脸酸爽。

所以凡俗界出天才……都是为了打脸啊！我是从凡俗界来的，也能打翻你们这群自诩出身高人一等、优越感爆棚的人。是不是很厉害？是不是很带感？

时笙一眼就在人群中看到了叶清秋，站得那么高，不想看到都难。她站在宗主后面，摆着高冷女神范儿，那睥睨的姿态，好像下面站的都是一群蝼蚁。

叶清秋似乎察觉到时笙的视线，往她这边看了一眼，那不屑的眼神让时笙差点没跳起来。这女主角有点不对劲！这个时候，女主角应该还没崩才对啊！

“商殊师叔。”身边突然响起一道清脆的女声，打断了时笙观察叶清秋的视线。

时笙扭头看了那个少女几秒：“楚凝？”

楚凝旁边还站着一个男人，身上穿的也是深蓝色道袍，看上去很阳光，看时笙的眼神有些厌恶。

这是楚夜了？楚凝的哥哥。原主曾经喜欢的那个男人。啧啧……和玉箫比起来，简直是一个天上，一个地下。商殊这妹子，果然是傻！

“师叔也要去吗？”楚凝眼底有些敌意和防备。

“嗯。”时笙随意地点了点头，往白琅那边看去，“师兄叫我了，我先过去。”

她可不想和这两个人有什么瓜葛。

楚夜还好，因为喜欢叶清秋，虽然没有混到男配角，但是混到了小弟。

楚凝就惨了，她是个“兄控”，因为楚夜喜欢叶清秋，所以没少找叶清秋的麻烦，比她这个恶毒女配角还先下线。

楚夜看着时笙的背影，眉头微蹙，这个女人……在搞什么花样？

以前她见到他，哪次不是恨不得扑上来，怎么一年不见，看他就跟看一个陌生人似的？

从修真界到凡俗界，需要跨过漫长的海域，所以需要飞行法器。

修真界常见的是灵器，法器都是宗门公共财产，用完是要归还的。所以当叶清秋拿出一件私有飞行法器的时候，不少人都嫉妒红眼，连飞行法器都有，为什么他们就没那么好命，被宗主收为亲传弟子呢？

呵呵，你以为被宗主收为亲传弟子就能有吗？真是想太多，这是人家女主角自己的！

叶清秋只带了几个和她有点关系的人，其他的人则需要和宗门公共的飞行法器挤在一起。

时笙欣赏完叶清秋的装模作样，和白琅上了一件船形的飞行法器。这空间挺大的，加上预留了回来可能增加的弟子的位子，很宽敞，躺着滚几圈都没问题。

这么多人，去的地方肯定不同，飞行法器分四个方向，沿途将人在各个地方放下，等回去的时候，在放下他们的地方发信号，又一路收回去。

因为白琅是领头的，他的终点站是最后一站，时笙却是在半路就下去了。白琅有些担心，师父可是让他好好看着师妹的。时笙再三保证自己不会乱来，白琅才让两个弟子跟着她一起。

时笙下去就把那两个弟子甩了，朝着死亡森林的方向去。男主角第一次出场的地点就是在这里。至于同此处相隔万里的女主角，为什么会出现在这里，那就只能感叹剧情君强大，就算一个在北极，一个在南极，两人也是会相遇的！都是因为爱啊！

“红色的树……”时笙一边走一遍念叨。

嗷！一只长相奇怪的生物突然从茂密的灌木丛里跳了出来，庞大的身躯一落地，地面都跟着颤了颤。时笙站在它面前，感觉是一个人站在大象面前。

说它长得奇怪一点也没错，你见过老虎身上长鳞甲的？你见过老虎脑袋上长角的？这是老虎吗？时笙完全不知道是个什么。修真世界真可怕。作者构造出来的修真世界更可怕！

嗷！老虎赤红着双眼，一副要吃了时笙的凶狠样。

时笙抬手，唰地射出一片冰凌，两头尖，多边形，有点像梭子，但是比梭子长。她最近玩得最厉害的就是这个技能，可惜攻击范围有些大，后来她练习了几次，可以控制一些冰凌转弯，不过能控制的不多，也就几片，但是也足够了。

老虎只想着闪开这些冰凌，完全没注意到有三片冰棱转弯射了回来。

噗……噗……接连两声硬物刺穿肉体的声音响起，老虎铜铃般的眼睛瞪得老大，这个弱小的人类……怎么会伤到它……

老虎下腹被冰凌刺穿，殷红的鲜血如小溪一般顺着冰棱流淌到地上，庞大的身躯轰然倒地。它睁着眼，喘着粗气，看着站在自己面前的人类。它身上虽然覆盖着鳞甲，但下腹是没有的，冰凌轻易就刺穿了。

“真是可惜……”时笙摇头，满脸失望，“竟然只有两片射中，看来还得练习才行。”

老虎：“……”

虎生不幸，遇到了变态。

二十年后老子又是一条好虎，会回来报仇的！

森林里有不少灵兽，等级不算高，时笙遇到了，只当是练手，因此那些灵兽死得很惨。

一路进去，她总算找到了那棵红色的树。真的是红色的，上上下下，里里外外，都是红色，非常耀眼。她为什么知道里面是红的？哦，她把树砍了。

这棵树应该是特殊道具，可是直到时笙将它分尸，也没发现什么异常。难道是因为她不是女主角？现在连道具的套路都这么深了吗？可怕！

树："……"你倒是给个发挥的机会啊，一上来就把它砍了，它还没反应过来好吗！

砍了树，时笙就坐到躺在地上的树干上，仰头望天等男主角。她只知道男主角是在这棵树下遇到女主角的，但是男主角如何出现在这里的，就只有作者知道了。

时笙等得都快成望夫石了，也没见到男主角的影。

难道这死亡森林不止这一棵红色的树？要不她出去转转？

时笙出去转了一圈，没见着其他红色的树，倒是遇到了几头勉强正常的灵兽，等她解决完几头灵兽，一回到之前的地方，就见那棵树的尸体旁边倒着一个人。

哎哟……原来需要她回避啊！

时笙摸出玉箫临走前给她的长剑，几步走到那个人跟前，麻溜地朝着他的后背刺下去。

噗……

"住手！"

这两个声音是同时响起的，前面是长剑刺入肉体的声音，后面是女子清冷的呵斥声。

时笙保持着刺入的姿势，偏头朝着声源处看去，眉毛微挑："哎哟，这不是叶师妹吗？"

叶清秋一袭紫色道袍，上面满是污垢，头发乱糟糟的，唯独那张脸干干净净，绝色倾城，眸子里透着一股凌厉张扬的冰冷。

"你在做什么？"叶清秋冷声质问。

"杀人啊，你眼瞎啊！"时笙说得那叫一个理所当然、理直气壮。

"……"这个商殊怎么回事，和一年前完全不一样，难不成也是夺舍重生的？叶清秋眯了眯眸子，"他和你无冤无仇，你无故杀他，会沾上因果报应。"

“看他不爽，我是有理由杀他的。”时笙当着叶清秋的面，拔出剑，刺下去，动作行云流水，一气呵成。

这货可是上辈子杀死商殊的凶手，她怎么会是无故杀他？因果报应，他也是因，她才是果。

“你……”叶清秋完全没想到时笙会有这么一番动作，只能眼睁睁看着那个看不清容貌的男人背上多一个血窟窿。她也不知道为什么，在看到这个男人的时候，心底有种强烈的直觉，她要救他。

眼看时笙还要动手，叶清秋直接出手，一面水墙凭空出现，气势汹汹地朝着时笙推了过来，时笙手疾眼快地抓起地上的男人，将他挡在身前。

水墙收势不及，从两人身上穿过，时笙只觉得水中有无数的小旋涡，像是要将她搅碎一般，她立即在周身覆了一层坚冰，水流冲刷着冰面，发出咔嚓咔嚓的声音。不愧是女主角，把水灵根用得这么杀机四伏。

如此危险的位面，系统竟然不给她金手指，差评！时笙在心底埋怨系统的时候，冰层却已经被水流冲刷开。时笙神色微沉，手中长剑一扬，将水墙砍出一条缺口，放开男人，身子灵巧地穿过缺口，落到了安全的地方。那个男人却被水流冲刮得身上满是血污，整个水墙都变得殷红殷红的。

水墙消失，男人砸到地上，身上浸着殷红的血迹，看上去就是一个血人。不知道是不是被痛醒了，男人趴在地上，虚弱又狼狈地看向叶清秋。

“咦，竟然还没死。”时笙低喃一声，作势要上前补一剑。

叶清秋立即打出一道水流，将男人裹住，拉到了自己面前。

“叶师妹，你这样是不是不厚道？就算你要杀他，也有个先来后到吧？怎么也得我先来啊！”

时笙眼底闪过一丝凶残之色。男主角怎么就那么难杀？她都捅了他两下了，早知道就直接砍脑袋！

叶清秋：“……”她什么时候说要杀他了？

男主角：“……”他是不是遇到什么邪修了？

“那好吧，既然叶师妹想要他，我就让给你吧。不过叶师妹……你这喜欢把人养好了再杀的习惯可不好，很容易被咬的，你可要小心啊！”时笙一脸好心地提醒叶清秋。

“商殊，你在胡言乱语什么？”她什么时候有这些习惯了？

“这么凶，哎哟，人家好害怕啊！”时笙拍着胸脯往后退，嘴上说得有声有色，脸上却是一片风轻云淡，那双眸子更是静得可怕。

那模样，让叶清秋越发戒备，心底已经认定，对方是被人夺舍重生了。

既然她都可以，别人自然也可以……

她要不要杀了商殊？不行，她不知道这个女人有什么底牌，不能贸然行动。叶清秋思绪转了转，带着男人就往后面跑，等回到缥缈宗，再来对付这个女人！

时笙也没追，她相信刚才说的那些话，男主角肯定听到了。男主角可不是什么善良的人，此刻没有了原本剧情中女主角一开始的悉心照料，还让他听到了那些话，加上他身上女主角弄出来的伤……

想想那场面，时笙还是挺期待的。

时笙觉得剧情君真的是不把女配角作死，就不开心。这不，在和女主角分开后的第三天，她们居然又遇上了！

叶清秋也有些无语，怎么又遇到她了。

“后面追你的是什么？”时笙抽空问叶清秋。

没错，他们现在是在逃命，后面有个大东西正追过来。多大？她哪儿知道啊！

“龙。”叶清秋言简意赅。

什么玩意？龙？那玩意在修真界出现还说得过去，凡俗界怎么会有龙这种生物？就算有，它干吗追着你跑？女主角你干了什么丧心病狂的事，不要连累她啊！

时笙跑了一阵才惊觉不对。当时她看到叶清秋拎着男主角朝她冲过来，也不知道哪根筋不对，拔腿就跑。她跑什么啊？他们又不是冲着自己来的，遇到女主角，智商都“下线”了。

就在时笙转弯准备溜的时候，后面追他们的庞然大物一个急冲，甩着身躯拦在了他们前面。

嘶嘶……

时笙：“……”说好的龙呢？怎么变成蛇了？

这是一条五丈多长的蟒蛇，腰身至少有三个人粗，高昂着脑袋，虎视眈眈，尾巴左右横扫，四周的树木顿时成片倒。

叶清秋心底有些疑惑，她看到的明明就是龙，怎么变成蛇了？难道……她运气不会这么好吧？

轰隆隆！似乎为了证明叶清秋的猜想，刚才白云蓝天的天空变得乌云密布，乌云中似有千军万马袭来，震耳欲聋的声音响彻天际。

时笙骂了一声，转身就往后面跑。这蛇要渡劫了啊！雷劫哪里是她这个小小的筑基渣能承受的，赶紧跑！

时笙一跑，叶清秋也跟着她跑，她还带着昏迷的男主角，速度竟然不比时笙慢。最重要的是……那条即将渡劫的大蛇跟在他们后面！

因为剧情中，原主虽然参加了这次行动，但她没有中途下去，自然不会遇到现在这么一出，可是剧情里，女主角也仅仅是在这里救了男主角，并没有被蛇追这种经历！她不过是砍了男主角两下，剧情就崩得面目全非了吗？

时笙留神观察了一下后面的大蛇，发现它是盯着叶清秋的，就算自己慢一步，大蛇也不会攻击她，反而紧盯着叶清秋。叶清秋不会是拿了大蛇的什么东西吧？按照女主角的设定，还真说不定……

【隐藏任务：君临天下。】

这种生死关头，你竟然发布任务，还有没有人性！

【宿主，本系统没有生命，自然不会有人性一说。】系统正儿八经回答了时笙的吐槽。

【让凤辞登上仙帝宝座。】

凤辞？又是个反派啊！你发布的隐藏任务，是不是都和反派有关？还都是终极反派那种？

【任务中，宿主不可投机取巧，不可偷换概念，愿宿主不要作死，认真对待任务。友情提示：宿主若直接造成男女主角死亡，所有任务视为失败，将扣除宿主相应的生命值，生命值归零，宿主将被抹杀。】

时笙：“……”

这规则……怎么那么像临时制定的？不可以直接，她可以间接啊！不对！生命值是什么？之前怎么没有？系统你不要乱加奇怪的设定啊！

【友情提示：宿主生命值仅剩十点。此次任务只要失败一个，生命值都将归零。】

时笙：“……”

系统你这么乱来，你的出厂商知道吗？

【……】它这样是因为谁？还不都是被你逼的。

时笙在心底麻溜地问候了系统全家。

系统发布隐藏任务都是有规律的，任务主角一般是终极boss，且那个人就在她附近。也就是说，凤辞在这里？

天上的乌云越来越多，几乎将整个死亡森林都笼罩起来，死亡森林中的灵兽纷纷躲到安全的地方，所以整个林子安静得可怕。

就是在这样安静的林子中，一个身着月白色纱衣的男子正缓慢地走着，所过之处，明黄火焰肆虐，每踏出一步，就会有火焰出现，可那些火焰无法将四周的草木燃烧，诡异至极。

那条踏出来的火焰，足足有十米之长。

超过十米的部分，火焰会慢慢熄灭，消失。

男子微微仰头，暗红色的瞳孔中映着天空的乌云。他五官不算特别好看，但是组合在一起，有一种惊心动魄的美，像是盛开在业火中的白莲，清韵绝尘，有种只可远观、不可亵玩的神圣感。

砰！

男子微微偏头，入目的是一个娇小的身影，正冲着他狂奔而来，而她身后跟着一条胤蛇。原来渡劫的是它。男子往旁边走了几步，将大路让了出来。

看到那不断燃烧的火焰，时笙就知道这人是凤辞。几乎想都没想，她直接朝着他冲了过去，张嘴就喊："帅哥，借个火。"

凤辞面色没什么变化，只是平静地看着时笙冲过来，然后站到他旁边的火焰中。胤蛇察觉到他的火焰不是自己能承受的，紧急刹车，尾巴却因为惯性扫向时笙和凤辞。凤辞轻轻抬手，没有温度的火焰从他手中蹿出，轻而易举将胤蛇的尾巴弹开。

时笙："……"乖乖，不愧是反派。就这武力值，秒杀女主角绝对没问题啊！

叶清秋也从另一边绕了过来，看到凤辞明显一愣，随后又淡定地移开了视线。果然女主角对反派不来电。

胤蛇有些不甘心地低吼了两声，但是畏惧凤辞的火焰，不敢靠前，后面过来的叶清秋就惨了，瞬间成了胤蛇的攻击对象。

"你对这些火，没感觉？"凤辞没有理会叶清秋和胤蛇的打斗，反而专注地看着时笙。他的眸子是暗红色的，在火焰的映照下，非但不显得暗沉，反而明亮清澈，像是橱窗里的红宝石，流光溢彩，璀璨夺目。

时笙垂头看了看自己的脚，火焰在她四周静静燃烧，但是她感觉不到一点温度，不过她不怎么喜欢就是了。毕竟她是冰灵根，水火不相容。

凤辞伸出手，小心翼翼地摸了摸时笙的脸颊，火焰在他触碰到时笙的时候，突兀地蹿了起来，将时笙的视线遮挡住。不过她依旧没有感觉到火焰的温度。即便那些火焰离她那么近，她也没有任何损伤。

凤辞眸子里闪过一丝笑意："你很特别，以后就跟着我吧。"

时笙："……"什么？她还没开口呢！

不过隐藏任务和原主的遗愿是不是冲突了？如果她跟着凤辞，那玉箫怎么办？那破系统可是说了，只要有一个任务失败，她就得玩完了。等等……原主的遗愿中，好像陪着玉箫说的是有可能？也就是说，只要她不让玉箫死去，就算完成任务！

时笙回想了下剧情，身子一跃，跳出火焰的范围："把这茬忘了。"

凤辞看着她的动作，睫毛颤了颤，也不知道在想什么，那专注的神情像是在看一件极为珍贵的宝贝。

凤辞，本文中最大的反派，阻碍女主角登上巅峰的终极绊脚石。他是凤族和龙族结合而生，但是他一出生身上就燃烧着熊熊大火，那火焰没有温度，却能将有生命的东西烧成灰烬。无人敢靠近他，就连他的亲生父母都不敢，一不小心就会被火焰灼伤。

凤族和龙族本就不合，凤辞又是这个样子，他父亲觉得他不祥，后悔和他母亲在一起，而他母亲为了他父亲，就将凤辞抛弃了。

凤辞。

讽刺。

他第一次出场是在仙界，女主角刚飞升，男主角去迎接，凤辞正巧从下界上来，四周的人纷纷退避三舍，最后只剩下女主角和男主角站着没动。女主角是不认识凤辞的，男主角却和凤辞不对付。

男主角是龙族的少主，自然看不上凤辞这个龙凤结合而生的异类，但因为凤辞特别，平时他见到凤辞是不会主动挑衅的。当时有女主角在，男主角自然不能示弱，挡住了凤辞的路。

凤辞非常厉害地一把火烧了飞升台，那场火足足烧了三天。当时女主角露出了诧异戒备的表情，不过作者没有解释原因，现在看来，他们原来在这里见过？

时笙上下摸了摸，确定没什么大碍。那火烧一烧，她会死的。刚才她怎么就那么不长脑子进去了呢？肯定是被后面那玩意追得智商"下线"了！不过……为什么她没事啊？刚才她在里面站了那么长时间，就算有个缓冲，也缓冲过头了吧？还是说她皮糙肉厚？

【鉴于目标太过特殊，系统特意给了你无视凤辞火焰的bug。】

原来真的有金手指，那你之前怎么不给我？

我的新手礼包呢？

宿主你的重点不对啊！还有新手礼包，你要记多久！

“商师姐！”叶清秋的身形猛地朝时笙冲了过来，她后面还跟着胤蛇。

女主角大人你想干什么?

叶清秋将胤蛇引到时笙旁边，伸手要推时笙。时笙手疾眼快地捏住叶清秋的手腕：“叶师妹，你想做什么？”

眼看胤蛇就要到跟前了，叶清秋面色阴狠：“麻烦商师姐帮忙挡一下了，商师姐不会见死不救吧？”

“会！”时笙斩钉截铁地点头，扔开叶清秋，直接跳回凤辞的火焰中。

女主角果然心狠手辣啊，一上来就要她的命。

胤蛇在靠近凤辞的时候就有些迟疑，于是恶狠狠地瞪着叶清秋。都是这个人类，竟然敢抢它的东西！它宝贝了那么多年的升仙草，就是等着渡劫的时候用，没想到被这个人类抢了去！但那个会冒火的人类，却不是它惹得起的……

“帅哥，你要不要杀了她？”时笙丝毫没有压制音量，“她把这条蛇引到这里来，明显是不安好心。”

凤辞流光溢彩的眸子眨了眨，略显呆萌：“你喜欢，我就杀了她。”

时笙：“……”喂喂，你怎么撩上了。

“我喜欢，你杀了她吧！杀了她我就跟着你！”

叶清秋：“……”你们当着我的面说这个真的好吗?

#宿主又在怂恿反派干坏事#。

凤辞手腕轻抬，无数拳头大小的火球出现在他面前，静静飘浮在空中，感觉不到一丝温度和气息，却无端让人心生畏惧。

胤蛇早就察觉不对，溜走去渡劫了，等它渡劫成功再来报仇。

当然，得渡劫成功才行！

所以这里只剩下叶清秋和她一直带着的男主角龙玦。

“商殊，你要残杀同门？”叶清秋能感觉到那火焰不对劲，赶紧出声。

“咦，动手的又不是我，怎么会是我残杀同门呢？帅哥，别听她废话，她在拖延时间。”女主角的特殊技能是，只要拖延住时间，就一定会有转机。

“我是缥缈宗宗主的亲传弟子，这位阁下可要想清楚。”叶清秋不动声色地往后撤了撤。商殊这个女人竟然真的敢……

凤辞眼皮都没抬一下，浮在面前的火焰嗖地射向叶清秋。那连成一片的火球，让叶清秋避无可避。

“啊！”叶清秋被砸中手臂，发出一声惨叫。

这些火是什么东西，竟然这么恐怖?

四周的火球朝着叶清秋聚拢，似乎要将她包裹其中，可是在火球聚到一半的时候，一阵狂风从叶清秋那边刮起来，将火球吹得摇摇晃晃。凤辞眼底闪过一丝不高兴，一道火龙从他袖子中飞出，直奔叶清秋，叶清秋下意识将男主角挡在了身前。

“凤辞，这是凡俗界，你想引来界面守卫吗？”虚弱的声音突然响起。

说话的那人正是男主角，龙玦。他被叶清秋扶着，身上依旧狼狈，看上去一根手指头就能戳死，可惜他就是没断气。他意味不明地看了叶清秋一眼，叶清秋闪躲着不敢看他，却也没放开龙玦。

凤辞手腕一翻，那条火龙在距离叶清秋一寸的地方停下，偏了角度，又飞回去，融进他四周的火焰中。

叶清秋大口大口喘气，脸色有些发白。差一点，差一点她就死了。商殊……她绝对不会放过这个女人。

果然女主角都不是那么容易死的。

“掳走她，带回仙界杀。”

为了杀个人这么大费周章，反派大人，你好厉害啊！就在时笙感叹的时候，龙玦脚下突然冒出一阵白光，那光芒瞬间将龙玦和叶清秋笼罩进去，眨眼两人就不见了踪影。不愧是龙族少主，传送符这么珍贵的东西都有。

“要追吗？”凤辞认真地看着时笙。

“不追了，没意思。”时笙晃晃头，女主角现在连仙界都还没飞升，杀了她倒是便宜她了。还不如……留着她，让她和男主角相杀相恨。

“你叫凤辞？我叫商殊，你是仙界的人？”时笙眨巴着眼，一脸好奇地问着她早就知道的信息。

“嗯，你可以叫我……阿辞。你和我回仙界。”前面凤辞说得有些迟疑，但是后面一句语气很强硬，好像时笙不同意，他就会把她掳走。

“我不能去仙界。”时笙摇头，神色惆怅，“我还只是筑基，飞升仙界离我还很远。”

凤辞皱了皱眉。

“不过你可以留在修真界。”时笙眸子亮晶晶的，“你在仙界待了很久吧？换个地方祸……待着，也是一种体验。”

“我留在这里，你就会和我在一起吗？”

“对啊！”我还要扶持你登上仙帝的宝座，当然得和你在一起，先刷好感度和信任度！

“好。”

时笙默默地将腹中无数的说辞删掉，都不给一点发挥口才的机会，他答应得也太快了。前期的反派这么好哄?

凤辞从来没有遇到一个能接近他的人，看到时笙能接近自己，他当然开心，而且已经打算把她圈养起来了。

“我去把那条蛇抓来给你当坐骑。”凤辞伸手拉住时笙的手，带着她往雷云最密集的地方去。嗯，他的人，就应该用最好的东西。虽然胤蛇没有龙好，不过在凡俗界和修真界也算是最好的，等到了仙界他再去给她抓龙。

时笙完全不知道凤辞的打算，只是在听到凤辞要去抓胤蛇的时候，整个人惊呆了。这个反派对她是不是太好了？可是为什么这次不是攻略任务？系统难道早就知道了?

于是刚渡完劫，准备飞升的胤蛇被凤辞抓着，强迫它和时笙订了契约。胤蛇是拒绝的，可是在绝对的强者面前，它连一个不字都不敢吭。它好不容易熬到渡劫，以为美好的日子在等着它，谁知道还没渡劫，就被一个人类抢了升仙草，渡完劫就被契约了。它得罪谁了啊!

“以后你就叫布丁吧！”时笙摸了摸胤蛇的脑袋，不对，它现在已经是胤龙了。胤蛇飞升后就是胤龙，只不过比不得其他血统纯正的龙族。

布丁？这是什么名字，一点都不拉风，不要不要!

凤辞周身的火焰一盛，胤龙身子抖了抖，布丁就布丁吧!

“你这火焰不能收起来吗？”时笙看着后面那一大片的火焰，非常头疼，这样子，她怎么把他带回去?

“可以。”凤辞话音刚落，那些火焰就消失得干干净净。

“所以，你之前为什么不收起来？”虽然背景看上去很华丽，可是这样很吓人的好不好?

“这样就没人找我麻烦。”凤辞一字一顿说得认真缓慢，暗红色的眸子里闪过一丝戾气，“你以后只能待在我身边。”

这“病娇”的孩子哪里来的!

“今天在这里休息，明天再赶路吧。”时笙叹口气，将布丁放出来，吩咐它，“去逮几只兔子回来。”

布丁早就会说话了，但是它不想和人类说话，特别是契约它的人类，所以它只是一甩脑袋，朝着远处的林子而去。

它一条刚刚飞升的胤龙，竟然要去逮兔子！逮兔子！说出去以后它还怎么混啊!

布丁满心怨怒地将几只兔子逮回来，扔到时笙面前，一甩尾巴就不见了。

它惹不起，还躲不起吗？

凤辞看着时笙手上的兔子，目光闪了闪，伸手就将兔子拿过去，手中呼啦一下冒出火焰，瞬间兔子便化成灰烬，微风一吹，飘散在空气中。

时笙：“……”

凤辞长长的睫毛如蝶翼轻颤，暗红色的眸子迷茫地看着自己的双手，脸上表情甚是呆萌。下一秒，他猛地抓住时笙的手，力道之大，时笙都听到骨头咔嚓咔嚓的声音了。他像是在确定什么，迷茫之色慢慢被笑意取代，一字一顿道：“你是我的。”

“放手！”时笙咬牙切齿地瞪着凤辞。

闻言，凤辞非但没放开她，反而皱眉：“你不愿意和我在一起？”

在一起个头啊！时笙抽着冷气：“我的手要被你捏断了大哥，你能先放开我吗？”

“你不愿意和我在一起？”凤辞无视时笙的话，固执地问道。

他周身隐隐有火光跳动，平静的面容下隐藏着波涛汹涌的戾气，似乎只要时笙说一句不愿意，他就会当场将时笙捏死。

“……”哎哟我这暴脾气。

“愿意，愿意，你先放开我！”

骨气什么的，还是等她能干过凤辞的时候再说吧！

凤辞身上的气势收敛了下去，他心满意足地松开时笙，伸手又去拿地上的兔子，转眼几只兔子就被烧得干干净净，连根毛都没剩下。

时笙揉着发红的手，一脸古怪地看着凤辞。

“你想干什么？”兔子跟你有什么仇！那是我的晚餐，晚餐啊！

凤辞迷茫地看着时笙：“我想……给你烤兔子。”

烤兔子……你知道那火有多厉害吗？仙人都承受不住，更别说是一只兔子了！

“我自己来……”时笙无力道，她到底捡了个什么玩意啊！

接下来的几天，时笙才彻底明白自己捡了多大一个麻烦。凤辞对她的占有欲非常强，甚至她多看一眼树木，树木下一秒就会化成灰烬。这样子还想当仙界的最高统治者？仙界不想要了吗？系统肯定是疯了！

因为凤辞，时笙错过了回宗门的专车，也不知道白琅回去和便宜师父说她丢了，会不会被便宜师父揍死。

她有一条会飞的布丁，要回修真界倒也不难。布丁飞升之前是不能飞的，但是飞升之后就会长出一对翅膀，看上去怪怪的，有点不伦不类，修真界的人却觉得非常霸气、好看。时笙觉得是自己和他们的审美观不同。

“我跟你讲，一会儿到了宗门，你不许动不动就放火，会给我惹麻烦的。”时笙一脸严肃地看着凤辞。他基本都是一言不合就放火，简直是走到哪儿烧到哪儿。

“嗯。”凤辞呆萌地点了点头，“你不喜欢，我不烧就是。”

时笙：“……”别有事没事撩我！

时笙坐着布丁，横冲直撞地往缥缈宗飞，还没进宗门就被人拦了。

“什么人？缥缈宗上空不许飞行！”

几名穿着缥缈宗道袍的弟子踩着飞剑拦在时笙面前，看清上面的人时，面色异常，惊讶中带着几分隐晦的打量：“商师叔……”

看到站在时笙旁边的凤辞，几人更是面露惊惧，纷纷往后面退了一段距离。时笙莫名其妙地看了他们一眼。这才多久不见，不认识了？还是她能吃人啊？

时笙进去后，才明白那些人干吗用这种眼光看自己。叶清秋已经回宗门了，而且还和宗主说，时笙联合外人动手要杀她。现在整个缥缈宗都在传商殊如何如何心狠手辣、残害同门，说得好像真有那么回事似的。

“我帮你杀了他们。”凤辞眼底隐隐泛起戾气。他的人，除了他，谁也说不得。

时笙赶紧拉住凤辞：“说两句又不会少块肉，让他们说去。”动不动就杀人，这人形杀器本宝宝驾驭不来啊！

凤辞迷茫地看着时笙，余光扫到她拉着自己的手，眼底的戾气这才慢慢退下去。

“我们先回天尽峰……”时笙的声音戛然而止，她侧目看向旁边的建筑，远处隐约站着几个人。

“我师叔才不是那种人，楚凝，我告诉你，你别在这里胡说八道，诋毁师叔！”

“我胡说？现在全宗门上下谁不知道，你有本事去堵他们的嘴啊！你看你师叔都不敢回来了，如果不是她做的，怎么会不敢回来？”

“胡说！”

“林一一，你想干什么……林一一是你先动手的，那就别怪我了！”

一开始是林一一先动的手，但是楚凝那边有好几个人，林一一一个人根本没有胜算，不过几招，就落在了下风。

时笙眉头微蹙："在这里等我，不许出来，也不许动手。"

凤辞不高兴地看着时笙，张了张嘴，可还不等他反驳，时笙继续道："你不是说要听我的吗？"

凤辞抿着嘴角，几秒后才松开时笙。

"他们若是伤你，我就让他们尸骨无存。"

时笙："……"

修真版的霸道总裁已上线！

林一一满心不甘，却只能眼睁睁看着弯月形的风刃朝着她扫过来，心底的愤怒被恐惧取代。但是一想到这些人侮辱自己的师叔，林一一又无所畏惧起来。师父和师尊一定会证明师叔的清白，也一定会给她报仇的。

眼看风刃就要刮到她身上，她面前突然多了一层白色的冰墙。风刃打在冰墙上，连冰碴都没刮起来。

"以多欺少，无厌峰的弟子，好教养！"

林一一猛地朝着声源处看去，逆光中，紫色道袍的少女慢腾腾地走过来，身上似乎镀上了一层圣洁的白光，每走一步都像踩在她的心尖上，令她心脏扑通扑通不规律地跳着。

"你……"楚凝看清来人，先是一愣，随即语气讥讽，"你竟然还敢回来。"

时笙将林一一扶起来，挥手撤掉那层冰墙，语气随意散漫："有什么不敢回来的。"

"还敢嘴硬，等到了宗主那里，我看你还怎么嘴硬。"楚凝轻哼一声，她看不惯时笙自然是有理由的。

一年前，这个女人缠着她哥哥，不要脸至极。这次这女人栽了，自己怎么会不拍手称快。

"那就不劳烦你关心了……"时笙顿了下，斜睨着楚凝，手掌突然一扬，几枚冰刃噗地射入楚凝的小腿。

楚凝还没看清是什么，双腿就是一软，朝地面跌去。她身边的人手疾眼快地扶住她，才没让她扑在地上。

楚凝脑子一片空白，对方出手的速度太快了。

商殊的修为什么时候这么好了？

"商殊你做什么？"其中一个女孩子反应过来，顿时大怒。

"惩罚不知尊卑的弟子而已，怎么，你也想尝尝？"时笙盯着那个女孩，露出一口白牙，笑得有些阴森，白皙的手掌凝聚出几枚冰刃，作势要甩出去。

那个女孩一惊，刚才自己连冰刃怎么出现的都没看清，自己肯定不是商殊的对手，气焰顿时就消了。楚凝有个亲传弟子的哥哥，她可以任性，可她们不行。

更何况就算楚夜来了，也得叫商殊一声师叔。

“商殊，我不会放过你的！”楚凝痛得小脸扭曲，咬牙切齿道，“你等着，这次就算是玉箫师尊也护不住你。”

“好啊，我等着。”时笙冷嗤一声，扶着林一一就走，“下次再敢到我面前放肆，你那条腿也别要了。”

楚凝气得发抖，哆嗦了好几下，也没哆嗦出一个字来，只能看着两人走远。

林一一不敢出声，任由时笙带着自己走出那几个人的视线。

“师叔……我是不是惹麻烦了？”缥缈宗除了比武场，其余地方是不许打架斗殴的，都是因为她，师叔才会对楚凝动手。

“反正有个大麻烦，不在乎再多一个。”时笙不在意道，“倒是你，明知道打不过她们，你还动手，脑子被门夹了？”

林一一咬着唇不敢说话，心底有些委屈。

她也是气不过她们那么说师叔，这才动手的。

“明知道打不过的时候，就要忍下来，让她讽刺几句，你是能少块肉不成？在不触及底线的时候，她得意你就让她得意，找准机会，在她得意的时候把她拉下来，那个时候她才是最痛苦的。”

林一一愣愣地看着时笙，完全不敢相信她竟然说出这种话。

“看什么，傻了啊？我告诉你，你要是不收敛你的脾气，以后还要吃大亏。这个世界上，但凡能成大事者，都是能忍之人。”

林一一护着她，所以时笙才提点林一一几句，能不能领悟到，就得看林一一自己的了。

“我知道了师叔。”自己脾气暴躁这一点，林一一一直知道，可她就是忍不住，师父说了她几次，她也记不住。最主要的是师父每次都说得那么深奥，动不动就是大道理，她哪里听得进去、记得住?

此时，时笙简单粗暴地一说，她立即就领悟了。

要装得先有实力，没有实力就让别人装去，趁她不注意，再下黑手。

#求宿主的心理阴暗面积#。

时笙将林一一领到凤辞面前，林一一还在琢磨时笙的话，没注意到突然多了个人，直到她被一股大力掀开，一屁股坐到地上，才愣愣地看向前方。

凤辞抓着时笙的手，神色不好地盯着林一一。那眼神看得林一一头皮发麻，凉气直往脑门蹿，浑身发软，恐惧如潮水一般涌上心头，将她淹没。

“你干什么？”时笙无语地翻了个白眼，“她是我师侄，师侄懂吗？”

“不许她碰你！”

凤辞声音稍冷，听得林一一小心肝直颤。师父，救命啊，这里有变态。

时笙皱了皱眉，她要是和凤辞理论，肯定没有结果，说不定林一一还得遭殃，那还是先委屈一下林一一吧。

回到天尽峰，林一一整个人都扑到白琅怀里，瑟瑟发抖，一副吓坏的模样，小脸却不断在白琅怀里蹭。

时笙无力扶额，这小色狼。

凤辞认真盯着林一一瞧，不知在想什么。

时笙打了个招呼就去找玉箫了，让凤辞安分地待着，凤辞竟然答应了，不过目光一直盯着林一一和白琅。

这货不会想趁她走了，把林一一烧了吧？想了想，时笙还是把凤辞带走了，这种人形杀器，随身携带比较好。

玉箫对于时笙回来没什么意外，反而对凤辞的兴趣比较大，两个男人“深情”对望了起来，气氛非常和谐。

她这是走错片场了吧？别人家的师父看到自家徒儿带个男人回来，不是应该一言不合就开打吗？你们这一上来就看对眼不成？

时笙百般无聊地等了足足五分钟，玉箫才不着痕迹地收回视线：“小殊，这个人，你从哪儿捡回来的？”

时笙：“……”师父你怎么了？说好的高贵冷艳呢？你怎么可以用“捡”这个字，多掉身份！

“师父……有什么问题吗？”时笙心底忐忑，玉箫这表现几个意思啊？

玉箫又看了凤辞一眼，神色一如既往地冰冷：“我和小殊有话单独说，可否请这位公子出去等待？”

凤辞立即露出不高兴的神情，时笙赶紧安抚几句，他才携着一身不爽的气息出去。

玉箫抬手设了个结界：“小殊，此人命格古怪，对你而言却是最佳道侣……”

师父你在说什么？什么最佳道侣？说好的师徒恋呢？这交代女儿的口气是

怎么回事啊？

玉箫缓慢地说了许久，时笙听到后面，整个人都蒙了。这才一面，便宜师父就要把她卖了……

“小殊，你命格如此，若是和他在一起，还有一线生机。”玉箫叹口气，“师父能为你做的也不多，你且仔细考虑考虑。”

考虑什么？刚才便宜师父说什么了？她没听到啊！时笙晕乎乎地被玉箫赶了出去，关门前玉箫还不忘吩咐：“小殊，明日午时和为师一起上主峰。”

应该是为了叶清秋的事。

看着站在不远处的凤辞，时笙那叫一个心塞。便宜师父的意思就是，自己如果不和他在一起，就会死？这是什么坑人设定啊！

“好看吗？”凤辞突然出声。

“不……”时笙扯着嘴角笑了下，违心夸他，“好看，你最好看了。”

“以后都只给你看。”

都只给她看，难不成你还能用块面纱把脸遮起来不成？

凤辞自然不会把脸遮起来，但是她从林一一和白琅那里知道，他们明明看清了凤辞的面容，却怎么也记不住，就算还看着他，脑中也没办法想起他到底是什么样。修为高的大能就是不一般！

白琅得了玉箫的吩咐，为凤辞准备了房间，但是凤辞直接将东西抱到了时笙的房间。白琅不知在玉箫那里得了什么消息，对此只露出几分古怪的笑，拉着八卦的林一一走了。

时笙晚上要修炼，不睡觉，就任由凤辞去了。

第二天，玉箫还没带着时笙去主峰，主峰就来人请他们了。

主峰也有名字，叫云舒峰，只是大家叫习惯了主峰，云舒峰反而不怎么用。

主峰住的自然是宗主和他的徒弟，这位宗主就只收了叶清秋这么一个徒儿。所以，整个主峰也就只有他们两人而已。

今日的主峰却格外热闹，各大峰的代表都到齐了。

时笙跟着玉箫进入主殿，学着玉箫的样子，敷衍地拜了拜。好在那些人的注意力都被凤辞吸引了，没人关注她敷衍的态度。

凤辞站在她旁边，毫无表示，四周的人却议论纷纷。

“奇怪，我怎么看不清他长什么样子……”

“我也看不清……”

“肃静！”

这一声冷喝，立即让那些人安静下来，略带恭敬地看向主位上的男人。

作为男配角，自然不会太丑，宗主长得还是一表人才、风流倜傥的。宗主打量了凤辞几眼，心底有些戒备。清秋说，商殊是联合一个男人伤了她，看来就是他了。只是……为什么连他都看不清这人的容貌？对方的修为比自己还高吗？

修真之人，自然有些旁门左道，这种模糊面容的法术只有在修为比自己低的人面前有用。如果对方修为比自己还高，那可就麻烦了。

“商殊，你可知罪？”摸不清凤辞的底细，宗主只能将注意力放到商殊身上。

“师兄，这件事还未弄清是非曲直，未必是小殊的错。”玉箫拱了拱手，声音依旧不急不缓的，“还请师兄让小殊说一说。”

宗主有些不满地瞪了商殊一眼，但还是挥挥手：“商殊，你且说说，你可有对清秋动手？”

“没有啊。”时笙摇头。她从始至终没有对叶清秋动过手，这种没做过的事，她是坚决不认的。

“难不成本尊的徒儿会乱说冤枉你？”

宗主冷眼看着时笙，一股庞大的威压带着浓烈的杀意如滔天巨浪碾压向时笙。为了给他的徒弟报仇，宗主明显是要置时笙于死地。

凤辞目光一冷，手腕轻抬，手臂粗的火龙凭空出现，昂着龙首，气势汹汹地袭向宗主。火龙一出，宗主的威压就像被击溃一般。他难以置信地后退一步，在火龙快要靠近的时候，急忙捏诀，在周身布下一个结界。然而结界并没有什么用，火龙绕着他的结界收紧，结界被火焰烧出裂痕……

“阿辞。”时笙唤了一声。

凤辞迟疑，抬手将火龙召回的同时，打出了几枚火焰凝聚成的利刃。利刃穿过结界的裂缝，射入宗主的腹部。

“唔……”宗主只觉得一股蛮横的力量凭空挤进他的身体，在体内横冲直撞，似乎要将他撕裂。

从开始到结束，不过几秒时间，众人反应过来，宗主已经捂着腹部，单膝跪在地上了。

“宗主！”

“大胆，你是何人竟敢对宗主动手。”反应过来的人纷纷上前，拿出武器对着时笙和凤辞。

“讲道理啊你们，明明是他先对我动手的。”时笙将凤辞拉到自己身边，略带讽刺道，“难道你们不知道我的修为不过筑基？就宗主那威压扫过来，我还能活吗？就许州官放火不许百姓点灯，是吧？”

宗主根本就没有要听她解释的意思，随她怎么说，这个罪肯定是担定了。

就如同剧情中下药那次，就算她有人证，最后大家不还是认定是她做的吗？

“你是缥缈宗的弟子，怎么可以忤逆犯上，就算宗主惩罚你，那也是你先对同门动手。”

“玉箫，你看看你教的好徒儿！先是残害同门，现在还对宗主动手，必须严惩！”

“逐出师门都不为过，当年师父就说过，此女命格不祥，会给师弟带来祸端，师弟偏生不信，现在好了，残杀同门不说，还忤逆犯上。”

玉箫神色不变，面对那么多人的质疑，依旧站在时笙前面：“宗主对小殊动手在先，小殊不过是保护自己。”

“你……你……师弟啊，你怎么就这么糊涂！”

时笙有些诧异地看向玉箫，她的命格不祥吗？

剧情中，原主也确实给玉箫带去了祸端。这些人……也不知道叶清秋对他们说了什么，连解释都不听，就急着定她的罪。

凤辞见时笙脸色不好，暗红色的眸子里闪过狠戾之色，一字一顿道：“把叶清秋交出来，否则，他死。”

“放肆！”

“玉箫，你就看着他们胡来？”

“玉箫……”

“你们叫我师父做什么？动手的又不是我师父。”时笙冷嗤一声，“我商殊，今日在这里和玉箫断绝师徒关系，从此互不相干。”

时笙看向玉箫：“师父，对不起，徒儿不孝，以后徒儿会报答你的养育之恩。”

只要她不在，玉箫应该就不会死，所以最好的办法就是和玉箫断绝关系。

“小殊……”玉箫皱眉看着她。

“师父你放心，我有能力保护好自己的。”时笙冲玉箫眨巴眼睛，不等他说话，又转向对面虎视眈眈的一群人：“逐出师门就不用麻烦你们了，我自己走。”

“杀了他们。”凤辞抬手就要放火。

时笙没有阻拦，只是在他放火的时候，召唤出布丁，拉着凤辞跳上布丁，飞出火焰肆虐的大殿。

“告诉叶清秋，可得抓紧时间修炼，我会回来找她的。”这一句话久久在缥缈宗回荡。

时笙并没有立即离开缥缈宗，而是去找了林一一和白琅，让他们照顾好玉箫，不要让他和叶清秋作对。林一一抱着时笙哭得稀里哗啦，最后被凤辞给扔了出去，等白琅将自家徒儿捡回来，时笙和凤辞已经不见了。

时笙是在看到她和凤辞的通缉令时，才知道宗主死了。凤辞打入宗主体内的火焰，应该不会致命。那宗主是怎么死的？气死的吗？这个仇也算到他们头上吗？

凤辞盯着通缉令上的画像，好一会儿才吐出一个字：“丑。”他抬手就将那张通缉令烧成灰烬。

时笙左右看了看，幸好四周没什么人，没人看到他的动作，否则又要惹麻烦了。

“你好看。”凤辞转头看着时笙，“画得丑。”

时笙：“……”不用解释，她懂的！

“我可以帮你灭了缥缈宗。”凤辞不明白，为什么她要拦着自己，一个小小的下界宗门，他抬抬手指的事罢了。

“不用了。”她自己的事，她自己能解决。

凤辞有些不解。

“你不喜欢我帮你？”她总拒绝自己帮忙，凤辞有点不爽。

“这是我自己的事，我能搞定。”时笙道。

凤辞微微皱眉，时笙赶紧安抚两句：“快走吧，一会儿有人来了。”

凤辞：“我可以——”

“是是是，你厉害。”

时笙推着凤辞离开，她可不想一会儿被人围观。

离五十年一次的宗门大比还有十年，所以时笙还有时间修炼。

这十年，凤辞为了让时笙提升修为，走遍了整个修真界，只要是好东西，他都要给时笙抢来。于是，十年的时间，两人的大名可是在修真界如雷贯耳。两人的仇人都能绕修真界好几圈。

缥缈宗的人也执着，一听到她和凤辞的消息就一窝蜂拥上来。

“妖女，你不得好死！”

“怎么又是我不得好死？你们不是为了我手上的归天剑来的吗？”时笙扬

了扬手中通体漆黑的长剑，“打着维护正义的名头，行的却是抢劫之事，你们这些自诩名门正派的人，也不过如此。”

“呸，归天剑明明是你抢的！”男人不服气地反驳。

“是啊，我有本事，所以我抢到了，我从来没反驳过。既然你这么想要归天剑，那我就用它送你上路吧！不用感谢我。”

音落，时笙毫不迟疑地将长剑送入男人的胸口。男人瞪着一双眼，嘴角有殷红的血迹渗出，脸色迅速苍白，浑身抽搐，失去了生机。

凤辞上前拉着她的手擦起来，神色认真道：“这种事，我做就好。”

时笙看着帮自己擦手的男人，他动作很轻，似乎怕把她弄疼了，却又觉得那里脏了，固执地擦着。

“好了，已经很干净了。”时笙抓住凤辞的手，笑着看他。

凤辞最后擦了擦，包裹进自己手中：“你就应该保持干干净净的样子。”

又来了，又来了，我又不是你养的宠物，宠物还能杀人呢！

说起归天剑，这玩意有点来头。归天剑不是神器，是一把非常出名的邪剑，杀伤力不比那些神器差。虽说是邪剑，但是想要得到它的人也是数以万计，当时搅得修真界好一阵腥风血雨。

因为动静太大，惊动了仙界，被仙界派人下来将其封印。仙界的人是想将其毁灭的，可这种剑，怎么可能随随便便就被毁了，仙界的人没办法才将其封印。

不久前，突然传出归天剑出世的消息，时笙当时就在附近，本来是想去看看那些人被归天剑虐的，谁知道最后她竟然拿到了归天剑。

剧情中这把剑也会出世，而且拿到手的人还是叶清秋的死对头，所以……

这剧情君，依旧在把时笙往死路上逼。

宗门大比在即。

修真界的人纷纷往桐山派赶，不时就能看到御剑从头顶飞过的一大批修真者。

这场大比是在缥缈宗举行的，可是缥缈宗现在实力下降，没有资格举办宗门大比，这才改在桐山派。

时笙和凤辞不紧不慢地步行前往桐山派，前来参加宗门大比的都是以门派为单位，很少见到像他们这种两人组合的队伍。

所以偶尔会有好奇的神识从天上扫下来，一些看清人的，差点从飞剑上掉下来。

下面的是妖女商殊和那个杀人不眨眼的大魔头啊！他们怎么会在这里？是想等各大宗门齐聚，一网打尽吗？

修真界的人都以大魔头称呼凤辞，因为没人知道他的名字。知道的，也早就被烧成了灰烬。

所以，等时笙和凤辞到的时候，整个桐山派严阵以待，三步一岗五步一哨，那架势，非常壮观。

"哟，这么大的阵仗迎接我啊！"时笙那一脸"我很满意，干得不错"的表情，让虎视眈眈的一溜人皆是无语。

谁在迎接你啊！要点脸！

"妖女！你想干什么？"桐山派掌门站了出来，义愤填膺，"今日各大门派都在此，你休想放肆。"

"这话说的，我是那么凶残的人吗？"时笙无辜地眨眼。

你是啊！

"我们这么多人还怕你们两个不成？"旁边的人喊了一声，"妖女，你速速离开，我们可不与你计较。"

"可是我不想离开啊！"时笙为难地看着那人，"你们要是看不顺眼，可以离开，我一定不会拦你们的。"

众人："……"这是他们的地盘，凭什么要他们离开！

"你到底想做什么？"若是只有时笙一个人，他们这么多人倒还不怕，偏偏那个大魔头在，他们根本没有胜算。

时笙耸耸肩："不想干什么啊，就是想看一下你们的宗门大比，怎么，不许人看吗？"

"谁知道你安的什么心……"

凤辞突然上前，手中火焰闪烁，桐山派掌门脸色一变，瞳孔微缩，咬咬牙，忍辱负重道："两位里面请！"

他可不想他的桐山派，变成一片火海。

其他人也不敢说话，那火真要招呼到他们身上来，可是扑不灭的，只能等着被烧死。

桐山派掌门吩咐两名弟子领着时笙和凤辞上山。

"掌门，真的让他们进去？"宗门大比可是修真界的盛事，要是出了事，他们桐山派要担责任的。

"不然你有什么办法？"要是有办法，他至于这么忍气吞声吗？

“这……”

那名弟子顿时就没声了，他其实想说，他们这么多人联手，不一定打不过这两人，但是一瞧掌门那脸色，他最终没说出来。

其他人也是脸色铁青。

这次的宗门大比绝对要出事！各派的领头人纷纷告诫门中弟子，不要去招惹他们，见到他们就跑。跑不过？跑不过就求饶。还不行？就只能怪自己命苦了，等死吧！打？别逗了，大魔头抬抬手指头都能烧死你。

时笙住进桐山派，要看宗门大比，各方人马又惊又怒，偏偏还没办法。

桐山派掌门连夜召开紧急会议，最终确定了大会方针——不要去撩拨他们。根据这几年的传闻，你如果不主动去挑衅他们，他们也不会没事砍着人玩儿。也就是说，你就算看不惯他们，拿眼神戳死他们，但是不出声不做多余的事，他们是不会理你的。

一时间两边倒也相安无事，直到缥缈宗的人到了。仇人见面分外眼红，一听时笙和凤辞就在桐山派，缥缈宗的弟子就跟打了鸡血似的，喊着要报仇，要替天行道，要为民除害。桐山派的掌门拦都拦不住。桐山派掌门想死的心都有了，以前缥缈宗仗着他们宗主在，担着修真界的第一宗门。可是现在宗主死了，这几年被一些人刻意打压，连二流门派都比不上，竟然还敢这么嚣张。

“商殊，滚出来受死！”

一行人喊着口号，声势浩大地把时笙住的地方给围了。

时笙嗑着瓜子，饶有兴致地看着外面喊口号的人，这些人精力很充沛嘛！

凤辞有些不满地出声：“我去让他们闭嘴，吵到你了。”

时笙扔掉手里的瓜子壳，不在意道：“让他们喊去吧，你设一个结界就成了。”和这些人对骂，她还不如多修炼。没有实力，怎么装啊！

凤辞不会违背时笙的话，这样她会不高兴。但是他也不会完全听时笙的，因此在设结界的时候，故意在结界上留了他的火焰，只要有人碰到，绝对够他永生难忘。

于是缥缈宗的人发现，不管他们怎么叫嚣，里面一点动静都没有。如果不是再三确定时笙和凤辞真的住在这里，没有离开，他们都以为桐山派的人在耍着他们玩儿。有人耐不住，提议打进去。这一打就出事了，缥缈宗第一批抵达的弟子，几乎全军覆没。

第六章　另类修真（中）

有了缥缈宗的那些炮灰，这下一些想要找麻烦的也歇了念头，时笙住的地方，方圆几里都看不到一个活人。

等各大门派的人差不多到齐了，宗门大比也即将开始。

叶清秋带着人在大比开始的头一天才到，屁股还没坐热，第一批弟子就来告状了。

“宗主，商殊把我们伤成这样，不能就这么算了，您要为弟子们报仇啊！”

“是啊宗主，她这么做就是打缥缈宗的脸，宗主，您一定要为我们报仇！”

义愤填膺的弟子围着叶清秋，七嘴八舌地说着。

总结来看，还是只有一句话：给他们报仇。

叶清秋继任宗主之位是不久前的事。上一任宗主死后，缥缈宗宗主的位子一直空悬，有能力争的都躺着了，而其他人就算有实力，却因为名不正言不顺，不能走马上任。

宗门大比即将开始，他们自然不能连宗主都没有，于是还活着的几位峰主突然就联名要叶清秋继任。

叶清秋半推半就，欲拒还迎地答应了。

没了宗主那个外挂，这些年叶清秋也吃了不少苦，整个人看上去阴沉沉的。

“这事我会为你们做主的，都先下去养伤，宗门大比不能输。”

安抚好那些弟子，将他们送走后，叶清秋一巴掌拍在桌子上，满脸狰狞，从牙缝里狠狠挤出两个字：“商殊！”

这个女人，杀了她师父，一把火就毁了缥缈宗。

她这几年的苦都是拜商殊所赐，这个仇，她总会报的。

“女娃娃，你就这般沉不住气？”讽刺的声音凭空在屋子中响起。

叶清秋一愣，狰狞之色慢慢褪去，恢复了高冷女神范儿：“你这次又想要什么？”

那声音怪笑两声：“我闻到了很好闻的味道。”

“哼。”叶清秋眼底闪过一丝嫌恶，“这是宗门大比，全修真界的势力都会聚在这里。”

“女娃娃，这可由不得你，如果……那后果你应该不想再试。”

“你……”也不知叶清秋想到了什么，脸色煞白，身形微微发抖，眼底满是怨毒，垂在身侧的手紧攥成拳，青筋突显。

宗门大比其实就是各个门派派人上去进行切磋，以此来检验各派的实力。说白了就是摸底，看看这些年，哪家是不是又多了厉害的打手。

时笙看这些人干架挺感兴趣，和凤辞霸占了视线最佳的观众席，她那一片干净得像是被龙卷风刮过似的，看不到一个活人。

凤辞直接把那些碍事的东西烧了，搬了张软榻，零嘴、灵茶、遮阳伞也一应俱全。

这架势，比看戏还悠闲。

众人一想到自己在上面切磋的时候，下面有个妖女和大魔头看着，就有点发抖。

缥缈宗的位子在时笙的对面，叶清秋的目光不时扫过时笙，这十年她听过不少时笙的传闻，但这还是十年来第一次见时笙，和十年前比似乎没什么变化，只是身上的衣裳换成了黑色，和她身边的男人正好一黑一白，形成鲜明对比。

那个男人到底是谁？

“叶清秋的修为我怎么看不透，阿辞你能看透吗？”时笙偏头看着凤辞。

她记得女主角大人在宗门大比的时候也不过筑基后期，而她现在是筑基大圆满的修为，却看不透叶清秋，难不成没了宗主的庇佑，女主角反而还成长得快了？

凤辞只看了一眼就收回视线，淡淡道："筑基后期。"

"咦……"那本宝宝怎么看不透？

"她身上被下了禁制，需要我解开吗？"上不得台面的东西，他都懒得出手。

时笙见凤辞眼底有着一丝轻蔑，不免又往叶清秋的方向看去，这一眼正好和叶清秋的视线对上，叶清秋眼底的恨意来不及掩藏，被时笙看了个正着。

时笙勾唇笑了笑："她身上是不是有什么不对劲的地方？"

凤辞眼底的轻蔑更盛，声音中多了几分强硬："不要看了，脏了你的眼。"

时笙无语，这都什么跟什么！

见凤辞坚持的样子，时笙不得不收回视线，她要是和他对着干，遭殃的不会是她，绝对是周边的人，她现在还不想引起群攻。

一连几天的比试没出什么意外，时笙每天看看戏，在自己住的地方待着，没有做什么出格的事，这让一些提心吊胆的人松了口气。

入夜，时笙打着哈欠跟在凤辞后面走在无人的山道上，凤辞不时回头看她一眼，确定她还跟着，才继续往前走。

"我们要去哪里啊？"时笙几步跟上凤辞，和他并肩而行，"月黑风高杀人夜，谁又惹你生气了，你要摸黑去杀人？"

"不杀人。"凤辞特无辜地摇头，"带你看好看的。"

"嗯？"好看的？

凤辞带她去的似乎是桐山派的禁地，别问她为什么知道，山门下戳着禁地两个大字，眼不瞎的人都看得到。

整座山都是禁地，里面有什么？

时笙突然有点想打退堂鼓了，半夜三更摸到人家的禁地来，是不是有点不好？

上山的路阴森森的，凤辞凝了两个火球放在时笙旁边，正好给她照明，在快要到山顶的时候，凤辞将火球收了，突然伸手将时笙抱到怀中，身子一纵，跳到上方凸起的岩石上。

凤辞抱着她往上面走了几步，然后将她放下来："等一会儿就能看了。"

时笙看着前面黑乎乎的一地，双手拍了拍脸颊，反派都难伺候啊！

这一等就是将近一个小时，时笙坐在岩石上，无聊地开始修炼，等凤辞叫她，她一睁眼就看到满地幽幽的蓝光，勾勒出花朵的轮廓，很梦幻，很唯美。

而她此时就坐在那片蓝光的正中央。

这场景像是电影特效，浩瀚的星空中，繁星璀璨，非常震撼，那些蓝光随风闪烁，如同在呼吸。

“喜欢吗？”凤辞半跪在时笙面前，微微仰着头，暗红色的瞳孔中盛满了期待。

时笙：“……”这撩妹技能哪儿学的?

一天不撩本宝宝，你就不舒服是不是!

“不喜欢吗？”凤辞失望地垂下眼睫，手上跳跃出明黄的火焰。

“喜欢，喜欢。”大爷哟，你这一言不合就放火，真的好吗？这是别人的禁地，禁地知不知道!

听到时笙说喜欢，凤辞立即将火灭了：“这是暹荧花，很难见。”

暹荧花……没听过。

能让凤辞说难见的，那肯定是很难见，不过也就好看了点，有什么用啊?

暹荧花不是没作用，只是那作用对时笙来说已经不大，若是还未筑基的弟子，在这里，百分百能筑基成功，难怪桐山派会把这里列为禁地。

看完花儿，两人顺着原路返回，披着银白月光，两人的身影偶尔重叠，时笙有些恍神。在她的印象中，似乎没有人这么陪过自己。时笙面色有一瞬间的冷凝，眨眼又恢复成风轻云淡、毫不在乎的模样，目光在前面的人影上打了个转，落在更远的地方，黑暗掩盖住了她眼底的情绪。

上山的时候，时笙突然拉着凤辞躲到一簇灌木丛后面，就在她按住凤辞蹲下的瞬间，一道黑乎乎的影子从不远处飞了过去。

今天的月光挺亮的，让时笙看清了那个人影是谁。

叶清秋！大晚上的，她在这里做什么？难不成也是跑出来幽会？奇怪，自己为什么要用也字呢?

不过这种时候，时笙当然是要跟上去啊！顺便做点什么搞破坏!

叶清秋的警惕性很高，时笙不敢跟太近。凤辞迷茫地看了一会儿，悟出时笙在做什么，在她和自己身上设了个结界，拉着她大摇大摆跟在后面。

唉，怎么把反派大人忘了!

对于凤辞的结界，时笙还是很有信心的，不然她也不会在那么多人守着的情况下，毫发无损地将归天剑带走。

叶清秋去的地方竟然是他们刚离开的禁地，看她那轻车熟路的样子，完全不像是第一次来。

时笙跟着她来到一个山洞。

“放过我……求求你放过我……”求饶声从山洞中传出来。

时笙诧异地挑了挑眉，摸到洞口往里面看，里面光线挺足的，山洞不是很大，一个少女被五花大绑地扔在中间，此时扭着身子，正以怪异的姿势求饶，叶清秋则站在一旁，冷眼看着少女。

“要怪就怪你被他选中了。”叶清秋的声音透着一丝厌恶，“你速度快点。”

后面这句话她明显不是对地上的少女说的，可山洞中除了少女惊恐的求饶声，没有其他的声音，也没有其他人。

那个少女却在发生变化，求饶的声音越来越弱，面色潮红地喘息着，像是……

时笙眼前忽然一暗，眼睛被一双微凉的手覆盖住，隐含杀意的声音在她耳边炸开：“脏。”

深吸好几口气，时笙才忍着没对凤辞动手，伸手要把凤辞的手扒拉下来。凤辞不满时笙的行为，这种场面，怎么能给她看。

他不敢太过用力，但又不想时笙看到里面的场景，眼看时笙就要把他的手扒拉开，他按住时笙的肩膀，将她往怀中带，顺势将她的脑袋按在了自己的胸膛上。

凤辞其实很少碰时笙，也就是在他觉得不安的时候，才会抓着时笙的手不放，最多是像之前那样，他拦腰抱着她，但是像这般面对面亲密地抱在一起，却是从来没有过的。第一是时笙不允许，第二是他怕自己会无意识伤到她。

在那一瞬间，凤辞似乎听到了心脏怦怦的跳动声，柔软的身躯被他紧紧抱在怀里，贴着他的胸膛，体温透过衣料传递给他，不是温暖的，而是滚烫的。

这是他的……他一个人的。

时笙只觉得凤辞越勒越紧，呼吸都有些困难，脑中缺氧，她艰难地从牙缝中挤出他的名字：“阿辞……”

那细微的声音如清泉浇灌进凤辞的心，他瞬间清醒，暗红色的瞳孔先是一片迷茫，随后猛地松开时笙，手足无措地看着她：“是不是弄疼你了，哪里疼……你别生气……以后我不碰你。”凤辞说到后面，神情有些低落。

时笙大口大口地喘气，新鲜空气涌入肺部，她才感觉好受一些。身子有些发软，但她也不敢再靠近凤辞，往后面退了一步，靠着山洞外面的岩石。

凤辞见时笙那动作，眼底涌出阵阵戾气，转瞬又被他压下去，语气中带上了几分乞求：“你别怕我……”那无助的模样，任谁看了都会觉得受不了。

但是时笙刚在地狱边缘逛了一圈，觉得自己没拿归天剑砍他已经是大度得要上天了。平复下狂跳的心脏，时笙才感觉脑子清醒一些，刚才如果不是她反抗凤辞，他也不会发病，所以这都是她自己作的。

怎么都是她的错！这任务没法做了，她要罢工！

“以后没我允许，不许碰我。”时笙看着凤辞无助又呆萌的样子，到嘴边的狠话也说不出来了，只能悻悻改口。

凤辞有些迷茫，认真地盯着时笙，好一会儿才点头：“不碰你，别离开我。”

时笙：“……”说得他们有几腿似的。

如果她没办法靠近他，估计这货分分钟就得把她烧成灰，眼都不带眨一下的。

凤辞的世界没有是非对错，但也不是根据他的心情来的，她完全不懂他动手的原理，说动手就动手，毫无规律可言。

等时笙转头去看山洞，那个少女已经变成一具干尸，而叶清秋旁边不知何时多了一团黑雾，那黑雾有一半还覆盖在干尸上。

“那是……什么鬼？”剧情里叶清秋好像没有这么个金手指啊？不要乱入啊！

“魔……”凤辞低声道，“那是魔族的残魂。”

魔族？不是，叶清秋上哪儿弄来的魔族残魂？

时笙毫不意外地从凤辞的语气中听出了鄙夷，在宗门大比上见到叶清秋，他就是这么一副鄙夷加嫌弃的表情，好像叶清秋就是个脏东西，看一眼真会脏了眼睛。

凤辞虽然是反派，但他也是根正苗红的反派，所以对魔族这种精英反派boss，他完全没有同为反派的革命感。

叶清秋将尸体处理了，从山洞中出来，神色阴沉地往山下走，完全没注意到山洞外面站了两个人。

她和这个魔族订下契约是在五年前，那个时候她得罪了几个人，被追杀到一处悬崖，迫不得已跳了下去，在她完全不知道的情况下，就和这个魔族订下了契约。等她醒过来，已经晚了，要摆脱这个魔族，就必须让他恢复肉身。但是他恢复肉身需要水灵根的女修，第一个遭殃的就是她，因为她和他是契约关系，她才活着。但是那种感觉她绝对不想经历第二遍，所以她不得不找其他水灵根的女修。

如果是在原剧情中，叶清秋有宗主庇佑，一帆风顺，不会掉下悬崖，不会遇到这个魔族，自然不会经历这些。

时笙自然不知道这些，就算知道，也只会感叹一声造化弄人。当初原主在魔族所经历的，才是生不如死的痛苦。叶清秋这点，连开胃菜都算不上。

第二天，时笙到大比现场的时候，发现那些人竟然激动得跟吃了炫迈似的，看到她都没有之前那么害怕了，甚至还有人露出幸灾乐祸的表情，似乎在等着她倒霉。

一个晚上，发生了什么？干了坏事的不是叶清秋吗？为什么大家用这种眼神看她啊！

"妖女，我们掌门请你过去！"

几个桐山派的弟子突然拦在时笙面前，话刚说完，几个人就飞了出去，砸在远处的小树林中，惊起好几只飞鸟。

四周一片静默。

时笙扭头看凤辞。好好的，你打人家做什么？

凤辞呆萌地眨了眨眼，一本正经道："我没杀他们。"

你是没杀他们，但估计他们这下子得在床上躺半年。算了，和反派讲什么道理！不过好好的桐山派掌门请她做什么？难不成昨晚的事被发现，叶清秋把罪名推到了她身上？

事实证明，时笙脑洞开太大，掌门请她，跟叶清秋一点关系都没有，而是和男主角有关。

仙界来人了！

和第一次见面的狼狈不同，此时的龙玦看上去非常有男神范儿，衣冠楚楚，相貌堂堂，丰神俊朗，属于那种看哪儿哪儿都帅的男人。

龙玦深幽的目光从时笙身上扫过，落在凤辞身上。凤辞低垂着头，完全没看龙玦。

"找我干什么？"时笙看着站在龙玦后面的桐山派掌门，吊儿郎当地问了一句。

啧啧，话说男主角大人来了，不应该先去找女主角大人吗？也不知道上次龙玦把叶清秋带走后，两人之间发生了什么，有没有刀剑相向、大打出手？

"咳咳，是这样……关于归天剑……"桐山派掌门硬着头皮将话讲完。

时笙算是听明白了。仙界的人察觉归天剑出世，让龙玦下来带回去重新封印。也许是这几天他们表现得太平和，桐山派的掌门觉得他们可以心平气和地谈判，于是才有了这么一出。

要交出去，她岂不是白被追杀那么久？亏本买卖她坚决不做。更何况，就冲龙玦最后让原主死于千刀万剐之刑——

"不可能，我已经把归天剑送给凤辞了。"

凤辞茫然抬头，她什么时候把归天剑送给他了？

时笙当场掏出归天剑，塞到凤辞手中："送你。"

她守不住，凤辞这个大反派还守不住不成？

"凤辞，归天剑是什么，你应当比我清楚，把它交给我。"龙玦直视凤辞。

凤辞顿时将归天剑往身后一缩："她送我的，不给。"

他那呆萌的样子，哪里像个大反派，反而像个捍卫自己玩具的小孩。时笙扶额，反派大人啊，拿出你的威武霸气，上啊！我绝对不会拦着你！

"凤辞，你这些年在修真界做的事，上面皆有耳闻，你再这般恣意行事，定会招来天劫，你若是将归天剑交与我，也算是功德一件。"

"不需要。"

"凤辞，你这是在和整个仙界作对？"

凤辞掀了掀眼皮，平静的面容上露出一丝讥讽神色："你们不是早就想我死了吗？"

这么多年来，这些人无时无刻不在想着他死。因为他的火，会给他们造成伤害，他们恐惧。身为仙人，也是怕死的。

谈判失败，龙玦不敢和凤辞正面对上，只能眼睁睁看着凤辞带走归天剑和时笙。将归天剑拿回仙界是他的任务，他自然不会就这么算了。

龙玦既然留下了，和女主角相遇也是自然而然的事。

大比就要结束，时笙等的情节也上演了。她这次来这里肯定不是看戏的，谁没事会看一群人在上面戳来戳去又戳不死的无聊戏？她来这里，是为了找到当初给叶清秋下药、最后又诬蔑到原主身上的人。当然，时笙一开始并不确定这件事会不会发生，毕竟剧情已经改变很多。

然而并没有让时笙失望，那个人让她给逮到了。

"竟然是她。"时笙坐在枝繁叶茂的树上，垂眸盯着下方急急走过的人影。

凤辞不解地看着时笙，又看看下面的人："有仇？杀？"

杀杀杀，整天就知道杀，她不是那么血腥的人好吗！一刀就了结了，那有什么好玩儿的。

时笙没有阻拦事态的发展，她要看看这次楚凝又拿谁做挡箭牌……顺便推波助澜一下。

时笙恶意地笑了笑，找人去给楚夜传了个信，又把楚凝找来的人打包扔下了山。

叶清秋喝了被下药的茶，原剧情中叶清秋没和人“滚床单”，一是发现及时，二是有宗主帮忙，现在没有宗主的灵力镇压，那可就难说了。

楚夜很快就到了叶清秋的房间，进去后，没多大会儿里就传出奇怪的声音，也许是药劲太强，两人竟然在房间里待到大半夜。其间来过两个人，一个是楚凝，一个是龙玦。楚凝只听到里面有声音就离开了。龙玦应该是特意来找叶清秋的，但是一听到房间里面的声音，整张脸都黑沉下去，周身的气压低得吓人，他站了好一会儿才转身离开。

楚凝第二天天刚亮就带着几个缥缈宗的弟子到了叶清秋的房门外，估计是想捉奸，谁知道开门的是自家哥哥。

“哥……你……”楚凝指了指里面，又指了指楚夜，“你怎么会在这里？”

哥哥怎么会在这里？她叫的那些人呢？哥哥岂不是和……楚凝心底一阵恐慌，抓着楚夜的手：“哥，你告诉我，你只是早上过来的对不对？”

楚夜耳根子发红，一想到昨晚的事，他就心荡神迷，那种美好的滋味，永生难忘。而且，那还是他一直喜欢的女子。

跟着楚凝来的几个弟子哪里还看不出是什么情况，楚夜喜欢叶清秋也不是一天两天的事了，大家心知肚明，只是以前叶清秋对楚夜很平淡，没什么特别之处，怎么今天就睡到一块儿了？

“凝儿，这么早有什么事吗？”楚夜尽量让自己平静下来。

楚凝一看楚夜那样子，就知道昨晚和叶清秋在一起的肯定是他，顿时气得眼眶发红，死咬着下唇，也不知哪儿来的勇气，推开楚夜就往里面冲。

“叶清秋，你这个不要脸的女人，勾引我哥哥。”楚凝蛮横地冲进房间，带着哭腔叫骂，“真以为你当了宗主就不得了，你有什么好得意的，不要脸，也不知道使了什么手段才当上这个宗主的。”

叶清秋已经穿好衣服，本就阴沉的脸随着楚凝闯进来越发阴沉：“滚出去！”

“叶清秋你不要脸，我今天就杀了你。”楚凝如同被激怒的狮子，抽出随身的佩剑就要冲上去，那架势，好像恨不得把叶清秋五马分尸。

叶清秋眼中杀意肆虐，抬手一挥，楚凝就被无形的力量掀飞，砸在房间的墙角。

“出去。”叶清秋冷眼扫向跟进来的几个弟子，那几人瑟缩了下，快速退出房间，还顺手将房门关上了。

“妖女……”最先出来的弟子看到站在台阶上的人，下意识喊了一声。

“这么早，干什么呢？”时笙好奇地往他们后面瞧。

“关你什么事！”其中一个弟子梗着脖子吼。

“好奇嘛。”时笙无所谓地笑了笑，笑容里却满是恶意，“是不是你们宗主被人睡了？”

“你……”

“妖女，是不是你从中作梗！”楚夜那个小子宗主根本不喜欢，怎么和他……肯定是这个妖女做了什么，才让楚夜那小子爬上宗主的床。

“你没有证据，怎么能随便诬蔑人呢？”

众人气结，有证据那还叫诬蔑吗？

“要不要我告诉你们是谁做的？”时笙笑得不怀好意，“免费，不收你们报酬。”

众人不由自主地抖了抖身子，怒喝：“妖女，休得胡言乱语，你以为我们会相信你？”

“不相信啊，那算了。”时笙撇撇嘴，转身朝着站在树下的凤辞走去。

咦，妖女这就走了？你都还没开始挑拨离间，怎么就走了，回来啊！等等，回来做什么？砍死他们吗？

时笙并没有离开，而是和凤辞站在树下看着他们这边，几个弟子那叫一个心惊胆战。他们很想问，你们身为反派不是应该很忙吗？为什么还有时间站在这里看着我们啊？

房间中，叶清秋坐在床上，斜睨着被迫跪在地上的楚凝。楚夜站在两人中间，左右为难。一边是自己的妹妹，一边是自己的爱人……

“叶清秋你不得好死，有本事你杀了我啊！”楚凝声音都骂嘶哑了，“我做鬼也不会放过你，你这个贱人，勾引我哥哥……”

“凝儿，是我喜欢宗主的，就算是勾引，也是我勾引宗主。”楚夜脸色冷了几分。

“哥……”楚凝抬头，愣愣地看着楚夜，“我是你妹妹，你竟然帮着外人说话！”

“我——”清秋是他喜欢的人，怎么会是外人呢？

“够了！”叶清秋从床上站起来，俯视着楚凝，“你自己做过什么，你自己清楚，今天这个局面是你一手造成的。楚凝，我给你一次机会，滚出缥缈宗，再也不要出现在我面前。”

昨天她只喝过楚凝送来的茶，又这么巧，楚凝一早就来找她？哼，这里面没有猫腻谁信。

“不，我不走，我哥在哪里我就在哪里。”一听叶清秋要赶自己走，楚凝就慌了。

“由不得你，不走，就死。”叶清秋眼底闪过一丝戾气，她自然不会放过楚凝，不过，也不能在这里动手。

楚夜听得有些稀里糊涂，完全不知道她们说的是什么意思，但是瞧着自家妹妹那样子，心底也有些了然。

楚凝对他的占有欲他不是不知道，只是这样会给他省去很多麻烦，他可以不在乎她对其他人做了什么，但是叶清秋不一样，这是他喜欢的人。

“弟子会送凝儿走的。”楚夜对着叶清秋拱了拱手，眼神贪恋地看了叶清秋几眼，拉着楚凝就往外走。

“哥，你干什么？我不走，你放开我，放开。哥……你怎么能为了一个女人就抛弃我，我们相依为命的日子你都忘了吗？哥……你放开我，我求你了，你别赶我走，哥……”楚凝的声音渐渐小了下去。

楚凝最后还是被送走了，叶清秋面对几名弟子的质疑，敷衍地解释了几句，此事就此揭过。

“是你。”叶清秋看着迎面而来的人，眼底浮起一缕惊喜的光泽。

“呵……”龙玦讥讽地轻呵了一声，“叶宗主可真是让我刮目相看。”

叶清秋微微皱眉，心底有些慌：“公子何出此言？”

龙玦扯了下嘴角，大步从她身边过去。

叶清秋看着龙玦的身影消失在转角，心底很不好受，他怎么用那副表情看自己？那次他将自己从死亡森林带走后，传送符出了问题，将他们传送到一个奇怪的地方，她费了好大的劲，才将重伤的他带出来。两人相处的那几天，之前的隔阂也消失得差不多了，而且他重伤，所有事都是她在做，那个时候他明明对自己是有好感的。怎么这次见面……

楚凝离开后的第二天就传来她被杀的消息，楚夜对楚凝还是有些感情的，听到楚凝被人杀了，发了好大的脾气。

叶清秋让人将楚夜带下去，看着被盖住的尸体，满心疑虑。她明明将尸体扔了，为什么尸体会出现在这里？难不成有人看到她杀了楚凝，以此来警告她？会是谁……

叶清秋神色凝重地回了房，楚夜就坐在房间中，他看到叶清秋，眼眶隐隐发红，叶清秋心头一跳，站在原地没再前进。

楚夜却直接奔过来，一把抱住叶清秋："宗主。"

叶清秋僵了僵，确定楚夜不是发现了什么，才拍了拍他的后背："虽然她做了一些不好的事，但是你放心，我会替她报仇。"

叶清秋之前倒也不是不喜欢楚夜，只是觉得他的身份配不上自己，但是现在两人有夫妻之实了，也没什么好别扭……

等欢爱结束，楚夜趴在床上，累得眼皮都抬不起来。叶清秋却精神饱满，红光满面，她睨了已经睡过去的楚夜一眼，神色蓦地变得讥讽起来。她掐了个诀，床榻上忽地出现一条水龙。

炉鼎……用好了，指不定谁是炉鼎呢！这是她上次和楚夜完事之后发现的，本来她还差一点才能进入筑基大圆满，可是在和楚夜睡过之后，她直接跨过了那道槛。

水灵根是修真界公认的炉鼎，可她似乎不是被采的那个。她后来问了那个魔族，他告诉她是因为他的存在，所以她从被采的变成了采的那个。刚才她实验了一下，魔族说得果然没错。

叶清秋目光落在楚夜身上，再次覆身上去。

"听说又有人失踪了？"几名桐山派的弟子一边交谈一边下山。

"这是第几个了？师尊让我们暗中找，可是人多眼杂的，我们怎么找啊？我看啊，指不定就是那边那两个干的。"其中一个男弟子朝着远处的山峰努了努嘴。

"嘘，不想活了。"旁边的人立即打了那个男弟子一下，"这种话千万不要乱说，师尊说了，这事和他们应该没关系。"

"咦，为什么？"

"听师尊说，有两个人失踪的时候，他们都有不在场证明。"

"那万一是他们使了什么下作手段呢？"

"有道理，反正嫌疑最大的就是他们。"

等一群人走远了，一道黑影从大树后转出来，若有所思地盯着那几个人的背影。

龙玦登门造访，时笙一点也不意外，毕竟归天剑还在她手中，只是……叶清秋来干什么？嗯，桐山派掌门竟然也在，后面那些各派掌门不熟……啧啧，开大会吗？

宗门大比不办了，跑到她这里来开大会？批判大会吗？

时笙住的院子不怎么大，这么多人一站，立即就有些拥堵，偏偏这些人还拎着武器，越发显得院子狭小逼仄。

时笙站在门口，一脸不耐烦地挥手："大清早的堵我门口做什么，集体来请安啊，不用了，咱们不兴那些。"

众人："……"

"妖女，把人交出来，否则就别怪我们不客气！"某掌门大喝一声，将武器对着时笙。

"交什么人？"时笙一脸纳闷，她什么时候抢人了？

"炽焰门的穆晴、紫宸派的叶瑶……"一连五个人名和门派被人念了出来，"妖女，这些人不是你抓的？赶紧把人交出来！"

不管对面的人如何怒火滔天、义愤填膺，时笙都是一脸平静。等他们吼完了，她才慢吞吞道："不认识。"

"商殊，凤辞不在你身边，劝你还是把人交出来。"龙玦挥手示意其他人安静，"那些人都是无辜的女子，她们有什么地方得罪过你？"

时笙朝四周望了望，以前不会离开她十步远的凤辞还真不在身边……

"别找了，短时间内他不会回来的，商殊，把人交出来！"龙玦冷声道。

"人没有，命一条，要吗？来拿啊！"时笙眉眼一弯。

"妖女，今天老夫就替天行道，受死！"

"一起上，活捉妖女！"

一时间，各种法术不要钱似的往时笙身上丢，时笙身上的黑袍漾开一层白光，将那些法术屏蔽在外。

"是法袍！"

"她头上的都是法器！"

一阵叫骂声接连响起，之前没看她戴多少东西，这会儿众人才发现，她身上所有东西都是有防御性能的，小到一颗纽扣，大到衣裳。

他们这些人最多的是金丹修为，也有几个元婴，却没一个人能对时笙造成伤害，可见她身上的那些东西有多厉害，说不定不是法器……如果不是法器，那就是仙器……

在修真界，一个大门派有一件仙器都得供起来。

想到此，不少人眼红起来。

时笙身上的装备自然是凤辞给她弄的，这些年他抢了那么多地方，给她一套从头到脚武装到牙齿的装备，不算什么难事。

“又想抢我的东西啊！”时笙避开几个攻击，跳到屋脊上，神色嘲讽地看着下面的人，“你们不是看不上我吗？怎么着，还想学我干这种抢劫的事？”

杀人夺宝在修真界是家常便饭，抢输了这些人还不服气，编派抢赢了的人，而她抢赢的次数比较多，所以就有了妖女这个名头。

“你身上的东西，哪件不是抢来的！”

“哦，这么说，你身上的东西都是自己炼的？原来你这么厉害……真是失敬失敬。”

“你……”时笙嘲讽的语气让那人接不下去，只有那种家底殷实得令人发指的人说不定才从来没有抢过别人东西，普通人想要一件好的武器、保命的丹药，哪一件不需要抢？

就算他们这些大宗门之间，也会抢来抢去……

“废话少说，赶紧把人交出来！”这个话题不太好，于是有人又将话题绕回正题上。

“人不是我抓的，不过……你们若是想知道是谁，我可以告诉你们哟。”时笙拖长了音调，笑容满满道。

“怎么可能不是你……”

“就是，除了你，谁还会做这种事？”

这些人嘴上说着，但是脸上神情有些狐疑。这件事到底如何，他们其实也不清楚，只是听龙玦和桐山派掌门在说……

叶清秋心底一沉，仰头看向时笙。时笙正看着她，脸上的笑容怎么看都让人觉得讽刺，偏生那双眼睛……平静得如同一潭死水。

这个女人，必须死！

“商殊，你还想挑拨我们吗？”叶清秋上前一步，“她在拖延时间，大家不要上当。”

经叶清秋这么一提醒，众人如梦初醒，不管这件事的真相到底如何，她都做了那么多大逆不道之事，除掉她就是大功德一件。但若是凤辞回来了……那场面他们不敢想。

“我牵制住她，你们布阵。”龙玦飞身而上，朝着时笙攻击。

龙玦的修为比时笙高，时笙就算有一身顶级装备，也不过只是保护自己不受伤，想要伤到龙玦是不可能的。而龙玦也没有尽力，只是将时笙往院子中央逼。时笙看出他的意图，哪里敢往院子去，眼看就要离开，叶清秋突然出现在她背后，一掌拍上她的后背。时笙一个踉跄，龙玦乘机打出一道劲风，将时笙掀到地上。落地的瞬间，时笙像是触及什么，光芒大盛，将时笙笼罩进去，外面人影晃动。

果然还是修为太低了，时笙垂头看了眼身下条纹清晰、白光流动的阵法，略心塞。她咬破手指，在空气中画了一个血符，脸色有些发白，但是眸子里无半点惊慌，依旧是那般平静。画完最后一笔，光芒已经消失，她能清晰地看到外面的人，外面的人也能清晰地看到她。

"那是什么？"桐山派掌门惊诧地看着浮在时笙面前的血符。

阵法中的女子黑袍翻飞，一片肃杀中，她却安静得像是处于另外一个世界。她眼底的平静近似漠然，似乎他们做的这些，在她眼中，不过是一场可笑的独角戏。

时笙抬高食指，外面的人下意识屏住呼吸。

"今日之事，诸位可记住了。"时笙的声音透过阵法传来，有些破碎，他们却听得清清楚楚。

音落，她食指轻触血符，白色的阵法瞬间被染得血红。四周的景物一瞬间变得模糊、暗淡，失去光彩，只剩下静立在红光中的黑袍女子，世间万物寂静无声，似乎怕惊扰了她。红光从底部渲染开来，一切都变成慢镜头，遮挡住她的身形。

时笙缓缓地扯出一个讽刺的笑容，就在她视线快要被红光遮挡的时候，一道身影猛地朝她冲过来，接着，她眼前景象彻底陷入红光中。时笙撑着身子坐起来，胸口血气翻腾，噗地吐出一口鲜血。她擦了擦嘴角的血，冷嗤了一声："男女主角合力，果然天下无敌呢。"她明明有避开的能力，可是在那一瞬间，她感觉空气紧绷，身体僵硬了一秒，也就是那一秒，龙玦将她掀翻了。

还有那个阵法……竟然不惜用那么高级的阵法来对付她，还真是感谢他们看得起自己。时笙微微呼气，五脏六腑撕裂一般疼，她缓了缓，开始打量四周。这里是一个很奇怪的崖底，细细一条线，很深，四周长着奇怪的植物，正恶意朝着时笙舒展身姿。

时笙仰头看了一会儿，她现在修为尽废，最后那一招是从原主的记忆中继承的，那个血符可以将任何阵法的力量化为己用，以开启魔界的通道……不过代价，就是修为尽废。

是的，魔界。她是在魔界……终究还是按照剧情来了。

重点是，她现在要怎么上去啊？等等！她是不是忘了什么？凤辞！最后那个朝着自己扑过来的人，可不就是凤辞。

按理说他应该会被阵法反弹，但凤辞不是常人，说不定他也跟着来了。那阵法是有范围的，如果凤辞真的过来，应该就在这附近。时笙拖着不怎么好的身子，在四周转了一圈，最后在山崖的一株紫红色大花上发现了凤辞。他似乎昏迷了，趴在紫红色的大花上，双手垂在空中。

所以，现在是要她这个残疾人，去将那人从几米高的地方弄下来吗？她做不到啊！系统，她要金手指！这次真的不行了！玩脱了！

【是否使用系统商城？】

时笙："……"我要金手指！

【宿主，你有三秒的考虑时间，是否使用系统商城，倒计时开始，三、二……】

"用，用，我用！"

之前她见过的那个面板出现在眼前，时笙一眼扫过去，最终目光停留在名曰"飞毯"的商品上，2000积分。

你怎么不去抢啊！一次性道具竟然这么贵！

【是否兑换？】

不换。积分留着换宇宙战舰。她的理想是征服宇宙！时笙愤愤关掉商城，转个身，就从旁边的草丛中扒拉出一架梯子。

【……】所以，宿主到底从哪儿摸出梯子来的？

时笙将凤辞弄下来，感觉整个人都快瘫了，她是病人啊！

这些植物长得怪怪的，时笙也不敢在这附近停留，拖着凤辞找了个没有植物的地方，这是一块凸起的岩石，下面的空间还算大。

时笙将凤辞放好，一屁股坐在地上，哼哧哼哧地喘着气。

"喀喀……"时笙捂着胸口咳嗽了几声，嘴里血腥味弥漫，那感觉真的不好受。

【宿主，这次的事希望你引以为戒，男女主角身负强大气运，你不是这个位面的人，对他们动手，会受到很严重的惩罚。】系统冰冷的声音在时笙脑中响起。

"所以，为什么会有找男女主角报仇这个任务？"时笙盯着凤辞的侧脸，声音有些低沉。

【这是系统不可选择的……宿主你要谨记，不可直接对男女主角动手。】

时笙眼底极快地闪过一丝寒芒。吃了一次亏，她是会长记性的。

凤辞醒过来的时候，时笙正站在岩石外面，仰头看着上方。

"小殊……"凤辞看清她的身影，突然从地上一跃而起，闪到她身边，从后面搂住她，“幸好你没事。”

“喀喀喀……”时笙被抱了个措手不及，剧烈咳嗽起来，淡淡的血腥味在两人间流转。

“你怎么了？”凤辞放开时笙，转到她面前，“脸色怎么这么白？你的修为怎么没有了？是不是那些人……别怕，我帮你报仇，你想他们怎么死，他们就怎么死。”

时笙喘了一口气，余光扫到上面，脸色突然变了变，但还是说不出话，只能指了指上面。凤辞暗红色的瞳孔中满是担忧，时笙这动作让他很不解，略带迷茫地看着她。时笙胸口快速起伏了几下，突然拽着他往旁边一闪，随即传来一声重物落地的声音。时笙背靠着墙，凤辞因为惯性压在她身上，微凉的唇瓣正好碰到她的嘴角。

凤辞睁着一双大眼，长长的睫毛轻颤，两人的距离极近，能听到彼此的呼吸声。凤辞突然偏了偏头，在时笙的唇瓣上轻啄了一下，然后触电一般跳开，目光游移向旁边，耳尖微微泛红。时笙愣了一下，随后扯着嘴角轻笑，牵扯到内伤，她顿时苦了一张脸。

“扶我一下。”时笙气若游丝地冲凤辞伸出手。

凤辞面上染着红晕，小心扶着时笙，不敢看她。凤辞心底很忐忑，她会不会生气？她会不会离开自己？不管，她只能陪着他，如果她要离开自己，他就……凤辞突然有些迷茫，她真的要离开自己，他该拿她怎么办呢？如果是以前，他会毫不犹豫地将她关起来，可是……把她关起来，她一定会生气的，他不喜欢她生气，他喜欢她冲自己笑。短短几秒，时笙完全不知道凤辞内心已经转了好几道弯。

时笙正看着他们刚才站的地方，那里是两条交缠在一起的蛇。它们忘我地纠缠着，不时发出嘶嘶的声音，似乎完全没注意到，就在它们不远的地方站着两个人。

凤辞看到那两条蛇，顿时黑了脸，将时笙的眼睛捂住：“不许看。”

该看的她都看了，现在捂眼睛有什么用啊！

谁知道凤辞过来的时候，两条蛇突然就开始往下掉了。时笙听到噼里啪啦的声音，等她再次看到光，地面就只剩下一堆灰烬了。

“脏。”凤辞固执地挡住时笙的视线，“看我就够了。”

看……看你……虽然你长得挺好看，可看久了也得换换口味！而且两条蛇而已，至于吗，至于吗？！

时笙怕凤辞发病，憋屈地点了点头。

时笙不知道凤辞的力量她承不承受得住，所以不敢让凤辞给自己疗伤，只能自己慢慢调息。筑基后就不需要进食，吸收天地灵气就可以了，但是时笙现在没办法吸收天地灵气，必须吃东西。凤辞完全不知道什么东西可以吃，什么不可以吃，弄回来的东西，一大半是不能吃的，时笙那叫一个心塞。

时笙挑挑拣拣，最后也只找到几个果子可以吃。味道并不好，又酸又涩，时笙吃得都快哭了。

“要不你喝我的血吧？”凤辞蹲在时笙面前，小心地提议。

“血？”时笙咬着一颗青涩的果子，酸得整张脸都皱成一团，“我喝你的血干什么？”她不喝血！

“我的血可以让你的伤很快恢复，而且……”凤辞迟疑了下，看着时笙的眼睛，一字一顿道，“而且可以让你恢复修为。”

时笙咽下那酸掉牙的果子，大着舌头道：“你的血还有这功效？我怎么不知道？”剧情里没提这一点啊。难怪刚才他知道自己修为没了，也什么都没说。

凤辞脸上露出一抹笑意，往时笙面前凑了凑：“不然小殊觉得仙界的那些人为什么那么想我死？真的仅仅是怕我吗？”

时笙动作顿了下，感觉到他身上的那股悲寂，就像是……

“哦。”时笙垂了垂眸子，拿过一个果子继续啃，略带嫌弃道，“我不喜欢喝血。”

“可是我的血可以让你恢复修为。”虽然她没有露出那种让人讨厌的贪婪，他很开心，可是她如果不恢复修为，他怎么带她去报仇？

“乖，我不喜欢血。”时笙拍了拍凤辞的脑袋，“不劳而获不会有好下场的，我更喜欢凭自己努力得来的东西。”即便那东西是她抢的。

而且……就凭他刚才透露的信息，她要是真的喝了他的血，说不定她就得交待在这里了。最重要的是血这种东西，看看还成，让她喝？要命呢！

凤辞眼底满是欣喜，认真地问：“小殊，你会永远和我在一起对吗？”

“咳咳……”时笙被呛了满嘴的酸汁。说表白就表白吗？话题转得不要太快，刚才不是还在说喝血吗？

凤辞见时笙咳得厉害，有些无措地看着她，抿了抿唇，突然捧着时笙的脸，朝着她亲了过去。时笙被眼前放大的俊脸惊了惊，等她感觉唇瓣上有柔软的东西扫过、撬开她的唇齿才猛地惊醒，下意识要推开凤辞：“唔……”凤辞顺势将时笙抱住，她根本没什么力气，被凤辞紧紧禁锢在怀中。他的吻有些笨拙，因为时笙的反抗，他显得有些急躁，动作却依旧温柔。

“小殊，别动，我把我交给你。”凤辞的声音突然在时笙脑中响起。

时笙如遭雷劈。什么叫把他交给自己啊？喂喂……然而并没有时笙脑中闪过的各种小电影片段，她只感觉有一股温热从口腔滑入喉咙，顺着食道慢慢下滑。随着那股温热，她感觉身体像是被一股温和的力量包裹，凤辞已经放开了她，嘴角带着水光潋滟的光泽：“不要怕，放轻松。”

时笙来不及说什么，眼前就是一黑。陷入黑暗中的时笙，下一瞬，无数火焰形成道路纵横交错地展现在她眼前，而她就站在其中一条上。这是什么鬼地方？时笙试着伸手去摸那些火焰，火焰穿透她的手掌，没有任何感觉。

“打死他，他是个怪物！”

“别和他玩儿，他是个怪物。”

“他是个怪物。”

孩童稚嫩的声音从前面层层叠叠传来。

时笙往前面看去，一条火焰小道上，几个孩子正围着一个浑身冒火的男孩丢东西，那个孩子站在中间，一动也不动，任由那些带着棱角的尖锐物体砸在自己身上。转眼，他的额头和脸颊就挂了彩。殷红的鲜血顺着男孩的脸颊流淌下来，将他的半边脸都染成了红色，可他依旧一声不吭。那些扔东西的孩子似乎被吓到，一哄而散。

时笙走近他，他像是有所察觉，朝她看过来。时笙身形一顿，心底狐疑，他能看到自己？

“回家。”生硬的呵斥声在她身后响起，时笙转头就看到一个美妇人站在不远处，满脸厌恶地看着这边。

男孩垂下头，抹了抹额头上的血迹，一步一步走向美妇人，画面突然虚晃起来，一大一小两道身影就这么消失了。

“连你亲生父母都不要你了，你个怪物！”

“哈哈哈，你看他那样子，像不像被抛弃的宠物。要是你不是浑身冒火的怪物，说不定我们还能大发慈悲把你给捡回去养着。”

时笙转头看去，另一条火焰小道上，比刚才稍大一点的孩子抱着膝盖蹲在地上，目光空洞地盯着地面。

那些人奚落了一番，竟然又开始用东西丢他，也许他们的乐趣就是如此，身上一早就备好了东西，那是一颗颗被磨得非常尖的石子，正被他们一股脑地往男孩脸上丢。

“没人要的怪物……”

“没人要的怪物……”

一直安静的男孩突然站了起来，空洞的眸子里满是狰狞的恨意，他身上的火焰大涨，席卷向那几个人，其中两个跑得慢，被火焰沾上，瞬间惨叫起来，其余的人都被这变故吓到了，连滚带爬地跑远了。

怒骂声和哭叫声纠缠在一起，男孩奄奄一息地趴在地上，身上火焰肆虐，让他看上去像是在被烈焰灼烤。

画面再次转换，男孩已经长成少年，被铁锁囚禁在一方小天地里，神色不悲不喜。

“你可真是个怪物。”少年面前站着一个白衣飘飘的男人，他面上全是狂喜，“果然危险和机遇都是并存的，哈哈哈，本尊以后称霸仙界、一统各界指日可待。”

男人控制着一把匕首，在少年手腕上划开一条血痕，匕首还没划多少下就变成灰烬，男人脸色变了变，“你的能力竟然又增长了。”

男人掐了个诀，锁链哗啦啦地响起，少年面露痛苦地蜷缩成一团。

“怪物，下次再敢用火，有你好受的。”

男人取了血，狂笑着离开，他没有看到，后面的少年抬起头看他的目光，是那般冷……犹如寒冬腊月的池水，冰冻三尺。

时笙顺着那些小道走过去，看到了他的出生、成长、被厌恶、被嫌弃、被抛弃、被囚禁。最后……破茧而出。他成了仙界最特别的存在，谁都想杀了他，可谁都杀不了他。

时笙顿住往前的步子，平静的眸子里泛起不同寻常的涟漪。

“凤辞……”她低喃了一声，下一秒又嗤笑出声，眼底映着跳跃的火焰，嘴角微微上翘，勾勒出浅浅的弧度，可那笑容又不达眼底。

四周的小道蓦地消失，她站在一片无边无际的火焰中，熊熊燃烧的火焰让她觉得自己十分渺小，和她来到这个世界、睁眼的瞬间看到的火海一模一样。只是她此时感觉不到那种疼，有的只是一种很舒服的亲切感。

火焰如鱼遇水，源源不断进入她的身体，修复着她被损害的经脉，丹田处被火焰一层层包裹着，隐隐有金色的光从里面倾泻出来。

时间一分一秒过去。不知过了多久，丹田中金光乍泄，一股磅礴的力量瞬间充斥体内，如洪水一般在体内汹涌澎湃地游走。一颗圆润的金色珠子悬在丹田中，四周绕着一圈火焰，看上去就像金丹悬浮在火海之上，双方互不干涉，却又没有排斥。金丹！这就是金丹境界。

时笙睁开眼，看着蹲在自己旁边的人，突然咧嘴笑了笑，清浅的声音缓缓流转开："凤辞……以后，我会陪着你，直到你生命结束。"这是她唯一给得起的承诺。

凤辞呆愣了一瞬，眨巴了两下眼睛，随后心底涌出一层接一层的悸动，这是她第一次这么正面回答他。

"我也会陪着你，不管多久。"凤辞一本正经道。

时笙弯了弯眉眼，歪了歪头："你给我吃的是什么？"她不但恢复了修为，还突破金丹境界，而且……

时笙抬了抬手，一小片火焰呼啦出现。她能用凤辞的火焰了。

"我也不知道那是什么……"凤辞迷茫地摇头，"但是它很有用，以后不管你在哪里我都能找到你，也没人再能伤害你。"

时笙摸了摸心脏的位置，不知为什么，感觉凤辞喂给她的东西……融进了心脏中，也像是……灵魂。

"小殊，以后你都不能离开我。"凤辞伸手将时笙抱进怀中。可能是因为她身体中有了他的一部分，他不会再出现上次失控的情况，只是有时候还是会忍不住想要禁锢她，好在那点念头他能控制住。

时笙没有挣扎，任由他抱着。她虽然突破了金丹，可现在没什么力气，有种过度消耗的疲倦感，也不知是不是因为凤辞给她吃了那东西。

山中无岁月。

时笙和凤辞一直在崖底待到她突破大乘，因为那些火焰的存在，时笙修炼起来其实并不困难。大乘之后就是渡劫，这个完全看个人运气。

大乘之后，修为并不会再有明显增长，渡劫什么时候到，除了在渡劫之前会有提示，其余就一概不知，有的人到了大乘之后，几百年、几千年也没有等到渡劫。

渡劫是急不来的，时笙也只能放弃，和凤辞出了那个她不知待了多久的崖底。

外面一片荒芜，时笙把许久没上场的布丁放了出来。布丁哼哧哼哧的，不太乐意，但是被凤辞一瞪，就麻溜地变大了。

凤辞抱着时笙上去，完全没有要放开的意思。他和时笙在下面待了那么久，可是时笙百分之九十九的时间是在修炼，他除了盯着她看、赶跑一些跑到他们四周的生物，就再也没有其他事做。

此时能抱着时笙，他才觉得心底空荡荡的地方被填满，怎么可能会放开她。

魔界比时笙想象的大，以布丁的速度，飞了将近三天才飞出那片荒芜。

外面和修真界没什么区别，魔族也不是长得三头六臂，如果不是他们使用的法术是魔族特有的，乍一看是没办法和人修区分的。

按照从一些魔族人那里听来的消息，现在魔界封印还没破，叶清秋应该还在修真界。

“我们要怎么出去？”凤辞将下巴搁在时笙的肩膀上，语带疑惑。

“破了魔界的封印，不然我们还能怎么出去？”时笙随意道。

凤辞皱了皱眉，但也没说什么，她高兴就好，就算她要在魔界称王，他也会把王位捧到她面前。

魔界封印在一处湖泊，原主记忆中有当初魔族破解封印的方法，只是时笙没想到，她到的时候，魔族的人已经在布置了，而且还布置得差不多了……

“魔君，就差最后一步了。”魔族弟子恭敬又畏惧地看着站在湖泊前的男人。

男人一袭黑袍，上面绣着代表魔君的图腾，一头银丝随风飞扬，身姿笔挺，周身萦绕着一股生人勿近的冰冷压迫感。

魔界的魔君君无期。

君无期望着没有半分涟漪的湖泊：“人找到了吗？”

魔族弟子沉默了三秒，才僵着声音回答：“未曾。”

“继续找，翻遍魔界也要把人找到。”君无期目光中多了凌厉的寒光，最后一步，也是最重要的一步。

“是。”魔族弟子快速离开。

很快，整个湖泊就只剩下君无期一个人。

他盯着湖面，突然抬手卷起一条水龙，朝着林子甩去。

林子里蹿出一条火龙，和水龙相撞，砰的一声爆炸，湖泊中的湖水跟着晃动起来，犹如沸腾的开水。

君无期眯着眼，看着还未熄灭的火焰，他的水龙已经消失了，可那火龙只是被打散了形体……

这么简单的交锋，可以看出对方的深浅。

魔界什么时候有了比自己还厉害的人？

“既然来了，不妨出来。”对方既然没有下死手，证明不想和他动手。

从林子里出来的是一个黑袍女子，容貌艳丽，黑色的衣裙穿在她身上，丝毫不显暗沉，反而衬得她皮肤莹润如玉、目光湛亮。

她款款而来，嘴角含笑，可那双眼睛里无半分涟漪。

“魔君。”时笙笑着将空气中残留的火焰收回去，君无期的眸子眯得更厉害，心底对时笙越发忌惮。

他很确信，魔界没有这么一号人物。

时笙不动声色地将君无期打量了一遍，这个男人是魔界的魔君，同时也是……男配角。

君无期离开魔界，就遇到了前来查看魔界封印的女主角，两人自然顺理成章地勾搭上了。

女主角能那么快将魔界的事解决好，成功飞升，无外乎有君无期这个魔君帮忙。而此时正是君无期打开魔界封印的关键时刻，他需要一个人……

很不巧，那个人就是时笙。

“我不喜欢废话，我能帮你打开封印，但是你得答应我一个条件。”这个封印需要原主的血，至于原因，时笙也不清楚，约莫就是剧情需要?

反正世界不能用常理来解释。

“你能帮本君打开封印？”君无期一字一顿，念得极重。

这个封印，那么多任魔君都未曾打开，此时这个看上去年纪不大的女子，轻描淡写地告诉他，她可以打开封印……

虽然这完全不可信，可是一想到她之前露的那一手，君无期又有些动摇，也许她真的可以?

时笙莞尔一笑：“知道你不相信我，不过没关系，我可以先帮你打开封印，然后我们再谈条件如何？”

君无期没有别的优点，唯独重诺。

就算他不遵守承诺，对时笙来说也没什么损失，横竖她都是要出去的，现在不过是她占了主导权。

“好。”君无期也说不出什么狠话，毕竟这个女子的实力在那里摆着，那些收放自如的火焰让他有种很不好的预感，预感告诉他，不要招惹她。

时笙信步走到湖泊边缘，转头：“魔君，让你的人都准备好。”

“嗯？”

“你们不是在找我吗？”时笙扯了下嘴角，也不管君无期什么反应，撩开袖子划出一条血痕，鲜血滴入湖泊，氤氲开来……

君无期这才反应过来，连忙让隐藏在暗处的魔族出来，围着湖面开始施法。

时笙见差不多了，捂住手，迅速退出那些人的包围圈。几乎同时，凤辞出现在她身边，捏着她的手腕，紧张地问：“疼不疼？”

时笙随意地把伤口压住："不疼。"这点小伤，比起她之前受的伤，简直是九牛一毛。

凤辞制止她的动作，举着她的手腕放到唇边，舌尖从伤口上轻舔过，一股凉凉的感觉便从伤口处蔓延开。等凤辞将她手腕上的血迹舔干净，皓腕上已经看不到任何伤口，白皙如玉。

"没有下次。"凤辞将她的衣袖放下来，神色阴沉，"我不喜欢你受伤，自己弄的也不行。"

时笙："……"不割腕她怎么出去啊！

紫竹山，魔界封印的地方。

这里的竹子都是紫色的，据说是仙竹，整座山的竹子都是按照阵法栽种的，用以封印魔界。修真界的不少人正聚集在此处，其中领头的是缥缈宗和桐山派。

距离时笙失踪已经过去四百年，这四百年里，叶清秋再次将缥缈宗发展成修真界的第一修真大派，而且还是别人望尘莫及那种。

"叶宗主，我们难道就眼睁睁地看着魔族出来？"一个身穿青色道袍的男人看向被众人簇拥着的女子。

叶清秋面色冰冷，端着高冷女神的范儿，惹得不少人频频朝她看去。

"不然，林掌门还有何高见？"叶清秋轻启红唇，举手投足间带着上位者的气势，她现在已经是大乘境界，自然不需要看任何人的脸色。

林掌门尴尬地摸了摸头，他有高见，还用问她吗？

奈何人家是大乘大能，又是缥缈宗宗主，他也只能讪讪地退到一边。

叶清秋清了清嗓子，目光从在场的人身上扫过："这件事已经传给仙界，我们能做的就是尽量控制，等待仙界的人下来。"

四周的人面面相觑几眼，最后所有人表示同意。

魔族嗜杀，且骁勇善战，这些年修真界本就不如以前，他们哪里有能力去封印魔族。

嗡……剧烈的震颤声自前方传来，竹海沙沙响着，紧接着就是噼里啪啦的声音，竹子应声而倒，在一片倒塌的竹子上空，突然出现一个类似黑洞的东西。

时笙刚踏出魔界，就看到外面穿着各式道袍的人持着武器，戒备又紧张，背景是摇晃的紫竹，看上去颇有几分肃杀的气势。

这阵势，比她去桐山派参加宗门大比还要隆重。

时笙和凤辞走在前面，魔族的人跟在后面，远远看着，就像是他们带着魔族出来。

“商殊！”一声大喝让时笙顿了下，后面的魔族也不知怎么回事，齐刷刷停了下来。

时笙顺着声音看去，正是自带光环的女主角大人，此时正难以置信地看着她。她怎么会从魔族出来？当初参与围攻时笙的人，此时看到时笙，皆变了脸色。

她说的那句话——今日之事，诸位可记住了。没有任何愤恨，只是平静的一句话，却在他们心底扎根发芽，让他们惴惴不安。如今他们看到正主，那不安更被无限放大。

她回来了。

“哟，送上门来让我报仇啊！”时笙笑得颇为恶劣，目光从一溜熟悉的人身上扫过，“送上门的人头，哪儿有不收的道理。”

“你看着，我来。”凤辞冲时笙勾了下嘴角，“你说，要谁死？”

伤她，这个仇，他可一直记着。

时笙修长白皙的指尖从几个人身上掠过，声音被风吹到那边的人耳中：“这几个。”

时笙的指尖刚掠过，被点中的人身上就燃起了火焰，惨叫声接连响起，直到一个人倒地，其余人才惊恐地后退。

空出来的场地上，四个火人在地面上翻滚，发出痛苦的号叫，朝着站立的人伸出求救的手，然而没有一个人敢伸出援救之手。

“还有吗？”凤辞没有一下就烧死那几个人。

“暂时没了。”时笙摇头，不是没有了，只是她没看到剩下的那几人，估计是没来。

“商殊，你竟然堕落成魔！”叶清秋深恶痛绝地盯着时笙。

时笙不以为然地撇撇嘴：“反正都是你在说，你开心就好。”

叶清秋：“……”

这让她怎么接？时笙反驳还好，自己还能大义凛然地质问，偏偏时笙一副“随你怎么说，你们爱怎么想就怎么想，我一点也不在乎”的表情……

“你们——”时笙偏头看向身后的魔族，“站着干什么？等着他们在你们面前自杀？封印久了把脑子都封印傻了？”

这下好了，她成了魔族代言人，不收点利息，怎么对得起代言人这个称号？

魔族像是被点醒，大吼着冲向那些人，两方人马混战成一团。时笙不时指挥一下魔族，那些魔族也不知怎么的就听了。那场景看上去，还真像是时笙在带领魔族。

而还在魔界的魔君接到线报，俊脸抽搐了好几下。这女人狐假虎威起来，还真是不客气啊！他这个魔君还在呢！

魔族和修真界的人修第一次交锋，以时笙不要脸的指挥法获胜，逼退了那些人，魔族霸占了紫竹山，将其作为自己的根据地。

时笙功成身退，深藏功与名。

离开紫竹山，时笙带着凤辞横扫当初参与过围攻她的门派，搅得整个修真界人心惶惶。所谓前院失守，后院起火，说的就是现在的状况。魔族准备大肆进攻，自家阵地却被时笙搅得人仰马翻。

时笙想去看看玉箫，最后一站自然是缥缈宗。她到的时候，缥缈宗不知从哪儿接到消息，全副武装地等着她。嗯，很好，这架势很符合她的排场。

“师叔！”

时笙刚摆好霸气的pose（姿势），还没来得及说台词，就被一道声音给打断了，一个身着紫色道袍的女子从山上冲下来，将站在前排的弟子给挤开：“师叔，真的是你，你总算回来了，我好想你！”

林一一张开双臂，飞奔向时笙，眼看就要抱住时笙，凤辞哼了一声，抬脚就要踹。时笙拉着凤辞往后退了一步，林一一扑了个空，身子踉跄着和时笙错开，到了她后面一点的位置。

林一一转过头满脸委屈道：“师叔，你都不抱我了。”

“师叔，你是回来看我的吗？”林一一自顾自委屈了一下，立即转移话题，“师叔，这么多年，你去哪儿了？听说你已经是大乘境界的大能了？师叔好厉害……”

据林一一说，当初宗门大比，他们天尽峰也是要去的，但是叶清秋以宗门内不能无人镇守为由，将玉箫和他们都留下了。

所以，他们才错过了和时笙见面的机会。

第七章　另类修真（下）

因为有熟人，这架是没打成的，时笙被林一一请进了缥缈宗。

一些人就算面露愤怒，却也不敢说什么，叶清秋不在缥缈宗，林一一如今又是天尽峰峰主的亲传弟子兼峰主夫人，他们哪里敢招惹？最重要的是，他们干不过！好吧，就算干得过，林一一转眼就会带着天尽峰峰主来找麻烦，简直是将不要脸的精髓发挥到了极致。

"师父竟然走了？"这是时笙完全没料到的结果。

玉箫已离开缥缈宗，如今的天尽峰峰主是白琅。

"嗯，当初你的事传来，师尊就离开了，一开始师尊还会传消息回来，后面就没了消息。师叔，当年在桐山派到底发生了什么？为什么那些人说你在练邪功？"

练邪功？时笙挑眉："和我说说，他们怎么说我的？"

当年她用那个方法离开后，龙玦和叶清秋不知怎么就闹了起来，两人还打了一架，后来龙玦离开回了仙界，叶清秋也回了缥缈宗。关于时笙的流言，也是在那之后传出来的。说她抓了水灵根的女弟子在练什么邪功，后来被人发现，各大宗门围剿之下，竟然被她跑了。当时还有不少人满世界找她。

"叶清秋和龙玦打了一架？"

男女主角竟然干了一架，看来当初她想让男女主角相杀相恨也不是做白日梦嘛！

"嗯……"林一一抓了抓下巴，"我也是听从桐山派回来的人说的，好像是为了楚凝……具体的不清楚。”她连龙玦是谁都不知道。

不是，师叔，你的重点不对啊！

楚凝……当初时笙把叶清秋扔掉的尸体给扛回去，可是费了不少力气。她也只是想给叶清秋添添堵，没有想利用楚凝做什么。后来到底发生了什么，竟让龙玦和叶清秋因为楚凝干架?

从林一一口中，时笙知道了不少事。

比如这些年叶清秋身边有不少男修，且还都和叶清秋有那种关系。现在缥缈宗的男弟子，都以爬上叶清秋的床为目标。只要和叶清秋扯上关系的男修，他们的修为都比普通弟子要高上许多。

再比如，白琅娶了自己的徒弟林一一……

“楚夜呢？”

“楚夜？”林一一皱了皱眉，像是在回想，好一阵才道，“楚凝的哥哥楚夜？他都死了三百多年了……说起来，死得也挺惨的。”

作为女主角的第一个男人，就这么死了?

“当时叶清秋还因为这件事对缥缈宗进行了大清洗，除了我们天尽峰……”林一一突然顿住，震惊地看向时笙，“她当初是在借由此事排除异己……”

难怪当时师父不让她出去，也不让她多打听这件事。

这些年，林一一也经历了不少事，想法自然和以前不同，看得也更透彻了。

时笙拍了拍林一一的肩膀，手刚落下，就感觉旁边一道冰冷的视线射来，时笙手一顿，不着痕迹地收了回来。

玉箫不在，时笙和白琅见了一面，从他口中得知，玉箫可能已经去仙界了，时笙也不再多待。

仇也报了，一时半会儿飞升不了，时笙只能坐着布丁去观看魔族和人修打架。这种大战很难见，不过要是能发展成仙魔大战，肯定更好看。

时笙暗暗琢磨有什么办法能让仙魔大军打起来，然后她可以把仙帝干掉，再推凤辞上位。以凤辞的武力值，单挑整个仙界应该没问题。凤辞在仙界招摇过市这么多年，仙界的那些仙不也拿他没办法？所以由此推断，他的武力值是可以单挑仙界的。

“他们有什么好看的？”凤辞坐在时笙对面，双手捧着她的脸蛋，迫使她和自己对视，“我长得不好看吗？你要看他们……”

“我不好看吗？”凤辞固执地问，身上隐隐有火光跳动，时笙感觉自己突然对凤辞生出一股亲切，想要靠近他……

而她也确实这么做了，她直接扑到凤辞身上，动作太突然，扑得凤辞往后一仰，如果不是布丁够大，两人此时已经摔下去了。凤辞手忙脚乱地扶住她的腰，让她趴在自己身上。时笙扑完才回神，脸颊贴着凤辞的胸膛，耳畔是他略显凌乱的心跳声。

刚才她怎么了？时笙恨不得扇自己两巴掌，快速撑着他的胸膛翻身坐到旁边，凤辞迷茫地坐起来："小殊不喜欢我抱你吗？可是我很喜欢抱你啊……"

时笙转过头，不看凤辞。凤辞无辜地眨了眨眼，见时笙又将目光落在下方，心底顿时涌出一股戾气，一连串的火球铺天盖地地砸向地面。地面上交战的人和魔族受到了不分敌我的伤害，伤害值成倍往上翻，站得比较远没有受到伤害的齐齐往天上看，只看到一团团乌云，其余的什么都没看到。

所有人都是满肚子疑惑，这火球哪儿来的？怎么敌我都不分？

"你干什么？"时笙回头。

"他们不好看。"凤辞哼了一声，"长得丑，实力还差，不能保护小殊，只有我可以。"

"我知道你最好看，我不看了成不成？"时笙无语扶额，朝着凤辞的方向挪了挪，心底很无奈。

凤辞满意地点头，将准备甩出去的火球收了回来。时笙眯着眼看着他的动作，凤辞使用那些火焰的时候，她心底就会有一种很强烈的渴望，希望能靠他近一点……更近一点……这种被牵制的感觉，时笙只觉得有些无奈，却没有不喜和厌恶。如果放在以前，她的第一反应应该是弄死凤辞，以绝后患。她不喜欢主权掌握在别人手里。可是现在，她想的竟然是顺其自然……

时笙低笑了一声，主动靠近凤辞，找了个舒服的位置窝着，背对着凤辞，他看不到自己的目光，自然也不知道她在看哪里。

"我们来这里做什么？太脏，我抱你吧。"凤辞不等时笙反对，直接将她抱了起来。

时笙叹气，搂着他的脖子，指挥他往前走。

这是紫竹山外的一处林子，里面瘴气丛生，很多蚊虫飞蛾，脚下还铺着一层厚厚的落叶，腐败之后散发出难闻刺鼻的气味。

时笙来这里，自然是来看女主角的。

叶清秋会在这里得到一个传承，是一种很厉害的功法，在后期能和凤辞正面对上，那个金手指就是作者专门用来对付凤辞的。作为反派联盟的一员，时笙自然不会让叶清秋得到那个传承。

具体位置时笙不知道，所以她只能在这个时间段来找叶清秋。

“前面有人。”凤辞提醒时笙。

前方是一个小土坡，七歪八扭地长着一些杂草。

凤辞甩了个结界出来，抱着时笙往小土坡上走。

两人站在小土坡上，下面的场景看得一清二楚。但是下一秒，时笙的眼睛就被捂住了，脑袋还被摁到了凤辞怀里。小土坡下面的场景少儿不宜。

女主角脸上有伤，一条狰狞的伤疤从左脸斜拉过鼻梁，在右脸嘴角的地方收尾，脸色发白，看上去犹如厉鬼。但是随着男人在她身上驰骋，她脸上的伤竟然慢慢开始消失，变淡，最后连痕迹都没留下。

不知道过了多久，等时笙被凤辞放开，下面的人都已经穿上了衣服。时笙捧着脸蛋，漆黑的眸子眨巴了好几下。她刚才看到的叶清秋，脸上有那么长一条伤口，看上去也很虚弱。这和男人翻云覆雨一番，就好了？哎哟，叶清秋练的不会是传说中的“采阳补阴”吧？

“宗主……”男人小心翼翼地看着叶清秋，生怕惹她不高兴。

叶清秋扫了他一眼，拿出一个瓷瓶扔过去。男人一喜：“谢谢宗主。”

“没有下次。”

男人面色微僵，紧了紧手中的瓷瓶，恭敬又谦卑道：“宗主放心，不会有下次，弟子一定会服侍好宗主。”

叶清秋没说话，抬脚往林子深处走。她在那边发现了一个地宫，直觉告诉她里面有好东西，可是她还没拿到，就被里面的守护兽给重创，她不得不退出来。

时笙尾随叶清秋到了地宫，看来叶清秋就是在这里得到传承的。不过……和剧情有了差别，原本叶清秋很容易就得到了传承，可看她现在的样子，并不轻松啊！

时笙对传承什么的没兴趣，所以一直等叶清秋走到最后，接收传承到一半的时候，突然出手打断了传承。叶清秋面前的虚影晃了晃，下一秒就被一个火球烧得干干净净。被打断传承，叶清秋受到反噬，狼狈地吐了好几口血。

“商殊！”叶清秋狰狞的脸上盛满了愤怒。又是商殊，这个女人就像她的克星，每次这个女人出现，自己必定讨不到好。

“叶宗主。”时笙眉眼一弯，笑眯眯地叫着叶清秋的名字，但是下一秒——“阿辞，杀了她。”

不让我动手是吧！我不动手就是了！

凤辞身后猛地蹿起老高的火焰，一支支火箭从火焰中飞出来，直逼叶清秋而去。叶清秋没有能力闪躲，只能眼睁睁地看着火箭以迅雷不及掩耳之势朝自己射来，她不甘地瞪着时笙，凭什么这个女人一副看戏的样子，凭什么……

看着叶清秋被无数的火箭淹没，时笙心底一点也不轻松，没有看到叶清秋的尸体，她绝不认为女主角会轻易挂掉。

就在此时，叶清秋所站的地方泻出一道耀眼的光，那光含着极大的力量，让人不寒而栗。凤辞脸色微变，第一时间将时笙抱住，甩袖打出一片火箭后，带着时笙迅速往后退。

地宫摇晃，碎石飞溅。轰——时笙和凤辞刚退出地宫，地宫入口就坍塌了，站在外面等叶清秋的男人被里面的气流震得飞了出去。

轰隆隆！天空突然传来雷鸣，时笙抬头看去，只见密林上方乌云密布，似有千军万马奔腾而来，声势浩大。

“她要渡劫了。”凤辞脸色沉了沉，“不好杀了。”

她当然知道不好杀了。时笙有吐血的冲动，剧情君才是女主角的真爱！没了传承，女主角直接就渡劫！

“我把雷劫引给你，你渡劫。”凤辞突然拉着时笙往空中飞。

什么叫把雷劫引给她？这玩意不是一对一绑定式的吗？还能更换对象？时笙拉住凤辞：“不需要，让她渡劫。”

凤辞不解，眼底满是迷茫：“为什么？”

为什么？她要怎么解释？这是女主人公的东西，他上去抢，不死也得掉层皮好吗？抢夺别人的雷劫这种事，她听都没听过，就算凤辞有办法，那也肯定会付出惨重的代价。她那被狗啃得七零八落的良心，还没有失去功效。

叶清秋渡劫绝对非常壮观，远处的战场都被这变故弄得喊了中场休息，不少人往雷劫的地方飞，想看看谁在渡劫，到了地方却只看到一黑一白两道人影站在树尖上，渡劫之人却没出现。但是那手臂粗的紫雷一道接一道劈下，证明渡劫的人是在这里的。

魔族的人来得较慢，来的却是魔君，他一眼就看到格外醒目的两人，目光闪了闪，飞身落到时笙旁边的树冠上。

时笙看了他一眼就收回了视线，倒是凤辞有些跃跃欲试，想要放火烧君无期。

时笙没开口，凤辞也只能心底想想，或者琢磨等时笙看不到的时候动手。

“商姑娘，不知有没有兴趣加入我魔界？”

时笙又将视线转回君无期身上，若有所思道：“魔君是看上我哪里了？”

她当初和魔君的条件很简单，他以后若是遇到叶清秋，不可伸援助之手。

按理说，他们已经银货两讫，就算君无期毁约，对时笙也没多大影响，不过是多个敌人罢了。这君无期怎么忽然邀请她加入魔界了？脑子被雷劈了？

“商姑娘很厉害。”君无期这声赞赏没有任何掺假。

他特意查过她的来历，四百年前缥缈宗天尽峰的弟子，后来脱离缥缈宗，在修真界十年，名声盛大，人人喊诛，之后不知何故失踪，最后却出现在魔界。

最重要的是，她的修为，至少在大乘……这样一个人，他有什么理由不邀请她加入魔界？

“我也知道我很厉害，然后呢？”

“……”你这么不谦虚，完全没法聊！君无期掩饰性地咳嗽了一下，“商姑娘若是加入魔界，我许你一人之下、万人之上如何？”

一人之下万人之上？啧啧，这魔君也是下血本了啊！这是看上她哪里了？美貌？能力？一定是美貌，女配角的容貌那都是一等一的，就是为了映衬那句“蛇蝎美人”，所以商殊的容貌绝对是不差的。

没想到魔君竟然是这样的魔君。时笙脑补完，调整了下面部表情，一本正经道：“魔君，多谢你的抬爱，不过我对一人之下万人之上没有兴趣。”她顿了顿，突然咧嘴笑了起来，“我的目标是星辰大海……咯……是仙界的那个位子。”

君无期听完前半句，以为她是那种不喜约束的人，谁知道她下一秒就甩出这么一句，身子一歪，差点从树冠上掉下去。这女人好大的口气！不过……他喜欢！

“想必以后我们有合作的机会。”君无期笑得意味深长。

时笙眨巴下眼，和君无期合作？这个男人城府老深了，她才不和这种整天阴谋阳谋的人待一块儿，指不定什么时候就被吃了，还是不吐骨头那种。

时笙含糊地应了一声，君无期假装没看出，留下让她有事可以找他的话，回到了魔族的地盘。

“你要去仙界？”君无期一走，凤辞就开口，“你喜欢仙帝的位子？”

是为了你，为了你知道不！

“小殊喜欢，我会送你的。”凤辞认真道，“就算你要做五界之主，我都会捧到你面前，你只需要站在我身边，看着我就足够了。”

时笙：“……”都是套路，都是套路，都是套路！

“不是六界？”还有一界被吃掉了？

凤辞疑惑地眨了眨眼：“人、仙、魔、妖、鬼……只有五界啊。”他应该没有记错，哪里还有一界？

“神界呢？”神界哪儿去了？神仙神仙，神和仙是不同物种啊！

“小殊……你不知道吗？”凤辞的表情有几分古怪，“神族在上古时期就陨落了，早就没有神界了。”

哎？背景设定是这样的吗？时笙努力回忆了一番，发现剧情中根本就没提及神界，女主角的征途在仙界那里就终止了。

神族都没了？魔族还在？这背景设定有毒！

时笙和凤辞探讨历史问题的时候，叶清秋已经渡完劫，金光穿透乌云照在她身上，似有缥缈仙音响起。

叶清秋随着仙音出现在半空中，身上有些狼狈，却完全不影响她的气质，她就像仙界的那些清冷矜贵的仙女，高抬下巴，睥睨世界。

“宗主，是宗主！宗主渡劫成功了！”缥缈宗的弟子最激动。

“啊啊啊，宗主飞升了，宗主好厉害，宗主万岁。”

其余的人虽然猜到可能是叶清秋，但是亲眼看到后，还是有些硌硬，一个女人领着一个败落的缥缈宗站在他们头顶不说，现在还飞升了……他们那些老祖宗，盼星星盼月亮都盼不来渡劫。偏偏人家才进入大乘期没多久就飞升了，你说气人不气人！

叶清秋立在半空，视线从下方的人身上扫过，最后落在时笙身上，眼底极快地闪过一丝杀意。她现在是仙，她就不信还杀不死商殊这个女人。

“所以说，神界干不过魔界？这也太弱了——”

“她要动手了。”凤辞冷不丁冒出一句，打断了时笙的话。

时笙抬头看向叶清秋，就在她抬头的时候，叶清秋动了，半空中突然失去叶清秋的身影，等叶清秋再出现，就是在时笙半米远的地方。两道弧光从叶清秋的方向疾射过来，压迫的气势瞬息而至。

凤辞眸子微眯，火墙将时笙挡在后面，弧光撞击到火墙，反弹回叶清秋的方向，叶清秋脚尖一点，身形升高，避开了那两道弧光，身子微微一闪，落到了时笙后面。

同样的弧光再次疾射而出，只是这次掺杂了一些黑气……

轰——雷声突兀地响起，十几道雷电从天空中落下，其中半数冲着叶清秋去。只有两道落在凤辞的火墙上，火墙虽没有被劈开，但是覆盖的火焰像是被压制了一般，火苗萎靡不振。

时笙莫名其妙地看着劈叶清秋的雷电。这是遭报应了？

【宿主，是否购买道具避雷针？】系统突然蹦出来。

什么玩意？平白无故要她买什么避雷针？被劈的不是叶清秋吗？

【是否购买道具避雷针？】

系统尽职尽责地询问了第二遍。

此时雷电已经消失，时笙抬头看了看天，晴空万里，刚才那雷哪里来的？叶清秋渡劫的时候没缓冲完的？她买个避雷针来做什么？插头上吗？

“刚刚怎么回事？不是已经渡劫完成了吗？怎么还有雷电？”

“不知道啊，这情况闻所未闻。”

“那雷电比之前的粗，你们发现没有？而且……我感觉那威力好像也更厉害，站这么远我都感觉很不舒服。”

“前面有好几个人被震出血了……”

“什么？这么厉害？这是什么雷？难不成叶宗主要晋升神族？”

“开什么玩笑，神界早就没了，怎么晋升神族？”

那人的话引起了不少人的嗤笑。

说话的那人不过是随口一说，此时被人这么奚落嘲笑，顿时来了气，和那些人吵起来，眼看吵架就要演变成打架。

就在此时，光线突然一暗，万里晴空被厚重的乌云覆盖，不过眨眼的时间，那些乌云就像凭空出现一般。

时笙万万没想到那些雷是冲自己来的，在乌云出现的瞬间，凤辞就被一股无形的力量弹飞。而在凤辞被弹飞的瞬间，十几道雷电同时从天上落下，毫无预兆。这些雷电比叶清秋渡劫的那些大了一圈不说，叶清秋是一道一道地劈，时笙是十几道一起劈！这些雷电根本就不能避开，只有让它劈到，它才会消失。之前出现的那十几道，明显是来清场的！时笙总算知道系统问她要不要避雷针的用意了！

可是，为什么系统没反应了？她要买避雷针。

从外面看，时笙所在的区域被一片紫光笼罩，根本看不到里面的人。声音没有叶清秋渡劫的时候大，但是在场的人都感觉到了，那威力绝对比叶清秋渡劫的时候大许多，所有人都往后撤了一段距离。君无期和魔族的人也往后撤了一段距离。

“魔君，这雷劫有些不对劲。”其中一个年龄较大的魔族很有见地地道，“商殊和叶清秋同是大乘境界，叶清秋渡劫的时候，威力已经比普通人大许多。按理说，商殊渡劫比之叶清秋没有这么厉害才是。可这威力明显不减，反而翻了倍，难不成她是有什么大运之人？”

都知道身负大运之人是受天道眷顾的，但是因为承了天道的眷顾，所以这种人渡劫的时候也比普通人更难。所谓你得到一分，必然会付出一分。天道不可能平白给你大气运。

君无期没办法接话。

和魔界这些人想法差不多的有很多人，但一想到时笙做过的事，那些人的脸色就非常精彩。老天这是眼瞎吧？这种人竟然还能身负大气运？

叶清秋回到缥缈宗所在的地方，听到那些人在讨论时笙，本就阴沉的脸越发阴沉。她刚渡完劫，那个女人就跟着渡劫，而且威力还比自己大……

一些弟子见叶清秋脸色不好，顿时不敢出声，低眉垂眼地往后退。

就连经常跟着她的男修都不敢吭声。

"风头都被抢光了。"

"闭嘴！"叶清秋恼怒地在脑中咆哮。

"小丫头，你可别忘恩负义，刚才要不是我帮你，你以为你能成功渡劫？"那声音阴阳怪气道。

刚才渡劫的时候，叶清秋差点就死了，因为她修的本就不是正道，天道怎么可能会承认她。

"如果不是你，我怎么会变成如今这样。"叶清秋心里涌出一股无名的怒火。

"你这小丫头不识好歹，当初你掉到悬崖下，要不是和我契约，你以为还能活着？我给你续了命，你就得帮我。后面的路也是你自己选的，我逼过你？"

叶清秋语塞。她紧了紧手，目光森寒地盯着雷电密集的天空。这一切都是商殊的错，是她杀了师父，否则自己怎么会经历那些。

"小丫头，她若是渡劫成功，你想要对付她，可就更难了。"

"你有什么办法？"叶清秋有预感，如果商殊不死，自己就算去了仙界也不会太顺。

"我连肉体都没有，能有什么办法。"

如果他有肉身，说不定还有办法，可是没有肉身，那是真的没有办法。

叶清秋咬牙，难道真的只能看着商殊渡劫成功？不！渡劫也有失败的，不是吗？这雷劫的威力这般大，商殊说不定熬不过去呢？叶清秋在心底安慰自己，死死地盯着天空。

缥缈宗的弟子只感觉四周的气压越来越低，纷纷往后退。

在场的人中，唯一担心时笙的就是凤辞。就算他很厉害，这雷劫他也是无法靠近的，只能紧张地盯着那片完全看不到人影的雷电区。雷电连片落下，一直没有中断，证明里面的人还活着。

这雷劫持续了整整一天，景象绝对是没人见过的。

雷劫停止，被劈成黑炭的时笙从空中坠落，凤辞第一时间冲过去将时笙接住。

“小殊。”凤辞声音都在发颤，早知道渡劫这么难，他就不让她渡劫了，就算和她一直待在修真界他也愿意。

时笙整个人都黑乎乎的，身上的衣服也被劈得破破烂烂，头发焦黑，还一根一根竖着，那形象别提多糟糕了。

“阿辞，”时笙非常虚弱地睁开眼，“快给我换衣服。”她现在的样子，她自己都不想看。作为一个反派，绝对不能这么狼狈！

凤辞提着的一颗心才落下去，她还有心思担心自己的形象，证明没事。凤辞快速给时笙换了一身衣裳，又用法术将她的头发清理干净。

做完这些，天空才迟迟传来缥缈的仙音。在仙音响起的瞬间，时笙就感觉自己满血复活了。

要了她半条命，系统竟然都不提醒一句，一个劲让她买什么避雷针，它是算准了自己不会买吧？绝对是故意的！

【宿主，是你自己不听我的话。】怎么又是它的锅？没事它会出来吗？这宿主简直是不分青红皂白，它要换宿主！

“行，我不和你说这个。你说说，我渡劫这阵仗，是要弄死我吗？”叶清秋渡劫都没有她这么严重，怎么到她这儿就跟上了发条停不下来似的？

别说什么雷劫威力越大，后面越是前途无量。就她自己那心境，她还不知道几斤几两？天道除非是想毁了这方世界，否则绝对不会给她开什么后门。

【宿主不是这个世界的人，本就不为天道所容，天道是在驱逐你。我只能在雷劫还未开始的时候提醒你，一旦雷劫开始，我就无法和你联系，这就是天道的力量。】

一个世界有一个世界的规则，如果它随意破坏，那么这个世界很容易就会崩塌。

【宿主……】系统迟疑，【你能告诉我，你是怎么扛过雷劫的吗？】

它当时都以为宿主会任务失败，已经准备好迎接宿主回归了，谁知道宿主竟然扛过来了。

“想知道？”

【想】

“我不告诉你。”

【……】它就知道是这样，回去它要给宿主来个全身体检!

它就不信查不出宿主身上到底有什么bug（漏洞）!

不但系统好奇时笙是怎么扛过的，就连凤辞都很好奇，他一开始还能感觉到她并不好受，但是很快那感觉就消失了……不过时笙不说，凤辞也不问，她在他身边就足够了。

渡劫成功者，只能在修真界停留一天，之后就会有接引之光出现，如果错过接引之光，那就再也没办法去往仙界。当然去了仙界之后还是可以下来的，这就像是必须在指定的时间去往仙界，将自己的身份信息让仙界记录下，以后才能自由出入。

时笙渡完劫，叶清秋已经走了。所以，杀叶清秋什么的，又落空了。女主人公打反派的时候，觉得反派总是打不死的小强，可是打女主人公的时候，何尝不是同一个道理，都是打不死的小强。

“怎么没把她劈死？老天真是不开眼！”

“其实也不是一件坏事，至少她去祸害仙界了，不再祸害我们。仙界那么多人，还怕她一个刚飞升的？”

“你这么一说，也挺有道理的……可是万一她不待在仙界怎么办？”

“……”

乌鸦嘴!

下方的人讨论得厉害，魔界的人却乘机开始偷袭，很快讨论声就变成咒骂声和打架声。

时笙和凤辞找了个地方待着，等待接引之光。

“仙界有什么好玩儿的？”时笙有一搭没一搭地问着。

“没什么好玩的。”凤辞摇头，随后目光灼灼地盯着时笙，“有你在的地方，对我来说都好玩儿。”

能不能申请屏蔽凤辞的撩妹技能!

“你在仙界都有哪些敌人？”她还是先打听敌情吧！干正事要紧!

凤辞歪了歪头，无辜地眨眨眼：“太多了，记不住。”

太多了……记不住……不住……住……这声音就跟余音绕梁似的，在时笙耳边一个劲徘徊。

“在仙界你有没有朋友？”时笙换了个委婉的问法，“或者说，对你没有敌意的。”

凤辞依旧呆萌脸：“没有。”

很好，那就是说，全仙界都是敌人！她要和全仙界为敌了，想想……还是蛮兴奋的！

人魔大战进行得如火如荼，时笙和凤辞在接引之光出现的时候直接飞升。下面的人除了魔君有心情围观她飞升，其余的人都忙着互砍，顶多是用余光扫几眼。

“商姑娘，魔界的大门会一直向你敞开。”

回应君无期的是铺天盖地的火焰，君无期略显狼狈地避开，但是他身边的几个魔族可就没那么好运了。

天空隐隐有声音落下。

“阿辞，你怎么又放火？”

“他想抢你。”

“那你怎么不把他烧死？”

“他躲得太快，我回去把他杀了……”

君无期身子颤了颤，他就说一句话而已，至于对他下黑手吗？他仰头看着天空，那两个人被接引之光笼罩，身形朦胧，呈直线上升，并没有真的返回来杀他。

君无期暗自松了口气。想他堂堂魔君……算了，还是打架吧！

飞升台。

此时聚集了不少仙界的人，下界的人飞升，对仙界来说可是一件大事。要知道仙界最缺的就是仙。此次竟然降下两次雷劫，证明有两个人飞升，这简直是仙界有史以来第一次遇见这样的事。

“紫华仙君，可算出是谁了？”

不少人围着一个容貌颇为清秀的男子，男子尴尬道：“依旧只能算出一位，另一个……”

“紫华仙君都算不出来……”紫华仙君在仙界可是出了名地能掐会算，就连仙帝的事他都能算出几分，这会儿竟然算不出一个刚飞升的仙？

“这事稀奇了，我倒要看看是个什么人。”

“来了来了，接引阵有动静。”不知是谁吼了一嗓子，一群人呼啦朝着远处的一个圆形台子围了过去，速度之快，生怕晚一步就不能近距离围观飞升的稀有物种。

飞升台上，有光芒沿着台面雕刻的纹路游走，将整个飞升台点亮，阵法在飞升台上浮现，接引之光从远处疾射而来，光芒散开，两道人影出现在众人的视线中。喧嚣的现场诡异地静默下来。一溜人瞪大了眼，难以置信地看着站在飞升台上的人。他们竟然出现幻觉，看到凤辞了！重来，闭眼，睁开。

“妈呀，凤辞！快跑！”

“啊……救命……”

本来还水泄不通的飞升台，分分钟空荡荡的，连个仙影都看不到。

这里没有什么云雾缭绕，也没有什么大气恢宏的建筑，就是玉石铺砌的空地，飞升台在空地的正中央，远处是层峦起伏的山脉，隐约能看到一些建筑。

凤辞毫无感觉地牵着时笙走下飞升台。

“刚才那些人是来干什么的？”时笙不解地问。

“不知道。”凤辞迷茫地摇头。

时笙：“……”你是不是仙界的人？

安静下来的飞升台忽然又有了动静，时笙皱眉看过去，还有人飞升？最近是飞升的好日子吗？

然而，出现在飞升台上的却是个熟悉的身影，叶清秋！这女人不是比她早飞升吗？怎么还落到她后面了？飞升也能整出幺蛾子，你牛啊！

叶清秋也看到了时笙，脸色瞬间难看起来，目光阴沉，戒备又憎恶地盯着时笙。

就在此时，刚才跑得没影的人从四面八方冒出来，围着叶清秋，也不管她愿意不愿意，七手八脚拽着她就跑，眨眼就没了踪迹。

这些人是来接叶清秋的？女主角大人的待遇就是好，就算没了男主人公，还有这么多人来接她。

时笙不知道，其实这些人大多数是来围观她的，只是因为她和凤辞站一块儿，他们哪里敢围观。

“你想住哪里？”凤辞认真地问。

“还能选？”仙界这么人性化？

凤辞笑了一下，霸气道：“你想住哪里，我就给你抢哪里。”

时笙：“……”我想住仙帝的仙宫！

“你住哪里？”时笙怕自己说出来，凤辞真的会带她去抢仙帝的仙宫，然后她飞升的第一时间就扬名仙界了。

凤辞目光闪了闪，谨慎又小心地问：“小殊……想住我住的地方？”

“不行吗？”这话问得都不像是凤辞了，他平时恨不得把她全身上下贴上“凤辞专属”，怎么这会儿……

时笙狐疑地看向凤辞，身为大反派，不应该住得特别差吧？凤辞抿了抿嘴角，眼底有着挣扎，最后还是缓慢地点头。

到地方时笙才知道，这哪里是住得差啊！根本就是没法住嘛！荒草都一人高了，房子呢？别说被荒草给盖了！她现在去抢仙帝的仙宫还来不来得及？

“小殊……”凤辞小心翼翼地看着时笙，“我明天就去抓几个人过来给你建宫殿，最大最漂亮的那种。”

时笙无力地摆摆手：“你以前都是一个人住这里？”

地盘是很大，但是这里根本就不像正常人待的地方，外面的环境也极其恶劣。

凤辞垂下眼睑，低低地应了一声：“嗯。”

时笙微微偏头，正好看到他线条完美的侧脸。他嘴角微抿，目光低垂，看上去略显孤寂。时笙踩着满地的荒芜，走到他跟前，执起他的手，轻轻道：“以后我们就住在这里。”

凤辞说抓人来建宫殿，时笙第二天还真看到一群满脸忐忑又惊慌的人在干活，仙人修宫殿，自然不像凡人，基本都是用法术，宫殿几个时辰就弄好了。

凤辞也不知道去抢了什么地方，整座宫殿的摆设看上去非常华丽。宫殿并不大，前面一个大殿，旁边有两个侧殿，后面就是卧室。时笙和凤辞睡习惯了，倒也没觉得有什么不对劲，但她总觉得那张床有些不对。

“这是什么玩意？”时笙伸手摸了摸，瞬间收回手。好冷！

“千年玄冰。”凤辞眨巴了下眼，“小殊是冰灵根，睡在这上面有助你修炼。”

是这样吗？可为什么她总觉得哪里怪怪的！

到晚上，时笙总算知道哪里怪了，她现在根本就没办法抵挡这床的寒意，但是凤辞躺在旁边就跟火炉似的，她下意识就要往他怀里靠。时笙揪着凤辞的衣襟，冻得哆嗦：“你故意的是不是？”她体内的那些火是没有温度的，但是凤辞身上的有，他身上格外暖，让她非常想要亲近他、触碰他……

凤辞无辜地眨眼：“我没有。”

时笙咬牙，瞪了他好一会儿，最后没办法，缩回他怀里。凤辞心满意足地抱着时笙，在她额头上亲了一下，最后又有些不满足，摸索着嘴角亲了下去。时笙被亲得猝不及防，本来还有些寒意，被凤辞这么一亲，忽然就没有了。时笙愣怔了片刻，任由凤辞一点一点深入。直到她感觉身上有只手在点火，才回神。凤辞不知道什么时候压在她身上，她愣愣地盯着凤辞放大的俊颜。光线并不是很亮，但足以看清凤辞脸上的表情，他微微闭着眼，长长的睫毛轻颤，神色虔诚如同信徒。

在他心里，他把自己当成什么了？时笙忽然有些迷茫，目光越来越空洞，就那么躺着，任由凤辞作为。

“小殊？”凤辞抬头，对上时笙没有焦距的瞳孔，有些无措，“我是不是惹你生气了？”她一点都不回应自己。

时笙瞳孔慢慢聚焦，最后落在凤辞的脸颊上，声音有些嘶哑：“凤辞，在你心里，我是你什么人？”

“你是我最重要的人。”凤辞没有丝毫迟疑，“我希望永远和你在一起。”

你是我最重要的人……最重要啊！时笙目光又开始放空，瞳孔中明明映着凤辞的身影，却又像在透过他看别的东西。那里面的凉薄，看得凤辞心惊。

“小殊，小殊，你别这样。”凤辞从时笙身上翻下去，紧紧搂着她，“你不喜欢，我不这样就是了，小殊……”

凤辞的话还没说完，时笙突然翻身压在他身上，在他惊慌和疑惑的眼神中，主动吻住了他，她的吻携着狂风暴雨般的侵占欲念。凤辞僵住身子，暗红色的瞳孔中闪过一缕嗜血之意，旋即就被无限的柔色掩盖，他呼吸微微加重。

殿外月光正好，树影婆娑，寂静无声。

殿内春光无限，人影交叠，一室暗香。

纵欲的后果就是时笙第二天不想下床了。时笙不下床，凤辞自然也不敢下去，他下了，时笙就要挨冻。

“小殊，我会娶你的。”凤辞握着时笙的手，说得认真。

“嗯。”时笙有气无力地应了一声，应完才反应过来，“娶我？”

凤辞点头，末了，想起时笙看不到：“娶你。”

时笙支吾了一声，没再说话。她喜欢凤辞吗？自然是喜欢的，否则她也不会和他做这种事。但是更深层面的……她很清楚，自己是没办法将凤辞放到那个地方的。第一，她清楚地知道自己只是在虚拟世界，对一个NPC产生深层感情这种事她做不出来；第二，她也没办法……将一个人放到至关重要的位置。她的世界，不允许有那么一个人存在。

前面两个位面，不管是楚棠还是陆清韵，她和他们过了一生，对他们的感情仅仅是比朋友亲密一点，没有产生任何感情，最重要的一点是，那两个人同样生性凉薄，她和他们是一样的，绝不会让自己有弱点。

可是凤辞不同……是啊，凤辞是不同的。对她来说是不同的。

时笙沉默地从凤辞怀里爬起来，穿上衣服下床，往前走了两步，又顿住，没有回头道：“我要静一静，别找我。”她需要想一些事。

凤辞愣愣地看着时笙走出殿门，有那么一瞬间，他觉得她这一走就不会回来了。他脑中无数疯狂的念头犹如荒草一般滋生。但是那些疯狂的念头被他理智地压了回去，如果他真的那么做了，她就真的不会属于他了。

【宿主，你在纠结吗？】系统的声音自时笙脑子里响起。

时笙低垂着头，满身戾气，慢慢往前走着，良久都没有回应系统的话。

【宿主，人类是被感情支配的生物，你太缺乏感情，所有的判断都是以利益得失为标准，你理智得有点不像人。宿主……人，是需要感情的。】

“被感情支配……呵……”时笙低笑了一声，那声音里满是嘲讽，周身的戾气越来越浓，随时能毁灭世界似的。

系统突然觉得自己应该去仔细看一看宿主的资料。

这个人，太诡异了。

就算它是个系统，也能感觉到她对感情的不屑和厌恶，甚至是憎恨……它看过的那些资料，根本没办法将资料上的人和它所接触的人联系起来。

【宿主，不管怎么说，凤辞对你没有恶意，即便他初衷并不是如此，可是他在极力压制着对你的占有欲，你应该能感觉到，他能为你做到如此，足见他的真心。】

“你废话真多。”时笙突然仰起小脸，面上风轻云淡，和走出宫殿时那个压抑着一股戾气的人完全不同，“别人的系统不都是要宿主别投入感情吗？这样才能更好地完成任务，你怎么老是怂恿我投入感情？”

【……】宿主这变脸的速度，本系统有点跟不上啊！【我是一个人性化的系统，而且我相信宿主就算投入感情，也是有分寸的，并不会影响任务。】

时笙望了望天，幽幽道：“你太高看我了。”

【……】

时笙望了望四周，完全不知道自己走到了什么地方，叹口气，正准备往回走，就听到天空传来打斗声。

时笙抬头看去，最先看到的是叶清秋，而和叶清秋交手的竟然是龙玦……

这两人怎么打起来了？

时笙摸着下巴看了一会儿，龙玦占了上风，叶清秋一个不慎，被龙玦从空中打了下来，砸到不远处的水中。

龙玦从空中落下，神色冰冷地看着水中的人：“叶清秋，这次你还有什么话说？”

“哼，没什么好说的，要杀要剐悉听尊便。”叶清秋硬气地冷哼一声。

她飞升的时候，不知是不是因为和魔族契约的关系，接引之光里竟然暗含杀机，虽然她有惊无险地到了仙界，可到底是受了伤。

在仙界，她就是底层的蝼蚁，而且还有商殊这么个敌人在，她不得不想办法恢复，而最快的办法就是采阳补阴。

她利用自身的优势，勾搭上了一个男仙，本来没想让那男仙死，谁知道进行到一半的时候，他竟然像是察觉了什么，要跑，她不得不杀了他，不料被龙玦看到了……

在下界的时候，他发现楚凝身上的致命伤和叶清秋的招式很像，当场质疑叶清秋，叶清秋为了证明清白，和他打了一架。

最后叶清秋自然洗脱了嫌疑，可是没想到这次竟然又被他撞见，还是当场撞破。

叶清秋心有不甘，总觉得这个男人不该这么对自己。

“不知悔改。”龙玦眼底闪过一缕失望，“我会把你交给仙帝处置。”

叶清秋目光闪了闪：“你先让我上去。”

龙玦没应声。

叶清秋冷笑：“难道你还怕我跑了不成？我都这个样子了，怎么跑？就算我要跑，我又打不过你。”

龙玦最终将叶清秋弄了上来，叶清秋看准时机，身子骨一软，朝着龙玦扑去，龙玦下意识要推开，但鼻尖闻到了一股幽香，还不等他屏气，身体就软绵地往地上倒去。

“叶清秋！”龙玦愤怒地瞪向已经站起来的女人，她竟然敢暗算他！

叶清秋撩了撩胸前的湿发，被水打湿的衣裳竟然呈半透明状，里面的春光若隐若现，叶清秋笑得妩媚：“龙玦，这可是你们仙界最有名的十软香，一会儿有你求我的时候。”

龙玦脸色一变，十软香……能压制仙力，还是……那种药。

她杀掉的那个男仙是出了名的浪荡子，在他那里有这种药也不足为奇，只是龙玦没想到，她会拿到……

龙玦很快就感觉一股奇异的火热从小腹处升起……

叶清秋蹲下身子，目光隐隐有些激动，手指从龙玦脸上慢慢下滑到胸膛。

“叶清秋，别碰我！”龙玦从牙缝里狠狠挤出一句话。

“那可不行。”叶清秋笑容妩媚，“你看，你的身体很诚实。”

时笙满脸纠结地看着前方的两人，你到底上是不上啊？说那么多废话！

这种现场版的大片，本宝宝好不容易能看一次，别耽搁时间，赶紧上啊！

大片最终还是上演了，龙玦从一开始的愤怒低吼，到最后变成原始的闷哼，叶清秋做这些明显很熟练，高难度的动作一个接着一个，看得时笙一个劲咋舌。

等两人精疲力竭地结束，叶清秋给龙玦喂了什么东西，然后不顾龙玦羞愤的低吼，将他给带走了。

这下有好戏看了，啧啧！

时笙屁颠屁颠地回去找凤辞，凤辞就站在宫殿的台阶上，看到时笙，极快地走了几步，又猛地顿住，遥遥看向朝着他走来的人影，心中忐忑。

"阿辞，我累了。"时笙走近凤辞，软软地往他怀里靠，昨晚折腾了那么久，今天她又走了那么远，确实有些累。

凤辞手脚都不知道怎么放，小心翼翼地看了时笙几眼，见她神色没有异样，才将她抱起来往殿里走。

"阿辞，叶清秋住什么地方？"时笙小脸贴着他的脖子，说话的时候，热气直往他的脖子上扑，酥酥痒痒的，挠得他整个人都有些飘飘然。

他稳了稳心神，深呼吸一口气道："新晋的小仙都要拜见仙帝，然后由仙帝赐仙宫府邸，她应该还没见过仙帝，可能被安排在陆章那里。"

"陆章？"

"嗯。"凤辞歪了歪头，思索片刻道，"仙界的大总管。"

仙界大总管是什么？

凤辞将时笙放到床上，欺身就压了上来，目光灼灼地俯视着她，"小殊，你不能离开我。"

"好。"时笙笑了笑，"你下来，压得我不舒服。"

凤辞认真地盯着她，似乎在辨别她说的是真是假，最后在她的嘴角亲了亲，翻身睡到旁边："睡吧，醒了带你去仙界走走。"

时笙愣了下，伸手抱住他的腰，换了个舒服的姿势睡下。

最近仙界有两件大事，第一件事是消失近千年的凤辞回来了，而且还带着下界一个飞升的女子一起，特别是，那个女子有推算不出来的命格。

凤辞回来的第二天就抢了各大仙宫，还抓了不少仙君去给他修宫殿，修好之后就把人给扔了出来，之后就一直没在仙界出现。

据说凤辞很宠那个女子！据说那个女子说的话，凤辞都会听……最重要的是，那个女子能和凤辞亲密接触，完全不惧怕他身上的火焰。

第二件事，魔族已经攻下修真界大半的江山，仙界再不出兵，修真界就要被魔族占据了。所以，仙界忙着对付魔族。

仙帝的仙宫中，一群人正吵得不可开交。

“龙族少主才是最佳人选，我推荐龙族少主。”

“龙族少主还太年轻，而且也从未统领过仙兵仙将，我觉得应该派枕风仙君，他统领仙兵已有数万年，熟悉他们，作战的时候能更好调配他们。”

“我也赞同！”

“龙族和仙帝一脉同源，龙族少主出征，名正言顺，我支持龙族少主。”

众仙你一言我一语，皆不相让。

首位上的威严男人看着他们吵闹，头疼地招手，让站在一旁的陆章过来：“你觉得谁合适？”

“回仙帝，不如让他们打一架，谁赢了就谁去？”陆章哪敢随便说，说谁都是得罪人。

仙帝心中琢磨了一会儿，没什么更好的办法，便沉吟道：“此法甚好，就按你说的办。”

于是，两人打擂的事就这么定下了。

但是这还没开始，突然就传出龙玦和枕风仙君打起来的消息，而起因竟然是新晋的小仙叶清秋。

众人赶到的时候，第一眼看到的不是打得如火如荼的龙玦和枕风，而是站在战场外面的凤辞！

“凤辞怎么在这里？”

众人面面相觑，鬼才知道，凤辞怎么会在这里？

从他回仙界，除了第二天露过面，之后就再也没见过他，谁知道此时会在这里看到，早知道他在这里，打死他们也不来。

“他身边站的就是那个新晋的小仙商殊？”

“商这个姓很少见啊！修真界好像没这个姓吧？”

“北山上的那位不就姓商？”

“玉箫仙尊？他都已经上万年不曾出北山了……”那个人的话还没说完，面前就是一暗，他抬头就看到刚才还站在凤辞身边的黑袍女子已站在自己面前，他瞳孔一缩，“你……你……”

“你刚才说谁？”

“我……”那人回头准备找队友，可是一看，哪里还有什么队友，身后空荡荡一片，说好的共同进退呢？

“小殊你怎么了？”凤辞不知何时站在时笙前面，挡住了她的视线。

“我刚才好像听到他说师父的名字了。”时笙指了指后面的人，不确定道。

白琅说便宜师父来仙界了，她想确定玉箫是否还活着，死了的话，她的任务算是白做了。

“你听错了。”凤辞摸了摸时笙的脑袋。

时笙狐疑地看向凤辞：“阿辞，你说谎的时候不敢看我，你知道吗？”

凤辞动作僵了僵，目光更不敢落在时笙身上，他转头狠狠地瞪向那个路人甲，路人甲扑通一声跪了下去：“我什么都没说，我什么都没说……”

“阿辞，你瞒着我什么？”

凤辞苦恼地皱了皱眉，纠结了一会儿，迟疑地开口：“他不让我告诉你……但是我不想骗你。”

“那就告诉我。”

“他死了。”

他死了。时笙难以置信地看着凤辞：“他怎么会死？”没有如剧情一般发展，玉箫怎么死了？

“他的命数早就到了，那次在天尽峰，他找过我……说我是你唯一的生机，他将你交给我，让我不要告诉你他大限将至的事……”

所以那个时候玉箫那么容易接受凤辞，就是因为这个？这就是所谓的命？想想也是，玉箫的实力并不差，可是为什么在剧情中那么容易就挂了？

凤辞看着时笙神色从震惊变成唏嘘，最后恢复平静，他动了动唇瓣，到底没有说什么。

时笙有点心塞，玉箫死了，她这个任务算完成还是失败呢？玉箫的死既然是注定的，她肯定没办法改变……

时笙和系统交流了一会儿。系统表示这件事和她没关系，她已经改变了玉箫原本的结局，任务算是完成。时笙沉默了一阵，也不知道在想什么。

等她回过神，龙玦和枕风也打完了，最后龙玦胜了。枕风落败，灰溜溜地走了，擂台也不用打了，直接就定了龙玦。

时笙看到站在龙玦身边的叶清秋，嘴角好一阵抽搐。所以说，男女主角还是在一起了？虽然……在一起的方式有点诡异。这CP有点难拆啊！

出征的时间定在三日后。

但是龙玦领着大军刚出仙界，就被魔族伏击了，魔族像是有准备，龙玦的人被打得毫无还手之力，最后狼狈退回仙界。出师不利！

支持枕风的一派立刻跳出来嘲讽，甚至嚷着换人。然而，龙玦这边也有人提出疑问。魔族的人为什么知道他们什么时候出兵？

有内奸！众人脑中都闪过这么一个念头，顿时也顾不得内讧，魔族竟然将人安插到仙界来了？

可内奸是谁完全无从得知，出兵时间知道的人很多，一一排查，得排查到什么时候去？龙玦被这件事弄得头疼，和人商量了半天也没结果。

“少主，叶姑娘求见。”

“不见。”龙玦眉头狠皱，眼底满是戾气。

“少主……”传话的人有些迟疑，“叶姑娘说有很重要的事要说，关于这次出兵被伏击之事。”

龙玦冷冷扫了传话的人一眼：“让她进来，你们先出去。”

所有人退出去后，叶清秋才从外面进来。几日不见，她的气色更好了，像是一朵娇艳欲滴的鲜花，一颦一笑都带着勾人的魅惑。

叶清秋走近龙玦，勾着他的脖子，吐气如兰：“几日不见我，你就不想我吗？”

龙玦想要推开她，但在她靠近自己的时候，体内就疯狂涌起一股欲望，他眼底闪过一丝阴狠：“你想和我说什么？”

叶清秋道：“你不是想知道谁是内奸吗？我知道。”

“是谁？”龙玦眯了眯眼。他出师不利绝对是一个耻辱，若让他知道是谁，他一定要将其碎尸万段。

“我可以告诉你，但是……”叶清秋的视线在龙玦身上打量了一番。

龙玦没有掩饰眼底的厌恶：“你就这么想被男人睡？”

“不，我只想被你睡。”叶清秋笑得娇媚，可是落在龙玦眼中满是恶心，偏偏他还控制不住自己的身体……一想到这里，他就想杀了她！

“总有一天，你会后悔的。”龙玦一字一顿说得极重。

叶清秋娇笑起来：“你现在和我是一条命，我死，你也得死，龙玦，这辈子你都别想摆脱我。”

龙玦冷笑。他总会找到办法的。总有一天，他会将这个女人碎尸万段。龙玦粗鲁地扯掉她身上的衣物，没有任何怜惜。

叶清秋离开的时候，才将那个人的名字告诉龙玦。

告密的人自然是时笙，这么好的机会，她怎么可能会放过。所以龙玦就算知道内奸是谁，最后也只能一脸憋屈地去找仙帝，凤辞那个疯子，他一个人打肯定会被虐成渣的。就算全仙界加起来，也不一定能把他弄死。

仙帝听完龙玦的叙述，很平静地说了一声，知道了。

龙玦一走，仙帝就阴沉下脸："陆章，南海那边怎么样了？"

陆章低垂着头，走到仙帝面前，恭敬回答："最新得到的消息，他们要乘机逼宫，龙玦出兵会带走仙界大量的兵力，我们怕不是他们的对手。但是我们不出兵的话，修真界就会支撑不下去……"

仙帝勃然大怒："好一个南海！好一个龙玦。"

陆章大气都不敢喘。

"龙玦今日出仙界？"仙帝又问。

"是的。"修真界的事刻不容缓，已经耽搁了些时日，再耽搁下去，修真界就是魔族的天下了。

"去请凤辞和商殊。"

"仙帝？"请他们做什么？

仙帝看了他一眼，陆章立即应了一声是，快速退了出去。

时笙一早就等着仙帝来请她，所以陆章到的时候，时笙拦着凤辞没让他烧了陆章，陆章心惊胆战地将人请到了仙宫。

这是时笙到仙界第一次见到仙帝，很英俊威武的男人，举手投足间霸气十足。

仙帝沉默了一阵，见时笙没开口的打算，只能自己开口："你告诉我南海的动向，目的是什么？"

"看不惯龙玦算不算？"时笙挑眉。

在原本的剧情中，叶清秋飞升没那么早，魔族自然没有这么猖獗，也就没有仙界出兵一事。南海密谋造反的事，一直没有寻到合适的时机，几乎快要大结局的时候，这群炮灰才跳出来为女主角建功立业。

而现在，魔族在修真界都快占了半壁江山，逼得仙界不得不出兵，一直密谋的南海等到这么一个时机，肯定不会放过。

时笙只不过是选择将这件事提前告知仙帝。

仙帝打量了时笙几眼，余光却一直观察着凤辞，见他的目光一刻也没从时笙身上挪开，就知道那些传闻是真的。

凤辞很宠这个女人。

"仙帝请我来，不会只是问我这个吧？"

"自然不是。"仙帝眼眸深处闪过一抹寒芒，"这次仙界之危，你们若是能出手相助，我可答应你一个条件。"

仙界的其余兵力镇守各大要塞，不能轻易去动，否则会出更大的乱子。而仙界中战斗力最好的就是凤辞，只要他答应，那么南海就不足为惧。

"哦？那我要你仙帝的位子，你也能给我？"时笙似笑非笑地看着仙帝。

这和南海谋反有什么区别？

"开玩笑，别紧张啊。"时笙轻笑了几声，"要想我们帮忙也不是不可以，不过……你得把龙玦杀了，如果方便，把那个叶清秋也解决了。"

龙玦是南海龙族少主，杀了也没什么，但是那个叶清秋，她可是紫华仙君算出解魔界之难的关键人物……

杀龙玦的事，仙帝答应了，可杀叶清秋他没答应。时笙琢磨了好一阵，都没琢磨出个所以然来，这叶清秋好像和仙帝没什么交集啊！难道又是剧情君？

能搞定一个是一个，时笙也就勉强答应了，叶清秋真要那么简单就死了，也不是女主角了。

仙帝派人去办这件事，派去的不是别人，正是枕风。然而事情没那么简单，枕风失败了，龙玦被人救走。

时笙一阵头疼，修真世界的人都这么难对付？大爷的！

龙玦被人救走之后，并不好过，枕风的战斗力也不是吹的，他几乎去掉半条命，如果不是叶清秋，他此时估计已经死了。

"枕风为什么要杀我？"龙玦神色阴沉地看着叶清秋。

"和我可没关系，他虽然喜欢我，可我一点也不喜欢他的。"叶清秋在龙玦脸上摸了一把，"我最喜欢的是你。"

龙玦厌恶地别开脸，就算这个女人救了他，可也改变不了她对自己做的那些事，他是绝对不会原谅她的。

叶清秋收回手，手掌来回翻了翻："枕风这个人你比我了解，你觉得他会听谁的话？"

"仙帝？"枕风是仙界第一大将，向来只听仙帝的命令，如果有个人能指使他的话，那肯定就是仙帝。

可仙帝为什么要杀他？龙玦的脸色突然变了变，肯定是南海那边有变！不行，他得回去！

南海打过来的时间比时笙想象的要快，而且仙界中不少人都被南海策反了。一时间，整个仙界硝烟弥漫，自顾不暇。南海早有准备，几乎没费多少力气就打到了仙帝的仙宫，将仙宫围得水泄不通。

"仙帝……怎么办？"陆章整个人都在抖，他们这些人常年好吃好喝，悠闲度日，哪里是常年战斗的龙族的对手？

仙帝稳坐在龙椅上，望着下方的两人。

"两位……"

“仙帝，我的条件你可没完成，这不能怪我不帮你。”时笙截断仙帝的话。

仙帝气得直喘粗气。时笙给凤辞使了个眼色，凤辞微微颔首，抬手就是一道火焰，将陆章围了起来。仙帝大惊，猛地从龙椅上站起来：“你们干什么？”

干什么，当然是抢仙帝宝座了。所有人都在外面战斗，这里就剩他们几个，此时不动手，更待何时！

凤辞眼都不眨一下，开始攻击仙帝。仙帝惊讶完，被迎面而来的火焰糊了一脸，他赶紧用仙法扑灭，可还是被烧掉了不少头发，看上去格外狼狈。仙帝体内仙法不少，奈何不常用，打起架来哪里是凤辞的对手，不过几招就被凤辞掀翻，躺在地上。凤辞同样甩了一圈火焰将他困住。

时笙走近仙帝，一脸歉意，但是语气里哪里有半分歉意：“抱歉啊，借你位子用用，放心，很快就会还给你的。”

仙帝：“……”哪有你这样借的？而且这个是可以借的吗？

时笙不顾仙帝杀人的视线，将他和陆章关到一处，又从仙帝的寝宫翻出了一件崭新的袍子：“来，穿上。”

凤辞眨巴下眼，略显迷茫：“小殊，不是你想要仙帝的位子吗？”

“我拿来做什么啊，快穿！”时笙伸手去扒凤辞的衣裳。

“可是我不想做什么仙帝啊！”凤辞按住时笙的手，目光真诚而温柔，“我只想和你在一起。”

“所以我说跟仙帝借的啊！一会儿装完就还给他，乖，快穿上！”她为了任务容易吗！

换好衣服，时笙拖着凤辞往外走：“一会儿你往那儿一站，说一句话就成，就说……”时笙琢磨了下，“就说顺我者昌，逆我者亡！他们要是不听，你就直接放火烧。”这霸气的台词可是各种文里面的标配，这么说准没错的！

凤辞一脸呆萌地点了点头，却只记住了三个字，放火烧。于是，凤辞一出场，前面就被火焰烧了一大片，厮杀的场面忽然就安静下来，大家齐齐朝着火焰降落的方向看去。

不远处的仙宫台阶上，站着一个穿着仙帝帝袍的男人，可那个人不是他们熟悉的仙帝。而是……

“凤辞！他他……”他怎么穿成这个样子？

“仙帝呢？”

“凤辞，你把仙帝怎么了？”

“怎么办？凤辞也来插一脚，咱们是打还是不打？”

“和凤辞打？打得赢吗？”

凤辞面无表情地将说话的那一片人都给烧了，于是再也没人敢出声了。时笙满头“黑线”地站在后面。她之前说的那些都白说了！算了，武力比说什么都好。

一群人僵持了一阵，凤辞等得有些不耐烦，抬手继续放火，这火一下去，南海那边的人就怒了，赶紧跑！

而仙帝这边的人纷纷退回安全的地方，齐刷刷跪下：“拜见仙帝。”

尊严？节操？命都要没了，要什么尊严节操啊！这估计是有史以来最奇葩的仙帝上位方式。

南海那边的人迅速退兵，缩回自己的地盘，倒也有人想拼死一搏，他们不信凤辞真的有那么厉害，俗话说双拳难敌四手！但是他们后来才知道，根本近不了凤辞的身，而好多法术都是需要一定距离的，凤辞的火焰却是能蹿出百米，甚至更远。

有人将主意打到时笙身上，毕竟这姑娘看上去没什么攻击力，还是凤辞的软肋，若是能抓住，对付凤辞肯定就容易了。可是等他们动手才知道自己有多天真。因为凤辞不允许时笙杀人，所以她很少动手，这次难得能动手，憋屈这么久，总算是找到发泄的地方了。

时笙杀人的招式特别华丽，远远看着完全不觉得血腥，反而像是一场精致奢华的杀戮演出。然而只有真实体验的人才知道，那些华丽的招式下，是多么骇人的力量！

仙界危机就这么解除，一群人也不知该喜还是该忧。他们的前任仙帝哪儿去了？仙界大总管哪儿去了？

时笙让人准备了一个简单的登基仪式，然后第二天，众人发现仙帝又易主了……不对，是物归原主了。

仙帝很憋屈，他真的没见过这么奇葩的人。

“仙帝，不好了，魔族彻底占领修真界了。”

仙帝：“……”他突然好想选择退位啊！

仙界派下去的仙兵仙将因为没人指挥，几乎是被魔族追着打，后来又召了半数回仙界支援，根本没发挥什么用处。所以那两个人只是为了给魔族争取时间吗？仙帝觉得自己发现了什么真相，可是这个真相真的好憋屈！

魔族派人送来了帖子，邀请仙帝一叙，仙界因为南海的事，还没恢复过来，和魔族打起来绝对没有胜算。仙帝不得不赴约。也不知道这两人谈了什么，最后仙帝将修真界的管理权给了魔族，魔族和仙界联手对付南海。

南海最终被灭，叶清秋和龙玦却在最后关头不知所终。

君无期来见过时笙一面。

“商姑娘，你这仙帝才当了一天，就当够了？”君无期好笑地看着时笙，他听到这个消息的时候，差点没笑崩。这女人是有多无聊。抢了仙帝的位子就当了一天仙帝，而且还是为一个男人抢的。一想到仙帝说这件事的脸色，君无期就更想笑，他应该感谢她看不上自己魔君的位子。

“我连仙帝的位子都能抢，以后谁还敢来找我麻烦？”时笙一本正经地回答。话糙理不糙啊！

“咳咳……我是来告诉你，叶清秋和龙玦在修真界，需要我帮你出手吗？”君无期这也算卖她一个人情，免得她无聊的时候来对付魔界，那可就惨了。

这个商殊，看上去没什么危害，实际上却比谁都狠，比谁都自信张扬……

“无事献殷勤，非奸即盗。”时笙表情嫌弃。

逃掉的叶清秋和龙玦，此时正在修真界的某处。龙玦看上去老了不少，完全没有之前的英俊潇洒模样，而且精神萎靡不振。他从来没想到，有一天，他会从高高在上的龙族少主，变成仙界的通缉犯。叶清秋没什么变化，看上去依旧美艳，只是眉眼间缠绕上了缕缕黑气，而她好像没有察觉一般。

叶清秋此时再看龙玦，眼底明显多了一丝嫌弃。龙玦像是感觉到叶清秋眼神中的嫌弃，胸中怒火一盛，翻身掐着她的脖子，眼神阴戾：“怎么，嫌弃我了？之前不是说喜欢我吗？”都是这个女人！如果不是她，他就会劝住父亲，不会让父亲发兵仙界，也不会落得这个下场。这个女人威胁他不说，还勾引他父亲，甚至他的那些兄弟……龙玦越想越气，手指缩紧，死死掐着叶清秋。

“龙玦……”叶清秋也受了伤，龙玦身上的力量已经被她采得差不多了，现在根本不够她恢复，所以此时她完全无法反抗龙玦，“你疯了！要不是……咳咳……要不是……我，你……你……你现在早死了……”

“死？我比死了还不如，我们一起死吧！贱人！”龙玦掐得更用力了。

叶清秋脑中缺氧，四肢开始脱力。她突然有些后悔，完全无法理解自己当时为什么那么想要得到这个男人，还将自己的命和他绑在一起……

叶清秋的意识越来越模糊，可是求生的念头越来越强，手不断在身下摸索抓挠，最后她摸到了一个冰冷的物件。叶清秋已经无法辨别自己抓的是什么，本能地将那个物件插入了龙玦腹中，龙玦身子僵硬了一瞬，随后手指慢慢卸了力道，从叶清秋的脖子上移开。他低头看了看自己的腹部，又抬头看向叶清秋，片刻后又低头，如此反复几次，通红的眸子里满是难以置信。

叶清秋也看清了龙玦腹部的东西，那是一个造型奇特的圆形物体，上面刻着很奇怪的图腾，看上去颇为诡异。而更诡异的是，龙玦体内流出来的血，都被那个东西吸收了，吸收的速度越来越快，叶清秋眼睁睁看着龙玦的身体越来越干枯，眼窝深陷，眼球凸起，布满了血丝和惊恐。他张着嘴，胸口迅速起伏，喉咙里发出呜呜的声音，声音越来越微弱，最后他猛地垂下脑袋，断了呼吸。

不过几秒的时间，一个活生生的人就变成了一具干尸。叶清秋像是被按了暂停键，呆呆地看着龙玦，在龙玦干枯的身体倒到自己身上时，她才猛地惊醒，从床上跳了下来。脚尖沾地，她立即感觉一股钻心的疼从心脏上蔓延开来，身子抽搐着半跪到地上。

糟了！她和龙玦的命是连在一起的。龙玦死了，她也得死！不！她不能死，她还要找商殊那个贱人报仇，她不能死！叶清秋从身上摸出不少瓶瓶罐罐，手指哆嗦，在中间扒拉，最后也不管是什么，一股脑往嘴里塞。

“我不能死……我不能死……”

叶清秋没有注意到，她身后一团黑雾越来越浓，最后形成一个人形轮廓，悄无声息地将龙玦腹部的东西拔出来，然后黑雾慢慢有了实体。

“这么多年，本尊终于有了身体。”

叶清秋身子一僵，猛地回头，看到一个男人站在自己身后，身上还有一层浅薄的黑雾，五官很凌厉，给人的感觉很不舒服。

“你怎么会……”叶清秋目光落到他手中的圆形物体上，“是你杀了龙玦！”

“怎么会是本尊，是你啊，我的小姑娘。”男人弯腰，挑起叶清秋的下巴，眼底闪烁着淫邪的光，“你这身体养了这么多年，本尊总算可以享用了……”

“不……”叶清秋惊恐地往后退。

“这可由不得你，本尊教你采阳补阴之术，可不是真的让你快活的。”男人将叶清秋拎起来扔到床上，和龙玦正好面对面。叶清秋惊叫一声，身子往后一缩，却撞进一个冰冷的怀抱。

“你杀人的时候可不是这个样子的，不过你这个样子，本尊更喜欢。”

刺啦——

叶清秋自那天起才知道什么是生不如死，她不知道那个男人用什么办法保住了她的命，但她多希望那个时候自己和龙玦一起死了。她不但要服侍他，还要到外面去抓年轻貌美的处子来给他享用，他已经不只需要水灵根的女子，只要是没有破身的女子，他都要。她不是没想过逃跑，可每次都会被抓回去，被抓到的惩罚绝对是她不能承受的，之后她就再也不敢跑了。

她的身体这么多年滋养得很好，对他来说，就像一件需要慢慢消化的补品，她只要乖乖听他的话，她的日子还算过得去。惨的就是那些她抓回的少女，被他折磨得看不出人形。

“最近失踪了那么多女子，已经惊动上面管事的，听说派人来查了。”

“哼……谁知道是不是他们那些魔族……”

“嘘，你不要命了，现在修真界是魔族的地盘，以后这种话可不要再说了。”

叶清秋面无表情地从他们身边过去，已经引起魔族的注意了吗？

回到她住的村子，叶清秋低着头，对床上盘腿而坐的男人道：“魔族已经发现有人失踪，我们要不要换个地方？”

她也不是没想过让魔族来对付他，可是这个男人握着自己的小命，他死了，自己肯定也活不了。

“这么快就发现了？”男人哼了一声，“也罢，本尊暂时还不能和君无期对上，等本尊恢复实力，魔君迟早是本尊的。”

叶清秋抬头看着男人，男人也正盯着她，眼底隐隐有诡异的光泽，叶清秋心头一跳，垂在身侧的手死死拽着衣摆。男人一把将叶清秋拉到怀中。

两人在修真界躲躲藏藏，每当魔族人发现不对劲，他们立即就换地方。修真界失踪的人越来越多，终于惊动了君无期。魔族女子很少，所以失踪的基本是修真界的女修，这事已经影响到修真界的秩序平衡，必须查出来。

君无期和男人的较量持续了很长一段时间，最后君无期胜了。

“不要杀我……都是他逼我的……不要杀我，不要杀我……”叶清秋气息奄奄地躺在地上，容貌有些苍老，但并不影响她的美貌，此时哭得凄惨无比，看上去着实有几分可怜。

“叶清秋，这都是你咎由自取，你把那个恶魔放了出来，是你用几百年的时间让他恢复实力的。”君无期没有半分同情地道。

“不是我……是他主动和我契约的，是他……不是我的错，为什么要这么对我，明明是他……”叶清秋语无伦次地说着。

都是他，是那个恶魔，是他毁了自己。还有商殊！那个贱人！她要杀了商殊！

君无期摇头："当初你为何和他契约，你忘记了吗？"

叶清秋狰狞的面容突然平静下来。

"是你抢夺别人的东西，才招来追杀，最后落入悬崖。叶清秋，这一切都是你自作自受，怪不得别人。"

她自作自受？不，不是的。是商殊杀了她的师父，她才会落到如今的地步。都是商殊！

看到叶清秋眼底的恨意，君无期也不再说什么，让人结束了叶清秋的生命。

时笙接到君无期的消息，是在婚礼的前一天。是的，凤辞要娶她了。虽然没人参加婚礼。叶清秋死了，她的任务就完成了，接下来的时间，都是属于她的。她和凤辞的。

"小殊，你喜欢热闹吗？"凤辞从门外进来，笑着问时笙，"你若是喜欢，我就让人来参加我们的婚礼。"就算那些人不来，他也有办法让他们来。

"我又不是和他们结婚，让他们来占地方做什么。"他们就算来了也是因为畏惧，不会真心祝福，简直是没劲。

凤辞弯着嘴角笑，暗红色的眸子里满是温情。他也不喜欢把小殊给别人看，小殊是他一个人的。

婚礼当天，到底是来了几个不速之客，第一个是君无期，凤辞当时的脸色黑沉得像是渡劫时的乌云。

"婚礼就当热热闹闹，你们躲着成婚是什么意思啊！"君无期无视凤辞的脸色，笑着将礼物放下，"喏，这可是魔界有名的冥蝶。"

君无期打开箱子，一只只黑色带着金纹的蝴蝶从箱子中鱼贯而出，有序地绕着时笙和凤辞飞起来。

"被冥蝶祝福过的新人，会白头到老。"君无期一本正经地说出这么一句话。

正准备放火烧蝴蝶的凤辞，立刻将火焰收了回去。

"不过……这冥蝶有毒。"君无期暧昧地看了时笙一眼，立即闪身离开，"我就不打扰你们了，新婚快乐。"

一群冥蝶最终还是没逃过被火烧的下场。

第二个不速之客是白琅和林一一。

林一一咋咋呼呼的样子一如当年，时间似乎没有在她身上留下什么痕迹。

“师妹，恭喜你。”白琅真诚地祝福，递上准备的贺礼。

“谢谢师兄。”时笙笑着接过。

“师叔师叔，你好美啊，看得我都想娶你了。”林一一拉着时笙转了好几圈，最后还是白琅见凤辞那准备开烧的姿势，才将自家媳妇拉回来。

“我只想问，你们怎么上来的？”这是仙界啊！这两个还没飞升的家伙是怎么来的？

林一一眨巴了下眼睛：“师叔你不知道吗？现在修真界是魔族的地盘，我们也可以自由进入魔界，从魔界就可以到仙界。”

时笙：“……”她并不知道有这么一条路线。

白琅和林一一留下观礼。

第三个不速之客竟然是陆章。他代表全仙界来参加婚礼。陆章泪流满面，为什么受伤的总是他。

时笙和凤辞的婚礼一切从简，从开始到结束不过十几分钟，仪式结束后，两人就不见了，留下白琅和林一一、陆章三人大眼瞪小眼。太不像话了，没见过这么结婚的！客人还在呢！

北山之巅，两道红色身影相携而立。

时笙看着立着墓碑的坟墓，墓旁散落着一套衣裳，正是玉箫的。将玉箫的衣裳埋在旁边，立上石碑后，时笙才规规矩矩地鞠躬，察觉凤辞没反应，她瞪了凤辞一眼。

凤辞无辜地看着她。好端端的，小殊瞪他做什么？他今天不好看吗？

时笙拽着他强行鞠了躬。

时笙沉默地站了一会儿，然后和凤辞下了山。她无法理解那些深沉的爱，但是她很尊重，能为一个人付出生命，玉箫是了不起的人。

两人回到凤辞仙宫，陆章已经走了，林一一和白琅还在。时笙和白琅说了玉箫的事，白琅提出要去看看玉箫，也带着林一一告辞。

“小殊，”凤辞站在时笙身侧，“从今天起，你就是我的妻子，我将用生命保护的人。”

时笙心跳莫名漏了半拍，愣怔地看着凤辞，直到唇瓣上传来温热触感，她瑟缩了一下，凤辞动作顿了顿，耐心地等着时笙适应。好一会儿，时笙才开始回应他。

时笙第二天才知道，君无期说冥蝶有毒，还给了她一个暧昧的眼神是什么意思。那就是春药啊！而且那还是有潜伏期的，很长一段时间，时笙和凤辞都沉浸在爱与被爱中。

等药效过去，时笙立即杀到魔界找君无期报仇。但时笙发现君无期也是个能作死的，本来让她报复一下，这事也就完了，可偏偏他要作死地报复回来。

于是魔界几乎每天都是鸡飞狗跳的。

#魔君荣获毁坏建筑宗师勋章#。

#魔君又被追杀#。

#一大早起来就看到魔君挂在自家门前的树上#。

#仙界群众发来贺电#。

#修真界群众发来贺电#。

#妖界群众发来贺电#。

妖界是什么，这里没有妖界的戏，你乱入什么！

#冥界群众发来贺电#。

#魔界群众哭了#。

时笙在修真界待了将近万年，这万年的时间，她祸害了不少地方，几乎没人不知道她的名号，她甚至还想挑起几界大战。关键时刻，几界掌权人一合计，绝不能上当，五界群众出现了前所未有的团结场面。

大战挑不起来，她就去撩拨那些族群干群架，偏偏她撩完就不管了。

怎么会有这种人！求天道毁灭！

时笙临死时将布丁放了，这家伙不怎么喜欢她，很少出来，时笙让它走，它第一次露出比较和善的表情，然后头也不回地走了。时笙只得骂了一声没良心。而凤辞像是知道了什么，整日整日抱着她不撒手，好像他一放手，她就会消失。

“小殊。”

“小殊。”

他一声一声地叫着她的名字。

时笙撑着身子坐起来，望进他的瞳孔中，郑重道：“凤辞，我很感谢你陪着我的这些时间，我不会忘记你。”这么长时间凤辞没有背叛她一次，时笙心底知道，她早就习惯他在自己身边，可这到底……只是虚拟世界。

“小殊……”凤辞的声音有些颤抖。

“不要难过，不要为我难过，不值得。”时笙笑着伸出手，指尖轻轻在凤辞脸上流连，一字一顿道，“我其实更想带着你一起死。”看，她就是这么恶毒的一个人。

凤辞听到她的这句话，脸上的阴郁却忽然散了，眼带笑意："好，我们一起死。小殊在哪里，我就在哪里。"

时笙愣愣地看着他。她忽然想起他们第一次见面，他说的第二句话。他说：你很特别，以后就跟着我吧。

时笙垂下眼，安静地靠着他。凤辞，你将是我生命中最特别的存在。

在所有人的期盼中，时笙总算是死了。仙并不能长生不老，但是万年的寿命，已经算短了。

#作恶多了，总算遭报应#。

#五界群众发来贺电#。

但是接着，凤辞也跟着离世，这下五界群众沸腾了，两个祸害都死了？幸福来得猝不及防。

回到系统空间，时笙还有些恍惚，看着陌生又熟悉的场景，好一会儿才反应过来。时笙站了一会儿，第一次要求查看后续。当她看到凤辞当真抱着她的尸体从北山之巅跳下去的时候，心跳骤停。凤辞的身影消失的时候，远处传来了龙吟声。凤辞，你怎么那么傻!

时笙反反复复看了那画面好几次，才一屁股坐到地上，小手捧着脸蛋，愣愣地看着屏幕发呆。

【宿主，你很难过吗？】

"没有。"时笙摇头。

她不难过。她真的不难过！是的，不难过！只是……不知道为什么，她觉得身边空荡荡的，很不适应。

但是她真的不难过，就是有点堵得慌，那到底是陪了她那么久的人。

【……】

系统没再多话，在屏幕上刷出她的资料。

姓名：时笙

人品值：105000

生命值：15

积分：5000

任务等级：C

任务评分：85

隐藏任务：完成

隐藏任务奖励：积分500

时笙微微皱眉："积分怎么才500？上次不是都有2000？还有我那人品怎么又负了？！"

这么负下去，老子不用回去了是吧！

【我提醒过宿主，不要投机取巧，隐藏任务中，凤辞虽然当上了仙帝，但他仅仅做了一天，这只能判定为任务完成，500积分是保底积分。至于人品，宿主自己想想在那个世界做过些什么吧，5000已经是我给你打了折的结果。】

想想那些人在她死后欢呼的样子，时笙内心很复杂。

让你手贱！这下好了，又贱出5000的债！她觉得自己应该绑定一个反派系统。

"你们支持换系统吗？"保证百分百完成任务，走上人生巅峰不是梦。

【宿主不要白日做梦。】当它是什么？还换？

"不换就不换啊，你这么凶做什么。"时笙撇撇嘴，又看着屏幕发呆。

系统实在无法理解，宿主是如何从它的电子音中听出它凶的。

【传送开始……】

"连假惺惺的询问你都省了？下次是不是……"时笙的声音消失在系统空间中。系统这才想起一件正事，它还没给宿主做全方位的体检。

玉箫番外

我受封北山之主的那天，亦是她十里红妆嫁给他人之时，那个时候，我以为我和她的交集将终止在那里。

我们是两小无猜的青梅竹马，曾经我也以为，我会娶她为妻。我们会有可爱的孩子，会一生一世相伴，直至生命枯竭。可惜现实给了我狠狠一击，不知从什么时候开始，我和她渐渐疏远。不，准确来说，是她在疏远我。

就算见面，她口中永远挂着一个名字，一个完全陌生的名字。她说起那个人的时候，脸上的表情是我从来没见过的，那么小心翼翼，那么甜蜜……我曾想过，如果我告诉她，我喜欢她，她会不会回头看我一眼？可是理智告诉我，不能说。说了，也许我们连朋友都做不成。

她的爱是炽烈的，如飞蛾扑火般义无反顾，一旦知道我对她怀有别样的感情，她会彻底远离我。这不是我想看到的。所以，我没说。

我受封北山之主，站在北山之巅，目送她嫁入北海，站在这里，我能一直看着她所在的方向，那样，也许我就离她更近了。

我从来没想过，有一天，她会满身血污地爬上北山，看到她那个样子，我当时恨不得扇自己两巴掌，为什么要选北山，这个地方是仙界最险峻、最高的山峰。

我无法想象，她是怎么在全身修为尽废、身负重伤的情况下爬上北山的。

北海龙族被灭，她能活着出来，全靠她夫君以死相拼，为的，是护住最后一丝血脉。

那是一个极小的婴儿，可当她将那个小小的婴儿交给我的时候，我掀开染血的被褥，看到的却是一团青灰的小脸。她已经死了。

“救救她，商哥哥。”

我抱着已经冰凉的婴儿，不知该作何反应。

“商哥哥……求你……她是我最后的希望，求你救救她……”

我想救她，可她告诉我，她用了血祭之术，无法转世，我没办法救她，她一个劲求我救她的孩子。

我眼睁睁看着她在我面前灰飞烟灭，那一瞬间，我似乎明白了什么叫心如死灰。可是我不能死。我必须救这个婴儿，因为这是她对我最后的请求。我将她的衣物埋葬在北山之巅，在那里，她可以看着她的夫君葬身的北海。

我去了冥界，用我大半的命数换取了婴儿的灵魂，可是她太弱了，无法回到原来的躯体中。我不得不收集各种养魂之法，慢慢温养着她。其间，我一直在查北海被灭的真相，可最后都不知道北海到底因何而灭、被谁所灭……

我不希望她的孩子去复仇，从来没对她说起过这件事。我为这个孩子重塑了身体，带着她去了修真界，拜入缥缈宗。入宗的时候，宗主说她命格不祥，不得善终。我知道，是因为我，我为她改了命。所以，她的结局将不得善终。

我为她起名商殊，希望她是一个特殊的存在。我教她法术，教她为人之道。可我不敢多和她相处，我怕自己从她身上看到她娘亲的影子。

随着她一年一年长大，她并不是很像她的娘亲，我一度怀疑是我为她重塑身体的时候出了差错，不过这样也好，至少……我不会那么难以面对。

某一天，我发现她不一样了，她的命格在发生变化。直到她带着一个男子来到我面前。我认识他，仙界出了名的怪物。他竟然是她的一线生机。当时我说不出是高兴还是担忧。

凤辞这个人，我知道得并不多，他出生的时候，我已经很久没出北山了，之后听到的传闻，都是我在寻找养魂之法的时候听来的。

从他狼狈不堪的成长到一战成名，震慑仙界，我都有所耳闻。当时我还在想，这凤辞还真不是一般人。后来我见过他一次，在北海的尽头，他那身毫不收敛的火焰，让我很快确定了他的身份。他只是平静地看了我一眼，确定我没有攻击他的意思，就安静地站在那里，微微仰着头，看着高耸入云的石碑。

那石碑上，刻的是北海龙族的族训。

“你在看什么？”我好奇地问了一句。

凤辞似乎很诧异我会和他说话，好一会儿才指着石碑上方，表情略显呆萌道：“那上面……有东西。”

我皱了皱眉，顺着石碑看上去，并没有看到什么东西。

他突然飞身而上，身影没入袅绕的云雾中，好一会儿他才落下来，一枚透明的水晶在他手心里静静地躺着。那是记忆水晶。我的心在那时候怦怦跳了起来，只有龙族能将东西放到这块石碑中，而凤辞……是龙凤混血。我问他要了那枚记忆水晶，他平静地将水晶放到一旁，然后转身离开。

我从水晶中知道了北海龙族被谁所灭，但是原因，依旧不得而知。我想替她报仇，可是那个时候，正是小殊最紧要的关头，我无法分心，只能将此事暂且押后。

我没想到会和凤辞有第二次见面，还是在这样的情况下。可他是小殊的一线生机，我不得不求他。没想到他很容易就答应了，那个时候我问他：“为什么？”

他只回了我几个字，说：“她能靠近我，我喜欢她。”

也许这就是天意。之后小殊和我断绝师徒关系，我虽然担心，但是知道她和凤辞在一起才是最安全的，所以没有阻拦。后来听说她失踪了，可她的魂牌未断，我知道她还活着。而我，所剩的时间不多。我要去做最后一件事——为她报仇。报仇并不是很顺利，但到底还是为她报了仇，我从他们口中逼问缘由，得知竟然只是因为他们族中少主看上了她，强抢不成，就设计灭了北海龙族。

我报了仇，回到北山，等待死亡的降临。我和她一样，将不会有转世、轮回。

在我的身体开始消散的时候，恍惚间看到她身披嫁衣，笑靥如花，款款而来。

活着的时候，我不能陪着你。现在，我可以陪着你灰飞烟灭。

我不后悔。

——玉箫

第八章　丧尸帝国（上）

“她发烧了，我们不能带她走，上面的人说了，出现发烧症状会变成丧尸，我们带着她，万一她变成丧尸怎么办？”

“可她是我们的女儿……”

“大姨，我们时间不多了，快走吧。”

“唉，好，赶紧走吧。”

时笙迷迷糊糊听到了一些对话，脑袋昏沉沉的，很难受。她想睁开眼，可很快再次陷入黑暗。

也不知过了多久，重物拖沓移动的声音在她耳边响起，由远及近……一股难闻的腥臭和腐烂味道扑面而来。

喵！尖锐的猫叫声让时笙瞬间惊醒，紧闭的双眼猛地睁开，一道黑影同时扑向她，尖锐的爪子按在她的肩膀上。借着微弱的光线，时笙看到一张青灰色的脸，半边已经腐烂，一只眼珠子掉在外面，张着血口大盆，龇牙咧嘴地冲着她的脖子咬过来。

一来就这么凶残，真的好吗？她会有心理阴影的！时笙抓着床上的枕头，挡住丧尸的嘴。这身体没什么力气，丧尸的嘴已经凑到她面前了，有冰凉的液体滴在她的脸上，味道很难闻。

“嗬嗬！”

嗬嗬你大爷！时笙动了动脚，踹向丧尸的肚子，丧尸被踹得一歪，瞬间有冰凉的液体进入时笙嘴里，没有异味，但是很凉，像是要把她整个人冻起来。

这感觉也不过瞬间，快得时笙都没时间反应。

丧尸嗬嗬地爬起来，锲而不舍地朝着食物抓去。时笙来不及细想刚才自己吃了什么，身子一翻，滚到地上，那丧尸扑到床上，凭着本能，朝时笙爬过来。

时笙抖了抖身子，迅速爬起来，视线在两边扫了扫，左边有一个不大的柜子，她冲过去拎起来就往丧尸脑袋上砸。

那丧尸喉咙里发出嗬嗬的声音，时笙每砸一下，它就嗬嗬一声，像是在给她加油助威。傻丧尸。

时笙丢掉柜子，看着床上已经没有动静的丧尸，甩了甩有些酸的手，这身体好弱啊！喘了几口气，时笙摸着饿得咕咕叫的肚子，连剧情都来不及整理，便到房间外面去找吃的。

外面的大门敞开着，地上还有丧尸行走带动的血污，从她的方向正好看到一个丧尸朝着这边过来。时笙赶紧将门关上，巨大的声音惹得丧尸在外面挠门。

时笙翻箱倒柜，也只找到两袋饼干，勉强填饱肚子后，才开始整理剧情和这具身体的记忆。

这是一篇女配角逆袭末世文。

戚明雪是书中的女配角，没活过五十章就挂掉了，但是戚明雪被穿了，穿的人是看过这本书的读者，因此女配角就成了女主角。

而她现在这具身体就是原女主，顾南。

戚明雪仗着自己看过全文，掌握了无数先机，在末世开始前，抢女主角的金手指，抢女主角的资源，抢女主角的男人，总之抢得不亦乐乎。

也许作者想让女主看起来厉害一些，什么好的东西都想给女主角，结果就是女主角看到什么好东西都想要，最后人设崩了。

没有金手指，原主就没了女主角光环，在去B市安全区的路上，被几个人玷污，虽然到了安全区，但过得并不好。

B市安全区沦陷后，她辗转到了京城基地，但是过的也是卖皮肉的生活，没多久就受尽折磨死了。

戚明雪却混得风生水起，最后更是建立了自己的基地，成为一方霸主，带领人类战胜了丧尸，走上人生巅峰。

原主在死之前见到了戚明雪，从戚明雪口中得知了一切。她不甘心！戚明雪凭什么抢夺自己的东西？她不过是一个外来者，凭什么仗着知道的信息来抢夺自己的东西。她要报仇，她要在末世活得比戚明雪更好。

时笙接收完剧情，顿时有些纳闷，她来得有点晚啊，末世都已经开始三天了。

戚明雪把该抢的都抢了，金手指是颗珠子，是原主的姥姥给她的，据说是祖辈一直传下来的。

那金手指就是末世文的标配，空间、萌宠、灵泉。

戚明雪还是原主的表姐，是原主母亲妹妹的孩子，作为亲生女儿，原主还不如一个寄住在顾家的外人受宠。

在顾家，顾南就像一个外人，别说宠爱，顾母看她跟看仇人似的。顾父又是个妻管严，每次也只是摇头叹息，一副对不起顾南的样子，却什么都不做。

所以在末世开始的时候，戚明雪将对她还算不错的顾父顾母带走了，留下正在觉醒异能的顾南一个人。

临走的时候，戚明雪还故意没把门关紧，只要有丧尸闻到生人的味道，必定会摸进来，也确实有丧尸摸了进来。

想到自己之前模模糊糊听到的声音，想必就是他们抛下原主的情形。

喵——腿上传来毛茸茸的触感，时笙低头一看，一只白猫蹲在她脚边，如宝石一般的眸子在黑夜中泛着幽光，似乎察觉到时笙的视线，白猫又讨好地叫了一声，用脑袋蹭着她的腿。

“白虎？”时笙从记忆中找出这只猫的名字，唤了一声。

给一只猫起名叫白虎，不愧是原女主角，连只宠物都是这么特别。

喵——白虎很开心地蹭着她的小腿。时笙将白虎抱起来，摸了摸它的毛，很顺滑，之前是那声猫叫将她惊醒的，不然她还不知道能不能在丧尸咬到自己时醒过来。时笙不讨厌猫，所以决定养着它。

末世已经开始三天，金手指也被戚明雪提前抢走，时笙很心塞。

唔，金手指没了，好像还有异能来着。

她醒过来的时候就感觉体内有股奇异的力量，此时静下心来感受，越发明显。她试着使用那股力量，指尖一凉，一朵黑色的小花从她的指尖开出来。

这是什么？开花是什么异能？还是黑色的？玩我呢？！剧情中原主是火系异能，杀伤力很强，但没有晶核升级，所以到死，她的异能也不过二级，可是怎么到她这儿，就成了这么个没见过的异能？

时笙试了好几次，每次不是开出一朵黑色小花，就是开出两朵黑色小花，坑人不是？火系异能怎么会变成这样？时笙思索良久，最终想起她之前和屋里那个丧尸打的时候，好像吃了什么东西，不会是那东西造成她现在这个样子的吧？

“啊！”女人的尖叫声响彻大街。

几个年轻男女从街角冲出来，他们身后跟着七八个丧尸，兴奋地追着食物跑。

而就在此时，他们前面的马路上摇摇晃晃地走过来几个丧尸，听到声音，顿时齐刷刷朝着奔跑的几人看过来，随后兴奋地朝他们围堵过来。

“余哥，怎么办？”问话的是一个胖子，手中拎着一把斧子。

前有狼，后有虎，难道他们今天就要交待在这里？

“上面有人。”其中一个妹子突然指着街道旁边的二楼，“余哥，那里有人。”

被叫余哥的人抬头看去。

这一片是老城区，老式建筑的二楼有一个很大的阳台，还是露天的。此时那阳台上站着一个人，是一个少女，看年纪也不过十六七的样子，身上穿着干净的运动服，怀中抱着一只白色的猫。

余良觉得有些怪异，但生死关头，他也没空细想，朝着二楼的下面看去，那里有道铁门，看上去很结实。

附近的门要不紧闭，要不就是被破坏了，余良只得对着二楼喊道：“这位姑娘，能不能为我们开一下门？”

两边的丧尸越来越近。

“开门，快让我们上去。”之前那个喊有人的妹子也出声了，不过语气不怎么好。

“姑娘，大家都是同类，能帮一把就帮一把，我们身上有吃的，可以分给你。姑娘，你快帮我们开一下门，丧尸就要来了。”

“你是不是聋了，说句话啊！”

可不管他们怎么说，站在阳台上的少女没有半点动静。如果不是她怀中的那只猫在不断甩着尾巴，他们都怀疑那个少女只是雕像，根本不是个人。

而丧尸已经到了。

“啊——”三个妹子被那些可怕的丧尸吓得尖叫，两个男人要杀丧尸，还要保护她们，行动上受到了很大的限制。

时笙垂眸看着下方的人，直到他们快撑不下去，才去开了门。门一开，三个妹子就迅速朝门里挤，余良和胖子断后。

铁门关上后，丧尸围着铁门挠着，那声音真的很刺耳。时笙只淡淡扫了他们一眼，就一言不发转身往楼上去。三个妹子被吓得不轻，余良和胖子对视一眼，扶着三人上楼。

一上楼他们就看到客厅中的丧尸，半边脑袋都被削掉了，黑红的液体满地都是，客厅中的味道很难闻。

“哕！”三个妹子看到这场景，立即干呕起来，脸色极其苍白。

“你好，我是余良，谢谢你。”余良主动上前。

时笙手掌抚摸着白虎的背脊，微垂着眼睑，面色平静。余良有些心惊，这个少女太过平静，像一潭死水，惊不起半分涟漪。三天的时间，他觉得比一个世纪还漫长，他从一开始的下不去手，到现在为了生存，主动杀丧尸，可是看到那些丧尸，依旧会忍不住害怕、恶心。

“哥，你谢她做什么？刚才她等了那么久才给我们开门，指不定是想看着我们死呢。”一个穿着蓝色裙子的妹子苍白着脸走到余良身边，满脸嫌恶地盯着时笙。

时笙抬头看了她一眼，突然咧嘴笑了笑，笑容带着几分恶意。她的面容本就漂亮，这么一笑，让那张脸更加生动起来，像是初春绽放的花蕊。

但她那双清澈如湖的眸子中没有半分笑意，依旧风平浪静。

余良听到少女用轻灵的嗓音说出了满是恶意的话：“你能捡回一条命，不正是因为我给你开了门？这么一算，我可是你的救命恩人，你就是这么和救命恩人说话的？信不信我把你丢出去喂丧尸。”

“恩人？你算哪门子的救命恩人，如果你早点给我们开门，我们至于和那些鬼东西待那么久吗？哥，你看她，什么态度！”余静被气得脸色通红。

这个女人竟然敢威胁她。

“我为什么要给你开门？”时笙不理会余静的愤怒，疑惑地反问，“我有什么义务给你开门？你们老师没有教过你，不要给陌生人开门吗？”

本宝宝要不是看你们可怜，鬼才会给你们开门。

现在把他们扔出去也不知道来不来得及。

“现在是什么时期……”

“对不起姑娘，是我妹妹不懂事。”余良赶紧拉开余静。

“哥，你干什么，她——”

“余静，你够了！”余良突然加大了音量，“自从末世来了，你给我添的麻烦还不够多吗？”

余静咬着唇，眼眶微红，跺了跺脚，朝着另外两个妹子跑了过去。

“对不起啊，我这妹妹，打小就被家里惯坏了，你别生气。今天确实是你救了我们一命，我们也没别的东西，给你一些食物如何？当然……如果你……”

“不必了。”时笙抱着白猫往阳台走，丝毫不留情面地道，“别让你妹妹冲着我发疯就行了。”

余良尴尬地看着时笙的背影，胖子上前拍了拍他的肩膀，两兄弟同时苦笑了下。这该死的末世。

晚上，时笙依旧待在阳台，只在阳台上放了一张躺椅，抱着白猫睡在上面，余良等人没有去打扰，余静大声骂了几句，很快被余良给制止。

余良和胖子各守半夜，在胖子和余良交班后，余良往阳台上看了一眼，发现躺椅上的人不见了。他立即跑到阳台上，躺椅上的温度还是热的，证明她刚刚离开。

余良往街道上看，一道黑影正消失在街角。余良说不出心里是什么感受，总觉得那个少女怪怪的。

时笙没有走多远，她离开那个小区，就到了这附近，无意中发现自己那诡异的异能，对丧尸似乎是有用的。所以此时，她是来验证的。

她选了一条小巷，这里有两个丧尸。将白虎放到背包里，她站到巷子中，开始使用异能。她没事就喜欢用异能变花，此时她能一次变三朵花出来，当黑色小花在她指尖绽放，那两个丧尸像是嗅到了什么，转身朝着时笙看过来。可是和他们看到人类表现出来的那种兴奋不同，此时的他们有些萎靡，又有些迷茫。

时笙试着往前走了几步，两个丧尸没有任何动静，依旧维持着原样站在那里。直到时笙靠近他们两米，他们都没有任何动静。

嗬嗬！丧尸忽然动了，张牙舞爪地朝着时笙扑过来。时笙一惊，转身就跑。

完了！异能用光了！

余良以为那少女不会回来，谁知道没多久，他就看到少女一阵风似的从街角跑过来，踩着楼下的车，麻溜地爬上了阳台。

余良目瞪口呆。

“你在这里做什么？”看到余良，时笙皱起了眉。

“我……我守夜。”

“阳台归我，别靠近这里。”

末世最可怕的是什么？是人心。她可没心情去应付这些人，末世杀人不犯法，这些人要是靠自己太近，指不定她什么时候就要开始报复社会了。

余良离开后，时笙又抱着猫躺到摇椅上，慢慢恢复异能。这异能能让丧尸萎靡，甚至是无视她，在末世，这异能才是杀人越货的必备技能。你想想，几十万丧尸大军中，你能在里面自由行走，那场面多拉风，想想还是蛮激动的。

只不过距离和范围她还得实验之后才能知道。时笙叹口气，就她这被抢了金手指的原女主角要想逆袭，难啊！

翌日，余良的人在讨论该往哪里走，时笙依旧躺在阳台椅子上，那悠闲懒散的模样让余静气得牙痒痒。

“我们想再收集一些物资，然后出城，你去吗？”余良从屋子里走出来，态度颇好地问时笙。

“不去。”

“不知好歹。”余静讽刺的声音从后面传来。

时笙偏了偏头，语气平静：“我还想多活几日，不想那么早喂丧尸。”

只知道尖叫引丧尸，和他们一起做什么？给丧尸当口粮吗？

“你这话是什么意思？”余静又大声叫了起来，“我们让你跟着是看你可怜，你以为我们想让你跟着吗？”

“你再叫，它们就要过来了。”时笙幸灾乐祸地指了指下面，“你就这么想和丧尸合为一体啊？早知道我就不救你了。”

“你……”余静指着时笙的手直发抖，脸色青一阵白一阵。

胖子和另外两个妹子也被引了过来，听到下方越来越大的嗬嗬声，两个妹子都白了脸。

“余哥，快走吧，一会儿被围起来就走不了了。”胖子出声提醒余良。

余良无奈地摇摇头，拉着余静离开，时笙从阳台上看着他们消失在街角。白虎蹭了蹭时笙的手臂。时笙摸了摸它的脑袋，自言自语道：“我们得找个空间异能者，还有水系异能，不然以后的日子可就难过了。”

过惯奢侈生活的时笙，不管到哪里，第一个想法都是让自己过得更舒服。亏待谁都不能亏待自己。

末世第六天。

已经有人使用异能了，不过因为前期太弱，用不到两下就没了，反而没有那些身体部分变异的变异者杀起丧尸来得心应手。

时笙站在巷子的转角，看着那边杀丧尸的人。

金木水火土她都见过，雷系的还是第一次见，那个人发出的雷电虽然只有小拇指粗，但是比别人只能发出一点火星要强得多。

那边一共十多人，雷系的男人是领头的，而他们保护的是身后的三辆越野车。

时笙注意的是男人身边的那个少女，一头长发盘了起来，手中不断发出冰刃，比起其他人，她的异能显然更强大，一直使用也没见她出现异能枯竭的现象。

戚明雪……还真是，冤家路窄啊！

那么那个雷系男人，应该就是她的CP宋拾。

时笙恶劣地笑了笑，要不要拆CP呢？

被吸引来的丧尸越来越多，就连时笙站的巷子都来了几个，时笙甩了甩手中的铁剑，等丧尸近了，挥剑砍下去，明明是风轻云淡的一剑，那丧尸却直接被削掉了脑袋，身子轰然倒地。

系统不知道时笙那把铁剑是从哪里摸出来的，它问过，但是它家宿主让它自己去查。它查得到，还用问她？

那把铁剑上有一股能量波动，可惜太弱了，它无法分析能量到底是什么。

#宿主身上总能摸出奇怪的东西#。

时笙解决掉这几个丧尸，那边的人也打出了一个缺口，开始撤退，一辆越野车打头，撞开不多的丧尸，所有人都在第一时间上车，只留下宋拾和戚明雪断后。

车子开到时笙这里的时候，忽然停了下来。

“上车。”车门被推开，一个娃娃脸男生语带焦急地冲着她吼。

时笙转了转眼眸，跳上了车。

她真想看看戚明雪看到自己时的表情啊，一定很好玩儿。

越野车上人不多，加上开车的也只有三个人。除了开车的，另外两人身上都有血污。

时笙一上车，三人都第一时间打量时笙，她身上的衣裳很干净，背包有些鼓，但是不大，就和学生背的包差不多。

这都末世第六天了，这姑娘竟然还穿得这么干净，看来应该是从末世开始就没出过门。

现在还没停水，保持干净也不是什么怪事，所以他们也没多想。

“三哥三哥，前面有丧尸。”娃娃脸男生忽然指着前面叫了起来。

前面的丧尸正密密麻麻地过来，目测有两三百个。

“冲不过去。”坐在副驾驶座上的男人沉着脸说。

两人在四周扫视了一圈，最终视线落在一家超市上。超市里面很乱，估计已经被人光顾过了，但门是好的。

驾驶座上的人迅速将车停下：“下车，进超市，掩护后面的人。”

时笙被娃娃脸男生拉着下车，第一时间冲进超市，后面的车陆陆续续下来一些人，男女老少皆有，时笙还看到了顾父顾母。

戚明雪在这里，看到他们也不意外。

外面的人全部进来后，几个人合力将门堵上，听到外面丧尸拍门的声音，一群人的心也跟着直跳。

确定它们进不来后，这些人才各自找地方休息，一些人则开始搜寻超市还有没有物资。

人群一散开，时笙的身影就露了出来。

“小南……”顾父先看到时笙，先是惊讶，随后神色尴尬又心虚。

顾母就站在顾父旁边，听到顾父的声音，也顺着看过去，见真的是自家女儿，脸上也闪过一丝不自在。

“咦，你和顾叔叔、顾阿姨认识啊？”娃娃脸男生惊讶地看着时笙，随便救个人还救到了熟人？

时笙冷笑了一声：“当然认识，他们可是我父母。”

“父母？”既然是父母，干吗用那么生硬和讽刺的语气说话？

“小南，当时你——”

顾母打断顾父的话，脸上的表情又是担忧又是愤怒：“你这死丫头，一天到晚乱跑，这末世来了，你知道我们找不到你有多担心吗？”说到这里，顾母哽咽了起来，声泪俱下，“既然回来，就乖乖和我们在一起，爸爸和妈妈会保护你的。”

“受不起，我可没有把自家亲生女儿扔下、带着别人女儿跑的父母。”想本宝宝陪你们演戏，做梦呢？

顾母觉得时笙一个人，想要在这末世活下去，肯定得顺着他们说。

剧情中，原主也遇到了他们，不过是在去B市的路上。

顾母当时也是这般，说她不懂事一天乱跑，他们找不到她如何如何伤心。当时原主为了摆脱那几个玷污自己的禽兽，只得生生受着，被周围的人用异样的眼神打量。

可惜她不是顾南。

“怎么回事？”娃娃脸男生有些迷茫，四周的人也纷纷朝着这边看过来。

时笙抢在顾母前面开口：“末世开始的时候我发烧了，所以我的父母就扔下我，带着我表姐一起跑了。”

“什么？扔下自己的女儿跑了？”

“这种事他们怎么做得出来！”

现在不过末世第六天，除了一些本就恶贯满盈的人，大部分人还保留着人性与良知。

“你个不孝女，我当初怎么就生了你这个白眼狼，你以前和外面的人鬼混我们管不了你，现在还这么说我，这是造的什么孽啊！”

顾母开始哭，说得好像真是那么一回事。

一时间，大家都不知道该相信谁。

“好了好了，活着不容易，你们都是一家人，能有什么隔夜仇？活着才是最重要的。”

“大家都散了吧，抓紧时间休息。”

之前开车的男人让众人散开，看了时笙一眼：“你的事，等老大和戚小姐回来再说，先休息吧。”

时笙扯着嘴角笑了下：“没什么好说的，我不会认他们的。”

“小南……你别赌气，外面什么样子你也不是没看到，和我们在一起，才是最安全的。”顾父性子本就比较软弱，一直被顾母压着，所以说话都是慢吞吞的。

“那你就当我死了好了。”本宝宝才不伺候这样的父母，“你们眼里就只有戚明雪，你们去给她当父母吧，我高攀不起。”

反正原主的遗愿中也没有他们什么事。

想来当初原主也是恨他们的，只不过因为他们是她的父母，到底是生她养她的人，就算他们如此对待自己，她最终也没有要报复的意思。

“好好好！我和你爸就当白养你那么多年，以后我们和你没有任何关系，老顾我们走。”

“唉，小南……”

“走，你还和她说什么，人家都不认你了。”顾母拽着顾父往一旁走，嘴里大声嚷嚷，“养只狗还知道摇尾巴，我们养她这么多年，你看看到头来得到什么了？”

娃娃脸和开车男神色尴尬，这是人家的家事，他们不好插嘴。

时笙看着顾父顾母和围着他们的人诋毁自己，脸上的表情越来越冷。

原主就没怀疑过，自己到底是不是他们的女儿吗？

有这么对待亲生女儿的父母？

【支线任务：身份解锁。默认接受。】

系统的声音忽然跳了出来，吓时笙一跳。身份解锁是什么？难道原主真的不是顾父顾母的女儿？

天哪，本宝宝不过是随便想想，系统，你不要随便出任务啊！还不给拒绝的机会，你这样很容易失去本宝宝的你知道吗？上次你不是还没强迫本宝宝吗？系统你变了……

【宿主，这个支线任务的奖励很丰厚。】系统很贴心地提醒。

多丰厚？能将她那负到天际的人品抵平吗？

【宿主，请不要异想天开。】

你才异想天开，别以为本宝宝不知道那不过就是串数据。

【……】它选择下线。

顾南不是顾父顾母的女儿，那她是谁的女儿？难道顾父出轨了？所以顾母才对顾南意见这么大？

时笙越想越觉得有可能，准备找个机会问问顾父。

宋拾和戚明雪是第二天回来的，一回来顾母和顾父就赶上前，那关心的样子，好像她才是他们的女儿。

时笙靠着货架，看着那边其乐融融的场景，神情淡漠，目光平静，没有半分恼怒或者嫉妒。

娃娃脸男生苏霁夜观察了许久，总觉得这女生有点不对劲。

从他们让她上车，到之后和顾父顾母争论，她脸上虽然有表情，可那双眸子从始至终一片平静。

“小五，你看着人家姑娘干什么？看上了不成？小小年纪就开始思春，这样不好。”脸色黝黑的男人打趣地拍了苏霁夜的脑袋一下，转而严肃道，“那姑娘身上有股气场，连戚小姐都比不上她。”

开车男赵景往时笙的方向看了一眼：“我也觉得她不像普通人，之前我就观察过，她看那些丧尸的眼神和现在没什么两样。”

不知是不是他的错觉，他觉得她看人的眼神比看丧尸的眼神要冷得多。

“昨晚我守夜，守了多久，她就盯了我多久，今天早上我看她那样子，完全不像是没休息好。”

“喂喂，你们确定说的是个不满二十的女生，而不是我们老大？”苏霁夜满头“黑线”，他们说的还是个女生吗？

几个人看白痴一般摇头，赵景压低了声音道：“多注意点她。”

戚明雪那边也说完了，她往时笙的方向看了一眼，随后拿着一瓶八宝粥走到时笙面前，声音温柔道：“表妹，吃点东西。”

时笙微微抬头，仰视着站在自己面前的女人，和记忆中的戚明雪完全不一样。

现在的戚明雪明媚耀眼，一张脸蛋白皙嫩滑得如同刚剥壳的鸡蛋，眸子里像有一泓清泉，水光潋滟，一颦一笑都带着勾人的魅力。

时笙扯着嘴角笑了笑：“不好意思啊，我失忆了，我不认识你。”

戚明雪笑容一僵，但是很快恢复过来：“表妹你别赌气，大姨她只是气糊涂了，你一会儿好好道个歉就行了。”

戚明雪表面温柔，心中却暗暗想着，不愧是女主角，她走的时候没有把门关好，没想到顾南运气这么好，还是让她跑到了这里。

不过她已经把顾南最大的金手指抢了，她倒要看看，没有金手指的女主角，是不是还像书里那样牛。

“明雪，你和她说什么，她就是白眼狼。”顾母抓着戚明雪就走。

“大姨，表妹一个人……”

“你管她做什么，你不知道她昨天怎么说的，我以后没她这个女儿。”

“大姨，怎么说都是一家人，表妹也是不懂事，您别和她计较……”

两人的声音渐渐远了，时笙垂着头把玩手中的铁剑，面前忽然一暗，她微微抬头，对上一双冷漠的眸子。

作为男主角，宋拾长得很帅气，只是对于看过楚棠、陆清韵那种美得人神共愤的男人的时笙来说，宋拾这样的，顶多算比平常人好看一些。

“我的队伍不欢迎你，你离开。”宋拾的声音和他的人一样，冷冰冰的，不含丝毫感情。

哎哟，戚明雪这是和宋拾说了什么，这就要赶本宝宝走了？

“老大，她一个小姑娘……”苏霁夜的话还没说完，宋拾一个冷眼扫过去，苏霁夜就不敢再说了。

时笙扯着嘴角笑了下，从地上将装着白虎的包拎起来，轻声念着他的名字：“宋拾，宋公子，啧……”

宋拾微微皱眉，这个女生确实很怪，让她离开队伍是正确的选择。

时笙路过顾父顾母的时候，顿了下：“顾先生，我想和你说几句话，可以吗？”

顾父看向顾母，无声询问，顾母直接厌恶地扭开了头，顾父这才和时笙一起出了超市。

“顾先生，你可以告诉我，我的亲生父母是谁吗？”时笙开门见山地问。

闻言，顾父脸色骤变：“小南，你……”她从哪里知道的？

原主的母亲程素是顾父的初恋，父亲是谁，顾父也不知道，当时是程素将刚出生不久的原主抱到他家里，求他和顾母收养。顾母当时就不乐意，程素给了很大一笔钱，顾母这才答应。

十几年来，程素就跟人间蒸发了一样，再也没出现过。

程素是京城人，自己难不成要跑到京城去？

去京城要从B市过去，而且也没飞机。时笙只得先压下这件事，既然是支线任务，肯定不那么好做。

时笙离开超市，在附近找到一辆房车，里面还有一个丧尸，时笙将丧尸弄出去，开着车跟在戚明雪的队伍后面。

戚明雪和宋拾都知道，但是大路朝天，他们总不能不让她跟吧？

从A市出去，宋拾的人损失了五个，其他人也死了一些，本来队伍加起来有三十多人，此时就只剩下十多人，四辆车锐减到两辆。

一行人出城的时候，遇到了余良和胖子，两人都觉醒了异能，可惜余静和那两个妹子都死了。

宋拾让两人加入队伍，看到跟在最后面的时笙，两人都有些诧异，这个姑娘竟然还活着。

末世第十三天。

队伍出A市，往B市去。

末世第二十天。

队伍遇上营救幸存者的军队。

末世第二十五天。

大雨，队伍被困在一个村子里。

时笙站在窗前，看着外面的大雨，目光有些晦暗。

这场大雨后，丧尸就会进化，不再行动缓慢，他们的速度会和普通人一样，不少丧尸还会成为异能丧尸，而丧尸脑中也开始出现晶核。

时笙指尖缓慢地开出黑色小花，她也该杀丧尸了。有晶核，她这异能升级应该会快许多。

她的异能可以让丧尸无视自己，驱逐丧尸只对一两个有效，多了就不行。

“啊！”

“她变成丧尸了。”

时笙旁边的房子里忽然响起了尖叫，紧接着就是一阵混乱，这种情况在路上遇到不下几十次，不少人被抓被咬后，都不愿意说出来。

【宿主，这雨对你的异能有帮助。】

嗯?

系统怎么会提醒她？肯定有阴谋！

【……】它真的只是单纯提醒而已，宿主是不是有被害妄想症！

虽然觉得系统有阴谋，但时笙还是带好自己的东西，将白虎装进背包，推开门出去，趁着那些人的注意力都在那边，迅速朝村子的另一头跑去。

她没看到，在她离开后，戚明雪也跟着她去了。

时笙走到没人的地方，放慢了速度，任由雨水打在自己身上，这些雨水带着丝丝缕缕的黑气落到她身上，黑气立即隐入她的身体中。

黑气进入身体后，她能感觉体内的异能变得活跃起来，不断在她身体中游走。

一只丧尸从旁边的房子里冲出，往时笙身上扑。时笙侧身避开，铁剑刺入丧尸的脑中。

黑暗中，越来越多的丧尸出现，时笙却发现自己的异能不能使用了，那些异能在她身体里非常活跃，可她完全无法使用它们。

时笙只能拎着铁剑砍，丧尸一拨接一拨，像是整个村子的丧尸都集中在这里了。

砰！这声爆炸很突兀，时笙只感觉面前光芒突然耀眼，转瞬自己就飞了出去，耳中满是嗡鸣声，雨水砸在她身上，如同腐蚀一般疼。

时笙落下的时候，余光扫到了一个人影，那影子站在远处的房顶上，然后时笙眼前就是一黑，彻底陷入昏迷。

时笙是被冷醒的，一睁眼就对上一张白得吓人的脸，黑漆漆的瞳孔正专注地盯着她，瞳孔中有僵滞和迷茫。丧尸？不对，这人除了脸色白得像涂了粉似的，其他地方完全和人类一样，就连身上穿的也是很正常的衣裳。

四周的光线勾勒出面前的人影，是一个十七八岁的少年，面容很精致，像橱窗里的洋娃娃。他没有表现出任何攻击的欲望，时笙也只能僵着不动。

“你……”是个什么东西啊?

“嗬嗬。”

时笙：“……”真的是丧尸！

他是趴在时笙身上的，此时见她醒了，便笨手笨脚地从她身上爬起来，还朝着她伸出手，僵着脸：“嗬嗬。”

时笙琢磨了一会儿，试着将手放到他手中，丧尸立即握住她，用力将她拉起来。他的手很冷，像是在冰柜里冻过，但是不僵硬，和正常人类的手一样。丧尸拉着她的手往嘴边凑，时笙惊得一缩，但是丧尸收紧了手，将她的手往他嘴边送。

老子的剑呢？老子要砍死它！就在时笙找剑的时候，一抹冰凉的柔软从指尖扫过，她浑身颤了颤，诡异地看向丧尸。他正舔着她的指尖，眉头微微皱着，似乎觉得不好吃。

“嗬嗬！”

不懂，说人话。

“嗬嗬！”丧尸将她的手拉到她面前，有些焦躁地吼着。

时笙看了看自己的手，嗯，很干净很漂亮，真是棒棒的。

“嗬嗬！”丧尸伸出手指，对着她的食指戳了戳，僵滞的眸子里闪现出期待和渴望。

时笙也拿手指戳了戳他。干什么？戳一下能把本宝宝戳死吗？

因为不知道如何表达，丧尸焦躁地绕着时笙转了两圈，最后一溜烟跑了。

时笙：“……”这是什么新玩法？

时笙这才开始观察自己所在的地方，是一处不大的山洞，肯定不可能是她掉进山洞的，因为上面是实心的。所以，是那个丧尸把她弄进来的？

她的背包和铁剑都放在不远处的角落，估计也是丧尸捡回来的。白虎趴在旁边睡着了，她叫了好几声都没叫醒，好在看上去挺正常，不知道是不是要觉醒异能了。动物也会觉醒异能，只是概率比人类低多了。

背包里面的东西都还在，食物被水泡过，肯定是不能吃了。戚明雪啊，竟然敢暗算她……

时笙收拾好东西，走出山洞，顿时傻眼了。为什么这个山洞是开在悬崖上的啊？那个丧尸是会飞吗？

丧尸会不会飞时笙不知道，但她很快就知道那个丧尸是怎么上来的了，这货会空间瞬移。他就那么突兀地出现在她旁边，要不是她定力好，肯定早就吓得掉下悬崖了。

“嗬嗬！”丧尸将手中的白色小花递给时笙，指了指她的手指，又指了指花。

时笙完全听不懂！她伸手拿过那朵小花，试探地问：“送给我？”

丧尸立即摇头："嗬嗬！"

花儿？这货不会是在说她的异能吧？时笙迟疑了一下，用异能在指尖凝了一朵黑色的花，这花一出现，时笙自己都吓一跳，她还没看清，那花就消失了。

"嗬嗬！"丧尸兴奋地抓着时笙的手。

刚才她没看错吧？这个丧尸竟然把她的异能吸收了？

时笙又凝出一朵花，丧尸张嘴，嗷呜一口吞了下去，冰冷的舌尖还舔了舔她的指尖，惊得时笙起了一身鸡皮疙瘩。

"嗬嗬？"丧尸歪着头，看看她的手，又看看她，"嗬嗬！"

时笙发现这丧尸吃了她的异能，脸色竟然没有那么苍白了，当然和人还是有一定距离，瞳孔也不再那么僵滞。

她的异能对丧尸还有滋补的作用？不应该啊，如果是这样，那些丧尸在感觉到她的异能时，还不得把她撕了？

时笙想着之前看那花有些不对劲，转身回了山洞，又在指尖凝出一朵花，丧尸见此就要扑过来咬，时笙立即将手移开。

"嗬嗬！"丧尸有些生气，声音都尖锐了几分。

时笙怕这货扑过来咬自己，用铁剑指着他，快速将那朵花打量了一遍。那花比她之前凝出来的要大一倍，而且颜色比以前更深了。她这是进阶了吗？

"嗬嗬……"丧尸眼巴巴瞅着时笙的指尖，那模样看上去还挺可怜。

时笙黑了黑脸，她竟然觉得一只丧尸可怜，也是疯了！

"嗬嗬……"

所以在这个世界，她要和丧尸相亲相爱吗？时笙又凝了几朵花儿喂给这个丧尸，没办法，她不会飞啊！人在悬崖上，不得不低头。

丧尸就跟喂不饱似的，时笙用了一半异能就不敢用了："嗬嗬你大爷，带老子下去，否则你别想再吃！"

丧尸像是听懂了，失望地盯着时笙的指尖，最后指了指外面。这丧尸想吃时笙的异能，时笙倒是不担心他会咬自己。

丧尸的瞬移能力似乎有些不稳，时笙让他往上面去，他却把她带到山崖下方了。当然时笙更愿意相信，是他根本没听懂。

"你叫什么？"

"嗬嗬！"

"你怎么和其他丧尸不一样？"

"嗬嗬！"

“你知道这是什么地方吗？”

“嗬嗬！”

她收回那句智商挺高的话，除了嗬嗬，他什么都不会，她没有自带丧尸语言系统好吗！

时笙每天喂丧尸一些异能，然后带着丧尸在山林中晃荡，这里没有丧尸，连只动物都看不到，她身上的食物已经不够吃了。等时笙出了那鸟不拉屎的地方，那个丧尸已经完全和正常人一样，甚至会发几个单音节的词。

“吃……”

就知道吃！等老子异能厉害了，撑死你！

时笙走出山崖，又走了许久才找到一个村子，村子里丧尸不多，时笙清理出一间屋子，在里面找到一些食物，但是能吃的很少。

现在没看时间的东西，时笙也不知道过了多久，反正水电是不能用了，至少过了一个多月。

时笙顺便找了几件衣裳，自从那场大雨后，天气就越来越冷，她这些天完全是咬着牙熬过来的。

将白虎安置到沙发上，丧尸僵滞着脸，盯着白虎，指尖挠着他身下的沙发，有些暴躁，时笙赶紧给他喂了点异能。这丧尸虽然不会攻击她，但是他暴躁起来，会攻击白虎。

【隐藏任务：千里同风。】

你这任务发布得很随心啊！千里同风是什么？让她拯救世界啊？

【任务目标：千黎。让其恢复记忆，避免剧情结局，并建立新世界秩序，维护世界和平。】

千黎……很好，又是反派boss！自己和反派boss杠上了是吧？还维护世界和平？你看她像是能拯救世界的人吗？

千黎，本文中最大的反派，唯一的丧尸皇，外貌和人类没有任何差别，如果不是他说自己是丧尸，绝对不会有人觉得他是丧尸。他几次带领丧尸攻进基地，除了女主角所在的基地，其余的基地基本都覆灭了。到最后，所有的人类联合起来，由女主角带领，最终成功将其活捉。

为了研究丧尸皇和其他丧尸的不同，人类将他关在实验室研究，如何研究的不知道，但是过程肯定不怎么好就是了，最后他自爆了，整个实验室都被炸没了。

时笙瞄了几眼眼巴巴瞅着自己的丧尸。

他是未来的丧尸皇？

本宝宝竟然喂了一个丧尸皇，还要带领他建立新世界秩序，维护世界和平……这个烂梗！本宝宝是拒绝的！

时笙转了转眼眸，心底已经有了决断。

“换上，不许攻击白虎，不然我揍你！”时笙将干净的衣裳扔到千黎身上。

“嗬嗬！”千黎看了看白虎，又看了看时笙，“嗬嗬！”

时笙换好衣服出来，千黎正在脱上衣，少年的身体还很稚嫩，没什么看头，不过他背上纵横交错的伤痕看得时笙一阵心惊。那些伤痕看上去年代很久了，狰狞地霸占了他的整个后背。在他肩胛的位置有一个文身，很奇怪，时笙正要细看，千黎套上了上衣，伸手就把裤子扒了下去。还没移开视线的时笙看了个正着。她淡定地移开视线，等千黎穿好裤子才走过去：“今晚你守夜，有人来了叫我，不许攻击人。”她不确定这货若是尝到了人血，还会不会保持冷静。

千黎迷茫地看着时笙，好一会儿才点点头。时笙睡到半夜的时候就惊醒了，在危险的世界，她自然不会睡得太死。千黎就站在她旁边，直勾勾地盯着她。时笙掀开被子坐起来，没好气道：“你站这里做什么，想吓死我啊！”

“嗬嗬……抱……”千黎张开双手。

时笙：“……”她默默地站起来，伸手抱了一下千黎，冰冷又坚硬的长指甲从她的脖子上刮过，时笙差点拎着剑砍过去。但是千黎似乎知道时笙不喜欢自己用指甲碰她，所以只是瞬间就将指甲移开，不让它们碰到时笙的身体。他安静地抱了一会儿，满足地松开时笙，缩到窗户边坐着。

时笙扶额，这是养的什么啊！

这习惯也不知道怎么就养成了，之前他只是抱一下，后来越抱越长……

嗡——车子引擎的声音从外面传来，时笙走到窗户边往外面看去。

她选的是靠近村口又处在较高处的房子，此时站在窗边，就能看到村口的方向。几辆军用车开进了村子，停在村口，然后一些人下了车，往村子里走。车子那里有光线，时笙一眼就看到他们身上穿的军服。

时笙低头看了眼千黎：“一会儿你不许出声，明白吗？”

千黎不出声，完全和人类一样，和她的异能有些关系，但是更多的还是他自身的原因，毕竟她看到他的时候，他的样子和人类的差别也不大。

那些人很快就清理到时笙的房子，她拿出一个手电筒，往下面照了照，示意这里有人。

下面的人站了一会儿，没有出声，也没有进来，转身往其他的房子去了。

他们用了不到半个小时就把村子清理完了，然后又有几个人跑过来敲时笙的门。

时笙让千黎在三楼待着，自己一个人下去。

“什么事？”时笙没有开门，隔着门喊话。

“是个姑娘啊……”外面的人嘀咕了一声，“不知道你们房子里有多少人？如果人不多，我们想让一些老人和妇女孩子住进来，其他的房子保暖效果不好。你放心，我们会用食物和你交换。”

时笙将门拉开，用手电筒照了下门外的人，是两个军人。

“你们从什么地方来的？”

外面的人约莫没想到开门的会是这么年轻的一个姑娘，愣了一下，好一会儿才道：“我们是B市派出来接幸存者的，这不接了人，准备回去。”

B市……

“一楼和二楼可以用，三楼你们不许上来。”时笙将门拉开，“用晶核交换。”

那两个人的目光顿时怪异起来。

晶核的事，现在也只有军队知道，普通人根本不知道，这小姑娘……

“这个……我们得和队长汇报才行。”

“好。”时笙说完砰的一声把门关上。

两个人嘴角一阵抽搐，一个在这里看着，一个则去叫队长。

队长对于时笙知道晶核的事，倒没有那两人那么奇怪，除了军队，许多异能者也知道丧尸脑袋里有晶核，可以供他们提升异能。

最后军队以十枚一级晶核和时笙交换，让他们的人住在一楼和二楼。

那场雨之后，丧尸脑袋里就会形成晶核。目前晶核刚刚出现，好多丧尸脑袋里的晶核还在形成阶段，所以一级晶核也不算多。一级晶核不算多，二级自然根本没有。

时笙出来也遇到了一些丧尸，却一个晶核也没找到，足以见得出现晶核的概率很低。十个晶核对当下来说，已经不算少了。时笙拿着晶核上了三楼，三楼有扇门是可以关上的，所以她也不怕有人上来。从那些人口中，她知道现在已经是末世第四十九天了。

时笙吸收了一个晶核，发现没什么效果，就不再吸收。她的异能本来就怪，不能吸收晶核也正常。等白虎醒了，正好让它吸收。就是不知道白虎什么时候醒，都睡这么久了。动物觉醒异能，原剧情里没提过，所以时笙也不确定动物觉醒的时间是不是比人类更长。

后半夜的时候，下面突然吵了起来，还有人砰砰砸门，声音很大。时笙皱着眉坐起来，千黎依旧缩在窗户那里，见时笙动了，立即蹭过来，眼巴巴瞅着时笙的手指。

又要吃！时笙认命地给未来丧尸皇喂了“奶”，烦躁地扒拉了下头发，拿着铁剑往门口走。

千黎跟了两步，不知想到什么，又慢慢退回窗户边。

时笙站在门口听了一会儿，只有吵闹声，没有尖叫，应该不是有人变丧尸，这才拉开门。

门外的人砸门的东西落了空，黑暗中一个人影站在面前，那人惊叫一声，猛地往后退了几步。

她的叫声引来其他人，有人用异能弄出火球，往时笙所在的方向扔过来。

那人应该只是想用来照明，所以火球在离时笙一米远的地方停下，正好让下面的人看清她的身形。

“是个人……吓死我了，还以为是丧尸呢。”

“刚才人家就说了三楼是有人的，你们非要去砸人家的门，这下好了。”

“我们还不是担心……”

“担心什么？赵妍，别以为你那点小心思没人知道。”

人群再次吵闹起来，时笙头疼地揉了揉眉心，没好气道：“你们想干什么？”

大晚上的不休息，还有精力吵！

“你上面是不是还有位置，有的话让我们上去。”之前扔火球的女人立即出声，态度很是嚣张。

这里的人分成三批，其中几个以这个女人为首，另外一批人则是和这个叫赵妍的女人对着干的，剩下的是事不关己、或者绝望哭泣的人，也有抱怨她们太吵、却不敢站出来说什么的。

赵妍也算重要女配角，是男主角的得力助手赵景的大伯的女儿，他大伯临死前让赵景一定要找到赵妍，保护好她。

末世前，赵景就一直被他大伯抚养，那么多年的养育之恩，他自然要回报。去B市的路上，他遇到了赵妍，肯定要将她保护好。可赵妍觊觎宋拾的美貌，对于能入宋拾眼的女主角自然看不顺眼，结局是变成丧尸，又被赵景亲手杀了。最后赵景也没落到好处。

赵妍单独在这里，怕是还没和赵景他们遇上。

这些事件也不过几秒就被时笙过滤完，她靠着门框，双手环胸："我凭什么让你上去？"如果不是看在晶核的分上，她都不会让这些人进来。这些人还想得寸进尺？

"什么凭什么？这里是公共场合，你一个人占着是什么意思？看到下面这么多人了吗？"赵妍有些恼怒，末世前她也是有钱人家的千金，衣来伸手饭来张口，即便是末世，因为她有异能，也受到了照顾。哪里像现在，和这么多人挤在一起，味道难闻不说，这些人还一直哭，早知道她就不赌气和堂哥吵架了。

安排她们的人说三楼有人住，不能去，她打听过，上面最多只有两三人，而且还有个小姑娘。

一开始她也没想上去，可后半夜实在受不了，又不想回去看到那个女人，由于没听到楼上有多大动静，才去砸门。

"关我什么事？"这个世道，为了一块面包都能杀人。

赵妍被时笙的态度激怒："今天我非得上去，走！"说着，她就往楼梯上走。

时笙目光一暗，一直被她握在手里的铁剑猛地朝赵妍砍过去。赵妍没注意到时笙手上有剑，更没料到时笙说砍就砍，被砍了个措手不及，铁剑从她肩膀上划过去，削掉了她的一缕头发。时笙手腕一转，铁剑压在了赵妍的脖子上。冰凉的触感瞬间浸入骨头里，赵妍心中猛地升腾起一股恐慌感。

"别乱动哦，我这把剑很锋利，只需要稍稍用力，你的脖子和脑袋就得分家……"本是吵闹的空间，突然安静下来，少女的声音很轻，话语却满怀恶意。

噔噔噔……二楼的楼梯处响起脚步声，几道黑影走上来，其中有人带了手电筒，先是晃了四周一圈，最后手电筒的光才落到时笙所在的三楼楼梯上。

"怎么回事？"问话的是之前和时笙做交易的队长，他的目光先是扫过时笙，最后落在被挟持的赵妍身上，神色极其难看，"赵妍，你在做什么？我不是警告过你，不要靠近三楼？"

那少女一看就不是普通人，他再三交代过，不许上三楼，而且少女说话言简意赅，不像是会惹事的。

此时这情形，不用问他也知道是赵妍先惹的少女。

"常队长，你看不到是她拿剑威胁我吗？"赵妍咬牙，眼带愤怒，身子却不敢乱动。

“小南？”

时笙偏了偏视线，看向常新身后，戚明雪一身皮衣，非常酷，几步从常新后面走出来，一脸担忧：“你怎么会在这里？上次你不告而别，我们都很担心你，你先放开赵妍，有什么误会好好说。”

担心她没死吗？上次偷袭她的就是这个女人，现在竟然敢假惺惺地来问候她，也不嫌硌硬。

“戚小姐和这位小姑娘认识？”正不知道怎么办的常新眼睛一亮，这少女看上去年纪轻轻，可给他的感觉一点也不像是小姑娘。

“她是我表妹。”戚明雪低声道，“对不起啊常队长，我表妹性子有些不好，她不是故意惹事的，我会劝她，给你添麻烦了。”

当着我的面都敢抹黑，直接把锅往我身上丢，女主角大人你这脸皮也是蛮厚的啊！

常新微微皱眉，戚明雪的意思是，这小姑娘先惹事的？她看上去脾气确实不怎么好，之前和他谈话的时候，他就感觉到了。他看向时笙，时笙依旧拿剑压着赵妍，不过神色看上去比之前……嗯，温和了一些？是他的错觉吗？

“戚明雪，快让你表妹放开我！”赵妍一听戚明雪的话就吼了起来。

时笙有些诧异，赵妍认识戚明雪？那他们应该已经遇上了，怎么赵妍还在这里？

“表妹，你先放开赵妍。”戚明雪温柔出声。

戚明雪对外的形象一直是温柔善良的，所以就算赵妍这么不客气地吼她，她也没表现出任何恼怒之色。

时笙转了转眼眸，无辜地看着戚明雪：“表姐，不是你说要教训一下她的吗？我——”

戚明雪脸色一变：“表妹，你胡说什么，我之前都不知道你在这里……”

“戚明雪！”赵妍尖叫着打断了戚明雪，脸色铁青，“你还有什么话说？我就知道你不安好心，在宋大哥面前装模作样，你这个不要脸的女人……”

赵妍越骂越大声，戚明雪的解释都被她盖了过去。

赵妍之前和赵景就是因为戚明雪的事闹了矛盾，一气之下，才带着和她关系比较好的几个妹子到了这里。

她本就和戚明雪有矛盾，此时听到时笙随口胡诌的话，哪里还有理智去思考。

“傻子！”时笙骂了一声，不过赵妍骂得太起劲，并没有听到。时笙无趣地将铁剑收了回来，退回三楼门口，仰着下巴对着常新道：“常队长，做人要讲信用，你的人若是再靠近这里，别怪我这把剑要开封血祭了。”

戚明雪眼睁睁看着时笙将门关上，赵妍没了束缚，顿时朝戚明雪扑了过来。场面立即混乱不堪，拉架的拉架，劝解的劝解，最后还是发展成一场女人的战争。戚明雪被赵妍的人拉着抓了好几下脸和脖子，离开的时候，看上去格外狼狈。

回到营地，宋拾还没睡下，见戚明雪狼狈的样子，神色微变。

“怎么了？”宋拾迎上去，刚才戚明雪出去的时候还好好的，怎么回来就弄得这么狼狈?

戚明雪眼眶微红：“没事，就是遇到表妹了。”

“她还活着？”宋拾有些诧异，那天她突然不见了，他本以为她早死了，谁知道还活着。

想到那个女人，他就有些不舒服。

“嗯，我本想让她和我们一起，谁知道她竟然冤枉我，离间我和赵妍……”戚明雪的声音很低，透着无尽的委屈。

不需要她添油加醋，将当时的事说出来也足以让宋拾更加厌恶时笙。

戚明雪看见宋拾眼底的厌恶，微微松口气。她是看过全文的，知道顾南身为女主角有多大的魅力，宋拾这个男人虽然不在文里，但也难保不会被顾南的女主角光环所吸引。

戚明雪以为时笙是女主角，可其实她才是真正的女主角。

时笙回到三楼，目光闪了闪，觉得有些不对劲，往窗户那边看去，之前还蹲在那里的未来丧尸皇不见了！

时笙快速将整个三楼看了一遍，千黎确实不见了。他竟然离家出走，被她找到绝对不给他饭吃！

外面黑压压一片，时笙根本不知道他去哪儿了。出去找是不可能的，她和千黎又没有奇怪的联系方式，鬼知道他跑哪儿去了。

时笙抱着白虎在三楼待到天亮，天亮后千黎依旧没回来，时笙更心塞了。她这下把目标人物都给弄丢了，末世里找个人跟大海捞针一样，更别说找个丧尸了！

外面的人已经开始准备，估计要不了多久就会出发。时笙站在窗边看着，远远地看到戚明雪和宋拾站在一块儿，赵妍站在远一点的地方，正和赵景说话，时不时往戚明雪的方向看一眼。

宋拾的队伍早就到了B市，这次是接了任务来接这些幸存者的。

喵——被她抱在怀里的白虎突然叫了一声，时笙垂头，正好对上白虎亮晶晶的眸子。它可是昏迷了二十多天，这是觉醒了什么能力？

“你有什么能力？”时笙捏了捏白虎的爪子。

喵——白虎伸出舌头舔了舔她的手背，亮晶晶的猫眼里闪过欢愉，但是不管时笙怎么问，白虎都没表现出任何异能。

时笙折腾了一阵，白虎除了喵喵叫、吃了几个晶核外，什么变化都没有。能吸收晶核，肯定是有异能的……可是它好像有点蠢。

蠢蠢的白虎绕着时笙脚边走来走去，讨好地喵喵叫着。

下面的队伍已经整装待发，常新让两个小兵上来叫时笙，时笙自然拒绝了。未来丧尸皇离家出走还没回来，她要是走了，上哪儿去找那家伙？以他对自己的异能的喜欢程度，他应该会回来。

时笙在这里等了三天，第三天晚上，她闭目养神的时候感觉有目光盯着自己，一睁眼就对上一双死气沉沉的眸子，和她视线交接的瞬间，眸子里多了几分神采。

她还没看清，就被抱了个满怀。

“嗬嗬！”丧尸皇大人似乎很开心，将时笙抱起来转了个圈，喉咙里不断发出嗬嗬的声音。

“喵！”白虎被惊醒，发出凶狠的叫声，弓着身子就要攻击千黎。

千黎迅速回吼了一声，还用空间瞬移跳到房间的另一边。白虎立即追过去，喉咙里发出呼呼的声音，背上的毛都竖了起来，一把生锈的弯刀凭空出现，朝着千黎射过去。

千黎再次带着时笙闪开。紧接着，时笙就看到白虎不断扔东西过来，而那些东西还都是凭空出现的，稀奇古怪，什么都有，甚至是丧尸尸体。

这些天，白虎经常会往外跑，她有时候玩异能玩忘了，也没怎么在意。谁知道它竟然具备空间异能！

眼看白虎扔过来的丧尸尸体越来越多，时笙立即喊停。它往它的空间里装了多少丧尸尸体？更奇葩的是，它装丧尸尸体做什么？留着欣赏还是当储备粮？不管哪一个，时笙都表示无法接受！她完全无法理解变异兽的思维！

“嗥！”这一声低吼从房间角落传来，时笙转眼看去，刚才还躺在地上的丧尸竟然摇摇晃晃地站了起来，大约因为千黎在这里，那些丧尸有些害怕地往角落缩去，好几个甚至缩成一团。

这丧尸也挺可爱啊！不对，这些丧尸是活的！白虎的空间竟然能装活丧尸？

这文中，只有戚明雪的空间可以装活物，其余人的空间异能都没办法装，丧尸也是有生命的，除非是尸体，否则绝对装不进去。而现在，白虎的空间竟然可以装活物……她是该高兴还是该忧伤？竟然拿空间装丧尸，想想以后她用来装食物的地方装过丧尸……时笙就心痛到无以复加！

千黎把那些丧尸赶下去，然后眼巴巴地瞅着时笙的手指。时笙将手握紧，背到身后。离家出走，回来还想吃！

“嗬嗬……要……”千黎绕到时笙后面，伸手拉住她的手，直接往嘴里塞，凉凉的舌尖不断在她指尖上打转。

时笙将手抽回来，不理会千黎如小狗一般可怜兮兮的表情：“你这几天去哪儿了？说不出就别吃饭！”

显然未来的丧尸皇大人不懂时笙这话是什么意思，绕着时笙不断转悠。

天亮后时笙才发现千黎的变化。他的脸已经和正常人一样，只是那双眸子依旧呆滞，不看时笙的时候死气沉沉阴森森的，非常骇人。

时笙发现千黎和白虎没办法和平共处，属于你看我不顺眼，我看你很碍眼。

在村子里找了辆破车，时笙开着车摇摇晃晃地上路。千黎听她说话，也能简单地说出一些词汇，智商明显比之前高了不少。他消失的那几天估计是去晋级了，也不知道现在是什么等级。

她依旧要去B市，B市是这附近最大的基地，直升机这种东西应该在末世开始不久就被集中起来了，只能在那里找到直升机，然后去京城找妈妈。

如果走陆路，以此时的状况，她不知道要走到何年何月去。

开裂的乡村马路上，废弃的车子越来越多，地上断肢残腿混合着稀泥和鲜血，空气中散发着恶心的味道，令人作呕。

时笙开到这里，就没办法继续往前开了。她将东西全部收到白虎的空间，带着千黎下车往前走。前面堵成一条长龙，时笙走了好一阵才走过去，但是……前面全是丧尸。而且还有几个人在杀丧尸，他们被堵在一处，除了杀，只有被丧尸分尸。

那边的人似乎注意到了时笙，含糊地连喊了好几声，时笙才听出他们喊的是什么。

“快跑……”

她还以为他们会叫自己救他们呢。

估计是见时笙没动，那边的人又喊了几声，声音吸引了丧尸，倒是没有丧尸注意到这边。

那边的丧尸太多，除非千黎把他们驱走，否则那些人是肯定跑不掉的。

“在这里等我。”时笙将白虎放到千黎怀中，转身朝着那边的人走去。

被丧尸围攻，那几人的异能都快用光了，等待他们的或许是死亡。看到有人出现，他们是欣喜的。

可他们看清来人只是一个小姑娘和一个少年时，还没生出的希望再次破灭，没人救得了他们了。

“啊！”一个人被丧尸抓到，拖到丧尸群中，尖叫了两声就没了生息，而在他们被这突变惊到的时候，又有两人被抓到丧尸群中。

短短十几秒，他们就损失了三个人。

砰！紫色的光圈在他们面前炸开，气流横扫，他们面前的丧尸被掀翻一大片，而爆炸的地方被炸出一个大坑，站在边缘的丧尸便骨碌碌地往里面掉，坑的四周还有雷电在嗞嗞作响。

这……雷系异能？什么时候雷系异能这么厉害了？这么大的坑，得用多少异能？就在他们疑惑的时候，就见一个紫色的小球从天而降，落在离他们不远的地方，砰的一声炸开，他们面前的丧尸直接被爆炸的气流掀翻。

“趴下！”他们的动作算快，但还是感觉到一股强劲的力量从他们身体里震过，五脏六腑都被震得发麻。

“咦，反应挺快啊！”轻灵的声音自他们头顶响起。

其中一个男生抬头，看到的就是之前那个小姑娘，她手中抛着一个紫色小球，小球里有闪电不时闪过，看上去像紫色的水晶球，漂亮极了。

刚才爆炸的就是那玩意？

“和丧尸亲密接触的感觉很舒服？要不要和丧尸相亲相爱、顺便生个娃？”

生娃？开什么玩笑！

活着的三人搀扶着站起来：“你扔的是什么？”

“天雷。”

三人一脸纳闷，天雷？那是什么玩意？

系统此时也是纳闷的，上个位面时笙渡劫的时候，它完全不知道她是怎么成功的。她竟然把那些雷装起来了？装雷的那个球的物质完全分析不出来！

但它也因此证实了一件事，宿主有空间，而且还很高级，和灵魂绑定。

【宿主，你装了多少？】

“不多，也就万把个。”时笙这次倒没隐瞒，那蠢系统怕是已经猜出她有空间了吧。如果这样还猜不出来，她真的会怀疑它的智商。

万把个还不多！你怎么不去炸银河系呢！

【这些雷是另外一个世界的，你这样乱用，会遭到位面规则的惩罚。】系统努力镇定。

这雷是渡劫用的，渡劫啊！蕴含着天道力量，一个位面不会允许有别的天道力量存在。就像划分了地盘的狮子，你突然跑到别人地盘，人家会放过你吗？

用一两次或许没事，但次数多了，迟早会被发现，重则抹杀，轻则被逐出位面。

"哦，那我少用。"时笙一本正经地回答。

【……】不是让你少用！

三人组不知道为什么这少女说着说着就走神了，面面相觑了几眼。

这姑娘有点呆？

第九章　丧尸帝国（中）

时笙救的三人是同一所大学的学生，他们准备去B市的安全区，但在前面遇到了丧尸，谁知道跑回来，后面也有丧尸，两方夹击，根本没法逃。

这三人中，领头的叫清玉，长得挺帅气，另外一个个子很高很瘦，叫林风，外号疯子。还有个胖子，叫小胖。

“前面有很多丧尸？”时笙只挑自己想听的，其余的无视。

清玉点点头：“不然我们也不会往回跑。”

前面不知道怎么回事，丧尸特别多。

“B市是往这个方向吗？”没有导航，也没有地图，她怀疑自己是不是走错了路，不然为什么这么久还没到?

“应该是吧。”清玉也不是很确定。

救了个废物。

所以她只是为了问路，才救他们的?

#宿主的脑回路实在太神奇#。

清玉被时笙看废物的眼神看得直冒冷汗，他刚才说错什么了吗？这姑娘身上可是有堪比炸弹的奇怪小球，他不敢招惹她。

时笙转身就走。清玉和另外两人对视两眼，叫住时笙：“姑娘，姑娘，我们也要去B市，不如一起？”这姑娘穿得很干净，还有杀伤力那么大的武器，跟她一起走肯定很安全。

“我不给人当免费保镖。”时笙淡淡道。

三人有些失望，却也没纠缠，反而去收拾他们死去同伴的尸体。

“本以为我们可以一起到安全区。”清玉看着简单的土包，神情有些低落，这些人都是他的同学，末世前也就是一起上过课，关系算不上多好，但是末世这段时间，他们一路走来，革命友谊是有的。

“老大，”林风拍了拍清玉的肩膀，安慰道，“我们还得继续走下去，你也别太难过。”

“末世太残忍了。”小胖哭得稀里哗啦的，“我好想吃锦记的红烧猪蹄、烤鸭……”

“这个时候你还想着吃，有没有出息！”林风一巴掌拍在小胖的后脑勺上。

“这辈子怕是没机会吃了……”小胖难得没有和林风拌嘴，而是黯然失神地看着前方。

林风神色也一变，喃喃一声：“会有机会的。”也不知他是说给自己听，还是说给小胖和清玉听。

三人调整好心态，和他们的同学做了最后的告别。不管怎么样，他们都要活下去，为自己、为家人，也为那些在路上为保护他们而失去生命的人。

三人本以为时笙已经走了，谁知道她还在远处车辆堵塞的地方，也不知在说什么，看上去很激动。

而她面前站着一个少年，少年抱着一只白猫，白猫龇牙咧嘴地叫着，不断伸爪子去挠少年，少年却把它抓得死死的。时笙伸手想要去抓白猫，少年忽然往后退了几步，然后将白猫扔了出去，无辜地看着时笙。

然后，他们看到时笙指着少年好几秒，似乎气得不轻，最后愤愤地去把白猫捡了回来。

时笙在附近找了辆还能开的车，但是油不多，她看着满地的车子有些犯愁。之前她都是直接换车的，好像不会从别的车子里弄油。

#万能的宿主总算有不会的东西，本系统很欣慰，然而这并没有什么值得骄傲#。

时笙绕着一辆车转了一圈，看了看千黎，他正和白虎大眼瞪小眼，双方都是备战状态，指望一只猫和一个丧尸，肯定是没戏的。

她又抬头看向远处，看到清玉三人，转了转眼眸，冲他们招招手。三人屁颠屁颠地跑过来。

“我带你们去B市。”他们还没说话，时笙直接开口，“但是路上你们得负责日常。”

她不怎么喜欢和人待在一块儿，不过她后面还有维护世界和平的任务，这事她一个人肯定是完不成的，这三人看上去心性不错，没有因为末世而失去人性。

完全不知道被当成预备小弟的三人，很欣喜地答应了，麻溜地开始干活。他们三人势单力薄，再遇上丧尸，真的只能等死，时笙在他们眼中就是行走的弹药库，那成片的伤害力绝对是最大的保障。

因为人多，所以时笙之前选的那辆车就被放弃了，换成了一辆越野车。可越野车被几辆车堵住了，需要把前面的车清理干净才能开出去。就在他们准备清理车子的时候，刚才还在的越野车忽然不见了，三人吓了一跳，露出见鬼的表情。

叭……叭……前面忽然传来鸣笛声。三人抬头一看，那辆越野车不知什么时候已经出现在前面，少年不见了，时笙站在驾驶位旁边，手放在窗户里，那声音就是从那里传来的。

“老大……她有空间异能？”林风咽了咽口水。

“刚才她没过来。”清玉皱着眉摇头，车子消失前他还看到她在那边，没有离开过。

那少年也一直站在她身边……

“你们走不走！”时笙等得不耐烦，狂按喇叭后冲着他们喊了一声。

三人这才回过神，拔腿跑到时笙跟前，动作麻溜地上车。

副驾驶座上坐着那个长得很好看的少年，之前他们就奇怪，这少年干净得不像话，此时天气已经很凉，他却只穿了一件白色的长袖卫衣，下身套着黑色休闲裤，一双运动鞋，很普通的学生打扮。

“那个，你有空间异能吗？”车子平稳地开着，林风忍不住出声问时笙。

“没有。”

林风看向清玉，清玉微微摇头，林风便闭嘴不再多问。

时笙从后视镜观察了他们几眼，他们只是安静地坐着，没什么多余的交流，表情很坦荡。

“有空间异能的是白虎，喏，就是那只猫。”时笙出声。

显然三人没想到时笙会主动说话，诧异后又诡异地看向趴在时笙身边的白猫。这只猫竟然有空间异能？

一路上，清玉三人彻底被时笙震撼了，除了那很奇怪能爆炸的紫色小球，她还有一把铁剑，铁剑砍起丧尸来就跟砍萝卜似的。

唯一让他们不解的就是那少年，他几乎什么都不做，吃东西的时候也是一副嫌弃的表情，好像吃的不是珍贵的食物，而是令人作呕的恶心东西。每次看到他的表情，另外三人就有打他的冲动。在末世，食物是最珍贵的，不知有多少人被饿死，又有多少人因为食物而杀人，失去良知。后来发现他的智商似乎不高，他们只得按捺下这个冲动。

好在他们同路的时间没有多长，B市离他们不远，大约走了三天，他们就看到B市安全区的大门。

此时已经是末世第五十六天，安全区的管理早就有了一套明确的体系。

“你们是离开，还是跟着我？”时笙一边让白虎装东西，一边问后座的三人。

这几天她观察过了，这三人确实不错，就算看到她有不少食物，他们除了有些垂涎外，倒没有生出任何歪念。不过是不是留下来，还得看他们自己的选择。

“顾小姐是什么意思？”清玉听到时笙问那句话，心脏狂跳起来。

“我需要人帮我做事，你们愿意留下来，就是自己人，也许以后……”时笙顿了下，没有说下去。

她看了千黎一眼，千黎回头对着时笙咧了咧嘴：“饿……”

清玉和同伴交流了一会儿，三人都表示愿意留下来，这几天的相处，他们是打心眼里佩服时笙的。一个小姑娘，遇事比他们还冷静。更何况他们本就是她救的，就算报答救命之恩，他们也不会拒绝。

“老大，既然是自己人，那你能不能告诉我，你那把剑到底是什么剑？”林风立即改了口，而且还很不要脸地问了一直想问的问题。

说那把铁剑削铁如泥都不为过。

“正义之剑。”时笙一脸严肃道，“拯救世界就靠它了！”

林风差点就信了。

时笙给三人说了几点规矩，做她的人就得按她的规矩来。但这规矩对清玉三人来说，其实很简单。就是四个字——听她的话！

“下车。”时笙抱着白虎先下车，千黎在时笙下车后立即推开车门下去。

安全区外排着队等着进入安全区的人很多，时笙他们已经在很后面了，看安全区的大门都需要伸着脖子看。

这里的人都透着小心翼翼的戒备，或是贪婪的打量，但更多的还是绝望。

这是末世最常见的一种人，这些人就算进入安全区也活不了多久。

“这得排到什么时候去？”小胖从前面跑回来，“前面的队伍很长，有的来四五天了，还没进去。”

“没有给异能者准备的通道？”时笙微微皱眉，不管是哪个安全区，都会给异能者留下专门的检查通道。

“啊！我忘了看，再去看一下。”小胖说完又往安全区那边跑去。

B市这么大的安全区，自然有给异能者准备的通道，她新收的三个小弟都是异能者，时笙没想暴露自己的异能，所以她和千黎除了被扒光衣服检查一遍，确定没有伤口后，隔离24小时就被放行了。

也是到这个时候，三人才发现他们新上任的老大从来没有用过异能……之前她太过暴力，砍丧尸根本不需要用异能，以至于他们都忘记这茬了。为此，三人越发坚定要跟着时笙。

时笙被关小黑屋的时间，三人小弟组已经找好住的地方，将安全区也摸了个门儿清。现在安全区都是用晶核交易，他们一路上砍了不少丧尸，晶核很多，所以清玉找房子的时候也找的是三室一厅的套房。

时笙发现除了小胖那个吃货，清玉和林风的作用还是很大的。

“老大，我们要不要也去注册个佣兵队？”林风兴致勃勃地说着，“佣兵队接的任务比普通异能者的更高级，以老大的能力，我看接S级别的任务都没问题。”

“我让你打听的事，打听清楚了？”时笙没理林风，反而看向清玉。

清玉点头：“都打听清楚了，戚明雪是双系异能者，飓风佣兵队的副队长，在安全区她的名声很好。”

“双系？”时笙诧异，戚明雪在剧情中可只是冰系……

“嗯，她本是冰系异能，后来觉醒了治愈系。这个异能比空间异能还珍贵，普通人被丧尸抓了，如果及时被治愈系的异能者治疗，就不会变成丧尸。”说到这里，清玉脸上生出了几分向往。

如果能多一些治愈系的异能者，就不会有那么多人因为被丧尸抓了而变成丧尸。

时笙看到清玉脸上的表情，心中叹气，这孩子还得多洗洗脑，免得以后给她办事心慈手软。

戚明雪的治愈系异能，时笙很明白是什么。她空间里那口灵泉是有治愈能力的。只是原剧情中她并没有公开使用，现在怎么……

“老大你打听她做什么？”林风不解，“她现在是安全区的名人，听说她的异能都已经三级了。”

“哦，我准备给她找点乐子。”时笙眯着眼勾着嘴角笑，那笑容阴森森的，看得其他三人一阵恶寒。

戚明雪哪里招惹老大了？

“饿。”千黎蹭到时笙旁边，拿着她的手就往嘴里塞。

对于这景象，在第一次见到的时候，三人的感觉是幻灭的。多么好看的一个少年啊！结果……是个傻子！

时笙带着千黎回了自己的房间，几乎将异能耗尽，千黎才吃得半饱。他抱着时笙，蹭了蹭她的脸颊，然后放开她，缩到房间有窗户的角落坐着。

时笙叹口气，将他拎到床上：“不用守夜了。”

“抱……”

时笙最后还是按照林风的提议，注册了一个佣兵队，名字用得很嚣张——不服来战。

时笙最近一个月都在刷经验值，把不服来战的排名刷到了飓风佣兵队的下面。当然，她的目标肯定是要在上面的。众人对不服来战这个佣兵队很好奇。

佣兵队成员的信息除了安全区官方，是不允许公开的，所以除了官方的人，根本就没人知道这个不服来战里到底有什么人。

任务板上刷新的任务时间显示，他们接任务不是三更半夜就是一大早，完全和其他人错开了。

你见过这么奇怪的佣兵队吗？没有吧！更何况，这个佣兵队在短短一个月时间里就直逼飓风佣兵队。怎么会不让人好奇。然而事实真相是——

清玉三人怕他们佣兵队的名字一亮出去就被人围殴。

为了避人而接任务，他们可谓用尽手段。

“老大，有个SS级别的任务接不接？”

以前出现的任务都是S级别的，这还是第一次出现双S级别的任务。

“什么任务？”

“不清楚，说是接了才能告诉。这任务是直接发布给排行榜上的几个佣兵队的，不会出现在任务大厅。”

“不接。”时笙摇头。

这种情况，多半是官方在玩花样。

“可是奖励很丰富啊……”林风有些可惜。

说得跟她亏待了他们似的：“你缺吃的还是缺晶核？”

林风摇头，这些东西完全不缺。他们最近趁着出任务，收集了不少物资，白虎那个空间也不知道有多大，反正一直能装。唯一不好的就是……白虎喜欢往空间里装丧尸，就算老大制止，它依旧我行我素，装得不亦乐乎。

好在从白虎的空间拿出来的东西，看上去没有被它装进去的丧尸污染。

“你去打听一下他们什么时候出发。”

“哎？我们不是不接吗？”

“接不接，跟你打听有关系吗？”

她总感觉有不好的事要发生。

这一个月，他们从时笙身上领教了不少东西——不要心软！不要多管闲事！不要在意别人的胡说八道！

最后一句是时笙的原话，到现在林风还想得起时笙当时的表情，不屑中带着讥讽，但更多的是藐视和厌恶。说实话，他形容不出那种感觉。

任务保密程度很高，林风费了劲才打听到，不过也只是一些基本信息。任务目标是D县，由安全区的军队带队，所有人签保密协议。飓风佣兵队也参加了这次任务，但是去的人不多，宋拾、戚明雪、赵景、苏霁夜，以及一个黑大个汉子。其余的佣兵队来的显然也是精英。

时笙坐在越野车里，远远地看着那些人上了军用卡车。

D县有什么东西，值得安全区的人这么大费周章过去？

林风一早就准备了地图，所以时笙比他们的队伍更早到达D县。

D县是一个古老县城，末世前还是5A景区，末世来临的时候，正是旅游旺季，D县的丧尸绝对难以估计。

在接近D县的时候，千黎忽然变得暴躁起来，平日里被他收起来的指甲瞬间暴涨，喉咙里也发出原始的低吼。

“喵！”白虎尖锐的叫声在车厢中响起。

“丧尸化？”清玉反应最快，叫了一声就要攻击千黎。

时笙被千黎的突变弄得蒙了一瞬，听到清玉的叫喊，这才反应过来，出声呵斥后面的三人：“别攻击他。”

砰——

哗啦——

就在时笙呵斥清玉他们的时候，千黎砸开车窗朝着D县奔去，他速度很快，还用了瞬移，时笙还没下车，千黎已经不见了踪影。

“老大？”车厢里的三人愣愣地看着时笙，这是什么情况？那个少年竟然是丧尸？他们竟然和一个丧尸生活了那么久！完全无法回想……

“如你们所见，千黎是丧尸。”时笙平静地说着，目光看着D县的城墙，没有被人发现她养丧尸的紧张和恼怒。这件事他们迟早会知道，如果接受不了，还不如趁早离开。

清玉显然在这一个月被时笙调教得不错，最先接受：“千黎是丧尸，他怎么和别的丧尸不一样？”原来他们老大这么厉害，连丧尸都能驯服，必须跟着老大啊！

现在已经出现了三级丧尸，可也不过是玩儿异能玩儿得溜，和普通丧尸并没有多大区别。可千黎不同，他和普通人完全一样，哪里像丧尸。

“那他也是丧尸。”

“老大，你竟然让一个丧尸和我们一起吃住！”林风反应过来，号了一嗓子，满脸痛苦地抱着清玉一阵晃，“丧尸啊！那是丧尸，一想到我跟一个丧尸在一个屋檐下生活了一个月……我就……”

林风这反应有点出乎时笙的意料，他的关注点完全不对。

至于小胖，他眼里只有吃。跟着时笙会有很多好吃的，更何况他的前任老大都接受了，他有什么好担心的。

林风停止哀号，一脸坚定：“老大你放心，我们不会告诉别人你男朋友是一个丧尸的。”

清玉点头附和：“嗯嗯，老大放心，千黎也挺好的，他又不会攻击我们，其实丧尸也没那么可怕。”

小胖眯着小眼睛，也跟着点头：“嗯，千黎吃得少。”

谁告诉你们他是老子的男朋友的！你们到底在脑补些什么？时笙觉得自己真的想多了，就这三人，能在末世还保持着人性，明显不是常人。

“老大，你男朋友就这么进去，我们不追吗？”

“他要是看上哪个女丧尸了怎么办？”

“……”

时笙没有进入D县，千黎出现这情况，除了第一次，后来还有一次，她知道他是要晋级了。晋级完他会回来找她。所以她完全无视后面三人叽叽喳喳在讨论什么

B市安全区的人来得比较慢，时笙他们等了大半天，几辆绿皮卡车才停在D县外面。领头的是熟人，常新。他们分了队，然后合力进入D县，时笙远远跟在他们后面。

“疯子，你发现没有，这些丧尸好像不攻击我们。”清玉推了一把林风。

被清玉这么一提醒，林风扫了一圈，四周的丧尸都远远跟着，没有一个发动攻击。

两人同时看向走在前面、犹如在后花园漫步的少女。唯一的解释只有她。两人对视一眼，拉着小胖又靠近时笙几步。

进入D县，常新就把人分开了，时笙自然跟着戚明雪。戚明雪占了先机，又有金手指，是最早到达三级的异能者。

宋拾也不差，两人配合得非常默契，杀起丧尸来事半功倍。很快他们就到了一栋建筑，看上去像是某科研所。他们像清怪一般一层一层清上去，人不多，所以没人清理战场。时笙几人跟在后面，麻溜地替他们打扫战场，一个晶核也没放过。

这些人清理到目标为止，等拿了东西出来，发现里面的晶核都不见了，还没弄清楚怎么回事，发现刚才清理过的地方又布满了丧尸，就跟定时刷新似的。

“怎么这么多丧尸，你们没有留人吗？”苏霁夜看向他们身后的一群人。

那些人纷纷看向身边人，大约意思就是你们没留人？

没有啊，我以为你们留了。你们也没留啊？

大家都以为对方会留人，结果所有人都没留……苏霁夜的娃娃脸上闪过一阵怒意。

“别废话，赶紧杀吧。”宋拾冷冷扫了其他人一眼，率先放出几道雷电。

眼看他们就要杀出去，不知从哪儿冒出一个四级喷火丧尸。四级丧尸还召唤了不少小弟。宋拾和戚明雪联手都没干掉它，所有人都被困在了那栋楼里。

而时笙退出那栋楼后，也遇到了麻烦，先是被一个四级喷火丧尸追，她的异能等级应该没有四级，所以对四级的异能丧尸效果不大，好在能影响到它。几个人勉强逃掉。

时笙倒是想炸掉那个丧尸，但那里离女主角和男主角太近了，系统非常严肃地制止了她。还没跑多远，她又遇到了那个四级丧尸，而且还有常新带队的一群人。也不知道常新哪根筋不对，竟然带着人往她这里跑，他们人太多，她又不是一个人，被迫和他们搅和在了一起。

时笙被逼回了戚明雪所在的楼里。大厅里有不少丧尸尸体，但都被人堆到了一起，有火系的异能者正在烧。戚明雪和宋拾不在，那个娃娃脸的苏霁夜倒是在。

“咦，是你啊！”时笙一进来，苏霁夜就认出了她。

时笙冷冷扫了他一眼，苏霁夜步子一顿，她的眼神太冷了，仿佛某种无机物堆砌起来的，看得人心里发毛。比他们队长看人的眼神更冷。

清玉三人知道此时时笙心情很差，谁碰谁倒霉。他们纷纷装作没看见，看天花板的看天花板，看地的看地，想吃的的想吃的……

常新清点了人数，这才转向时笙。

“顾队长，你的队伍好像并没有接任务，为何会出现在这里？”常新作为罪魁祸首，非但没有一点歉意，还咄咄逼人。

时笙火大，说话的语气自然好不到哪里去：“怎么，这D县是被承包了，只有接了任务的人才能来吗？”

“我不是那个意思。”常新尴尬，但旋即又正色道，“顾队长出现在这里的原因可以说一说吗？”

这次的任务是极其绝密的，D县又是早就被确定为全县覆灭的县城，根本没人会到这里来。

常新是军方的，自然有权共享官方资料，知道她是不服来战佣兵队的队长，加上他们之前接触过，对时笙本就存疑。

“我不说又如何？”时笙挑衅地看着常新。

时笙火大的时候，绝对是那种你横我比你更横的，她可不会给什么人留面子。

用她的话说，面子是自己争的，不需要别人给。

“他们也是佣兵队？语气这么冲，真是初生牛犊不怕虎啊！”听到两人的对话，有人开始嘀咕。

“能走到这里，怕是有几分本事，你听哪个佣兵队有这么好看一个小姑娘？刚才常队长叫她队长吧？”这D县有多少丧尸，他们这些走过的人最清楚，纷纷表示没听说哪个佣兵队有这么一个嚣张的小姑娘。

她身后的人倒是有见过的，但他们从来不和其他人交流，也没人知道他们属于哪个佣兵队。

“常队长，她是哪个佣兵队的？”

这次接任务的人就算不知道名字，也互相打过照面，甚至不少人合作过。

此时突然冒出来一个小姑娘和三个年纪不大的男孩子，还安然无恙到了这里，这些人心里不管是好奇还是其他，都想知道他们是谁。

“不服来战。”常新大约也是心底憋着火，声音有些大。

那个问话的人一愣。不服来战？

“常队长，我好像没有不服啊。”他只是问他们是哪个佣兵队的……

这是不服来战佣兵队的？那个一个月就直逼飓风佣兵队的神秘佣兵队？

“她就是不服来战的队长？看她的年纪也就十七八？开什么玩笑……”

“常队长……你不会是在拿我们开玩笑吧？”

也有人弱弱道：“可他们安然无恙到了这里啊……”

飓风佣兵队从出现到成名仅仅用了半个月，之后就一直霸占排行榜的第一名。而这个不服来战佣兵队，出名的时候，已经在排行榜上了，之前没有任何人听过这个佣兵队。这种情况只能说明他们接的任务都是一个佣兵队能完成的，才能保证不和其他人接触。但是这种任务奖励向来不多，很少有佣兵队去接，都是没有组织的异能者临时组队，或者单独一人完成。

接这种任务，还让佣兵队生存下去，可见人家是有几分本事的。几个月的末世生活教给他们一个道理，千万不要小看女人和孩子。

常新深吸一口气：“顾队长，这次任务需要绝对保密，我希望你能给我一个明确的答案。如果你拒绝回答，那么只能将你们击杀在此。”

他给了身边人一个手势，立即有人将时笙几人围起来。其他人则退到旁边，用看好戏的神情事不关己地看着。

“常队长！”清玉连忙站出去，然而他后面的话还没说出来，就被时笙拉了回来。

“老大，他们人多，我们还是先低头吧。”清玉知道时笙火大，但是现在这里这么多异能者，他们处于劣势。

“低头？”时笙冷哼，一脸倨傲，“从来只有别人给我低头，何时轮到我给别人低头了。”时笙声音不算小，不但常新听到了，就连外面的人都听到了。

外面有人吹口哨，显然被时笙这种不怕死的行为取悦了。这种小女生他们见多了，以为这还是末世前，有点钱就能让人围着自己转吗？现在是拿实力说话的世道。这个神神秘秘的不服来战，也不过如此！

不过更多人想的是，这几个小年轻背后还有人。

气氛顿时剑拔弩张起来。

“啊！快跑，丧尸进来了。”突兀的声音打破了诡异的气氛。

声音是从二楼传来的，常队长放弃和时笙对话，抬头往二楼看去，几道人影从二楼飞奔下来，戚明雪和宋拾都在其中。果然是女主角走到哪儿，哪儿就要出事啊！

他们身后跟着一个喷火的丧尸，时笙微微皱眉，这个丧尸，不是之前那个。

这里有几个四级丧尸？

“去地下室。”

“快快，快走。”

四级丧尸他们完全对付不了，只有跑的份。

地下室是常新吼出来的，也是他的人打开的，时笙依旧是被迫跟着跑。

“关门！”

“可还有人没进来……”

“再等下去咱们都得死，快关门！”

那个负责关门的小兵看向常新，常新看着外面来不及进来的人，艰难地点了点头。

沉重的金属门合上，将外面的声音隔离。

说是地下室，还不如说是地下实验室。这里的应急灯还能用，光线虽然不是很亮，但还算能看清周围。

“怎么回事，四级丧尸怎么会进来？”

“我们明明检查过，上面没有可以进来的地方。”下面的人都看向从二楼下来的人。

此时二楼下来的人成功进来的也就四个，戚明雪和宋拾自然在其中。

其中一人脸色发白，后怕道：“是……是王图。”

“就知道不应该让他来，成事不足败事有余。”

显然那个王图口碑不好，有人这么一说，一群人立即愤愤骂了起来。

时笙依旧被常新的人围着，目标太明显，戚明雪一眼就看到了她。

时笙毫不畏惧地看向戚明雪，末了还挑衅地冲她勾了勾嘴角，那笑容带着恶意，眼底却是风平浪静的冰冷，戚明雪有种头皮发麻的感觉，就像被某种大型猛兽盯上了一般。

时笙先移开视线。在她移开视线的瞬间，戚明雪重重松了口气，刚才她差点喘不过气……

“这里安全吗？”

“这是实验室？那是什么……人体吗？你们过来看，这些东西是什么……”

常新想阻止已经来不及，所有人都朝那边看过去。

这里很大，放着许多机器，有几个玻璃罐子，上面插着许多管子，而罐子里面灌满了浑黄的液体，液体中则是一个人。

说是人也不准确，他一半脸已经丧尸化，一半脸还是普通人，看上去就像是丧尸和人强行拼凑在一起。

“这是什么东西，好恶心。”

“这里在末世开始时不是早就沦陷了，那这些东西是末世前就有的？”

“天哪，不会就是这些人把那些恶心的玩意弄出来的吧？”

时笙转着眸子打量了一圈，幸灾乐祸地看着常新：“啧啧，常队长啊，这下你要怎么做才好呢，杀人灭口？哎哟，可惜啊，你们人没有他们多呢，肯定打不过的……”

她这声音立即将别人的注意力吸引过来，众人纷纷朝着常新围过来。

“常队长，这些东西你不应该给我们一个解释吗？我们冒着生命危险，到这里来取你们所谓的重要文件，结果你让我们看到的，却是这些？”

“常队长，请你解释一下。外面的那些东西，真的是你们官方弄出来的？”

“常队长……”

常新狠狠地瞪了时笙一眼：“我也不知道这里的东西是什么，我只是奉命行事，大家现在关注的不该是这些，而是怎么出去。”

“常队长，既然你不知道这里的东西是什么，那你为什么知道这里有个地下实验室？”时笙继续找碴儿。

常新继续瞪她，咬着牙回答：“我来的时候，上面给了我资料，我有这里的建筑图。”

“你既然有这里的建筑图，为什么之前不给他们？常队长，我看你就是想让他们作为先锋队，为你们清理这里。你给他们的任务，也是掩人耳目的吧？”

“顾南，你别在这里危言耸听，我什么都不知道。”常新怒火滔天地冲着时笙吼。

他是军人，绝对服从上面的命令，而且这件事也是为了全人类……

“恼羞成怒，那就证明我说得八九不离十。再说他们没长脑子吗？我说得对不对，他们不知道自己思考？你当他们是猪吗？”

时笙挑拨离间完就不说话了，任由那些人去吵。

常新的人都去帮他了，时笙自然自由了。

“老大，你好厉害……”清玉默默给时笙点了个赞。

“外面的丧尸真的是人为制造出来的吗？天……想想就觉得好恐怖，老大，给我来点吃的，我要增肥压压惊。”小胖肥肥的手伸到时笙面前。

“胖子，你这后面一句才是重点吧！”林风立即拆台，“不过，这里看起来确实很诡异……”

时笙把背包扔给小胖，里面没有装东西，只装着白虎。

“老大，我们不会出不去了吧？”林风又开始杞人忧天。

“有老大在，肯定能出去。”清玉盲目地崇拜道，“你就安心吧，小胖，你一个人吃也不怕撑死，给老大拿过来啊！”

林风想想也是，好像还没老大做不到的事。

显然他们忘了，在他们相遇的时候，他们无所不能的老大连汽油都不会抽。

时笙没吃多少东西，就喝了一瓶奶。趁着那边的人吵得不可开交的时候，时笙在实验室转了一圈。这里的东西不多，但是并不凌乱，证明撤离的时候这些人并不惊慌。

时笙停在一块黑板前，上面贴着几张A4纸，她正要伸手去拿，一双手抢先了一步。时笙顺着手看去，手的主人正是宋拾。

“顾南，你这么挑拨他们有意思吗？”宋拾的话冷冰冰的。

“有啊。”时笙笑着点头，“用事实证明，他们有多蠢。”

“阿拾……表妹，你、你怎么也在这里？”戚明雪从远处走过来，一副才看到时笙的惊讶模样，随后又委屈难过地垂下头，好像时笙欺负她似的。

时笙翻了个白眼：“别乱叫啊，想抱我的大腿，你也得先排队的。”

戚明雪的脸色瞬间变得难看，她还是故作倔强道：“表妹，就算你不喜欢我，也不用这么羞辱我。”

“我哪里羞辱你了？你听到了吗？”

清玉配合地摇头，他家老大不喜欢这个妹子……虽然他觉得这妹子长得挺好看的。可是老大不喜欢，他也不能喜欢。就是这么不讲道理！

“表妹，你——”

时笙突然咧嘴笑了：“戚明雪，想死吗？豪华套餐哟，八折优惠，机会难得，要不要体验一把？”

“顾南！”宋拾总算看不下去了，杀气四溢地叫了一声。

第一次见面，他就很不喜欢这个顾南，第二次见面，他依旧不喜欢这个顾南……

“开玩笑，你们怎么这么不幽默。”时笙满脸嬉笑，“话说回来……戚明雪，你的一些东西可得捂紧了，我要是你啊，绝对不会拿出来，毕竟那东西对异能也有好处不是？”

戚明雪开始还没明白时笙在说什么，但到最后，戚明雪哪里还不明白。时笙说的是空间。她知道了。她怎么会知道呢？明明自己提前那么久就拿了……

戚明雪整个人都慌了，就算她看过全文，可也明白女主角光环有多厉害。而且她穿越之前，不过是个普通人。

“表妹你在说什么？”戚明雪白着脸说了一句，然后拉着宋拾，“阿拾，我有些不舒服，我们去那边休息一下吧。”

宋拾并没有把时笙说的话放在心上，但是戚明雪的表现让他重视起来。

时笙的话，无疑给宋拾上了“眼药”，接下来他会无意识关注戚明雪，总会发现什么不同寻常的……

戚明雪生怕时笙再说什么，拉着宋拾走了。

戚明雪走了，“背景板”清玉才凑上来。

“老大，你看这个。”他不知从哪儿找到一本笔记本，翻到其中一页，纸张很陈旧，字体都有些模糊。

1995年，7月25日，暴雨

已经是暴雨的第六天，许多地方都出现灾情，我和他的见面时间不得不推迟，真希望能快点见到他。

1995年，7月30日，阴

今天在研究室听说我们那里有一具很奇怪的尸体，至于怎么奇怪，我的同事们也说不清楚。

那具尸体似乎存在很多年了，被严密保护着。

还真是有些好奇。

1996年，8月27，阴

我加入了新的研究小组。

研究项目是那具神神秘秘的尸体，上面的人让我们都签了保密协议，任何人不能将此事带出研究室，哪怕一个字……

1996年，10月11日，晴

他来了。

……

1997年，10月22日，阴

我见到了那具我们签了保密协议的尸体……

我不知道怎么形容，很古怪，让人觉得不舒服，但实验室的人很兴奋，他们脸上的表情，有种很奇妙的违和感。

……

日记断断续续，对那具尸体记载不多，但是每次描写，都是用“古怪”来形容，然后日记的主人用很“不舒服”或者“压抑”来表达自己的感觉。

其中还提到了一个人，应该是日记主人喜欢的人，同样也是描写不多，通常只有几个字，而且用“他”代称。

到后面几页，甚至出现了斑驳的血迹。

1998年，7月6日，雨

我怀孕了，我很开心。也许不久后我就能有一个可爱的儿子……嗯，也许是个女儿。不管是女儿还是儿子，我都会给予他世界上最美好的东西。

1998年，7月18日，雨

我觉得他们都疯了。

1998年，10月19日，晴

我要逃。

1998年，10月25日，雨

他会帮我的，为了孩子。

1998年，11月2日，晴

我准备好了，我不能让我和他的孩子……

日记到这里就没了。

但最后有一个名字，让时笙一愣。程素，顾南的母亲。时笙忽然有些心塞，这身体到底是原女主角的，位面自动补充的背景肯定很丰富……

难怪她会开启支线任务。

时笙将笔记本收了起来，这条任务线是剧情中没有的，只能她自己去收集。

程素的笔记本里提到的那具尸体，或许就是这场灾难的来源。程素应该逃了出去，然后将孩子生下，送到了顾父那里。按照顾父所说，程素的家庭应该不差……毕竟当时她可是拿了一大笔钱给顾母，那个年代的那笔钱，绝对不会是个小数目。

只是这身体的父亲是谁？而且程素是京城人，为什么会出现在这座小县城的研究所？时笙举着手掌看了片刻，昏暗的光线穿不透手掌，看不出有什么特别的。也许……这具身体还有什么秘密。毕竟这是套路。

戚明雪站在角落，脸色难看地盯着时笙，看她盯着手掌出神，竟然有一种冲动——杀了她。她本以为抢了顾南的金手指，顾南一定会过得很惨，就像原来的女配角一样。可是并没有，顾南过得似乎很不错，每次看到她，戚明雪就觉得自己是个笑话，顾南身上的气质自己永远都比不上。

“明雪，你在想什么？”宋拾一连叫了好几声，戚明雪都没反应，他不免提高音量，心底却多了几分疑惑。

“啊……没……”戚明雪慌张摇头。

宋拾皱了皱眉，薄唇抿成一条线，目光幽深暗沉。

戚明雪露出一丝微笑，显得有些勉强：“我没事……只是看到表妹这样敌视我，有些难过。”

“别多想，是她不领你的情。”

戚明雪见宋拾对时笙并没有什么兴趣，笑容真实了几分。

“明雪，过来吃东西。”

“阿拾，你吃吗？”戚明雪冲那边的人笑了笑，然后温柔地问宋拾。

“你先去吧，我不怎么饿。”

戚明雪想说什么，目光在他和时笙那边徘徊了两眼，最终没有说什么，她怕适得其反，说多了反而引起他的注意力。

戚明雪离开后，宋拾站着没有动。

“老大，你看那个顾南在做什么？”苏霁夜不知什么时候到了他身边，让他往时笙的方向看。

宋拾往时笙的方向看了一眼。她正踮着脚，似乎要取墙上挂着的那幅画。那是很奇怪的画，像是小孩子的随意涂鸦，红红绿绿混合在一起。挂在这么严肃的地方，确实是很奇怪。

宋拾被人叫了一声，等他再回头去看的时候，那里已经没人了。

时笙拿着那幅画回到清玉几人那边，将画扔给清玉。

“老大，这是什么？国宝？”林风凑上前看了一眼，嘴角一抽，“老大，这是小孩子的涂鸦，你哪儿找的？”

时笙白了林风一眼，转头问清玉：“那个笔记本你在哪里找到的？”

“哦，就在那边的杂物间……里面好多东西，看上去都有些年头了，也不知道这里的人是懒得清理还是怎么的。”

时笙顺着清玉指的方向看过去，有一扇小门正半开着，光线照不到那里，所以看上去黑乎乎的。根据程素的日记，这里的人是不允许将任何东西带出去的，那里面放的应该就是曾经在实验室工作过的人的东西。

里面确实有很多东西，但都是小东西，什么茶杯、靠枕、糖果盒……五花八门，什么都有。

时笙没找到有用的东西，出去的时候，常新那边的大戏也唱完了。也不知道常新怎么安抚这些人的，基本上平静下来了。常新似乎要过来找自己麻烦，但是被人拦住了，不知道那人说了什么，常新脸色难看，然后就朝占据实验室一端的宋拾等人看去。

时笙往那边看了一眼，幸灾乐祸地笑了笑。

“老大，你在笑什么？”小胖这孩子除了对吃比较积极，其余时候就是个榆木脑袋。看到时笙笑，他很木讷地问了一声。

“看到了吗？那几个人应该被丧尸咬了，估计快要丧尸化了……”

时笙的话还没说完，小胖就叫了起来：“那我们不是死定了？老大，我还没吃到锦记的红烧猪蹄，我不想死啊！”

“放心，就算要被丧尸咬，你也肯定是最后被丧尸咬的。”

“为什么？”小胖不解。

时笙笑得有些恶劣：“因为你肉多啊，得留到后面。”

“老大都没慌，你慌什么？没看到那边有个治愈能力的异能者吗？”林风向来喜欢欺负小胖，这会儿自然毫不客气地嘲讽他。

“啊……”小胖挠了挠头，腼腆地笑了笑，“其实我就是想再吃点东西。”

林风无语，面对一个吃货，他真的是太较真了。

戚明雪被常新请求救被咬了的三个人。三个都是普通人，被咬了只能变成丧尸。戚明雪心中郁闷，她哪里有什么治愈异能，都是她的灵泉水在起作用，而且她之前治疗都是在单独的空间，这会儿这么多人，她怎么可能把灵泉水拿出来？

这件事被传出来，她也是迫不得已，之前她参加了一个任务，如果她不救他们，他们所有人都得死。当时里面有官方的人，自然是瞒不住的。

剧情中，没有时笙的不服来战佣兵队捣乱，戚明雪不但没有参加那次任务，就连这次任务也没有参加，所以才没有暴露。

“戚小姐，麻烦你救救他们。”

戚明雪为难道：“常队长，我……我之前消耗的异能还没恢复，恐怕……”

有了之前时笙的话，戚明雪一点也不想暴露自己的灵泉。灵泉水确实有提升异能的作用，但其实也就第一次效果大。而她每次都是把泉水稀释了再给其他人喝，所以除了能帮他们驱散丧尸毒，不会有其他作用。可人心是贪婪的，她不知道这个东西暴露后会引来多少人觊觎……

“戚小姐，你救救我兄弟，你要什么我都可以给你。”一个异能者乞求地看着戚明雪。

“是啊，戚小姐，你那么善良，除了你，没人能救他们了……”

一人一句，说得戚明雪脸色煞白，求救一般看向宋拾。

“明雪救人需要单独的空间，不能被人打扰，这里有些不合适……”

“我刚才看到那边有个杂物间，可以用。”

这个规矩一直是这样，他们也没其他的治愈系异能者，并不清楚治愈系异能者到底怎么治疗被丧尸咬过的人。这会儿戚明雪要单独的空间进行治疗，也没人觉得奇怪。

时笙先一步霸占了杂物间，等他们抬着人过来的时候，时笙便挡在门口。

“顾南，你想做什么，让开！”常新怒喝一声，伸手要将时笙扯开。

清玉等人立即上前挡在时笙面前。

“没看到这是救人命吗？快让开！”

时笙扫了被人架着的三人一眼，眉眼弯弯地开口：“我见过的治愈系异能者只需要打出一束光就能将丧尸毒清除，怎么，你戚明雪的治愈系异能还不一样，要单独的空间来完成？”

戚明雪的脸色瞬间就白了，她看过全文，自然知道。

治愈系异能后期就会出现，和时笙说的一样，治愈系异能的异能表现就是光，只需要落到人身上就可以了，很快很方便。

“你怎么会见过治愈系异能者？这异能这么珍稀。”

“就是，我说不服来战的队长，现在紧要关头，你们有什么恩怨一会儿再解决不行吗？这是在救人，不是在闹着玩儿！”

“这世界上幸存者多了去了，怎么就许她戚明雪一个人有？凭什么？再说——”时笙挑眉，声音多了几分讽刺，“她有没有还不一定呢。”

其他系的异能那么多，治愈系就算珍贵，也肯定不止一个人具备，时笙这话让其他人挑不出错来，只能面面相觑。

“表妹，我都跟你道过歉了，之前是你自己走掉的，世道这么乱，我就算想去找你，也不可能，你何必这么诬蔑我。”戚明雪将愤怒和委屈结合得非常好。

她垂在身侧的手却握得十分紧，目光深处暗藏杀意。

“咦，她们是表姐妹啊？”

“这里面有故事，肯定又是一盆狗血。”

“戚小姐才不会有这样的亲戚，她和戚小姐站在一起，给戚小姐提鞋都不配。”

时笙扫了骂得最厉害的几人一眼，慢悠悠道：“诬蔑不敢当，我顶多是怀疑。”

她嘴角挂着笑，那笑容在昏暗的光线下别提多诡异了，看得周围一群大老爷们儿都觉得瘆得慌。

怒骂的声音不由自主小了下去。

时笙又道：“既然你说你是治愈系异能者，那好啊，在这里，当着这么多人的面，证明给我们看啊！”

“表妹，你有怨冲着我来，没必要牵扯这些无辜的人……”戚明雪欲言又止。

时笙在心底不断翻白眼。

其他人或许没那么冲动，那三人的后援队的情绪却被调动起来了，有人开始动手。

金系异能者凝聚的金属利器唰唰飞向时笙，小胖立即发动异能，铸了一片土墙。

金属射入土墙，减缓了力道，土墙有一定的厚度，最终利器陷在了里面。

“真是不识好歹。”时笙按住要攻击对方的清玉，用幸灾乐祸的语气道，“到时候出什么问题，可别怪我没提醒你们。喏，给你们用。”

众人被时笙的转变弄得莫名其妙，她说让就让了？不过现在情况紧急，他们也没多想，快速将人抬进了杂物间。

时笙将白虎抱了出来，若无其事地拿着火腿肠喂着，少女和猫，安静的画面分外和谐，好像刚才那个找事的人不是她一般。

时笙的这一番作为，可谓嚣张狂妄到极点，但是她拿捏有度，在对方即将爆发的时候收了手。

“这小姑娘还是有几分本事的，你们看到刚才那个胖子出手了吗？”

“他的土系异能好像比我们的土系异能等级要高，而且速度也很快，几乎眨眼就成了。”

“那他的等级不是比我们都高？现在异能等级最高的是三级吧？难不成他

是四级异能者？”

一群人各自看看，心中有了几分忌惮。

四级啊……看看外面的四级丧尸，他们这么多人完全没办法对付，四级异能者应该不会比丧尸差吧？

有人唏嘘了一声：“所以人家能爬上排行榜第二……就是那小姑娘太嚣张了，看得我都想打她。”其他人纷纷附和。

宋拾这边也在讨论，不过参与讨论的人没有宋拾。他低垂着头，让人看不清他脸上的表情。不知道为什么，他总觉得时笙说的那些话是别有深意的。治愈系异能……以及后面那句，出了事别怪她没提醒……

“她应该是有什么底牌，否则也不敢这么嚣张。”赵景说了一句实在话。

在杀人不犯法的末世，没有底牌的人是不敢这么嚣张的。当一个人有了睥睨天下的资本，就不需要再看任何人的脸色。

“就算有底牌也太过张扬了……”黑大汉摇头，“谁知道什么时候会有比自己更厉害的人出现呢？”

“如果她不畏惧任何人呢？”

“怎么可能有那种人！咦，老大，刚才是你在说话吗？”苏霁夜接完话才反应过来。

宋拾微微抬头，声音有些悠远：“有的，不畏惧死亡的人。”

当你不在乎自己会不会死，就不会畏惧死亡，你将活得恣意潇洒，你将是主宰。这句话是他父亲告诉他的。不知道为什么，他觉得她就是这样一个人。她不畏惧死亡，所以不畏惧任何人。

戚明雪出来的时候看上去很虚弱，后面三个人却精神抖擞，真诚又感激地给戚明雪道谢。

时笙抱着白猫，靠着实验台，神色莫名地盯着戚明雪。戚明雪的灵泉水也不是万能的，它对戚明雪这个主人来说是无毒无害的，但是对其他人……呵呵，等着被丧尸特别关注吧。

戚明雪现在救的人还不多，而且基本是普通人，那些人被丧尸抓过，自然更加惜命，不会随便出安全区，所以大家暂时还没发现不对劲。

解决完这些，常新才有时间和人商量现在该怎么办。

外面那个四级丧尸不知道走了没，如果走了，他们也许还能冲出去。

“不服来战佣兵队不是有个四级土系异能者吗？让他出去看看。”有人提议。

常新皱眉："四级？现在最高的异能者不是三级吗？你们怎么知道他是四级？"

"啊，我们也是猜的，他的异能看上去比我们的要强不少。"

"他应该不会答应吧……"刚才才和人动手，而且，之前他们还将人家围了起来。

"他们还不是被困在这里，这也不全是为了我们。"

"成不成总得试试，我们总不能一直被困在这里吧？就算我们愿意，可我们的食物也不够啊！"

最后大家一致同意，让不服来战佣兵队的小胖出去看看。

为了防止时笙他们不答应，常新将所有人都召集起来，大有胁迫的意思。

时笙靠着实验台，看着一群人将自己围起来，清玉三人已经站了起来，见他们来势汹汹，也都警惕起来。

"顾队长，之前的事，我们也算扯平，大家各退一步，握手言和如何？"常新作为代表站出来说话。

"不需要。"时笙看都没看常新一眼，"他们可是我的人，就算要送死，也得是我让他们去送死。"

常新知道时笙听到了他们的话，立即改变策略："难道顾队长想一直被困在这里？"

时笙单手抚着白虎的后脊，神色淡然："我不会被困在这里，你们若是求我，说不定我大发慈悲就带你们出去了，怎么样，要不要考虑一下？"

常新："……"

"顾队长，你别太狂，这里这么多人，你们不服来战的再怎么厉害也只四个人，还能翻天不成？这种时候你还不团结一点，为了个人恩怨，要置我们这么多人于死地？"

时笙从实验台上跳下来："谁说我要置你们于死地了？我不是让你们求我了吗？"

"……"

宋拾和戚明雪这个时候才知道时笙是不服来战佣兵队的，而且还是队长。

戚明雪心底说不出是什么滋味，她自认抢了顾南那么多东西，好机遇都被她提前得了，顾南却还是建立起了自己的佣兵队，过得有声有色。

她果然斗不过女主角吗？不……末世刚刚开始，她只要把后面的机遇都抢过来，一定可以斗过顾南的！

谈判不欢而散，两边差点打起来，最后还是戚明雪出来做和事佬。她表面是替不承自己情、嚣张得无法无天的表妹说话，实际上却是让人越发看不惯时笙。时笙也没说话，任由戚明雪黑了自己一圈。倒是清玉三人愤愤不平。

“既然你们这么喜欢她，就让她想办法带你们出去呗，反正我啊……不急。”

如果之前这些人求了她，就算是装模作样地求，她有百分之九十的可能性带他们出去。

常新不敢开门，外面什么情形谁也不知道，最后他派遣了一个四人敢死队出去，但这四人出去后就再也没动静了。这证明外面情况很不好，那个四级丧尸说不定还在外面。

一时间，所有人脸上都布满了愁云。时笙就比他们轻松多了，该吃吃，该喝喝，没事就看着那不知是什么的画。清玉三人也看了一阵，没看出来有什么特别，但是他们家老大似乎特别喜欢看。

三天后，时笙依旧在看画。

而这里的人已经因为食物发生了争执。他们本来有一个空间异能者，但是之前和那个空间异能者分开了，他们身上的食物最多只能支撑一周，食物少的人，已经开始饿肚子。

哗啦！时笙将画卷好，喝着清玉给她准备的牛奶，偏头看了看实验室里的人。

“走吧，千黎也该差不多了。”前两次千黎晋级都是三天，这次应该也差不多。

“终于要出去了！”林风发出一声喟叹，在这里什么都不能干，除了吃就是睡，然后和对面的人拌拌嘴，没劲透了。

三人麻溜地将东西收好。他们这边的动作，引起了其他人的注意。

“他们要做什么？”

“你说，顾南不会真的能带我们出去吧？”

“这里是密封的，常队长不是说了吗？而且我们的土系异能者试过，这地面都是焊死的，根本就没法从下面出去，就算那个胖子是四级异能者，也不可能从这铜墙铁壁里出去。”

宋拾叫醒了睡觉的苏霁夜等人：“我们过去，不要靠太近……她应该不会赶人。”

这三天他观察过，有时候时笙他们的食物随意放着，就算有人顺走了，他们也不会说什么。但如果你要抢，恭喜你，地上躺着吧。

顾南这个女孩子，做事毫无章法，像是想到什么就做什么，实际上她心底一早就有谱了。

时笙站在最后的墙壁前，让清玉把画展开。此时将画和墙壁一对比，众人才发现这画竟然是被刻在墙上的。墙壁是银灰的，刻纹也很浅，不仔细看的话，根本发现不了。

“老大……这这……”老大什么时候发现的？好像从来的时候起她就把这画拿到手上了。

画上藏着这扇门的密码，时笙不得不佩服人类的智商，高起来的时候挺吓人的。时笙打开门没用多长时间，就在清玉三人还在崇拜自家老大的时候，分开的门竟然又开始合拢，速度比打开的时候快了一倍。

“过去，速度。”时笙将最前面的清玉和林风推了进来，自己随后，后面还拽了一把小胖。

宋拾等人见此，直接奔过去，但还是晚了一步，门已经合上了。

其他人更不用说了。

“这顾南未免太自私了，竟然只带着她的人跑了。哼，以为出去了就能活下去吗？迟早得变成丧尸。”

“她竟然真的有办法出去？”

“那里面还指不定是什么地方呢，别高兴得太早，说不定有丧尸。”

对于时笙这种独自跑路的行为，这些人自然是谴责的，谴责完又开始恶毒诅咒。

“她把这张画留下了。”有人将地上的画卷捡了起来。

这些天她一直抱着这幅画看，一开始也有人好奇，绕过去看了，但是上面就是乱七八糟的涂鸦，完全看不懂。

“给我看看可以吗？”戚明雪温柔地对拿画的人道。

那人受宠若惊地点了点头，将画卷递给戚明雪。

戚明雪将画卷举到宋拾面前：“阿拾，你看得出来什么吗？”

“天哪，老大，这里面的东西比外面还多。”小胖抖着声音道，一脸惊惶地看着四周的玻璃罐子。

这里密密麻麻立着不少罐子，有的里面还有外面那种半人半丧尸的尸体，有的却是空的。

而这里的资料明显比外面多很多。

1959年，一场大雨后，有人发现了一具尸体，那是一具没有腐败的尸体。

尸体被送到这里，成立了研究小组。实验室那具身体中有一组神奇的基因，可以让他的身体不腐败，于是研究者开始围绕那组基因做各种实验，想要知道是否可以作用于人类。那些罐子里面的人就是实验的结果。

这项实验最后终止了。后面再次启动，而启动的时间，就是程素日记本上加入这个项目的时间。实验数据显示，那具身体不但不会腐败，除了不会呼吸，没有心跳，其他地方和人类无异。

于是有人提出一个大胆的计划，他们要复活那具尸体。

“没了。复活死人……这种事是天方夜谭吧？”清玉将手中的文件扔下。

小胖问：“那他们到底有没有复活那尸体？”

“不知道，所有材料到这里就结束了，估计是被带走了……老大呢？”清玉环顾四周，最终在一片玻璃管后面看到时笙。

三人对视一眼，快速走过去。

时笙面前有一口水晶棺，水晶棺上刻画的东西也很奇怪，有点像某种图腾。

“老大，这是棺材？这里怎么会有棺材？”

时笙蹲下身，仔细看了那些图腾一会儿，眉头皱得更深了，眸中有冷光闪烁。

她似乎遇到麻烦了。千黎约莫大有来头。她在千黎肩上见过和这水晶棺上一模一样的图腾，她之前以为那是千黎变成丧尸前的文身，但那图腾着实怪异，她记得很清楚。

“系统，你不该出来吱个声吗？我这是中了大奖？”时笙在脑中联系系统。

之前程素的日记就给了她很不好的预感，这下好了，直接找到了末日开始的源头。千黎什么来头？死而复生的尸体？

“支线任务这是质的升华啊，系统，你以为不吭声就可以装不在吗？”时笙的声音中已经多了咬牙切齿的味道。

系统不得不吭声，【支线任务一般是剧情模式，多数时候和隐藏任务是有联系的……当然，奖励比其他任务都丰厚，而且完成支线任务有机会解锁特殊道具。】

“行啊，先给我开金手指。”

【你不是都自带金手指？】那个它到现在还没弄明白的宿主自带空间，里面还不知道有多少东西呢。

“我自带的你还想充公啊？你怎么不说全宇宙是你的呢？要不要脸！”

【金手指没有……你的人品值太低了。】系统顿了顿，【不过你若是把那个空间交出来，我可以给你金手指。】

“你当老子傻呢？”时笙一口气将系统骂了一顿，然后不再和它交流。

宿主有空间这件事，它还得赶紧弄清楚，不然这样下去，宿主迟早把位面玩儿崩。

时笙憋了一腔怒火，只想找个地方发泄一下。忍着怒气，她让白虎将水晶棺收起来，这玩意说不定是个道具，还是带走比较好。就算没用，也挺好看的。

清玉三人想问，但见时笙那样子，不知怎么就不敢问了。老大的样子好可怕……

他们在这个实验室找到一条通往外面的通道，估计是实验室的人给自己留的后路。

时笙一出去，外面的丧尸就倒霉了。被时笙拎着铁剑，一阵狂砍。

这是开启了杀神模式吗？以前他们没发现，老大杀人都这么帅气，一招一式都像华丽的舞蹈。好像爱上老大了，怎么办？

他们家老大把半个D县的丧尸都砍了。真的是半个D县。只要是在街上晃荡的，都被她砍了。他们算是彻底见识了老大的实力，这是移动的人形杀器啊！

砍完丧尸，时笙心底的怒气才算少了一些。她砍的都是一级二级的，很好砍。三级和四级的却一个没见。时笙甩了甩铁剑，千黎竟然还没找她……

爆炸声从之前那座研究所传来，巨大的浓烟升上天空。时笙站在一堆丧尸堆砌的尸体上，仰头看着天空，神色讥讽，目光却极其平静。她就像站在尸山血海之上，睥睨万千世界的皇者，气势惊人，耀眼夺目。

清玉三人被这景象震撼了一瞬，很快被爆炸声惊醒。

“那是直升机吗？”

“那些人在炸那家研究院。”

“那里面的人……”

直升机炸完就走，如果他们往前面飞一点，就会看到非常震撼的场面。

大街小巷，全是躺在地上的丧尸尸体。

“这下肯定活不了了。”那么大的阵仗，那地方都夷为平地了吧？

B市的人将那里炸毁了，是因为里面有什么东西绝对不能流落到别人手里，还是不能让看到那些东西的人活着出来？

做得还真是绝，连自己人都不放过。当然这都不关她的事。时笙现在得去找她男朋友，呸，找未来丧尸皇。

这个县城不算大，时笙没了怒火，就不怎么动手了，基本是用异能大摇大摆从丧尸中穿过去。

戚明雪和宋拾等人此时正在一处小楼里，这里比较僻静，丧尸不算多，他们待在屋子里还算安全。

宋拾在最后关头开启了那扇门，但因为时笙离开的时候没有关门，已经有丧尸进来了，那个四级丧尸也在。他们还没杀掉那个四级丧尸，突然就发生了爆炸。他们虽然逃出来了，却死了一个兄弟，至于其他人，也不知道是死了还是逃了。

这里就只剩下他和戚明雪，以及苏霁夜和赵景。黑大汉死了，宋拾也受了伤。倒是戚明雪……宋拾眯了眯眼眸，看着忙前忙后的戚明雪，爆炸发生的时候，他隐约看到她好像消失了，等爆炸完，她才重新出现。

“阿拾，喝口水。”戚明雪将兑了灵泉水的水递给宋拾。

宋拾低头喝了一口，微微皱眉，这水不一样，自从停水后，能喝的水除了末世前的桶装水，就只剩下水系异能者的水，但是这两种水都没有这么甘甜。宋拾不动声色地将水喝完。

戚明雪是有些紧张的，之前她一直没给宋拾喝灵泉水。这个男人很厉害，她怕他从里面喝出不同，但是他们都受了伤，自己如果不给他们喝灵泉水，也不知道什么时候才能恢复。

灵泉水确实很厉害，第二天他们就恢复得差不多了，宋拾若有所思地看着戚明雪。她身上似乎有很多疑点……

“老大，你怎么一直盯着明雪姐？”苏霁夜坐到宋拾旁边，打趣道，“是不是看上明雪姐了？嘿嘿，要我说，你和明雪姐挺配的，你看明雪姐漂亮又有实力，就是善良了点……不过这也不是什么坏事，真要是心狠手辣的女人，谁敢相信啊。”

“闭嘴。”宋拾冷冷瞪了他一眼。

“老大不要害羞嘛，喜欢就追啊。你看安全区可是有不少人喜欢明雪姐，你要是不抓住机会，到时候可没有后悔药。”

宋拾再次瞪过去，苏霁夜顿时噤声，捂着嘴坐到赵景身边。赵景神色有些诡谲，目光在戚明雪和宋拾两人间徘徊。

时笙将D县翻了一遍也没找到千黎，不得不回B市安全区。三个小弟一个劲地问她，不找你男朋友了吗？就这么放任他一个丧尸在外面好吗？他会不会抛弃你找个漂亮的女丧尸？

回去的路上，她看到了戚明雪和宋拾等人，作为男女主角，她从来就没想过他们会被炸死，看到他们一点也不觉得意外。只是不知道发生了什么，宋拾好像对戚明雪有意见了……

而队伍中，就只剩下苏霁夜一人，他的另外两个队员都不见了。在他们逃出D县的时候，遇到一个四级丧尸，戚明雪将赵景推向了丧尸。本来她做得并不明显，但一直关注戚明雪的宋拾很不巧地看到了。他想救赵景已经来不及，只能眼睁睁看着赵景死在丧尸手下。事后宋拾质问她，戚明雪只说自己当时被吓到了，毕竟那是四级丧尸。宋拾自然不信，两人间就此有了隔阂。

至于戚明雪为什么要置赵景于死地，那是因为赵景发现了戚明雪的秘密，威胁她和他在一起，不然就告诉宋拾。

原剧情中，赵景这个人在后期会因为赵妍出卖宋拾他们，但那个时候，宋拾和戚明雪感情已经定下了，宋拾也隐约觉察到了赵景的异心。现在可就不同了，赵景在宋拾心底还很有分量，戚明雪却没那么重要。

回到安全区后，时笙在外面等着，没有急着进去。

宋拾等人一进去就被带走了。

安全区果然是在杀人灭口啊！就是不知道这次男女主角要怎么跑了。

“老大，英明啊！”三人越发崇拜时笙了。

如果刚才他们进去，估计待遇就是和宋拾他们一样了。

“用脚趾想也想得到的事，安全区都派直升机去炸了，肯定不想让人知道那里的人看到了什么。”之前安全区的人估计是想取什么东西，没想到会因为四级丧尸被众人发现那个实验室。

也许常新的任务本来就是取那个实验室的东西，他先让一批人去清理大楼，然后他再过去集合，乘机从里面拿到想要的。

时笙用了自己的名字装成幸存者重新进入安全区，现在又没有照片，身份登记什么的自然很容易糊弄过去，而且她还带了三个异能者。

以前住的地方自然不能回了，她只好重新找住处。

第十章 丧尸帝国（下）

据说宋拾等人被关了起来，整个飓风佣兵队的人都被请去“喝茶”了。更详细的消息，时笙就没有了。毕竟那是军方，时笙又没有千里眼顺风耳，不可能知道那么多。她此时已经在谋划着去抢直升机。

时笙将计划给三个小弟说了，小弟们虽然有些奇怪，但老大说的都是对的，老大吩咐什么他们就做什么。

“老大，我们都观察过了，他们一个小时换一次班，换班后他们会检查四周，那个时候进去最容易。”

时笙和三人站在某栋建筑的阴影处，林风正给时笙分析情况。时笙靠着墙，有一下没一下地抚着白虎的后背，也不知道有没有在听林风讲。

交班的时候，几人迅速朝着那边跑去，趁着巡逻的空隙，成功到达停放直升机的地方。

坐到直升机上，时笙才想起一件很重要的事：“你们会开直升机吗？”

林风整个人都蒙了，磕磕巴巴道：“老大……你不会吗？”老大不是万能的吗？开个飞机这种小事，老大怎么不会啊？他们根本就没想过这个问题！

“拆飞机我能行。”时笙表情诚恳。

“那怎么办？”他们之前根本没想过这个问题。

“那边好像有人，过去看看……”

“有人侵入，警报。”

紧接着，警报声响彻整个飞机场。

无数带着枪支的士兵从外面进入，枪口对准时笙他们所在的直升机。

“从直升机上下来，否则我们开枪了。”

“抵抗者格杀勿论。”

一连串的喊话声，透过喇叭在飞机场上回响。

“老大，你真的不会开吗？要不随便开开，你那么厉害，摸索一下就会了。”

这里的直升机，和她见过的不一样。

林风哭丧着脸：“我们下去肯定会被射成筛子的。”

时笙伸手在操作台上一阵乱按，某些图标还是差不多的……

嗒嗒嗒嗒……

对面一群人被突然射出的子弹打中，倒麦子似的倒下去。

“老大……”清玉叫了一声，你这不是挑衅吗?

时笙哪里知道这玩意竟然是战斗直升机，还那么巧被她按中了开关。

“看他们不顺眼，竟然拿枪指着我。”时笙淡淡地说了一声。

三人组无语，老大就算你说不会，我们也不会笑话你的。

就在这时，对面的人反应过来，开始攻击，时笙一阵狂按，成功将直升机启动了。

子弹噼里啪啦的声音像是击打在人的神经上，清玉三人紧张地抓着安全带，老大这技术完全不敢恭维。他们再也不敢坐老大的直升机了。

子弹跟不上，那边竟然派异能者了，五花八门的异能直往飞机上招呼。飞机是有防弹性能的，但异能可比子弹厉害得多，不过两下，防弹玻璃就碎了。

有火焰从外面进来，小胖赶紧用土墙堵上，这才免了清玉被火烤的悲剧。

直升机动是在动，但不是往前，而是后退，时笙实在弄不懂这玩意。对应的图标和她知道的完全不一样，怎么开?

她快速解开安全带：“少年们，开启你们的洪荒之力，跟我来一场说走就走、永生难忘的旅行可好？”

三人组：“老大，说人话。”

“哦，我准备跑路了。”时笙非常淡定地说完这句话。

她摸出几个紫色小球分给他们：“别把自己炸了，到时候你们的死相会很难看。”末了她又加了一句，“我不负责收尸。”

他们是见过这玩意的威力的，一个就能炸翻一大片丧尸，还能弄出直径几米的大坑。他们手上拿的竟然是这种厉害的武器。不激动，他们完全不激动。手别抖，别把自己给炸了。可是——

"老大，这个怎么用啊？"

"直接扔就行了，爆炸范围不一定，所以一定要扔得远一点，否则很可能波及自己。"

爆炸范围不一定是什么意思？

这些小球都是时笙当时分批装的，自然不可能分得很均匀，能量多的，炸起来威力肯定大一些。

时笙快速说完，推开机门下去，率先扔了一个出去，剧烈的爆炸声让枪声停歇，除了噼里啪啦的闪电声，四周都安静下来。

那个若隐若现的大坑表示，时笙不是瞎说，爆炸范围真的不一样。那个坑至少是他们上次见到的两倍，将飞机场拦腰截断，建筑都被炸塌了半截。

三人跟着时笙下飞机，时笙快速朝着飞机场的一头跑去，抢了一辆货车。后面的军方人员紧急联系安全区，对那辆车进行拦截。这么强的破坏力，绝对不能让他们跑了，万一他们把安全区炸了怎么办？

"这是什么炸弹？"看着那个堪比天坑的大坑，安全区区长和各个负责人面面相觑。

在场的负责人一脸后怕："不清楚，但是当时真的很恐怖，像是有什么东西压着我，完全不敢看那边，爆炸后，还有紫色闪电在坑里闪。"

"闪电？"

"是啊，那闪电差不多手臂粗呢，但是和我们这里的闪电有点不一样，颜色更深……对了，有人录了像，快给区长看看。"

有人立即将录像递过来，上面录的就是大坑里的景象，空旷的大坑中，不时有闪电闪过，持续了将近十分钟才消失。

"检查过了吗？"区长目光深幽地盯着远处的大坑。

"已经检查过了，没有任何辐射，就是……带电。"工作人员立即上前汇报，神色很奇异，他还没见过能弄出这么大坑、却没有任何辐射的炸弹。

还诡异地带电，他们刚刚实验过，那里面的电量很足，具体数据有待下一步检验。

"一定要抓住他们。"

不管那几个是什么人，都要抓住。这样的炸弹，若是能让他们的人知道怎么制作的，他们还会惧怕丧尸吗？

他们想方设法去抓时笙，可时笙一路上让三人组炸过去，已经快接近安全区的大门了。

接近安全区大门的时候，时笙被人拦住了，异能者已将去路堵死，后面又有持枪的军队，时笙的车被拦在了中间。

也许是忌惮他们的武力值，对方没有攻击，双方形成了对峙的场面。

“老大，这里普通人太多了，我们这么炸会伤及无辜的。”清玉往窗外看了一眼，皱着眉头道。

“一会儿你们趁乱跑，去找一个地方建基地，不需要太多人。但是有一点，必须有很强的接受能力，你们应该懂我说的是什么意思。”

“老大？”这话听着怎么有些不对劲？

“这个你们拿着，是个储物空间，你们拿个人滴血认主，里面的东西够你们将基地建起来。”

三人顿时瞪大了眼，储物空间，老大连这个都有？

老大不会是上天派来拯救世界的吧？

“基地建立起来后，最好能张扬一点，这样方便我找你们。”

时笙语速极快地交代完，又问：“有问题吗？”

三个人听得一愣一愣的，好一会儿清玉才反应过来：“老大你不和我们一起？”

老大不在，他们真的能把基地建起来？

“带着你们不方便，我要去京城办事，办好了就回来，我希望在京城就能听到你们基地的名字。”

小胖弱弱举手：“那我们的基地叫什么名字啊，老大？”

“当然是用我们佣兵队的名字。”

林风嘴角抽搐：“老大，就不能选择一个正常点的吗？”就这名字，他完全不敢把基地往外面宣传啊！

最终自然是时笙胜了。

时笙将白虎装进背包，拎着铁剑下车，活动了下脖子，然后拖着铁剑冲进异能者队伍中。对方没想到一句话还没说就开打了，一开始时笙就占了上风。

等异能者反应过来，才一股脑用异能攻击时笙，时笙那把铁剑看上去毫不起眼，可是在接触异能的时候，异能会被铁剑挥开。

这情况让异能者们心底升腾起一股怒火，看着那把铁剑的目光都灼热起来。

“顾南！”

“都住手。”

军方那边走出几个熟悉的身影，时笙顿了顿，收了剑，看向他们。

领头的是常新，他身边站着顾父和顾母，看样子是被胁迫来的，两人脸上都有些惊慌。

“啧，原来常队长没死啊。”时笙扯着一个讥讽的笑容，“真是没白长一张道貌岸然的脸。”

即便现在看常新，依旧让人觉得他是一个好人。

如果他死了，时笙或许会觉得他真的不知情，可他还活着，B市的人却将那里炸了。

那些人想必是死了。

常新变了变脸色，但很快镇定下来：“顾南，还是束手就擒的好，否则，你父母……”

时笙将铁剑往面前一戳，单手撑剑：“父母？我还没找到我自己的父母，你上哪儿给我弄的父母？”

常新微微皱眉，他一回来就查了她，这肯定是她的父母。

“顾南，你连自己的父母都不认吗？”常新大喝一声。

“你听不懂人话吗？”时笙白了常新一眼，“我不过是他们的养女，他们算我哪门子的父母。”

养女？显然这个答案在常新的意料之外，他顶多以为顾南是在混淆视听。

“小南，我们虽然是你的养父母，可这么多年也没亏待过你，你别再做错事了。”顾父搂着吓软了的顾母，神色悲痛，好像时笙有多不孝似的。

“做错事，我做错什么事了？你知道他们是想杀我灭口吗？你一定会问他们为什么要杀我灭口，那是因为……”

“养父母也是父母，他们至少养你那么多年，你就没有一点感恩的心吗？”常新打断时笙，绝对不能让她将那件事说出来。

“不过是钱财交易，有什么好感恩的。再说，末世开始的时候，他们抛下我跑了，还不关紧房门，如果不是我命大，早死了，换成你，你会对他们感恩吗？”

她本就不是顾南，对顾父顾母是完全没什么感觉的。

常新自然不知道还有这么一茬，一时间不知如何言语。

“你想用他们来威胁我，是绝对不可能的，他们是死是活，和我一点关系都没有。”

时笙摸出几个紫色小球，看到那个小球的时候，两边的人同时变了脸色。

就是这个玩意，一路炸掉不少地方，威力惊人。

“不想和你们玩儿了，你们是自己让开，还是让我炸出去？”时笙随手抛着小球，“这里这么多人，啧啧……要是死了，你们军方会不会被唾沫星子淹死？”

“顾南，这是我们之间的事，和普通人没关系。”常新赶紧道。

上次那个任务，第一是要取些东西，第二是要削弱那些自由佣兵队的实力，普通人越来越不信任军方，这么任由佣兵队发展下去，迟早会出事。

“哦，既然没关系，那你把他们抓来干什么？让他们围观你们怎么把我抓起来？拜托，你说话的时候，能不能想想自己前面做过什么。”

常新语塞。

“把路让开，否则就别怪我不客气了。”时笙作势要抛小球。

“顾南，别冲动。把路让开，快！”

“小南……”顾父难以置信地看着时笙。

“我妈将我交给你们照顾，还给你们那么多钱，可是你们这些年是怎么照顾的？有句话叫拿人钱财，替人办事。我相信以我妈的能力，给你们的钱绝对不会太少，你们可以不付出感情，但不该那么苛待我吧？”时笙顿了顿，语速放缓慢了一些，“顾南在末世开始的时候就死了。”

顾南在末世开始的时候就死了。

这句话如同魔音，在顾父耳边徘徊。

时笙没再看顾父，直接坐回车子，里面的人已经不见，估计是刚才趁乱跑了。

时笙开着车安全到达大门，然而就在开门的时候，城墙上突然传来惊呼，随后就是一阵混乱。

从时笙的位置，正好能看到安全区外面。

地平线的地方，黑压压一片，正以极快的速度朝着安全区接近，几乎转眼间，已经能看清那些移动的东西是什么了。

丧尸！黑压压的丧尸！整个安全区都响起了一级防御警报。

本来准备给时笙开门的人，见此场景哪里还敢开门，直接将里面的第二道和第三道铁门都关上了。

外面排队进入安全区的人见此，纷纷开始敲打最外面的门，来不及撤退的工作人员被愤怒的人们抓住，想要以此威胁，然而安全区是根本不可能为了几个工作人员开门的。

非但如此，后面的几道门还在有序关上，时笙被挡在第三道和第四道门之间。门的距离并不宽，前后几米，这里还被困着一些刚刚进入安全区来不及进入的人。但这些人没有外面的人那么激动，毕竟这里是第三道门，还是比较安全的。

常新等人被拦在第四道门之后，很快就被叫走了，只留下一些人看着时笙。时笙从车里出来，站到车顶往外面看。

这是丧尸围城？不对啊，剧情里的丧尸围城没有这么早。

这个时候，丧尸还处于智力欠缺的阶段，还没进化到能指挥丧尸围城，等他们智商上线的时候，差不多已经是末世一年多了。

那这群丧尸哪儿来的？

铁门很高，但是并没有封顶，时笙踩着车顶跳上铁门，手脚灵活地攀到了城墙上。看守时笙的人顿时乱了，有人大喊拦住她。然而上面的人都很忙碌，时笙速度又极快，几乎几个闪身就消失在他们的视野中。

从城墙上看，远处的场景更震撼，如同黑云压城一般，看得人心惊肉跳。下方的幸存者撕心裂肺地吼叫，忽然让人心生悲凉。他们明明历经千辛万苦，好不容易到了安全区，却在最后关头，被关在安全区外。

“它们停下了。”

“奇怪，它们在做什么？”

城墙上的人本是紧张的，可是看到丧尸忽然停下，还分开一条路来，很是不解。

丧尸大军从中间分出一条大道，然后有金属系的丧尸从远处铺了一条金光闪闪的大道，那条大道朝着城墙的方向延伸。

城墙上的人紧张起来，但是总指挥那边没动静，他们也不敢攻击，只能眼睁睁地看着金色大道停在城墙下的某处。

而时笙就站在上面。刚才她只是怀疑，现在几乎是确定。是那个离家出走的丧尸皇。只有他有能力号令这么多丧尸，也只有他能弄这么多丧尸过来，却不攻击。

“这是要干什么啊？那边的丧尸也不攻击，怎么像是有人指挥似的。”这人嘀咕着，听到这话的人心中突突跳了起来。

有人指挥……

异能者在不断变强，可丧尸也在不断变强。

而且，异能者和丧尸同等级的话，明显丧尸更厉害。

变成丧尸前，他们都是人类，高级丧尸指挥低级丧尸，也不是不可能。

金色的大道铺成后，穿着比较干净的丧尸开始分成两列，顺着大道下方走过来，那样子就像在列队迎接一般。也许是丧尸的行为太怪异，安全区这边一时没有采取措施，眼睁睁地看着丧尸走到城墙下。其间有没进入安全区的异能者攻击它们，它们也不反击，倒下去后，后面的丧尸立即补充上。它们如同迎宾，站在大道两侧，低垂着头，没有任何攻击力，安静得如同雕塑。

整个空间寂静无声。

时笙不知道千黎在什么地方，她没有看到他。不过这接人的阵仗她很喜欢，排场够大，够震撼。时笙撑着下巴，有些苦恼地看着下方，她该怎么下去比较拉风呢？她又没什么厉害的异能，弄不出特效。

"南。"清冽的嗓音在时笙耳边炸开。

少年穿着干净的白色卫衣、黑色休闲裤、运动鞋，一头微卷的头发，白皙干净的脸庞上带着青涩纯真的笑，一双眸子清澈如湖水，漾着层层涟漪。

时笙被这清纯的少年闪瞎了眼，这真的是未来的丧尸皇？她怎么觉得是个精灵呢？

时笙眨巴了好几下眼睛，面前的少年没有任何变化，依旧是纯真青涩的模样。

"南，我来，接你。"丧尸皇大人咧着嘴，眼底的笑意都要溢出来了。

"你能说话了？恢复记忆了？"时笙好奇地摸了摸千黎的脸蛋，很光滑，像摸绸缎似的。

千黎任由时笙对着自己的脸蛋又揉又掐，脸上的笑意丝毫不减。

"离开，不喜。"

"嗯？"时笙歪了歪头。

千黎皱着眉思索了一会儿，才慢慢地吐出几个字："这里，不好。"他说话很慢，像是一字一字斟酌过。可他的声音很好听，泉水叮咚一般清越，听着特别舒服，并不会让人觉得怪异。

他的意思应该是不喜欢这里，让她和他离开。时笙本来就要离开，自然没什么意见。千黎露出纯真的笑容，抱着时笙瞬移到那金色的大道上，城墙上的人看到大道上突然出现的人，都是一惊。她这么走在上面，那些丧尸都没攻击她，反而在她走后慢慢跟上，簇拥着她往远处的丧尸大军去。

"他们是什么人，那些丧尸为什么不攻击他们？"

"是顾南！"常新最先认出来，随后脸色变得煞白。

"顾南？她什么时候到下面去的？这些丧尸不会是她弄来的吧？"

顾南，这个名字对一些高层来说并不陌生，不服来战佣兵队的队长，曾用一个月的时间，将佣兵队的排名刷到了飓风佣兵队下面。

最重要的是D县一事后，除了宋拾等人，她和她的佣兵队是唯一的活口。

而就在之前，这个女人拿出了奇怪的炸弹，将安全区弄得鸡飞狗跳，现在她竟然又和丧尸掺和在一起。

“杀了她，不能让她活着离开。”

安全区的区长下了命令。

那场战役，B市安全区损失无数高级异能者，其余损失更是惨重。

而丧尸大军安然撤退，连他们要杀的人的衣角都没摸到。

在那之后很长一段时间，B市安全区的人都生活在恐惧中，有个女人可以控制丧尸，还和安全区有仇，众人生怕她带着丧尸回来。

提心吊胆月余，他们都没等到丧尸围城，这群人的心才安定下来。

而此时，时笙已经在京城郊外，和一群丧尸一起。

“嗥！”一个五级丧尸将新鲜的滴着血水的肉放到时笙面前，略带几分小心翼翼地看着她。

千黎身边有不少高级丧尸，当初在D县的时候，那些失踪的高级丧尸估计都在这里了。一路上千黎又收服了不少，其中一个还是五级丧尸，就是现在给她肉这个。

低级丧尸看到时笙会无视她，三级到四级的看到她不会无视，是一副想攻击但又忌惮的样子。

唯独这个五级丧尸看到她，会谜一般讨好她。

有什么“好吃”的，都是先孝敬她，之后才是他的老大千黎。

她问过千黎，千黎表示他没有让五级丧尸讨好她。

“千黎……”时笙朝着远处叫了一声，千黎的身影瞬息出现在她身边，看到地上血淋淋的肉，几乎不用时笙开口，直接把它瞬移走了，然后对着五级丧尸吼了一声。

五级丧尸僵滞的眸子里闪过一丝困惑，似乎在奇怪时笙为什么不喜欢他找的食物，明明那么新鲜，为了找到这么新鲜的食物，他可是跑了好远。

五级丧尸看了一眼时笙，又看看自家老大，最后一摇一晃起身蹲到了旁边，像是做错事的小孩一般。

五级丧尸的智商相当于三四岁的孩童，而且身上的血肉也恢复了正常，只是皮肤是青色的，看上去很奇怪。

“他怎么回事？”时笙指了指五级丧尸。

“他喜欢你身上的味道。”千黎说话已经很流畅，不过语速依旧有些慢。

“我身上的味道？”最近都在赶路，她都没时间洗澡，身上有味道也是酸臭味，丧尸的口味都这么奇特？

千黎像是看出时笙理解错误，拉着她的手往嘴里放，舌尖绕着她的指尖转圈圈。时笙下意识用了异能，千黎脸上立即露出享受和幸福的表情。原来他说的是这个。她的异能果然是对丧尸有特别作用的吗？难道以后丧尸真的要追着她跑？她拒绝！

时笙走到五级丧尸身边，在他面前用了异能，白皙的指尖上开出一朵巴掌大小的黑色花朵，层层叠叠的花瓣犹如开得灿烂的牡丹。

五级丧尸在时笙使用异能的时候，青色的脸上就露出了类似向往和渴望的表情，和当初她第一次见到千黎的时候，一模一样。

时笙将那朵花放到他嘴边，五级丧尸小心翼翼地看了看自家老大，接收到老大眼底的威胁，他缩了缩脖子，不敢吃，眼底的渴望却越来越浓。

时笙注意到他的动作，回头瞪了一眼千黎，直接将花喂进五级丧尸嘴里。

“以后不用给我食物了，我不喜欢那些食物。”时笙将食物两个字咬得格外重，正要消化异能的五级丧尸根本就没听清，只听到食物两个字。

然后第二天，时笙就看到比昨天多了一倍不止的新鲜“食物”。

老子真的不吃啊！

五级丧尸等着时笙夸他，然而夸是没有的。他被千黎揍了一顿，也不知道千黎怎么和他交流的，之后他就没再给时笙弄过食物，反而弄来一些稀奇古怪的小玩意。

带着丧尸进入京城基地肯定是不可能的，所以时笙只带了千黎，五级丧尸不舍地跟在后面，跟了好长一段路，最后还是千黎吼了几声，他才回头，几下就蹿没影了。

时笙开着一辆不算破的车子，慢悠悠地接近基地。

此时已是末世后半年了，但是来到基地的人依旧很多，这次没有别人的异能做掩护，时笙只能老老实实排队。

但她还没进入基地，就从一些人口中听到了自己的传闻，而京城基地中，还有她的通缉令。摄像头捕捉的像素有些失真，容貌很模糊，分辨起来虽然很困难，但仔细看的话还是能够看出几分模样。

基地和大型安全区之间肯定是有联系的，B市安全区倒是走了一步好棋。不过这也难不倒时笙，千黎在附近召唤了一些丧尸，给基地制造了一些混乱，时笙便乘机混进了基地。

后面有关卡检查，时笙直接让白虎从空间里扔了丧尸出来。

时笙第一次感叹，原来白虎是有先见之明的。

这奇怪的现象自然引起基地的注意，但是时笙每次都避开了摄像头，丧尸就像凭空冒出来的。而这些丧尸也确实是凭空冒出来的，基地的系统中，根本没有他们的身份信息，这个情况立即引起了重视，街上的巡逻比平时增加了一倍。

京城基地，三足鼎立。

军方和政府各占三分之一，剩下的三分之一就在京城以前的各大家族手上。这些大家族的底蕴可谓深厚，不管是人才还是物资。

末世降临初期，他们就调动可以动用的力量，大量收集物资，在基地成立后，迅速占据主导位置。而这些家族中就有程家，还是这些大家族联盟中的领头者。

时笙却觉得这些家族不可能在末世后才收集物资，说不定早就知道些什么。原剧情里，女主角刷这个副本的时候，程家也只是被一笔带过，并没有过多描写。

时笙很有耐心地在程家大宅外面观察了一段时间，又询问过一些人，确定了这是她要找的程家。

大宅每日进出的人很少，最常见的就是程家如今的当家人——程松，程素的哥哥。

程松进入书房的时候，立即察觉不对，他迅速往外面撤，可后面不知何时出现一个少年，抬手就将他推了进去，身后是轻微的关门声。程松一瞬间有些慌乱，但很快镇定下来。他这里看着没多少人，实际上暗处都有人。

背对着他的办公椅慢慢转了过来，少女的脸庞跃进他的视野中，他呼吸猛地一窒，瞳孔紧缩。小妹……不对！小妹不可能这么年轻，也不会露出这种……玩世不恭的狂妄神情。

他听到少女轻灵的声音响起：“舅舅，初次见面，我是顾南，程素的女儿。”

舅舅，初次见面，我是顾南，程素的女儿。

这句话像是被人按了循环播放，还是立体环绕音效。

程松直愣愣地看着时笙。她叫自己舅舅，这是……小妹的孩子？程松忽然发觉自己得了失语症，有许多问题要问，可话到嘴边，又什么都问不出来。就这容貌，肯定是小妹的孩子没错，简直就是小妹的翻版。

“你真的是小素的女儿？”程松好半天才憋出这么一句话，声音抖得跟什么似的，直勾勾地盯着她。

时笙耸耸肩：“你不信我也没办法。”反正她是没什么信物，又不可能做亲子鉴定，所以程松信不信全看他自己。

程松一时间也找不出什么佐证，但若眼前的少女真的是小妹的孩子，他可不能不管。而且他相信，这就是小妹的孩子。有时候，血缘就是那么奇妙，会让两个陌生人产生熟悉感。

“你叫顾南？”程松觉得这名字有些耳熟，一时间又想不起来。

小素竟然嫁了人，生了孩子，那是不是代表……程松心底一阵激动，看时笙的眼神热切了几分。

“嗯。”时笙随意地点了点头，“你们基地外面还挂着我的大名和照片。”

被这么一提醒，程松立即想起来了。B市那边传过来说出现了很危险的人物，那人的名字不就是顾南吗？基地安全是由军方负责的，他虽然有材料，可还没来得及看。这个名字还是听下面的人提起的。

程松想不通，这么一个女孩子，怎么会是危险人物？

“我从来不知道小素还有个孩子。”程松喃喃自语，深吸一口气，看向时笙，带着颤音问，“既然你是小素的孩子，那一定知道小素在什么地方。”

时笙微微皱眉，这个意思就是，程家也不知道程素去哪里了？

果然，程松也不知道程素在哪里，十七年前她给家里寄了最后一封信，然后就没了音信，这些年程家一直在找，却没有任何线索。

“我可以看看那封信吗？”

程松迟疑一下，走到书房一边，拉开一个暗格，将那封信取出来给了时笙。

信保存得很好，可见程家对程素的在意程度。整封信没什么特别，就是普通的家信，说她一切安好。但是里面提到了两个词：D县和金凤山。本是家信，却偏偏说了这两个地方风景很好，这不是很怪异吗？

“金凤山是什么地方？”时笙将信还给程松。

“是B市附近的一座山。”程松苦笑了一声，“我们也发现了那两个地方的不同，但是派去调查的人没有发现任何东西。”

时笙和程松聊了很久，把日记本也给程松看了。

从程松口中，她知道程素学的是基因研究，从日记本记载的时间看，程家人完全不知道她已经回国。因为每隔一段时间就会有信从国外寄回来，所以程家一直不知道程素在那个时候已经回国。

程素日记本中记载的那个男人，程家也是完全不知的。而程家在末世开始前收到了匿名信，其中点明末世即将开始。一开始，程家也以为是谁恶作剧，可是接下来的时间，信中提过的几点都被一一证实。

秉着宁可信其有的原则，程家调动了可用的资金开始收集物资。其余各家，各有各的消息来源，程家的动作，几乎证实了他们的消息，所以这些人才在末世开始前就囤积了大量的物资。

时笙拒绝了程松的挽留，带着千黎离开。

时笙离开后，程松盯着程素最后寄来的信看了良久。他重重地吐出一口浊气，拿过桌子上的电话拨了出去："给我查金凤山的资料，时间？越早越好……嗯，尽快给我。"

时笙没有立即离开基地，反而又逗留了一段时间，千黎看不懂她在做什么，经常好奇地问东问西。时笙偶尔捺着性子解释几句，但更多时候是拿铁剑威胁他不许多话。

现在的京城基地网络很好入侵，时笙将资料全部打包，然后找了个地方看那些资料。资料很多，时笙几乎没日没夜地看，最终发现一些有用的信息。

那是一所隶属国家的研究院，里面有一份加密文件，混合在一些普通报告中，也不知道是没被发现，还是有人故意藏匿起来。

文件里有很多照片，是那口奇怪的水晶棺出土的地方。水晶棺是竖着放在土里的，隐约能看到里面有个人影。时笙回头看了眼千黎。不会就是这货吧？

除了那些照片，里面还有各种报告，说的都是水晶棺。时笙仔细地看了一份基因报告，里面不但提到了程素的名字，还提到了那具被程素提过的很诡异的尸体。

他就像沉睡的精灵，美好而圣洁，不死不朽。精灵迟早会苏醒，他将带来新世界的曙光，他是旧世界的终结者。我们即将迎来新世界的缔造者。

里面反反复复提到精灵、新世界、旧世界几个词。时笙仔细看了几遍，从中挑出比较有用的信息。

程素提过的那具尸体的基因很特别，不会衰老，没有生命体征，可依旧是活性的，所以研究院开始研究那具尸体的基因。然而其中有个人疯狂地想要复活那具尸体，其结果就是实验被迫终止，所有资料都被封存。

如果有人看到这份资料，那么证明新世界和旧世界的交替已经开始。人类会进化，成为更高级的存在，进化失败的人类，将被新世界抛弃。

你们准备好了吗？

这段话是写在报告最后的，时笙反反复复读了几遍。

时笙扭头去看千黎，少年正摆弄着手中的游戏机，看上去很开心。

这个boss的设定是什么呢？千年尸王？外星生物？系统的支线也太难了！

时笙离开京城基地，带着一群丧尸往B市赶去。她以为自己会在京城基地待很长一段时间，谁知道这么快就完事了。

本以为这事会很简单，谁知道这么复杂，所以时笙决定先完成她一早定好的任务——丧尸帝国。等她占领这个世界，就一个一个来审，还怕查不出真相？

所以时笙的做法向来是简单粗暴的。

她回到B市附近时，她那三个小弟刚刚把基地的雏形建好。时笙回去的时候，他们有些难以置信。老大竟然这么快就回来了？老大从B市出来的时候，那场面他们虽然没亲眼见过，但是想想就好激动！这么一想，其实丧尸也不是很可怕。

基地里面已经有人，不过也就一百多个，实在少得可怜。所以在时笙将丧尸大军放进基地的时候，那一百多人别说反对，连声都不敢吭。

有丧尸大军来建设基地，几乎是几天时间，一个大型基地就建好了，一百多人也从一开始的震惊、害怕到慢慢接受。

于是，这一百多人成了不服来战基地的原始人类，当然也是以后，唯一一群在这个基地存在的人类。

很久以后，他们会为当初加入基地感到庆幸。

时笙不接受人类进入基地，只要丧尸。清玉等人不懂时笙想做什么，只能按照时笙的吩咐做。

时笙那边如火如荼地扩大基地，不断聚来丧尸。

而B市这边，戚明雪等人却不是很好过。他们先是被关押起来，宋拾想办法逃了，但是来不及救戚明雪。或许他是并不想救她。要知道，宋拾爱上戚明雪之前，可是非常重义的。

戚明雪因为有那所谓的治愈系能力，所以只是被关押起来。但是不管那些人怎么逼供，戚明雪就是不当着他们的面使用异能。

“她还是那个样子吗？”安全区区长看着常新。

常新点头：“什么都不说，也不使用异能。”

区长皱眉，沉吟片刻道：“你们找几个视觉系异能者，然后把她带到一个没有监控的房间去。”

常新神色有些难看，区长抬头看了他一眼：“常新，既然已经进来，就不可能出去，好好做事，我们不会亏待你的家人。”

“是。”

戚明雪被转移到一个没有监控的房间，一开始还会有人给她送饭，但分量很少，根本就不够她吃饱，到后面越来越少，最后就不送了。

戚明雪检查了房间，见没有任何监控，便从空间里拿出食物狼吞虎咽地吃起来。接下来的一段时间，戚明雪都是如此度过，吃饱喝足后她就开始思考逃跑的事。

这个房间除了有门，是完全封死的。饭都是从门下方的窗口被推进来，所以她想出去，肯定只能从门出去。戚明雪仔细思考着逃跑的步骤。然而，她的计划还没实施，一群人就闯了进来，一见面就给她注射了麻药。等她再次醒过来，发现自己被绑在手术台上，一些穿着白大褂的人在自己面前走来走去。

她在什么地方？戚明雪转着脑袋看了看，突然对上一双笑眯眯的眸子。那是区长？

区长走到戚明雪跟前，声音温和，像是慈爱的父亲：“小姑娘醒了。”

“你想做什么？”戚明雪心底总算生出一丝惊慌。之前她还仗着自己有空间，不怕这些人，可若是一区之长呢？而且这区长在原文中，也不是什么好人。

“小姑娘别害怕。”区长笑得更和蔼，“你身上有个空间吧？那个空间有多大？可以告诉我吗？放心，我不会伤害你的，要知道你的空间对我们来说是很重要的，以后你会是拯救人类的英雄……”

戚明雪越听越心惊，他怎么会知道？

“我听不懂你在说什么，这是什么地方？你们把我抓起来想做什么？”戚明雪自然不能承认。怀璧其罪的道理她还是懂的。原文中，顾南这个女主角都不敢将空间的事情随便讲。

区长挥了挥手，一个穿白大褂的男人端着托盘上来，上面放着一瓶水和几件小物品。戚明雪看到那些东西，瞳孔缩了缩，心底更慌。那是她空间里的东西。可是为什么会在外面啊？

“小姑娘应该不陌生吧？这些东西可都是你亲自取出来的，要不要看看视频？”

立即有人将一个平板电脑放到戚明雪面前。画面中，她依旧被绑在手术台上，有个人在催眠她，然后她就看到自己将东西取了出来。

“不……”戚明雪不断摇头。

区长笑眯眯地看着戚明雪，眼底却满是阴鸷，如果不是他们找不到那个空间的媒介，这个女人他何必留着。

戚明雪一开始闹腾得很厉害，甚至还想逃跑，可这里很大，她根本跑不出去。她好像真的被洗脑一般，对区长言听计从。

区长既然已经知道她有空间，还有灵泉，她也不吝啬，区长要，她就给。特别是灵泉水，区长要多少她给多少。那天听完时笙的话，她特意问过空间的器灵，这些灵泉水她用没问题，但是别人用的话，在野外会吸引丧尸。

区长不是想要吗？她给就是了，只要他们有命用。

区长发现出去的人死得越来越多，一开始只是以为丧尸变得厉害了，可是后来才发现不是，只有他给过灵泉水的人死得特别多。

“戚明雪。”区长怒火滔天地踹开戚明雪的房门。

戚明雪正在换衣服，雪白的胴体暴露在区长的视线中，她快速拽过床单裹在身上，镇定道：“区长，你有什么事？”

区长眯了眯眼眸：“你给我的水里是不是加了东西？”

看来是那些喝了灵泉水的人遭殃了。戚明雪心底有些激动，面色却不显：“我给你的水每次都是我喝过之后你才拿走的，我加了东西，最先出事的应该是我才对。”

那水是从戚明雪的空间取出来的，区长不可能就那么给他的人喝。所以每次都是戚明雪先喝过，区长才拿走。

区长自然不是那么好糊弄的：“明天你和我出安全区。”

第二天一大早，区长就让人准备了一支队伍，带着戚明雪出城。队伍中有一半的人喝过灵泉水，有一半的人没喝。遇到丧尸的时候，喝过灵泉水的人，明显比没喝过的更吸引丧尸。

区长压迫的视线扫向戚明雪，戚明雪心底慌了慌，但是逃出去的欲望支撑着她，她绝不能退缩。

“戚明雪，你不该解释一下吗？”

戚明雪大着胆子道：“我也不知道怎么回事。”

啪！区长一个巴掌甩在戚明雪的脸上：“你的东西你会不知道怎么回事？

你是不是故意的？”说到最后，区长一把拽住她的头发，将她按在车子的玻璃上，脸紧贴着玻璃，挤压得变了形状。

戚明雪吃痛，艰难地发音：“我真的不知道。”

区长揪着戚明雪下车，将她往丧尸堆里扔。戚明雪异能不差，区长也料定她不会死，但是没想到戚明雪根本不反抗，被几个丧尸包围起来，很快就看不到她的身影了。区长赶紧让人将丧尸杀掉，可哪里还有戚明雪的踪迹。

戚明雪等了这么久的机会，她的空间她也是可以进去的。之前在B市安全区她不用，是因为即便进去空间，在防守严密的实验室，她也没把握出去。可外面就不一样了，她的空间里还有很多东西，她就不信，这些人还能守在这里，等他们走了，自己就自由了……这个仇她是一定要报的。

时笙的基地建得如火如荼，因为不接收人类，知道的人倒是不多。

最开始留下来的那些人都被分配了工作，因为现在的丧尸智商不高，所以负责每个重要职位的人身边都跟了一个四级丧尸。

每次看到人类身边跟着一个丧尸，好些人都觉得很荒唐，可一转头，看到自己身边的木讷丧尸，就觉得更荒唐了。

他们和四级丧尸交流，然后由四级丧尸传递指令给其他丧尸。

丧尸其实比人更好管，没有丧尸会站出来表示不服，七嘴八舌乱提意见。

“看到老大了吗？”清玉抓住急匆匆跑过来的林风，自从基地建立起来，他们都快忙疯了。

自家老大却下达指令后就不见人了。

林风抹了一把汗：“没有啊，是不是又和大嫂在一起？他们老喜欢去基地北边的那座高塔，你去看看吧。我不和你说了，我这儿忙着呢。”林风带着两个丧尸跑了。

清玉只得往高塔的方向去。这座高塔是这里最高的建筑，基地没有建起来的时候就在这儿了。爬上高塔，清玉果然看到了时笙和千黎。千黎端端正正坐着，正字正腔圆地背着《三字经》。

人之初

性本善

性相近

习相远

……

子不学

非所宜

幼不学

老何为

玉不琢

……

“老大。”清玉绕开千黎，刚叫了一声，刚才还坐着的千黎突然站在他面前。

清玉默默往后退了几步，千黎不喜欢他们靠老大太近。

千黎眨眼又不见了，接着身后又是背《三字经》的声音。

曰春夏

曰秋冬

此四时

运不穷

……

“有事？”时笙抬起头，将地上的资料收了起来。

“啊？有有有，B市有丧尸潮。”清玉赶紧道，“我们估算了一下，B市怕是难以守住，已经有人在迁移了。”

“丧尸潮？”这个时间点……

还是有点早啊！

“从什么地方过来的？”

清玉神色古怪了起来：“四面八方。”

时笙：“……”

四面八方围过来，B市的人还能逃出去？

丧尸动物已经出来，天上全是丧尸鸟，直升机都没用。

时笙带着千黎去观看B市被灭，顺便准备收点丧尸小弟。

“南，饿。”千黎突然抓着时笙的手往嘴里塞，身子也停了下来。

“你就知道吃。”时笙瞪了他一眼。

千黎露出一个单纯的笑容，舌尖不断绕着她的指尖打转，冰冰凉凉的，沁人心脾般舒服。

那个五级丧尸已经升为六级丧尸，皮肤是淡青色的。为了方便，时笙一般叫他小五。

小五也凑到时笙跟前，千黎抬脚就踹，小五灵活地闪开，蹦到时笙另一边。

自从吃过时笙的异能，小五也不热衷其他食物了，天天等着时笙投喂。

时笙给小五喂了一点异能，小五心满意足地走到后面去炫耀。

丧尸之间也是有交流的，他们也会炫耀，会愤怒，会喜悦，并不是只会吃。

看着小五被一群丧尸追着打，时笙心情挺不错，给千黎投食的时候，比以往多给了一些。

“嗥嗥嗥！”小五突然张牙舞爪地跑回来，指着后面一阵乱吼。

后面的丧尸也有些骚乱。

她这次带的都是三级以上的异能丧尸，数量不多，也就二十多只，真要打架，随便哪儿都能召来丧尸小弟。

时笙疑惑地看向千黎。千黎舔了舔唇瓣：“他说，那边有丧尸。”

丧尸有什么好稀奇的？现在有人才是稀奇的！等等，丧尸？能让一群三级丧尸都骚动起来的，怕不是普通丧尸。

“七级。”千黎吐出两个字。

七级……小五吃她的异能还没升到七级，这七级丧尸哪儿来的？

“嗥！”

“嗥！”

后面丧尸的吼声大了起来，接着就是各种异能遍地开花。

时笙站在后面，只看到他们的攻击方向，没有看到攻击对象。直到几个丧尸倒下，她才看到，那是一个小丧尸，七八岁的样子，脸上的皮肤不是青色，而是白色，和她第一次见千黎的时候差不多。他的异能是冰系，速度极快。

小丧尸似乎看到了时笙，直冲她过来，时笙微微皱眉，拎着铁剑迎上去。小丧尸眼底闪过一丝兴奋，手中的冰锥越来越多，嗖嗖射向时笙。铁剑砍在小丧尸凝成的冰锥上，咔嚓咔嚓地响，那力道反弹得时笙虎口发麻。

这丧尸真的是七级？简直是六级丧尸的两倍力量。

小丧尸根本不管其他攻击，只瞄准她攻击，像是……掠夺。

时笙将铁剑挥得唰唰响，看小丧尸的眼神也变得凌厉起来。

等解决完小丧尸，时笙的手都快震断了。如果遇上两个七级丧尸，就这么打，时笙觉得自己只有被吊打的份。

小丧尸的晶核被小五挖出来递给了时笙。六级的晶核她还没见过，但是五级的见过，颜色比四级的鲜艳许多。可这七级晶核是半透明的，颜色很朦胧。她能吸收这些晶核，但是没有效果，只能靠她不断使用异能来提高异能。

她想了想，将晶核给了白虎。小五有她的异能喂着，不差这一点晶核。

主人最好了！白虎亲昵地蹭着时笙的脖子。时笙将它扒拉下来，扔给后面的小五。小五没接住，只抓住了白虎的尾巴，白虎惨叫一声，反身就是一爪子抓向小五，接着就是一阵猫叫和丧尸低吼。

损失了几个丧尸，时笙是有些心疼的，这些可都是高级异能丧尸。

时笙到B市安全区的时候，丧尸潮已经爆发，黑压压的丧尸大军朝着安全区拥去。安全区的城墙上有人还在奋力抵抗，但是很快就被跳上城墙的异能丧尸给杀了。

被丧尸直接杀死的人，很短的时间就会变成丧尸。所以等那些被杀掉的异能者再次爬起来，已经变成丧尸，开始攻击同类。

“嗥嗥……”时笙后面的丧尸一副急躁的样子，冲着安全区不断地吼。

“他们又怎么了？”

“他们说，那边有很好闻的味道。”

时笙心头一跳。很好闻的味道？不会是那些灵泉水吧？

B市安全区很快沦陷，能逃的都逃了，不能逃的都成了丧尸。

“你能控制这么多丧尸吗？”时笙若有所思地问千黎。

“能。”

“干活吧，给咱们帝国添砖加瓦，美好生活在等着我们。”时笙拍了拍千黎的肩膀，“不愧是未来的丧尸皇大人。”

B市安全区沦陷，让几个大基地都有了危机感。这么下去，丧尸迟早会占领地球的。然而他们不知道，时笙已经在让丧尸占领地球了。如今消息闭塞，等他们接到有人类带领丧尸攻城的消息，已经是末世一年半后，时笙当时拿下了大半的江山。

接下来都是几个大基地。时笙带着千黎一个一个打过去，收服一个一个基地，有人开始站出来指责她。你明明是人类，怎么可以带着这些怪物来攻打人类？你就是人类的耻辱，败类，你不得好死。

“这个顾南，简直是个疯子，本来人类生存就不易，她还带着丧尸来攻城……”男人唾沫横飞地说着。

坐在男人旁边的宋拾托着下巴，目光放空地盯着地面。

“宋少，你说句话啊，我们怎么办？以他们的速度，最迟三天后，就轮到我们基地了。”男人推了一把宋拾。

宋拾没有焦距的眸子慢慢对焦，平静地说出两个字：“投降。”

“什么？你开什么玩笑，我们怎么可以给顾南投降？”

“就是，顾南是疯了，才把人类往绝路上逼，到时候哪里还有人类的生存之地？”

宋拾看了一眼在场的人，略带讽刺地道：“你们有把握打过她的丧尸大军？”如果是以前，他是绝对说不出投降这种话的。可他一想到那个自信张扬的少女，就觉得这么做才是正确的。

众人突然噤声，只剩下凌乱的呼吸声。顾南的丧尸大军有多庞大，谁也说不清。

“那投降之后呢？”有人谨慎出声。

顾南那边可都是丧尸，就算投降，他们难不成还和丧尸一块儿生活？

“有人在她身边见过其他人类。”宋拾冷冷道，“证明她不是不能容人，只是得看你们对她够不够忠诚。”

会有人投降，这个很正常。之前也有，时笙虽然没有答应，但也没有杀那些人，只是将他们驱逐出她的地盘。但她看到领头人是宋拾后，还是有些诧异。男主角竟然没和女主角在一起？女主角去哪儿了？

宋拾也不知道戚明雪去哪儿了，自从离开B市后，他们就再也没见过。

时笙依旧把人驱逐出去了，她不可能因为宋拾是男主角，就对他高看几眼，要知道，男主可是个定时炸弹，还是离得远些比较好。

时笙彻底覆灭几大基地后，将程家的人接回了大本营，之后就开始调查程素的事。从几个大基地中，时笙其实已经知道不少东西。比如当初那个实验，其实是得到国家首肯的。人类发展已经遭遇瓶颈，如果不寻找出路，再过几百年，也许人类就会灭亡。那具尸体，就像是一道福音。

而曾经参与过实验的老人，在看到千黎的时候，露出了惊骇的表情。千黎就是他们曾经研究过的那具尸体。他真的复活了。

从那个人口中，时笙知道当初程素腹中的胎儿被注入了千黎的基因。胎儿是唯一能承受他的基因的生物，可就在他们等着实验结果的时候，程素逃跑了。

紧接着，千黎和当初重启这个实验的领头人也失踪了。没有千黎，但他们保存下了一些基因，这些基因都被他们注入一些胎儿体内。

这些胎儿健康成长着，但就在末世前不久，状况失控，好几个目标都失踪了，接着就是末世降临。

他们发现一切可能和他们的实验有关，于是紧急撤离，将能带走的资料都带走了，不能带走的都销毁了。

据那个人说，领头人和程素关系不一般。那人叫莫文。

莫文……时笙记得之前看到的那份资料，最后的署名就是莫。

从那些人提供的消息看，所有的矛头都指向金凤山。

程松也查到了一些金凤山早期的事，那座山很早以前就被买下，买主是谁已经查不到了。可以肯定的是，不是国家的。

时笙将事情处理好，带着一批丧尸赶往了金凤山。金凤山因为外形很像凤凰，所以才被起了这个名字。

从上面往下方看，时笙觉得有些眼熟，她让千黎带着她换了几个位置，最后千黎瞬移到了一处山洞里。从山洞往外看，时笙想起这是她被戚明雪偷袭时，醒过来遇到千黎的地方。

"千黎，你知道这附近有什么对不对？"千黎是同莫文一起失踪的，又出现在程素提过的金凤山，他说不定一直在这里……

千黎笑得单纯无害，目光直勾勾地盯着时笙的手，就差喊着要吃了。

这么严肃的场面，竟然还想着吃。那就吃吧。

吃饱喝足的巨型婴儿丧尸皇带着时笙瞬移到了很宽敞的地方。这应该是个废弃的实验场地，四周还有不少实验器材。

"这是什么地方？"金凤山里面？

"我生活的地方。"千黎慢慢地说，然后拉着她的手往远处的通道走，语气略带疑惑，"这里有很多人的……不知道为什么现在没有了。"

千黎对这里很熟悉，带着时笙很快就将整个基地走了一遍。这里已经有不少灰尘，看上去许久没人了，有的地方还很混乱，证明人走的时候也是比较匆忙的。不……应该说是逃命才对。

时笙将整个基地检查了一遍，最终在一个房间发现了一封信。信封上写着她的名字，顾南亲启。

你好，顾南。

我是你的父亲，莫文。

你能看到这封信，证明你已经和它在一起了。

你果然是不一般的。

不管你是因为什么在查这件事，但是你要相信，新世界的到来，才是真正的救赎……

整封信很官方，但解释得很清楚。

当初那个被实验室称为疯子的人是他的父亲，而他继承了父亲的遗愿，学成归来后，成功重启了这个项目。

给程素注入基因是意外，但也是那个意外让他发现千黎的基因不会和婴儿产生排斥。这个发现让实验室的人都很高兴，紧接着就有上面的人下来，要接手这个项目。

莫文爱着程素，知道如果把程素交出去，程素面临的会是什么。所以他安排好了一切，在上面的人下来之前，先将程素送了出去，之后再将千黎带走。

他父亲很早以前就在金凤山布置了实验室，他带着程素到了金凤山，继续研究。程素却有些害怕她的孩子会受到伤害，趁他不注意跑了，把孩子生了下来，送到顾家，之后一直没回实验室。

莫文是在几年后才找到程素的，那时候，程素整个人已经疯癫。他查了许久才知道，程素在送完孩子准备回去的时候，被抓住了，那些人把她带回实验室，想要逼问他和千黎的下落。

在信里，莫文说他带着程素走了，去一个遥远的地方。他已经完成了父亲交给他的任务。信的最后记载着千黎的信息。

时笙注意到，他的苏醒日期竟然和顾南的出生日期一样。

千黎苏醒后，不攻击人也不需要吃东西，就是呆呆地望着一个方向。她这古怪的异能恐怕和千黎有关……莫文的团队发现这个后，从一开始的警惕，到后面任由他在实验室中游荡。

从信中可以看出，莫文的实验跟她在D县看到的那些实验是不一样的。这里也没有任何人体实验，他们的实验都是围绕千黎展开，却是在不伤害他的前提下进行的。

“任务算是完成了吗？”时笙问系统。

【完成。】系统顿了下继续道，【还有个支线任务你要做吗？】

“不做。”

【是关于千黎的。】系统有些不死心。

“关于天王老子的都不做。”千黎的背景她一点也不想深究，那代表一连串的麻烦和需要动脑子。

等她出去收尾，隐藏任务就算完成了。至于主线任务……她要找个人还不容易吗？

末世第二年秋，丧尸帝国正式创立。

大半国土被丧尸占领，它们开始重建被毁的城市。而人类被驱逐到西部地区，这里是高原，丧尸似乎不喜欢，所以被划分给人类。

如今的人类加起来也不过百万左右，连丧尸的一个零头都比不上。这种时候，他们依旧分化得很严重，各有各的小团体。所以这百万的数量依旧在不断缩水。

"那群兔崽子还以为现在是他们的天下，这么嚣张！"

"谁让人家手上有物资和武器。"有人叹口气。

"呸，要我说，还是顾南那个贱人，她的丧尸大军又不吃东西，偏偏还把那些物资押着不许我们带走。"

"大哥，你说，顾南是怎么控制那些丧尸的？"控制丧尸这种事，他们以前是想都不敢想的。

"谁知道那个贱人是不是和那些丧尸睡过。"

"老大，和丧尸做那事是什么感觉啊？"

"你想知道，自己去试试不就行了？"旁边的人哄堂大笑。

一直坐在角落的女人突然抬起头，看向问话的那人，声音娇媚道："顾南身边有个少年，那个少年是丧尸皇，顾南只需要控制住那个少年，就算控制了所有丧尸。"

女人的话一出，四周就安静下来，无数目光投向她。

女人身上没穿多少衣服，大片肌肤裸露在外，胸前的雪白更是呼之欲出，看得人一阵口干舌燥。

"戚明雪，你说的是真的？"老大目光犀利地看向女人。

戚明雪微微一笑，面上娇媚，眼底却满是不屑和厌恶："顾南不管去哪儿都带着他，而且你们没发现那些丧尸对那少年比对顾南更畏惧吗？"

被戚明雪一说，那群人立即热血沸腾起来。如果他们能抓住那个丧尸皇，是不是代表他们也能在这个世界称王称霸？

戚明雪冷笑地看着那群激动讨论的人，他们也不想想，顾南身边那么多高级丧尸，想要接近她绑走一个丧尸皇，简直就是痴人说梦。不过这些人可以给她打掩护……她要杀了顾南。

大约是这样的日子没什么盼头，被那个老大劝说加入的人不在少数。

浩浩荡荡的上千人从基地出去。

“你们去哪儿？”守门的人尽职询问。

“我们去外面收集点物资。”这是他们一早就想好的说法。

果然那人没多问，问了人数，登记了主要负责人，就放他们出去了。

刚出基地，这帮人就遇上宋拾带着人拉着物资回来。

这不是戚明雪第一次见宋拾，却是她第一次和宋拾打照面。一开始，宋拾还没认出戚明雪，她改变很大，比以前更漂亮，穿着却更加大胆，远远看着就是一个尤物。他一直听说路老大那边有个女人特别漂亮，没想到竟然是她。

“宋大哥，怎么了，你朋友吗？”宋拾旁边一个可爱的女生奇怪地问了一句。

宋拾回头微微一笑，语气温和：“不是，只是和我以前的一个朋友有些相似。”

女生哦了一声，转头笑意盈盈道：“宋大哥，今天我可以和你一起——”

戚明雪没有再听后面的话，面无表情地从他们身边走过去，心底却嫉妒得发狂。宋拾从来没用那么温和的态度和她说过话。但是很快，她便调整好心态，现在要找顾南报仇，等她站到最高处，什么样的男人没有，何必在乎一个宋拾。

宋拾看着那群人，觉得有些怪异，走到守门那里问了一句：“他们这是去什么地方？”

“说是去外面收集物资。”

宋拾看那些人可不像是去收集物资，个个兴奋得跟打了鸡血似的。

这西部地区本就贫瘠，又被顾南派丧尸建立了城墙，不许他们进入帝国势力范围，所以他们收集物资的地方很有限。

每次出去的人都是愁眉苦脸，哪儿像他们……

宋拾回基地问了才知道，他们竟然是要去绑丧尸皇。

之前路老大为了招揽高手，把这件事和一些人说过，宋拾这边的人也被路老大招揽过，自然知道。

“老大，他们这不是找死吗？那顾南身边有多少高级丧尸？那个丧尸皇岂是那么好抓的。”

“他们要去送死，我们拦不住。你们最近准备一下，过几天我们就离开这里。”宋拾斟酌完才开口。

“为什么啊老大，我们离开能去什么地方？”现在人类能居住的地方就这么大一块。

宋拾道："我们去找顾南。"

"啊，可是之前我们投诚，她也没接受啊……"

"她虽然没对人类赶尽杀绝，"宋拾神色凝重，"但是这次他们去挑衅她，这里怕也保不住了。"

宋拾将事情一件一件分析给他们听，最后那些人都同意了宋拾的决定。

现在看来，只有顾南那边才是生路。

戚明雪进了帝国的势力范围才知道，他们想得太简单了，这里的丧尸进化得很快，随便遇上的都五级以上。

现在的五级丧尸对人类来说或许不算什么，但若遇上的是一群呢？

"我们怕是还没找到顾南就变成他们的一员了，我看还是回去吧！"有人萌生了退意。他们才进入帝国两天，就损失了将近一半的人。

戚明雪坐在旁边，对自己估错了形势有些懊恼。她看过的书里，这个时候丧尸最高的才八级，普通丧尸大多数是四级。可是眼下五级丧尸遍地走……

戚明雪思索了一会儿，将灵泉水又弄了一些出来，分给那些人。

"来都来了，损失了这么多人，我们回去岂不是让他们白牺牲了？这些灵泉水能够让你们提高一些异能，我们一定可以到的。"

一听到灵泉水，本有些气馁的人眼睛一亮，更有人直接露出贪婪的目光。那种水甘甜可口，比末世前的一些饮料还好喝，而且喝了能很快恢复异能，消除疲劳，还有人喝了直接晋级。

戚明雪装作没看到那些人眼中的贪婪，等她杀了顾南，这些人……

"明雪，过来。"路老大冲戚明雪喊了一声。

戚明雪微微皱眉，有些不情愿地走过去："路老大。"

"来，坐。明雪还没吃东西吧？这是我专门给你留的，快吃吧！"路老大眼中满是淫邪的打量。这个女人他肖想好久了，可惜，她一直不上钩，实力还不赖，他也就只能过过眼瘾。

"谢谢路老大抬爱，我还不饿，路老大一会儿要杀丧尸，还是路老大吃吧。"戚明雪心中厌恶不已，却依旧娇笑着回应。

两人你来我往，路老大一点便宜也没占着。说了一会儿，戚明雪就走到另一边去了。

"呸，也不知道勾引了多少男人的贱蹄子，还敢在老子面前拿乔。"

"老大别生气，她身上有不少东西，咱们还需要她。"旁边的人立即安抚路老大。

“老大，这事其实也简单，等咱们找个机会……到时候她的东西还不是老大你的？”说话的那人给了路老大一个“你懂”的表情。路老大立即明白过来，赞赏地拍了拍他的肩膀。

一行人走走停停，虽然有戚明雪的空间支撑，但是走到时笙的基地的时候，也仅仅剩下百多人。每次他们想退缩的时候，戚明雪就用已经走到这里了，退回去将得不偿失之类的话给他们洗脑，一些人是稀里糊涂走到这里的。

看到基地，这些人都有些恍惚。这真的是末世吗？他们不会穿越了吧！他们面前的城墙辉煌大气，没有现代化的气息，反而更像中世纪的古堡。城墙上站着穿着制服的丧尸，远远看着，和人类一模一样。

城墙下很安静，没有任何人进出。

现在，时笙身边的丧尸有少数已经恢复人类的记忆，外貌和人类还是有些差别，可能再晋级几次，就会和人类一样了。

恢复了人类的记忆，这些丧尸自然不会穿得邋遢，纷纷换上了干净的衣裳。最先恢复记忆的丧尸等级比较高，隶属清玉三人管理，也是最先加入百人管理团队的丧尸核心成员。他们忙着恢复水电和交通，会议室经常一整天都有人。

时笙带着千黎进来的时候，清玉正好结束一场会议，本来挺英俊的一个小伙子，此时看上去却是邋里邋遢的，像是几天几夜都没睡过觉。

“老大、皇。”看到时笙，清玉精神一振，“老大什么时候回来的？事情都办完了吗？”

时笙扫了一眼四周：“嗯，差不多了，这里怎么样？”

“说实话，很不好。”清玉揉了揉眉心，“恢复记忆的丧尸毕竟是少数，我们偌大一个帝国，需要很多管理人员，就我们这两百人不到的管理团队，没有出现问题已经是极限了，我想把自己掰成几份用。”

要不是高级丧尸都被千黎镇压着，低级丧尸不知道造反，估计早就乱套了。

就连小胖那个吃货最近都瘦了好几圈。

“这样啊，那我去西部那边弄点人回来好了。”当初她想着人麻烦，却没想到帝国建立起来也是需要人管理的。

“说到西部那边，有丧尸来报告，有两批人进来，第一批应该已经到外面了，老大想怎么处理？”

时笙挑眉："谁这么牛啊？"她部署在西部那边的丧尸可谓最多，能穿过重重防线到这里，也算有几分本事。

"应该是戚明雪，听监视他们的丧尸说，他们身上有很吸引他们的气息。"清玉道。

这事时笙很早以前就和他们说过，如果丧尸感觉到有什么东西吸引他们，那一定是戚明雪。

"这是送上门来了啊！"本宝宝正愁找不到人。

戚明雪等人看着那守备森严的基地，一时间也有些犯愁，这根本就没办法进去。

就在他们一筹莫展的时候，城墙上突然出现两道人影。其中一个少女抱着一只白猫，这标志性的形象让他们立即认出来人是谁。

"顾南……"戚明雪眼底爆发出浓烈的恨意。当初她就不应该手软，在末世开始前就该杀了顾南。

时笙只在城墙上站了一会儿就离开了，倒是千黎多看了戚明雪两眼，然后召了旁边的一个丧尸吼了几声。时笙听到千黎的吼声，回头看了一眼，千黎瞬移到她旁边，盯着她的手看。

都是丧尸皇了，怎么还不忘吃！在他眼里，她就是个移动奶瓶吗？时笙捂紧双手，快速离开。

戚明雪等人还没进基地就被丧尸发现了，一百多人再次锐减到二十多人。戚明雪在关键时刻躲进了空间，没遭受致命伤。但她此时是真的后悔不已，太莽撞了，可她也没时间继续韬光养晦。等帝国安定下来，她再想杀时笙，才是难于登天。

"贱人，这就是你说的一定可以杀了她。"戚明雪突然被人抓住头发，往地上摁去。她虽然没有生命危险，异能却用尽了，还没来得及恢复。此时被一个大男人这么摁着，她那点力气，哪里反抗得了。

"路老大，我何时说过这种话？"戚明雪扭着头，艰难地说。

她当初可不是这么说的。路老大此时已经气晕头，哪里还听得进戚明雪说什么，即便她是个大美人，路老大也不客气地将拳头往她身上招呼。

最后路老大被人拉开，戚明雪才没被打死。她怨毒地看着路老大，在众人不防备的时候，突然朝路老大扑过去，把一根尖锐的木棍插入路老大的胸口。

那些人本想将路老大拉开，谁知此时却成了戚明雪杀他的最好机会。她退后两步，眼底闪烁着疯狂的血光。戚明雪在众人还没反应过来的时候，拔腿就跑。等其他人反应过来，准备去追她的时候，一群丧尸突然出现在他们的视野中……

戚明雪跑到基地不远处，目光怨毒地看着基地的城墙，这里面住着的本该是她。是她，是她戚明雪，不是顾南那个贱人。她明明知道那么多先机，为什么……

对了，是顾南，她不按原书中的剧情走。

戚明雪一会儿哭一会儿笑，看上去很是狰狞。

她狰狞的表情突然僵住，直勾勾地盯着基地大门。那里有一群人正从车上下来，领头的正是宋拾。宋拾下车后没有急着往前走，反而走到另一边，打开车门，牵着一个女孩子下车。他动作温柔，看女孩的眼神也格外柔和。

一系列动作落在戚明雪眼中，就像慢镜头，一帧一帧闪过。她忽然朝那边冲过去，一把推开那女孩："去死，去死，都去死，贱人，抢我的东西，他是我的，我的。"

女孩被推得一个踉跄，宋拾手疾眼快扶住她，她才没有摔到地上。女孩看向被人制服的戚明雪，脸上满是莫名其妙的愠怒。

"戚明雪，"宋拾愤怒地喊了一声，"你发什么疯？"

"你是我的，我的！"戚明雪尖叫，声音很刺耳，抓着她的人耳膜都快被震破了。

这些人都是后来跟着宋拾的，不知道戚明雪和宋拾有什么关系，此时只是觉得戚明雪是个疯子。什么她的，他们家老大怎么会是她的。这女人也不知道从哪儿冒出来的。

宋拾觉得戚明雪精神状态有些不对劲，皱了皱眉，没说话，转头去问身侧的女孩子。

"放开我，你们知道我是谁吗？放开我，阿拾，是我啊，你怎么能这么对我……你怎么这么对我，她是谁，你也背叛我！"戚明雪越吼越大声，四周的丧尸都被她吼得有些烦躁，看戚明雪的眼神隐隐透着嗜血的红光。

戚明雪疯了，这出乎时笙的意料，她本来还想和戚明雪好好玩玩。时笙让几个丧尸把戚明雪送回西部，以她的容貌，估计在西部地区会很受欢迎。宋拾的人则被她打发到其他地方做管理了。

三年后，帝国建设完成，一小部分丧尸也恢复了记忆。这些人当中自然有不服时笙和千黎的，便纠集丧尸准备造反。然而他们还没开始打，时笙就让人去把他们炸了，紫色小球的威力绝对是他们无法想象的。自此，再也没人敢生出二心。

西部的人类越来越少，为数不多的女人则沦为生孩子的工具。一个女人只有怀了孩子才能活得像个人，被人无微不至地照顾。

戚明雪怀过一次，但是不幸流产，那次流产让她再次被B市安全区的区长遇到，戚明雪再次落入他手中，自然不会有好日子过。

据说国外的人类战胜了丧尸，开始进行灾后重建，还驾驶飞机进入国内，准备交流一下信息，结果猛地发现，国内竟然全是丧尸，但是建筑物完好，完全不像经历过末世。不但如此，交通更是畅通无阻，就连丧尸都知道遵守交通规则。这简直是……他们走错地方了？

好不容易飞到有人的地方，看到接待他们的是人类，他们心底非但没有轻松，反而更凝重了。这四周全是丧尸啊！他们从来不知道丧尸可以这么听话。

接待他们的是清玉，清玉将准备好的材料给他们看了，又说明进化后的丧尸比普通人类更聪明、武力值更高、生命更长寿后，那群人的表情很精彩。

他们的国家竟然是进化失败的国家？

真要这么算，进化成功的，也就只有华国。他们本想让华国俯首称臣，结果不但没有达成目的，反而被华国震慑了一番。他们不可能重来一次，进化的时间那么漫长，等他们完成，华国早就甩他们几条街了。

帝国六年，华国成为众国之首。

帝国七年，丧尸更名为新人类，新宪法发布。

帝国十年，新人类的第一个孩子出生，被接入帝国，作为下任新皇培养。

帝国十四年，所有新人类完成进化。

帝国三十年，新皇上任。

帝国四十年，时笙去世，举国同哀。

同年，千黎失踪。

时笙作为丧尸帝国的创始人，人像在后世一直被奉为神像。

时笙回到系统空间时，整个人都恍恍惚惚的。她猛地冲到那半人高的屏幕前：“我最后怎么死的，你现在能随随便便结束我的生命了？你这是谋杀，谋杀知道吗？”

系统在屏幕上刷了六个点。

“你这是什么意思，有本事说话！”

【宿主，你不记得死前的经历吗？】

死前……她在看书，千黎从旁边递过来一包零食，她当时觉得那包装有些奇怪，但是正看得起劲，也没注意……

“千黎竟然给老子吃过期产品！”时笙大怒。

【……】宿主被一包过期零食毒死这种事，它也是很惊讶的。

千黎啊，老子辛辛苦苦养儿子似的养了他那么久，他竟然拿过期零食来回报她。

“我还能回去吗？”时笙咬牙切齿道。

【不能。】系统毫不留情地拒绝了时笙。

时笙烦躁地揉了揉头发。

【是否查看后续剧情？】

“不看。”看到她就来气。

养了几十年，还跟智障一样，看到她就知道吃。

姓名：时笙

人品值：-110000

生命值：20

积分：9500

任务等级：

任务评分：78

隐藏任务：完成

隐藏任务奖励：积分500

支线任务：完成

支线任务奖励：积分3000，道具“女王的皇冠”（一次性道具）

道具栏：“时之间隔”“女王的皇冠”

时笙一脸抽搐，她那人品是要负到天际去了。

一个支线任务的积分竟然这么高，啧啧，下次不做了，太难了。

【宿主，你还有90000的人品值可以“浪”。】

“哟，你都学会这个字了。”时笙突然一巴掌拍在屏幕上，声音大得吓人。

【宿主，我将再次对你进行检测，请你不要抵抗。】

时笙将手从屏幕上移开，在面前扇了扇：“别白费力气了，把你背后的人叫出来，说不定我心情好，就告诉你你想知道的。”

系统一阵沉默，整个空间死一般寂静。

【传送开始……】

“你每次都公报私仇……”

时笙的身影消失后，显示时笙资料的屏幕一闪，一道模糊的身影出现。

【主人。】系统叫了一声。

“别去探查她的底细，你不是她的对手，以后尽量少和她交流，她已经从你这里知道不少消息。”

【主人，她真的可以吗？】系统满是迟疑。

“她可以的。”那声音很坚定，“也只有她可以。”

【主人，我不明白。】系统的声音微微起伏，似乎很困惑。

它也确实很困惑。看看她完成前面几个任务，哪个不是钻空子、投机取巧、偷换概念？这样的人，真的是主人说的那个人？

那声音低笑了一声：“你知道她为什么那么肆无忌惮吗？”

【因为她冷血无情。】

它除了在凤辞那个世界感觉到她的一点感情，其余世界她都像是游走在外，冷眼看着，心情不好就准备毁灭世界。而且你看看她，自从离开那个世界，就再也没提过凤辞，说结束就结束。好像那是她的一场梦，梦醒了，一切就终结了。

那声音没再说什么，系统空间恢复了寂静。

时笙

墨泠

—

著

[下册]

青岛出版社
QINGDAO PUBLISHING HOUSE

第十一章　学渣吃药（上）

“之前出头的时候不是挺牛的吗？这会儿怎么了？”

“装什么死，今天你要是不把这里打扫干净，有你好看的。”

厕所中，几个女生围着一个少女，少女身上的衣裳已经湿透，单薄的料子呈半透明状，勾勒出发育姣好的曼妙曲线。

其中一个女生踹了少女一脚，少女没反应。

“别装死，起来，赶紧给老娘起来！”

时笙腹部一痛，眼皮酸胀，好一会儿才睁开眼。强烈的光线刺得眼泪不受控制地往外涌，蒙昽间，她隐约看到面前站着几个女生，鼻间飘荡着一股厕所特有的味道。

“赶紧起来，躺着干吗……把她的衣服给我扒了。”

扒衣服？谁敢扒她衣服？

就在她意识迷糊的时候，已经有人上前按住她的手，有人弯腰解她的衣裳。她身上就穿了一件衬衣，此刻露出了里面的内衣。时笙彻底清醒，眼前也清晰起来，清澈明亮的眸子里渗着丝丝缕缕的凉气，解她衣裳的那女生正好对上她的眸子，被那眼神给震了一下，动作下意识就停了。

“解啊，怎么不解了？”时笙嘴角勾起一丝浅笑，声音清幽，犹如来自阴间，莫名瘆人，让人头皮发麻。

时笙反手拉住按着自己手臂的女生的手腕，那双手很凉，没有温度，阴气直往她身上蹿。四周的温度瞬间恍如下降了十几度。空荡荡的厕所中，四个女生像是被按了暂停键，好久都没有反应。不知从哪儿吹来一股阴风，四人同时打了个哆嗦。

“你你……你是人是鬼？”一个女生哆哆嗦嗦地问道。

时笙微微偏头，眉眼一弯，笑靥如花：“你猜。”

四个女生脸色煞白，刚才她在地上趴了那么久都没动静，她们也不确定她还有气没。她不会真的死了吧？

还被时笙拉着的女生吓得双腿发软，目光惊惧地看着时笙。

“北枳，别装神弄鬼的，你以为我怕你吗？”胆子大一点的女生嚷了一声，人已经后退了好几步。

“杀人偿命，你们都来下面陪我吧！”时笙突然露出一个阴森森的笑容，声音故意拖得悠长，“我在下面很寂寞，你们不是喜欢和我玩儿吗？来陪我吧……”

砰！隔间的门突然大力合上，头顶的白炽灯不知怎么回事，开始嗞嗞地闪烁，四周的光线明明灭灭，恍如有妖魔鬼怪呜咽的声音。

“啊！有鬼！”四个女生同时发出尖叫，争先恐后地往厕所外面跑。

被时笙抓住的那个女生想跑又跑不掉，只能求助其他人：“救救我，不要丢下我一个人，呜呜，救我……”

“谁敢跑，我就杀谁。”时笙放开那个女生，一把匕首飞射到厕所门上，力道带动了门，砰的一声，门彻底关上。

“不要，让我们出去。”三个女生扑到门上，手忙脚乱地扭门把，也不知道是不是吓破了胆，竟然没一个人能扭开。

“不是我，北枳，我没动手，真的，我发誓，是她们，都是她们。”打不开门，其中一个短发女生突然转身跪了下去，不断磕头，还顺道把队友给卖了。

其他三人也像被点醒，纷纷推卸责任，指认对方才是主谋，她们都是被逼的。

“闭嘴，吵死了。”

四个女生同时闭嘴，只剩下啜泣声。

一来就要扒她的衣服，不给点教训，当她好欺负呢？

这个世界应该是现代，而且还是学校。时笙走到厕所门口，将门反锁，把匕首从门上拔下来：“你们谁先来？你，还是你……不然你先好了……”

“不要！”被点名的那个女生将头摇成了拨浪鼓，“不是我，不是我，是她们，都是她们指使的，你要找找她们去。”

时笙有些无趣地撇撇嘴，这也太不经吓了，没意思。

“把衣服脱了，从厕所走出去，在外面转一个小时，这事就算了了。”

四个女生哆哆嗦嗦地将衣裳脱了，时笙也没做绝，给她们留了内衣和内裤。当然有个妹子比较可怜，她没穿内裤。这就不怪时笙了。

“滚吧。”时笙挥挥手，“谁敢偷工减料，小心我晚上去找你们。”

四个女生争先恐后地跑出厕所，外面的天阴沉沉的，正在刮大风。出来被大风一吹，四人瞬间清醒，反应过来自己被耍了，又羞又怒地跑回厕所，可是厕所已经没人了，连她们的衣裳都没了。地上还留着一部手机，屏幕亮着，停留在短信编辑界面——别找死，否则下次的教训就不是这么简单。当然若你们不相信，欢迎随时来挑战，成功者奖励丰厚。

时笙随手将衣裳扔到垃圾桶，然后找了个地方接收剧情。

这是一篇校园文。女主角纪小鱼，艾莉丝学院的资优生，因为成绩突出，被学校破格录取，成为艾莉丝学院唯一的穷人家的孩子。

套路一，一进学校就和校园王子北泽杠上，成功吸引了男主角北泽和男配角沈瑾言的注意力。

套路二，女主角到北泽家做帮佣，成功打入男主角的日常生活。

北泽从一开始对女主角不屑，到渐渐被女主角的自强不息打动，从而喜欢上女主角。

套路三，总有女配角作死，为男女主的感情添砖加瓦，最后不是死就是残。

很不幸，时笙又中标了，作死女配角就是她。

原主叫北枳，北泽的妹妹，但她并不是北家的女儿。当年北泽出生后不久生了一场大病，北父请了高人，高人说要养一个女儿，北泽才能好起来。于是，北父就领养了北枳。在北家，她虽然是小姐，但并不怎么受关注，小时候她不懂，以为自己不讨北父北母喜欢。于是，她什么都尽力做到最好，只是希望得到父母的表扬，然而并没有用，他们所有的宠爱都是给北泽的。

北枳的童年没有父母疼爱，只有那个被宠着的哥哥北泽会记得她。所以，北枳把这份温暖铭记于心。

没有父母的宠爱，北枳很早熟。她喜欢北泽，不知从何时起，喜欢变了质，她对北泽有了不一般的感情。她很害怕，害怕北泽知道自己的妹妹是怪物，害怕本就不喜欢她的父母更加不喜欢她，所以拼命压抑自己的感情，将自己隔离在北泽的世界外。北泽试着接近她，但她都将北泽推得远远的，只是在心底默默喜欢着他。她甚至转了学，住到学校，也不怎么用北家给她的钱，除了节假日，她几乎不回家，就算回家，也会和北泽避开。两人从此形同陌路，再无交集。

这样的状况维持到原主十七岁，那一年，她无意间得知自己不是北泽的亲生妹妹。知道自己不是北泽的亲生妹妹后，她兴奋得好几晚都没睡觉，想再次接近北泽，想让北泽知道自己喜欢他。可是这个时候，她发现北泽身边有了另一个女生。北枳转到艾莉丝学院，对北泽有一种占有欲，开始刁难女主角，但是每次都会很巧地被北泽看到，北泽对她越来越厌恶。

北枳再一次喝醉后对北泽表白，正好被北父北母撞见。北父北母最喜欢的还是北泽这个亲生儿子，要是北枳没有这个心思，他们可以养着她，为她找一个好人家，保她后半辈子无忧。可北枳有了这样的心思，绝对是他们无法容忍的。于是，他们给北枳定了一门亲，她成了商业联姻的棋子。北枳反抗过，然而心底明白，自己不过是养女，有什么能力反抗？

联姻的对象几次三番约她，还下药差点强要了北枳，反抗的时候，北枳失手伤了他的命根子。联姻失败，北家损失惨重，为了平息对方的怒火，北枳被赶出家门。被赶出北家的北枳，很快被学校开除。而之前那个被北枳伤了命根子的男生心理扭曲，为了报复北枳，将她非法囚禁，变着方法折磨她，后面又带着人折磨她，让那些男人在她身上为所欲为，而他站在一旁看着她挣扎、求饶。

死的时候，北枳不到二十岁。原主要复仇的对象不是男主角和女主角，而是那个男生。但有一个遗愿是关于北泽的——拆散北泽和纪小鱼。

她过来的时间还算不错，原主还没转到艾莉丝学院。

今天下午，北枳顺手帮一个被她们欺负的女生说了几句话，放学后就被她们抓到了这里。北枳平时很低调，没人知道她是有钱人家的孩子，所以那些人才敢那么欺负她。很好，看来回去之前，她还能装一把。

第二天，学校论坛和班级群中，流传着几个女生裸奔的照片和视频，其中一个女生还没穿内裤，看得一群青春期的学生非常激动。本来还想找时笙麻烦的几个女生，吓得连寝室都不敢出。

这些东西可不是时笙弄的，她还没来得及。昨天那会儿，虽然放学后有一段时间了，但还有住校生在，她们被人看到并录像也是很正常的。

四个女生被请到教导主任那里，正好看到时笙站在门口，顿时就炸了。

“北枳，是你搞的鬼对不对？你竟然还敢告状。”

也许是在教导主任的办公室外面，几个女生有些忌惮：“北枳，你给我等着，有你好看的。”

“怎么要我好看？我现在就挺好看的，你还能让我更好看？你这么厉害，怎么不去开美容院，肯定很赚钱。”时笙脸不红气不喘地自恋了一番。

就在四个女生想要反击的时候，办公室的门打开了。

“严律师慢走。”西装革履的男人被主任客气地送了出来。

“麻烦主任了。”严律师职业化地笑了笑。

“不麻烦不麻烦。”主任脸上都快笑开花儿了，四个女生一副见鬼的表情，教导主任是出了名的面瘫，什么时候见他笑过？

严律师点点头，转头看向时笙：“小姐，都办好了，艾莉丝那边我来的时候处理好了，您是先过去看看，还是先回家里？”

“先回家吧。”纪小鱼现在已经在北家做帮佣，她得回去观摩一下。

“好的。”

主任目送两人离开后，脸上的笑容立即收敛起来，对着四个女生一吼：“站着干什么，滚进来。”

“主任，是北枳陷害我们，我们是被逼的。”其中一个女生大喊出来。

主任脸色一变：“人家陷害你们做什么，真当自己几斤几两，知道人家是什么人吗？算了，说了你们也不知道。”

他们这个学校只是所普通学校，最有钱的家庭也不过百万富翁。

四个女生面面相觑，后来才听说，那天是两辆豪车来接时笙走的，那豪车大家都只是在网上见过。

成功装了一把的时笙，此时已经在北家别墅里了。

北父北母虽然不怎么在意北枳，但是该有的也不会少了她的，她的要求，也都会帮她达成。这大概是原主最后没想报复他们的原因。时笙却是有些明白的，作为北家的千金，她的一切行为都代表着北家的形象。

家里除了用人就没人在了，时笙熟悉了别墅环境，然后要了一份点心，去别墅前面的花园里坐着。

“臭丫头，你走快点，没吃饭啊！”

“我就是没吃饭，你腿长，你走得快，了不起啊！”清脆的女声带着怒气，还有几分抱怨。

时笙抬头就看到花园入口，一个可爱的女生拎着两个书包，有些吃力地跟在一个高大的男生后面。

两人吵吵闹闹，越走越近。时笙从藤椅上站起来，北泽转头的时候正好看到她，微微皱眉，淡漠地扫了她一眼，随后移开视线。

“你走快点。”北泽回头催促纪小鱼，见她磨磨蹭蹭，回身拽过纪小鱼手上的书包，快步进了别墅。

纪小鱼被拽得一个踉跄，有些恼怒："你干什么？"

她一抬头，就看到站在藤条下方的少女，眼底满是惊艳。

时笙也没去打招呼，径直回了房。反正这里没多少人喜欢她，对她这个小姐的态度，那就是当她可有可无。

纪小鱼一直想问那个漂亮女生是谁，可是北泽表情很臭，她也不敢说什么，做完作业就开始忙她的工作。

晚上的时候，没看到时笙下来吃饭，纪小鱼更好奇，偷偷拉着管家何叔询问："何叔，今天下午我在院子里看到一个很漂亮的女生，她是谁啊？"

"噢，那是我们小姐，今天刚回来。"

"小姐？"纪小鱼诧异，她一直以为北家只有北泽一位少爷，怎么还有位小姐？

"这事你少问。"何叔看了纪小鱼一眼，他是家里的老人，好多事情他都知道。他虽然有些同情北枳，但这是主人家的事，不是他们能过问的。

纪小鱼哦了一声，听到北泽在外面叫自己，赶紧跑了出去。

时笙在自己房间吃饭，严律师将她要去艾莉丝学院的东西都备好了，她正无聊地一件一件拎着看。苏格兰短裙、英伦小皮鞋、蓝色小外套、白色衬衣、领结……还真是学生风格。

时笙忽然听到外面有开门关门的动静。她的房间在三楼，北泽的房间在四楼。三楼这一层不应该有人，唯一的可能就是纪小鱼。她刚想到这里，隔壁突然传来声音。这别墅只有书房和几个休闲娱乐的房间有隔音。声音一直不停歇，时笙被吵得有些烦躁。

这纪小鱼在搞什么，弄这么大的动静，拆房子呢？

时笙穿上拖鞋出门，抬手敲响了传出声音的房间大门，敲了大概一分钟，房门才被打开，音乐声从里面流泻而出。纪小鱼穿着练舞服，喘着粗气，看清外面站着的人，愣了下。

"你干什么？拆房子呢？"时笙很不客气，"你不休息我还要休息。"

纪小鱼连忙跑进去把音乐关了，满是歉意道："对不起小姐，我忘了你住在隔壁。"

这到底是谁家啊！

"怎么了？"北泽的声音从楼梯处传来，声音有些冷，似乎被吵到了一般。

"是我练舞的时候吵到小姐了。"纪小鱼小声道。

北泽看了一眼时笙："她在这里练舞是我允许的，你要是觉得被吵到，可以搬到……楼下去。"

"她是用人，还是我是用人，我还得给她腾地方？"

北泽眉头一皱，声音大了几分："你不要无理取闹。"

她无理取闹?

"我哪里说错了？"时笙对上北泽的视线。

她的眸子黑漆漆的，非常凉，碎光点缀在她眼底，犹如钻石般闪亮。北泽有些恍神。

"对不起小姐，少爷，你们别吵了，是我不对，我不练了。"纪小鱼见两人要吵起来，赶紧出声。

"练你的，别管她。"北泽错开和时笙相交的视线，几步走过来，将纪小鱼推进房间，砰的一声关上门，接着传出的音乐声比之前大了不少。

还治不了你们一群熊孩子？像这种别墅都是独立供电的，时笙摸到别墅的总电源开关那里，啪啪几下，把所有开关给拉了下来。刚才还灯火通明的别墅瞬间陷入黑暗，恢复寂静。为了防止太快来电，时笙掏出铁剑，两三下就把几条主线砍了。

打死北泽都想不到时笙会干这种事，他以为是线路故障，让管家去看看。然而管家回电，说线路被破坏，一时半会儿修不好，疑是人为，让用人赶紧检查一遍别墅。

"来不了电吗？"纪小鱼仰着头问北泽。

"嗯。"北泽也不知道在想什么，应了一声就没反应了。

纪小鱼像没发现北泽的异常："那我去拿几支蜡烛。"

别墅的蜡烛不多，就只剩下几支，用人要做事，所以多余的也就两支，纪小鱼拿上去将两支都点上了。北泽站在窗前，一动也不动，整个人看上去有些不对劲。

"喂，你怎么了？"纪小鱼皱着眉戳了戳他的后背，"不会是怕黑吧？"

北泽一点反应都没有。

"不会真的怕黑吧？"纪小鱼嘀咕了一声，正准备转到他前面去，北泽突然转身，走到蜡烛前，拿了一支出门。

"你去哪儿？喂，你走那么快，蜡烛都要熄了。"纪小鱼跌跌撞撞地跟上北泽。

北泽手中的火苗已经压得很低，随时要熄灭的样子。听到纪小鱼的话，他顿了顿，等火苗蹿上去后，再次朝前走。最终北泽停在了时笙的房门前。他抬手想要敲门，手却停在半空，许久都没落下，最后他转头看着纪小鱼："敲门，把蜡烛给她送进去。"北泽将蜡烛递给纪小鱼，然后转身往楼上走。

"就知道支使我。"纪小鱼嘀咕了一声，敲了敲门，里面半晌没有回应，她又敲了一会儿，依旧没人回应。

就在她犹豫要不要开门进去的时候，刚才离开的北泽不知何时走了回来，伸手就开了门。借着月光，可以看到床上乱糟糟的，但是明显没有人。纪小鱼看着北泽在房间里转了一圈，然后冲出房间，噌噌地跑下楼。何叔正在让用人检查别墅，北泽突然冲下来，几个人吓了一跳，还以为后面有人追他。

"看到她了吗？"

何叔奇怪："小鱼不是和少爷在一起吗？"刚才小鱼还来拿了蜡烛，难道是被歹徒给抓住了？

"不是纪小鱼。"

何叔这才反应过来："小姐应该在房间，没见她下来过。"

"她不在。"北泽快速道。

不等何叔回话，他继续道："她怕黑，派人去找她。"

何叔也想起自家小姐怕黑的事，赶紧吩咐人先去找自家小姐，最担心的还是小姐遇到坏人。

纪小鱼也被人拽着加入了找人大军。她心底很不平，这些千金大小姐就是任性，说失踪就失踪，不知道会让很多人跟着受累吗？

在整个别墅的人找时笙的时候，被找的主角已经摸回房间，这事的后果就是第二天时笙起来，被北泽怒火滔天地吼了一顿。时笙毫无感觉。北泽阴沉着脸，一个人摔门走了。

纪小鱼不知所措地站在门口。北家别墅离学校很远，她之前都是坐北泽的车去，今天北泽走了，她要怎么去学校？她转了转眼珠，看到时笙正在上车，小跑过去，小声道："小姐，我也要去上学，我们一起去吧。你对学校肯定不熟，我可以给你做向导。"

"不用了。"时笙平静地回了一句。

"艾莉丝学院很大，我第一次去就迷路了，小姐你从来没去过，怎么会不用呢？"纪小鱼一副自来熟的模样，伸手拉开前面的车门。

女主角大人，你这么自来熟是怎么回事？真当全世界的人都是你朋友啊！

时笙站在车门外没有上车，纪小鱼摇下车窗："小姐，快上车啊，要迟到了。"

时笙将车门合上，对着司机道："你送她去学校吧，我今天不去了。"

“啊？那怎么行，小姐不是今天报到吗？”纪小鱼比司机反应还快。

时笙看了纪小鱼一眼：“谁告诉你我今天是去报到的？”她只是想出去买点东西，不过女主角大人要去学校，她怎么也得帮一把！

纪小鱼离开后，时笙摸出手机，登上艾莉丝学院论坛，编辑了一个帖子。学校论坛有一个匿名板块，经常爆出一些黑料，学校里出了什么事，大家都能第一时间在这上面看到。

时笙编辑的内容大意是：纪小鱼和北泽疑似男女朋友，乘坐北家专车上学。

她简直是“神助攻”。女主角大人，不用太感谢她。

晚上北泽回来的时候，依旧是一个人，纪小鱼到天黑才回到别墅，看上去颇为狼狈。

两人看上去有些怪异。

北泽现在对纪小鱼已经是有些喜欢了，但喜欢归喜欢，交往又是另外一回事。那帖子一看就是有心人故意为之，北泽第一个怀疑的就是这件事的受益者，纪小鱼。

北泽和时笙没什么交流，吃完饭就回了房间，倒是纪小鱼，眼神有些愤怒地瞪着时笙。

“你这么看着我干什么？”时笙奇怪地看着纪小鱼。

纪小鱼几步走过来，愤怒道：“你故意让我一个人去学校，让学校的人误会我是不是？”早上她明明要去，偏偏又不去了，不是故意的是什么？

“原来你是这么想的。”时笙嘀咕一声。早上是谁强行上我的车啊！

“小鱼，少爷叫你。”

纪小鱼看了时笙一眼，愤愤地往楼上走去。时笙翻了个白眼。

第二天，她特意走得早一些，等她在教室里坐着了，纪小鱼才姗姗来迟。

“现在你们要以学业为重，有的同学没有资本挥霍，更要认真学习。”老师语气不好地说了一句。

全班都低低地笑了起来。纪小鱼又羞又怒，只能红着脸走到座位上，愤愤地腹诽。有钱了不起啊？还不是你们父母的，一群蛀虫，没了他们，你们什么都不是。

时笙和北泽同级，而纪小鱼念高一，所以时笙被分到了北泽班上。她一去就引起了轰动，北枳的容貌绝对不差，北泽看着被人围着的时笙，脸色越来越臭，最后直接踢开桌子，满是怒气地出了教室。那动静让教室安静下来，众人纷纷看向北泽离开的方向。

"北少怎么了？"

"不知道啊，突然就发脾气……会不会是因为纪小鱼的事啊？我听说这事就是纪小鱼自导自演的。"

"真没想到纪小鱼这么有心机，之前看她被欺负还觉得可怜，现在看来也是活该。"

"费尽心思考进来，可不就是为了找一个金主，后半辈子都不用愁了。"

时笙和这些熊孩子没什么好说的，敷衍了几句，那些人见时笙这么冷，自觉没趣，散开了。

中午，时笙去食堂吃饭，远远地就看到纪小鱼被人打了一巴掌，地上还有饭菜。

"你胡说什么，我才没有勾引他，是他……"

"你不会说是北少勾引你的吧？"打纪小鱼的女生冷笑着打断她，讽刺道，"纪小鱼，你还真把自己当根葱了？"

"不是……我和他没关系。"纪小鱼急得眼红，"你们不要胡说八道。"

"没关系北少凭什么让你坐他家的车子来？纪小鱼，你是不是用什么不入流的手段勾引北少？"

"我没有。"纪小鱼摇头，忽然看到站在人群后的时笙，像是看到救星，奔到时笙面前，"你快给她们解释一下，昨天我是坐你的车来的。"

"这是谁？好漂亮啊！"

人群中，有人不由自主地发出一声赞叹。

"北少的妹妹，今天刚转来的。"

"北少还有妹妹啊？不愧是北少的妹妹，好漂亮，气质真好。"

"你快给她们说说啊，昨天我真的不是坐北泽的车来的。"见时笙不开口，纪小鱼有些急了。

时笙一直疑惑这文里崩的是谁，现在她总算明白了。

这种时候，女主角要么沉默不语，要么就和这些人打一架，绝对不会这么低声下气来求她帮忙说话。人设是作者定的，但是崩坏的程度，却不是作者能控制的，只要剧情有一丁点变化，人设就会出现数十种不同的变化。

一个选择有时候可以改变很多人。所以，时笙现在想的就是——让女主角黑化吧！

"我为什么要帮你解释？"时笙歪着头，神情略显冷清。

纪小鱼如同被点醒，脸色唰的一下变得煞白。她身子微晃，往后退了一步。这件事就是时笙做的，她怎么可能会帮自己说话。自己不过是练舞的时候吵到她了，她就这么报复自己。果然这些有钱人的千金小姐都没一个好人，个个都是披着靓丽人皮、心思歹毒的恶魔。

“啧，纪小鱼你脸皮怎么这么厚，勾引北少就算了，现在还想讨好人家妹妹，真以为人家不知道你那点龌龊心思？”

纪小鱼突然扭头看向那个女生，带着泪的脸上满是凶狠之色，看着竟然有些骇人。那个女生被吓了一跳，反应过来，立即大喝：“纪小鱼，你瞪什么瞪？”

纪小鱼如同被激怒一般，张牙舞爪地扑向那个女生：“你才勾引人，我没有勾引北泽。”

两人扭打成一团，好一阵才被人分开。时笙看着闹剧结束，然后目睹了男主角登场。

北泽远远地往这边看了一眼，似乎并不想过来，转身的一瞬，又不知想到什么，大步朝这边走过来，把纪小鱼扯到自己怀中。吵闹的场面顿时变得鸦雀无声，好多人大气都不敢出地看着北泽。北泽冷冷扫了众人一眼，然后粗鲁地拽着纪小鱼离开。

“天，北少那眼神是要杀人啊！”北泽一走，被吓的一群人才重重松了口气。

“纪小鱼不会真的在和北少交往吧？”也有人提出质疑。

当然，这个质疑换来很多女生的愤怒瞪视。她们北少怎么会选一只丑小鸭，绝对不会!

时笙总觉得北泽有些莫名其妙。他好像每次看到自己都非常生气，但是隔一阵，又要到自己面前刷存在感。

时笙上学放学，作息很规律，男主角和女主角进展得好像也很顺利。北泽虽然没有承认谣言，但是每次纪小鱼有难，他都会挺身而出。

时笙其实很忙，每次到了现代位面，她都喜欢赚钱。

时笙除了推动男女主角的感情进展，并不做其他的，现在几乎全校都认定北泽和纪小鱼是在交往。纪小鱼从一开始的辩解到后面的沉默，看北泽的眼神也完全不一样了。就算之前纪小鱼真的对北泽没什么，现在心底也肯定是喜欢北泽的。

“北枳，校庆有会演，你有什么节目要参加的吗？”班长林茵拿着笔记本，一边问一边写着什么。

“没。”时笙头也没抬地回了一个字。

林茵笔一顿，拉开她前面的椅子，坐到她对面：“北枳，你这样不行啊，我们现在学业本来就重，我看你整天不是看手机就是看书，需要适当放松一下……”

时笙微微抬头，将手中的书反过去，正对着林茵。林茵眨巴下眼睛往书上瞄了一眼，脸色顿时红了。时笙面无表情地把书翻回去。

“北……北枳……你怎么看这种书？”林茵磕磕巴巴都快说不出一句完整的话。

“劳逸结合。”时笙淡定地翻页。

“咯咯，我在话剧社，要不你也来吧，北少也在。”说到北泽的时候，林茵眼底隐隐有些痴迷。

“纪小鱼也在？”

“嗯。”林茵一听“纪小鱼”三个字，神色就黯淡了一些。

“我不干活，你让我去吗？”时笙认真地问。

“啊？”

时笙最终还是加入了话剧社，当然是个吃闲饭的，啥事都不干。社长是林茵，时笙又挂着北泽妹妹的头衔，虽然这两人基本是零交流。

贵族学校的校庆是特色，各个社团都要出节目，话剧社排练的是《白雪公主》。对这种童话故事，时笙实在提不起什么兴趣。让她来写的话，一定会让童话故事变成黑童话。

校庆前一天彩排。

“北枳，不好意思啊，一会儿我要彩排，你能不能帮我去取一下衣服？”林茵不好意思，“明天就要用衣服了，定做的地方有些远，所以能不能麻烦你？”

时笙将脚从椅子上放下来，仰头看了林茵一眼：“地点。”

“社长，社长。”林茵正要说话，后面一个人跑了出来，“纪小鱼去了，让你不用找人了。”

“纪小鱼？”林茵诧异，“那地方那么远，她怎么去？”

“刚才我们在说，纪小鱼主动要求去的。”

时笙嘴角扯出一丝笑意，剧情君果然强大。本来在原剧情中，是北枳设计纪小鱼去的，重要的戏不是取衣服，而是回来的时候会遇上下大雨，然后纪小鱼和去那里办事的男主角共患难一次。她现在没做什么，纪小鱼竟然自己要求去了。果然是即便天南地北，男女主角也要相遇。

郊区。

纪小鱼抱着一个大袋子，深一脚浅一脚地踩在水中往前走，心中满是后悔和委屈。早知道这个地方这么远，她就不来了。而且她到的时候，被别墅区的景色给震撼了，没有让出租车司机等她出来。拿了衣服刚走出别墅区，她才想起，但是车子早就不见了，她只能往前走，看能不能遇到车子。谁知道她还没走多远就下起暴雨，打不到车，连个躲雨的地方都没有。

“啊！”纪小鱼脚下踩滑，整个人扑在水坑中，手中的袋子散开，鲜艳的服装立即染上了泥泞。

纪小鱼手忙脚乱地将衣服往袋子里装，可越装她越委屈。她突然把衣服扔到地上，还发泄地踩了两脚，顿时泥泞飞溅：“她们一定是故意的，故意让我跑这么远，就是看不起我，看不起我！有钱人了不起啊，非要跑这么远做衣服……”

纪小鱼发泄完，小胸脯一起一伏的，冰凉的雨水浇灭了她的一些怨气。看着地上黑乎乎的一团衣服，她才后知后觉地紧张害怕。刚才她拿衣服时，听到那个助理说，这些衣服一件都是上千，最重要的是，衣服明天就要用。她不能在北泽面前丢人。

纪小鱼将衣裳捡起来，全部塞进袋子，抱着重了一倍不止的袋子继续往前走。她得在明天之前将衣服弄干净。她才不要让那些人看笑话。总有一天，她要让那些看不起自己的人羡慕自己、嫉妒自己。

时笙在男女主角共患难的时候，去做了一件事。

纪小鱼母亲早逝，只有一个父亲，纪父忙于工作，经常忽略纪小鱼，而纪小鱼因为她母亲的事，和纪父有些隔阂，所以两人的感情也不怎么深厚。

纪父喜欢买彩票，下了班，纪父例行去买了彩票，出店门的时候碰到一个小女生，被撞了一下，彩票掉到了地上。

“怎么走路的，没长眼睛啊！”纪父呵斥了一声。

“对不起，对不起。”小女生连忙将彩票捡起来递给纪父。

“下次走路小心些。”纪父粗鲁地将彩票拽回去，“现在的年轻人毛毛躁躁的。”

“对不起，下次不会了。”小女生连连道歉，然后一溜烟跑了。

转过街角后，小女生朝着一家咖啡厅走去，坐到一个面容沉静的少女对面。

这个少女正是时笙。

“给你。”小女生将一张彩票推到时笙面前，“钱呢？”

时笙从包里摸出几张钞票递给她，小女生接过钱就走了。

时笙看着桌上的彩票，笑得有些诡异。一夜暴富啊！

校庆当天，所有东西都准备好了，唯独去取服装的人没有到。

“怎么还没有回来，给她打电话啊！北少怎么还没来？”

“北枳，你看到北少了吗？”林茵神色焦急地走过来。

被问到的时笙抬起头道：“不知道，昨晚就没见他。”

“社长，社长，下一个就是我们了。”

“社长，纪小鱼和北少的电话都打不通。”

人家男女主角要培养感情，怎么可能打得通嘛！

一群人急得团团转，距离上台的时间越来越短。

“来了，来了，他们回来了。”

纪小鱼和北泽一进后台，就被人围住了。

“纪小鱼，服装呢？”

“北少，快去化妆。”

一群人七嘴八舌地说着，但是两人都没动。

吵闹声忽然就停了下来，众人这才发现，两人看上去都比较狼狈。

“对不起……”纪小鱼突然出声，打破了沉默，“衣服被我弄丢了。”

“纪小鱼，现在不是开玩笑的时候。”有同学接话。

“我没有开玩笑。”纪小鱼有些无法面对这么多视线，下意识往北泽身后躲。

北泽将纪小鱼挡在身后，这动作已经表明，衣服真的丢了。

众人面面相觑。为了排这个话剧，他们付出的何止是时间。现在一句衣服丢了，所有的努力都白费了。

“我都说了不让你去，你非要去。纪小鱼，你跟我们有仇吧！”一个女生崩溃地哭了出来。

林茵眼眶也有些红，心中堵得难受。她今年高三，这是她最后策划的话剧，想要为她的高中生涯画上句号。可是现在一切都毁了。

“对不起。”纪小鱼小声道歉。

“对不起有什么用，现在没服装，我们的努力都白费了。”

“对不起，对不起。”纪小鱼只能一个劲道歉。

“你们还不换衣服，马上就到你们上场了。”时笙从外面进来，清脆的声音响起。

“换什么衣服，服装都没有。”

“嗯？”时笙明知故问地看着说话的那个女生。

女生一边掉眼泪一边道："纪小鱼把衣服弄丢了，现在没有衣服，我们怎么上台？"

时笙看向纪小鱼，纪小鱼往北泽后面一缩，脸色苍白，一副受惊过度的模样。

"服装是我弄丢的。"北泽在时笙看过去的时候，直接道。

"北泽……"纪小鱼眼眶红红地看着北泽，眼底满是感动。

时笙嗤笑了一声："没那个本事，就不要揽事。"

明明不是她的事，非要揽过去做，又做不好。偏偏在男主角眼中这行为竟然笨得可爱，还为她说话。

"北枳。"北泽疾言厉色地吼了时笙一声。

"干什么？吼我能把衣服吼出来？"

北泽怒目而视，眸子里恍如盛满寒冰。

"话剧社的同学，下一个就是你们了。"有人远远喊了一嗓子。

林茵深吸一口气："我去跟老师说取消我们的节目，你们都——"

"就不能再想想办法了吗？"有的人不甘心，这可是他们努力了这么久的节目，说不上就不上了？

林茵红着眼眶摇了摇头。现在就算去租，也来不及了。

校庆节目无疾而终，纪小鱼成了罪魁祸首，但是因为有北泽护着，话剧社的人都不敢找纪小鱼的麻烦，只是不少人都退出了话剧社。他们惹不起，还躲不起吗？纪小鱼在学校受到的排挤也越发明显，书包不翼而飞、被给错参加活动的时间等。

"纪小鱼，有人找你。"传话的同学一脸蔑视，"也不知道哪儿来的暴发户。"

纪小鱼没怎么听明白，低垂着头从那同学身边过去，但是那同学突然伸脚绊了她一下。

看她摔在地上，同学大笑着扬长而去。纪小鱼有些愤恨地瞪着同学离开的方向，沉着脸爬起来，往校门走去。

校门口，纪小鱼老远就看到一个男人站在那里，穿得虽然西装革履，脖子上却挂着拇指般粗细的金项链，手上也戴着一块金手表，看上去十分怪异，像是偷穿了老板西装的员工。

"小鱼。"男人冲纪小鱼挥手。

纪小鱼刚才还有些不敢相信，随着那一声叫喊，她才确定，这真的是她爸爸。纪小鱼几步跑出校门，拉着他往旁边走："你怎么来了，还穿成这个样子？”难怪那个人说暴发户，这穿着可不就是暴发户吗？

“老爸现在有钱了。”纪父很激动，“看看，现在老爸也是有钱人了，以后老爸再也不用为了工作忽略你了。小鱼，你想要什么，爸爸就给你买什么。”

“你哪儿来这么多钱？”纪小鱼第一反应是皱眉。她老爸她还不清楚吗？为了工作，连自己老婆的生死都顾不上，她妈妈死了两天后才被发现。也是从那个时候起，她和纪父的关系就不好了，她一直觉得是纪父害死了纪母。

“我买彩票中了一等奖……”纪父看了看四周，压低了声音道，“四千万啊，以后我们也是有钱人了。”

“四千万？”纪小鱼睁大了眼，这对她来说就是一笔天文数字。

买彩票竟然能中这么多？她有钱了，是不是也可以不用被那些人欺负？纪小鱼心底生出几分兴奋，她再不想过那种被人欺凌的日子了。

每个人都有阴暗面，如果纪小鱼撑过这段时间，那就真的是一个不在乎金钱的人。可这笔钱出现的时间正是她心性动摇的时候。

“今天我好像看到长生了，那家伙吓死我了，傅少回学校了吗？”同学A后怕，声音都在发抖。

“没有吧，没看到傅少的保镖啊。”同学B安慰道，“你不会是看花眼了吧？”

“怎么可能眼花啊？那么大一只，除了长生还能是谁，学校也真是，竟然让那么大的家伙进来，前几次差点就出人命了……”同学A脸色惨白惨白的。

“那可能是傅少回学校了，以后得小心了，遇到长生就死定了。”

这两人一边交谈一边从时笙身边过去。

时笙古怪地看着他们的背影。什么长生？这么厉害，遇上就死定了？学校还能放任这么危险的玩意存在？

就在时笙奇怪的时候，目光突然一变，看向旁边的花丛。一只庞然大物毫无征兆地从花丛中跳了出来，和时笙的视线对了个正着。那双眼睛绿油油的，透着一股凶残之意。

哪个疯子在这里喂高加索犬啊！高加索犬是她最喜欢的犬类，因为够强悍、够忠诚，但是……别人喂的她可一点也不喜欢，会出人命的！

时笙眸子一冷，凶残地瞪了回去，身上杀气弥漫。大狗身子一拱，犹如看到进犯领地的侵略者，喉咙里发出低沉的咆哮声。时笙默默竖起了中指。

“汪……”对面的大狗如同被激怒，凶神恶煞地朝着时笙扑了过来。

时笙被惊了一下，动作灵敏地闪开，旁边是半人高的镂空雕花铁栏杆，时笙后背撞到铁栏杆上，顶端弄得她一阵刺痛。大狗却不放弃，扭头又扑了过来，那凶狠的眼神好像要将时笙撕碎一般。时笙默默掏出铁剑，还没挥，大狗嗷呜一声，夹着尾巴匍匐在地上。

刚才不是挺横的吗？这么快就横不起来了？

时笙晃了晃铁剑，抬脚往大狗的方向走。

【隐藏任务：荆天棘地。请宿主选择模式：普通模式/连环模式。】

系统的声音毫无征兆地响起，阻止了时笙前进的步伐。

时笙嘴角一抽。又是隐藏任务！系统你敢不敢不要乱加东西？你这么任性，你家出厂商知道吗？

时笙等了一会儿，系统不吭声。

“连环模式。”本宝宝倒要看看，你新出的功能是什么。

【模式选定不可更改。任务目标：傅衾】

【连环任务一：相识】

这就是连环任务？所有任务都是你一个一个发布的吧？时笙仰头看了看天，怎么觉得系统又高冷了一些呢？

时笙看向匍匐在地上的大狗，长生……竟然是条狗。傅衾那家伙是想让这条狗成精吗？

傅衾，背景不详，反正在学校就是一个异类，一年可能有三百六十天见不着他一面，可学校众人都知道有这么一号人存在。原因很简单，这家伙养了一条狗，只要这狗出现，就证明傅衾在附近。

原剧情中，傅衾作为最后boss出场，设定比较狗血。傅衾小时候是女主角的邻居，那个时候傅衾就是一个人，只有管家伺候他。然后呢，女主角发光发热了，带给傅衾一段难以忘怀的童年记忆。自此，傅衾对女主角念念不忘，所以遇到女主角后，发现女主角喜欢的另有其人，傅衾就开始作死，最后的结局是自杀。

反派都可怜。时笙摇摇头，看着对面的大狗，目光又变得阴森起来。一码归一码，这家伙刚才差点把她弄残，她怎么也得收一点利息。

时笙几步走到长生面前，麻溜地抬手，砍下。

“长生，躲开。”男生平缓的声音从旁边传来。

长生一直匍匐在地上，傅衾的声音响起后才避开，但还是晚了一步，被铁剑划伤一条腿，鲜血顺着皮毛流淌下来。

“嗷！”长生吃痛。

时笙可不管什么任务目标，这玩意敢伤她，她没弄死它已经是看在任务目标的分上了。等完成任务……把它炖着吃了。

也许是时笙的眼神太过冰冷，长生直接趴到了地上，嗷嗷惨叫着，眼底哪里还敢露什么凶光。

傅衾从旁边的花丛中走出来，眉目清朗，犹如天上寒月，带着高不可攀的清贵。他蹲下身子，看了看长生的伤，然后掏出手机，一切都做得很平静。

时笙狐疑地打量着傅衾。他身上透着死气。

很快就有人出现在小道尽头，将长生抬着离开。傅衾这才起身，眼眸犹如一潭深水，惹人注意，却又遍布荆棘，让人不敢靠近。

“长生有错在先，扯平。”

傅衾说完这话，潇洒地转身，动作行云流水，帅气逼人。谁知就在下一秒，傅衾身子一晃，突然朝旁边的花丛倒去。

时笙眼睁睁地看着傅衾倒在花丛里，半个身子隐没在绿叶中。这是什么计？美男计也不是这么使的啊！

时笙走过去，观察“躺尸”的人，又用铁剑戳了戳傅衾的屁股，确定不会“诈尸”，才苦恼地仰头看天。这种男女主角相遇的设定……好奇怪！

时笙转身想走，系统的声音又响了起来。

【连环任务二：送傅衾去医院。】

确定这任务不是临时发布的？时笙突然有点后悔了，她干吗要选连环任务？

系统：我也很无辜，谁让你不按套路走啊！

时笙从来没想过反派大人竟然这么娇弱。这是反派吗？这是女主角吧！

时笙站在病床边，撑着下巴，盯着傅衾瞧。傅衾还是少年的面容，对时笙这种看过不少美男的“老妖怪”来说，这点姿色当真有些不起眼。但是他身上那股死气……很吸引人！

傅衾醒过来的时候，时笙正站在窗边接电话，清脆的声音很是悦耳。

“还没醒，我也不太清楚，啊？不是，我就是路上捡到他，然后学雷锋送他过来的……不客气，好的……让我照顾？给钱……好的没问题，我一定会好好照顾他的。”

傅衾动了动脖子，努力看清站在窗户边的少女，是之前那个拿着奇怪铁剑的少女。她一转身，清澈明亮的眸子里像是洒满了璀璨的星光，然而眸底深处无半分涟漪。

视线交接，时笙本是平静的脸上立即扯出略带诡异的笑容：“你的命好像很值钱啊，照顾一下就给我开百万的价格。”这傅家得多有钱？

傅衾没应声，视线下移到她手上。时笙垂头一看，手中捏的正是他的手机，她将手机扔到他床上，解释道："响了很多次，有点烦我才接的。"

傅衾拿过手机，滑开屏幕看了一眼那串号码，拉入黑名单，关机，动作一气呵成。时笙不说话，傅衾也不出声，他闭着双眸，呼吸浅浅。气氛凝固下来。

直到一个自称傅衾管家的中年男人到了，气氛才被打破。

"多谢小姑娘。"男人很客气地给时笙道谢，看她的眼神很惊奇，好像看什么外空生物，"这是一百万支票。"

时笙被看得浑身不自在，瞄了支票一眼，还真给啊！

时笙淡然地接过支票。

"那我先走了。"

"小姑娘等等。"男人叫住时笙。

时笙回头看他。男人冲时笙和气地笑了笑，又瞄了眼病床上的傅衾，压低了声音道："再麻烦姑娘帮我看一会儿，我去找医生谈点事。"

男人见时笙神色有些异常，示意她出去说。

"说实话，我们少爷脾气很不好，今天你守着他这么久，他都没有发脾气，我也觉得很神奇。所以能不能麻烦你多等一会儿，钱不是问题。"

傅衾脾气不好吗？她完全没看出来。

就在时笙要拒绝的时候，系统又蹦了出来。

【连环任务三：答应他。】

时笙嘴角一抽，到嘴边的话被迫咽了回去。

男人离开的时间很长，时笙站在病房中，来来回回地转悠，其间傅衾都是闭着眼，没有任何反应。

手机突然振动，时笙摸出手机走到窗户边接听。傅衾在她转身的时候，缓慢地睁开眼，目光轻飘飘地落在她身上。

"嗯，资金不是问题，我这边可以提供。你一会儿先把资料发给我，我看过之后再给你答复……这种小事你不需要问我，我请你不是让你拿钱当花瓶的。"她的声音很清脆，带着少女的清甜，却十分干净利落。

时笙挂了电话，又拿着手机看了一会儿股市，这才转身看向病床。傅衾依旧安静地躺在上面。

男人许久不回来，时笙等得不耐烦了，出门去找人。时笙从病房出去，VIP病房区很安静，交谈声从旁边走道传过来。

"他的身体已经很差，这样下去迟早会拖垮……"

“是是，可是少爷他不吃药，完全自暴自弃，我们也没办法，什么方法都试过了。”

“你们还是得想办法，照这样下去，最多能坚持半年。”

“您是少爷的主治医师，也不是没见过少爷浑起来的样子……”

时笙听了一会儿，眉头越皱越深。傅衾有绝症？这种设定不是女主角标配吗？他一个反派，为什么患了绝症？

时笙站在病房门口等男人回来，大约半个小时后，男人才带着几个黑衣保镖出现，先客气地给时笙道了歉，随后又给了时笙一张支票。

这钱赚得也太轻松了，但时笙总觉得有阴谋，所以和男人寒暄完就离开了。

星期三，距离傅衾住院已经过了三天。

时笙下课的时候，系统突然跳出来。

【连环任务四：送饭。】

什么玩意？

【送饭。】系统冰冷的电子音很听话地响起。

之前那些破任务她忍了，但是这种日常，她一点也不想做了。

系统的声音没再响起，时笙也没去，直到下午放学，系统再次重复了一遍。

呵，她不去，这玩意就一直重复是吧？和她想的差不多，第二天系统依旧不断重复，从几个小时一次缩短成一个小时一次，然后半个小时，最后几分钟一次……

时笙下午放学，拎着从外面买的饭，气势汹汹地杀到了医院。病房外，男人和四个黑衣保镖正站在一起，嘀嘀咕咕说着话。

“少爷已经一天半没吃东西了，这么下去不行。简叔，你赶紧想想办法。”

管家简叔摇头：“我能有什么办法，现在谁进去谁倒霉。”

“小姑娘？”简叔眼尖地看到时笙，几个保镖立即停止交谈，笔直地站到两边，目光却不断往时笙身上瞄。

“您这是？”简叔看到时笙手上的饭盒，有些惊讶。

“送饭。”时笙有火气，语气极其不好。

她这架势哪里像是来送饭的？说她来寻仇都不为过。简叔哪里敢放时笙进去，而且无缘无故的，她为什么要给自家少爷送饭？

“小姑娘，少爷现在情绪有些不稳定，所以……”简叔委婉拒绝。

“没关系，我不在乎。”时笙硬邦邦地回了一句。

这姑娘看着挺聪明的，怎么听不懂话呢?

时笙摆着今天非要进去的架势，旁边的几个保镖都紧张起来，纷纷挡在病房门前。

“你们还没让傅少吃东西吗？”医生不知从哪儿冒出来，无视剑拔弩张的气氛，淡然道，“今天是第三天了，他这些天一点东西都没吃，这样下去，只能准备后事了。”医生说完就走了，也不管这边的人什么反应。

仔细看的话，会发现医生几乎是落荒而逃。当医生也是很难的，看看这些家属，个个都跟要杀人似的，他还是先把保安叫上来比较好。

简叔和时笙互瞪了几眼，几个保镖也不知道怎么想的，忽然开始劝简叔，最后简叔还是把时笙放了进去。现在最重要的，是让少爷吃东西。

病房中一片凌乱，医用器械倒了一地，被子枕头扔得到处都是，像是刚打了架，一股呛鼻的味道让人窒息。傅衾穿着病号服，斜靠床头，一只腿放在床上，手放在膝盖上，食指和中指夹着一根烟，烟雾缭绕，将他的身影衬托得朦胧缥缈。另一只手垂在床边，鲜血顺着他的指尖，一滴一滴落在地面上。偏着头，眸子里迷雾笼罩，一片死寂。画面颓废而血腥。

“你这是想死还是不想死？”时笙心里本就有火，见这个场面，几乎没怎么思考，直接讥讽，“想死的话从这里跳下去就可以了，何必这么麻烦？”

听到声音，傅衾动了动僵硬的脖子，好一会儿才眼神聚焦，看清面前站着的少女。看了时笙三秒，他突然起身，赤脚走向大开的窗户，翻身踩了上去。

“少爷，”一群人从门外拥进来，“别冲动啊少爷……”

“滚出去。”傅衾声音很轻，被窗外的风一吹，显得破碎不堪。

“有本事你跳啊！”时笙继续怂恿他。

“小姑娘。”简叔声音很大地叫了一声，眸子里盛满怒火，他是想让这个小姑娘进来劝劝少爷，不是让她来怂恿少爷去送死的。

“少爷！”简叔转头看去，窗台上已经没了傅衾的身影，几个保镖趴在窗户边上，神色惊骇地看着下方。

时笙是有些愣神的，他真的跳了……这反派也太容易死了吧！她有点承受不起。

“使用道具，时之间隔。”时笙咬牙切齿地念了一声。

空间忽然静止，所有人的表情都定格在一瞬间，世界变得寂静无声。时笙踩着满地狼藉，走到另一边的窗台，推开窗户往下面看，傅衾保持着下降的姿势，离地面仅仅十几米。时笙踩着窗户跳下去，很快到了傅衾身边，稳稳停在他身边，她脚下踩着的，正是那把铁剑。

她带着傅衾下降了几米，在离地面一米的时候停下，然后等道具失效。三、二、一……静止的城市在那一瞬活了过来，寂静的世界被喧嚣声填满。冲击力席卷而来，时笙抱着傅衾砸到地上，虽然缓冲了一些力道，但她还是听到自己后背咔嚓一声脆响。谁知道这智障会真跳！幸好这是住院区，没什么人，不然还不知道别人怎么传呢。

“你想把我压死啊？”时笙咬牙切齿地出声。

傅衾没什么反应，慢慢地撑着身子坐起来，遗憾地道：“没死成。”

上面病房的人，只看到时笙突然出现，然后她就和自家少爷抱着砸到了地面上。一群人迅速冲下来，将傅衾检查了好几遍，确定他没事，才有人注意到躺在地上的时笙。

时笙被送进了医院抢救。都是自己造孽啊！

时笙住院的时候，傅衾依旧寻死觅活，但是系统每次都在傅衾寻死觅活的时候发布任务给她。全是芝麻大点的小事，比如——

给傅衾讲个笑话。

给傅衾送个水果。

陪傅衾去做检查。

时笙也总算知道管家为什么说傅衾脾气不好了。这人随时随地想死就算了，竟然还会冷暴力，一言不合就不吭声。

鉴于第二次见面的不愉快，简叔其实有些不待见时笙，第一次的好印象都刷成了负分。加上时笙怂恿自家少爷跳楼，她诡异地出现在少爷身边，简叔觉得自己没有让人把这个满是疑点的人拖出去处理了已经是奇迹。所以每次时笙要见傅衾，都得先和防贼一样防着她的管家斗智斗勇一番。

【连环任务十四：送花。】

正在吃药的时笙默默地将苦得要命的药丸嚼得咔嚓咔嚓响。来送药的小护士看得心惊胆战。北小姐的表情……是要杀人吗？还有，药不苦吗？

护士看着时笙泄愤一般吃完药，迅速收拾东西离开病房，这两个病房住的都是奇怪的人，一个不吃药，一个把药当糖豆嚼。现在的有钱人，真是越来越奇怪。

时笙拿过手机，在网上订了一束花。什么花？随便，反正不重要。

时笙收到花的时候，整张脸都黑了，怎么就忘了说不要玫瑰啊！算了，那个整天想着死的人估计也不会在乎。

时笙抱着一大束玫瑰艰难地移到病房前。几个保镖一开始没看到人，正想拦下，就见花后面露出一张精致的小脸。

“北小姐，您这是？”做什么啊？送玫瑰……

时笙先转着眼珠子看了看四周，没看到简叔，这才瞪向那个保镖：“开门啊，我腰疼。”她伤还没好呢！

保镖忙不迭把门推开。他们其实挺愿意看到时笙来找他们家少爷的，至少这个时候，少爷虽然不说话，但也不会趁他们不注意就准备跑或寻死。

傅衾正低着头看手机，听到门开了，迅速躺下去，拉过被子盖在头顶。这个女生整天在他面前晃，真是烦死了。

时笙若是知道傅衾的想法，估计得把整束玫瑰都拍他脸上去。以为她愿意在他面前晃吗？智障！

“傅衾，别装死。”时笙将花摔到傅衾的被子上，没好气道，“起来收花。”

傅衾在被子底下闻到了很浓郁的花香，掀开被子一角，正好看到鲜艳的玫瑰。他愣了下，视线慢慢地移到时笙脸上。少女面容精致，奈何神情不好，带着怒气，但并不妨碍她的美。她不需要做什么，仅仅是站在那里，就透着一股无法言说的贵气。

时笙见傅衾看到了，也不再说什么，转身出了病房。她再也不玩儿连环任务了，累死人。

病房门合上，房间里恢复了寂静。傅衾慢慢地掀开被子坐起来，将花抱到身前，盯着花束看了一会儿。

简叔回病房的时候，看到的就是散落满地的玫瑰花。自家少爷靠在病床上，垂着头玩手机，身边还散落着几枝玫瑰。他出去买个饭而已，这病房怎么变成这个样子了？

“房里的花哪儿来的？”问自家少爷是肯定问不出来的，简叔只能问门外的保镖。

“北小姐拿来的。”保镖如实回答。

简叔脸色顿时难看起来，送玫瑰花，她几个意思？看上少爷了不成？不行，少爷绝对不能和这个女生在一起，他们不是良配。简叔当天就给傅衾办理了出院手续。

所以，时笙接下来几天都没接到任务提示，没任务她正高兴，出院的时候才知道傅衾早就出院了。

时笙回到别墅，就听到里面传出谈笑声。

客厅中，纪小鱼和北泽坐在一起，对面则坐着一对保养很好的中年夫妇。

时笙微愣，在记忆里将这两个人对上号。北父北母，他们竟然回来了？不过，纪小鱼……这变化还真是挺大的啊！她不在的这段时间，纪小鱼想必过得不错吧？

纪小鱼此时穿的都是名牌，脖子上、手腕上戴着最新款的首饰，也不再是素面朝天，化着精致的妆容，脸上的笑容多了几分自信，胸脯微挺，强行彰显着自己的存在。虽然穿上了名牌，可气质到底跟不上，看上去有几分怪异。

北泽最先看到时笙，噌的一下站起来，似乎要往时笙这边走，但是下一秒，又弯腰去拿桌子上的水杯："喝点水。"

"谢谢。"纪小鱼脸色一红，羞涩道。

"傻瓜。"北泽揉了揉纪小鱼的脑袋，"爸妈，我带小鱼去转转。"

"好，去吧，一会儿就开饭了。"北母笑着点头，似乎对纪小鱼很喜欢。

等北泽走了之后，时笙才进去，北父北母对时笙也只是简单地问了几句，态度敷衍。

她住院的时候，是给家里打了电话的，但是他们这么敷衍的态度，足以让时笙体验到原主在这里过的是什么生活。这么被忽略，心中还有不能言说的感情，原主就算黑化成boss都不奇怪。

时笙回到房间换了一身衣裳，吃饭的时候何叔来叫她，她本不想下去，但是转念一想，女主角在这里，怎么也得下去看看。

午餐准备得很丰富，时笙下去的时候，所有人都开始吃了。

"小枳，你在家啊？"纪小鱼看到时笙，露出惊讶的表情，"对不起啊小枳，我不知道你在家，没有等你下来……"

时笙拉开椅子，扫了纪小鱼一眼，一言不发地坐下去，拿着筷子开始吃饭。纪小鱼尴尬地看着时笙。

"北枳，怎么这么不懂礼貌。"北母微怒地瞪了时笙一眼，"没事小鱼，你快吃。"纪小鱼冲北母笑笑，开始吃东西。

时笙只是看了一眼纪小鱼，又垂下头吃自己的东西。她动作行云流水，优雅贵气，纪小鱼却有些僵硬，她想学贵族千金，可又没有受过训练，硬搬过来就有些画虎不成反类犬。

北泽看着纪小鱼的动作，微微皱眉，纪小鱼也有些急，她们做起来看着那么简单，怎么自己做起来就这么难。

吃完饭，北母带着纪小鱼走了，北父也有公事要办，只剩下北泽和时笙。时笙喝着茶，视线一直在手机上，对于北泽一直坐在对面不走，心底也有些疑惑。

“北枳。”他忽然叫了一声。

时笙抬头看他，有些莫名其妙。男主角大人要干什么？

北泽盯着时笙半晌，憋出几个字：“你没话要说吗？”

“什么话？”她难道要说恭喜？关系又不好，说这干什么？

北泽突然就生气了，阴沉着脸离开。

北父北母只在家里住了两天，纪小鱼也住在北家，其间状况百出，北父和北母竟然视若无睹，走的时候还让纪小鱼在北家住下。纪小鱼自然是半拒绝、半羞涩地答应了。

再次住进北家，纪小鱼竟然不想住三楼，反而想住到北泽的四楼去。谁知道北泽当场拒绝，弄得纪小鱼尴尬又委屈，最后还是住在原来的房间。

翌日，清晨。

“小枳，等等我。”纪小鱼小跑着从别墅出来，“小枳，一起去学校吧！”

“坐北泽的车去。”时笙睨了纪小鱼一眼。

“泽说今天有事，让我坐你的车。”纪小鱼底气很足，说话的时候下巴也是微微仰起。她现在也是有钱人，不需要再低声下气。

“哦，那我拒绝。”时笙拉开车门上去，砰的一声关上门，司机立即启动车子离开。

纪小鱼被喷了一脸尾气，脸色难看地盯着车子离开的方向。以前看不起自己就算了，现在她有钱了，对方竟然还敢这么看不起自己。纪小鱼攥紧手掌，转身去找管家，让管家给自己备一辆车。以前她是用人，现在她是这里的客人。

纪小鱼到学校的时候，正好看到时笙跟在一个少年身边走进学校，那个少年……怎么说呢？感觉特别好看，比北泽还好看。他身后跟着几个黑衣保镖，和少年保持着一定距离，少年身边还跟着一只很大的狗。四周的人纷纷远离他们，所以，他们显得特别引人注目。

纪小鱼从旁人的交谈中，听到了那个少年的名字——傅衾。

学校传得神乎其神的那个傅衾。

第十二章　学渣吃药（中）

“傅衾，你吱一声会死啊！”时笙见自己口水都说干了，傅衾也没吭声，顿时怒了。

傅衾步子一顿，偏头看她，眉宇间闪过一丝不耐烦，插在裤兜里的手伸到时笙面前。时笙赶紧将早餐递到他手中。他看了看早餐，在时笙的注视下，平静地扔到地上：“不喜欢。”

时笙从来没遇到过性子这么恶劣的反派。她大清早跑了半个城市去买早餐，竟然被他这么糟蹋，还从来没人这么伺候过她。几个保镖都感觉到了杀气，赶紧上前安抚时笙：“北小姐，冷静，少爷今天心情不太好，我给您道歉，您千万别生气，冷静，要冷静。”

冷静？老子今天非弄死他，为民除害不可。

“快带少爷走啊！”

“北小姐，别冲动。”

时笙被人拦着，傅衾则被人拉着走了。

“北小姐，您别和少爷计较，少爷他……唉，少爷也不容易。”拦着时笙的保镖很无奈。

“那我就容易了？”能得老子伺候，都是几辈子修来的福，傅衾竟然还不珍惜。

保镖赶紧“顺毛”：“北小姐也不容易，但现在也就您能让少爷吃点东西，我们就算以死相逼，少爷也不会多看一眼。”

“他想死就让他死，活着干什么，浪费空气。”

保镖：既然这么想少爷死，您还往少爷身边凑什么？

时笙被傅衾气得不轻，一整天都处于暴躁状态，林茵好几次找时笙说话，都被她一个字堵得完全说不下去。

“今天的课就到这里，下周要去少阳山进行户外活动，大家将东西都准备好。”老师话音一落，教室里就炸开了锅。

“又是少阳山，就没点新意吗？”

“老师，可不可以换个地方啊，我们都去了三年了，少阳山有几棵树我都知道。”

老师瞪了那个同学一眼：“少阳山有多少棵树，你说来听听，说不准，这次你就去数树。”那个抱怨的同学不敢吭声了。

老师清了清嗓子：“你们现在是以学长的身份带低年级的同学，一会儿班干部到办公室开会，好了，下课。”

时笙若有所思地看着班上的人讨论。

少阳山，又一个事故多发的地点。

【连环任务十七：让傅衾去少阳山】

让他去干什么？自杀吗？在那里杀人抛尸应该不会被发现吧？

少阳山并不是一座山，而是几座山峰连成一片，目前已被开发的只有两座山峰，而且那里有两座山形成一条很深的沟壑，是抛尸的好地点。

因为学校组织去少阳山，所以接下来几天的课都不多，学生也可以自由出入学校，去买需要的东西。

时笙买东西前，还得先搞定傅衾这个冷暴力狂。通过保镖，时笙没费什么力气就找到了傅衾。他坐在学校的人工湖旁，长生卧在他脚边，察觉有人过来，喉咙里发出一声警告的低吼。

傅衾摸了摸长生的脑袋，不用看也知道是谁。除了她，没有人知道他在这里。

时笙毫不客气地坐到傅衾旁边：“下周和我去少阳山。”

“不……”

“我带你去死。”在傅衾拒绝之前，时笙先发制人。不是想死吗？老子带你去死。

傅衾沉默了一阵，余光一直打量着时笙。之前他觉得这个女生很烦，老是在自己面前晃，不让她晃，她还用暴力威胁，完全不像个女孩子。但是后面几次，不管他怎么刁难，她就算很生气，也会达成目的后才离开。他很怀疑这是简叔拿钱买通的，不然为什么简叔他们放任她在自己面前晃？所以后面他更加刁难她，想看看她到底能为钱坚持多久，可他小看了这个女生……

简叔若是知道傅衾的想法，肯定会大呼冤枉。他千防万防，但是防不住内部有叛徒啊！

“好。”在时笙等得不耐烦的时候，傅衾开了尊口。

得到答案，时笙立即离开，一刻钟也不想和这个人多待，她怕自己忍不住把他“咔嚓”了。他身上的死气太让人想弄死他。

时笙其实没多少东西要买，但是林茵那个妹子非得拉着她去商场，美其名曰劳逸结合。

“这个好看吗？”

“好看。”

“这个呢？”

“好看。”

林茵泄气地将一堆衣裳扔到沙发上：“你怎么跟我爸一样，和他逛街，问他什么都好看。北枳你是个妹子啊，能不能像个妹子？”

时笙抬头，脸上突然露出一丝邪笑，伸手将林茵拽到自己身边，右手揽过她的肩膀，另一只手挑着她的下巴，微微抬高：“你长得这么美，穿什么都好看。”

林茵愣愣的没反应。她这是被撩了吗？怎么忽然觉得北枳长得有那么一丝帅气呢？心跳扑通扑通跳得好快，林茵的脸突然红透了，从时笙怀中挣开，抱着衣服跌跌撞撞地往收银台而去：“这……这些，都要了。”

结了账，林茵的脸依旧有些红，时笙却跟没事人似的，后面林茵也放平了心态，很少看到她这么鲜活地和人交流。

很多时候时笙都是一副爱搭不理的样子，偶尔露出表情，要么是讽刺要么是不屑，浑身带着刺，让人望而生畏。自己能看到她这一面，是不是代表在她心底，已经把自己当朋友了？

“唔，还要买帐篷，小枳你有帐篷吗？我的去年弄坏了，得重新买一个。”林茵的称呼已经从北枳变成了小枳。

“没有吧。”时笙随口应了一声，目光却落在对面的店铺中。

“那我们去买吧。”林茵看了看四周，“在上面，我们从那边上去……小枳，你看什么呢？”

林茵顺着时笙的视线看过去，正好在一家运动店看到两个熟悉的身影。她脸色顿时一白，仓皇地移开视线。

纪小鱼和北泽在买运动装，纪小鱼选了两套情侣装，两人换了才出来，纪小鱼挽着北泽的手，看上去非常开心。

“小枳。”纪小鱼眼尖，看到站在走廊上的时笙，立即拽着北泽过去。

“小枳你也来逛商场吗？今天我本来想叫你一起的，但是泽说……”纪小鱼不好意思地吐了吐舌头，显得俏皮可爱，“没想到我们在这里遇到了，不如一起吃饭吧？”

“小枳……我们还有好多东西没买，就、就不和北少吃饭了吧。”林茵拉了拉时笙的袖子，小声道。

“没关系啊，到时候可以让泽帮你们。”纪小鱼笑着道，眼底却有一丝炫耀。

以前学校的人都把北泽和林茵凑对，觉得他们才是天造地设的一对，现在北泽喜欢的还不是自己。

“不想和不喜欢的人吃饭。”时笙淡淡道。

纪小鱼张着小嘴，似乎被吓到，好一会儿才难过地问：“小枳……是不喜欢我吗？我哪里做得不好，我可以改。”

北泽也侧目看向时笙，似乎很在意这个答案。

“哪里都不喜欢……”时笙正要说话，手机突然响了。

“北小姐，北小姐，真的是您，太好了。我在五楼，您抬头就能看到我，少爷在这里闹脾气，能不能麻烦您上来一下？”

“我又不是他的保姆。”时笙想也没想就挂了电话。

那边不死心，又打了进来。

时笙直接关机。

“走吧。”时笙看向林茵，她可不想那些保镖下来抓人。

“小枳……”纪小鱼突然抓住时笙，“我知道可能很多地方自己都做得不好，但是我会学的，以后还请你多多指教。”

“放手。”

“小枳，我——”

时笙余光已经瞄到几个从电梯上飞奔下来的保镖，顺势甩开纪小鱼，力道可能有些大，将纪小鱼甩到了地上。

“啊！”纪小鱼痛呼一声。

“北枳！”北泽厉喝，快速将纪小鱼从地上扶起来，“有没有摔到哪里？”

纪小鱼额头上有些冷汗：“可能扭到脚了，不碍事，你别怪小枳。”

“北枳，你给我站住！”见时笙要走，北泽再次喝了一声，声音很大，四周的人都朝着这边看过来。

另一边保镖也到了，将时笙的退路堵死。

“北小姐，您帮帮忙，跟我们上去一趟。”保镖不由分说就将时笙围了起来。

林茵怪异地看了那些保镖一眼，这不是傅少的保镖吗？

时笙烦躁地皱了皱眉，又见北泽和纪小鱼看着这边，当即决定去看看那个想死的反派。

这纪小鱼的设定崩得让她有点不适应。

五楼，几个营业员缩在角落，满地狼藉，各种衣服扔得到处都是，而在那片狼藉中，坐着一个少年。少年身边还站着两个黑衣保镖，正好言好语地劝着，可少年就是不为所动，低垂着眼帘看着地面。

两个保镖很无奈，少爷走到这儿突然就发脾气，吓得人家店员差点报警。最近少爷的脾气越来越不稳定，说发就发，毫无征兆，而且不吃东西，要不是管家让人摁着给少爷喂营养剂，少爷怕是早没了。

“北小姐。”两个保镖正绞尽脑汁劝傅衾，瞥到进来的时笙，面色一喜，将路让了出来。

“他怎么了？”好好地跑到人家商场来发脾气，病入膏肓！

保镖将事情经过说了一遍。就是走着走着，傅衾忽然不走了，然后径直进来坐着，怎么劝都不走，他们想强行带走他，他就开始砸东西，店里一片狼藉，都是他弄的。

时笙几步走过去，傅衾缓慢地转头看过来，眼前有东西晃过，接着他脖子一痛，陷入一片黑暗中。众保镖目瞪口呆。这也太简单粗暴了！

“要你们有什么用。”时笙扶着傅衾，“看着我干什么，不要你们家少爷了？不要我就扔了。”

惊呆了的保镖们被时笙的这句话惊醒，一哄而上，将少爷保护好。北小姐说扔，那是真的有可能扔的。

“谢谢北小姐。”保镖代表很客气地给时笙道谢。他们不是北小姐，哪里敢和傅衾动手，今天如果不是北小姐在，他们估计得等简叔来，而就算简叔来了，也不一定有办法。他们要是用了暴力，少爷醒过来，就等着死吧！

“没事就不要放出来。”放出来就祸害人。

解决完傅衾，时笙出去的时候，人群中，北泽和纪小鱼也在。北泽脸色不太好，也不知道是不是刚才气的，纪小鱼则是好奇地往里面看。

“小枳……你和傅少认识啊？”林茵好奇，也没了刚才的低落，反而担忧道，“你刚才竟然把傅少打晕了，他醒过来说不定会找你麻烦。”

“他敢。”时笙咬牙切齿。

林茵被时笙那阴森森的样子吓到了，好一会儿都说不出话。

回到别墅，时笙被北泽拦住。

“你和傅衾怎么会认识？”北泽劈头就问。

时笙莫名其妙：“关你什么事啊？”

“我还是你哥哥。”北泽将“哥哥”两个字咬得格外重，像是在提醒时笙，又像是在提醒自己。

“那又如何，就算是我哥哥，也管不着我和谁来往、我认识谁吧？”时笙不动声色地打量着北泽。这个男主角，不会是喜欢原主了吧？时笙眸子一转，突然上前一步，伸手按住北泽的胸膛，声音婉转清脆，“哥哥，你在想什么？”

隔着衣料，她能感觉北泽心跳在那一瞬间加速不少，整个人都是僵直的，下巴紧绷。时笙收回手，脸上染上一层说不出的情绪：“可惜啊，晚了。”那个叫北枳的女孩，死了，再也不会知道，她喜欢的人曾经也是喜欢她的。

“还不晚。”北泽鬼使神差地开了口。

时笙看了他一眼，微微摇头，脸上露出一丝笑容：“晚了。”

自从那天两人心照不宣地交流后，北泽几天都不见人影，直到学校组织的少阳山活动即将启程，北泽才出现。

时笙站在车子外面给傅衾打电话，打过去傅衾就给她掐断，最后直接关机。时笙举着手机，脸上的表情极快地变幻着。死真是太便宜他了。她要让他生不如死。

时笙换了个号码，给傅衾的保镖打电话。这次倒是很快就通了。

“傅衾呢？他不是要死吗？车票订好了还想后悔？告诉他，不接受退票，让他赶紧死过来。”

“北小姐，你要带少爷去什么地方？”那边传来的却是简叔的声音。

时笙愣了下，看了看自己屏幕上的备注，是保镖没错啊，这管家怎么接上了？

“去少阳山。”时笙如实回答。

“去干什么？”

“看星星，看月亮，谈人生。”时笙随口瞎掰。

简叔还没回答，那边就传来一阵杂音，接着她就听到傅衾的声音通过电话传了过来，很简短的两个字：“校门。”

时笙黑着脸将手机塞回兜里，给领队的老师说了一声，在校门口停一下。

清点完人数，校车缓缓驶出校门，时笙坐的车子在校门口停下，众人有些不解，就见坐在前排的时笙起身下车。

“好像是傅少？”

“哪儿啊？”

车上的人立即激动，纷纷朝着车一边挤去。

傅衾一个人站在校门外的一棵大树下。白衣少年丰神俊朗，清风微凉，阳光斑驳，岁月在一瞬间恍如停歇，少年的剪影如画卷般唯美。

“真的是傅少，傅少也要去吗？长生不在吧？”

“没看到，只看到傅少一个人……北枳和傅少的关系什么时候这么好了？”

北枳将傅衾领上车，车上顿时鸦雀无声，不少人还往傅衾后面张望，确定没有见到那只体形庞大的长生，都松了口气。长生那家伙，看着就让人害怕。

傅衾也是高三的学生，老师自然认识，见他上来，没说什么，让车子再次启动。

等到了少阳山，别的车里的人看到傅衾，纷纷往这边观望。北泽看到傅衾和时笙站在一起，整个人都阴沉下来。

“现在进行分组，高年级的同学要照顾低年级的同学，分到一组的同学自行站队。”老师拿着喇叭吼了一声。

各个班开始分组。以班级为单位，抽到相同数字的为一组。一个班人数不多，最多的才三十人，所以一个队伍其实就五六十人。作为男女主角增加感情戏的地方，男女主角的班级自然被分到了一块儿。

现在，时笙看北泽是有些同情的。之前她总觉得北泽莫名其妙地吼她，脑子有病，原来是因为喜欢原主。剧情里完全没有提过这一点，但是仔细看一下，就会发现作者隐晦地描写了北泽看北枳的复杂眼神。

作者大概想在后面写出北泽其实是喜欢北枳的，以此来虐一下男女主角，结果写崩了，那条暗线没来得及用。而倘若原主没有那么作死，就不会磨掉北泽心底对北枳的喜欢。所以，现在几乎不用时笙做什么，这对CP要不了多久就会崩了。

分好组，第一个任务就是爬山，最先爬到山顶的队伍将获得丰盛的晚餐奖励。

少阳山有好几条路可以上山，各个队伍自行选择，最终集合地点在少阳山上的度假山庄。时笙的班级选了一条不怎么好走的路，但是路线比较短。一开始这些人还能坚持，但是很快就哭爹喊娘，闹着不行了。时笙和傅衾落在最后面，傅衾体力有些不支，脸色发白，走得非常慢。时笙为了配合他，也只能放慢速度。北泽和纪小鱼也不知什么时候落到了后面，和他们只有几米的距离。

时笙能听到纪小鱼略带撒娇的说话声："泽，我们歇一会儿吧。"纪小鱼喘着气，用手扇着风。

北泽回头看了眼时笙，微微点头。纪小鱼立即从背包里拿出水，拧开后递给北泽："泽，喝水。"

傅衾抬头往纪小鱼的方向看去，纪小鱼正好看到傅衾在看自己，立即扬起一个笑容："傅衾学长喝水吗？"傅衾眉头一皱，扭开头，不理纪小鱼。

纪小鱼尴尬地摸了摸耳朵，有些无辜地看向北泽："小枳都没有带东西，我们要在山上待好几天，她怎么办？"

"我带没带东西，关你什么事啊？"时笙立即回了一句，"纪小鱼，你管好自己就行了，别没事扯我行吗？"她都不往他们身边凑，这话题还能扯到她身上来？

"我没别的意思，就是关心你。"纪小鱼表情很无辜。

"关心我做什么？和你在一起的人又不是我，知道我不喜欢你，还往这边凑，纪小鱼我看你是想死啊！"说到最后，时笙的语气变得阴森森的。

"小枳，你怎么这么说？我们是同学，而且你是泽的妹妹，我关心你是应该的。"

"别关心我，我怕忍不住把你给'咔嚓'了。"时笙恶劣地笑了笑，"这荒郊野外的，最好不要惹我，否则……"

纪小鱼脸色一白，求救一般看向北泽。北泽目光深沉，也不知在想什么，一时间没有理会纪小鱼。气氛顿时有些凝重。纪小鱼咬了咬唇，略带怒气，再次看向时笙，然而对上时笙的视线，她心里突然生出一股凉意，感觉自己在被什么无机质的东西看着，对方随时都准备来取她性命一般。

"水。"傅衾看着时笙，打破了诡异的气氛。

时笙收回视线，带着傅衾继续往前走。直到后面的两人看不到他们，时笙才凭空摸出一瓶水递给傅衾。傅衾平静地接过，对时笙这种凭空拿出东西的行为一点也不好奇。

两人走走停停，快到山顶的时候追上了大部队。到达山顶后，先到的队伍可以去老师那里领房卡。因为人数太多，度假山庄房间不够，所以一个房间基本是两人同住。为了防止和女主角分到一个房间，时笙特意申请和林茵住一个房间。

让时笙有些不服的是，傅衾竟然一个人住。原因是没有人敢和他住，所以他单独住一间。同是反派，区别怎么就那么大呢！

吃了饭，时笙先回房间，林茵和其他几个女生玩了一会儿才回来。刚回来没多久，就听到外面走廊上响起很大的声音，林茵好奇地打开门往外瞧。

对面房间，纪小鱼被一个女生推出来："乡巴佬，真以为自己是千金小姐？就算有钱了，也不过是暴发户，我才不和你住，滚出去。"

"蒋娜娜，你说谁是暴发户？"纪小鱼一听就怒了。

蒋娜娜双手叉腰，神情不屑："谁问说谁。"

走廊上几扇房门都被人打开，大家好奇地看着纪小鱼和蒋娜娜。

和纪小鱼住的那个女生蒋娜娜一直看不惯纪小鱼，平常没少找她麻烦，这次她们分到一个房间，怎么可能太平。

时笙为自己的机智点赞。和女主角在一起，没事也会变有事。

"蒋娜娜，你别欺人太甚。"纪小鱼只穿了一件睡衣，下面只穿着一条可爱的内裤。

这里住的虽然都是女生，可被人这么看着，纪小鱼很是窘迫，扯着衣服的下摆，想要遮住下身。

"哎哟，这话说的，谁敢欺负你啊。"蒋娜娜挡在门口，神色讥讽，"你可是北少的有钱女朋友。"

"你知道就好。"纪小鱼下意识地挺了挺胸脯。

"噗，这么大个人了，竟然还穿这么幼稚的内裤。"

"没见过这么幼稚的。"

"有钱了也改不了内在。"

自从纪父中了彩票后，纪小鱼可是处处彰显自己有钱，一开始有人说她被包养了，她被激怒，就将纪父中彩票的事说了出来。然后，大家都知道纪小鱼是个暴发户了。

几千万对这个学校里一些学生的家族来说，就是一笔单子的事，根本不是什么大数字。纪小鱼这点身家，他们怎么看得上？因此平日里没少讽刺挖苦。以为有了几千万就不得了吗？这几千万花没了，你还有几千万吗？中彩票能中一辈子吗？

"蒋娜娜，让我进去。"纪小鱼被说得面红耳赤，她只是习惯穿这些内衣内裤，哪里想到有一天会被这么多人看到。

"你不是有钱吗？再去开一个房间啊！"

“是啊，纪小鱼，你现在都是有钱人了，何必跟我们娜娜住一起。”

“以你纪小鱼的身家，就应该单独住一间。”

看戏不嫌事大，大家纷纷出言讽刺。

纪小鱼愤恨地瞪着这些人，她们凭什么嘲笑自己？

“你们在闹什么？”老师过来，看到纪小鱼穿着内裤站在走道上，脸色难看起来，“纪小鱼，你穿成这样站在这里做什么？”

“老师，是纪小鱼说不想和我住。”蒋娜娜恶人先告状。

“我没有，老师，是她说不和我住，要把我赶出来。”纪小鱼心底满是委屈。她本以为有钱了，这些人就不会这么排斥自己。可是没想到，她们更加排斥自己，以捉弄讽刺自己为乐。她不明白这是为什么。

“都围着干什么，回去睡觉。”老师先把围观的人呵斥回去，这才开始调解。

最终结果是蒋娜娜搬到林茵这边，林茵作为班长，只能搬去和纪小鱼住。蒋娜娜是高一的，和时笙不熟，但也知道她是北泽的妹妹，所以还算客气，两人相安无事。

半夜，时笙确定蒋娜娜睡了，打开门准备出去，门还没完全拉开，就见对面的门也被人拉开，时笙赶紧将门合上。大半夜的，女主角大人干什么去?

纪小鱼左右看了看，确定没人后，才偷偷摸摸坐电梯下去。时笙发现电梯停在三楼。北泽好像不住三楼啊。

时笙到了三楼，三楼静悄悄的，走廊的光线略显昏暗。她转了一圈，也不知道纪小鱼去了哪里，只好去3066房找傅衾。傅衾没睡，她敲门，没一会儿傅衾就开了门。

“走，带你去看星星。”时笙声音很轻，但是在空旷的走廊中，还是显得有些大。

傅衾皱眉看着她，时笙知道这人反应比较慢，就站着等他思考。

咔嚓。时笙往那边看了一眼，伸手推了傅衾一把，人也顺势进了他的房间，反手将门合上，这一系列动作不过一两秒的时间。

不远处的一扇房门也被人推开，纪小鱼从里面出来，警惕地离开。

“那个房间里住的是谁？”时笙问了一声。

“不知道。”

等了一会儿，时笙才拉开门：“走吧。”

时笙带着傅衾走出度假山庄，确定四周没有监控和人影，把铁剑掏了出来，铁剑嗖的一下变大，横在时笙面前。时笙拉着傅衾上了铁剑，控制着铁剑往山脉深处飞。傅衾一直很平静的眸子在铁剑变大的时候，总算闪过一丝惊讶。

“你是修仙的？”傅衾看着下方闪过的阴影，淡然地来了一句。

“电视看多了。”这个位面连灵气都没有，修什么仙啊！

“这把剑……”怎么变大的？还会飞？傅衾伸手摸了摸身下的剑面，很多凹痕，似乎刻着什么，可他之前看她那把铁剑，是没有刻痕的。

“正义之剑。”时笙转过身和傅衾面对面坐着，“传说得此剑者可一统天下，怎么样，想不想一统天下？”

傅衾心想，就算你这把剑可以变大，可以飞，也不能这么神经吧？还一统天下……

时笙让铁剑飞得更高一些，穿过那厚重的云雾，抬头看去，天空犹如一块深蓝的帷幔，玉盘般的明月挂在上面，清晰明亮，清冷寂寥。傅衾正看着明月，失重感突然传来，不知何时铁剑已经变小了，他正不断往下掉。空气挤压着胸腔，很难受，比他跳楼的时候难受了数十倍。他突然失去思考能力，大脑一片空白。这次……应该会死了吧？

傅衾醒过来的时候，映入眼眸的是一轮圆月。他死了吗？地狱也有月亮吗？

“别做梦了，死不了。”

清脆的声音从旁边传来，傅衾四散的思绪瞬间回笼。他撑着身子坐起来，对面坐着的少女背后是硕大的明月，将她的身影衬得有几分清冷，面容却越发精致，带着一层浅淡的光，虚幻如梦影。恍如她本就该如此，与明月为伴，与清风为伍，清冷如仙。然而她的话让人毛骨悚然，带着几分凉薄嘲讽，刚才的形象轰然倒塌。她更像张扬自信、为所欲为的恶魔，随时随地准备给人致命一击。

“还想再来体验一次吗？”时笙俯身对上傅衾的眸子，一字一顿道，“死亡不可怕，可怕的是……我偏不要你死。”

傅衾安静地看着她。

“你知道，这个世界上最折磨人的是什么吗？”时笙坐正了身子。

傅衾摇头。

“是死亡离你很近，而你触摸不到，不得不在满是荆棘的世界行走，遍体鳞伤也没办法停下，身不由己地活着。”时笙声音有些飘忽，“听说你寻死很多次了，却一次都没死成，你扪心自问，你真的想死吗？一个人真要想死，谁也拦不住。”

时笙转头，脸上带着诡异的笑容：“你想死，我可以成全你，从这里跳下去，保证你死得不能再死。你放心，没人会知道你死在这里。”

“你还真是……肆无忌惮。”傅衾绞尽脑汁才找出一个形容词。

“你别想那些有的没的，我敢这么肆无忌惮，自然有肆无忌惮的本事。”时笙口气非常狂妄。

一个任务而已，死了游戏就结束，对她来说没任何影响。至于系统说的抹杀……那还得看系统有没有那个本事。

傅衾大约从来没见过这么狂妄的人，每个人在这个世界上总会有宿敌，她就这么无所畏惧？这应该不是狂妄，是自大吧？

自大的时笙正想着要不要把傅衾再踹下去一次，这家伙之前可是气得她不轻。

“我想回去了。”傅衾出声。

“不想死了？”

“不想这么死。”他不想死在这么荒凉的地方。

时笙微微皱眉，不想这么死？那想怎么死？时笙搜刮了下脑中的各种死法，脑子里塞满血腥，她一个冲动，再次把傅衾踹了下去。傅衾再次体验到了高空坠落，没有之前那么难受，被铁剑接住的时候，也没有晕过去。

时笙将傅衾送回房间，到之前纪小鱼离开的房间前转悠了一圈。

第二天，时笙问了一些起得早的同学，都不知道里面住的是谁。她入侵了酒店后台才知道里面住的是谁。

高安朗，就是被原主伤了命根子的那人，时笙复仇的主要对象。

因为她能用的资源太少，手上虽然有高安朗的资料，但一直没动手。高家，她现在可惹不起。

他怎么会和纪小鱼认识？系统，这不对劲啊！

【剧情只能作为参考，里面的发展并不一定会按照原本的剧情走。宿主，你应该也发现了，每个世界并不是死的，这些人都是活的，有自己的思想。】

智能NPC(一种角色类型，指的是游戏中不受玩家操纵的游戏角色)。

还是不听管教的智能NPC？

所以，剧情就是用来发布主线任务的，其余时候作用都不大？

【……】这个宿主真的调教不来，主人，我可不可以罢工啊！

剧情在宿主眼中就是摆设！

既然高安朗和纪小鱼认识，不管剧情如何，现在的情况肯定不太好。

高安朗这个人，年纪轻轻就满肚子坏水，吃喝嫖赌样样来，而且特别喜欢年纪小、长得漂亮的女孩子，又因为高家权大势大，他才是真正为所欲为。

“小枳，”林茵远远地叫了时笙一声，打断她的思绪，“你怎么起这么早？老师他们都没起来。”

“你没睡好？”林茵顶着两个黑眼圈，就算化了妆，还是能看到。

林茵小脸一垮：“纪小鱼昨晚睡觉老是打呼噜，还流口水，房间就一张床，我在沙发上将就了一晚。”想想昨晚的经历，林茵就有点无法回想，那绝对是折磨。

“你先休息一会儿吧，我给你拿早餐，美人时时刻刻都要保持最佳状态。”时笙调戏了一把林茵，转身往酒店供应早餐的地方去。

等她拿了早餐回来，林茵已经趴在桌子上睡着了。时笙一个人先吃，等人多了，林茵被吵醒，囫囵吞枣地吃完早餐。

早餐后就是集合，今天要进山，进行好几天的野外探险活动。老师讲的注意事项，经历过的高年级学生自然一个也没心思听。

时笙回房间收拾东西的时候，遇到了简叔和傅衾的保镖。简叔一个劲地瞪时笙，不情不愿地把一个箱子递给她：“这里面有少爷的常用药……”简叔噼里啪啦地说了一大堆注意事项。

“我……”

【连环任务十八：野外时间和傅衾待在一起。】系统先一步发布任务。

她只负责带他来，可不想负责他后面的吃喝拉撒，系统啊，你这是在逼本宝宝拆了你啊！

她看了简叔手中的箱子一眼，同样不情不愿地接过。

“北小姐，少爷就麻烦你了。”简叔突然正儿八经地来了一句。

“泽，你在看什么？我们该走了。”纪小鱼顺着北泽看的方向看过去，那里只有几个黑衣保镖，没看到什么人。不过……那不是傅衾学长的保镖吗？

“没什么，走吧。”北泽接过纪小鱼手中的东西，往外面走去。

纪小鱼又看了那边几眼，看了看北泽的身影，最终小跑着跟上北泽。

大部队再次分为几支队伍，每支队伍配三名老师，分批进山。进山的路比之前上山还要难走，纪小鱼身为穷人家的孩子，这个时候就体现出了优势，在大片女生哭爹喊娘、相互搀扶的时候，纪小鱼依旧精神抖擞。

到后面，男生都有些撑不住了。

“先休息一会儿。”领队的老师发话。

一群人也顾不得形象，纷纷往地上坐。

“临时保姆”时笙，此时正恨不得一脚踹死某个大少爷。水冷了不喝，热了不喝，不走草多的地方，也不走没草的地方。你怎么不上天呢？

“小枳，你要不要喝点水？”林茵从前面的队伍中退回来，递给时笙一瓶水，余光又瞄向倚着树干的少年，压低了声音问，“你怎么和傅少一起？这位……出了名地难伺候。”

时笙无语望天，都是命啊！以前都是她折磨别人，现在总算有人来折磨她了。所以这就是所谓的风水轮流转？昨天晚上，她应该无视系统叫嚣，让他死在那里的。

林茵是有些怕傅衾的，在她的话音落下、傅衾抬头看过来的时候，林茵条件反射般缩到了时笙后面。傅衾看都没看她，看了眼时笙又垂下了眸子。

“小枳……”林茵紧张地拽了拽时笙，“你真的一路上都和他一起啊？”傅衾就像定时炸弹，换了她，绝对不愿意靠近傅衾一米。

“嗯。”路是自己选的，跪着也要走完啊！然后……杀了这人泄愤。

林茵给了时笙一个自求多福的眼神，快速离开。

队伍走走停停，快要天黑的时候才找到一块平整的地方露营。除了自己带的有限的食物，其余东西都需要在山上找。因为每年都有学生来，为了保证学生不饿死，所以山上有不少可以食用的东西。

男女分工，女生做饭，男生一半找食物，一半搭建帐篷。时笙的东西是被几个男生拿着的，所以在几个男生将东西给时笙的时候，一些人就感觉不平了，开始酸溜溜地讽刺。

“这些男生怎么这样，刚才让帮忙，他们都不干，竟然抢着帮北枳。”

“谁让人家漂亮又有钱。”

“献殷勤又怎样，看看人家那冷冰冰的样子，不也讨不到好。”

几个男生和时笙都听到了，不过时笙面色如常，没什么异样，几个男生也不好说什么，将东西放好，回了自己那边。

时笙的帐篷比较大，傅衾的那个小一些，傅衾站在两个帐篷边看了一会儿，突然弯腰进了时笙的那个。时笙伸手就要把他拽出来。傅衾抓着帐篷的支架，淡淡道：“要么大家都别睡。”

时笙咬牙切齿地瞪傅衾：“你信不信我弄死你。”

“要死大家一起死。”傅衾当着时笙的面将帐篷合上。

时笙被傅大少爷气得心肝疼。

吃完饭，时笙举着手机到处找信号，等好不容易打完电话，时笙发现自己在一个完全陌生的地方。营地的一丁点火光都看不到。她掏出铁剑准备飞回去，铁剑刚拿出来，不远处就响起窸窸窣窣的声音。那声音像拖动重物的声音，混杂着脚步声。

荒郊野外……杀人抛尸？时笙脑中飞快闪过几个念头，眼底亮起一簇火苗，当即往发出声音的地方走去。穿过一些杂草，前方有手电光闪烁，时笙看到前面有人，那光是从他腰间发出来的，而他手上还拖着一个人。在阴森森的山林中，这场景其实是有些吓人的。但是那个男人时笙不陌生，是高安朗，他拖的也不是陌生人，而是蒋娜娜。

高安朗停了下来，用手电射了射四周，觉得安全后，将手电固定到一处，然后拿出摄像机开始组装。等弄好这些，高安朗才走向昏迷的蒋娜娜。他没有直接动手，而是先把蒋娜娜弄醒，欣赏着蒋娜娜脸上的惊慌和害怕。

蒋娜娜怎么都没想到，自己会落到这个恶魔手中。她明明……对了，纪小鱼，是她。是她激怒自己，还把自己往没人的地方引，接着自己就失去了知觉。

“呜呜呜……”蒋娜娜的嘴被堵上，只能发出呜呜的声音，眼底满是恨意。

如果可以，高安朗更想让蒋娜娜叫出声，这样更刺激，但这里离营地并没有多远，被人发现就不好了。

“不要叫，一会儿有你叫的时候。”高安朗拍了拍蒋娜娜的脸颊，然后将她往摄像机的方向拖了拖，动作粗暴地去扯她的衣裳。

“呜呜呜呜……”不要，不要，蒋娜娜不断摇头，怨毒的目光变成了惊恐的乞求。

高安朗本就心理扭曲，蒋娜娜越是这样，他越是兴奋。他完全没有注意到，有人接近他，顺手关掉了摄像机，铁剑在手电的光线下折射出阵阵寒芒，从漆黑的山林间闪过。冰冷的物体触碰到高安朗的脖子，他一个激灵，脚底蹿起一股凉气，将体内的兴奋压了下去。

“什么……什么人？”

后面半晌都没动静，只有压着他脖子的冰凉硬物。高安朗不安起来，他不会遇到什么邪物了吧？不会的不会的，他身上有高人给的护身符，那些玩意近不了他的身，肯定是人。

一想到是人，高安朗心底就没那么害怕了，反而生出一股怒气。他高安朗是谁，竟然有人敢这么吓他，找死！他想回头看，脖子上却猛地一痛，他闻到了血腥味……接着，他眼前一黑，意识涣散，失去了知觉。

时笙踢了一脚晕过去的高安朗，低骂了一句畜生。

蒋娜娜刚才就吓蒙了，此时还在呜呜摇着头，时笙上前就是两巴掌。蒋娜娜被打得一呆，视线蒙眬中，似乎看到一张熟悉的面容，然后脑袋一偏，也晕了过去。时笙看了看自己的手，她也没用多大力气啊。

时笙没给蒋娜娜松绑，一会儿她醒了乱叫就麻烦了。她先把高安朗给扒了，在他胸前和背部分别刻上“我是畜生”四个字，用摄像机三百六十度无死角地录了下来。

铁剑在高安朗的重要部位比画了下，现在砍了，是不是太便宜他了？时笙把铁剑收起来，摸出一个瓷瓶，倒出一粒黑乎乎的药丸给高安朗喂了下去。他不是喜欢姑娘吗？以后别想再碰姑娘！

时笙瞄了眼瓷瓶，脸色古怪了一瞬，嘀咕道：“过期了，不知道有没有副作用。”算了，不管了。

蒋娜娜醒过来的时候已经是第二天早上，头顶上军绿色的帐篷让她有些恍惚，她是在做梦吗？蒋娜娜快速将身上摸了一遍，没感觉到什么不适，但是手腕上的绑痕让她确信昨晚真的被高安朗那个畜生给绑了。

她怎么回来的？蒋娜娜努力回想昨晚的事。北枳……她最后看到的人是北枳。

蒋娜娜迅速爬出帐篷，此时天色尚早，只有少数几个学生起来了，正在洗漱。时笙和傅衾的帐篷四周都没别的帐篷，很好认。蒋娜娜几乎用这辈子最快的速度冲过去，带着哭腔叫她的名字：“北枳学姐，北枳学姐……”

营地很安静，蒋娜娜的声音不算大，但还是让不少人听到了。一些没醒的人也被吵醒，纷纷钻出帐篷往这边看。

“娜娜，你怎么了？”几个和蒋娜娜关系好的女生最先反应过来。

“娜娜，你怎么哭了，你别哭啊，怎么回事？你找北枳学姐做什么？”

“娜娜你说话啊！”

几个女生急得不行，可蒋娜娜只是一个劲儿地叫北枳。

纪小鱼站在远处，心底隐隐有些得意。他应该得手了吧？让她看不起自己，活该！不过她怎么去叫北枳？

时笙坐在帐篷中，头疼地揉了揉眉心。昨天就应该把她扔到那里。

就在时笙准备出去的时候，外面突然变得鸦雀无声。时笙微微挑眉，披了一件外套出去。傅衾穿戴整齐地站在帐篷前，面色不善地盯着围着帐篷的一圈人。

蒋娜娜被人捂着嘴，拖到一米远的地方，一见时笙过来，也不知道哪儿来的力气，挣脱钳制跑过去，无视傅衾，直奔时笙。

“北枳学姐，昨晚……”

“你想弄得尽人皆知吗？”时笙打断蒋娜娜，“进去说。”

蒋娜娜愣愣地点头，进了时笙的帐篷。

傅衾眉头拧了拧，然后转身回了自己的帐篷。

四周的同学好奇发生了什么，但又不敢靠近，只能远远地往时笙的帐篷张望。

帐篷中，时笙抱着被子，满脸倦容。蒋娜娜紧张地绞着衣角，眼眶微红，脸上还挂着泪水：“学姐……昨晚……我……”

“手机给我。”

“啊？”蒋娜娜愣愣地看着时笙。

时笙有些不耐烦：“手机。”

蒋娜娜忙不迭在身上摸了几下，但是什么都没摸到，结巴道：“在帐篷里，没……没带。”瞧着时笙脸上的神情越发不好，她赶紧道，“我这就去拿。”

蒋娜娜快速回帐篷拿了手机。时笙摸出自己的手机，鼓捣了一会儿又还给她。蒋娜娜莫名其妙，低头看了眼手机，手机界面还停留在视频上，明显是刚才时笙传给她的，她下意识点开。视频并不长，蒋娜娜看得最清晰的就是高安朗身上的字和他的容貌，最后还有特写。

“这……”蒋娜娜无措地看着时笙，这视频是学姐录的吗？

“不想死，就回去告诉你父母你经历了什么，把这个视频给他们，他们知道怎么处理。”时笙提醒了一句。

“昨晚的事，我什么都没看到，也希望你什么都没看到。我帮你一把，可不希望你反咬我一口。”

蒋娜娜神色一变，握紧手机：“学姐，我明白了。”

“视频来源知道怎么解释吗？”

“知道。”蒋娜娜点头。

蒋娜娜当天就请了假，下山回城。蒋父蒋母被她催命一般催回了家，这也确实是在催命，一旦高安朗要找他们家麻烦，那就是死。

“娜娜，怎么了？”蒋母一进家门就见自家女儿缩在沙发上，脸色苍白，一副惊吓过度的样子。

“妈咪。”蒋娜娜听到蒋母的声音，哇的一声哭了出来。

蒋父蒋母急得团团转，可蒋娜娜就是一个劲地哭。等她哭完了，才把来龙去脉说了一遍，连细节都不敢隐瞒，只是有时笙出现的细节，她撒谎瞒了过去。

“高安朗，那个畜生！”蒋父听完勃然大怒，随后关心地看向蒋娜娜，“娜娜，你有没有什么事？”

蒋母也紧张关心地看着蒋娜娜。蒋娜娜摇头，小声道：“没事。”

“宝贝别怕，爸爸妈妈在，一定会给你讨回公道。”蒋母抱着蒋娜娜，脸上一片阴沉。

“妈妈说得对，爸爸一定会给你讨回公道。”蒋父也附和，又把蒋母拉到一旁，“你带孩子去医院检查一下，顺便做一下心理辅导，我担心孩子会有心理阴影，另外，出行的安全都要注意。”

“我知道。”蒋母点点头。

蒋娜娜没有把视频直接给他们，而是用了快递，这样她就不用解释视频的来源了。虽然视频来源不明，但现在她出了这样的事，蒋父蒋母就算有顾忌，也会用到那段视频。

接着，她又把纪小鱼给抖了出来，那天不可能那么巧，她头天晚上和纪小鱼吵了架，第二天晚上也是纪小鱼引着自己离开的，说纪小鱼和这件事没关系，她蒋娜娜的名字就倒着写。

少阳山这边，大戏也才刚刚开始唱。

一群人遇到了暴雨，本是想等雨停了再走，谁知道这雨一直下，到晚上都没停，众人被困在了山上，打不出电话，求救不了，只能等度假山庄那边的人来找他们。

“这也太倒霉了，早就让学校换个地方了，非要选这里，现在被困住了吧？”

“少说两句吧，还是想想办法怎么离开！”

“怎么离开，这么大的雨，又黑灯瞎火的，现在下山就是找死。”

“就是，而且不单单是下山，还要上山才能到度假山庄，还是等度假山庄的人来找我们吧！”

老师组织学生聚集在一起，帐篷也丢弃了一些，一个帐篷里面都是两个人或三个人。

时笙靠着帐篷，听着外面的雨声和隐约的人声，神色平静。傅衾坐在靠里面一点的地方，若有所思地打量着时笙的侧影。

哗啦啦！雨声越来越大。雨声中掺杂了哭声，呜呜咽咽的，听得人头皮发麻。

也不知道过了多久，黑暗的世界里突然传出尖叫，接着整个营地都乱了，哭喊和惊叫声遍布。微闭的眸子睁开，时笙拿过身边的手电，照了一下傅衾。

傅衾睁着一双眸子，明显没有睡，光线晃过去，他眼睛都没眨一下，在这样的环境里，莫名有些瘆人。

“我们要离开这里。”时笙将手电射向外面。

傅衾一言不发地站起来，但在起身的时候，忽然觉得头昏，人也跟着倒了下去。帐篷本就不宽，时笙被砸了个正着。少年纤薄的身子倒在她身上，时笙猝不及防，被扑到了帐篷外面，大雨顿时将她浇了个透心凉。

时笙从地上爬起来，傅衾就倒在不远处，手电滚落到了更远的地方。时笙将傅衾弄进帐篷，又去把手电捡回来。傅衾脸色很难看，甚至有痛苦之色，细微的呻吟从他的喉咙里逸出来。时笙皱了皱眉，把帐篷的帘子合上，从空间里取出简叔交给她的箱子。里面的药不少，时笙看了几眼，拿了特别标注的一个药瓶——速效药。时笙刚把药给傅衾喂进去，傅衾就吐了出来。她又喂了一遍，依旧如此。

难道用嘴喂？开什么玩笑。时笙粗暴地掐着傅衾的下巴，迫使他张开嘴，将药一股脑塞入，拿起旁边的水灌下去，确定他都咽下了，才放开他。

“咳咳……”傅衾一阵咳嗽，脸色比没吃药时更差了。好在他意识不清，不知道自己被这么粗鲁地对待过。

“北枳学姐，上面开始滑坡了，我们得离开这里。”外面响起男生迫切的声音。

时笙拉开帘子，手电光立即射了进来。那个学弟一见帐篷里凌乱的被子和傅衾狼狈的样子，表情很诡异地变了变，赶紧移开了视线：“那个，学姐，大家在那边集合，我去通知其他人。”学弟踩着雨水，啪嗒啪嗒地跑开了。

时笙将傅衾弄出帐篷，往集合处走去。老师清点人数的时候，发现纪小鱼和北泽不见了，之前都没有清点人数，所以没有发现。现在就算发现，也不可能派人去找，老师让人往山上走。

时笙趁他们没注意，脱离了队伍，带着傅衾往远处的林子走去。远离了这些人后，时笙掏出铁剑，带着傅衾直接往度假山庄的方向飞，不一会儿就降落在山庄无人的地方。傅衾并不重，也不知道这么高的个子，重量都到哪儿去了。

为了不被人发现异常，时笙随便找了个房间把傅衾放着，第二天才带着他出现在度假山庄的广场上。

此时广场上聚集着不少人，有救援队和连夜赶来的家长，以及度假山庄的负责人，这些人看到时笙和傅衾出现，激动得什么似的。

“我儿子呢？我儿子在哪里，怎么就你们两个？”

“看到我儿子了吗？”

“同学，你看到我女儿了吗？她是高二（三）班的，穿的粉色外套。”

叽叽喳喳的声音吵得时笙脑仁疼，不但如此，他们还围得水泄不通。看不到她身上背着个人吗？

“这人要死了，你们都想成杀人凶手？”时笙扯着嗓子吼了一声。

“我儿子在哪里？”这些人非但没有让开，反而变本加厉，伸手来拽时笙，“看到我儿子了吗？”

时笙被拽得一个踉跄，傅衾从她背上摔了下去，一群人眼看就要淹没她。

【连环任务十九：保护傅衾不受伤害。】

时笙反手将傅衾捞到身前，手中铁剑蓦地出现，往上一扬，围着她的人顿时往后面退开。

铁剑转了一圈，瞬间扫出一片空地。

“老子又不是你们儿子的保姆，怎么知道他们在什么地方，有本事自己进山去找啊，围着老子做什么？”时笙着实气得不轻，这要不是现代位面，她早就想砍了这些人。担心儿子是他们的事，关她什么事！

“你这女同学怎么这样，你和他们一起，问你一下，你怎么这么凶？张口闭口老子，有没有家教？”

“呵，你们那是问人的态度吗？是要杀人吧？”时笙讥讽地笑了，“就算我真的知道他们在什么地方，也不会告诉你们，还是那句话，有本事，自己进山去找。”

她这话顿时激起千层浪，一群家长对着时笙开始谩骂，但是碍于她手上的凶器，又不敢上前。

“让开让开。”一群黑衣保镖突然从人群中插进来，看到时笙和傅衾，一个个激动起来。

“少爷，北小姐。”

“简叔，少爷和北小姐回来了。”

有人将傅衾从时笙手中接过去，然后护着时笙离开。

“少爷没事，你们就没事，少爷要是有个三长两短，在场的人一个也跑不掉。”其中一个保镖临走前放了狠话。

他们刚才离得远，时笙出现的时候他们还没看清就被那些人挡住了，但是时笙的话，他们都听到了。

别和反派讲道理，对反派是没有道理可讲的。

一群人面面相觑，那些人是傅家的，他们自然知道。得知傅少也在山里，他们其实是有些放心的，傅家绝对会在最短的时间内找到傅少。

就在刚才，他们派了直升机进山。这么短的时间，就连救援队的直升机都还没到，傅家的直升机就到了，足见傅家的实力。

可是……他们竟然把傅少给堵住了？现在没人去想刚才那个狂妄到没边的少女是谁，能在傅少身边的，会是普通人吗？

傅衾被直升机送往城里，时笙看上去狼狈了些，但身上没什么伤，在医院洗了澡，换了身衣裳就原地复活了。她本来想一走了之，结果系统又开始发布任务了。

【连环任务二十：陪护。】

你怎么不让老子娶了他呢？

时笙去傅衾的病房的时候，医生正和简叔站在病房外交谈。

“傅少用药及时，没什么大碍，淋了雨有些发烧，退了烧就好了。”

“少爷的身体怎么样？”

医生沉默了一会儿，语气凝重不少：“老简，我们也是多年的朋友，说实话，傅少这身体……就算用药，也坚持不了多久。”

“你给我一个大概时间吧。”简叔看上去像是瞬间老了十几岁。

“唉……傅少如果按时吃药，大概还有半年。但他不吃药的话，也就两个月左右。”

医生摇头叹息地离开，简叔站在那里好久都没反应。直到时笙走过去，他才抬头看了一眼时笙，动了动唇瓣，却一个字也没说出来，打开病房门，示意时笙进去。

傅衾还在昏迷，躺在病床上，越发羸弱。

“北小姐，”简叔帮傅衾掖了掖被子，转过身认真道，“我有一事相求。”

“别托孤，我拒绝。”她才不要照顾智障儿童。

“也别讲什么悲惨身世，我不听。”时笙又快速补充了一句。

她是自己肚子里的蛔虫吗？简叔瞪了时笙一眼，彻底歇了念头，就这姑娘的性子，少爷在她手上能活过一个月都是奇迹。

少阳山那边被困的学生被解救出来，北泽腰部受了伤，纪小鱼只是受了点风寒，其他都没事。北父北母是从国外赶回来的，看到躺在病床上的儿子，差点连魂也吓没了。

“北枳呢？”北泽醒过来，第一个问的不是纪小鱼，而是时笙。

纪小鱼脸色变了变：“她没事，在楼上陪傅衾学长。”

北泽神色又是一沉，傅衾……

“阿泽，我听说是小枳带着傅衾学长下山的。”纪小鱼小声道，“小枳和傅衾学长在交往吗？”

“滚出去。”北泽毫无征兆地发了脾气。

进病房的北父和北母也被那声音震得僵在了病房门口。

“怎么了这是？”北母笑着打破僵局，“小两口吵架了？小鱼是女孩子，儿子你得让着小鱼哟。”

“出去。”北泽抓着旁边的枕头砸向门口，“都滚出去。”

纪小鱼眼眶一红，哭着跑了出去。

北父北母面面相觑，见儿子那样，也只得退出去。

纪小鱼在楼下冷静了一会儿，再次上楼，却在病房外听到北父和北母的交谈。

“北枳不能再留在家里了。”

“当初我就不答应留着她，还不是你，非要留着。”北母小声啜泣，满是怨气。

北父拍了拍北母的后背：“当初还不是为了我们儿子。”

“她一个孤儿，我们养了她那么多年，她不知感恩就算了，还勾引我儿子，我这是造的什么孽啊！你赶紧把她弄走，这么下去，阿泽迟早会被她毁了。”

“好好，我想办法，你别哭了。”

转角处，纪小鱼紧拽着衣摆，眸中满是难以置信。北枳不是北泽的妹妹！北泽喜欢北枳！难怪北泽老是有意无意地看北枳！难怪那次看到北枳和傅衾在一起，他表情那么难看！

纪小鱼仔细回想一下，他们之前相处的时候，只要有北枳在，北泽就总是一副若有所思的样子，不然就是暴怒。原来……原来都是因为他喜欢北枳。

北枳，北枳，怎么什么都是她。纪小鱼心底的嫉妒突然暴涨，压抑的感情爆发出来。北泽是她的！她绝对不会把北泽让给别人！

就在她收拾好心情准备回去的时候，手机突然响了。她看了眼上面的名字，心头一跳，快速走到一个没人的地方接听……

特级病房。

纪小鱼看着病床上的人，有些难以置信：“你……你怎么成这个样子了？”

高安朗身上缠着绷带，只有脸部没怎么缠，像只木乃伊。

“纪小鱼，”高安朗的声音很嘶哑，“你敢玩儿我。”

“我没有……”纪小鱼摇头，“你怎么弄成这个样子……蒋娜娜她……”

“你还敢提她？”高安朗声音提高了几分。

“她不是……”蒋娜娜那天哭得那么厉害，难道高安朗没得手，反而被蒋娜娜弄成这个样子？

“纪小鱼，我待你不薄吧，你竟然敢这么玩儿我，胆子真是大啊。”

“我没有，安朗哥你在说什么，我怎么听不懂啊！”纪小鱼迷茫地看着高安朗。

她和高安朗关系并不深厚，也就几年前见过一次，然后那天在度假山庄遇到。她是无意间听到他和同行的人在讨论蒋娜娜，加上晚上蒋娜娜那么羞辱她，她就大着胆子去找了他。

“听不懂是吧，给我教训这个贱人。”

房间里不知什么时候多了两个男人，纪小鱼发觉不对劲，想跑，然而还没跑到病房门口，就被一个人拽住了头发，那人将她往后一扯。

“啊！”纪小鱼吃痛，双手护着头发，被轻易扯到高安朗的病床对面。

纪小鱼被重重扔到地上，接着旁边有人开始架摄像机，然后将病房门锁住。纪小鱼眼底满是惊恐。

“安朗哥，你一定是误会什么了，我可以解释的，真的，我可以解释。

“安朗哥……不要过来，你们想干什么？

“啊……”

纪小鱼离开病房的时候，整个人都是浑浑噩噩的，也不敢去见北泽，直接回了家。她家现在已经换了房子，虽然不是别墅，但也是高档小区。

纪小鱼回去的时候，发现客厅中竟然有女人的贴身衣物，纪父卧房中还传出奇怪的声音。她红着眼推开房门：“你们在做什么！”

纪父被突然回来的纪小鱼吓一跳，身下的女人尖叫着扯了被子裹到身上，纪父尴尬地快速拿过一个枕头挡在身前，心虚道：“小鱼，你怎么回来了？”今天不是星期三吗？

纪小鱼没和纪父说她要去参加户外活动，学校自然也没通知纪小鱼这种不重要的学生的家长。

“你说过不会有我妈以外的女人，那这算什么？”纪小鱼几乎崩溃地大吼出声。当初她母亲的葬礼上，这个男人信誓旦旦，说这辈子绝对不会有另外的女人。现在呢？她看到了什么？

“小鱼……”

纪小鱼怨毒地瞪着床上的女子，突然上前，抓着女子的头发就开打：“贱人，让你勾引我爸爸，是不是看上我爸爸的钱了？让你勾引我爸爸，让你出来勾引人……”

女子被打蒙了，但是很快开始还手。女子显然是战斗能手，打得纪小鱼没有还手之力。纪父在一旁一会儿拉这个，一会儿拉那个，却谁也没阻拦到。

女子骑坐在纪小鱼身上，死死按着她，左右给了她两巴掌：“敢打老娘，你当老娘是吃素的！”

打完纪小鱼，女子起身穿上衣服，唾弃道：“就这能力，老娘还看不上。”

纪父脸色铁青，男人的尊严受到了严重侮辱：“滚出去。”

女子冷哼一声：“怎么，睡了老娘不给钱？之前可是说好的，不过你女儿打了我，这医药费你得给老娘加上去，三千。”

纪父铁青着脸从旁边的抽屉里拿出一沓钱，也没数，直接递给女子：“拿着钱滚。”

女子数了数：“多的老娘不稀罕。”说着，她把多余的钱扔到地上，踩着高跟鞋嗒嗒地走了。

纪小鱼躺在床上痛哭，刚才的屈辱、此时的委屈，都发泄了出来。为什么？为什么受罪的都是她？她做错了什么？

“小鱼……”

纪小鱼突然翻身坐起来，顶着乱糟糟的头发，恨恨地瞪了纪父一眼，然后冲回自己的房间。

纪父也有些郁闷，他这么多年一直忙着工作，没时间做那些事，但是现在他有钱了，怎么还不许放松一下？这么一想，他就觉得纪小鱼实在是无理取闹。

这些年他拼死拼活赚钱，是为了谁？还不是为了她！她一个做女儿的，还管到老子头上了。纪父越想越气，穿上衣服，也不问纪小鱼怎么了，直接出了家门。

纪家和高安朗的事时笙是不知道的，她现在跟用人似的，正鞍前马后地伺候大少爷。系统发布任务的频率越来越高，有那么一瞬间，她是想砍了傅衾这个任务目标的。

“北小姐，这是今天少爷的药。”保镖将药递给时笙。

病床上的傅衾一听，当即缩回被子里，死死按住被角。时笙最喜欢的就是喂药了，可以正大光明地对着傅衾用粗。

时笙接过药，走到傅衾床边，伸手从下面将被子掀到地上，脸上挂着阴笑："这可是官方授权，你叫破喉咙也没用，来吧，乖乖吃药。"

傅衾蜷成了一团，脑袋埋在枕头里，微微摇了摇。

不吃？不吃怎么行，老子都没弄死你，你先死了，那不是白费老子做了这么久的连环任务？时笙伸手就拽着傅衾的胳膊，将他翻个身。傅衾反抗着想下床，时笙立即翻身压在他身上，伸手捏住了他的下巴。

旁边的保镖集体看向窗外。这场景，怎么那么不对劲呢？

时笙把药灌进去，拍了拍傅衾的脸蛋："你乖乖吃药就万事大吉，非要老子动粗，这细皮嫩肉的，弄伤了，老子是不会赔钱的。"

"喀喀……"傅衾被呛到，身上又压着一个人，咳嗽很困难，一张脸涨得通红。

"矫情。"时笙翻身坐到旁边，伸手将地上的被子捡起来，盖到傅衾身上。傅衾整个人都缩进了被子里，连根头发丝都看不到。

时笙还坐在床上，他从被子下能看到她的手，白皙修长。傅衾突然伸手抓着她的手。时笙下意识要甩开，但是下一秒感觉傅衾在颤抖，整个人都在颤抖。他死死抓着她的手，像是抓着最后一根救命稻草。

时笙扯开被子，露出他毛茸茸的脑袋，空着的一只手强行将他的脸扳了过来。傅衾脸上没什么表情，如蝶翼的睫毛轻颤着，一双眸子漆黑如墨，却是死气沉沉的。他对上时笙的视线，忽然伸手抱住她的脖子，将她拉进自己怀中。时笙完全没料到他会有这么一个动作，蒙了一会儿才反应过来。

身下的人在不断轻颤，她温热的躯体覆盖在他身上，才让他颤抖的身体慢慢平复下来。他抱着时笙的手却越来越紧，脑袋埋在她的脖子里，温热湿润的呼吸喷洒在时笙的脖子上。

之前喂完药，她都是直接走人的，从来不知道他吃完药会是这么一副样子。脆弱得让人——想弄死他。喀喀，不是她不懂怜香惜玉，是他身上散发出来的气息，太吸引人了。

时笙怕把这人压死，想要翻身到旁边，傅衾却不放手，脚也搭到她身上，死死地将她扣在怀中。时笙强行掰开他，他身子就抖得更厉害。时笙躺到旁边，将他搂进怀中，傅衾也许知道时笙不会离开，顺势抱着她的腰，脚横在她的腿上，整个人都快挂到她身上了。时笙最后悔的就是，刚才喂了药，没有直接走。

"你们站在外面做什么？"简叔看着站在病房外的一群保镖，奇怪道，

“少爷出事了算谁的？”

“北小姐在里面呢。”保镖弱弱道。

“她？她在，你们更要去里面守着。”简叔说着就要推门。

保镖赶紧拦住简叔，让他透过玻璃往里面看。房间里，病床上，少女靠在床头，神色安静祥和，少年的手横在她腰间，脑袋枕在她的胸膛上，画面异常唯美。

“什么情况？”简叔受到了惊吓。

“刚才少爷吃了药，北小姐没有走，少爷就把北小姐给拉住了。”保镖七嘴八舌地将刚才的事说了一遍。

简叔表情极快地变幻了几次，最后叹息一声。

“简叔，你说，北小姐会不会让少爷好起来？”一个保镖小心翼翼地开口。

简叔满脸愁容地摇头：“医生说了，少爷的身体，就算用药也只能支撑半年，她就算能让少爷吃药，也不可能妙手回春。少爷不去国外……这事……唉……”

“我总觉得北小姐不像普通人。”

其他保镖齐齐朝着那个保镖翻白眼。这还用你说？北小姐可是北家的小姐，能是普通人？

“我不是那个意思。”那个保镖挠了挠头，“之前，我听到北小姐在打电话，听她说了几句，她好像在弄股票和投资这一块。”

“现在的豪门子弟，家里不都会先让他们试水？这也正常。”

保镖你一言我一语地讨论开了。

“可是北小姐在北家并不怎么受关注啊，就算她有一些零用钱，弄股票还行，可弄投资……”

“去查一下她名下的资产。”简叔开口。

“简叔，这个我们之前就查过了，北小姐名下没多少资产。”

“北小姐没满十八岁吧？她如果真的在弄这些，肯定也是挂别人头上的。”

“有道理，我一会儿去查查和她来往比较密切的人。”

“别做得太过火，那小姑娘不好惹。”

“知道知道，我们就是好奇。”保镖们点头。

简叔是在提醒他们，不要被时笙察觉到他们在查她。

傅衾醒过来的时候，发现自己搂着一个人。他微微仰头，落入视线的是少女精致光洁的下巴。她似乎睡着了，呼吸很浅，几乎听不到。他贴着她的胸膛，能听到她心脏舒缓平稳的跳动声，那么鲜活。伴随着心跳声，四周的光线似乎都变得明亮起来，再也不是他看到的灰蒙蒙的毫无生机的样子。他从没有像此刻这般，觉得世界是活的。他垂下眼睫，保持着姿势没动，听着少女平缓的心跳，横在她腰间的手收紧了几分。

傅衾一动，时笙就醒了。她睁着眼，有些无神地盯着虚空，几秒后才垂头看向傅衾。细碎的头发挡住他的脸，时笙将头发拨到一边，五指在脖子上比画了一下，最终将被子拉了拉，换了个舒服点的姿势。她打了个哈欠，扭着身子拿过旁边的手机看了一眼，上面有几个未接电话。大多数是北父打来的。另外就是林茵和公司打来的。

时笙先给公司回了电话，那边没什么事，就是给她报告一下。林茵则是担心她，两人说了几句就挂了。至于北父，时笙完全没有回电话的意思。

吃药时傅衾是很配合的，但是每次吃完就拉着时笙不放。

一周后，傅衾出院，时笙总算解脱了。简叔也拿到了保镖调查的结果。他们没有查到任何有用的东西。

“这事不要提了，少爷……能让少爷多活一些时日就是功臣，以后对她客气一些。”就算她有所图谋，想在少爷身上下功夫，是绝对不会成功的。

保镖团点头表示明白。

于是时笙发现，之前还比较客气的保镖，对她不但更客气，还热情了不少。

“我走了。”时笙站在车外，对着车里的傅衾说了一声，余光又瞄了眼站在旁边冲她笑的保镖，只觉得浑身鸡皮疙瘩都起来了。有鬼，赶紧走!

“明天，我想吃酥蓉饼。”傅衾突然开口说了一声。

“吃你——”时笙及时把后面的话给咽了下去。

傅衾皱了皱眉，然后认真道：“我不好吃。”

时笙愤怒，谁要吃你啊!

时笙瞪了傅衾一眼，伸手拦了一辆车离开。

北泽的伤不怎么严重，此时已能下地行走，时笙回去的时候，纪小鱼正扶着北泽在花园中散步。

“小枳，你回来了？”

时笙本想绕开他们进去，谁知道纪小鱼突然叫了一声，让没注意这边的北泽往这边看了过来。北泽甩开纪小鱼，一瘸一拐地走到时笙面前，抓着她的手臂，语带质问：“你真的和他在一起了？”

北泽的力道有些大，不至于疼，但很不舒服。时笙挣开他的束缚，往后退了一步："我和谁在一起，和你有关系吗？"

"我是——"北泽顿了顿，神色有一瞬间的黯然，"我是你哥哥，怎么和我没关系？傅衾不是你能招惹的，别和他来往。"

时笙看向后面，纪小鱼正满脸怨恨地瞪着她，表情狰狞，即便在时笙看过去的时候都没有遮掩一下。得，女主角黑化了。甚好！

"哥哥，你管得太宽了。"时笙扯着嘴角笑了下。

人，就是这么复杂。如果她按照原主的路线走，北泽依旧会厌恶她。

"泽，你伤还没好，我们进去说吧。"纪小鱼收敛了刚才的表情，走到北泽身边，伸手想要搀扶他，北泽却避开了，目光直勾勾地盯着时笙。

"北枳……"

时笙无视纪小鱼的挑衅，从北泽身边绕过去，进了别墅。

"北枳！"北泽的声音传来，似乎蕴含了千回百转的感情。

时笙步伐丝毫没有停顿地离开。

"北枳，你还知道回来！"时笙一进去就听见一声暴喝。

北父站在二楼的楼梯上，冷眼看着她。

是祸躲不过。

"跟我来书房。"北父见时笙不吭声，胸口蹿起一股无名怒火。

本来还有些犹豫，现在她却下定了决心。

第十三章　学渣吃药（下）

书房中。

时笙站在中间，北父坐在办公桌后面，公事公办地说着话："你现在也大了，我们管不了你，但是身为北家的孩子，北家给了你优渥的生活、良好的受教育机会，现在你要为北家出一份力……"

时笙静静听着北父的长篇大论。

"高家有意和我们联姻，你是北家唯一的女孩，高三毕业后，就和高家三子订婚。"最后北父切入正题。

高家三子，正是高安朗。

"高安朗是个什么人，你不清楚？这是把我往火坑里推？"

高安朗没死，还真是命大啊！

时笙平静的反问出乎北父意料，他以为她会大闹，谁知道只是这么平静地反问他。

"北家现在生死关头，你身为子女，自然要为父母分担一点责任。北枳啊，安朗这个孩子虽然爱玩了一点，但到底还年轻，以后就会好了。"

爱玩？那是爱玩吗？那是在玩命！

"如果我拒绝呢？"

"北枳，你有什么权力拒绝？"北父怒了，"北家供你吃穿，给你别人没有的生活，你有什么权力拒绝？"

"就凭……我不是你的女儿。"时笙似笑非笑地看着北父。

北父脸色骤变："你……你胡说什么？北枳，我看你现在是越来越不像话了，这话你也说得出来。"

"我胡说？那你们为什么一点也不在乎这个女儿？你们是给了她优渥的生活，可是除了这些，你们还给了什么？"

北父张了张嘴，似乎想说什么，可又觉得说什么都显得苍白。这些年，他们确实只给了她物质。可这不是他们的孩子，他们给了物质难道还不够吗？

"没话说了吧？"

"就算你不是我们亲生的，我们也养了你这么多年，难道你不该报恩？"北父破罐子破摔。

"报恩？"时笙眨巴了下眼睛，慢条斯理道，"十七年，每个月你们给一万零用钱，也就是二百零四万，其他的东西我也清算了一下，总共三百万，加上你们养育我的费用，总计一千万，够了吗？"

北父皱眉看着时笙，不明白她说这话是什么意思。

时笙从包里拿出支票，唰唰写了起来，随后霸气地拍在北父面前："这是一千万，从此以后我们互不相干。"

"你哪儿来这么多钱？"北父的第一反应是，时笙不可能有这么多钱。

"这个就不是北先生该关心的了。"时笙收回手，悠悠地开口，"当年你们收养我，是为了你们的儿子，如今你们的儿子活得好好的，我也算功成身退。北先生不想大家撕破脸，闹得不好看的话，就把户口本给我吧。"

北父心底掀起惊涛骇浪，她到底是怎么知道这些事的？连他们收养她的目的她都知道。北父第一次用打量的目光看向这个他并不怎么关注的养女。她站在那里，没有什么强大的气势，但身上带着一股尖锐，让人无法忽视，嘴角勾起的弧度无比讽刺。那双眸子清澈明亮，平静得不起一丝涟漪，看得人心底直冒凉气。

北父深吸一口气："再怎么说，你也是我北家的千金，怎么能说断绝关系就断绝关系。"

"那北先生想怎么样？"

"和高家联姻，之后你和我北家就再也没关系了。"

这男人是疯了吗？时笙用看神经病的眼神看着北父："北先生，你当全世界的人都是猪，就你一个人聪明绝顶吗？我凭什么跳一个明知道有火的坑？"

"你想脱离北家，就只有这一个办法。"北父也强硬起来，反正她都知道了，也不怕撕破脸。能为北家换来最后一点好处，也算他们没有白养她。

时笙嗤笑一声，将桌子上的支票拿了回来："既然谈不妥，那我就用自己的办法好了。”

“北枳，你不要太自大，就算攀上了傅家，人家会为你得罪高家吗？离开北家，你什么都不是。”

“我就是自大，不服你弄死我啊！”时笙扬了扬手中的支票，“北先生，下次再见的时候，希望你还是这么……英明神武。”

北父被时笙嚣张的样子气到了，抓着桌上的东西砸了过去：“白眼狼，当初要不是我们，你早死了。”

“是啊，要不是我，你们的儿子也早死了。”时笙轻飘飘地回了一句。

北父顿时哑然。当初北泽病得那么重，他们什么办法都试过了，都没有效果，偏偏在她被抱回来后几天就开始好转，连药都没怎么用。

时笙收拾了东西，从北家别墅出去，原主的东西她没动，只带了几件衣服和自己的东西，所以行李并不多。

站在北家别墅外，时笙回头看了一眼。她本不想对付北家，毕竟她懒。可北父依旧想让她和高安朗联姻。

离开别墅区，时笙去了离学校较近的一个小区，这里的房子是她之前买好的，她从一开始就打算脱离北家，只是没找到机会而已。房子里什么都装好了，拎包入住即可。

第二天，时笙去给傅衾买了酥蓉饼，慢悠悠地打车去学校，由于之前少阳山的事，学校停课了一周，今天才开学。

“小枳，小枳，这里。”林茵站在校门外，冲时笙招手。

时笙走过去，挑着林茵的下巴，邪里邪气地笑道：“美人今天又漂亮了，看得我春心荡漾。”她动作行云流水，一气呵成，带着浑然天成的贵气，看上去格外赏心悦目。

林茵面色一红，满脸羞涩：“小枳，你能别撩我吗？”每次时笙撩她的时候，她就觉得时笙特别帅。

时笙微微一笑：“谁让你长得这么漂亮，我控制不住体内的洪荒之力。”

“对了小枳，”林茵突然想起什么，拉着时笙往旁边人少的地方走，“学校在传，你和傅少在交往，是真的吗？”

“嗯？”这个消息从哪里来的？她在医院陪傅衾的事，没人知道吧？

“就是……少阳山那天，有人看到你和傅少……”林茵说到后面声音极小，而且脸色还很红。

时笙无语地翻了个白眼，当时那场景，根本就不是他们想的那样。

“傅少脾气不好，和他在一起肯定很艰难，小枳，你要考虑清楚。”

谁和他在一起啊！

时笙进了学校才知道，这件事几乎已经传遍了，离谱的竟然说她对傅衾霸王硬上弓。这些人也想得出来！脑洞这么大，怎么不去做编剧！

时笙走到哪儿都有人对着她品头论足。

“你在哪儿？”时笙打电话给故事的男主角。

男主角没回答，直接把电话给挂了。就在时笙准备给他打“连环夺命call”的时候，一条短信进来了。时笙打开一看，是条彩信，内容是一张图片，蔚蓝的天空看不到一丁点建筑。

看图猜地点？傅衾，你会玩儿啊！

时笙找到傅衾时，他有些意外：“你怎么知道的？”他那张图里没有任何标志性的东西，没想到她还真找来了。

时笙将装了酥蓉饼的盒子放到他旁边，端着形象：“我入侵了国防局的卫星监控。”

傅衾心想，你撒谎好歹走点心。

时笙当然没有入侵国防局，她只是打电话问了保镖。傅衾转念一想也明白过来，拿过盒子拆开，先闻了闻，然后用略带嫌弃的语气道：“我不喜欢这个味道，我要——”

唰！傅衾后面的话被指着自己的铁剑堵在喉咙里。他看了眼时笙，顿了三秒，然后拿着酥蓉饼默默吃起来。

吃完酥蓉饼，时笙把药递给傅衾。傅衾没接，只是望着时笙。时笙咬牙切齿地瞪了他几眼，坐到他身边，亲自把药给他喂了下去。

时笙拧瓶盖的时候，傅衾一把抱住她，脑袋埋在她的颈窝里。于是，两人相拥的照片流传开。

蔚蓝的天空下，少年紧紧地抱着少女，清风扬起两人的衣摆，树叶从空中盘旋而下，画面唯美而绚丽。时笙看着大师级的艺术照，手上青筋暴起，这学校还真是真人不露相啊！

“北枳学姐和傅少好配啊，完全是我心目中的男女主角，画面真是太美了。”

“北枳学姐好帅，之前我看到她和林茵学姐一起，对林茵学姐好照顾的。”

“我也看到了，林茵学姐和北枳学姐才是一对嘛，傅少来插一脚做什么。”

纪小鱼听着后面同学的讨论，脸上满是嫉妒。北枳，她一个不知道爹妈是谁的孤儿，凭什么能拥有这些？

“听说北少还没好呢，都是纪小鱼，要不是她，北少怎么会受伤。”

“也不知道用了什么手段，竟然让北少那么稀罕她。”

“看看她那身穿着，不伦不类的，就算有钱了也不过是山寨，哪像林茵学姐和北枳学姐，就算穿校服，气质也非比寻常。”

“哈哈哈，丑小鸭终究是丑小鸭，还真以为能变成天鹅呢？也不拿镜子照照自己什么样子。”

讽刺的声音从后面传来，纪小鱼眼底的嫉妒已经变成了憎恨。北枳，这都是你逼我的。

学校的论坛上突然多了一个帖子，标题是——揭露北枳那些不为人知的秘密。帖子里写了时笙不是北家的千金，是北家收养的孤儿。写了时笙不知廉耻勾引北泽，被北父北母发现，要把她赶出家门，最后一张图是她收拾东西离开别墅的照片。这帖子一出就火了，下面跟帖无数。

匿名：“北枳竟然不是北家的千金？这个世界玄幻了吗？反正我不信。”

匿名：“楼主眼红吧，见不得人家好，就写这种帖子，有本事上证据啊！”

匿名：“同意楼上，没有任何证据竟然说北枳学姐不是北家的千金，还说北枳学姐勾引北少，简直信口雌黄，现在北枳学姐和傅少是一对好吗？”

匿名：“我站北衾。”

匿名：“楼上+1，我枳好帅。”

匿名：“楼上就是那个拍照的人吧，还有图没有，给我来一打。”

匿名：“已传文件。”

匿名：“好多图，天！北枳学姐看傅少的眼神好温柔，看得我少女心爆炸！星星眼！”

时笙看到帖子的时候，回帖已经歪到了十万八千里。她什么时候看傅衾的眼神温柔了？这群小妖精在乱传什么！

哪儿来这么多图……时笙一张一张翻过去，竟然都是她和傅衾相处的画面，拍摄人明显很会选角度，拍的照片看上去很和谐。本是黑时笙的帖子，最后竟然成了图片大展。

许多人都开始上传平时拍到的图片，最多的是时笙和林茵的，傅少很少在学校，就算来了他们也不一定见得到。不少人大呼时笙和林茵才是官配，枳茵，知音，这才是真正的CP。而站队北衾CP的，自然不服，于是开始上图。最后拍摄者凭借高超的摄影技术，北衾CP获胜。

纪小鱼完全没想到结果会是这样，如果这件事放在她身上，这些人会怎么样？群起而攻之！这就是身份的差别吗？纪小鱼越发坚定了要把时笙拉下来的念头。

纪小鱼拿出手机，翻了一个号码，犹豫了一会儿，拨了出去："我是纪小鱼，我要见高安朗。"

那边也不知道说了什么，纪小鱼脸色难看，但还是应了下来。

"好，我会到的。"

挂了电话，纪小鱼眼底迸射出无比仇恨的光芒。

时笙最近很忙，忙着给北家找麻烦。

"北小姐，北氏枝繁叶茂，我们就是在以卵击石，这很不明智。"时笙请的职业总裁正激动地说着。

时笙跷着二郎腿，毫无形象地坐着，手中还拿着一支冰激凌，舔了一口才道："千里之堤溃于蚁穴，只要有恒心，没什么事是做不到的。"

"那也得有蚂蚁啊，北小姐，我们现在可是光杆司令，除了我，整个公司加起来也才十几人，咱们怎么蛀空一个偌大的北氏？"

时笙白了职业总裁一眼："谁要你上了，你以为自己是哪吒吗？"

时笙几口吞掉冰激凌，慢条斯理道："这个世界上，有的是人要整垮北氏，你们要做的就是找出这些人，给他们提供消息就够了。"

职业总裁恍然大悟，在心底默默给自家老板竖了个大拇指。当然，表面上他是什么都没表露的，怕她骄傲。

"我让你找的人找到了吗？"

"找到了，不过工资……"

"他要多少给多少，当然他得有这个能力才行，搞定一单，另外有奖金。"

"那就没问题。"

"去做吧，不需要忌惮什么，咱们没什么身家，不怕那些人查。"

职业总裁心想，咱们是没什么身家，你做的是捞偏门，资金全在股市里打转。

"你多找几个黑客，咱们组一个小队，专门倒卖消息。"时笙又道，"要厉害一点的！。"

职业总裁心想，老板，你想干什么？你当黑客是街上的大白菜，随便能捡到吗？像这种人才，不是为国家效力，就是国家的重点关注对象，能随便挖吗？

“好好干，月薪千万，走上人生巅峰，迎娶白富美不是梦。”时笙不顾愣神的职业总裁，拍了拍他的肩膀，施施然走了。

职业总裁现在只想卷款跑路，他账户上的流动资金现在都上亿了，也不知道这个小老板怎么这么放心自己。

很多年以后，职业总裁回想了一下当初自己为什么没跑，觉得大概是那个时候自己知道，跟着这个老板，钱真的就是个数字。

北氏企业接连丢了两个大项目，损失惨重，但还不至于动摇根基。可接下来的时间，北氏各种状况层出不穷，丢项目丢单子，好像和北氏作对的人，在这个时候都找上了他们。偏偏他们还什么都查不出来，人家走的都是正规渠道，所有手续合法。

“有内奸，绝对有内奸！”董事会的一个董事拍着桌子怒吼，“马上就要签约了，怎么就临时和天辰的人签了？”

北父坐在首位，神色凝重：“公司所有的高层都接受了盘查，并没有什么异常。”

“最近的事蹊跷得很，明显是针对我们，我们最近可有得罪什么人？”理智点的董事提出疑问。

“那两个项目得罪的人肯定有，但是那些人没那么大本事……”

之前丢掉的两个大项目，不少企业都盯着，但真要比实力，北家更胜一筹。

一群人在会议室坐着，却是半点线索都讨论不出来。

北父一开始没往时笙身上想，在他眼里时笙就是攀上了傅家，但是这么一想，似乎又能说通了。傅家……那是和高家不相上下的家族。如果是傅家对付北家，那么最近的一切莫名其妙之事，就解释得通了。

散了会，北父第一时间给时笙打电话，然而时笙早把他的号码拉入黑名单，电话自然是打不通的。北父思索了一阵，决定到傅家去。

傅家据说是从某朝帝王时起就存在的家族，老宅还是很古老的建筑，一花一木透着古典雅致。

“北先生稍等，我们先生马上就到。”用人将北父请进会客厅。

这一等就是近半个小时，可北父还不能露出半分烦躁。

傅饶是被人推着进来的，北父微微诧异，他只听说这位当家人，倒是从来不知道傅家的当家人是个残疾人。

傅饶神色正常地和北父寒暄一番，直入正题：“不知北先生上门有何要事？”

“是关于小女和令公子。”北父正了正身子。

傅饶微微挑眉：“小衾和北小姐怎么了？”

“傅先生不知道吗？”北父看着傅饶，想从他脸上看出什么来，可傅饶一片茫然。

“小衾和我关系不太好，他的事也不许往我这边传，他做了什么吗？”

北父心底疑虑，不知该不该相信傅饶。他似乎真的不知情，莫非那些事不是傅家做的？那又会是谁做的呢？

“也没什么大事，就是小女最近和令公子走得有些近，有些传闻我这个做父亲的自然要过问一下。”北父折中了一下。如果不是傅家做的，北枳又真的和傅衾走得近，说不定他也能和傅家搭上线。

傅饶成功把北父糊弄了过去。等北父走了，傅饶才收了虚假的笑容，问一旁的中年人：“小衾最近怎么样？”他之前说的都是真话，傅衾和他关系不好，也不许他身边的人把他的消息往自己这边传，但他这个做父亲的，总得想办法不是。

“少爷和北枳小姐在一起，已经能按时吃药了，看少爷的样子，应该是接受了北枳小姐，不过医生那边还是说，少爷只有半年的时间了。”

“国外那边的医院联系好了吗？”

“联系好了，但是少爷恐怕不会答应……”

傅饶沉吟道：“我就这么一个儿子，不可能看着他死。不管什么办法，我都要试试看。你去把那个小姑娘请过来。”

“这个……”中年人有些迟疑，“北枳小姐不太好请。”

“怎么说？”傅饶挑眉，一个小姑娘还能有多难请？

“最近北氏危机先生有所耳闻吧？这后面，就有这小姑娘的手笔，或者说，全盘都是她操控的，这样一个人，先生觉得会好请吗？”

傅饶低笑了一声：“难怪逼得北氏当家找上门了，怕是以为我们在背后操盘吧？我还以为他是来试探我们对那小姑娘的态度的。”

正如那人所料，时笙并不好请。他们先发了正式的邀请函，结果人家不理，后面他们又发了几次不正式的邀请，结果都被拒绝，而且拒绝的理由非常奇特：

傅衾要吃海棠酥，她要坐火箭去买，没空。

今天有人找碴，不开心，不去。

在时笙拒绝了七次后，傅饶总算怒了，让人开车杀到学校，时笙一出校门就被绑上了车。时笙和傅饶大眼瞪小眼。

这就是傅衾的爸爸？两人长得一点都不像，五大三粗的，怎么生出那么漂亮的儿子？基因突变吗？

傅饶也有些惊讶，就算身居高位的人看到自己也会抬不起头，这小姑娘竟然肆无忌惮地打量他。果然有趣！

“抓我干什么？”时笙往后一靠，非常放松地问。

“小姑娘，话可不能这么说，我请你那么多次，你都不给面子，这不，我亲自来见你了。”傅饶看上去五大三粗，说话却很温柔。

“正常说话行吗？别告诉我你平时都是这样的，真要是这样，没人篡位也是奇迹。”

傅饶心想，我还不是怕吓到你。

“咳咳……”傅饶恢复了平时的说话风格，“小姑娘叫北枳？”

“明知故问，我的资料你手上没有十个版本也有七八个。别废话，有事说事，要杀人灭口就赶紧动手，我很忙的。”时笙不耐烦了。

“你就不害怕？”

“害怕能当饭吃，还是能让你不废话？”时笙淡定反问。

“你儿子还有半个小时要吃药了，你确定不说？”时笙看了眼手机。

傅饶嘴角一抽：“我是想请北小姐帮个忙。”

“帮忙？死的还是活的？酬劳九位数起步，少了免谈，太麻烦也不用讲了。”

傅饶有点跟不上小姑娘的思维，死的活的是什么意思，帮忙还能这么分？而且她张口就是九位数，亿为基数……虽然他家儿子很值钱，但也不是这么漫天要价的啊！

傅饶斟酌了一下，一字一顿地开口：“我想请你陪小衾去国外治疗，钱不是问题。”

“他还有救啊？不是绝症吗？”

他家儿子当然有救，只是他家儿子拒绝治疗。

“我没空。”国内还有一群人等着她收拾呢，怎么能为了傅衾放弃一群人呢？不划算，亏本生意不做。

“钱不是问题。”傅饶以为时笙在意钱。

“这不是钱的问题。”时笙正儿八经地回。

“那是什么问题？”在他儿子的事面前，什么事都不是事。

“人格问题。”

来人啊，把这小姑娘拖出去扔到海里，老子不聊了。一开始是你谈钱的，怎么下一秒又上升到人格问题了？

【连环任务四十二：陪傅衾出国。】

系统，你这任务发得当真随心所欲。

“其实也不是不可以。”时笙清了清嗓子，“十位数就谈。”

说好的人格呢？

十亿对傅家来说，也算挺贵了，但为了这命根子，傅饶不得不给，但是附加了一个条件——时笙必须说服傅衾动手术。这个手术必须患者心甘情愿，如果不是心甘情愿，动完手术，患者情绪不好，说不定会加快死亡。所以，他们才不敢强迫傅衾去做手术。

出国不是说出就出的，她这边的事还没处理好，而且傅衾也不是那么容易被说服的。但是时笙依旧忙碌起来，现在动不了北家和高家，可她不能什么都不做，她得安排好一些事。

“北枳，我有话和你说。”最近想逮时笙得趁她还没下课来守着，纪小鱼之前不知道，每次都扑了空，这次总算逮到了。

“没空。”时笙眼都没抬一下，绕过她就要走。

“北枳，是关于北泽的。”纪小鱼拉住时笙。

“我说了没空，OK？北泽和我一点关系都没有，放手，否则别怪我不客气。”时笙的眼神有些冷，看得纪小鱼心头直跳，不知怎么就松开了手。

时笙离开后纪小鱼才反应过来，连忙追上去：“北泽为了你被关起来，已经绝食两天了，你去看看他吧。”

“北先生和北太太不会让他死的，我去了也没用。纪小鱼，你再挡着我，信不信我把你从这里推下去。”她们此时站在楼梯处，纪小鱼挡在时笙面前。

四周听到时笙和纪小鱼对话的同学纷纷窃笑：“纪小鱼，北枳有事要忙，你没事拦着人家干什么，还不快让开，免得耽搁北枳的时间。”

“她当谁都和她一样悠闲，咱们这些人要学的东西，哪里是她这个暴发户能理解的。”

“哎哟还生气了，有钱了脾气也长了不少嘛！”

“北枳，你先走吧，我们给你拦着她。”有人将时笙和纪小鱼隔开。

“谢了。”时笙冲那几个人笑了笑，退后几步，从旁边绕了过去。

直到她这边安排好了，她才有心思去劝傅衾。显然傅家那边的人已经和他提过，她去找傅衾的时候，整个别墅的人都是战战兢兢的，不敢靠近傅衾的房间半步。简叔和一群保镖站在楼梯口，个个愁眉苦脸，看到时笙就像看到救星，二话不说将她带到傅衾的房间。

傅衾的房间一片漆黑，黑色的窗帘挡住外面的光线，唯一的光源，就是床上的笔记本电脑，上面放着一段无声的视频。傅衾坐在地上，微微仰头看着视频。他的神情是时笙从没见过的柔和。

时笙将门关上，放缓了脚步走近傅衾，笔记本上的视频也清晰地落入她的眼中。视频里是一个很可爱的孩子，五六岁的样子，被绑在一张椅子上，正哭得上气不接下气。另一边的椅子上还绑着一个女人，女人不断说着什么，似乎在安抚那孩子。

画面摇晃了一下，出现了一个男人的半截身子。看不到他的面容，但从女人愤怒和厌恶的表情可以看出他在说话。

啪！笔记本突然被人合上，房间陷入一片黑暗中。

唰——明亮的光线瞬间驱散了黑暗，傅衾机械地转头，表情死气沉沉的。

阳光处，少女逆光站着，突然闯入这个黑暗的世界，闯入他的世界。

傅衾从地上站起来，走向时笙，在距离她两步的地方站定，黑漆漆的眸子直勾勾地盯着她。时笙眉头微皱。这人想干什么？

傅衾慢慢地俯身，俊美的面容在时笙眼中慢慢地放大。他伸出手，慢慢地靠近时笙。时笙眉头越皱越深，已经在考虑要不要掀飞他。

傅衾的手在快要接近她的脸颊的时候，突然一转。唰！房间再次陷入黑暗。时笙感觉有东西朝着自己扑过来，本能地往旁边闪开，却不想旁边是床，她绊了一下，倒在柔软的床上，紧接着，一个重物就压在自己身上。

“傅衾！”找死，这蠢货。

傅衾没吭声，翻了个身，缩进她怀中，死死地抱着她的腰肢，像是极没有安全感。

把她当什么了！脸往哪儿搁呢？这没吃药也开始发病了？时笙试着掰开某个大少爷的爪子，奈何他力气非常大，时笙挣扎了好一会儿，都没把他的手掰开。反而因为扭动，两人的姿势越来越暧昧。

也不知道过了多久，傅衾略带嘶哑的声音响起：“出国，你会去吗？”

“会。”任务所在，她不能不去。

“手术的成功率只有百分之五十，也许我会死在手术台上……”傅衾顿了顿，“会很难看。”

你的关注点，只是死在手术台上会很难看吗？

时笙沉默了一会儿：“你觉得你现在活成这样，就不难看？”

傅衾又是一阵沉默。

安静的房间中只有两人交织的呼吸声。良久之后，傅衾慢慢地松开时笙，翻身下地，将窗帘拉开，温暖的阳光洒满整个房间。傅衾静立在阳光中，伸出手掌，迎着阳光，白皙的手指被光线穿透，呈现透明的质感。他蓦地转身，漆黑的眸子恍如染上金光，他一字一顿道：“我想活下去。”不为别的，只为他想看着面前这个女生。

时笙打开门就对上几双炯炯有神的眼睛，吓得往后退了一步。简叔和几个保镖也吓了一跳，纷纷用疑虑和担心的眼神往房间里面瞄。

“北小姐，您不会把我们少爷……”就地正法了吧？

时笙觉得这些人的眼神有些不对劲，但又说不上来哪里不对。她习惯地扯出恶劣的笑容：“我把他杀了，去里面收尸。”

保镖团和简叔觉得，这个玩笑一点也不好笑。他们都看到少爷在里面站着呢！

“北小姐，您不会是想不认账吧！”也不知哪个缺根筋的保镖说了一句。

时笙愣神地看向他：“什么不认账？”

那个保镖指了指她，又指了指里面，最后做了个大家都懂的手势。时笙满头“黑线”。这些人竟然以为她在里面对傅衾霸王硬上弓。拜托……时笙低头看了眼自己身上的衣裳，好吧，是挺让人误会的。

时笙面不改色地抚平了衣裳，内心却在咆哮。她是清白的！深吸几口气，时笙淡然地冲出重围离开。她还是不解释好了，越解释越麻烦。

时笙不知道，就是因为她的不解释，在简叔等人大着胆子问傅衾的时候，傅衾才默认了。默认了！所以，时笙真的成了“负心汉”。

即将办理护照的时候，时笙发现一件很重要的事，户口本不在！果然她还得先把北家给灭了再走吗？可是时间太紧，她来不及部署……除非她把北氏给炸了。

时笙权衡利弊，最后决定走普通路线。她先给傅家打了电话，确定他们的安排，这才开始部署。普通路线就是，把户口本偷出来。

拿到户口本，时笙还抽空趁火打劫了一把，不，是浑水摸鱼，将北氏推到风口浪尖，现在一些本不想打北氏主意的，也从观望的态度变成下手了。

墙倒众人推，现在不捞一把，再等下去，连残羹剩饭都没有了。

时笙这边只负责提供北氏的资料，也不对北氏动手，没有利益冲突，那些人自然更容易相信。

“老板，你这法子有些阴损。”职业总裁如是评价。

但他不得不承认，这法子非常有效。

一大块肥肉，天上的秃鹰谁不想啄一口？以前不下手，是因为肥肉旁边有一只雄狮，但是现在雄狮被引开了，秃鹰还不下去就是智障了。

“只要能达成目的，过程对我来说不重要，结果是想要的就可以了。”

职业总裁噎了下：“老板什么时候出国？”

“就这几天了，北氏你扫尾，高安朗那边盯着就行。”

交代完事情，时笙果真没过几天就出国了。

纪小鱼一直在找机会接近时笙，没想到时笙会出国。之前她在学校一直表现正常，完全没有出国的意思，怎么说出国就出国？

高安朗将纪小鱼叫过去的时候，纪小鱼还有些恍惚。

“纪小鱼，人呢？”高安朗身上的绷带还没有全拆，手臂和脚上还有。

“出国了。”纪小鱼嗫嚅道。

“出国？纪小鱼，我看从头到尾都是你在扯谎吧？”高安朗此时火气很大。

纪小鱼说他变成这样是因为北枳，所以他让纪小鱼去把北枳给骗过来。可是呢？这么多天过去，纪小鱼没把人带来，人家反而出国了。加上他找蒋娜娜，却被蒋家拿出来的视频给震慑到了，高安朗现在可是处于暴怒边缘。

“我没有，真的是她，蒋娜娜一回来就找的她，当时好多人都看到了。”纪小鱼急切地解释。

高安朗挥挥手：“不用说了，现在她都出国了，而且你也说，她和傅衾那家伙有关系。别说没证据，就是有证据，我也不一定能把她怎么样。”

纪小鱼一听这话就觉得不对劲，果然下一秒——

“既然找不到人，那么纪小鱼，就只好让你做我的出气筒了。”

站在旁边的人立即上前按住纪小鱼。

“高安朗，你想做什么？”

“做什么？”高安朗笑得非常狰狞，“当然是让你尝尝什么叫生不如死。”

“不要。”纪小鱼想起上次的事，脸色煞白，“安朗哥，不要这样，我什么都听你的。”

“就你这几分姿色，本少还看不上。”高安朗嗤笑，示意那些人继续。

纪小鱼被当着高安朗的面折腾了一番，还被人录了像。

“纪小鱼，以后随叫随到，知道吗？你要是敢反抗……这些视频就会被传到各大网站，一个小时就能让你红遍大江南北。”

高安朗威胁的话还在纪小鱼耳边回响，她不知道自己是怎么回到家里的。回去她就关在浴室洗了好几遍，身上都搓出血了，也没停下来。

纪父最近不归家，就算回来，也是一身酒气和女人的香水味，哪里有心思去关注纪小鱼。纪小鱼抱着身子蹲在浴室痛哭。为什么？为什么会这样？她不甘心……

三年后。

一个女子推着行李箱，站在人来人往的机场中，目光落在人群后方的一个青年身上。

“你没吃饭啊？”女子似乎有些不耐烦，吼了一声。

青年微微抬头，快走几步，站到女子面前，轻声道：“没有，早上你没给我准备早餐。”

女子嘴角抽搐，咬牙切齿道：“你还真把我当你的保姆了是吧？傅衾！”

傅衾摇头，非常认真地说：“我们已经订婚，你是我的未婚妻。”

时笙胃疼。她完全是被系统逼的！出国三年，她被系统逼着将连环任务刷到了九十九。而第九十九个任务就是和傅衾订婚。这任务没完没了，不知道后面会不会让她和傅衾生娃。

【宿主如果愿意，这个任务可以给宿主加上去。】许久没出现的系统立即刷了一把存在感。

滚！谁要和傅衾那个智障生娃。

“接我们的人呢？”时笙推着行李箱出了机场，看到外面车水马龙，唯独没看到那些先回国的保镖。

傅衾无辜地眨眼，天真无邪地提醒：“你没打电话啊。”

“我不是让你打了？”出发之前，她给他说了好几次！

“我不记得号码。”傅衾继续装无辜。

真是好样的，傅衾这个浑蛋！

机场打车不算太难，但是傅衾嫌这嫌那，司机太丑不上，车子太旧不上，味道不好闻不上，车上摆件不喜欢不上。

第十辆车。

时笙直接钻进车里，扔下一句话：“你爱上不上，不上就在这里待着。”

傅衾皱了皱眉，别扭了好一会儿，最终磨磨蹭蹭地上了车。

“御景学府。”时笙报了一个地名。

御景学府就是之前时笙买房的那个小区，她回来之前已经让公司的人打扫了，现在直接可以入住。

傅衾将箱子搬进家门，看了眼屋子，张口挑刺：“房子色调太暗，要换；

装饰低俗，换；地毯图案不喜欢，换；茶具难看……”

“傅衾，你再找碴儿，信不信我把你扔出去？”时笙威胁的声音从里面传来。

傅衾撇了撇嘴：“那我就将就一下。”

“不劳烦您老将就，我已经给管家发了信息，一会儿他们就来接你。”

和这人住了三年，她已经受够了。吃饭都要挑碗的人，谁伺候得来？

傅衾一听，立即把门关上，还很乖巧地把行李箱搬进卧室，将时笙的衣裳拿出来放进衣帽间，顺便把自己的衣裳也摆了进去。

时笙进卧室的时候，傅衾已经把床铺好了，正盘腿坐在上面玩游戏。她看了眼衣帽间，脸色一黑。这人还真打算在这里住下去啊！一会儿她绝对要把他打包送走。

时笙换了身衣裳，和傅衾说了一声：“我出去买东西。”

傅衾放下平板电脑，从床上滑下来，跟在时笙后面。

“你去干什么？”时笙皱眉，“在家等我回来。”

傅衾一声不吭，亦步亦趋地跟着，明显不打算听时笙的。时笙无奈地翻了个白眼，重新回卧室拿了一件外套：“穿上，外面变天了。”

傅衾乖乖穿上，和时笙一起出门去小区外面的超市。

“这个不要。

“这个不要。

“这个也不要。”

时笙嘴角直抽，所以这人跟着来超市，就是来挑刺的吧？

时笙把傅衾说不要的东西，一股脑扫进了购物车。你不要是吧？她偏要！

傅衾看着时笙的动作，趁她不注意的时候，把那些东西又给拿出去了，默默地把自己要的东西放进去。结账的时候，看到那一车陌生的东西，时笙恨恨地瞪了傅衾一眼。傅衾无辜眨眼。

收银员眼冒桃心地看着傅衾，她在这超市做了这么久，从来没见过这么好看的男生，是对面小区新搬来的住户吗？

“少女，别花痴了行吗？”时笙敲了敲收银台，转头又瞪了傅衾一眼，“红颜祸水。”

收银员不好意思地垂下头，扫码的时候速度特别慢，时不时瞄一眼傅衾。好不容易结完账，他俩又被一群小女生给围住，热情的样子吓得时笙一个人躲到旁边。三年不回国，小女生都这么疯狂了吗？

傅衾除了面对时笙时多说几句，平常依旧一言不发，所以对着那么多热情的小女生，他仗着身高优势，准确地找到时笙——然后求救。

“老婆，她们摸我。”

谁是你老婆？别乱叫好吗？时笙面无表情地转身离开。

本来已经看过去的小女生，见时笙转身离开，立即又兴奋地围着傅衾。

时笙在超市外面等了大约两分钟，傅衾就从里面出来了，身上的衣裳被扯得有些乱，好在脸上还是干干净净的，没有被非礼。他大步从时笙身边走过去，竟然还有脸生气。

傅衾先一步上楼，时笙没赶上，只能坐下一趟电梯。等电梯的时候，有个浓妆艳抹的姑娘从外面进来，站在她身边，正娇声娇气地讲电话：“王少这是说的什么话，人家哪儿能骗您。死鬼，就知道欺负人家，哎呀不要嘛，人家现在好累，想回家休息……王少，您就放过人家嘛。好好，晚上，晚上我一定过去。”

挂了电话，姑娘低骂了一声，扭头就看到站在旁边拎着不少东西的女子，一身休闲服，头发随意披着，戴着条银白色手链，没见过的款式，但是一看就知道不是仿品。

“北枳？”姑娘突然叫了一声，带着难以置信和浓烈恨意。

时笙微微偏头，打量了那姑娘几眼，扯着嘴角笑了下：“纪小鱼啊，好久不见，变化挺大的嘛！”

“你怎么在这里？”三年了，纪小鱼以为自己不会再见到北枳，没想到，竟然毫无预兆地在这里见到了。

“我来看看你啊。”时笙睁眼说瞎话，“好歹同学一场，不用太感动，谁让我这么善良。”

善良？她竟然敢说自己善良，纪小鱼要气疯了。

“谁稀罕你看。”纪小鱼低吼一声，眼神像是淬了毒。她是来看自己笑话的吧？她走了三年，自己就在泥泞中挣扎了三年。她凭什么看自己的笑话！

叮——电梯门打开，时笙拎着东西进去，按了楼层，才看向依旧愤怒的纪小鱼：“还真当我是来看你的啊？傻。”然后关上了电梯。

“北枳，你这个贱人。”纪小鱼突然反应过来，扑向电梯，但电梯已经关上了，她只看到时笙脸上讽刺的笑容。一如当年！在她以为自己春风得意的时候，北枳笑得那么讽刺。在北枳眼中，自己从始至终都是一个笑话。

时笙知道纪小鱼的一些动向，她走后不久，北泽就和她分手了。当时北氏企业岌岌可危，纪小鱼也没多挽留，两人就这么分开了。之后，纪小鱼考试失利，没能进入艾莉丝学院的大学部，只是上了一所普通大学。

得益于纪父中的那几千万，一开始纪小鱼在学校还受过不少追捧。纪小鱼也享受着这种感觉，开始频繁换男朋友，听说还流产过。但是没多久，不知道是谁在网上发了她的一些不雅照，又正值学校风纪检查严格的时期，纪小鱼被学校劝退。之后，纪小鱼就越来越堕落。

纪小鱼回到家，以往一片狼藉的家竟然收拾得干干净净，她还没诧异完，就听到一个温婉的女声响起："你是小鱼吧？站在门口干什么，快进来啊！"

纪小鱼抬头看去，站在她面前的是一个很年轻的女子，比她大不了多少，笑容温和。

"你是谁？"纪小鱼狐疑地打量了女子几眼。

"小鱼回来了？"纪父从房间里出来，脸上也带着笑。和三年前相比，纪父看上去年轻了不少，穿上西装，也有几分成功人士的味道。

"她是谁？"纪小鱼指着女子，冷声质问。

"这是白薇，爸爸的女朋友。小鱼，以后白薇就住在家里。"纪父笑呵呵地说，没注意到纪小鱼变得难看的脸色。

等他说完，纪小鱼一巴掌就甩了过去。白薇被打得一个趔趄，好死不死地正好扑到纪父怀中。纪父顿时怒喝："纪小鱼，你干什么？"

"我干什么？"纪小鱼冷笑，"年纪比我大不了多少，竟然还想当我后妈，也不看看自己什么德行，还想找个长期饭票？"

啪！

纪小鱼难以置信地看着纪父："你打我，你为了她打我？！"

纪父打完也有些后悔，但是一见纪小鱼那怨怒的眼神，心底的悔意就被压了下去。自从她妈过世，她就是这么一副表情，好像他欠了她。当初他在外地出差，怎么知道她妈在家出了事？

"大人的事，什么时候轮到你插嘴，给我回房间去。"纪父沉着脸呵斥一声。

"好啊，你们都欺负我，你就和她过去吧！"纪小鱼歇斯底里地吼了一声，转身就冲出了家门。

"小鱼……你干吗和孩子计较。"白薇有些不赞同道。

"她都二十了，哪里还是孩子，别管她。"纪父被纪小鱼气到了。

傅衾在自家保镖来接自己的时候，直接将人给撵了出去。这人自从发现时笙喜欢动粗，已经能轻松自如地避开时笙，免得正面冲突。

所以，时笙将傅衾打包回去的念头落空，反倒是简叔搬了不少东西进来，顺便把那条高加索犬也给弄了进来。长生这些年一直养在国内，却没有忘记自己的主人。本来不怎么宽敞的房子，这下更加拥挤。

时笙和傅衾还在念大学，回国了自然继续就读艾莉丝学院。时笙是在国外才知道傅衾是个学渣的，成绩一塌糊涂，所以给他补习成了家常便饭。

“今天的作业，做不完别吃饭。”时笙将练习册放到傅衾面前。

傅衾往练习册上觑了一眼，神色难看：“这么多。”

“多？要不再加一点？”

傅衾将练习册往身边一拉，继续抱怨道：“你这是体罚。”

时笙喝着茶，神色悠闲：“做错一道就下去跑一圈，做错两道跑四圈，三道跑九圈。”

傅衾神色更难看了，埋头写了起来。静谧的房间中，只有笔在纸上摩擦的声音。

傅衾低垂的脸上慢慢拉开一个笑容，眉眼间染上了笑意。

嗡嗡嗡……嗡嗡……时笙搁在桌上的手机突然振动起来。

傅衾抬头看了一眼，随后低头继续写题。

“喂……嗯……你过来说吧。”

时笙从屋里出去，也没关门，从傅衾的位置能轻易看到客厅。

大约半个小时有人上门，这个人傅衾见过，在国外的时候，他也和时笙见过几次面。不过他们说的都是公事，傅衾这才心安理得地写作业。

“公司现在的发展情况就是这样，您当初要求组建的黑客小队如今已初具规模，不过人数还是太少。”

当初这老板甩手出国，除了涉及大额资金的案子需要向她请示，其余事都是他做主。现在公司的人都以为他是老板，根本不知道他不过是个拿年薪的打工仔。

“高安朗怎么样了？”

听到时笙问话，职业总裁赶紧把自己的思绪拉回来：“高老爷子今年刚退下来，现在高家正是夺权的时期，各房争得你死我活的。高安朗身为长房三子，可没少被当成三房的把柄。”

高家也是大家族，长房是高老爷子的孩子，其余两房都是高老爷子的兄弟的，但是高家向来是能者居之。

二房涉政，不能行商，所以争夺最凶的还是大房和三房。

“现在高安朗在高家也不怎么好过，听说最近迷上了一个模特。”

“哈？男的女的？”时笙微微挑眉。当初她给高安朗吃了药，他在面对女人的时候是绝对不会有反应的，只有在面对男人的时候才会……

“男的。”

时笙沉吟了片刻：“给三房的人开点后门。”如果失去了高家做后台，要不了多久，高安朗就会被他自己作死。

职业总裁懂时笙说的是什么意思，立即着手去办。果然，没多久新闻上铺天盖地都是高家三房掌权的消息，大房只得到了一点干股和不动产。

三房和大房一直不和，只要等高老爷子挂了，三房的人立即会将大房赶尽杀绝。然而还不等三房的人动手，网上就爆了不少视频，其中最让人关注的，就是那段高安朗在荒郊野外赤裸着身子，被刻上“我是畜生”四个大字的视频。三房闻风而动，立即将多年来手上的把柄全扔了出去，势必要将高安朗往死里整。

时笙再次遇到北泽，是傅衾闹着要去看电影。

电影院门口。

北泽褪去少年的青涩稚嫩，已成长为一个顶天立地的男人。他站在那里就像一个发光体，惹得四周的女生低声尖叫。他不时看一下手表，脸上并没有露出不耐烦，可能觉得四周有些吵，他摸出手机打了一个电话，然后朝时笙这边走来。他猛地顿住。

四周恍如寂静无声，天地间只剩下他们三人。北泽神色略显复杂，很快露出一个释然的微笑：“小枳，你回来了？”

“嗯。”时笙点点头。

场面再次陷入尴尬的沉默。

北泽提议去旁边的咖啡厅坐一会儿。时笙无所谓，看了眼傅衾，傅衾不知道在想什么，低垂着头，时笙问他，他也只是心不在焉地点头。

北氏在时笙走后没多久就垮了，北氏垮后，北父生病住院，北母在那时候跑了，带走了他们的最后一笔钱。因无钱治病，北父没多久也去世了。北泽在那时接下北氏的烂摊子，承担了巨额债务。所有人都在看他的笑话，他却在三年后，让北氏起死回生，成了一个传奇。

外人不知道，时笙却知道为什么北泽能在这么短的时间让北氏起死回生。因为有林茵鼎力相助。林茵以死相逼，让林家给北氏注资，林家就这么一个女儿，以后继承人也只能是她。也是那时候，时笙放弃了对北泽下手。

之后蒋家也出了一份力，这个可能归功于蒋娜娜。那个时候，蒋娜娜只知道时笙出国了，并不知道她已经脱离了北家，所以蒋家帮的其实是时笙。时笙既然放弃了对北泽下手，自然也不会阻拦蒋家。

北泽似乎真的释然了，就连曾经喜欢她的事都说得坦坦荡荡：“小枳，以前的事，我替爸妈给你说一声对不起。”

时笙看了他一眼，扯着嘴角笑了一下，没有应声。原谅北父北母？她从来就没把他们放在心上，而且真正要原谅他们的，也不是她。

气氛有些尴尬，好在北泽的手机及时响了。

“我出去接你，有个人你应该想见见。”北泽说完就挂了电话，看向时笙，“茵茵到了，小枳，你要不要见见？”时笙微微点头。

林茵见到时笙果然很开心，拉着时笙说了好一会儿话。

“你现在如愿以偿了！开心吗？”时笙笑着问。

林茵的笑声戛然而止。她看着时笙，一字一顿道：“我用一生为赌注，换一个荆棘遍布的未来。那个时候只有你告诉我，想做就去做，就算输了，我也有办法让你重回起点。小枳……在所有人都让我不要胡闹的时候，只有你站在我身边，如果不是我先遇到北泽，或许真的会爱上你。”

“没关系，现在抛弃北泽投入我的怀抱也是可以的，我不嫌弃你曾经有过男人。”时笙自恋地张开手臂。

林茵扑哧一声笑了，然后猛地抱住时笙：“小枳，这辈子能遇到你，真好。”如果没有她，自己也许会妥协，不会坚定地站在北泽身边。

“你们两个，是要抛弃我们私奔吗？”北泽和傅衾从另一边过来，看到抱在一起的两人，嘴角一阵狠抽。

傅衾就简单多了，直接上前将林茵的手从时笙身上扒拉开，然后将时笙搂进自己怀中，彰显主权。

林茵偷笑着回到北泽身边，小声冲时笙道：“你和傅少还在一起，这才是让我意外的。”当初在学校，虽然那么多人祝福，但是真正看好他们的并不多。傅少是什么人啊？

傅衾瞪了林茵一眼，林茵赶紧捂嘴。

和林茵告别后，时笙带着傅衾去电影院。

“看什么？”时笙扫了一眼宣传牌，最近的电影也没什么好看的。

傅衾张口就来：“不看爱情，不看恐怖，不看科幻，不看悬疑……不看喜剧，不看悲剧。”他几乎将电影的所有类别说了一遍。

那你想看什么？人与人坦诚相见的学术指导？负距离交流心得？

时笙暗暗砸了不少钱，才让电影院的工作人员给她单独放了一场——动物世界。人类未进化前最原始的生活，旁边的人竟然看得挺有劲的。

回去的时候，他们给长生买了狗粮，这狗超能吃，她前几天买的狗粮，今天再看竟然没有了。

两人拎着狗粮回去，进电梯的时候，几个警察冲了进来。

什么情况？时笙关门的时候似乎看到了纪小鱼。她又将电梯门打开。果然没错，警察围着的就是纪小鱼。

第二天，时笙才知道纪小鱼杀了人，杀的是她的继母。昨天本来是纪父和白薇领证的日子，结果纪小鱼不知受了什么刺激，回家一看到满屋子的喜字，操着水果刀就给了白薇几刀。纪父没来得及拦住。讽刺的是，这件事还牵扯出了一个犯罪团伙。这个团伙专门找有钱人下手，先是诱骗对方和自己结婚，然后哄对方投资，说是绝对赚钱。等骗得差不多了，女子就跑了，继续骗下一个人。

白薇命大，没死，一刀都没刺中要害，但纪小鱼还是免不了要坐牢。纪父后悔不已，走关系砸钱，总算把纪小鱼弄了出来。

“小鱼，都是爸爸不对，爸爸不该相信那些女人。”纪父满脸歉意地看着纪小鱼。

纪小鱼剪了短发，看上去有些憔悴。她看了纪父一眼，舔了舔开裂的唇瓣：“你还有多少钱？”

“啊？”纪父愣了下，随后赶紧道，“还有两百万，这次为了把你捞出来，我花了不少钱……”

不等纪父说完，纪小鱼就朝他伸出手：“给我。”

纪父大约真觉得自己亏欠纪小鱼，忙不迭把银行卡给了她。纪小鱼拿着两百万失踪了，不管纪父怎么找都找不到，气得纪父差点没把房子给砸了。他身上没钱，做什么都变得拮据，过惯了奢侈的生活，纪父哪里受得了贫穷，他又想买彩票中奖了。

纪父把房子卖了，想着自己中了奖，再把房子买回来。然而这次没有时笙这个外挂，他怎么可能中。他把所有的钱都砸进去，也没中。

纪小鱼拿着钱去了另一座城市，她知道自己斗不过时笙，她要蛰伏起来。没多久，她又被高安朗盯上，高家大房为了保住股份，将高安朗给赶了出来。高安朗用视频威胁纪小鱼，让她把钱给他花，纪小鱼忌惮他手上的视频，不敢和高安朗撕破脸。但她一直在找机会，想要把视频拿回来。

有一次，高安朗喝醉后，纪小鱼大着胆子去偷视频，然而还没找到，高安朗突然醒了，抓着纪小鱼就是一顿暴打。纪小鱼反抗的时候，一刀杀了高安朗，连夜逃跑。她不敢去大城市，只能往偏远的小县城走，却不想在路上遇到了人贩子，被卖到了山里。

那座山村极其贫困，一个女人被好几个男人共用。纪小鱼被锁在一间屋子里，哪个男人有需求了，就来这间屋子。因为之前打过胎，伤了子宫，纪小鱼一直没怀上孩子。怀不上孩子，那些男人又转手把她卖了出去。她伺机逃跑，却失足摔下山崖，当场死亡。

北泽和林茵结婚的时候，时笙给林茵当了伴娘。林茵穿着洁白的婚纱，站在时笙面前，笑靥如花："小枳，好看吗？"

时笙斜睨着林茵，随后帅气一笑，声音像含着无限柔情："好看，你怎么都好看。"

林茵脸色微红，接着没好气地瞪时笙一眼："你和傅少什么时候结婚啊？"

"结婚啊？"时笙眨眼，"结什么婚啊，我现在恨不得把他甩了。"

这是要分手？

"婚礼开始了，走吧。"时笙站起来，将头纱给林茵戴上，感叹道，"时间真快啊，你都出嫁了。"

隔着头纱，林茵看不太真切时笙的表情，但从她的语气中听出了几分唏嘘。

"你也很快会结婚的。"林茵拍了拍时笙的手。

结婚？她拒绝和一个智障过一辈子。

然而在时笙回家的时候，就看到床上有两个红本本。时笙狐疑地拿起来看了一眼，顿时爹毛了："傅衾，你给老子解释一下，这是什么？"时笙冲到书房，将红本本扔到傅衾面前。

"结婚证。"傅衾指着红本本上的字，字正腔圆地念道。

我当然知道是结婚证。

"我问你这结婚证是怎么来的？"现在民政局支持单方面结婚？

"有人。"傅衾扔给时笙两个字。

时笙气哼哼地走了。有人是吧？说得跟她没人似的。

第二天，时笙就把俩绿本本扔到傅衾面前，用铁剑指着傅衾的脑门："你再敢擅作主张，我就砍死你。"

傅衾看了绿本本一眼，又看了看时笙手中的铁剑，在长生嗷呜嗷呜害怕的叫声中，点头表示知道。

时笙将身份证这类东西全部收了起来。她就不信，这人还能给她办一本回来。事实证明，傅衾还真有办法，没多久时笙又看到了那红本本。时笙当天把傅衾揍了一顿，但是傅衾死不悔改，时笙离一次，他就结一次。民政局都快被他们两个玩坏了。最后，民政局拒绝他们再走后门，这事才算消停。

然而……民政局拒绝的时候，时笙和傅衾是结婚状态。时笙看着那一沓红绿本本，把长生狠狠收拾了一顿。

毕业后，时笙直接收拾东西滚蛋。惹不起，她滚可以了吧？可是！他怎么阴魂不散啊？

两人在一追一跑中，几乎将整个世界地图都跑遍了。最可怕的一次是，傅衾被一群土著给抓住，时笙被迫返回去救他。时笙拽着铁剑，把几个人给砍了，那群土著立即把他们的食物供奉给了时笙。别问为什么用“供奉”两个字，因为她看到他们之前供奉天地的姿势，和他们把食物送过来的时候一模一样。

自那次后，时笙就不怎么跑了，整天遛遛狗，再遛遛傅衾，日子过得还算可以。傅衾大约知道时笙抵触，除了躺一张床上，并不会对她做什么。

时笙比较好奇的是，这人要是有感觉了怎么办？用手吗？

有一次被时笙撞到，傅衾表情无辜地看着她：“老婆，你都把我憋坏了。”

时笙满头黑线地把厕所门关上了。

之后好几次，傅衾都有意无意让时笙看见。时笙拿铁剑威胁他，再乱来，就让他滚出去，傅衾才消停。两人最后领养了一个孩子，她的公司需要继承人，傅家也需要继承人。傅饶对于这个孩子不是他们亲生的还有些怨念，但发现那孩子不仅聪明，还比傅衾好玩之后，就没有怨念了，直接将孩子抱回去养。

连环任务一直在进行，到了时笙离开的时候，已经累计到九百九十九。时笙在这个世界活得比较长，直到孙子结婚后才去世，傅衾在时笙离世后也跟着离世。

回到系统空间，时笙深吸一口气，果然还是自己的身体舒服啊。

【宿主是否查看后续？】

时笙坐到屏幕前，没好气地在上面拍了几巴掌：“有什么好看的，该知道的都知道了。”

【……】它一点也不想和宿主说话。

【宿主是否需要进行记忆疏导？】

“什么记忆疏导？”时笙在屏幕上戳来戳去。

【宿主经历过这么多世界，记忆太多，容易混乱，记忆疏导会将宿主之前几个位面的记忆都封存。】

“哦，懂了，就是抹除记忆吧。”

【可以这么理解。】

“不用了，我健忘。”

这宿主果然不能够用常理来看待。

它可没看出她哪里健忘。

一个人真的可以处理那么多记忆吗？

时笙继续戳屏幕：“我问你件事呗。”

系统像是知道时笙要问什么，在屏幕上刷出资料，挡住她的话。

姓名：时笙

人品值：−112000

生命值：25

积分：12500

任务等级：F

任务评分：90

隐藏任务：完成

隐藏任务奖励：积分2000

道具栏：女王的皇冠

时笙看着继续往下沉的人品值，心情无比复杂。又负了2000。她都懒得问那是怎么来的，反正问了也是负的。

“我能选择位面吗？”时笙戳屏幕戳上瘾了，“别人家的系统不都可以选位面吗？”

【因为那是别人家的系统。】

【是否进入下个位面？】

【传送开始……】

北泽番外

从我记事起，身后就跟着一条小尾巴。她叫北枳，我的妹妹。她看上去总是怯生生的，爸妈不在的时候，她才会上前，软软糯糯地叫我哥哥。

那个时候，我不知道为什么大家都不喜欢她，明明她那么可爱。我也不明白，为什么爸妈不喜欢我和她玩儿。为了不让爸妈生气，我只能偷偷找她，给她带好吃的。每次看到她露出甜甜的笑容，我就觉得没有什么比她的笑容更好了。我看着她从一个小团子长成一个小女孩。

她的生活很单调，上学，放学，回家，然后闭门不出，就连吃饭，也是用人送到她的房间。

后来爸妈越来越忙，我不用担心爸妈不高兴，到房间陪她吃饭。可是有一次被妈妈撞见了，那次妈妈发了很大的脾气，还将她关了禁闭。从那之后，她似乎有些害怕和我接触。我试了很多办法，才让她慢慢地再次接受我，我很小心，确定爸妈不会回来后，才会去找她。

我十三岁那年，听到了爸妈的谈话。他们说要送走她，因为她不是他们的孩子。我很害怕，害怕她会被送走，这样我就再也见不到她了。

我知道，爸妈要送走她，是因为我。因为我对她的关注太多了。那天晚上，我反反复复想了很多。我想，我是喜欢上她了，不是哥哥对妹妹的喜欢。可是，还不等我理清那些复杂的感情，北枳就走了。不是爸妈送她走的，是她自己要求走的。从那以后，我就很少见到她。我每次找她，她要么避而不见，要么极其敷衍。我很难受，不知道怎么了，但是不敢多说什么，只能顺着她。

我知道她每次回来都避着我，所以我也刻意躲着。我知道她不喜欢爸妈，所以她回来见过爸妈后，我就会找借口把爸妈叫出去。

我知道……

直到她转回艾莉丝学院。

我知道这个消息的时候，心底无比雀跃，那个时候我已经明白了很多事。比如爸妈为什么不喜欢她，比如为什么我接近她，爸妈就会越发讨厌她。所以那个时候，我也只能压着心底的雀跃。

我现在还记得她回到北家的那天。她安静地站在藤蔓下，微风吹动她的墨发，垂落的藤蔓犹如帷幕，在她身后铺出唯美的画卷。和记忆中的少女一样，那么完美。

我很想过去和她说话，可是我知道不能，会吓到她，会让爸妈再次将她送走。我还不够强大，不足以保护她，所以我不能靠近她。

我以为我有足够的时间成长，成长到能够保护她。可惜我错了。她身边出现了一个人，那个人叫傅衾。我和傅衾的交集不多，只知道他是傅家唯一的继承人，但是脾气很怪。看到她和傅衾走在一起，我心如刀割，却只能默默地看着。

看着她，一步一步地走向别人。我有时候在想，为什么我是北家的孩子？如果我不是，就不用顾忌这么多，只需要站在她面前，大声告诉她，我喜欢她。可是，我连这个都做不到。

少阳山下暴雨那天，我被困在山上，是因为担心她，才不顾纪小鱼的阻拦，执意下山。结果因为路滑和天黑，反而伤了自己。

知道她和傅衾在楼上，还从纪小鱼口中知道是她将傅衾救回来的，我承认，那个时候，我是嫉妒的。他们才认识几天，她肯舍命救傅衾？

然而，没多久她就出国了。她出国的那段时间，是我最灰暗的时期。北氏遭遇重创，四面临敌。那个时候，有个女生义无反顾地站在我身边。我记得她，是因为她经常出现在北枳身边。她叫林茵。可我不需要她，所以百般刁难她。她咬牙坚持了下来，不管我做什么，她都默默忍受着。她陪我走过最艰辛的路，陪我看过最残酷的人心，陪我吃过最难吃的饭菜，陪我被人拳脚相加……我人生中最狼狈的场面，她都参与过。

我知道她为了我，对林家以死相逼，心疼大过震撼。那个时候，我想，我该放下北枳了。我生命中，出现了我该守护的女孩。我在林家发了毒誓，以五年为期，必定风光地迎娶林茵。林氏给了我资金，给了我再次站起来的资本。这一切，都是因为她，林茵。

我没想到三年后会再次见到北枳，我以为我们这辈子都不会再相见。她和三年前比几乎没什么变化，站在傅衾身边，两人非常相配。那一瞬间，我忽然就释然了。她过得好，我还有什么可担心的?

一个人的心是不可能装下两个人的。我现在爱的是林茵，那个给予我重生机会的女孩。所以曾经对北枳的喜欢，我只能将之放到心底，封存起来，或许到死的时候，它才有重见光明的机会。

曾经，我也喜欢过北枳。然而林茵在新婚夜告诉我，当初她能义无反顾地站在我身边，是因为北枳告诉过她，想做就去做，就算输了，也有办法让她重回起点。林茵说：我信她，所以，我把所有赌注都押在了你身上。

我不知道该说什么。原来我所有的一切，都是北枳给予的。

没有她的那句话，林茵会因为家里的压力放弃我。

没有她的那句话，林茵不会以死相逼，让林氏帮我。

没有她的那句话，我不会娶到林茵，不会拥有爱我超过我爱她数倍的妻子。

后来我知道她的消息，都是从林茵口中。林茵似乎特别爱提她，每次提她的时候，比见到我还兴奋。每次都弄得我哭笑不得。我真怀疑，当初那个信誓旦旦说喜欢我的姑娘，到底是不是林茵。怎么看，她都像是为了北枳才嫁给我。说真的，有时候我竟然有些嫉妒，即便她们几年不见，北枳都待她如初。

北枳，谢谢你。谢谢你曾在我的世界留下浓重的一笔。在我喜欢你的时候，没有勇气去追逐，那是我最遗憾的事。

——北泽

第十四章　全服公敌（上）

【世界】花语锦绣：清西你是不是有病，城战这种事你也敢乱说。

时笙一睁眼，就几乎被电脑上的加粗闪光字体闪瞎了眼。

游戏？她瞄了下屏幕上的人物，头上顶着的可不就是“清西”两个字。

这是一篇网游文。

【世界】月下飘雪：内讧啊！真是活该，输了城战，还在世界上叫嚣。

【世界】天蓝：月下的，不要挑事，这事和你们没关系。还有锦绣，老大让你下世界。

【世界】月下吟风：城战输了就输了，输不起打什么城战？没想到你们醉花间是这样的醉花间。

【世界】我就看看戏：什么情况这是？

【世界】翠花上酸菜：世界又开始混战，强势围观。

【世界】秋霜：刚上线，看到醉花间竟然输了城战，有毒啊！

【世界】花语锦绣：她都敢做，还不让人说了？

【世界】叫我奸商：收天玄晶，有的MMMMM。

【世界】现场直播：喀喀，大家好，现在由我给大家直播。今晚八点城战，醉花间失去了洛阳城的驻守权，据说是因为有人泄露了他们的部署消息，欲知后事如何，请关注本频道实时报道。

【世界】风行天下：清西别装死，说话。

【世界】握草：奸商这个时候还这么尽职，不愧是奸商。

【私聊】木铃铛：清西姐，你快说话啊！他们都说是你出卖了醉花间，我相信你，肯定不是你做的，你快和他们解释。

【私聊】天蓝：清西，到底怎么回事，你快上YY说清楚。

时笙一连点了十几次，都是私聊，要么是骂她的，要么是质问怎么回事的，也有像木铃铛那样相信她的。

时笙摸着下巴看了一会儿，有点愣神。

还是先接收剧情要紧，她看了眼四周，很温馨的房间，确定安全后才开始接收剧情。

女主角桑榆。

开头和其他网游文一样，女主角的情缘对象出轨，女主角被诬蔑被抛弃，感觉整个人生都灰暗了。关键时刻，男主角站了出来，强势娶了女主角。然后两人一起打怪升级，看星星看月亮谈人生，打架征战全服，接着是玩家见面，走向现实，最后理所当然地在一起了。

本是一篇宠文，可女主角最后被男主角宠得有些不知天高地厚。

在一次城战中，明明是她轻信了别人无意间泄露的消息，结果却是楚云西给她背了黑锅。没错，楚云西就是这次身体的主人，十八岁，刚上大学。

女主角没来之前，楚云西一直是大神队伍里的常驻人口，还算受欢迎。女主角来了，女配角就该退位了，各种作死，只能被女主角压着打。因为她一直和女主角有矛盾，那次城战泄露消息的嫌疑，在女主角的沉默和其他人的猜测中，就这么诡异地落到了楚云西身上。不管楚云西怎么解释都没用，所有人都认定是她泄露了消息。

这事的后果就是，楚云西遭到男主角的追杀、各种人的谩骂，大家将她撵出了游戏。楚云西有心脏病，这件事导致了她的死亡。死得也挺冤枉。

原主只有一个遗愿——不死。只要不死，其他的任由时笙怎么做，这任务比前面的都简单啊！

她怎么也得把日常任务——拆CP做了。

醉花间是男主角领导的帮派。

现在这个时间点，已经到了城战阶段，所有人都觉得泄露消息的人是楚云西。

这款游戏叫《神魔大陆》，是现在最流行的一款网游，因为制作精良，画风精美，受到不少好评。游戏里一共六个种族，人、神、佛、妖、魔、鬼。又因男女之分，所以角色一共有十二种。

清西练的是神族，白衣飘飘，女神范十足。

时笙动了动手指，在键盘上噼里啪啦敲下一句话。

【世界】清西：说得那么义正词严，上证据啊！

世界安静了三秒。

【世界】握草：主角出现了，快看。

【世界】我就看看戏：看清西妹子这口气，有恃无恐。

【世界】木铃铛：清西姐，我相信你。

【世界】现场直播：我在桃花源看到了清西，有大帮醉花间的人过来了。

【世界】你咋不上天：这是要兴师问罪还是屈打成招？清西妹子说得没错，上证据才是正经的。

【世界】隆中对：上证据+1。

【世界】青梅祖玛：+10086。

时笙关了世界，看着远处一群人气势汹汹地朝自己围过来，领头的就是时笙在这个世界第一眼见到的ID，花语锦绣。

花语锦绣是人族，女。

【附近】花语锦绣：清西，你为什么要出卖我们？

她一上来就质问。

【附近】清西：证据呢？没证据你瞎说什么玩意？

当初所有人都说原主出卖醉花间，却没一个人拿出证据。

当然这肯定是因为他们没证据，除非PS一个出来。

【附近】花语锦绣：清西，你说话不要这么冲。

【附近】清西：你对我什么态度，我就对你什么态度。难不成还要老子跪舔你？小姑娘，现在还是晚上，别白日做梦好吗？

【附近】木木小妖：之前我还不相信是你做的，现在看来真的是你。

下面又是几个人附和。

时笙懒得看，摸索了一会儿，点出帮派名，麻溜地退出。

系统公告：天下无不散的宴席，高手清西退出醉花间，从此江湖再见，皆是陌路。

排行榜前十名的玩家动态都会发出公告，清西这个号正好在第十名。

系统公告：玩家离索对清西发起1000金悬赏令，时限二十四小时。

时笙盯着那个名字，一阵无语。

这就是男主角。

连个解释的机会都不给，直接开杀了！

系统公告：玩家花语锦绣对清西发起500金悬赏令，时限二十四小时。

系统一连刷了五六个悬赏令。

时笙立即摸出回城符，麻溜地开了个副本。

悬赏令这玩意，除了副本，其余地方都是可以杀的。时笙心安理得地开始摸索游戏里的角色技能，又逛了一圈论坛，熟悉完角色才退出去。

刚出副本，她就被几个人看到，对方二话不说扔了几个技能过来。那几个人等级都没有时笙的等级高，而且不是一伙的，时笙很快就把他们解决了。

时笙来到一个无人的地图，点开充值界面。游戏用的金币和人民币是1：1的比例。刚才那几条悬赏，加起来就有大几千，为了杀她，男主角大人也是挺舍得的。

原主家境不错，且应该是很富裕，于是时笙放心大胆地充值，然后立即拉开悬赏界面，噼里啪啦就把刚才那些悬赏自己的人给悬赏了一遍。

系统公告：玩家清西对离索发起1金悬赏令，时限十分钟。

系统公告：玩家清西对离索发起1金悬赏令，时限十分钟。

系统公告：玩家清西对花语锦绣发起1金悬赏令，时限十分钟。

【世界】我就看看戏：大神竟然只值一个金币，好廉价的感觉。

【世界】叫我奸商：收天玄晶，有的MMMMM。

【世界】狗不理包子：清西这是在玩儿什么？谁会去接这个悬赏令啊？

【世界】枝蔓妖娆：智障，看不出来她是在羞辱大神吗？坐等清西被轮。

【世界】花语锦绣：100金，求清西坐标。

系统公告：玩家清西对花语锦绣发起500铜悬赏令，时限十分钟。

【世界】哈利雅鹿：噗，忽然觉得这妹子有点萌，怎么办？

【世界】清西：我不萌，请夸我帅。坐标路华山310、78。来啊，坐等，记得把100金给我。

【世界】花语锦绣：清西，你给我等着。

【世界】天蓝：清西，这事真的是你做的吗？

【世界】天蓝：清西回答我！

时笙关了世界，继续刷着悬赏令。

系统公告：玩家桑榆未晚对清西发起2000金悬赏令，时限一个小时。

哎哟我去，女主角都出来了。

时笙停止了刷悬赏令，麻溜地戳了木铃铛。

【私聊】清西：小铃铛，来回雪村。

【私聊】木铃铛：清西姐？去新手村做什么？你不是在路华山吗？我正在往那边赶呢。

【私聊】清西：……

她随便说的而已，这妹子还真信啊！谁那么傻，会自己报自己坐标啊！

【私聊】清西：我在回雪村，你过来，杀我。

【私聊】木铃铛：啊？为什么要杀清西姐啊？清西姐你放心，我永远站在你这边，我才不信他们说的，你肯定是清白的。

【私聊】清西：桑榆未晚悬赏我2000金，你去把悬赏都接了，一会儿赏金我们五五分。

【私聊】木铃铛：清西姐……这钱你也赚啊？

【私聊】清西：送上门的钱怎么能不要呢？对吧，赶紧过来。

花语锦绣到了时笙说的地方却没看到人，便在世界上谩骂，一连串的消息却被刷了出来。

系统公告：玩家清西被木铃铛击杀，获得赏金2000。

系统公告：玩家清西被木铃铛击杀，获得赏金1000。

【喇叭】离索：醉花间的成员，见清西一次杀一次。

喇叭和世界不同，是屏蔽不了的，而且还是加特效会发光的，时笙想不看到都难。这待遇，搞得她抢了他媳妇似的。

木铃铛也看到了，顿时紧张地戳时笙。

【私聊】木铃铛：清西姐，怎么办啊？

【私聊】清西：别怕，姐罩你。

【私聊】木铃铛：嗯，我相信清西姐姐。

这妹子是有多盲目崇拜？

和木铃铛分完“赃”，时笙就把木铃铛给赶下线了，然后用钱去买了张改名卡。这玩意有点贵，2000金币一张。买了之后，之前“分赃”得来的钱也没剩多少，时笙直接把钱拿去刷了悬赏令。

刷完之后她把好友栏清理了一遍，只留了木铃铛一个人。然后她使用了改名卡，于是有人发现，搜索清西的时候，出现的竟然是查无此人。

【世界】白云朵朵：清西删号了？怎么搜不到了？

【世界】月下飘雪：这就删号了？没意思，还想看他们相爱相杀呢。

【世界】风行天下：找死是不是。

【世界】月下飘雪：风行哥哥你好凶啊！人家这么娇弱，你怎么可以这么对人家，人家不依啦！

【世界】月下海棠：飘雪……别疯了，快回家吃药。

【世界】风行天下：死人妖，恶心不恶心。

【世界】月下飘雪：风行哥哥怎么可以说人家恶心，人家全身心装的都是你。

【世界】月下独酌：……

【世界】月下海棠：……

【世界】我就看看戏：……

【世界】风吹裤裆屁屁痒：飘雪又没吃药？

月下飘雪最喜欢做的就是说话恶心风行天下，也不知道这两人有什么仇。

【世界】翠花上酸菜：你们“歪楼”了，不是在说清西不见了吗？是删号了还是改名了？

【世界】我就看看戏：有清西好友的，看看她是不是改名了啊！

【世界】现场直播：根据本台最新消息，清西将所有好友都删除了。

【世界】叫我奸商：目测改名了。

【世界】风吹裤裆屁屁痒：奸商有什么消息，说来听听。

【世界】叫我奸商：20金不二价。

【世界】握草：奸商，你怎么不钻钱眼去呢？

【世界】叫我奸商：已经钻了。

一群人谩骂奸商，再次“歪楼”。

最后是醉花间的人买了奸商的消息。奸商在新手村做任务，目睹了时笙和木铃铛见不得人的交易，之后就看到时笙头顶的名字变了。

变成了什么？100金，不二价。

醉花间的人咬牙给了奸商100金。奸商其实已经便宜他们了，商城有改名卡，自然也有可以查看历史用名的道具，那玩意可是要卖200金。醉花间的人也知道，所以才没有和奸商还价。

时笙改名只是为了让自己舒坦一点，没有要避着这些人的意思，一点也不怕他们查出自己现在的名字。

时笙被堵在了新手村。一群顶着醉花间头衔的人将她围住，一人一句在附近的公屏上刷得非常热情。

【附近】稻花香：清西你以为改了名字就能把这件事揭过吗？

【附近】孤凉：清西你说话，别装死，你为什么要出卖我们？

【附近】花语锦绣：还能为什么，不就是看到嫂子和帮主在一起，她嫉妒呗。

花语锦绣这话说得酸溜溜的。

以前桑榆未晚没进帮的时候，清西是大神的固定队友，后来桑榆未晚进了帮，清西就被挤掉了。

不管这群人怎么说，时笙都没反应。

【附近】花语锦绣：清西别说我们没给你解释的机会，你自己不解释，把她定住，轮白她。

一直没反应的人物，在花语锦绣这句话落下的时候，突然动了。她把一个技能朝花语锦绣扔了过去，接着一个跳跃，不见了。在他们转着地图到处看的时候，时笙突然出现在他们中间，大招不要钱似的往外扔。

【附近】路人甲：一个人干这么多人？还都是大招，这里有bug(漏洞)。

时笙的大招是连贯的，最多间隔一两秒。而且血量一直没怎么降，就算降了，也会快速回满。

【世界】现场直播：本台最新消息，清西在新手村单挑醉花间。

【世界】翠花上酸菜：单挑？你逗我呢？清西的号不都是工作室练上去的吗？她能单挑醉花间的人？

【世界】秋霜：哪个新手村啊？

【世界】叫我奸商：想知道吗？5金给坐标。

【世界】现场直播：好的，现在醉花间的人已经躺了一半，清西还在放大招……我觉得有bug。

【世界】白云朵朵：GM出来解释，为什么清西能一直放大招，是不是bug？

【系统】GM66：没有bug。

【世界】风行天下：没有bug她能一直放大招？

【喇叭】神壕：没看到商城有一种道具叫无敌吗？

世界安静了一会儿，很快就有人刷了出来。

【世界】握草：现在只想用我的马甲来表示心情。无敌，紫级道具，10000金一个，时效十分钟，可消除大招CD，三个月内只能使用一次。

【世界】风吹裤裆屁屁痒：我只想用楼上表达我的心情，一万块啊！就十分钟！十分钟！

【世界】酱油是我：你们没有注意到神壕哥出现了吗？

【世界】握草：神壕哥抱大腿。

【世界】安静的美少女：神壕哥哥腿部缺挂件吗？人美声甜长腿有奶的那种。

【世界】月下飘雪：现在求个包养套路都这么深，独酌，你快带我回火星。

【世界】月下独酌：你的风行哥哥还等着你，别叫我。

【世界】神壕：飘雪来紫禁之巅。

【世界】小猪猪：神壕哥，合影。

【世界】月下飘雪：干什么神壕哥，人家不卖身的。

【世界】神壕：带你飞。

【世界】十里笙歌：醉花间的，欢迎随时随地悬赏我，今天不陪你们玩了。另外请认准门牌号，不要找错人。

【世界】现场直播：现在公布清西单挑醉花间结果，清西胜，哦，不对，现在是十里笙歌。是的，没错，清西改名叫十里笙歌，就是我楼上那位。

【世界】花语锦绣：清西你仗着有道具算什么英雄，有本事单打独斗啊！

【世界】十里笙歌：有钱任性，我不是英雄，请叫我小人。

傻子才去单打独斗，浑水摸鱼才是最佳选择。

时笙花一万块买了个道具，把这些人收拾了一遍，心底还是很痛快的。不过这道具三个月内只能用一次，不然她还想直接杀到醉花间的帮派驻地去。

【世界】花语锦绣：清西你这个贱人。

系统公告：玩家十里笙歌对花语锦绣发起50金悬赏令，时限三个小时。

【世界】我就看看戏：一言不合就发悬赏，果真是有钱任性，不过花语锦绣的身价竟然比离索大神还高。

【世界】哈利雅鹿：讲真，我越来越觉得清西萌了，只有我一个人这么觉得吗？

【世界】月下飘雪：哈利你不是一个人，人家也觉得清西萌哈哈哈哈。

【世界】神壕：报月下飘雪坐标，200金。

【世界】月下吟风：路华山29、345。

【世界】月下飘雪：你们怎么可以出卖我？壕哥我们不约，独酌救我。

时笙关掉世界，将这个号里里外外地查了一遍。

68级，还差两级满级。现在游戏里的最高等级只更新到70级，排行榜前六名已经满级，她得赶紧把级练上去。

时笙又把几个排行榜翻了翻，大神榜是离索第一，富豪榜是叫我奸商第一。女主角也在富豪榜上，排名第六，看来女主角家里还是蛮有钱的，但她的钱都是自己在游戏中赚的。几个生活技能榜，女主角承包了一大半。难怪对方财大气粗地拿2000金来悬赏她。啧啧……

现在离索和桑榆未晚应该在一起了，离索被她侮辱，桑榆未晚看不下去，或是怕清西说出什么来，所以先下手为强。

时笙撑着下巴看着屏幕。既然是网游位面，那么钱肯定是在游戏里赚更有趣。

等时笙思索完，突然发现自己的屏幕是黑白的，人物也倒在地上。时笙骂了一声，赶紧点了复活。然而她刚站起来，屏幕又是一黑。

哪个人躲着偷袭老子？她看了一圈四周，没看到什么人，又看了眼仇人榜，并没有提示。

时笙郁闷了，再次点了复活。屏幕再次暗了下去。时笙气得差点摔鼠标。

《神魔大陆》的游戏角色里，只有一个种族杀人是不会显示的——鬼族。但是这个种族皮脆，基本戳一下就死，很少有人玩儿，就算有也都是练的小号，因为有的时候过副本需要鬼族的特殊技能，隐杀。

她现在看不到对方，仇杀榜又没有显示，证明偷袭她的是鬼族的人。时笙也不急着起来，结果三分钟后，她就被人强行复活了，然后再次倒下。

复活有三种方式，一种是死回复活点，一种是靠“奶妈”角色复活，还有一种就是强行复活。

强行复活需要复活丹，这玩意在商城一枚卖50金，普通人是用不起的。能这么大手笔的，只有男主角和女主角。而剧情中，男主角那边正好有一个玩鬼族大号的手下。

很好!

这男女主角崩得简直太不要脸了。

时笙在对方第二次强行复活自己之前，自行用复活丹复活，然后跳到后面，直接发动群攻大招。神族的群攻是出了名的范围大、伤害值高。鬼族就算有隐杀技能，避不开我方攻击的话，也只能被逼得显形。果然，在她右前方出现了一个人，和她知道的那个鬼族ID相同——风行天下。

【世界】十里笙歌：月下飘雪，风行天下坐标，落回谷66、79。

【世界】月下飘雪：风行哥哥你等人家，人家马上就来疼爱你。清西妹子坚持住，人家带人来支援你。

【世界】月下飘雪：在线的，跟本宫去征服风行哥哥。

风行天下哪里想得到，时笙会在世界喊话。他看到月下飘雪在世界上叫人，整个人都不好了。那个人妖，他一点也不想对上。

月下飘雪用了定位符，RMB道具，直接传送到了风行天下附近。时笙只看到一个穿得华丽非凡的妹子突然出现，然后直扑风行天下而去。时笙手疾眼快地给风行天下扔了个定身咒，月下飘雪扑过去，风行天下的头顶就不断减血。

月下飘雪把风行天下放倒，顺便鞭尸，后到的月下独酌和月下风吟站在时笙旁边，一人一句聊起来。

【附近】月下风吟：独酌，我怎么觉得飘雪今天特别威猛，一个人就把风行放倒了，是我的错觉吗?

【附近】月下独酌：清西给风行扔了定身咒。飘雪要能一个人上了风行，那才是真的要飘雪了。

【附近】月下风吟：咦，原来清西操作这么好，外面怎么说她操作不行？今天上号的是代练吧？

【附近】月下独酌：你说的这个可能性不是没有，今天她的画风和往常有些不对。

【附近】十里笙歌：你们当着我的面，难道不应该含蓄一点吗？

当她是死的吗？

以月下开头的玩家一共四个人，月下海棠、月下独酌、月下风吟、月下飘雪，据说这四个娃是一个宿舍的。月下飘雪是女号，所以被称为人妖。这四个人可谓本服的四大祸害，惹是生非绝对少不了他们。就拿之前的事来说，明明和他们一毛钱关系都没有，他们也能在里面插上一脚。

【附近】月下风吟：清西姑娘，我看你骨骼清奇，有没有兴趣加入我们帮派啊？

【附近】十里笙歌：就你们那四个人的帮派，容得下我这尊大佛？

【附近】月下独酌：……

【附近】月下风吟：……

以前他们觉得老大已经够自恋，没想到这里还有个更自恋的。

月下飘雪已经鞭完尸，几步跑过来。

【附近】月下飘雪：快走快走，一会儿风行哥哥叫人来了就跑不掉了。

然后，时笙面前就跳出一个邀请。

月下飘雪邀请您加入队伍亡命天涯，是否同意。

亡命天涯……时笙默默地点了同意。

【队伍】月下独酌：我点跟随了。

【队伍】月下风吟：我也点跟随了，飘雪，事儿是你惹的，队长也是你，你跑啊。

【队伍】月下飘雪：我不跑，刚才和风行哥哥颠鸾倒凤没精力了。

然后，队伍突然就解散了。

【附近】十里笙歌：……

月下独酌邀请您加入队伍逃命小分队，是否同意。

时笙点了同意，结果下一秒队长就落到了她头上。

【队伍】月下独酌：笙歌姑娘，麻烦你跑了。

【队伍】月下飘雪：让一个小姑娘带你们跑，好不好意思。

【队伍】月下风吟：那你点什么跟随？当我们眼瞎啊！

【队伍】月下飘雪：当我什么都没说。

时笙无语地带着他们出了落回谷，往60—70级的地图跑。

风行天下叫了人，满世界求他们的坐标。时笙非常贴心地在世界上更新她的坐标。这次的坐标是真的，不过等他们追来的时候，时笙已经跑了，气得风行天下一行人在世界上大骂。

【队伍】月下飘雪：原来还有这种遛法。

月下飘雪不断感叹，今天算是长见识了。

【队伍】十里笙歌：今天就玩到这儿，我下了。

【队伍】月下飘雪：等等，妹子加个好友啊，我感觉我和你是失散多年的姐妹。

时笙满头“黑线”地加了三个人好友，然后下线。

时笙第二天上线，就看到爆满的系统邮件，还都是“您被玩家悬赏……”这种格式。时笙一键删除后，摆弄了下自己的号，今天的任务是升级。

【私聊】月下飘雪：笙歌上了。

【私聊】十里笙歌：干什么？有事说事，没事赶紧退下。

【私聊】月下飘雪：不要这么生疏啊，我们可是一起亡命天涯的小伙伴。

【私聊】十里笙歌：说人话。

明明是本宝宝带着他们逃命，竟然好意思说一起亡命天涯。

【私聊】月下飘雪：你被多少人悬赏了？

【私聊】十里笙歌：太多，没数。

邮箱都爆了，她哪儿有那个心思去数。反正被追杀一下又不会死，她跑就行了，跑不过就打，打不过……那就下线好了，来日再战，做人要能屈能伸。

【私聊】月下飘雪：妹子，组团刷60本，去吗？

【私聊】十里笙歌：不去，我要去推塔。

“推塔”是这些人给玲珑塔活动起的简称，玲珑塔一共七十层，也就是现在的等级层数，以后更新，层数还会增加。

玲珑塔是周活动，可单刷也可组队刷。一周之内只要不在玲珑塔中挂了，中途退出，第二天也可以继续刷。

但是一周过去还没通关，就只能从头做了。

嗯……好像现在还没人通关。

【私聊】月下飘雪：妹子，你一个人大清早去推塔？

月下飘雪受到了惊吓，那玩意，几个大帮派联手都没通关。

时笙给了月下飘雪肯定的答案。月下飘雪立即组了个围观推塔小分队的队伍，把在线的月下风吟也给拉了过来。

【队伍】十里笙歌：你们也要推塔？

【队伍】月下飘雪：不不不，我们只是来围观的。

【队伍】月下吟风：我只是被迫前来。

【队伍】十里笙歌：那你们是想白分我的经验啊！这算盘打得挺好的嘛！

【队伍】月下飘雪：……

【队伍】月下吟风：……

您退出围观推塔小分队。

她去推塔是为了升级，不是去参观里面的小怪、精英怪、打boss的。

在商城把需要的东西都买好，时笙便找到玲珑塔入口的NPC传送进去。

玲珑塔的场景和塔差不多，前面三十层都比较好清理，但是三十层以上就不那么好打了。时笙一个人爬到二十层就用了大半天的时间，也才把昨天掉的经验刷回来。

她出来的时候，月下飘雪的消息就过来了。

【私聊】月下飘雪：妹子，看世界。

时笙皱了皱眉，打开了世界。

【世界】花语锦绣：桑榆未晚，我跟你没完。

【世界】桑榆未晚：东西是大神分的，你有什么意见找大神去。

【世界】叫我奸商：收天玄晶，有的MMMMM。

【世界】白云朵朵：奸商你都收了好几天了，那玩意有什么用？

天玄晶是30本里面掉的，掉率不高，一直没人知道它有什么用。

【世界】花语锦绣：大神都说了公平竞拍，你突然说你需要，大神直接就给你了，可你需要，难道我们就不需要了？

时笙切回私聊界面。

【私聊】十里笙歌：怎么回事？

【私聊】月下飘雪：刚才离索带人下本，结果出了把武器，桑榆未晚和花语锦绣都可以用。本来离索说公平竞拍，结果桑榆未晚说她需要，离索就把武器给了桑榆未晚。花语锦绣上世界闹了，你在推塔的时候她们已经闹了一阵，啧啧，真是天天都有戏看。

时笙立即切回世界，噼里啪啦地打字。

【世界】十里笙歌：大神愿意宠着人家，你和人家争什么，要被虐的。

【世界】花语锦绣：贱人，你插什么嘴？

【世界】十里笙歌：插你的嘴？

系统公告：玩家十里笙歌对花语锦绣发起50金悬赏令，时限一个小时。

【世界】哈利雅鹿：噗，小笙歌一言不合就发悬赏令。

【世界】风吹裤裆屁屁屁痒：污眼睛。

【世界】我会七十二变：你那ID没资格说这三个字。

【世界】月下独酌：不好意思，今天飘雪又没吃药，我这就把他拉回去。另外榴梿不好，得用朝天椒。

时笙无趣地关了世界，把号停到落回谷无人的地方，吃完饭再回来，发现自己竟然被杀了。时笙怒了！

旁边还有一群顶着红名的人在打架。落回谷是和平区，不开屠杀是没办法杀人的，这些人竟然开屠杀！开屠杀的人会红名，杀的人越多，罪恶值越高。

而不是红名的玩家击杀红名玩家，会得到大额经验值，百分之五十概率掉装备、武器，比杀怪还爽。这些人中，有些人还顶着醉花间的帮派名。新仇旧恨，时笙果断“卖人头”。

【世界】十里笙歌：落回谷有红名，想要趁火打劫的赶紧来，不用太感谢我。

【世界】秋霜：总感觉清西改了名字后，画风不对了，这是卖人头啊！小心被轮……

时笙复活后，操起武器就冲着最近的一个红名去。

这群人大多数在50－60级，醉花间的人明显要占优势，另一群人属于一个叫名满天下的帮派，两边杀得热火朝天，昏天黑地。

时笙专挑醉花间的人杀。她是个恩怨分明的人。

很快就有人在世界谩骂了。

【世界】无限江山：十里笙歌，之前我也没得罪你，你杀老子做什么？

【世界】十里笙歌：谁让你红名的。

红名不就是给人杀的吗？

【世界】无限江山：……

【世界】十里笙歌：当然，最主要还是因为你是醉花间的人。

【世界】无限江山：你自己出卖醉花间，现在还有理了？

【世界】十里笙歌：你哪只眼睛看到我出卖醉花间了？有证据吗？没证据就是诬蔑知道吗？小学毕业了吗？

【世界】无限江山：不是你，你退出帮派做什么？这不是心虚是什么？

【世界】十里笙歌：就你们那破帮，谁愿意待啊。

【世界】四海八荒：小笙歌说得好，醉花间那破帮派有什么好待的，来我名满天下，以后哥罩着你。

四海八荒，是名满天下的帮主。

一直被离索压在排行榜第二名，但他的帮派是第一大帮，和醉花间是敌对的，见面就掐那种。

所以在和平区开屠杀这种事……很符合设定。

最重要的是昨天的城战，醉花间就是输给了名满天下。

时笙看了眼人群中的四海八荒，淡定地打出几个字。

【世界】十里笙歌：你要挂了。

【世界】四海八荒：敢动你爷爷，看爷爷不让你们跪着喊不要。

落回谷赶来杀红名的人越来越多，地图有些卡，很快就变成了混战，杀着杀着都不知道是谁杀谁了。

时笙杀了一会儿就觉得没劲，继续跑去推塔，却在NPC入口看到了离索和桑榆未晚等人。他们带着不少人，估计也是要推塔，正在和NPC对话。

自己帮派在打群架，帮主竟然在这里推塔？

等会儿……据她所知，四海八荒一直在和离索竞争推塔的进度，想要拿到首通，所以他们让人去开屠杀只是为了拖延四海八荒的时间？有心机啊！

时笙拉开好友列表，戳了月下飘雪。

【私聊】十里笙歌：来玲珑塔。

月下飘雪几乎在下一秒就回复消息。

【私聊】月下飘雪：推塔？小笙歌不是在落回谷看人打架吗？

【私聊】十里笙歌：看戏，离索在这里。

月下飘雪那边也不知道在干什么，一分钟过去也没动静，但是很快她就看到传送过来的风骚妹子和金光闪闪的神壕哥。

月下飘雪拉着神壕准确在人群中找到了时笙。

月下飘雪邀请您加入队伍“姿势对了你就爽”，是否同意？

时笙差点手滑点了拒绝。这名字……

【队伍】神壕：你不是本人吧？

时笙一进去就看到这么一句话。

时笙微微皱眉，原主好像和这个有名的“土豪”没什么交集啊？

【队伍】十里笙歌：为什么这么说？

【队伍】神壕：昨天你单挑醉花间的时候我看到了，和以前清西的走位打法不一样。

【队伍】十里笙歌：以前的号是工作室在练。

反正他们都说原主的号是工作室练的，那她这么说完全没有漏洞嘛！

【队伍】神壕：你技术不错，为什么要给工作室练？

【队伍】十里笙歌：关你什么事，有钱任性不行吗？你问这么多是爱上我了吗？

还问个没完没了。

您的队友神壕被队长月下飘雪踢出队伍。

【附近】月下飘雪：叽叽歪歪没完，把我家小笙歌都吓到了。

【队伍】月下飘雪：小笙歌别听那人瞎说，你找我来干什么啊？

神壕加入队伍。

【队伍】神壕：飘雪今晚来我家。

【队伍】月下飘雪：不要，壕哥我们不约！

【队伍】神壕：你确定？

【队伍】月下飘雪：我不确定。小笙歌，救命啊！

时笙默默地看着这对话，这两人有“基情”。

【队伍】神壕：小笙歌不要介意，刚才有得罪的地方请见谅，我是怕飘雪这家伙被人骗了。

【队伍】十里笙歌：这么蠢……骗他浪费我的智商。

【队伍】神壕：说得有理。

【队伍】月下飘雪：好啊，你们都欺负我！

月下吟风加入队伍。

月下独酌加入队伍。

月下海棠加入队伍。

一连几个加入信息，队伍立即就热闹起来。

【队伍】月下吟风：哟，小两口约会呢！

【队伍】月下独酌：三角恋，小笙歌也在。飘雪爬墙，被壕哥抓住的可能性比较大。

【队伍】月下海棠：小笙歌在，你们含蓄点。

昨天她只在世界上看到月下海棠说了一句话，现在他这么熟的语气是几个意思？

本宝宝和你们不熟好吗！

【队伍】月下飘雪：你们是不是兄弟，我拉你们来是让你们对付壕哥的！

【队伍】月下吟风：壕哥哥是我们的金主，我们可不敢得罪他，是吧独酌老大。

【队伍】月下独酌：吟风说得极对。

【队伍】月下海棠：嗯。

【队伍】神壕：今晚自己滚过来。

【队伍】月下飘雪：不要啊！我不去我不去，我掉线了。你们已经失去我，10000金也找不回我。

这么一段插科打诨，已经过去了一分多钟，时笙往玲珑塔那边看去，离索等人已经不见了。

她赶紧拉开世界频道。

【喇叭】十里笙歌：四海八荒，离索进玲珑塔了。

【世界】月下飘雪：离索竟然乘人之危。

因为之前时笙在世界上号的那一嗓子，现在在线的基本都知道名满天下的和醉花间的在落回谷打群架。

【世界】风吹裤裆屁屁痒：清西妹子是在这些人身上安了监控器吗？怎么他们做什么她都能直播啊？感觉莫名好笑是怎么回事？

【世界】现场直播：我感觉要失业了，竟然不知道这么大的事。话说回来，离索大神这次竟然用了计策，是因为输了城战吗？想在玲珑塔的首通上碾压名满天下？

【世界】天青色：大神不会这么无耻吧？也许是那个十里笙歌在乱说呢？她昨天不是才出卖了醉花间？

【世界】十里笙歌：老子说了多少遍，说我出卖醉花间的，拿证据出来好吗？没证据别在那里瞎说。

系统公告：玩家十里笙歌对天青色发起50金悬赏令，时限二十四小时。

系统公告：玩家神壕对天青色发起250金悬赏令，时限二十四小时。

【世界】天青色：十里笙歌你这个贱人，我说一句而已，你就给老子发悬赏令，是不是有病。

天青色只骂了时笙，对神壕的悬赏令却像没看到一般。

【世界】翠花上酸菜：神壕哥竟然帮十里笙歌发悬赏令了，一个晚上的时间发生了什么我不知道的奸情？

【世界】我就看看戏：我也看不太懂。月下飘雪，神壕哥是移情别恋了吗？

【世界】十里笙歌：我发我的悬赏令，你说你的，我没堵你的嘴，你还想阻拦我发悬赏令？你这么牛，去把游戏公司买了啊。

【世界】哈利雅鹿：哈哈哈，小笙歌我要成为你的脑残粉。

时笙看着已经歪到太平洋的“楼”，有些无奈，这和网游文里面写的完全不一样嘛！

她将界面切回队伍。

【队伍】十里笙歌：神壕，你刚才发什么悬赏令？

【队伍】神壕：天青色和我有仇。

【队伍】月下吟风：天青色以前追过月下飘雪哈哈哈。

【队伍】十里笙歌：懂。

【队伍】月下飘雪：这种事不要再提了好吗？壕哥今晚不会放过我的，你们是亲兄弟吗？

【队伍】神壕：还有自知之明。

【队伍】月下独酌：小笙歌成年了吗？你们当着人家小姑娘的面就说这种事。

【队伍】十里笙歌：放心，我能承受。

作为看过无数兄弟情的资深作者，这点程度都受不了的话，她怎么能自称资深……

【队伍】十里笙歌：四海八荒来了。

城门口的方向，四海八荒领着几个人疾奔而来。

红名是不能进城的，但商城有洗红名道具，四海八荒应该是用道具把罪恶值洗了。但那道具有些贵，不是人人都用得起的，所以四海八荒带来的人不多。

四海八荒想把时笙拉进队伍，发现她已经有队伍，立即解散队伍，申请了月下飘雪的队伍。

四海八荒加入队伍。

【队伍】四海八荒：妹子，离索已经进去了吗？

【队伍】十里笙歌：嗯。

四海八荒那边好一阵都没反应，估计是在和人私聊。

【帮派】四海八荒：还有多少人没红名？

【帮派】新东方：都是小号，其余的都不在线，老郭刚才下线去打电话了，但是能上线的估计也不多。

【帮派】五仁月饼：没想到输了城战，离索在这里摆了我们一道，想要拿到首通碾压我们。

【帮派】公子玉：别说这些没用的，把能找来的人都找来，刚才红名的让他们赶紧洗罪恶值。

【帮派】新东方：不行，那帮孙子咬得太紧了。

【帮派】四海八荒：找外援吧。

【帮派】五仁月饼：刚才我问了，能抽过来的人不多。60层以上，这么点人根本就过不去。

四海八荒突然将目光投向时笙的方向，他刚才就看到了神壕站在旁边。毕竟那金光闪闪的装备，让人想不注意都难。

神壕是RMB玩家，大神榜上排在第三。而月下那四个家伙，也占据了排行榜的四个位置。至于十里笙歌这个妹子，之前她在落回谷收人头的时候，他是看过她的操作的，可以说很不错。

他思索了一会儿。

【队伍】四海八荒：妹子，你能带人帮我推塔吗？中途加入的金币我出。

玲珑塔有一个规定，那就是推塔的人必须是固定队伍。但这规定也不是死的，如果有人要中途加入，就会花费金币。

【队伍】十里笙歌：我为什么要帮你？

她推塔完全是为了升级，可不是为了那个首通。

【队伍】四海八荒：我们只要首通，其他的你们分。

现在还没有人首通，所以首通的奖励还在，有一套绝版时装，但听说隔壁服的还爆出一把神器。他若什么都不舍，肯定是啥也捞不到。他现在把这些东西舍出去，说不定还能拿到首通。毕竟这几个人，可是占据了排行榜一大半的。

【队伍】月下飘雪：听说玲珑塔的首通奖励是绝版时装“胧月”，和隔壁服的浮生梦玲珑塔的首通绝版时装“惊天”是情侣时装。

【队伍】月下吟风：我昨天看论坛，隔壁服的首通已经过了，听说还爆了一把神器。

【队伍】月下海棠：首通是一个叫寻墨的吧？

【队伍】月下独酌：就是他，一个人过的，厉害吧？

【队伍】四海八荒：各位，不要“歪楼”，我在和你们说很正经的事。

四海八荒一直知道，月下四只“歪楼”的本事那是前无古人后无来者。

但现在不是“歪楼”的时候！

【队伍】神壕：小笙歌你决定吧。

【队伍】月下飘雪：我听小笙歌的。

【队伍】月下独酌：附议。

【队伍】月下吟风：附议。

【队伍】月下海棠：嗯。

【队伍】月下飘雪：老大破坏队形。

【队伍】月下海棠：附议。

时笙汗了汗。

【队伍】十里笙歌：反正看醉花间的不爽，那就来吧。

首通在剧情里确实是离索的队伍拿下的。她对时装和神器不感兴趣，但是破坏男主角和女主角的感情，征战全服，她还是很乐意的。毕竟她是一个有伟大理想的姑娘——称霸全服。

【队伍】四海八荒：妹子，不管过不过，你以后都是我四海八荒的妹子，谁要是敢动你，哥帮你找场子。

四海八荒说完，转头就把自己的人召集了起来。

【队伍】四海八荒：月下飘雪把队伍解散了，加我队伍。

四海八荒的队伍一共有四个人，时笙觉得眼熟的也就公子玉，排行榜第四的大神。

【队伍】五仁月饼：帮主，你还把神壕哥给弄来了啊？

【队伍】新东方：我看到了月下四只。

【队伍】月下飘雪：坑爹技术哪家强，名满天下新东方。

【队伍】新东方：帮主，我觉得这次有点悬。

这四个疯子虽然战斗力不错，可是他曾经见过这四只打boss。

月下飘雪嘚瑟他掉血少，然后月下海棠把月下飘雪踢出了队伍，月下飘雪就躺尸了。最后他们团灭了。这还不是最神奇的。最神奇的是，他曾经在30本门口看到这四只因为没过副本，殴打NPC，最后被关小黑屋了。

《神魔大陆》的设定是可以对NPC动手，但后果会很严重。

讲真，这种临时算计队友、不按常理出牌的人，真的可以带他们首通？四海八荒不想说话。他只希望这四人一会儿正常发挥，不要作妖就可以了。

【队伍】四海八荒：还有人没有？没有进塔了。

【队伍】新东方：老郭马上到。

等到新东方口中的老郭后，一群人杀进了玲珑塔。

刚传进去，月下飘雪就炸了。

【队伍】月下飘雪：你们这群渣渣，竟然才到50。

【队伍】月下独酌：差评，我们都刷到59了。

【队伍】月下吟风：要不我们退出去重开？这样还能快一点，等他们刷上去，醉花间的估计都首通了。

【队伍】四海八荒：……

【队伍】公子玉：……

【队伍】五仁月饼：……

【队伍】新东方：……

【队伍】老郭：……

要不是四海八荒在帮派里让他们淡定，估计大家现在第一时间会把这四只群殴了。

【队伍】十里笙歌：别废话，四海八荒要首通，你们退出去再进，首通就是你们的了。

玲珑塔是谁带队，首通就是谁的。不过她总有种被抢戏的感觉，月下四只存在感太强了。

四海八荒感激地给时笙发了个私聊。

让他来震慑这四只，他真的做不到。

但是接下来……

【队伍】月下飘雪：不要打那里，会喷毒。看吧，不听我说。

人家都打了，他才说。

【队伍】月下吟风：飘雪，快给我奶一口，要死了要死了。

这人还有一大半血，就开始号了。

【队伍】月下独酌：飘雪，前面那个怪太丑，我不想打，你去吧。

【队伍】月下飘雪：人家也不想打，吟风你去。

【队伍】月下吟风：我怕，老大你去。

【队伍】月下海棠：丑拒。

……

画风正常的也就神壕和时笙了，四海八荒那叫一个心塞。他们真的可以追上醉花间的人吗？

事实证明，四海八荒多虑了，月下四只虽然逗了点，但是认真起来简直跟开了挂似的。从59级后，有神壕和时笙在后面给他们当辅助，四海八荒基本是带着人跟在后面看风景。

时笙也是第一次正式见这四只出手。

他们的种族都是按照最佳搭档选的，难怪月下飘雪会选个女号。可能是制作组出于男女比例均衡的特别考量，可以加血的种族，女号比男号加的血要多。

他们四个人都上了排行榜，又把玲珑塔刷到了59层，没点本事怎么行。

【喇叭】风信子：最新消息，离索大神已经打到68层了，还有两层就通关。

【队伍】四海八荒：我们落后了一层。

他们现在才刷到67层。

【队伍】神壕：最后的大boss不好打，抓紧时间，还有机会。

【队伍】月下飘雪：人家不要推最后boss，好恐怖的。

【队伍】月下吟风：壕哥，快把你家飘雪领回去，鸡皮疙瘩掉一地。

【队伍】神壕：晚上我再收拾他。

【队伍】月下飘雪：壕哥我们不约啊！你们再这样我下线了，真的会下线的，真的会……

【队伍】四海八荒：小笙歌，继续。

他不想和那几只不正常的说话。

玲珑塔最后几层都比较难打，到69层的时候，时笙他们花了半个小时才通过，总算进入最后一层。

就在几分钟前，风信子更新了离索他们的进度，也刚刚进入最后一层。

【队伍】十里笙歌：这个boss有20%的概率用一个大招，地面会出现光圈，不要踩到光圈。5%的概率用一个回血技能，施展成功会回血50%，唯一的办法就是打断它的技能释放。

有剧情作为参照，时笙将注意事项说了一遍。

没人通关不代表没人打到这一层。好多大帮派都是死在最后一个boss手上，就连他们也不是第一次打了，那个回血技能会磨得队伍团灭。

打到65层的时候，系统就不允许玩家再退出，一旦退出只能从头再来。所以，在队伍成员都消耗得差不多的时候，boss却拥有回血技能，队伍不死还能往哪里去？

【队伍】公子玉：论坛上已经说过这个问题了，但是那个技能没办法打断。

【队伍】十里笙歌：玲珑塔的剧情你们没看过吗？

【队伍】四海八荒：没有。

他一个大老粗，哪里看得进那写得半白半古的剧情。

时笙叹息，玩游戏的果然都是跳剧情的。

【队伍】十里笙歌：玲珑塔是用来镇压魔族的，boss是魔族，到时候魔族都不要发动技能，站远点。神族用云雾诀就可以打断boss的回血技能。

这个设定在男主角和女主角通关后就会被爆出来。

魔族的技能在这里对boss没有伤害，反而有辅助作用。神魔人妖，是现在刷副本的最佳组合，刷玲珑塔必定会有魔族。一开始这些人不知道这个设定，看到最后boss自然使劲攻击，最后反而团灭。

按照时笙说的，他们在boss最后回血的时候，让魔族退开，神族上，果然boss的回血技能被打断，剩下5%的血，很快就被一行人给磨掉了。

系统公告：恭喜四海八荒带领的队伍首次通过玲珑塔。

系统公告：神器噬血现世，神魔大战即将拉开帷幕，乱世成就英雄，谁才是真正的王者？

系统公告：三十分钟后将进行系统更新，请玩家及时下线，更新后将开启神魔阵营，详情请查看官网。

世界上一连刷出了三条公告，众人还没从第一条公告里缓过神，第二条和第三条就让他们震惊了。

神魔阵营一直是《神魔大陆》宣传和圈粉的重点，但是从开服到现在，一直没有开启神魔阵营。

没想到，是要通关玲珑塔后才开启。

【世界】不嫌事大：不对啊，昨天浮生梦那边也通关了玲珑塔，怎么没听说开启神魔阵营的事？

【世界】小小小小小：看论坛，浮生梦那边刚才也出公告了。

大家纷纷跑去论坛。

而时笙他们已经被传出了玲珑塔，正站在塔外，和被传出来的离索等人遇了个正着。

【附近】五仁月饼：卑鄙！

【附近】风行天下：你说谁卑鄙？

风行天下脾气暴是出了名的。

【附近】老郭：在落回谷开屠杀，挡住我们那么多人，这种手段你们醉花间的人不是最不屑吗？

【附近】花开不败：落回谷的事是你们帮派先挑起来的，关我们什么事？

眼看就要吵起来，一直没动静的大神离索突然发了一句。

【附近】离索：恭喜。

频道瞬间就安静了下来。

【附近】四海八荒：承让。

【附近】月下飘雪：醉花间的，这次首通没拿到是不是很不开心？哈哈哈，一想到你们不开心，人家就很开心。

【附近】风行天下：死人妖，这里没你的事，闭嘴。

【附近】月下飘雪：风行哥哥你坏，喜欢人家的时候叫人家宝宝，带人家看星星看月亮，现在竟然这么对人家，人家太伤心了。

众人只觉得恶寒，浑身都是鸡皮疙瘩。

系统公告：玩家十里笙歌对风行天下发起380金悬赏令，时限二十四小时。

【附近】十里笙歌：昨天的事差点忘了，现在补上。

【附近】月下独酌：小笙歌，你这反射弧有点长……

都是昨天的事了，她现在才想起。

【附近】风行天下：清西你这个贱人，还说没出卖我们，现在你都和四海八荒站在一起了，还有什么话说？

【附近】十里笙歌：这话说的，你现在还和桑榆未晚站在一起，我说你们两个还有一腿呢。

【附近】桑榆未晚：清西，你胡说什么？

【附近】月下吟风：按照风行天下的逻辑，小笙歌说得是没有错的。

【附近】四海八荒：昨天的城战，笙歌妹子没有出卖你们，我在这里给她做证。

【附近】风行天下：你们是一伙的，当然帮着她说。

【附近】四海八荒：我是什么人，离索你应该清楚。

四海八荒这个人，做事有点不拘一格，但也有自己的原则。比如昨天的城战，他赢了，但也没隐瞒或否认自己是得了消息才赢的。他做过就是做过，没做过就是没做过。他说不是时笙做的，离索就信了几分。

但是……离索戳了四海八荒私聊。

【私聊】离索：那套胧月时装可以卖给我吗？

【私聊】四海八荒：我只有一个首通的名头，其他的东西不归我。

四海八荒说完就把刚才掉落的东西全部交易给了时笙。

时笙接到四海八荒的交易，上面是一套时装和那把叫噬血的神器，还有一些乱七八糟的东西。让时笙在意的是一枚泛着紫光的令牌——阵营令。这玩意竟然是在玲珑塔里爆出来的。开启神魔阵营后，它是建立阵营联盟的必需品。

阵营联盟是什么？相当于把几个帮派联盟到一起，只有超过一千人的阵营联盟才能参加神魔大战。这玩意以后可值钱了。

她还没看完，附近频道上就刷出了离索的消息。

【附近】离索：胧月时装，我出2万买。

【附近】月下飘雪：醉花间的竟然这么有钱。

【附近】月下吟风：飘雪，你发错频道了。

【附近】神壕：我也有钱，买你几辈子都够了。

【附近】月下飘雪：壕哥就算你有钱，我们也不约，我是个有原则的人！

【附近】神壕：是吗？

【附近】月下独酌：我已经看到飘雪明天的惨样，真是……

时笙很想屏蔽这群抢戏的人。她才是主角好吗？他们在这里瞎说什么。

【附近】十里笙歌：小婊子与狗不卖。

男主角弄这套时装是为了向女主角求婚的，作为拆CP的执行者，她怎么可以给男主角送道具。坚决不！

【附近】离索：3万。

男主角果然有钱啊！

【附近】十里笙歌：100万不二价，爱要不要。

有钱是吧？来啊，买啊！

【附近】神壕：……

【附近】月下飘雪：……

【附近】月下吟风：……

【附近】月下独酌：……

【附近】月下海棠：还有十五分钟停服。

【附近】桑榆未晚：你怎么不去抢啊？

绝版服装最高也就是3万，她竟然要100万？

【附近】十里笙歌：正在抢。

噗——后面的一群人包括名满天下的都笑喷了。这妹子，他们以前怎么没发现她这么好玩儿呢？

【附近】离索：你要怎么才肯卖？

【附近】十里笙歌：100万，我不是说了吗？大神你眼瞎？眼瞎要赶紧治，还可以拯救一下，千万不要放弃治疗。

【附近】风行天下：老大，她根本就不想卖。

离索当然知道时笙的意思，只是那套时装……

【附近】离索：你当真不卖？

【附近】十里笙歌：卖啊，怎么不卖，是你自己不买，怪我啊？

【附近】月下飘雪：离索大神，不就是一套时装吗？你至于吗？又不能当饭吃。小笙歌，把胧月送给人家好不好，人家好喜欢，我可以用壕哥跟你换。

【附近】十里笙歌：……

说好的不能当饭吃呢？一点也不矜持！

时笙把胧月交易给月下飘雪，月下飘雪当即穿到了身上。白衣飘飘，轻盈缥缈，恍如九天仙子。

普通时装没有属性，但是绝版时装是有的。绝版是什么？绝版是所有服务器中唯一的一件。不是每个服务器，而是全部服务器，只有这么一件。据说《神魔大陆》在绝版时装这一块就花费了不少心思。玲珑塔是《神魔大陆》第一个爆绝版时装的地方。

月下飘雪穿上后，故意到离索面前转了一圈。

【附近】月下飘雪：好看吗？你看看就可以了，这绝版时装是终生绑定的，大神就算杀了人家也抢不到，真是可惜啊！哎哟，我怎么越看越好看呢？大神多看几眼，以后你想看就只能追着人家跑了。

风行天下气得大骂，离索没什么反应，最后直接带人走了。

月下飘雪嘚瑟的时候，神壕一点也不含糊地和时笙做起交易。时笙想了想，把神器交易给了神壕。

【私聊】十里笙歌：3万，不还价。

神壕还以为她会送给自己，结果人家张口就是3万。

说实话，神器卖3万是很低的价格了，如果放在世界上卖，15万到20万的价格都卖得出来。别怀疑，为了游戏而花钱的“土豪”数不胜数，

【私聊】神壕：好。

交易完，离停服更新还有七分钟，时笙正准备下线，一直看戏的四海八荒突然冒了一句。

【队伍】四海八荒：这次的更新你们有什么看法？

【队伍】月下独酌：我们这边刚通关，浮生梦服务器那边就跟着刷出更新公告。玲珑塔的两套绝版也是对应的，神器是什么暂时不清楚，这样来看，按照之前《神魔大陆》的宣传，我怀疑，会合服。

【队伍】月下海棠：更新时间要到明天下午三点，从时间上来看，合服的可能性很大。

【队伍】四海八荒：阵营的消息官网宣传得起劲，其实可用的消息不多，搞得神神秘秘的，也不知道折腾个什么出来。真要是合服，应该不会一点消息都没有吧？

【队伍】十里笙歌：染指浮生梦，一笑赴东流。

【队伍】月下飘雪：以前竟然没发现。

赴东流是他们这个服务器的名字。

仔细一看，其他的服务器，都能连成两句诗词。

所以从一开始，官方策划的就是合服。

停服期间，论坛上一直在猜测这次更新的内容。

时间一到，等着的玩家一拥而上，时笙上去的时候，卡掉了好几次。

等她上去了，一眼望去，多了许多陌生的帮派名。时笙打开地图看了一眼，发现世界地图变大了，而且明显分成了两个阵营——神、魔。种族也明确划分了阵营，人、神、佛为神族阵营，妖、魔、鬼为魔族阵营。两大阵营是敌对的。

此次不但更新了地图阵营，还更新了等级和主线。最高等级已经到达120级。

时笙没去过浮生梦的服务器，但是有人去过，论坛上有详细的分析帖。

两个服务器的地图合起来才是一张完整地图，不得不感叹策划组的心思。两个服务器的玲珑塔被通关，才能触发开启阵营的条件。这就解释了为什么情侣绝版套装会分开在两个服务器里。

帖子一出，其他服务器的人立即组织人手去刷玲珑塔。

时笙翻了翻页面，发现多了一个阵营图标。她是神族，自然属于神族阵营。而此时阵营的页面上还是空空如也。世界上的其他玩家对此也表示疑惑，问GM，GM只回答，由玩家自行探索。这个页面以后是用来显示阵营联盟的，建立联盟不需要在这里，只需要点阵营令，就会弹出建立页面。

昨天时笙通关了玲珑塔，奖励的经验值够她升六级。她几下点开，看排行榜，发现上面大半是陌生的名字。

第一也不是离索，而是寻墨，魔族，80级。

第二是四海八荒，78级。

第三是她，76级。

第四到第七都是陌生的ID。

第八是离索。

第九是神壕。

第十是公子玉。

四只月下都看不到了，被挤出了排行榜。

更新了等级，现在多数人都在冲级，这个排行估计今天晚上就会发生变化。

【私聊】月下飘雪：小笙歌，来升级，人家都不在排行榜上了，不能被人叫大神了，好伤心，小笙歌快来，人家要爬上去。

【私聊】十里笙歌：坐标。

【私聊】月下飘雪：雁归山。

雁归山是才更新的地图，70—90级的野外地图，他们才70级吧？

神魔大陆的野外地图有点奇特，如果没有最大boss的首杀，就不能传送，只能自己跑。现在地图刚更新，肯定没人拿到90级野外boss的首杀，时笙只能用两条腿跑过去。

就在时笙到雁归山的时候，一道黑影突然朝自己掠过来，她还没看清，黑影就消失了。接着一群人从远处跑过来，头顶不断冒着气泡，里面全是叫骂声。

【隐藏任务：喜结连理。】

隐藏任务来了。

【任务目标：成为寻墨的情缘。】

寻墨？这不是那个拿了浮生梦玲珑塔的首通、在排行榜排名第一的人吗？不对……这个ID怎么那么眼熟？

时笙直接往这篇网游文原剧情后面的反派boss看去。

寻墨，原名季晏，本文的boss，合服后一直在和离索争夺第一。他不停作死，最后被干掉了。

【世界】千山万水：报寻墨坐标，100金。

【世界】千回百转：报寻墨坐标，100金。

【世界】翩翩起舞：寻墨大神又上电视了，这次又干了什么？

翩翩起舞一连用了两个又。

【世界】倚栏听风：目测是抢了千秋万代的野外boss首杀。

千秋万代是浮生梦服务器的第一大帮。

【世界】永遇长安：寻墨大神和千秋万代八字不合啊！每次都被寻墨大神抢boss，哈哈哈哈。

【世界】翠花上酸菜：看到隔壁服的ID，我都不敢说话了。p.s.寻墨是谁？

【世界】我就看看戏：我刚才一路过来，都不敢说话，隔壁服的画风简直了。p.s.寻墨，现在排行榜第一的大神，隔壁服的公敌。

【世界】叫我奸商：收天玄晶，有的MMMMM。

时笙一边看着世界，一边往月下飘雪那边去。

她以为这群人在打怪，然而她到的时候，发现几个人风骚地站在怪打不着的地方摆pose扯犊子。她到了，他们才开始组队打怪。

打怪还要等着她……

才合服，大家要忙着升级，两个服的人还要磨合，短时间内倒是没什么大矛盾。就连离索和桑榆未晚都销声匿迹了一般。

但是每天必定有一个日常——等寻墨大神的名字上世界。据说这人在浮生梦的时候，树敌无数，十个人里面有七个都是他的敌人。

剩下的三个，一个不在线，两个看戏不嫌事大。

但是这人操作好，只杀不说话，不管你怎么挑衅，人家都不应你。他就算天天上世界，世界也不会因为他打起来，简直和谐，最多的还是满世界求他坐标的玩家。

她竟然要去给这么一个人做娘子……想想还是蛮兴奋的。全服公敌啊！

【世界】千山万水：寻墨你是不是个男人？

后面的脏话被系统屏蔽了。

时笙把世界关了，顿时觉得安静不少，她现在的任务是升级，勾搭大神的事，还是满级之后再说。毕竟不满级，她不好装啊！

时笙把号挂到野外，便下线睡觉。他们现在都忙着升级，神壕哥还给他们都请了代练。时笙倒是没要，她自己编了个外挂，比代练好用多了，下线的时候直接把号挂着就可以了。

第二天，时笙上线的时候，发现自己的号竟然被人杀了。不应该啊，她设了自动复活……

她背包里的复活丹怎么都没有了？她昨天才买的一百颗啊！之前她就用了两颗，两颗！还剩下九十八颗，一个晚上竟然死了九十九次，逗她呢？

时笙点了回城复活，刚点下去，就弹出一个弹框：恭喜您的角色连续死亡九十九次，触发隐藏任务千年梦回。

这个套路有点不对。死亡九十九次，还能触发隐藏任务？不对！重点是，老子怎么死九十九次的？

【世界】倚栏听风：昨晚凌晨我看到寻墨大神在雁归山守着杀一个号。

【世界】风吹裤裆屁屁痒：然后呢？

现在经常在世界上混的酱油党已经混熟了，两个服的能愉快聊到一起。

【世界】倚栏听风：然后……

【世界】倚栏听风：然后那个号一直复活，哈哈哈，没见过那么蠢的。

【世界】翩翩起舞：你怎么确定不是寻墨大神强行复活他的？

【世界】倚栏听风：寻墨大神身上没那么多复活丹，他穷，哈哈哈哈。

【世界】翠花上酸菜：你怎么知道他穷？

【世界】翩翩起舞：因为寻墨大神挂了后从不原地复活，都是自己跑复活点，所以他穷。

时笙看着世界上的信息，再一看自己的仇杀榜，顿时就怒了。倚栏听风口中的那个蠢人就是她。

时笙咬牙切齿地加寻墨好友，结果那人竟然设了拒绝添加。

【世界】十里笙歌：报寻墨坐标，222金。

【世界】倚栏听风：咦，你不就是昨晚被寻墨大神杀的那个妹子吗？哈哈哈妹子你做了什么，让寻墨大神守着杀你。

【世界】月下飘雪：小笙歌你被人杀了？

【世界】神壕：小笙歌掉排行榜了。

【世界】现场直播：合服后第一次世界大战就要爆发，各位英雄准备好了吗？

世界上又是一阵插科打诨。

时笙当真收到一个人的私聊消息。

坐标就在雁归山。

月下飘雪邀请您加入队伍“干死那群人”，是否同意？

为什么月下飘雪的队伍名字都这么奇特？

队伍里就两人，月下飘雪和神壕，估计又在干什么见不得人的事，听到她被人杀了，这才赶过来的。

【队伍】月下飘雪：小笙歌掉了多少级，前五十都没看到你，寻墨那个小贱人敢杀你，走走，这就带壕哥拿钱砸死他。

时笙这才想起等级的事，赶紧翻了翻。掉了将近四十五级。之前她都要到一百级了，现在……

【队伍】十里笙歌：45级。

队伍一阵寂静，好一会儿月下飘雪才打了几个点点。

【队伍】月下飘雪：小笙歌，你被杀了多少次？

【队伍】神壕：九十多？

【队伍】十里笙歌：九十九。

时笙说完这句话就把队伍关了，直奔寻墨的坐标而去。她要砍死他！

三人找到寻墨的时候，他正在和一群人干架。魔族的服装多是黑色，他穿的就是普通副本掉的绿装，用的武器也是副本掉的。要不是他顶着寻墨那个红得发黑的ID，时笙绝对不会相信这人是大神。

穿得这么穷酸的大神？逗她呢？

就在时笙愣神这会儿，寻墨已经干掉一群人，准备跑路。时笙立即给他扔了个定身咒，大概没料到外面还有人，寻墨被定住了。附近频道上突然就安静了。

月下飘雪带着神壕火速赶到，几乎不用时笙开口，神壕就给寻墨上了几道定身符。定身咒和定身符是不一样的。定身咒是神族自带技能，定身符却是商城的RMB道具。定身咒不能叠加，定身符却是可以的。

【附近】月下飘雪：壕哥多上几道定身符，让小笙歌轮白他报仇。

【附近】神壕：肉偿？

【附近】月下飘雪：……

时笙自己买了定身符，一股脑给寻墨拍了上去。

【附近】十里笙歌：寻墨？昨晚你守着老子杀几个意思啊？

大半夜不睡觉，跑到怪物堆里守着她杀，简直是有病。

【附近】月下飘雪：小笙歌和他废什么话，直接上，轮死他。

寻墨一直没反应，月下飘雪一直怂恿时笙轮白寻墨。

神壕则在勾搭完月下飘雪后，淡然地给寻墨上定身符。

【附近】寻墨：我就想看看你身上有多少复活丹。

她身上有多少复活丹，关他什么事！

【私聊】月下飘雪：小笙歌，昨晚你挂机设置了自动复活？

【私聊】十里笙歌：不然你以为我是怎么被杀那么多次的……

她要是在线，会被这人杀那么多次吗？

【私聊】月下飘雪：你没事在身上背那么多复活丹做什么？

【私聊】十里笙歌：给别人准备的。

月下飘雪忽然沉默了，小笙歌和神壕哥相比，简直不遑多让，要是谁惹了她，她还真能强行复活别人，轮个几遍泄愤。

然后……

是的，还有然后。然后她还要发通缉令，把“有钱任性”四个字发挥到极致。

时笙操控人物直接往寻墨身上砍，寻墨现在的等级和她几乎相差了一半，她那点伤害值，简直……

好吧，即便不能一刀秒，那就……一刀一刀戳死？

别逗了，她又不是女主角，非得玩得那么无聊。

【世界】十里笙歌：和寻墨有仇的，来雁归山。

【世界】翠花上酸菜：寻墨大神怎么和十里笙歌对上了？

【世界】现场直播：号外号外，寻墨大神被十里笙歌定在了雁归山，十里笙歌等级掉太多，砍寻墨大神没什么效果，估计想让人轮白寻墨大神。

【世界】千山万水：寻墨也有今天，千秋万代在线的，都去雁归山。

【世界】翩翩起舞：寻墨大神竟然要被推倒了，火速围观。

【世界】不嫌事大：寻墨大神和十里笙歌？最近被十里笙歌妹子通缉的人都能绕地球一圈了吧？要杀寻墨大神的也能绕地球一圈，这就是所谓的官配吗？

【世界】四海八荒：妹子别急，哥这就带人去帮你。

【世界】四海八荒：名满天下在线的，雁归山集合。

【世界】月下独酌：一上线就看到集合，什么情况，飘雪，你在哪儿？

【世界】月下飘雪：人家在雁归山观赏寻墨大神被推倒，好羞涩。

【世界】月下吟风：飘雪今天没吃药？老大你怎么就这么把他放出去了？

【世界】月下海棠：神壕交罚款了。

【世界】月下吟风：飘雪组队，你拒绝什么啊？

【世界】月下飘雪：不要，你别想用队伍传送过来，有本事自己跑。

神魔大陆组队的情况下，队友可以用传送符，直接传送到队长所在的地方。

【世界】月下独酌：飘雪洗干净等着。

【世界】月下吟风：组四海八荒，他去了。

【世界】月下海棠：我到了。

【世界】月下吟风：老大，你怎么去的？竟然不带我们！

【世界】四海八荒：你们几个怎么没懒死？

跑个地图都能在世界上叽叽歪歪半天。

四海八荒主动把剩下的两只月下组进队伍，世界这才安静了。

此时的雁归山绝对是前所未有的盛况。寻墨被人围在最中间，一个一个上去砍他，时笙只负责复活他就够了。定身符在人物死亡后也不会消失，所以寻墨被复活后，依旧处于定身状态。除了之前那句话，之后他就再也没吭过声。

千秋万代的帮主千山万水和寻墨的仇估计是不共戴天的，私下找了时笙，从她手里拿到了控制权，时笙连复活都不用了，直接在旁边看戏。

寻墨请求添加您为好友，是否同意。

时笙冷笑地点了拒绝。

寻墨请求添加您为好友，是否同意。

拒绝！

寻墨请求添加您为好友，是否同意。

同意！

唉，手滑点错……时笙立即拉开好友名单，删除好友。

寻墨那边刚把话打好，结果发现发不出去，再刷新，列表已经没人了。

坐在电脑前的季晏揉了揉微卷的头发，若有所思地盯着电脑屏幕上的人物。他拽过旁边的电脑，手指飞快地在键盘上敲打起来。

【私聊】寻墨：好玩吗？

时笙被跳出的私聊框吓了一跳，她很确定自己没有点，是它自己跳出来的。反派大人点亮了黑客技能吗？时笙试着关掉，然而不管她怎么点，都关不掉，只有点编辑框那里有反应。

【私聊】十里笙歌：你这样随便入侵游戏系统，会被请去小黑屋喝茶的。

【私聊】寻墨：昨天你开外挂。

【私聊】十里笙歌：……

一针见血，大哥莫说二哥，都差不多。

【私聊】十里笙歌：我掉了45级，也不要你赔钱，你陪我掉回来就行了。

有苦同当，那才是真爱。

【私聊】寻墨：谁让你没事放那么多复活丹在身上。

【私聊】十里笙歌：我放多少复活丹在身上关你屁事！

到头来还是她的错了？

【私聊】寻墨：仇富。

【私聊】十里笙歌：……

这理由，她竟然无言以对。

时笙默默地点开千山万水的资料。很好，看装备就是个RMB玩家。难怪寻墨总是和千山万水过不去。

【私聊】十里笙歌：我可以包养你。

噗——季晏无法想象十里笙歌这个人物后面的人脑回路是怎么样的。上一秒还火气十足，下一秒竟然就转折了。

季晏反反复复看了这句话几遍，斟酌了一会儿才敲下一句话。

【私聊】寻墨：我仇人很多。

【私聊】十里笙歌：没关系，我们可以把仇人发展到全服。

【私聊】寻墨：……

【私聊】寻墨：我仇富。

【私聊】十里笙歌：有钱不是我的错，生得好也怪我？

反派大人竟然仇富！这到底是谁设定的？反派大人不是应该颜值高、后台硬吗？

【私聊】十里笙歌：考虑一下呗，我包养你，你分分钟就能逆袭了。

【私聊】寻墨：你杀我吧！

这句话刚发过来，聊天界面就消失了，时笙一翻好友列表，没有寻墨。她又试着加寻墨。依旧是拒绝添加。

时笙一巴掌拍在自己的手背上："让你手贱拒绝反派大人，这下好了，聊天还要开黑。"

时笙再去看寻墨的资料，他们聊天的时间，这人竟然已经掉了十几级。

这时，寻墨忽然动了，出手就是大招，技能光闪现，站在前面一圈的人血量唰唰往下掉。时笙动作迅速地往外撤，但是地图太卡，慢了一步，屏幕瞬间灰了。

您的角色已死亡。

说好的让她杀他呢？骗子！

等时笙复活，寻墨已经不见了，只剩下一群人在附近和世界上大骂。

【队伍】月下飘雪：寻墨竟然手动把定身符解了，他不是穷吗？

【队伍】月下海棠：确实是手动。

时笙看着月下海棠那句话，觉得他这句话另有深意。

寻墨肯定是黑了系统，手动解除定身符，这技术不赖啊。

不过，她更好奇月下这四个是什么人。他们几乎天天在线，而且住在一起，整天除了玩游戏，好像没有别的活动，对游戏也有一套自己的理解，还能看出寻墨手动解除定身符……这设定，怎么那么像网游文里面的男主角设定呢？离索不才是男主角吗？

等时笙回过神，附近就只剩月下四人组和四海八荒。

【附近】四海八荒：小笙歌，没事，哥带你练回来。

【附近】月下吟风：小笙歌级掉太多了，我们轮流带她刷吧。

【附近】四海八荒：没问题，不过，我还没弄懂，寻墨为什么要杀小笙歌？

寻墨满地图拿boss首杀，副本首通，而时笙活动的范围不是雁归山就是琅琊岭这两张地图，连副本都很少下，这两个人怎么也不像能扯上关系的啊！

【附近】十里笙歌：大概是看我美，他嫉妒。

实际是因为他仇富！

【附近】四海八荒：……

【附近】月下飘雪：小笙歌又自恋了，老大，求罩。

【附近】月下海棠：我帅就行了。

【附近】月下独酌：……

【附近】月下吟风：……

不要脸，太不要脸了。

时笙点开背包，把阵营令交易给了四海八荒。

她本来还打算把这玩意留着卖钱的，不过四海八荒这么仗义，她也不能吝啬。

【私聊】四海八荒：这是啥?

四海八荒没见过这玩意，满脑子疑问。

【私聊】十里笙歌：阵营令，据我所知，离索最近也在刷这个玩意。

离索和桑榆未晚最近都没动静，时笙觉得奇怪，特意跑去看了几眼，发现他们基本都在琅琊岭附近活动，剧情里，琅琊岭确实会爆出一块阵营令，不过那都是后期了。

当初玲珑塔是离索带队通过的，自然也得到了这块阵营令，所以在合服后，男主角就建立了联盟，成为两个服最先建立的联盟，给了他们不少先机。

听完时笙解释的四海八荒那叫一个激动。这些天不少人对着阵营界面研究，却没有人研究出什么来。原来需要阵营令。

【私聊】四海八荒：小笙歌，你简直就是哥哥的福星啊。这阵营令我也不白拿，你开个价，我买。

玲珑塔如果没有她，他也不会首通，今天更不会得到阵营令。

【私聊】十里笙歌：1万。

【私聊】四海八荒：是不是有点少？小笙歌这东西你拿出去卖，肯定得卖不少钱，哥哥可不占你便宜。

【私聊】十里笙歌：爱要不要，不要就还给我。

她还没见过上赶着给人送钱的，钱多也不是这么花的。

【私聊】四海八荒：要要要。

四海八荒也是将时笙的性子摸得差不多了，知道她说一不二，说1万就1万，不会改了。

以后他在其他地方补偿妹子好了。

【私聊】四海八荒：小笙歌，既然咱们的服都爆了一块，隔壁服是不是也爆了?

玲珑塔的东西是对应的，不应该只有他们这边爆了，浮生梦却没有。

【私聊】十里笙歌：应该在寻墨身上。

这人后期也会建立联盟，用的应该是那块阵营令。

四海八荒和时笙扯了一会儿，回到帮派后才使用阵营令。

【喇叭】系统公告：恭喜四海八荒建立天下联盟，敬邀各路英雄豪杰加入。

【喇叭】系统公告：恭喜四海八荒建立天下联盟，敬邀各路英雄豪杰加入。

【喇叭】系统公告：恭喜四海八荒建立天下联盟，敬邀各路英雄豪杰加入。

一连三个喇叭，从各玩家的头顶飘过。

世界顿时就炸了。

【世界】骑猪看星星：联盟是什么东西?

【世界】家有三包：发了三条系统公告，肯定和外面那些妖艳贱货不一样。

【世界】现场直播：看阵营。

【世界】四海八荒：欢迎各大帮派加入天下联盟，醉花间与狗不得入内。

【世界】公子玉：欢迎各大帮派加入天下联盟，醉花间与狗不得入内。

……

名满天下的在线玩家都出来刷世界了，顿时满屏都是“醉花间与狗不得入内”。诡异的是，醉花间一点消息都没有，连风行天下这个暴躁狂都没出来和名满天下对着干。

而此时的阵营页面已经被玩家点爆了，以前空空如也的阵营界面，已经多了一个图标。

天下联盟

盟主：四海八荒

联盟等级：2

联盟人数：378……

四海八荒很快收到不少人的私聊消息。

他一一解释后，联盟的人数噌噌地往上涨，瞬间突破了一千，达到阵营战标准，联盟升到3级，获得阵营技能。

【喇叭】系统公告：恭喜桑榆未晚建立逍遥联盟，敬邀各位英雄豪杰加入。

【喇叭】系统公告：恭喜桑榆未晚建立逍遥联盟，敬邀各位英雄豪杰加入。

【喇叭】系统公告：恭喜桑榆未晚建立逍遥联盟，敬邀各位英雄豪杰加入。

时笙诧异地点开阵营。

怎么是女主角大人建立的联盟？

逍遥联盟

盟主：桑榆未晚

联盟等级：1

联盟人数：166……

啧，这下好玩儿了。

时笙趁着大伙都在关注联盟的时候，查看自己那个死了九十九次换来的隐藏任务。

隐藏任务：千年梦回。

上面只有一个找NPC的任务，其他的什么都没有。

时笙又切回论坛去，论坛上也没有隐藏任务的帖子。别的服肯定还没有人接到隐藏任务……想想也是，哪个智障会被人杀九十九次不还手的。

现在不是做任务的时候，现在是报仇的时候。寻墨，给老子等着。

【私聊】十里笙歌：大神。

季晏被突然跳出来的聊天框给卡住了，屏幕上的人物直接被拍死在boss爪下。

【私聊】十里笙歌：哎呀，死了，好可惜啊。

接着聊天框就消失了。

季晏拉着地图看了眼四周，并没有看到人……他点了回城复活，然后再次跑过来打boss。眼看boss就要死了，聊天框又跳了出来，界面卡住，他惨死于boss爪下。

【私聊】十里笙歌：大神，原来你真穷啊，我还以为他们乱说的。

【私聊】十里笙歌：哎呀又死了，大神连死都死得这么销魂，真是……不截图都对不起GM。

季晏刚想回复，聊天框就消失了。他暴躁地按了几下键盘。结果，他的人物自行复活，然后被人给定住。

【世界】十里笙歌：琅琊岭，3、65。

几乎不用时笙解释，世界立即刷出几条消息。

【世界】倚栏听风：十里笙歌又把寻墨大神给定住了，这姑娘是有多执着？

【世界】千回百转：寻墨给老子等着。

【世界】翠花上酸菜：相爱相杀？

【世界】永遇长安：给十里笙歌妹子跪了，千秋万代一群人都抓不到寻墨大神，她怎么每次都抓得到？

【世界】哈利雅鹿：小笙歌厉害。

【世界】花语锦绣：十里笙歌贱人。

【世界】月下飘雪：哟，贱人骂谁呢？

【世界】十里笙歌：贱人自有贱人磨，欢迎来磨。

【世界】哈利雅鹿：不行了，小笙歌怎么那么萌啊哈哈哈哈。

【世界】花语锦绣：承认自己是贱人，没见过这么不要脸的。

【世界】十里笙歌：就算我是贱人，那也是至尊VIP级别，像你这种人给我提鞋都不配，回去多修炼几年，别丢人现眼。

系统公告：玩家十里笙歌对花语锦绣发起38金悬赏令，时限二十四小时。

【世界】花语锦绣：十里笙歌，有本事别发悬赏令，来单挑。

【世界】十里笙歌：不发就不发。

系统公告：玩家十里笙歌对花语锦绣发起200金追杀令，诸位英雄豪杰请踊跃接取任务。

【世界】风吹裤裆屁屁痒：噗，十里笙歌，太会玩了。

追杀令比悬赏令更高级，只要发起的玩家不撤销追杀令，这个任务就一直在，玩家杀了被追杀的人，就能领取200金，可重复领取。

轮白的最佳道具。

花语锦绣不知道是在被人追杀还是被吓到，没敢再在世界上吭声了。

解决完世界上的事，时笙再看当前。千秋万代的人已经到了，寻墨正被人轮着打。寻墨之前就掉了十几级，这几天被时笙追着打，已经掉到了78级。

【私聊】寻墨：你想怎么样？

【私聊】十里笙歌：你看我才55级，你怎么也得掉回来陪我才成啊。

本宝宝是记仇的！有仇不报非小人！

【私聊】寻墨：你有时间追着我跑，还不如去升级。

以她的操作，很快就能升回来，可她不升级，天天追着他跑。

【私聊】十里笙歌：升级哪儿有你重要。

【私聊】寻墨：……

季晏关了私聊，再次手动解了定身符，干翻这群人后，扬长而去。

之后两人闹得更厉害，寻墨的等级也是唰唰掉，全世界的人都知道这两人相爱相杀。

找寻墨？问十里笙歌。

找十里笙歌？世界自己问。

不过后来这妹子竟然要收钱了！问一次20金。

这天，时笙刚上线就接到了木铃铛的私聊消息。

【私聊】木铃铛：清西姐，我最近都没上游戏，怎么游戏都变样了，这还是我玩儿的《神魔大陆》吗？

【私聊】十里笙歌：还是原来的配方，还是原来的味道。没错，这就是你玩儿的《神魔大陆》。

【私聊】木铃铛：清西姐你上了？我刚才去看了论坛，呜呜我等级差好多，现在都沦为小号了。

【私聊】十里笙歌：没关系，你看我不也是小号。

木铃铛那边好半晌都没反应，估计是被时笙的等级给吓到了。

【私聊】木铃铛：清西姐……你的等级……

【私聊】十里笙歌：带你升级，去吗？

她也该把级升回去了，排行榜上那群人笑得太久了。

老子也回去征服他们。

【私聊】木铃铛：好啊好啊。

时笙给月下飘雪发了个入队申请，那边很快就通过了，时笙又把木铃铛给拉了进来。

木铃铛看到一群大神，当场说话就结巴了。

【队伍】木铃铛：好、好多大神……

【队伍】月下飘雪：小笙歌，你上哪儿去拐来的妹子，以前怎么没见过？

【队伍】十里笙歌：有家室的人不要说话。

【队伍】月下吟风：哈哈哈哈，飘雪又被嫌弃了，小笙歌我还没对象，要不要考虑一下我？

【队伍】月下吟风：飘雪你作死。

【队伍】月下海棠：团灭。

他们说话这会儿，一群人直接被怪拍死了。

【队伍】月下独酌：小笙歌是要升级吗？来琅琊岭吧，我们带你。

【队伍】十里笙歌：好，小铃铛传送过来。

【队伍】木铃铛：好的清西姐。

木铃铛和队伍里的人交流的时候，都是一副结结巴巴不会说话的样子，他们以为这妹子害羞。结果，转头对着时笙她就是一串流利的崇拜夸赞，看得队伍里的人一阵汗颜。他们一群爷们儿竟然还不如一个妹子受欢迎。

时笙完全在打酱油蹭经验，此时正看着那个隐藏任务。

【队伍】十里笙歌：你们谁见过一个叫兮澧的NPC？

她追杀寻墨的时候，顺便也在找这个NPC，但是连根毛都没看到。

这NPC是上天了啊！

【队伍】木铃铛：没有，清西姐有任务要找这个NPC吗？我帮你问问。

【队伍】月下飘雪：兮什么？

【队伍】月下海棠：li。

【队伍】月下吟风：文盲。

【队伍】木铃铛：挂了。

【队伍】月下独酌：飘雪不看好老子的血。

【队伍】月下飘雪：我是文盲看不懂。

【队伍】月下吟风：哈哈哈，报应。

【队伍】木铃铛：清西姐，我认识的人都没见过这个NPC。

神壕加入队伍。

【队伍】月下飘雪：小笙歌什么任务？

【队伍】神壕：？

【队伍】木铃铛：清西姐清西姐，我好像看到神壕哥了。

【队伍】十里笙歌：嗯，你没眼花。

【队伍】木铃铛：我竟然看到活的神壕哥了，好兴奋。

时笙一边回复木铃铛，一边把任务贴到了频道上。

【队伍】神壕：谁勾搭的妹子？

队伍里剩下的几人莫名感觉到了杀气。

月下独酌赶紧回。

【队伍】月下独酌：小笙歌带来的。

【队伍】神壕：……

从他认识时笙起，除了他们这几个，就没见她和谁心平气和地说过话，无外乎都是话里带刺，非把人给弄炸。

【队伍】月下海棠：隐藏任务？小笙歌运气不错。

【队伍】十里笙歌：你被杀九十九次，也会运气不错的。

【队伍】木铃铛：清西姐运气最好。

【队伍】十里笙歌：这NPC你们谁见过啊？

她死了九十九次换来的隐藏任务，跪着也要做完！

队伍的人都表示没见过，但是月下海棠说可以帮她问问。隐藏任务没有时间限制，不用急，先把级练上去才是正事。其他人都表示同意。

时笙忙着升级的时候，世界上的玩家发现寻墨和十里笙歌都销声匿迹了。而建立了联盟的四海八荒和桑榆未晚，在联盟稳定下来后也开始冒头。

联盟的驻地需要自己去120级别的地图开荒，但是现在最高等级的玩家也才109。所以为了抢升级地点，两个联盟的人没少干架。

桑榆未晚和四海八荒都是神族阵营，魔族却一个联盟都没有，魔族那边的帮派也是急得跳脚。

时笙白天手动升级，晚上自动升级，用了一周的时间，才把等级给练上去。

【队伍】木铃铛：清西姐，看世界。

【队伍】月下吟风：飘雪，你家风行哥哥出来了。

时笙把号退到安全的地方，才去看世界。

【世界】桑榆未晚：我没什么好说的，清者自清。

【世界】慕离倾心：离哥哥，我亲眼看到她和风行天下抱在一起，你不要被她骗了。

【世界】风行天下：你在什么地方看到的？截图了吗？

【世界】月下飘雪：风行哥哥，人家才多久没有疼爱你，你就背着人家找新欢，人家好生气哦！人家快要控制不住体内的洪荒之力了。

【世界】月下吟风：飘雪吃药，别闹。

【世界】月下飘雪：不吃不吃，风行哥哥都移情别恋了，人家要风行哥哥。

【世界】风行天下：月下的闭嘴。

【世界】无心：月下飘雪你恶不恶心？死人妖。

【世界】慕离倾心：桑榆未晚，离哥哥对你那么好，你就是这么对离哥哥的？

【世界】神壕：找死？

神壕那句话一出，无心立即不敢吭声了。

现在谁不知道月下飘雪和神壕有一腿。

话题又被月下飘雪给带歪了，等回到正题已经是几分钟后。

【世界】离索：下世界。

【世界】慕离倾心：离哥哥，你怎么不相信我？

【世界】十里笙歌：你得上证据啊妹子。

没证据一切都是瞎掰。

【世界】慕离倾心：要你管。

系统公告：玩家十里笙歌对离索发起1金悬赏令，时限十分钟。

【世界】倚栏听风：十里笙歌妹子又在玩儿什么？不和寻墨大神相爱相杀了？

【世界】慕离倾心：十里笙歌，你悬赏离哥哥做什么，有病啊！

【世界】十里笙歌：我悬赏离哥哥是因为看上他了啊，准备勾搭一下，这样能让离哥哥一眼就看到我。

噗——用悬赏令来引起注意，还真是别致！

【世界】翩翩起舞：十里笙歌真的要抛弃寻墨大神了吗？不要啊！你们才是官配，没有你们的世界，都不鸡飞狗跳了，一点也不好玩。

【世界】慕离倾心：不要脸。

【世界】十里笙歌：嘿，妹子你这话说得就不对了，离哥哥又不是你的，就许你追着离哥哥，还不许我追着了？

【世界】慕离倾心：不许，就是不许。

时笙扶额，花语锦绣不蹦跶了，又来一个有公主病的。

【世界】哈利雅鹿：小笙歌要发悬赏令了。

系统公告：玩家十里笙歌对离索发起2金悬赏令，时限十分钟。

系统公告几乎是和哈利雅鹿的话同时刷出来的。

【世界】哈利雅鹿：哈哈哈，我就知道。

系统公告：玩家离索对十里笙歌发起1000金悬赏令，时限二十四小时。

【世界】风吹裤裆屁屁痒：有钱人的套路，我不懂。

【世界】秋霜：自从上次城战后，整个服的画风都不对了。

【世界】现场直播：本台插播一条紧急新闻，寻墨大神正往十里笙歌的地方去，地点雁归山，看戏的抓紧，前排有板凳。

时笙的号就停在雁归山，寻墨过来的时候，时笙正好看到现场直播的消息，立即给自己上了状态。

神魔对立，神族和魔族的技能相生相克，神魔交手，比的就是谁的操作更好。

寻墨一个照面，直接动手。

技能特效将人物笼罩在其中，赶来看戏的人几乎看不清他们发动技能，全是连成一片的技能光。

【附近】自杀不美：十里笙歌这操作要逆天，和寻墨大神不相上下。

【附近】方寸乱：十里笙歌的操作一直很好，除了名满天下的人，不少人都被她杀过。

【附近】五仁月饼：突然感觉好荣幸。

【附近】老郭：同感。

名满天下的都附和了一声。

时笙杀的人确实很多，悬赏她的人不比悬赏寻墨的人少。只是有比较大的悬赏金额时，时笙都是暗自让木铃铛接悬赏，然后把自己杀了。金额小的，她就不理会了，直接刷出新的悬赏，把那些压下去。而且她不是和月下那几个一起，就是和四海八荒一起，谁会上去找死？

一些人不知道，她其实也是被满世界悬赏的人。惹是生非，祸乱四方，这才是“打开时笙”的正确方式。

【附近】公子玉：寻墨要输了。

公子玉这话一出，那边寻墨的人物就倒地了。

【附近】五仁月饼：十里笙歌彪悍啊。

连寻墨都能打赢……

季晏看着倒地的人物和在最后关头跳出来的聊天框，黑着脸敲下几个字。

【私聊】寻墨：你使诈。

【私聊】十里笙歌：兵不厌诈。

季晏默了默。

一个能在游戏里像他一样黑了系统对话的妹子，你能指望她有多少公德心？

【私聊】十里笙歌：我给你两千，你去把离索杀了怎么样？

【私聊】寻墨：你不是喜欢他？

【私聊】十里笙歌：我喜欢看他死，看他掉级，看他被虐。

【私聊】寻墨：……

【私聊】寻墨：你的操作去杀离索足够。

【私聊】十里笙歌：大材小用，我不屑和他动手，我可是要征服世界的美少女，怎么能为了一个智障脏了手。

【私聊】寻墨：……

这“中二病”的妹子哪里来的！

【私聊】寻墨：五千。

【私聊】十里笙歌：你趁火打劫？

【私聊】寻墨：仇富。

【私聊】十里笙歌：我还是脏自己的手吧，再见大神。

说完时笙就关了私聊框，季晏看着灰屏的游戏界面，嘴角一阵抽搐。

他回城复活，立即戳了时笙。

【私聊】寻墨：我们谈谈。

【私聊】十里笙歌：你呼叫的仇人不在线，请用100金召唤。

【私聊】寻墨：来落回谷。

【私聊】十里笙歌：你呼叫的仇人不在线，请用500金召唤。

【私聊】寻墨：……

他在落回谷等了好一阵，奢侈地用定位符查看时笙的位置，发现她还在雁归山。

【私聊】寻墨：我有正事。

【私聊】十里笙歌：你呼叫的仇人不在线，请用1000金召唤。

季晏咬咬牙，你不来是吧，我去，行了吧！

他在雁归山没有怪的山崖上找到了时笙，她旁边站着一个娇小玲珑的人族。

【附近】木铃铛：清西姐，我们站在这里做什么？

【附近】十里笙歌：等一个智障。

【附近】木铃铛：啊？

智障寻墨跳到时笙面前，木铃铛看着突然出现的人，大概是手滑，竟然发动了技能，然后……

智障寻墨就掉下去了。

【附近】十里笙歌：大神，就算你被我的美貌征服，也不用这么激动，我允许你随便看，不收钱。

【附近】寻墨：……

寻墨从下面跳上来，直接把木铃铛秒杀了。躺尸的木铃铛很无辜，她真的只是手滑……

【私聊】寻墨：下个月就会更新阵营战，我们联手如何？

【私聊】十里笙歌：你黑游戏公司了？

现在关于阵营战的消息，官方可是一点都没放出来。

【私聊】寻墨：……

这不是重点好吗？重点在后面一句！

【私聊】十里笙歌：我不玩儿阵营战，杀人有限制。

阵营战只能杀敌对阵营，自己阵营的人不能杀。

【私聊】寻墨：……

第十五章　全服公敌（下）

【私聊】寻墨：我说的不是阵营战，是玲珑塔。

玲珑塔？说到这个，时笙还觉得奇怪，神魔阵营更新的时候，玲珑塔并没有更新，依旧只有70层。原剧情中，玲珑塔后面就没有出现了。所以，时笙也不知道玲珑塔到底是什么时候更新的，更新后又有什么东西。

【私聊】寻墨：下个月会更新玲珑塔120层。

【私聊】十里笙歌：会爆什么东西，值得让你找我联手？

神器都已经爆了，官方还能在上面放什么？

【私聊】寻墨：不知道。

【私聊】十里笙歌：……

不打！时笙毫不留情地拒绝了寻墨，然后下线。

昏暗的房间中，季晏身子往后一靠，若有所思地盯着屏幕，看了一会儿后拿过桌上的手机，拨了一通电话出去。

打完电话，季晏再次看向屏幕，拉开好友列表，敲了叫我奸商。

【私聊】寻墨：阵营令，4万。

【私聊】叫我奸商：大神，3万是我的底价。

【私聊】寻墨：魔族这边还没有阵营令，我拿出去卖，你觉得才4万？

【私聊】叫我奸商：可是大神，你想出手也没有那么快，而且别人不一定信你。

季晏指尖离开键盘，轻敲着键盘边缘。好一会儿，他才继续打字。

【私聊】寻墨：3万5。

【私聊】叫我奸商：看在大神被人追杀的分上，3万5就3万5吧，哪里交易？

什么叫看在他被人追杀的分上啊？会不会说话！

季晏突然想到时笙。如果她遇到这种人，肯定会立即反口不卖吧。

季晏摇摇头，没事想那个女人做什么。

【私聊】寻墨：雁归山。

【私聊】叫我奸商：大神稍等。

两人交易完，叫我奸商转手就把阵营令卖给了魔族。神族现在已经有两个阵营，肯定没有魔族卖得高。

于是时笙上线的时候，发现魔族也有了阵营。

阵营战，或许很快就要开始了。

时笙刷了副本出来，发现世界上又开始争执，顿时兴致勃勃。

【世界】慕离倾心：桑榆未晚，你这个不要脸的女人，勾引离哥哥，还和风行天下暧昧不清。

【世界】幻梦：倾心姐姐别生气，大神一定会看清她的真面目。

【世界】哈利雅鹿：小笙歌不在，看起来都没意思。

【世界】风行天下：慕离倾心，你说话想清楚再说。

【世界】慕离倾心：我说得很清楚了，你和桑榆未晚就是暧昧不清，昨天晚上你敢说没和桑榆未晚在一起？我和幻梦都看到了。

【世界】幻梦：嗯嗯，在梦回山，我有截图，想看的去论坛。

这话一出，世界上的人纷纷转战论坛。

时笙打开论坛看了一眼，桑榆未晚和风行天下在梦回山那株遮天蔽日的桃花树下站着，落英缤纷，两人似乎在对望，看上去竟然有几分意境。

时间是凌晨左右，那个时候除了升级狂人，估计没人在线。

时笙继续往下翻，第二张竟然是风行天下拥抱桑榆未晚。时笙指尖一顿……女主角这是在干什么？自己也没对男主角做什么啊，怎么女主角就对别人投怀送抱了？

世界上叫骂声一片。

桑榆未晚和风行天下没吭声，而离索竟然不在线。

【私聊】木铃铛：清西姐，我明天就要开学了，不能玩儿游戏，等我周末放假再和清西姐一起玩儿。

时笙将视线转到私聊框上。

开学？

对了，这身体的主人马上念大学来着……

今天几号啊？

时笙瞄了眼电脑日历，八月三十号……

马上就开学了啊！

【私聊】十里笙歌：好，我也要开学了。

【私聊】木铃铛：清西姐开学就读大学了吧？呜呜，等我上了大学，清西姐就要毕业了，不能和清西姐一起上大学。

【私聊】十里笙歌：以后时间还长，好好念书。

和木铃铛瞎扯了一会儿，木铃铛就下线了，时笙操控着她的号到处游荡，附近突然刷出几条消息。

【附近】桑榆未晚：你相信慕离倾心？

【附近】桑榆未晚：我知道你在线，说话啊！有什么我们说清楚。

【附近】桑榆未晚：我和风行天下没什么。

【附近】桑榆未晚：也是，你和慕离倾心青梅竹马，当然相信她。

桑榆未晚发完这句话就没声了，时笙看了看四周，绕过一块石头，果然看到离索的号停在那里。

四周竹林摇晃，微风徐徐，桑榆未晚站在离索旁边，两人靠得极近，角度好的话，会以为两人在接吻。

时笙动了动手指，突然发动了攻击。

离索没有回击，直接倒地，桑榆未晚倒是反抗了，但也因为反应不及时，躺尸。

【附近】桑榆未晚：十里笙歌，你干什么？

【附近】十里笙歌：杀你们呗，智障吗？

这么明显的事都看不出来。

桑榆未晚原地复活，直接发动技能。时笙指尖就没离开过键盘，桑榆未晚一攻击，她立即反击。桑榆未晚的操作不怎么样，中上，和时笙对上只有被虐的份。

再次躺尸的桑榆未晚没有忙着起来，在帮派里叫了人。时笙却像知道桑榆未晚在干什么，直接跑了。

系统公告：玩家桑榆未晚对十里笙歌发起100金悬赏令，时限二十四小时。

【世界】握草：十里笙歌怎么又惹上桑榆未晚了？

【世界】慕离倾心：两个不要脸的女人。

【世界】现场直播：本台最新消息，十里笙歌刚才把离索大神和桑榆未晚杀了。

【世界】翠花上酸菜：十里笙歌那技术，杀离索大神也不是不可能。

【世界】哈利雅鹿：小笙歌现在排行榜第五，你们为什么不叫她大神？你们这是偏见吗？

【世界】永遇长安：我不敢想象叫十里笙歌大神的样子。

已经有一个寻墨大神满世界被追杀，再来一个，那画面太美，不敢相信。

别的服大神都是用来膜拜的，他们的服，大神是用来追杀的。

系统公告：玩家十里笙歌对桑榆未晚发起100金追杀令，诸位英雄豪杰请踊跃接取任务。

【世界】翠花上酸菜：桑榆未晚这是要被轮白啊？上次那个花语锦绣的追杀令，十里笙歌都还没撤……

【世界】孤凉：十里笙歌你这个不要脸的贱人，真以为自己是个什么东西，玩儿《神魔大陆》的不是你一个人有钱。

系统公告：玩家孤凉对十里笙歌发起250金追杀令，诸位英雄豪杰请踊跃接取任务。

【世界】握草：贵圈真乱。

【世界】翩翩起舞：贵圈真乱+1。

【世界】翠花上酸菜：贵圈真乱+2。

【世界】我就看看戏：贵圈真乱+10086。

……

一连串刷屏的玩家出现。

【世界】十里笙歌：我什么时候说玩儿《神魔大陆》的只有我一个人有钱了，你把神壕哥和奸商放到哪里去了？智障！

就算合服，叫我奸商那个奸商依旧是富豪榜第一。

神壕哥是“现充现用”的，富豪榜上没他的名字，但是看消费榜，人家那名字可是加粗发光的。

【世界】叫我奸商：被点名了，刷下存在感，收天玄晶，有的MMMMM。

神壕好像不在线。

时笙翻了翻好友列表，不但神壕不在线，就连月下几只都不在，整个好友列表一片灰暗。

时笙叹口气，是王者就需要孤军奋战。

桑榆未晚带着醉花间的人火速杀到，时笙打得过就打，打不过就跑，当真是满世界鸡飞狗跳。

【世界】孤凉：十里笙歌你这个缩头乌龟，有本事来紫禁之巅，我们单挑。

【世界】十里笙歌：你要和我单挑?

系统公告：玩家孤凉邀请十里笙歌决战紫禁之巅，玩家五分钟未做出选择，系统将默认接受。

紫禁之巅是游戏里正式的比武场，在这里比试，死了直接掉3级，所以如果不是什么深仇大恨，大多数玩家还是选择野外地图解决恩怨。

系统公告：玩家十里笙歌拒绝孤凉的邀请。

【世界】永遇长安：十里笙歌竟然拒绝了。

【世界】握草：目瞪口呆。

在游戏中，这种正式的邀请，如果有一方拒绝的话，就会被人认为是怕了对方。

所以一般人就算胜算不大，也会咬牙接下。

【世界】哈利雅鹿：哈哈哈，这才符合我们家小笙歌的性子。

【世界】孤凉：十里笙歌你没种，连邀请都不敢接。

【世界】十里笙歌：第一作为一个妹子，我很确定我是没种的，要是有种，那我肯定得被框起来展览。第二你连排行榜都没上，我接受你的邀请岂不是自掉身价，反之我赢了，你又会说我等级比你高，说我欺负你，怎么看都是我比较亏，所以作为一个智商正常的美少女，我拒绝才是正常人类该有的选择。

【世界】我就看看戏：虽然说得很有道理，但是我从这段话中感觉到了浓浓的不屑和鄙夷，是我的错觉吗?

【世界】永遇长安：不是你的错觉。

明明拒绝了挑战，该被人嘲笑，她怎么反而一副理所当然的口气……

还那么不屑，就算他们是看戏的，都想打她了。

【世界】哈利雅鹿：小笙歌就是霸气，你们这群渣哪里够格和小笙歌交手。

时笙看着哈利雅鹿的ID，嘴角扬了扬，这可是她的二号脑残粉。

一号脑残粉是木铃铛。

时笙这人，就是那种你夸她，她尾巴能翘上天；你损她，她能自损三千的性子。但是你要打她，她能打死你全家。总之一句话——不动手都好说，动手不死，绝不收手。

时笙不时在世界上冒出几句不要脸的话，拉仇恨值拉得欢快，仇人的队伍正在不断扩大，组团指日可待。

季晏最近被时笙抢了风头，好不容易安安静静地打了个boss，结果……关键时刻又卡了。他暴躁地看着弹出来的私聊框。

【私聊】十里笙歌：很快，我的仇人就能遍布世界的每一个角落，大神要不要组个队收人头啊？

这是在和他比谁的仇人更多吗？还有这人不是在被追杀吗？

季晏深吸两口气，点开添加好友，输入昵称，请求添加好友。对方拒绝添加您为好友。季晏更暴躁了，他把键盘敲得噼里啪啦地响。

【私聊】寻墨：加。

这么被她搞下去，他会精神分裂的。

【私聊】十里笙歌：我觉得我们这样手动聊天挺好的，大神只存在于我深深的脑海中……

季晏气得心肝疼，拽过旁边的电脑，噼里啪啦敲了起来。等他敲下最后一个键，再看另一台电脑，十里笙歌这个人物已经不见了。

时笙看着黑屏的电脑，以及上面连环滚屏的楷体加粗字体，指尖抖了好几下。要玩儿是吧？我陪你玩。

时笙揉了揉脸蛋，歪着头看着黑色屏幕里映出来的少女。柳眉弯弯，睫毛长密，一双眼睛水汪汪的，鼻梁小巧挺翘。嗯，看上去美美的，很符合她的气质。

甩了甩刘海，她拿过桌上的钱包，起身出门。

黑回去？麻烦，不要！

现在《神魔大陆》游戏很火爆，各大网吧都有配置，时笙熟练地输入账号上线，定位到寻墨的位置，飞了过去。

寻墨正在打怪，时笙想也没想，直接上去抢怪。

季晏有些诧异，她这么快就解开了？他扭头一看旁边的电脑，嘴角一抽，这人换了一台电脑。

简单粗暴……

【附近】寻墨：你到底想干什么？

上次他找她联手，结果她不屑地拒绝了，现在又凑上来干什么？

【附近】十里笙歌：干你。

【附近】寻墨：……

【附近】十里笙歌：我说我手滑了，大神你会相信我吗？

【附近】寻墨：……

【附近】天涯海角一起嗨：十里笙歌和寻墨，奸夫淫妇，上，杀了他们。

不知从哪儿冒出来一群人，飞蛾扑火般扑了上来，各种技能往她和寻墨身上招呼，技能炸开，绚丽如同烟花。

人虽然多，但都是敌对的，时笙也没什么好顾忌，看到人就往死里打，嗑着药也要把这群人打死在这里。

也不知道是哪个在世界上喊了一声，越来越多的人赶过来，二话不说加入混战。时笙指尖快速在键盘上跳跃，技能光太多，几乎把她的人物都给遮住了，不过看屏幕也没什么用，根本就看不到谁是谁。

背景音乐听得人热血沸腾。地图上，不断有人躺下，有人消失回了复活点，有人则直接站起来加入战局。

这么多人还弄不死两个人，他们真的怀疑这是系统bug。

时笙不知道寻墨是怎么保持不死的，反正她用了不少道具才保持不死。

在人海战术下，操作再厉害也得抓瞎。

就在此时，背景音乐突然变得低沉起来，画面骤然一黑，音乐消失，陷入死寂。时笙眨巴了一下眼睛，确定自己没看错，点了几下键盘，完全没反应。

怎么黑屏了？时笙正想叫网管，屏幕上突然跳出一行字：曾经我以为他是我的天，最后我才知道，一切都是我的妄念。

时笙心头一动，这是触发了隐藏剧情吗？

屏幕上的字显示了大约十秒，如浓雾一般的黑暗慢慢褪去。她此时站在一处山谷中，寻墨就站在她旁边。时笙拉着地图上下左右仔仔细细地看了一圈，山谷的景色很美，但是天空的色调极其压抑，看得人心里不舒服。

她很确定，这个地图她没见过。隐藏地图吗？

而界面上的许多功能都灰了，图标灰了代表在这个地图中，那些功能都不能用。聊天的频道也只剩下私聊可以用。

这是什么任务？需要这么凶残地对待玩家？她看了看屏幕四周，发现并没有退出的按钮，也就是说，除非重启电脑，否则她就没办法退出去。

而且重启也不一定出得去。

时笙点了点任务栏，发现所有任务都灰了，无法点击，只有那个隐藏任务……

隐藏任务……

寻墨请求添加您为好友，是否同意。时笙这次没有手滑，点了同意。这个地方什么都不能用，她又不在家，再不同意，他们只能用意念聊天了。

【私聊】寻墨：我的任务栏多了一个隐藏任务。

寻墨没有废话，直接道。

【私聊】十里笙歌：千年梦回？现在才出现的？

【私聊】寻墨：嗯。

【私聊】十里笙歌：在你砍了我九十九次的时候，我就接到这个隐藏任务了。

【私聊】寻墨：……

【私聊】十里笙歌：大神，你真的不知道有这个隐藏任务，故意砍我九十九次？

【私聊】寻墨：不知道。

【私聊】十里笙歌：我的任务是找兮澧，你的是什么？

【私聊】寻墨：没有任务。

【私聊】十里笙歌：……

没有任务是什么意思啊？

寻墨那边确实没有任务标注，只有一个突然冒出来的隐藏任务，千年梦回，别的什么都没有。

时笙沉默了一会儿，隐藏任务是她被杀了九十九次接到的，而寻墨杀了她九十九次……

但是她比寻墨先接到隐藏任务，也就是说，她是主导一方。

【私聊】十里笙歌：先找找看，我的任务是找一个叫兮澧的NPC。

都这个样子了，硬着头皮她也要做下去啊！

山谷不是很大，两人很快就把山谷转了一圈，别说NPC，连个活的玩意都没看到。

山谷外面黑乎乎的，时笙试着往外走，快要踏出山谷的时候，她就走不了了。

【私聊】寻墨：467、120

【私聊】十里笙歌：找到了？

寻墨没回答她，她只能自己跑坐标。这是山谷上方，刚才她只在山谷下面转，没有上来，上来后就看到了被树木掩盖的山洞。

坐标就在山洞里面。

时笙弯腰进去，寻墨和一个美人相对而站。

美人头顶有一句话：你是他派来的？

【私聊】十里笙歌：什么情况？

【私聊】寻墨：没有选项，但是可以点她私聊，我点她，回答了是，也回答了不是，她都没反应，你试试看。

时笙点了美人一下，跳出了私聊的界面。

【私聊】兮澧：你是他派来的？

什么？

NPC跑到这个破山洞来待着？

时笙先输入“是”，兮澧回复的依旧是那句话，输入“不是”，也是那句话。

唯一的两个答案竟然都不正确……策划组，这是在耍着老子玩儿呢?

【私聊】十里笙歌：不行。

【私聊】寻墨：……

两人无语地盯着兮澧美人，这是她要找的NPC没错啊!

可是就两个答案，她怎么没反应呢?

【私聊】十里笙歌：你看过《神魔大陆》的背景吗?

【私聊】寻墨：官网上有。

这意思就是没看过了？你大爷的!

【私聊】十里笙歌：这个任务可能要做一阵，我先去续费，你去看看《神魔大陆》的背景。

【私聊】寻墨：……

时笙去前台续费，顺便把旁边的机子也开了，幸好她刚才要的是双人包间。

木铃铛下线的时候把账号给了时笙，时笙现在直接登了她的号。这妹子的好友和时笙差不多，也就那么几个，她不认识的ID就三个。

时笙看到，自己现在的状态竟然是下线的……

而此时世界上也炸翻了天。她和寻墨被围攻的时候，两人突然就下线了，不少人说他们是怕了。

你们这群人，本宝宝会回来的，别嘚瑟。

时笙关掉世界，快速戳了在线的神壕。

【私聊】木铃铛：月下那四只怎么没在啊?

【私聊】神壕：?

【私聊】木铃铛：我是十里笙歌。

【私聊】神壕：世界上说你被围攻下线了。

【私聊】木铃铛：听那群智障瞎说，老子怎么会被他们围攻下线?

【私聊】神壕：那你怎么在用别人的号?

神壕看了一眼好友列表，十里笙歌确实不在线。

【私聊】木铃铛：我被传到一个隐藏地图，就是上次我问你们的那个隐藏任务，你能联系月下他们吗？任务有些麻烦。

【私聊】神壕：你和寻墨一起?

神壕，你的重点偏了啊!

【私聊】木铃铛：他们不是说我和他一起被围攻下线的吗？我当然和他在一起。

【私聊】神壕：我给他们打电话，你等会儿。

【私聊】木铃铛：哥，大哥，速度。

神壕那边没回复，估计是在给月下几只打电话。

时笙点开官网，去看《神魔大陆》的游戏背景设定。故事很简单，整个游戏是从神魔大战千年后的世界开始的。神族阵营的主线是寻找神君，魔族阵营的主线是营救被镇压的魔君。有用的消息并没有……

神壕邀请您加入队伍今天没赚钱，是否同意。

时笙赶紧点了同意。

月下独酌和月下吟风已经在了。

她进去后月下海棠也进来了，以往一直积极的月下飘雪却迟迟不见人影。

【队伍】月下吟风：咦，飘雪怎么还没上？壕哥，昨晚你们折腾了多久，飘雪床都下不了。

【队伍】神壕：他还在睡。

【队伍】木铃铛：……

【队伍】月下独酌：他在也没用，小笙歌叫我们来是要用智商的。

【队伍】月下吟风：说得有道理，咯咯，进入正题。

【队伍】月下海棠：小笙歌进入隐藏地图了？

【队伍】木铃铛：嗯，现在那个NPC，不管怎么回答都没反应。

【队伍】月下海棠：NPC说了什么？

【队伍】木铃铛：她问："你是他派来的？"是和不是两个答案，竟然全不对，策划组是要把玩家玩死吗？

【队伍】月下海棠：我看过官网，现在更新的东西只有那么多，很多背景框架都还没爆出来，不过我们有一个东西可以参照。

【队伍】月下独酌：《神魔大陆》原著。

原著？

这游戏是改编的？

原主记忆中没这回事，剧情里也没提过……

【队伍】月下吟风：《神魔大陆》游戏是根据小说改编的，我们最近把那本书看了一遍。说实话……除了大的背景框架，这就是同人文作者的自恋心态体现。

【队伍】木铃铛：……

你这样说话，会被作者打的，我跟你讲……

就算自恋，那也是人家的心血，更何况还改编成了这么成功的游戏。

【队伍】月下海棠：小笙歌，你说的那个NPC是一个比较悲剧的支线人物，她是神族的公主，却爱上魔族的大将萧景，魔族利用她，对神族发起了攻击，萧景也在一些原因下失忆了，两人的误会越来越大，最后神魔大战全面爆发，两人再见是在战场上，刀剑相向，结局是萧景恢复记忆，但神魔大战已经到了最后关头，容不得他退缩。他使计把公主关了起来，最后萧景死了，关押公主的地方也被封印起来。你现在所在的地方应该就是公主被关的地方。

【队伍】木铃铛：我知道了。

如果"是"和"不是"都不行，那答案肯定是兮澧口中那个他的名字。

策划组太会玩儿了，要是遇上智障，这辈子也别想过这个隐藏任务。

时笙把界面切回另一边。

寻墨的私聊框正好发了过来。

【私聊】寻墨：萧景。

【私聊】十里笙歌：……

他怎么知道的?

时笙郁闷地戳了兮澧，输入萧景。

可能因为寻墨是魔族的，兮澧不理他，必须时笙输入才行。

【私聊】兮澧：你和他也是一伙的，去死吧!

结果，兮澧毫无预兆地暴走了，打得时笙和寻墨措手不及。

说翻脸就翻脸，就算你是个NPC，也不能这么善变吧!

时笙和寻墨联手把兮澧打到残血，正准备结果了她，下一秒兮澧就恢复原貌，奄奄一息地倒在地上。

现在他俩戳也没用，人家不掉血了。NPC就是牛，说掉血就掉血，说不掉血就不掉血，说暴走就暴走，简直太不把玩家放在眼里，差评!

【私聊】兮澧：我爱了他那么多年，他为什么要这么对我？我要报仇，我不甘心。

隐藏任务：兮澧的怨恨。

她和寻墨被传出了山洞。

莫名其妙打一架，发一个没有任何说明的任务就算完事了?

【私聊】寻墨：什么任务?

寻墨那边依旧看不到任务。

【私聊】十里笙歌：兮澧的怨恨，没有任何说明。

【队伍】木铃铛：兮澧暴走，莫名其妙打了一架，发布了任务"兮澧的怨恨"，此外没有说明。

【队伍】月下吟风：……

【队伍】神壕：小笙歌，你怎么会接到这么变态的任务，别做得了。

听这口气时笙就知道这人是谁。

月下飘雪不在的时候，另外三只月下的画风挺正常的，只要月下飘雪在，绝对正常不了。

【队伍】木铃铛：现在不是我做不做的问题，是系统放不放过我的问题。

你想想，策划组一开始设置的触发条件，是要一个人杀掉另外一个人九十九次，这么苛刻的条件都达成了，后面怎么可能会放过玩家。

队伍一阵沉默，十几秒后，月下海棠的话发了过来。

【队伍】月下海棠：兮澧误会萧景，她不甘心的肯定是萧景，你要找到萧景。

【队伍】木铃铛：我看看。

时笙操控着十里笙歌的号看了看四周，山谷外面的黑暗竟然退了，也就是说可以出去了？

时笙和寻墨出去，果然不像之前那样。

就在他们继续往前走的时候，寻墨原地消失了。

【私聊】十里笙歌：你搞什么？

对不起，您的好友已下线。

下线了？不靠谱的队友。果然靠人不如靠自己。

时笙一个人往前走，走了十几米，突然走不动了。

系统提示：玩家寻墨处于离线状态，您无法前进。

什么玩意？他下线，老子还不能往前走？她试着操控人物往前走，然后系统提示不断弹出来。前后左右她试了个遍，范围大概在方圆二十米，超过就无法再前进。

时笙郁闷了。这破任务到底怎么回事？寻墨好好的怎么就下线了？

时笙等了大概半个小时，寻墨都没上线，她只能去玩木铃铛的号，一边和月下几只做日常任务，一边聊着隐藏任务。

【喇叭】离索：下周六，我和桑榆未晚八点婚礼，在线的到月老庙领喜钱。

这条喇叭突然刷出来，时笙看了两遍，确定自己没有看错。

这两人不是才吵了架吗？怎么忽然要结婚了？果然连吵架都是关系更进一步的预兆吗？

【世界】孤凉：恭喜大神和桑榆，百年好合。

【世界】慕离倾心：离哥哥，你真的要娶她吗？她在骗你，离哥哥，你相信我。

【世界】握草：恭喜大神。
【世界】风行天下：恭喜老大。
【世界】桑榆未晚：欢迎大家来参加婚礼。
【世界】现场直播：恭喜大神。
……
世界上一片恭维贺喜声，慕离倾心的那句话很快就被刷没了。
月下飘雪却在队伍里开始叽叽喳喳。
【队伍】月下飘雪：醉花间的竟然要举行婚礼了，吟风，周六咱们去抢婚怎么样？
【队伍】月下吟风：抢男的女的？
【队伍】月下飘雪：当然是女的，女的好抢。
【队伍】月下独酌：成功了，谁要女的？
《神魔大陆》有抢亲系统，只要抢成功了，就会和女方结为合法夫妻。
这是《神魔大陆》比较坑人的地方，也是比较吸引人的地方。
结婚系统刚更出来的时候，由抢婚引发的大战就有好几次。
【队伍】月下飘雪：当然是吟风，我可是个妹子。
【队伍】月下吟风：你玩个女号，还真当自己是妹子了。
【队伍】月下独酌：……
【队伍】月下海棠：……
【队伍】木铃铛：你和神壕去结婚不就成了？
月下几只的面子是不怎么样，神壕这尊“土豪”的面子却是很大的。
只要神壕一句话，准能抢了离索和桑榆未晚的风头。
【队伍】月下独酌：小笙歌这话在理。
【队伍】神壕：我没意见。
【队伍】月下飘雪：不要，我不同意。
【队伍】月下吟风：壕哥给点钱，我先去准备些东西。
【队伍】月下飘雪：不要，我说了我不要，你们别擅自做主啊！
【队伍】月下海棠：婚礼时间可以定在八点。
【队伍】木铃铛：多买些烟花和玫瑰，等离索举行婚礼的时候刷。
【队伍】月下吟风：小笙歌好狠啊，不过我喜欢哈哈哈。
烟花“百年好合”和玫瑰“一生一世”刷起来，那是要霸占月老庙这个地图的整个屏幕的，到时候除了烟花和玫瑰，啥也看不到了。
【队伍】月下飘雪：喂喂你们谁听一下我的意见啊，我不嫁好吗？

【队伍】神壕：你的意见不重要。

于是，月下飘雪就这样被“嫁”了。

时笙和他们插科打诨一阵，见寻墨还没上线，也下线回了家。

她费了些时间才把电脑弄好，等上线已经是晚上十二点，她发现自己上去后，依旧是在下线的地方。果然是这样，不做完任务，她别想出去。

她看了眼，觉得没什么好玩儿，准备下线，旁边突然闪起了人物上线的光芒。

寻墨的身影慢慢出现。

【私聊】寻墨：停电了，任务还在?

【私聊】十里笙歌：嗯，下线也会在，今天太晚了，明天做吧。

寻墨那边迟疑了几秒。

【私聊】寻墨：好。

时笙粗暴地关了电脑，睡觉。

第二天，她还没来得及上线，就被家里的用人告知今天开学。她只好收拾东西去学校。

因为是新生，时笙一到学校就看到许多大二和大三的学姐学长在帮忙引导。原主有心脏病，家里的人怕她出事，一般在她出门时都派专人跟着，此时自然没人上前帮她。

“小姐稍等，我去给您领东西。”

时笙微微点头。

她随意在学校转了转，环境还算不错。

时笙原路返回的时候，有两个妹子走在她后面，其中一个激动又兴奋地说：“听说东方学长今年会在新生入学礼上讲话，我们说不定也能看到东方学长。”

“东方学长是谁？”

“我说你整天就知道玩游戏，连东方学长是谁都不知道。东方离啊，计算机系的东方离，无数女生的梦中情人，我拜托你，接地气一点好吗？”

“好吧，你怎么知道他会来？”

“刚才我去导师那里，听到他和主任在说。啊，一想到能看到东方学长，就好兴奋。”

“花痴吧你就。”

“花痴怎么了，如果对象是东方学长，我花痴一辈子也愿意。我要是有这样一个男朋友，死而无憾。”

“噗……你现实点吧，人家那样的人怎么可能看上你。”

“不怕一万就怕万一，万一东方学长就看上我了呢？对吧对吧。”

时笙慢了两步，微微偏头，看向说话的两个女生。语气非常激动的是一个短发的女孩子，长得还算可爱。她旁边的女生有张白白净净的小脸，五官不是很精致，但是耐看，眉清目秀，扎着马尾，牛仔裙，气质清纯。

原主是没见过女主角的，但是刚才那个短发女生提到了东方离。东方离就是男主角。按照女主角的性子，必定是对男主角毫无印象的，不花痴，这样才能引起男主角的注意。而且这个妹子很符合剧情里面的女主角设定，清纯。

大概时笙的眼神太过直接，那女生抬头往她这边看过来，抿着唇笑了笑。时笙对女主角这种生物大概本能不喜，淡漠地移开了视线。这下就尴尬了，那女生愣了下，移开了视线，继续和短发女生说话，好像什么都没发生一般。

"桑榆，过来一下。"

远处有人朝这边招手，被时笙打上女主角标签的女生果然抬头看去，应了一声，和短发女生跑了过去。

这下时笙能肯定了，这人就是女主角。

时笙站了一会儿，目光平静地看着桑榆走远。她和桑榆一个学校，倒是有点意外。

时笙从学校回来，立即登录游戏。寻墨已经在了，一动不动地站在那里，也不知道上了多久。

【私聊】寻墨：继续?

她一上去，寻墨的消息就发了过来。

【私聊】十里笙歌：嗯。

寻墨也不知道开启了什么外挂，突然好像什么都知道了。任务完全不需要时笙担心，她只要按照寻墨说的做就行了。

但这个任务太烦琐，又没什么激情，时笙做着做着就失去了兴趣，站在原地不动。寻墨走了一段距离，突然发现走不动了，再一回头，白衣女子已经盘腿坐了下去。他不得不倒回去。

【私聊】寻墨：?

【私聊】十里笙歌：无聊，不想做了。

【私聊】寻墨：……

【私聊】十里笙歌：我先下了。

时笙果断下线，没给寻墨留一点反应的机会。

季晏看着空荡荡的地图，暴躁地拍在键盘上。这个善变的女人。

气死他了。

他烦躁地起身，走到窗边，唰的一下拉开窗帘。外面的阳光争先恐后地流泻进来，将他包裹其中。季晏不喜地皱了皱眉，下一秒就将窗帘拉上，在昏暗的房间中来回走动，余光不时扫向电脑屏幕。

时笙下线后，登上木铃铛的号和月下几只闹了一会儿。她和寻墨被关小黑屋了，整个世界好像都安静了。

无聊得想吃土的时笙没多久又厌倦了，一点劲都提不起来，果断下线睡觉。

第二天要去学校，也没时间上线，等她再次上线，已经是第三天了。

然而当她登号的时候，发现自己的号不是在上次下线的地方，而是在一个没见过的地图上。

隐藏任务也变了。

时笙默了默，看了眼站在她旁边的人物。

【私聊】十里笙歌：你不经我同意盗我的号，这是不道德的。

【私聊】寻墨：经你同意不叫盗号。

【私聊】十里笙歌：……

她竟然无言以对。

【私聊】十里笙歌：你自己做吧。

老子不陪你玩儿了。

时笙麻溜地下了线。

于是，她没有看到寻墨发过来的消息。

【私聊】寻墨：等等。

季晏实在搞不懂这姑娘，他盗了她的号，她竟然这么淡定，就不怕他把她的号给卖了吗？

开学比较忙，所以时笙近两天很少上线，就算上线也只看一眼，隐藏任务依旧没完成，她连个招呼都不跟寻墨打，直接下线了。

气得寻墨好几次都想把她的号给卖了。

等时笙忙完，上线已经是周六，也就是离索和桑榆未晚举行婚礼当天。

【私聊】十里笙歌：你怎么还没做完？

【私聊】寻墨：……

这种不满加谴责的口气是几个意思？

他一个人做，她还不满意？

时笙翻了翻隐藏任务，任务已经变成了“千年梦回”。

应该是最后的任务了。

【私聊】十里笙歌：最后了？

【私聊】寻墨：嗯。

【私聊】十里笙歌：那赶紧吧，一会儿有好戏看了。

时笙火急火燎地开始做任务，她这个号可都消失一周了，再不出去刷存在感，那些人快不记得她了。作为一个合格的反派，这是绝对不能容忍的。

时笙理解能力很强，寻墨给她说后，她立即就明白了。最后的任务是回到之前那个山谷，找兮澧对话就可以了。

此时世界上也是一片热闹，马上就是八点，离索大神和桑榆未晚的婚礼即将开始。桑榆未晚在亲友的簇拥下换上了喜服，和同穿喜服的离索站在月老面前。喜服是商城上最值钱的那一套，带着光效，衬得两人风华绝代。

满屏都是恭喜道贺的声音。

桑榆未晚是有些紧张的。她真的要嫁给大神了？

屏幕上的时间一点一点跳动。

19：59：45

19：59：55

……

最后三秒，桑榆未晚面前弹出一个对话框，询问她是否同意和离索结为夫妻。

桑榆未晚紧张地点了“同意”。

下一秒——

系统公告：恭喜玩家十里笙歌与玩家寻墨携手通过千年梦回秘境，奖励称号“至死不渝”，绝版情侣套装“三生三世”。

系统公告：恭喜玩家十里笙歌与玩家寻墨喜结连理，百年好合。

系统公告：千年梦回秘境即将开启，敬请期待。

系统弹出三条公告，同时满屏的烟花和玫瑰刷了起来。

十里笙歌和寻墨的名字被系统加了特效，就算是烟花和玫瑰都遮挡不住。

一些跟着刷的人，这才反应过来。

这人的名字不对啊！

暗自准备抢离索和桑榆未晚风头的月下等人都愣住了。刚才他们还以为时笙不在线，结果转眼系统就刷出这么几条消息。

【世界】我就看看戏：……

【世界】倚栏听风：……

【世界】风吹裤裆屁屁痒：……

世界上一片诡异的静默。

时笙看着那三条公告也是有些愣神的。

就在刚才，她和寻墨回到那个山洞。

【私聊】兮澧：你愿意为了他死吗？

为谁死？寻墨？

不愿意！

时笙动作快过脑子，念头刚闪过，手已经点了“不愿意”。

等等！我手滑点错了！这种情况，肯定是要点愿意啊！就在时笙后悔的时候，整个画面突然摇晃起来，像是土崩瓦解一般。

【私聊】兮澧：这世界上果然没什么真情，既然如此，那还不如就这样毁灭。

画面如同被无数刀剑切割，碎成一片一片。所有技能都无法发动，时笙只能眼睁睁看着人物在这些碎片中摇晃，如海浪中的一叶孤舟，飘摇无依。

就在时笙以为必死无疑的时候，画面突然停止了崩毁，然后那三条公告就弹了出来，接着是满屏的烟花和玫瑰。

【世界】月下飘雪：小笙歌你这脸打得也太疼了，哈哈哈，不过好爽。p.s.壕哥我们是不是可以不约了？

月下飘雪打破了静默。

世界立即热闹起来。

【世界】握草：十里笙歌和寻墨大神消失了这么久，一回来就是这么大的动静，是要闹哪样？

【世界】翩翩起舞：十里笙歌竟然和寻墨大神结婚了……

【世界】我就看看戏：十里笙歌和寻墨大神真的不是故意的吗？

时笙看着人物头顶的称号“寻墨的娘子”，嘴角一阵抽搐。

她做了这么久的任务，就给这点奖励？抠门！差评！也就那套绝版服装值钱点，但那服装是绑定的，无法交易！时笙看着背包里的服装，那叫一个心塞。

这就算是完成隐藏任务了？未免太简单了吧？系统你确定没中毒吗？

【从下个位面开始，难度将提升，这个位面是给宿主过渡用的。】

系统冰冷的声音响起。

时笙默了默，难怪任务都这么简单，也就是说……现在可以随便玩儿了？

【请宿主不要随便破坏，否则我将强行将你从位面抽离。】

不随意破坏就不随意破坏，本宝宝会认真地破坏。

【世界】十里笙歌：对啊，我就是故意的，怎么不服吗？来打我啊！

时笙这话一出，世界就炸了。

【世界】白衣未央：十里笙歌，你不要挑事。

【世界】风行天下：报十里笙歌坐标，200金。

【世界】十里笙歌：我就挑事，来打我啊！

【世界】离索：十里笙歌今天我结婚，不想见血。

【世界】十里笙歌：可是我想啊！大神，你会满足我这个小小的愿望对吧？

【世界】月下飘雪：醉花间的在月老庙开屠杀，小笙歌你在哪儿，快来保护我。

由于策划组“单身汪”的恶意，月老庙是可以开屠杀的。

【世界】风行天下：谁先开屠杀的。

【世界】月下飘雪：风行哥哥就是你，就是你先的，你欺负人家，人家不依，人家也要你对桑榆未晚那么对人家，人家要抱抱，人家要亲亲。

【世界】神壕：飘雪。

【世界】月下吟风：飘雪死定了，哈哈哈哈。

【世界】倚栏听风：寻墨大神，快把你娘子拉回去，会引发世界大战的。

【世界】寻墨：……

【世界】握草：第一次见寻墨大神上世界，合影留念。

【世界】翩翩起舞：我不会告诉你们，我们也是第一次见寻墨大神上世界，合影。

【世界】十里笙歌：他穷。

【世界】倚栏听风：这个理由我竟然无法反驳。

在世界说话是要钱的，一块钱一次。

【世界】我就看看戏：所以十里笙歌真的和寻墨大神在一起了？

【世界】十里笙歌：我就算很厉害，也厉害不到手动发系统公告，综上所述，这是真的。

【世界】翠花上酸菜：寻墨大神和十里笙歌的亲密度为0……

【世界】握草：所以是bug？

和所有游戏一样，想要结婚，就得把亲密度刷到1314，否则是无法结婚的。而结了婚的人，会显示在“情比金坚”这个榜单上，后面有亲密度值。

时笙和寻墨的名字后面，缀着一连串的“鸭蛋”。

一群智障，刚才的系统公告被他们吃了吗？她是被结婚的好吗？

时笙赶到月老庙，全是红名，月下和神壕非常显眼。在这里想动手，只能开屠杀，时笙开了屠杀，直奔离索和桑榆未晚而去。没办法，她就是想杀他们。

桑榆未晚最先被时笙放倒。

【附近】桑榆未晚：十里笙歌你有病啊！

时笙抽空回了一句。

【附近】十里笙歌：你就是药啊！

杀你本宝宝就很开心！

桑榆未晚有点蒙，她怎么无法理解？

【附近】离索：桑榆别起来。

桑榆未晚本来打算起来，听离索这么说，就放弃了，她战斗力不行，干不过十里笙歌。

十里笙歌就跟疯子似的。

离索操作是不错，时笙和他对上，有些吃力，眼看血就要见底，旁边突然蹿出一道技能光，打断了离索。

时笙立即撤回月下飘雪身边，让他给自己回血。

【附近】寻墨：5000金。

【附近】十里笙歌：夫君，一家人你还跟我谈钱，多见外。

【附近】寻墨：我走了。

【附近】十里笙歌：别别，夫君我有钱，你上，要多少我给你多少，弄死这群人。

【附近】月下飘雪：小笙歌你这是把寻墨给包养了？

【附近】月下吟风：飘雪别聊天，看血。

月老庙的人因为离索和寻墨交手，自发停了下来，将场地让了出来。

寻墨的装备比不上离索，而且因为隐藏任务耽搁了这么久，他的等级也和离索有差距，和离索对上其实没有胜算的，时笙也不知道他是不是给自己开了挂，最后是他赢了。

【私聊】寻墨：给钱。

【私聊】十里笙歌：可不可以先欠着？

【私聊】寻墨：不能。

【私聊】十里笙歌：一点也不可爱。

时笙把钱给了寻墨。

【私聊】十里笙歌：夫君，你把这些人都弄死，我再给你5000金怎么样？

【私聊】寻墨：你自己怎么不动手？

【私聊】十里笙歌：我怕他们折寿。

【私聊】寻墨：……

这话她也说得出来。

真当自己是老祖宗啊！

寻墨大开杀戒，把月老庙的人都清了一遍。时笙现在很确定他开了挂，他的号本来不厉害，还能单挑这么多人，简直不科学。

世界上全是醉花间的人在叫骂，但是时笙和寻墨都没回应，反正有人来，杀就是了。

因为时笙的搅和，月下飘雪和神壕的婚礼没有如期举行，推迟到了九点。等九点举行婚礼后，时笙就下线了，再也不管那群气得恨不得轮白她的人。

醉花间的人颜面扫地，婚礼被搅了场子，还被人杀得还不了手，这婚礼何止血腥啊！

而即将更新的千年梦回秘境，也成了玩家讨论的一个话题。

千年梦回秘境在第二天就更新了，120级的副本，会掉高级材料和装备。

这之后，时笙每天的日常就是挑衅醉花间，和寻墨一起杀人，接着被追得满世界跑。

其他服的人在论坛上知道有这么两个奇人，纷纷开着小号来这边围观这对夫妇。更有人直接放弃大号，到这边重新来过。毕竟一个服里没有八卦，也就不怎么好玩。

上完课，时笙拿着手机刷了刷游戏论坛，《神魔大陆》昨天就停服了，这次更新后，就是阵营战。

论坛上此时讨论得火热的，却不是更新的事，而是一个小号发出来的帖子。帖子标题是——818桑榆未晚那些年做过的不要脸的事。

楼主列举了好几件事。

比如桑榆未晚没火之前，曾经和叫我奸商合作过，她提供东西，叫我奸商卖出去，并从中抽成。但是之后她和买家熟悉了，便越过叫我奸商，直接和玩家交易。这是极不厚道的行为，算得上抢叫我奸商的生意。

比如桑榆未晚在下本的时候，只要大神在，就会说自己想要什么，然后大神直接把东西分给她。

再比如，桑榆未晚拿了帮派仓库的东西，却从来不给帮派上缴东西。

楼主一一列举下去，有些夸大其词，这女主角就算被写崩了，也不至于有楼主说的那么不要脸。

“哎哟。”时笙低着头，突然被人撞了下，她往后面退了几步，还没出声，撞她的人却先出声了。

时笙抬头看向女生，是之前和桑榆在一起的那个。

麻烦来了！时笙脑中刷屏一般闪过几个大字。

女生被撞到了地上，一摞资料散了满地。

“莫莫，你没事吧？”桑榆从远处跑过来，将女生扶起来，“让你走路别走神，这是在学校，要是在大马路上，你就死定了。”

叫莫莫的女生甩了甩头发，有些愤怒道：“我抱着这么多东西，哪里看得到前面？她也不知道让让，非要撞上来。”

你撞了人，还怪我啊！

桑榆顺着莫莫指的方向看过来，看清时笙的面容，略显诧异。

是她！上次见到的那个女生。

“学妹你撞到人，难道不道歉吗？”桑榆轻轻出声。

时笙将手机在手中漂亮地转了个圈，恶劣地笑了笑：“不想道歉。”

莫莫上下打量了时笙几眼，满是鄙夷：“看你穿得也是光鲜靓丽，怎么这般没有教养。”

“没教养的人看人当然没教养。”

“你什么意思？”莫莫怒目而视。

“说你没教养啊！”时笙眨巴眼睛，表情略显无辜，那双清亮的眸子里盛满了毫不掩饰的恶意，“看来学姐不但没教养，还是文盲啊！”

女主角身边必定有一个暴躁的闺密，莫莫直接被激怒：“嘿，现在的新生都这么嚣张了，你哪个系的？”

“我哪个系的关你什么事，你还想学小学生打小报告吗？”

“你……”也不知道是不是被说中了，莫莫的脸色变得难看起来。

“莫莫，别说了，主任还等着，先把东西送过去。”桑榆适时出声。

时笙看了桑榆一眼，眼底的淡漠像是一把刀，插入桑榆心头，让她有种很不舒服的感觉。

“不行，她今天非给我道歉不可。”莫莫也来了脾气。

“我偏不，你还能打我不成？”时笙神情嚣张，语气非常欠扁。

桑榆看着面前的少女，突然有种错觉。她想到了游戏里的十里笙歌，也是这么嚣张，这么让人讨厌。

“我就打你了。”莫莫一撸袖子，向前疾走两步，扬起手朝着时笙的脸蛋扇去。

时笙迅速往旁边一偏，莫莫的手擦着她的脸颊过去，时笙反手就是一巴掌打在莫莫脸上。啪的一声脆响，一些过路的学生纷纷朝着这边看过来。

时笙的力道没有多大，原主身体本来就不好，所以只不过是声音大了点，莫莫也只感觉脸颊有些发麻，不怎么疼。但是当着这么多人被打，让她的脸往哪儿搁？

“嘶，东方学长。”

“天，真的是男神，他怎么回学校了？”

“今天新生入学礼上东方学长要讲话啊，你不知道吗？”

“这么重要的事竟然没人跟我讲，幸好在这里看到男神了，否则我就错过了和男神见面的机会。啊，男神好帅啊！”

四周女生突然一阵骚动。

时笙在心底唾弃了一声，就知道这剧情会这么发展。女主角遇到女配角，男主角必定会上场。

青年从人工湖的桥上走下来，目光似有若无地落在桑榆所在的方向。他微顿了一下，然后朝这边走过来，在时笙旁边站定。

“楚学妹。”

时笙无辜地眨眼，男主角认识原主吗？突然和她打招呼是几个意思？

时笙努力在原主的记忆中寻找，总算从角落里扒拉出一丁点关系。

楚家和东方家一直是合作关系，有些时候，楚父会带原主参加一些氛围比较轻松的宴会，东方离在宴会上见过原主，也不是奇怪的事。

只是……这人突然和自己打招呼，是为了给女主角解围吧？此时的男主角已经知道女主角的现实身份，所以这次才会回来学校。但是他贸然和女主角说话，又怕吓到女主角，所以自己就是他选择的跳板。这么一想，时笙突然感觉好不爽！

“你是？”时笙微笑。

东方离微微皱眉：“楚学妹不记得我了吗？”

真当你是小太阳，人人都该认识你、记得你啊！

“我应该记得你吗？”

东方离语塞。他也只见过楚云西一面，虽然有些时间了，但他从来没想过，有一个人会不记得自己。

余光扫向被桑榆捡起来塞到莫莫手中的资料，东方离很自然地转移了话题：“你是去送资料的学妹？”莫莫愣愣地点了点头。

“我也要去礼堂，一起吧。”

“啊？”美色当前，莫莫哪里还记得被打的事，脸上跟火烧似的，说话都不利索了，“好……好啊。”

“楚学妹一起吗？”

“没空。”

东方离也只是随口一问，这样不会显得刻意，所以时笙拒绝他，他其实是很满意的。这么懂事的小学妹，就算她不记得自己，他也原谅她了。

新生入学礼，时笙没去，她看到男女主角就觉得硌硬，想砍死他们。这大概因为她是一个后妈型的作者，一天不虐女主角，她一天就不舒服。

晚上，时笙回到家，游戏已经更新，第一场阵营战就定在月末。时笙翻了翻最近的消息，世界上说的都是阵营战的事。

玲珑塔也更新到了120层。

她又看了眼论坛，写桑榆未晚的那篇帖子不见了。

时笙返回游戏戳寻墨。

【私聊】十里笙歌：夫君，来刷亲密度啊！

【私聊】寻墨：好好说话。

嘿，本宝宝怎么没好好说话了？

【私聊】十里笙歌：小婊子来刷亲密度，老子要用夫妻技能。

【私聊】寻墨：落回谷331、465。

时笙的号传送过去的时候，发现寻墨身边不止一个人，还有个“叫我奸商一号”的小号。

两人估计是在私聊，附近没有记录。

【附近】叫我奸商一号：膜拜笙歌大神。

【附近】十里笙歌：突然有人叫我大神，好忐忑。

那些人可从来不叫她大神，都是十里笙歌，一点也不尊重她这个大神！

【附近】叫我奸商一号：笙歌大神的三生三世绝版套装卖吗？

卖？

怎么卖？这玩意是绑定的啊！

【附近】十里笙歌：套装是绑定的卖不了。

【附近】叫我奸商一号：寻墨大神，你在逗我玩儿吗？

【附近】寻墨：交易。

两人半天没出声，估计是在交易。

【附近】叫我奸商一号：笙歌大神，看在我叫你大神的分上，把你的也卖给我吧。

时笙满头“黑线”，直接戳了寻墨。

【私聊】十里笙歌：你又黑了系统？

【私聊】寻墨：嗯。

【私聊】十里笙歌：你是有多缺钱？

连系统绑定的套装，他都要去黑了卖掉。

【私聊】寻墨：留着没用。

【私聊】十里笙歌：可以嘚瑟啊！

那玩意可是绝版的。

绝版啊！穿出去拉仇恨值妥妥的。

【私聊】寻墨：……

【附近】叫我奸商一号：笙歌大神，你说句话啊，卖不卖？

【附近】十里笙歌：不卖。

【附近】叫我奸商一号：为什么？寻墨大神都卖了，你一个人穿着也没意思啊，有个词不是叫夫唱妇随吗？

【附近】十里笙歌：就冲你这句话——

【附近】叫我奸商一号：大神要卖了吗？

奸商一阵激动。

绝版情侣套装啊！老值钱了，转手就能卖好多钱！

【附近】十里笙歌：老子就不卖。

什么叫夫唱妇随？怎么也得妇唱夫随！会不会说话！

【附近】寻墨：……

【附近】叫我奸商一号：……

他哪句话说错了？

【附近】十里笙歌：我就是把它分解着玩儿，也不会卖给你。

【附近】叫我奸商一号：笙歌大神，不要这样，我哪句话说错了，收回还不行吗？只要你把“三生三世”卖给我……

【附近】十里笙歌：你吐出来的东西，你还能吃回去？

【附近】叫我奸商一号：……

叫我奸商纵横商场数年，不怕对方耍阴谋诡计，就怕对方不要脸，还不在乎钱。

这种人找不到弱点，根本就没办法攻破。

【附近】叫我奸商一号：笙歌大神如果改变主意，随时欢迎你来找我，价格好说。

叫我奸商留下这句话就溜了，生怕时笙找他麻烦似的。

【附近】十里笙歌：走，夫君，刷亲密度去。

【附近】寻墨：……

寻墨以为时笙说的刷亲密度是做夫妻任务，然而他忘了，新上任的娘子是个张扬狂妄的人，还特爱显摆，怎么可能会规规矩矩刷夫妻任务。

时笙把寻墨带到梦回山，这里被封为《神魔大陆》风景最美的地方。

千年梦回的秘境入口，就在这里。

梦回山是一座山，山下种满樱花，山顶有一株特别大的樱花树，整座山看上去都是粉粉嫩嫩的，非常梦幻。

时笙爬上山顶，麻溜地买了烟花，然后交易给寻墨。

【私聊】十里笙歌：放。

【私聊】寻墨：……

除了结婚用的烟花，还有一种烟花是用来刷亲密度的，寻墨发现时笙买的烟花都是比较贵的。这败家娘子！

她买的烟花999金一组，一组99个，一个亲密度1314，而她交易给了自己20组……败家娘子！

亲密度最高是5201314，之后就可以拥有很厉害的夫妻技能和称号。但到现在为止，游戏里还没有哪对夫妻学会了。

她给自己这么多，是要把亲密度刷到最高？

【私聊】十里笙歌：你先放着，我用个膳。

【私聊】寻墨：为什么要我放？

【私聊】十里笙歌：难道要我放？你好意思？老子买的还要老子自己放？

一点就奓毛的时笙。

寻墨默默地开始放烟花，女人真善变。

等时笙吃完饭回来，满世界都是她和寻墨在梦回山放烟花的消息。

【世界】我就看看戏：寻墨大神这是发财了还是忘记吃药了？都放多少了？这得多少钱？

【世界】翩翩起舞：寻墨大神的所有积蓄？寻墨大神接下来要吃土了吗？

【世界】握草：十里笙歌这个“土豪”妹子怎么没反应？

【世界】慕离倾心：哗众取宠，有本事买“锦绣山河”啊！

【世界】现场直播：根据本台最新消息，寻墨大神已经放了三组烟花。

【世界】锦绣山河：我不卖。

【世界】我就看看戏：噗，5200金一次你也不卖？这价格在京城那些地方都不一定有的。

【世界】锦绣山河：其实可以考虑一下。

“锦绣山河”也是一种刷亲密度的道具，5200金一个。是的，一个，不是一组，贵得令人发指。

【世界】十里笙歌：你让刷就刷，那我岂不是很没面子，你求我一下，我就刷给你看怎么样？

【世界】慕离倾心：呸，你算什么东西，还让本小姐求你。

【世界】小号863：这个服的“土豪”这么多？

系统公告：玩家离索为夫人桑榆未晚点燃锦绣山河，携手共享盛世江山。

画面突然暗下来，一簇簇火光从梦回山下升腾而起，画卷一般铺陈开，震撼而唯美。画面持续一分钟，最后十秒，火光组合成了桑榆未晚的名字。

时笙撑着下巴若有所思，别说，这花钱的东西就是好看。不过让她给寻墨放这么浪漫的玩意？做梦！做梦都不行！

【世界】桑榆未晚：谢谢大神。

【世界】离索：叫夫君。

【世界】握草：身为一个抠脚大汉，我竟然被浪漫到了。征夫人，有意的MMMM。

【世界】我就看看戏：我喜欢你，那啥啊！

【世界】握草：滚，老子要妹子。

【世界】十里笙歌：夫君！

【世界】桑榆未晚：夫君。

时笙和桑榆未晚的消息一起出现，世界诡异地沉默了三秒，然后消息猛刷。

【世界】风吹裤裆屁屁痒：十里笙歌果然和离索大神夫妻有仇，这种时候也要插一脚。

【世界】慕离倾心：十里笙歌不要脸，人家离哥哥没让你叫，你叫什么。

【世界】握草：这是三角恋？四角恋？五角恋？世界太难懂，我想回火星去相亲。

【世界】幻梦：十里笙歌不要脸。

【世界】寻墨：她在叫我。

【世界】十里笙歌：智障，全服就你家离哥哥是有妇之夫吗？那他得多累，四个肾都拯救不了他。

【世界】哈利雅鹿：噗，一上线就看到我家小笙歌这么彪悍，哈哈哈哈。

系统公告：玩家神壕为夫人月下飘雪点燃锦绣山河，携手共享盛世江山。

画面再度出现“锦绣山河”的景象。

时笙无语地翻了个白眼，戳了寻墨。

【私聊】十里笙歌：你愣着干什么，继续放烟花啊！

【私聊】寻墨：我在等你的“锦绣山河”。

【私聊】十里笙歌：你想多了，赶紧放烟花。

本宝宝才不会说，是为了整他才故意买这么多烟花的。

【私聊】寻墨：……

看了眼背包里的烟花，寻墨默默地开了挂，这么点下去，他得什么时候才能放完？

现在游戏已经不是重点，玩家们每天看十里笙歌装模作样，然后被追杀才是重点。

游戏公司发现，这个服务器特别火爆，经常有玩家来投诉进不去。他们一开始不明白，明明那么多服都是绿灯，为什么这些人非揪着这个服不放。然后他们就发现了那对惹得整个服鸡飞狗跳的夫妻。

就连GM都喜欢这个服，游戏就是要鸡飞狗跳才好玩。

然而，就在这个时候，忽然有人匿名投诉，说这两个号都开了外挂。外挂是游戏里面一直查得比较严的，看了匿名投诉人的截图和说明，公司立即开始查。

寻墨有开外挂吗？自然有的。他那个破账号，虽然等级高，但是装备太差，不开外挂根本打不赢。

公平？那是什么，寻墨表示不知道。

时笙有开外挂吗？自然也是有的。

游戏公司查了两个账号，并没有发现有什么异常。但从两人的行为来看，确实有异常，而且异常得很明显。于是两人被GM贴身保护了。

【队伍】十里笙歌：去杀人。

【队伍】寻墨：杀谁？

【队伍】十里笙歌：66。

谁敢举报老子，别被老子知道。

【队伍】GM66：两位大神，我还在，不要当着我的面预谋杀我。

【队伍】十里笙歌：那你过来，站着让我杀。

【队伍】GM66：杀我要被关小黑屋。

【队伍】寻墨：不会。

【队伍】GM66：？

他虽然是GM，但是在游戏里的人物相当于NPC，对他动手那是要被关小黑屋的。

GM66被强行拖到了副本中。他们不打boss，他们摁着GM66打，打死了再用复活丹把他复活，简直惨无人道，人间惨剧。

这个副本因为有特殊任务，所以可以对队友动手。

【队伍】GM66：大神，求放过啊！

【队伍】十里笙歌：行啊，告诉我，谁举报我们的？

【队伍】GM66：我不知道。

【队伍】寻墨：复活。

时笙立即给GM66扔了个复活丹，下一秒GM66又被撂倒。GM66咬牙说自己不知道，两人就轮流轮着他玩儿。

【喇叭】月下飘雪：小笙歌，你都在副本里待了快半天了，好歹出来透透气啊！

时笙停止了轮GM66，出了副本。

GM以为她不会来了，谁知道她又领了一群人过来。

【队伍】月下飘雪：轮NPC不会被关小黑屋，这么好玩儿的事，必须加我一个。

【队伍】月下独酌：下本。

一群人簇拥着GM66下本，一个GM够他们玩儿一天了。

这绝对是GM66人生中最黑暗的一天。

他想辞职。

【队伍】GM66：大神，我真的不知道，我就是个打工的，你何必为难我啊？

时笙一个技能过去，GM66就躺尸了。

【队伍】GM66：大神，我真的不知道。

【队伍】月下吟风：这小子嘴挺硬的啊。

【队伍】十里笙歌：没关系，反正最近也没什么好玩儿的，咱们慢慢玩儿。

【队伍】GM66：马上就要阵营战了，大神怎么会没有好玩儿的？还有玲珑塔啊，首通还没有。大神，70级的首通就是你拿下的，这次你也肯定行，求你放过我！

一群人再次把GM66轮了一遍，后面就觉得没什么意思了，毕竟这家伙又不掉经验，又不掉装备。

时笙拉开商城看了看，这游戏不愧是良心之作，整人道具都这么多。

《神魔大陆》的玩家在某一天有幸见识了游戏里的全套整人道具。

而幸运得到“大保健”的GM66，已经流着泪写辞职报告了。这群疯子不但在身体上摧残他，还在精神上摧残他，他要辞职……

【队伍】GM66：各位大神，你们不累吗？

都玩儿他一整天了。

【队伍】十里笙歌：不累。

【队伍】GM66：求放过。

【附近】四海八荒：小笙歌，你在玩儿什么？

四海八荒带着几个人不知从哪儿冒出来的，看到一群人围着一个人，非常好奇地问了一句。

【附近】新东方：老大你没看世界啊？小笙歌在遛GM。

四海八荒还真把世界关了，月末就是阵营战，他作为盟主，没日没夜带着人升级，哪里有时间去看什么别人大战。

【附近】四海八荒：小笙歌真会玩儿。

【附近】十里笙歌：你们怎么到这里来了？

他们所在的地图是和平地图，升级的玩家都不会到这里来。

【附近】四海八荒：这附近出了个110级的隐藏副本，我带人过去开荒。

隐藏副本就像之前时笙做的千年梦回秘境任务，只不过时笙接的那个只能两个人完成。

应该属于特殊隐藏副本。

【附近】十里笙歌：哦，萌主你好，萌主再见。

【附近】新东方：小笙歌你输入法真调皮。

【附近】GM66：大神明显是故意的。

她怎么可能会打错字。

四海八荒就当没看到GM66的话。

【附近】四海八荒：小笙歌你要不要加入我们帮？阵营战打起来肯定很爽。

千人大战啊！可比城战场面恢宏多了。

【附近】十里笙歌：不去，没兴趣。

【附近】四海八荒：妹子考虑一下啊，阵营战一个月才一次。

四海八荒看中的是时笙的操作，当然也有友情分在里面，这妹子不像游戏里的那些女孩子，她干净利索，一是一，二是二，他就喜欢这样豪爽的妹子。

【附近】十里笙歌：醉花间也是神族阵营，到时候你们阵营战，肯定会和你们划分在一起，我不和醉花间的一起玩儿，还是免了吧。

神族这边两个阵营，游戏公司不可能只让一个阵营参加，所以必定会中和两个阵营，醉花间作为盟主帮，来的人肯定是最多的。

【附近】四海八荒：……

他忘了这妹子对醉花间非常反感。

【附近】四海八荒：那好吧，小笙歌要是想玩儿了，随时来找我。

【附近】十里笙歌：嗯。

四海八荒因为急着副本的事，带着人匆匆地走了。

【队伍】十里笙歌：66，我记得神族可以堕落成魔对吧？

【队伍】GM66：这个……你怎么知道的？

神族堕落成魔族的设定，要在下次更新服务器时才会放出来，她怎么会知道？

【队伍】月下海棠：《神魔大陆》是根据小说改编的，神族堕落成魔族是其中一个亮点，你们游戏公司怎么会放过？

【队伍】月下独酌：这几次更新，在种族上都没有更新任何东西，很容易就猜出来了。

【队伍】十里笙歌：我黑了你们公司，看到的。

相对于上面两人正儿八经的回答，下面这个……

【队伍】寻墨：……

【队伍】月下飘雪：……

【队伍】月下吟风：……

【队伍】GM66：大神你是承认自己开了挂吗？

【队伍】十里笙歌：就算我承认了，你们没有证据，能把我怎么样？现在是法治社会，讲究的是人证物证。

【队伍】GM66：……

太嚣张了！老板，我一个人承受不来啊！

【队伍】GM66：我说我说，大神求你放过我。举报你们的是匿名账号，但公司可以看到IP。

【队伍】十里笙歌：所以你们公司是在欺骗消费者？说什么匿名，在你们那里不还是透明的吗？

【队伍】GM66：我们没事不会去查看玩家IP的……而且玩家这么多，就算要查，也需要时间，你们情况比较特殊，公司才查了IP。

【队伍】寻墨：谁？

【队伍】GM66：我说了你们就放过我？

【队伍】十里笙歌：你当我很闲，整天没事围着你转？

【队伍】GM66：……

这话句句带刺是几个意思啊！能不能好好说话了！

【队伍】GM66：玩家ID是桑榆未晚。

【队伍】十里笙歌：老子就知道是那个人。

明的玩不过，就玩阴的，本宝宝要开启虐人模式了。

时笙当真没再针对GM66，整天上线都是神出鬼没的，GM66这个监视她的人，好多时候都找不到她。

【队伍】GM66：寻墨大神，笙歌大神最近在干什么？我每次都扑空。

GM66觉得寻墨比时笙乖多了，每天除了打boss，就是被千秋万代的人追杀，比起那个自从那天知道谁举报了她就神出鬼没的大神好多了。

【队伍】寻墨：大概是在想着怎么搞垮你们公司。

【队伍】GM66：大神你别吓我。

搞垮游戏公司？这个玩笑一点也不好笑。

《神魔大陆》的游戏公司是盛丰，国内游戏行业的龙头。

【队伍】寻墨：爱信不信。

寻墨不再理会GM，继续打boss。

GM66纠结了一会儿，寻墨大神应该是在开玩笑吧？搞垮游戏公司这种事，这个是开挂也做不到的啊……

一定是寻墨大神吓唬我的！GM66在心底这般安慰自己。

风和日丽的某天早上，众人一上游戏就发现不对劲。排行榜上竟然看不到离索大神了。众人再一搜名字，查无此人。发生了什么？离索大神删号了？

【世界】握草：离索大神怎么这么想不开？

【世界】倚栏听风：昨天我还看到离索大神和桑榆未晚在下副本，今天怎么就删号了？

【世界】我就看看戏：问问醉花间的人。

【世界】我就看看戏：醉花间的人出来说说，离索大神怎么删号了？

醉花间的人也愣神，他们是看到世界上的人说了，才知道自家帮主不见的。

有离索手机号的人，立即打了电话，很快有人在世界上回应。

【世界】风行天下：老大被盗号了。

【世界】倚栏听风：盗号？多大的仇需要把号都删了？

【世界】十里笙歌：遭报应了呗，活该。

【世界】风行天下：十里笙歌你找死。

【世界】握草：寻墨大神，你夫人又在作死了。

【世界】浪涛：盗号狗死全家。

【世界】寻墨：管不到。

【世界】哈利雅鹿：寻墨大神的意思是说自己是妻管严吗？为什么觉得寻墨大神也挺萌的！

【世界】幻梦：哈利雅鹿你恶心不恶心，这种人你还说他萌。

【世界】哈利雅鹿：小朋友，我说谁萌那是我的事，你瞎说什么。

时笙关了世界，点开私聊框，消息是寻墨发来的。

【私聊】寻墨：你做的?

【私聊】十里笙歌：你猜。

【私聊】寻墨：你前几天一直在跟踪离索，你在摸他的作息时间。

时笙鼓了鼓腮帮，在输入框敲下一行字。

【私聊】十里笙歌：你都知道了，那还问什么?

【私聊】寻墨：确定一下。

【私聊】寻墨：你想做什么?

【私聊】十里笙歌：我准备去勾搭桑榆未晚。

【私聊】寻墨：……

就算游戏公司真的判定离索是被盗号了，想要恢复账号也要等半个月。这期间不管他是开小号，还是用别人的账号，肯定都没自己的方便。

所以……时笙说的勾搭，是真的勾搭。她在淘宝上买了个神族的号，照着神壕的格调来了一身，然后潜入了醉花间。她把自己塑造成了一个高冷的大神，每天雷打不动地带小号下副本。

【帮派】闲敲棋子：110本，去的入队。

【帮派】雨落伊人：我我我，大神我要去。

【帮派】黑子：带我一个。

【帮派】幻梦：我也要去。

【帮派】闲敲棋子：满了。

时笙看着队伍里桑榆未晚的ID，露出一个阴恻恻的笑。

没错，她的新ID就是闲敲棋子，排行榜二十名。

【队伍】幻梦：桑榆未晚，你怎么在这里?

【队伍】桑榆未晚：我为什么不能在这里?

【队伍】幻梦：大神不在，你就想勾搭别人了吗?

【队伍】桑榆未晚：幻梦，你说话注意点。

【队伍】闲敲棋子：再吵就出去。

幻梦顿时不吭声了，其他人也不敢多话。

时笙对此很满意，看来她塑造的大神形象还是很成功的。

过本的时候，时笙总是有意无意照顾着桑榆未晚。

【队伍】雨落伊人：大神掉了什么?

boss倒地，时笙去摸尸体，队伍里的另一个妹子忍不住好奇。

时笙把摸到的东西都贴到了聊天框，光明神杖、登天靴、如意玉佩。

【队伍】幻梦：光明神杖，大神运气好好啊！崇拜！

下这个本的基本都是冲着光明神杖来的，这是到目前为止，副本里面掉落的最好武器。但是，目前整个服务器上拥有光明神杖的玩家屈指可数。时笙用十里笙歌的号和月下他们来刷了不下三十遍，也只掉过一把。

【队伍】雨落伊人：神杖好漂亮，我也想要，可我是人族，用不了。

【队伍】闲敲棋子：其他的东西你们分，光明神杖我留着。

【队伍】黑子：好，毕竟是大神带队，不过大神可不可以再来一次啊？

副本是时笙带的，这些人没资格让时笙把光明神杖让出来。

桑榆未晚安静地拿了东西，没弄出什么幺蛾子来。

时笙解散了队伍，单独加了桑榆未晚。

【私聊】桑榆未晚：？

时笙直接把光明神杖邮寄了过去。

【私聊】桑榆未晚：大神？

您的好友已下线，消息无法送达。

桑榆未晚看着跳出来的消息框，神情迷茫。

接下来，时笙用各种借口带他们下本，每次都尽量把桑榆未晚拉进来。反正好东西她都拿着，最后邮寄给桑榆未晚。

【私聊】桑榆未晚：大神，你干吗给我这么多东西？

【私聊】闲敲棋子：想给你。

【私聊】桑榆未晚：？

【私聊】桑榆未晚：大神……你到底想做什么啊？

时笙没有回答桑榆未晚，有时候不回答比回答更有效果。

和桑榆未晚刷副本，几乎成了时笙的日常。一开始，桑榆未晚态度有些疏离，但是后面就越来越熟悉，她会和时笙吐槽学校的事，也会和她说游戏里的事。时笙全程安静地听着，偶尔应上一声，大神范端得十足。

这天，时笙刚上线，桑榆未晚就发了条消息过来。

【私聊】桑榆未晚：大神，我好难过。

【私聊】闲敲棋子：？

【私聊】桑榆未晚：我今天看到他和慕离倾心在下副本，可他昨天跟我说今天没空。

【私聊】闲敲棋子：离索？

【私聊】桑榆未晚：嗯。

离索还真是神助攻啊!

时笙拉开商城，麻溜地买了几组烟花。

【私聊】闲敲棋子：我带你去个地方。

【私聊】桑榆未晚：?

时笙带着桑榆未晚上了梦回山，开着外挂，自动给她放着烟花。

她自己则用笔记本登了十里笙歌这个账号，一上线就是闪个不停的私聊。

【私聊】月下飘雪：小笙歌你最近忙什么?成天不见影。

【私聊】叫我奸商：大神，“三生三世”真的不卖吗?求你卖好不好?

【私聊】GM66：大神，你失踪了吗?我该怎么给公司上报啊?

【私聊】寻墨：玲珑塔去不去?

时笙把其他人的消息都关了，只留寻墨的。

【私聊】十里笙歌：你到哪儿了?

【私聊】寻墨：105层。

【私聊】十里笙歌：这么久才到105层，大神你不行了啊!

【私聊】寻墨：去不去?

【私聊】十里笙歌：去去，怎么不去。等会儿，我先把妹子撩完。

【私聊】寻墨：……

对于这个姑娘奇特的爱好，他已经无力吐槽了，以前追着人家杀，一副血海深仇、不共戴天的架势，现在竟然换了号去撩人家。她还真是……能屈能伸啊!

时笙等闲敲棋子那边放完烟花。

【私聊】闲敲棋子：心情好点了吗?

【私聊】桑榆未晚：嗯，谢谢大神，让你破费了。

【私聊】闲敲棋子：为你算不上破费，我有点事，先下了，你别多想。

桑榆未晚那边的消息还没发过来，时笙就下了线，登上十里笙歌的号。

【队伍】十里笙歌：走走走，不过，大神就我们两个?谁打怪啊?

【队伍】寻墨：你去干什么?

【队伍】十里笙歌：我去参观一下玲珑塔上面什么样子。

您被队长踢出队伍。

时笙抽了抽嘴角，点了申请加入。

您已加入队伍。

【队伍】十里笙歌：大神，你这一言不合就踢人的做法跟谁学的，这样不好。

【队伍】寻墨：话多。

【队伍】十里笙歌：多说话，有益身心健康。对了66呢？他不监视我们了？

【队伍】寻墨：今天阵营战。

阵营战？她就说刚才过来的时候，那些人怎么跑得那么快，原来是去参加阵营战的。

第一次阵营战肯定会爆出系统bug，GM66没空来看他们也正常。

【队伍】十里笙歌：那我们去把玲珑塔爆了。

【队伍】寻墨：……

所有人的注意力都在阵营战上，她却暗自打算去黑掉人家的玲珑塔。游戏是你这么玩儿的吗？

不过，这主意听上去还不错。于是，两人愉快地去黑玲珑塔了。

传入玲珑塔，时笙被满地的怪给吓了一跳。

【队伍】十里笙歌：怎么这么多怪，有密集恐惧症的玩家会投诉他们的。

【队伍】寻墨：105层以上难度成几何级数增长。

因为他有个首通的称号，可以直接从70层开始打，但是一周下来，也只能打到105层，再往上就不行了。

【队伍】十里笙歌：这是要玩死玩家吗？

【队伍】寻墨：看这样子，估计短时间内不会再更新玲珑塔。

【队伍】十里笙歌：游戏公司这么懒，差评。

【队伍】十里笙歌：大神要不要来比画比画？

【队伍】寻墨：怎么比？

【队伍】十里笙歌：还有十五层，看我们谁先打到终极boss。

【队伍】寻墨：赢了有钱吗？

【队伍】十里笙歌：老夫老妻谈钱伤感情。

这人是钻钱眼里去了吗？张口闭口都是钱。

要知道交易的金币那可都是她充的，货真价实，那玩意要是随便改，很容易暴露。

【队伍】寻墨：不比。

【队伍】十里笙歌：行行行，你赢了我给你2000金，我赢了你给我5000金。

【队伍】寻墨：为什么？

【队伍】十里笙歌：我是女的。

【队伍】寻墨：那又怎么了？

那又怎么了……

老子是女的，你该让着老子啊！这么不解风情，活该单身。

【队伍】十里笙歌：我是你娘子。

【队伍】寻墨：……

【队伍】寻墨：开始吧。

时笙发现自己说她是他娘子的时候，效果特别明显。

时笙左右动了动脖子，活动着手腕，深吸一口气，专注地盯着屏幕，修长白皙的指尖在键盘上跳跃，快得让人看不清。

106……107……110……115……119……

开了挂，打起来就没那么费劲了。之前寻墨不开挂，是因为没什么意思，但是时笙要和他比，他也不介意。

最后一层，时笙落后寻墨一步，最终boss肯定不好打。所以时笙故意让寻墨去打，等到差不多的时候跳出去拉仇恨值、抢怪。寻墨大概猜到她会这么做，并没有做什么挽救措施，只是看着她把boss放倒。

【私聊】十里笙歌：夫君，5000金，请寄给我。

【私聊】寻墨：没钱，肉偿行不行？

【私聊】十里笙歌：大神，你被盗号了吗？

竟然会撩妹了！这不科学啊！

【私聊】寻墨：没有。

时笙和寻墨被传出玲珑塔，头顶正好飘起公告。

系统公告：魔族千秋联盟战胜神族天下逍遥联盟，取得阵营战首胜。

这条公告刚闪过，世界上的人还来不及吐槽和怒骂，一条加了特效的公告立即占据了众人的视野。

系统公告：恭喜玩家寻墨所带领的队伍通关玲珑塔120层，奖励称号“天下无双”。

竟然只有一个称号。

【世界】握草：我眼花了吗？怎么好像看到寻墨大神被系统挂了！

【世界】风吹裤裆屁屁痒：玲珑塔……120层……寻墨大神这是要上天啊！

【世界】翩翩起舞：你们不觉得这很讽刺吗？醉花间有什么事，十里笙歌就刷系统公告打脸。千秋万代的刚赢了阵营战，立即又被寻墨打脸……这对夫妻真的不是游戏的托儿吗？

【世界】我就看看戏：翩翩说得很有理，刷得好及时。

【世界】滚犊子：游戏公司有病，有托儿也不是这么玩儿的。

【世界】雾非空：桑榆未晚你装什么死？输了城战你怪十里笙歌，输了阵营战你又怪我们，你真以为自己做了个盟主就了不起吗？要不是帮主，哪儿轮得到你做盟主。

世界突然插了这条消息进来，上面讨论时笙和寻墨的立即没了声。

【世界】风行天下：下世界。

【世界】雾非空：风行，你要是喜欢她你就直说，何必这么拐弯抹角帮着她，她会感激你吗？

【世界】雾非空：阵营战前，她还和闲敲棋子在梦回山放烟花，帮主不在，她作为盟主不部署战略，跑去和人花前月下。现在输了，还来怪我们，她哪来的自信？

【世界】雾非空：别的我就不说了，帮主在的时候，帮主宠着她，她做什么自以为了不起，还不是有帮主在后面擦屁股，没那个本事，还不听我们的意见，自作主张，她算个什么东西。

雾非空是醉花间的元老，以前时笙和他交过手，算是比较中规中矩的人，很听离索的。这次他都炸了，足以见得桑榆未晚做的事有多让人气愤。

澄清一点，她带桑榆未晚去放烟花时，完全不记得之后有阵营战。她要是知道……一定会带着桑榆未晚多放一会儿！

【世界】月下飘雪：原来风行哥哥真的喜欢桑榆未晚，人家好伤心。

【世界】握草：雾非空淡定，怎么回事，你讲清楚啊？

阵营战输了的那方，不管参战没参战的，都会有惩罚，所以神族阵营这边，想知道发生什么的不在少数。

【世界】月下吟风：神壕哥，快把你媳妇领回去吃药。

【世界】神壕：药吃完了，我带他出去买。

【世界】月下飘雪：我没病，我不吃药。

【世界】十里笙歌：一般有病的人都会说自己没病，飘雪，我看你病得不轻啊！

【世界】我就看看戏：月下的不要来歪楼，寻墨大神把你家夫人拉回去拴紧可好？

现在这么重要的时候，这群人竟然还跑出来捣乱！有没有身为神族阵营一员的自觉？

系统公告：玩家十里笙歌对我就看看戏发起100金的悬赏令，时限二十四小时。

【世界】十里笙歌：话想好了再说。

什么叫把本宝宝拴紧？当本宝宝是狗吗？

【世界】我就看看戏：……

以前他随便说，也没见她发飙啊！

【世界】雾非空：今天阵营战桑榆未晚在最后才回来，我们都部署好了，结果她一句听她的，我们的部署都被推翻了。她是盟主，没有她阵营战就没办法打，之前她也指挥过，所以大家都比较相信她，听从她的安排。我们几个元老反对，都被她压了下去。

【世界】雾非空：结果呢？结果阵营战输了，她倒好，直接往我们身上推，说我们明知道这样不行，却不阻拦。我就笑了，老子还没阻拦？是不是要老子拿刀逼着你啊？

【世界】清明路：我不黑桑榆未晚，以前我觉得桑榆未晚还挺好的，大大方方一个妹子，可是自从和帮主在一起，就完全变了。

【世界】十里笙歌：女人善变。

【世界】翠花上酸菜：十里笙歌在说自己吗？

【世界】十里笙歌：翠花你也想体验被人追杀的豪华套餐吗？

【世界】我就看看戏：翠花，你还学不乖，看我的下场……

这妹子可是一言不合就发悬赏令啊！再一言不合那就是直接上追杀令了。有钱人的世界都是这么简单粗暴。

【世界】雾非空：桑榆非晚你别装死，有本事你上世界说清楚，等帮主回来，大家伙也好做个见证。

【世界】风行天下：雾非空，你非要闹得这么难看吗？

【世界】雾非空：风行，不是我闹得难看，刚才你也在，她是怎么说的？算了，跟你说也是白说。

【世界】现场直播：怎么都是醉花间的人，天下联盟的人呢？说说怎么回事啊！

【世界】千秋万代：我还以为四海八荒和离索就这点本事，没想到是有个女人在搅局，今天的阵营战，我们千秋联盟也不占你们便宜，下次再分胜负。

【世界】寻墨：智障。

【世界】千秋万代：智障你大爷，寻墨你给老子等着。

【世界】四海八荒：我们尽力了。

天下联盟的人虽然憋屈，但是都没上世界闹，可见四海八荒管理队友的手段不一般。

【世界】倚栏听风：寻墨大神跟十里笙歌学坏了，都开始败家了。

【世界】十里笙歌：我是无辜的，请不要给我锅，我不背。

接下来话题就歪了，除了个别抱怨的，倒是没人再在世界上说阵营战的事。

估计这些人都私下说去了，毕竟这也不是什么长脸的事。

时笙暗自登录闲敲棋子的号，看了眼桑榆未晚的位置，竟然在琅琊岭。

【私聊】闲敲棋子：刚上，你没事吧？

【私聊】桑榆未晚：没事。

时笙没回，等了大概一分钟，桑榆未晚的消息就过来了。

【私聊】桑榆未晚：你是不是也觉得是因为我才输了阵营战的？

【私聊】闲敲棋子：我相信你。

【私聊】桑榆未晚：谢谢。

【私聊】闲敲棋子：我带你下本……眼不见心不烦。

桑榆未晚那边迟疑了下，最后还是同意了。

时笙带着桑榆未晚下本，一边打怪，一边和寻墨瓜分玲珑塔的东西。玲珑塔通关后公布的虽然只有一个称号，掉落的东西却不少。

两人直接把叫我奸商给叫来了。

【队伍】叫我奸商：寻墨大神、笙歌大神……你们这运气要上天啊！这些东西都是极品。

【队伍】十里笙歌：别说废话，给钱就行。

【队伍】叫我奸商：……

比寻墨大神还粗暴。

【队伍】叫我奸商：我现在没这么多，等会儿，我开小号转。

等叫我奸商开小号的时候，有些无聊，时笙就随便问了一句。

【队伍】十里笙歌：奸商，你收天玄晶干什么？

从她到这个位面，这人就一直在收，到现在她都还看到他在收，只不过没有之前那么厉害了。

【队伍】叫我奸商：这个消息算我赠给你们的，当等级更新到150级，到时候天玄晶有大作用。

【队伍】十里笙歌：你怎么知道？你和游戏公司老总有一腿？

【队伍】叫我奸商：我有我的渠道，大神就不要问了，反正这东西以后有大作用，我可以这么跟你们说，以后这东西有价无市。

有钱都买不到，这么厉害？

天玄晶现在的掉率不高，而且因为没有属性和作用，被玩家销毁或丢掉的不在少数，整个游戏里面流通的天玄晶估计没有一千。

【队伍】十里笙歌：你就这么告诉我，不怕我抢你的生意啊？

【队伍】叫我奸商：笙歌大神真会说笑，你出手那都是四位数，哪里看得上这点小钱。

他敢说，也是看中时笙对钱不怎么看重，刚才她卖那些东西，完全由他报价，要不是寻墨大神在一旁，他得狠赚一笔。

【队伍】十里笙歌：你不是想要“三生三世”吗？还要吗？

【队伍】叫我奸商：？

奸商有些愣神，之前她不是打死也不卖吗？怎么现在又要卖了？奸商把聊天记录看了一遍，回想之前他得罪时笙的聊天记录，一阵汗颜，跟她说话，竟然是要用夸的……

时笙答应把“三生三世”卖给他，但不是现在，还得等等。

绝版服装永远不缺市场，叫我奸商也不着急。

交易完，时笙直接把钱给了寻墨。

【私聊】寻墨：五五分。

【私聊】十里笙歌：不用了，你想办法把钱兑出来。

【私聊】寻墨：你想做什么？

她这口气有些不对劲啊！

【私聊】十里笙歌：你猜。

接下来，时笙变得更加忙碌，每天上课、玩游戏，几乎所有时间都被占满。

离索的号已经找了回来，阵营战的事，让他和那群兄弟有了间隙，就连和桑榆未晚之间也出现了问题。

时笙总是在桑榆未晚需要的时候出现，也不多说什么，属于“你需要我，我就在身边”的感觉。

寻墨现在见时笙都要预约，但是某一天，时笙突然上线问他要了其他的联系方式，他越发觉得她在谋划什么。

被派来监视他俩的GM66闲得快发霉了，其中一个监视对象整天不见上线，另外一个雷打不动地在boss和千秋万代间徘徊。

没过几天，游戏里就传出桑榆未晚出轨、离索被抛弃的消息。出轨的对象不是闲敲棋子，而是风行天下。时笙也是有些蒙的，辛辛苦苦喂了这么久的鱼，眼看就要上钩了，结果……时笙很暴躁，满世界追杀风行天下。

【世界】风行天下：哔——

系统公告：玩家十里笙歌对风行天下发起250金悬赏令，时限二十四小时。

【世界】哈利雅鹿：风行天下拆人家情缘，还策反人家帮派，活该被小笙歌追杀。

【世界】哈利雅鹿：不过小笙歌，你不是最不喜欢离索和桑榆未晚吗？你这个时候不是应该撒花庆祝，干吗追着风行天下跑？

风行天下不但和桑榆未晚在一起，还策反了醉花间不少人，离索不过是被盗号半个月，回来帮派就面目全非。

当时有离索的亲友团在世界上骂，桑榆未晚为什么和风行天下在一起，也被爆了个七七八八。

当初离索带人打阵营战，因为他们队伍之前习惯让桑榆未晚去摸，所以阵营令是她摸到的。摸到阵营令后，是桑榆未晚故意点的，却告诉离索她手滑点错了，当时页面已经跳出来了，如果她不创建，那块阵营令就作废了。离索这才让桑榆未晚创建了联盟，创建一个月后就可以转让盟主。

上次阵营战失利，本就让离索对桑榆未晚有些不满，但到底没责怪她，只让她把盟主转给他。本来阵营令就是离索带人打的，转给他也无可厚非。可是桑榆未晚不高兴，觉得离索变心了，把自己几次看到他和慕离倾心在一起的事反反复复地说，最后两人不欢而散。没多久，桑榆未晚就和风行天下在一起了，风行天下带着醉花间的人叛出帮派，离索和桑榆未晚彻底决裂。

这完全超出了时笙看过的剧本嘛！

【世界】十里笙歌：想杀就杀，哪儿有什么理由。

【世界】哈利雅鹿：哈哈哈，小笙歌你连理由都不找一个，这样好吗？

【世界】月下飘雪：小笙歌你最近都不和我们玩儿了，不开心，要抱抱。

【世界】十里笙歌：我很忙。

【世界】月下吟风：忙着杀人？

【世界】月下独酌：雁归山，566、87，小笙歌过来，我把风行天下定住了。

【世界】月下飘雪：风行哥哥等人家，人家的小皮鞭已经准备好了，人家来了。

时笙过去的时候，风行天下已经被飘雪轮了一遍，大概是时笙之前遛GM给了月下飘雪灵感，此时他拿着神壕赞助的道具，玩得不亦乐乎。

有种道具可以脱掉玩家身上的衣裳，只剩下裤衩，还可以让玩家摆出各种各样的姿势。

风行天下气得在世界上大骂，然而并没有什么效果。

【附近】月下飘雪：小笙歌，你追着他干什么?

月下飘雪抽空问了一句。

【附近】十里笙歌：抢了我的女人。

【附近】月下吟风：……

【附近】寻墨：……

【附近】GM66：……

【附近】月下独酌：……

【附近】月下海棠：……

最近和风行天下有关系的女人不就只有桑榆未晚一个吗，之前时笙不是最讨厌桑榆未晚的吗？怎么现在又变成她的女人了?

风行天下最后被摁着轮了几遍，GM66都快看不下去了。当初他也是被这么对待的，幸好，他不用掉级。

轮了风行天下，时笙就安分了不少，每天除了下本，就是和寻墨一起挂机，GM都怀疑是不是十里笙歌这号换人了。她安静得有些过头。

然而，时笙真的会那么安静吗？想太多。

第二次阵营战的时候，GM66看着不断爆出来的系统公告，整颗心都是凉的。他就知道她没安好心。她竟然把整个游戏的隐藏剧情给爆了，这游戏还玩什么啊？等游戏公司反应过来去阻止的时候，时笙的号都删了，毫无恢复的可能。

公司按照之前玩家的注册信息找到那人，发现人家是个业务员，整天跑业务累成狗，哪里有时间玩游戏。而和时笙走得近的月下几人也接受了盘查，游戏公司却并没有什么收获。

月下几人也完全不知道时笙会做这种事，而且做完就跑，这不符合她的人物设定啊!

不跑？再不跑老子就要被抓了，虽然被抓了也不会有什么事，但是这会影响形象。最重要的是，这游戏没啥好玩的，留下来干吗?

至于时笙的夫君寻墨……不好意思，也删号了，注册信息自然也不是他本人。

这么恶劣的行为让游戏公司气得报警。然而一群专业的都没用，更别说一群业余的，能起什么作用?

时笙将电脑上的《神魔大陆》卸载，无聊地逛着网页。嘀嘀——放在手边的手机忽然亮了起来，上面是一个同城的陌生号码。时笙拿过手机，接听。

“没钱，有保险，家里人都在。”对方说完，麻溜地挂掉电话。

五秒后，那个电话又过来了。

“有病啊？你哪个地方的，信不信老子叫滴滴打人。”

电话那头传来一个很清澈的男音：“是我……寻墨。”

时笙把手机拿到面前看了看，那串号码好像是有点熟，三秒后她才又将手机放到耳边：“干吗？我不约。”

“你把游戏玩崩了，现在我也被迫删号，你不应该补偿我吗？”

“最后你卖的那些东西，没有十万也有几万，还不够？”那些东西她除了给月下几只寄了几样他们需要的，其余的全部给了寻墨，他还不知足？

“不删号，我会赚得更多。”

时笙直接挂了电话。

季晏继续打，打得时笙不耐烦了，直接关机，整个世界就安静了。

时笙在学校见到了桑榆，看上去挺憔悴，完全没有之前的清纯模样。她虽然把游戏删了，但游戏上的事还是可以从论坛上看到。游戏公司被迫提前更新了版本，本来该一年半载才更新的东西，现在被放了出来，论坛上一片骂声。

风行天下霸占了桑榆未晚的联盟，一开始两人还挺好，听说还在现实生活中见了面。但是后来，风行天下身边的妹子越来越多，桑榆未晚就显得微不足道了。

之后有人发帖，说她现在整天跟在离索后面，一副忏悔的样子，惹得那个慕离倾心满世界追杀她，最后被杀出了游戏。

而现实中，东方离自然也不会再对桑榆另眼相看，之前他们在现实中已经算熟悉，如今东方离不再理她，甚至冷眼相对。

桑榆怎么可能明白，竟然又主动对东方离纠缠不休，整天心神恍惚，学习成绩直线下降。

“楚美女，研究院的学长找你。”一个女生拍了下时笙的肩膀，又指了指门外。

时笙顺着她手指的方向看过去，那里站着一个男生，穿着黑色休闲服，微微垂头，看不清面容，不过从身形看，有几分羸弱。

她认识这号人吗？时笙心底咯噔一下，暗叫不好，起身朝着前门走。在她踏出前门的时候，男生不知何时堵在了门口。

“娘子，你想去哪里？”男生的声音非常好听，却透着一股说不清的阴森感觉。

她就说，一个正常人怎么可能会成为反派？

“学长，我尿急。”时笙抬头，小脸上满是笑意。

“我陪你去厕所。”季晏不由分说地将时笙捞进怀中，修长的手指按着她的腰，微微偏头，在她耳边一字一顿道，“既然招惹了我，就别想再跑，否则……我不介意打断你的腿。”

时笙想了想自己拔剑砍死季晏的概率，这里人太多，有监控，就算成功了，也会有一连串麻烦，不划算。

季晏当真把时笙送到了厕所：“我在外面等你，别想着跑。”

时笙皮笑肉不笑地扯了下嘴角。她又不傻，干吗不跑？厕所有一个通风窗，时笙直接从窗户翻了出去，但楼层是二楼，她不得不从上面跳下去。

她落地的时候感觉眼前一花，被人从下面接住了。

后面没人，时笙直接一脚踢向季晏，趁着季晏偏头的时候，手腕一翻，铁剑就出现在她手中，冰冷的剑刃横在季晏的脖子上。

“老子不发威，你还当自己要上天！”

季晏眯了眯眼眸，他很确定刚才她身上没有凶器，这把剑从哪儿冒出来的？

“别跟着我，我会削了你的。”时笙手腕一扬，割掉了季晏的一缕头发。

时笙恨恨地瞪了季晏一眼，收剑离开。季晏若有所思地看着时笙的背影，眸子里闪烁着志在必得的幽光。

时笙再次见到季晏，是在她家。是的，她家。他是被管家带到她房间里来的，身份是楚父为她新请的助理。

她一个学生要什么助理？这人不安好心。这真的是亲爹干得出来的事吗？

“小姐，多多指教。”季晏笑得意味深长。

时笙起了一身鸡皮疙瘩，分分钟想弄死他。

时笙起身，扯了扯有些皱的连衣裙，当着季晏的面把门关上。

“小姐想对我做什么？”季晏歪着头，白皙俊朗的面容上染上一层红晕。

“做你想做的事。”时笙露出一口白牙，下一秒表情猛地狰狞起来，“弄死你。”

时笙从旁边的书桌上拿过铁剑就朝季晏砍过去。既然能成为她的助理，季晏身手也不差，轻而易举避开了铁剑，铁剑砍在他后面的桌子上，桌子一分为二。

季晏眼角微挑，撑着沙发跳到时笙后面，从后面抱住她，单手握住她拿铁剑的手，暧昧地在她耳边吹气：“女孩子玩儿这么危险的武器可不好。”

时笙气得不行，奈何身体素质太差，根本打不过季晏，被季晏摁着倒在了沙发上。

“我们来日方长。”季晏倒是很快就放开了时笙，在时笙还没缓过气的时候，行了贵族之礼，出了房间。

时笙冷笑一声，将铁剑扔到地上，发出哐当一声脆响。

当老子怕你不成！来啊，互相伤害！

于是接下来，时笙想方设法要弄死季晏，然而季晏跟开了挂似的，每次都会安然无恙地避开，然后把时笙调戏一番。

“季晏，你整天跟着老子干什么？”

“因为我喜欢小姐啊！”季晏一脸理所当然的表情，“而且贴身保护小姐，是我的职责。”

“喜欢？”时笙冷笑，“你喜欢我什么？”

她和他才认识多久，他就喜欢？

“喜欢你无理取闹，喜欢你……总想弄死别人的样子。”

时笙麻溜地拽着铁剑砍过去，别以为他说得好听，她就会相信他。

季晏轻车熟路地避开，然后冲时笙做了个飞吻，从楼梯上跳了下去。

在季晏那里受了气，时笙又开始去祸害游戏了。季晏知道她在玩儿游戏，也跟着进游戏，每天跟着她祸害游戏，整得游戏里鸡飞狗跳。

两人玩儿崩了再换一个，很快游戏界就传出两人的名号，还给了他们“祸害遗千年”的称号。他们在哪个游戏，哪个游戏必定会火。大概是因为季晏在游戏里顺着时笙，时笙对季晏倒是没那么大的偏见了，不待见却是依旧的。

“小姐，今天有一场宴会，先生让您过去走走。”管家将请帖递给时笙。

旁边的季晏立即将请帖接了过去。时笙瞪了他一眼，将请帖抢了过来。

“订婚宴？东方离？桑榆？”时笙一连发出三个疑问句。

这两人……怎么又搅和到一起了？剧情君也太扯了吧？这都能把两人拉到一起去。

“是的，先生的意思是让小姐出去透透气，这种宴会氛围比较轻松。”管家尽职地回答。

“我知道了。”时笙将请帖收好。

男女主角又搅和到一起了，她怎么也得去观赏一下！

宴会那天，季晏死皮赖脸不怕被砍地跟着时笙去了。

订婚宴规模蛮大，时笙到的时候，楚父已经等着了。

“宝贝儿，累不累啊？”楚家父母虽然很忙，但是一周也会抽时间回来看自家女儿一次，所以时笙对楚父不算陌生，乖巧地摇了摇头。

“伯父好。”

“小晏也来了啊，好好好，那我就把宝贝儿交给你了，你带她随便转转，累了就先回去。”楚父看着季晏，脸上满是笑意。

时笙微微皱眉，狐疑地看了季晏一眼。季晏和楚父很熟吗？想想也对，一个父亲会把一个不熟悉的人放在自己女儿身边吗？

这人之前说他仇富，可从他的行为来看，他明显受过良好教育，而且也不缺钱……可和楚家交好的家族里面，也没有季这个姓啊。

楚父笑呵呵地向季晏交代了几句，非常放心地走了。时笙满头“黑线”地看着季晏：“你什么身份啊？”

“嗯？”季晏偏头，“我不是你的夫君吗？”

季晏自然地牵起时笙的手，放进臂弯中：“小姐，我说过的，既然招惹了我，就别想跑。”

时笙皮笑肉不笑，声音带着几分凉意：“跑？我就算要跑，也得把你弄死再说。”

“不愧是我喜欢的人。”

时笙和季晏走了进去，来宾很多，西装革履，言笑晏晏。时笙在场中扫了一圈，都是些没什么印象的人。

她这么走进去，倒是有不少人朝她看了过来，有的男生还跃跃欲试，想要上前搭讪。然而在季晏一个眼神扫过去后，那些人顿时歇了心思。

“我去洗手间。”时笙将手中的东西塞给季晏，拎着裙摆就往洗手间走。

季晏不远不近地跟着她。

洗手间的门虚掩着，时笙伸手要去推门，里面突然响起清脆的碎裂声，她的手僵在了半空。时笙将手收回来，扭头看向不远处的季晏。季晏几步上前，低声问她：“怎么了？”

就在季晏声音落下的时候，里面响起了说话声：“桑榆，我告诉你，就算你现在怀了孩子，我也不会喜欢你，把你的那些小心思给我收好，否则别怪我不留情面。”

孩子？时笙眼珠子滴溜溜直转，女主角竟然怀了男主角的孩子，厉害啊！这是往总裁文的方向发展了吗？

季晏往虚掩的门里看了一眼，眼底闪过一抹厌恶之色。

“我送你去楼上。”他伸手搂过时笙的腰，不顾时笙不满的眼神，带着她就往电梯的方向走。

后面隐约有声音传来：“我知道……孩子……”

后来时笙才知道，东方离在一次应酬时喝多了，不知怎么被桑榆碰见，两人滚了床单。就那么一次，桑榆怀上了东方离的孩子。东方家对孩子比较看重，只得让桑榆和东方离订婚。东方离也不是不认账的人，既然孩子都有了，他也只能认。

订婚后，桑榆每天的行为却让他烦不胜烦。因为怀了孩子，东方家就让桑榆在家静养，不让她去上课，所以桑榆每天都很闲。东方离整天不回家，桑榆怎么会不胡思乱想？于是一天十几个电话打去问东方离的行踪。

时笙再次听到桑榆的消息，已经是一年后，孩子竟然不是东方离的，东方离莫名其妙被戴了绿帽子，对桑榆厌恶到了极点。

桑榆被赶出东方家，桑家对这个丢人现眼的女儿也是极不待见。一个二十岁的姑娘，带着一个孩子，过得可谓艰辛。没多久，桑榆就把孩子扔到了孤儿院，自己不见了踪影。

但在东方离大婚的时候，她突然出现，把新娘捅成了重伤。桑榆被告上法庭，判了刑。

时笙每天和季晏斗智斗勇，还要防备胳膊肘往外拐的便宜父母，心好累。不过幸好这一世她没活多久，毕竟原主身体有病，二十五岁就死了。

回到系统空间，时笙满脸郁色。季晏那个神经病，她最后都没来得及砍死他，真是便宜他了。

系统没有多话，刷新了屏幕上的资料。

姓名：时笙

人品值：-122000

生命值：30

积分：12500

任务等级：F

任务评分：86

隐藏任务：完成

隐藏任务奖励：积分0

道具栏：女王的皇冠

人品值竟然扣了10000！

积分还没有涨上去……

在这个位面，她只是玩儿崩了几个游戏而已，至于吗？

【是否查看后续？】

“看！”时笙咬牙切齿道。她要看看季晏的下场。

她死后，季晏把自己关在房间一个月，在阴雨绵绵的那一天，他出门去了墓地。他羸弱的身体在阴雨中显得更加单薄，好像全世界都被他抛弃了，他眼中只剩下那贴在冰冷墓碑上的人像，目光中带着一丝执拗和疯狂，他靠着墓碑坐了下去。

雨势加大，几乎模糊了视线，时笙只看到他微微抬手，没有看清他做了什么，雨水扫过男生安静祥和的侧脸。

画面停在这里。

【他最后为你死了，宿主，你有什么感觉？】

时笙愣愣地看着定格在画面中的男生。好一会儿，她才有些迷茫地道："他是不是傻？"

【……】这么感人的画面，为什么宿主的反应这么不对劲呢？

"我就不明白了。"时笙盘腿坐下去，指尖在屏幕上戳了戳，"你凭什么认定他喜欢我？"

【他都为你死了，还不能证明吗？你为什么能接受凤辞，却不能接受季晏？】

时笙指尖一颤，目光微变，慢慢地收回手，十指相扣，缓慢地吐字："凤辞不一样。"

凤辞对她来说，是不一样的。

【哪里不一样？】

"和你没关系。"时笙啪的一下打在屏幕上，恶狠狠道，"我警告你，不要试探我的底线，后果不是你能承受的。"

【……】系统直接切入正题【接下来的位面难度将提升，宿主请做好心理准备。提示：宿主依旧不能对主角动手。】

"哦。"时笙心不在焉地应了一声。

反正她也没对男女主角动手，让他们自己动手不就好了。

系统不想说什么，这个宿主它承受不来。

恶人自有恶人磨，让恶人磨她去！

【是否进入下一个位面……】

【传送开始……】

第十六章　小鬼难缠（上）

时笙醒过来时，发现自己是飘着的，身上穿着长长的白色袍子，一缕青丝搭在眼前，像极了电视剧里面的贞子。

时笙愣神了一会儿。这出场方式不太对啊！

“什么？好好，我马上到。”隔壁有声音传来，接着就是一阵乒乒乓乓的声音，一个穿着睡衣的女人从门口蹿了进来。她慌慌张张地开始换衣服，换好衣服，又是一阵风似的出去，砰的一声，房门被关上。

时笙愣神。她看不到自己吗？时笙垂头扯了扯自己身上的白色长袍。鬼？灵异文？

时笙抹了抹汗，估摸那女人一时半会儿不会回来，索性找个隐蔽的地方接收剧情。

这是一篇灵异文。女主角安素，在校大学生，因和同学去探鬼宅，与一只鬼王发生了一夜情，于是，她身边开始发生各种稀奇古怪的灵异事件。

下面的故事就是女主角和男主角携手破案，解密各自的身世，反派出来蹦跶一圈，给他们找找麻烦，再虐一虐，最后男主角还阳，和女主角幸福愉快地生活在一起。

原主宁萦，一个鬼，一个没有记忆的鬼。她不记得自己是怎么死的，只记得自己叫宁萦。她是本文反派封锦养的一个小鬼，被派到男主角身边做卧底，结果竟然喜欢上男主角。男主角让宁萦去吓唬女主角，然后他来英雄救美。宁萦一开始还很配合，但是几次以后，她就发现男主角喜欢女主角。

看着自己心爱的男鬼喜欢别人，这怎么行啊！于是宁萦针对女主角，让女主角出门被车撞，站在楼下也能被花盆砸，反正各种意外不断。

后面男主角和女主角吵架，男主角故意和宁萦走得很近，让女主角误会、吃醋。最后误会解除，女主角和男主角和好如初，宁萦就愣神啦。于是，宁萦黑化得更厉害，好几次都差点要了女主角的命。当男主角发现一切是宁萦捣的鬼，当场打得宁萦几乎魂飞魄散，最后关头，是封锦将她召了回去，躲过一劫。

女配角经典变化之一，得不到你，就毁掉你。

宁萦帮着封锦对付男主角，每到紧要关头，又下不去狠手。封锦不爱说话，但内心阴狠毒辣，每次宁萦失败后，封锦也不惩罚她，只是带着她去看男主角和女主角腻歪。估计没有什么比眼睁睁看着自己心爱的人和别的女人卿卿我我更难受，这种惩罚才是最狠最毒的。

最后一次对决，封锦劫持女主角以威胁男主角，宁萦看守女主角，在男主角来救女主角、踏入陷阱的时候，原主估计神经错乱，竟然救了女主角。男主角却以为她想害女主角，看着自己心爱的男鬼要杀自己，宁萦突然后悔了。结局自然是宁萦被男主角所杀。

原主的愿望是，让男主角尝尝爱而不得的滋味。

她现在过来的时间，正是男主角让她去吓唬女主角的时候。昨晚，她已经吓了女主角一次，现在所在的地方是女主角家楼上，今晚她还要去吓女主角，好让男主角英雄救美后和女主角发生点什么。

时笙汗颜。这个男主角是色鬼吗？不对……宁萦都灰飞烟灭了，还能有后悔的机会吗？系统，你这里有bug啊！

【……】主人说过，不能回答她的问题，否则就露馅了，它装作自己没听到，不说话。

作为鬼，最不好的一点就是太阳太大，不能出去。时笙看着从窗户外面投射进来的阳光，隔老远都能感觉到那灼热的温度。她在这户人家转了一圈，结果发现客厅角落蹲着一只小鬼，正看着她。鬼如果是正常的样子，其实也不怎么可怕，和普通人差不多，特别是小鬼，看上去比普通的孩子还要可爱。

“你也是鬼啊？”时笙无聊地飘到他身边，“这么小就死了，怎么死的？”

小鬼没吭声，时笙转过去的时候，他脸上突然开始流血，眼珠子下陷，变得空荡荡的，皮肉腐烂，里面似乎还有白色的小虫爬来爬去。

一言不合就变脸？说得跟她不会似的。时笙回忆了一下原主怎么吓唬女主角的，立即变了个更吓人的样子。那小鬼哇的一声恢复了白嫩的模样，缩到角落伤心地哭了起来。这个鬼好吓人！

时笙翻了个白眼，熊孩子。

时笙不再理那哭得稀里哗啦的小鬼，自个儿跑到房门那儿去玩穿墙。

等到太阳下山，时笙立即飘了出去，外面是小区，看上去挺老旧，她飘到小区门口，正好看到女主角回来。女主角穿着清爽的运动服，长相甜美，笑起来的时候有两个梨窝，特别甜。但她的笑容有些勉强，明显状态不好。她身后还跟着男主角纳兰影。

不过，女主角似乎不知道男主跟着她，熟练地和小区的邻居打招呼、上楼。

纳兰影没有跟着女主角，反而走到时笙面前，冷着脸吩咐："今天你继续去吓她。"他身上的鬼气很重，靠过来的时候，就算时笙对温度感觉迟钝，也会觉得冷。

"哦。"时笙应了一声。

纳兰影仰了仰下巴，往女主角那边去了。

时笙摸着下巴看着纳兰影的背影，被这么一个色鬼看上，女主角也蛮可怜的。

晚上，时笙去安素家，安素正在洗澡，时笙直接把电给停了。安素最近遇到不少诡异的事，此时突然停电，心底害怕，在浴室里磨蹭了好一会儿，才拿着手机往外面照。微弱的光线扫过四周，安素没有听到动静，这才裹着浴巾从浴室出来。适应了一会儿黑暗，她眼前也没那么黑了，小心翼翼地观察着四周。

嗞嗞——

"啊！"安素惊叫一声，捂着耳朵缩到了一边。

过了好一会儿，她突然想起了什么。

"纳兰影，滚出来。"安素大喝一声，满脸怒容。

在她声音落下的时候，时笙麻溜地飘出了房间。纳兰影的实力比她强，时笙也不敢在外面躲着偷听，被发现就不好玩了。

时笙摇摇晃晃地飘出小区，外面的街区车水马龙，流光溢彩，她却有种格格不入的挫败感。嗯，谁让她现在是鬼呢。鬼能干什么？普通的小鬼也就吓唬吓唬人，折腾点意外事故，法力低微得可怕。除非是厉鬼，法力才会很强。可是厉鬼哪儿有那么好当？而且，凤辞如果可以在任务中出现，她还是要找回他的。她的人，当然得待在她身边。

要确认凤辞有点麻烦，得用到灵力，这个位面……嗯？时笙感受了一下，这个位面竟然有灵气存在。虽然不是很浓郁，但修炼是没问题的。

时笙估计这个位面设定的法术也是需要灵气支撑的，但能修炼的人又不多，所以相对来说，灵气也薄弱。这就像你是多大的人，就给你穿多大的衣服。衣服大了会显得空荡不满，小了则会撑破。

有灵气就好办多了，按照修真界的鬼修之法来修炼就可以了。时笙找了个灵气稍微浓郁的地方，开始吸收灵气修炼。

这一修炼就是十几天，也幸亏她选的是没有人烟的地方。等时笙感觉自己体内有点“存货”，这才优哉游哉地飘回城。她先去安素家里看了一眼，没人，估计是在学校。时笙又往学校飘。刚飘到楼下，她就被人……呸，鬼给拦住了，是之前她看到的小鬼。

“别出去，外面有坏人。”小鬼躲在一棵大树后面，怯生生道。

“坏人？什么坏人？”她回来的时候没发现什么不对啊！

小鬼估计是词汇量不够，好一会儿才磕磕巴巴道：“长得很好看……但是好凶，隔壁楼的两个鬼都被他收走了，很可怕。”

长得很好看，还很凶，不会是封锦吧？嗯……时笙滴溜溜转着眼珠子，脑子飞快运转起来。

封锦是此故事的最终反派。想想凤辞和步惊云都是最终反派，说不定他在任务世界都是终极反派的角色。看来她得去看看这个主人，要是凤辞的话……嗯，那就养起来。

小鬼被时笙那阴森森的笑容骇到，小身子不由自主地抖起来，他怎么觉得这个鬼比外面那个人还可怕？呜呜，这个鬼真的好可怕，他要回家。

时笙伸手揉了两爪子小鬼的脑袋：“快回去吧，姐姐去帮你把坏人打跑。”

小鬼心底不信，那个坏人可厉害了，隔壁楼的厉鬼都被他给收了。但是一瞧时笙那阴森森的笑容，他就识趣地闭嘴，飘回了楼里。

时笙往小区外面飘去。小区外有一圈铁栏杆，时笙绕着飘了一圈，也没看到封锦。难道不是封锦？就在她疑惑的时候，系统提示音突然响了起来。

【隐藏任务：秋月寒江。】

欺负她读书少？这成语用得越来越有水平了。

秋月寒江，形容人德行高尚、心地纯正。

【任务目标：“掰正”封锦的三观，让他成为一个德高望重的驱魔师】

她可以拒绝吗？

德高望重是什么？她并不觉得封锦三观有什么不对的地方。

【……】宿主三观不正，让她去拯救一个三观不正的，画面太美，简直不敢想象，它要关机缓缓。

系统都发布任务了，封锦肯定在这附近，时笙又转了一圈，最后还是没找到。她烦躁地揉了揉头，封锦还下地了不成？

封锦没下地，但是他上天了，他是从天而降，落到时笙面前的，穿着一身民国时期的深蓝色长衫，上面绣着暗纹，看上去尊贵而奢华。几片树叶打着旋儿落下，时光好像在那个瞬间被拉得漫长。他微微侧着头，精致的五官被光线勾勒得有些失真，眸子低垂，长而卷的睫毛在他白皙的脸上刷出一小片阴影，薄薄的唇瓣微微抿着，神色看不出喜怒。

那身长衫明明和这个时代格格不入，可穿在他身上，却格外熨帖，好像他就是从这个时代走出来的富家公子。

封锦侧目，一双略显阴郁的眸子看过来，声音慢而低沉："这么多天，你去哪儿了？"

时笙眨巴下眼。对，她现在是封锦的人……呸，鬼。

"被纳兰影抓起来了，好不容易才跑出来。"时笙小脸一垮，张口就抹黑男主角，朝着封锦飘过去，欲抓他的手腕。结果她还没碰到，指尖就一阵灼痛，时笙条件反射般缩回手。

不能碰封锦？那她怎么确定他是不是凤辞？惆怅……

封锦阴郁的眸子里闪过一丝诡异的光泽，像是没注意到她刚才的动作一般："纳兰影抓了你？为什么？"

"嗯，我哪儿知道，他突然就把我抓起来了。"时笙揉着手指点头，时刻不忘抹黑男主角，"我不想待在他身边，他太色了。"

"色？"封锦念这个字的时候，声音特别慢，似乎有些不解时笙会这么形容纳兰影。

"对啊，老色了，老想和女……安素那什么，我还是一个纯洁的人，怎么能看那么污的事。"时笙一边认真地点头，一边伸出手想去摸封锦，然后如触电般缩回去。

封锦看着她愚蠢的行为，没什么反应，只是很平静地提醒她："你现在是鬼。"他顿了顿又道，"那就跟我回去吧。"

"好啊。"时笙绕着封锦飘了两圈，又有些奇怪地问，"你来这里做什么？你不给我报仇吗？"

"收鬼。"封锦看了她一眼，很坦诚地道，"纳兰影实力太强，我不是他的对手。"

反派竟然没有实力碾压男主角，时笙失望："那我还是自己上好了。"

"嗯？"封锦没听清她嘟囔了什么。

时笙却惆怅地望天，根本没回答封锦。封锦觉得，他养的这只鬼怎么有点不对劲？

封锦带着时笙回去，一路上，时笙就没消停过。一会儿这里飘一下，一会儿那里飘一下，顺便吓唬吓唬过路的鬼，引得各种鬼乱窜。封锦一阵郁闷，他以前怎么没发现她还有隐藏性格呢？

封锦是驱魔世家封家的传人，满十八岁后就从封家老宅搬了出来，住的地方只是普通的小区，家里有两间卧房、一间书房，书房旁边还有一个房间，那个房间原主从来没进去过，不知道里面有什么。

封锦将时笙带回去，进了书房旁边的房间，也没交代她什么。时笙只好在客厅转了转，这里收拾得挺整齐，等她把所有地方都转了一遍，封锦才出来。时笙立即凑了过去，伸手就要去摸他，结果自然被弹了回来。

“我为什么不能摸你？”时笙揉着手指。

“人鬼有别。”封锦阴郁的眸子扫向她。

放屁，男女主角怎么可以互相摸？还可以做那种事呢？

封锦给她点了香，时笙飘在半空，嫌弃道：“我想吃肉。”竟然拿这玩意招待本宝宝，差评差评，就算他是凤辞，也要给差评。

封锦皱眉，心底的疑惑越发大了：“你不是告诉我，你不喜欢吃肉吗？”

“我什么时候说了？你以前只给我这玩意吃，我吃得脸都绿了，你看。”时笙把脸往封锦面前伸了伸，“都变丑了，你这是虐待员工知道吗？我可以投诉你的。”

封锦眉头跳了跳，上哪儿去投诉，你以为是在公司上班吗？难道她这次被纳兰影激出了什么隐藏性格？人会在经历一些事后突然改变性情，鬼自然也一样。

时笙到底还是吃上了肉，呸，闻……

封锦看着在桌边转来转去、想伸手捞食物的白色人影，又是一阵“黑线”，这不但性格变得跳脱了，连智商都没了吗？

时笙表示，不是智商没了，是她不习惯做鬼。

竟然不能吃肉。差评！做鬼一点都不好。

时笙飘到封锦面前：“有没有什么办法让我还阳？”最后连男主角都还阳了，她肯定也可以还阳的。

封锦抬头看她，那双阴郁的眸子此时阴气缭绕，四周的温度恍如凝固，带着沉甸甸的重量，挤压着时笙。时笙皱眉，正在说话，突然觉得自己动不了，像是有无形的绳索绑住她的四肢。什么情况？

封锦起身，苍白的手指捏着时笙的下巴，微微抬高。在被封锦接触的瞬间，时笙感觉自己的下巴被强效硫酸腐蚀，那酸爽的感觉简直让她想死。

“宁萦，纳兰影给了你什么好处，让你回来试探我，嗯？”

谁试探你啊，有毛病！时笙疼得龇牙咧嘴，召唤出铁剑就朝封锦砍去。

铁剑出现的时候，封锦皱起了眉头，这把剑……然而铁剑却不给封锦思考的机会，照着他的脑袋就砍了下去。封锦想要避开铁剑，就必须放开时笙，他一松手，铁剑立即收势，飞回时笙身边，割掉她身上无形的绳子。

束缚一解开，时笙就捂着下巴，痛得跳脚，冲着封锦号起来："封锦，你有毛病啊！"老子的下巴废了吧？

封锦站在沙发对面，用深沉阴郁的目光看着她身边的铁剑。好一会儿，时笙才感觉那种灼痛减少了几分，抬头就看到封锦对铁剑似有打量。

"纳兰影想让你从我这里问出什么？"封锦移开视线，声音中多了几分忌惮。

他不过一个月未见她，她竟然多了一把不知什么来头的剑，还背叛了他……想到这里，封锦心底涌出一股戾气，背叛他的人，都该死。他眼底犹如酝酿着狂风暴雨，要将时笙撕碎。

"喂喂，你别黑化啊。"察觉到封锦神情有些不对劲，时笙赶紧出声，"我和纳兰影可没关系，一个色鬼，老子怎么可能看得上……你那么看着我做什么？不信？那我也没办法。"时笙双手一摊，一副"你爱信不信，反正就是老子说的这样"的表情。

一言不合就黑化，这么不可爱，肯定不是她的凤辞。

时笙拿着铁剑，判断了一下敌我的实力，最终还是选择了放弃。她很想让他过来让自己摸摸，要是这人不是凤辞，她分分钟砍了他。然而现在她不确定，所以不敢砍。

封锦盯着她，也不知道在想什么。整个空间都安静下来，时笙几乎听不到封锦的呼吸。如果不是他的胸口还在起伏，她都怀疑这人也是个鬼。

"今晚，做给我看。"封锦扔下这句话，转身进了书房。

做给他看？怎么做给他看？

时笙拿铁剑戳了戳沙发，觉得不解气，又几剑砍下去，无辜的沙发就这么被"分尸"了。

十二点前的半个小时，封锦从房间出来，看到满屋狼藉，一时静默无语。他看向坐在一堆废品上，跷着二郎腿，支着脑袋，哼着不知名小曲的白衣女鬼。如果不是自己和她定有鬼契，他真的怀疑，她是被谁冒充了。以前宁萦虽然有些小性子，可很听话，哪里敢在他面前放肆。

这是把他家都要拆了。封锦拳头捏得咔嚓咔嚓响，想掐死她怎么办？

时笙拖着铁剑飘到封锦面前，霸气地挥了挥手："前面带路。"

嗯，他更想掐死她了。

房间的光线有些暗，封锦的面容隐在黑暗中，看不真切，眸子散发着幽幽的冷光。时笙警惕地往后飘了一段距离："卖身不卖艺，我虽然是你养的鬼，但你想来个人鬼情未了，我是坚决不同意的。"

不卖艺？床艺？封锦忍着掐死时笙的冲动，打开门出去，在时笙还没跟上去的时候，砰的一声关上门。时笙被吓得猛地刹车，脸上表情极其丰富。

不对啊，她能直接穿墙，停下来干什么？时笙拖着铁剑就要穿门而出，她是出去了，但是铁剑被卡住了。铁剑是实体的，自然不能穿门。

封锦默默地看着时笙犯蠢。结果……他家的门光荣牺牲，死无葬身之地。门被砍成了两半！这个暴力狂！

时笙满意地拖着铁剑走出大门，这点小事怎么可能难倒她。铁剑这玩意不能收起来，封锦那人对她有杀意，保命要紧。

"把它收起来。"封锦将目光从完成使命的防盗门上移开，落到时笙身上。

时笙将铁剑往背后一藏："头可断，血可流，武器不能掉，这是我用灵魂铸造的武器，不收。"

封锦深呼吸一口气："它不能隐身，会引起注意。"

"你逗我，这个时间哪个不怕死的在外面晃，不怕遇到鬼吗？"时笙摆明就是不收，你能拿我怎么样？

封锦再次看了眼被破坏的防盗门，默默地转身往电梯走。他住的虽是普通住宅区，但这一层都没人，就算有人，也进不去，所以房门开着也无事。

时笙屁颠屁颠地跟进去，不死心地继续尝试去摸他。封锦目不斜视，并不理会她。

等上了车，时笙才安静下来。她得想个办法压制住她和封锦的鬼契，不然真要把封锦惹毛了，他想弄死自己，估计自己跑不掉。契约这种东西，是具备很多约束性的。比如她和封锦缔结的鬼契，是一种主仆契约。封锦想让她死，她基本没有能力反抗。

为了小命，时笙决定——最近不撩拨封锦。等她找到办法，再撩拨他。

封锦带着时笙去了安素的小区，时笙想直接从车里飘出去，又想起自己的剑不能穿门，只好从封锦那边下去。

自己开门？抱歉，鬼要触摸实物是需要消耗法力的，为了这点小事，怎么能浪费法力？法力得留着用来打架。

封锦的车停在小区外的马路上，四周静悄悄的，远处偶尔有呼啸而过的车子。时笙拖着铁剑跟上封锦。如果有人的话，会发现一把剑自己在飞。

老式小区的安全措施都不怎么好，封锦轻松翻了进去，几栋不算高的楼房偶尔一层有亮光，如同黑夜中的指路明灯。

封锦停在安素住的那栋楼前，仰头看了一会儿，转头对着时笙道："去把纳兰影引出来。"

时笙伸出手指了指自己："我一个人？"呸，一个鬼？

"你不是想让我相信你吗？那就证明给我看，把他引出来。"封锦把语速放得很慢，像是要让时笙听明白、听清楚。

"你怎么知道他在这里？"封锦就这么笃定纳兰影在这里吗？就算他很喜欢和女主角做那种事，也有休息的时候吧？

"不想去？"封锦的音调陡然变得阴森。

去就去，怕他啊！时笙拖着铁剑就往楼上飘。封锦很想提醒她，那把剑太惹眼。但一想到她用那把剑毁了他家，他就事不关己地移开视线。

时笙飘到安素家窗外，她家窗户也是老式的推窗，没有关，窗帘被风吹得乱飞，在地面映出狰狞的阴影。时笙从窗户飘进去，卧室隐约有声音传出，是那种很奇妙的声音。时笙飘到卧室门口，拽紧铁剑，深吸一口气，一剑砍了下去。

"纳兰影，你这个负心汉，竟然在这里和人苟合。"时笙进去就大吼，朝着床上的人影砍去。

"啊！"安素被突然的喊声吓得尖叫。

纳兰影抱着安素一滚，掉到地上。两人都是光溜溜的，某处还紧密地结合在一起。时笙不给纳兰影反应的机会，提着剑又砍了过去："你这个渣男，玩弄老娘的感情，还和人在这里颠鸾倒凤，你是不是又欺骗人家小姑娘？你吸人家阳气，就是在害人家，你怎么这么恶心，以前老娘真是瞎了眼。"

安素并没有看到时笙，只看到一把铁剑不断攻击他们，还有清脆愤怒的声音在耳边嚷嚷着。

时笙见差不多，立即收了剑往外飘。纳兰影放开安素，身上立即多了一套衣服，起身追了出去。竟然敢在这个时候打断他，找死。

纳兰影的速度比时笙想象的快，她还没蹿出楼，就被纳兰影给拦住了。他目光冰冷地盯着时笙，突然抬手，时笙只觉得有股吸力将她往他那边拉扯。楼道照明用的老旧灯泡开始嗞嗞地响，闪烁不定，两人的身影变得诡谲起来。这是吸星大法啊！

时笙把铁剑插入旁边的墙壁，稳住身形，目光扫向旁边安全通道上没有任何防护措施的窗户。时笙挪到窗口，咬牙翻了出去，一出去，那种吸力就消失了。纳兰影很快追了出来，两人落到小区外面的绿化带上。纳兰影故技重施。

时笙麻溜地摸出小球。

小球在手，天下我有。

时笙将小球扔了过去，男主角大概察觉出那玩意很危险，闪身避开，还是被爆炸波及，被气流弹飞。爆炸声很大，几栋楼陆陆续续亮起灯，时笙拖着铁剑往小区外面跑去。小区居民只看到绿化带里平白多了一个大坑，坑里有闪电闪烁，在黑夜中显得十分诡秘。

时笙拖着铁剑出了小区，一路飘到封锦的车子旁，封锦还没回来，她等了一会儿，封锦才慢吞吞地出来。他目光略带怪异地看了时笙几眼，随后拉开车门。时笙趁他上去之前飘了进去。封锦顿了一下，这才上车。上车后封锦没开车，车厢没开灯，光线很暗，时笙也看不清封锦是个什么表情。

“你刚才扔的那东西……”他养的这个鬼，不过一个月不见，怎么就跟开挂了似的？

“不卖。”时笙警惕地往后靠了靠。

封锦沉默几秒，发动车子：“别炸我家。”

“浪费。”时笙撇撇嘴，又狂妄地加了一句，“就你那破地方，我随手都能搞定。”

封锦猛地一踩油门，时笙差点被甩到车窗上糊着。

封锦似乎相信时笙和纳兰影没关系，但也没提还阳之事。

第二天，时笙在网上看到一则很轰动的新闻——某小区出现神秘深坑，闪电经久不散，疑似外星人造访地球。

这则新闻立即风靡各大网站，安素住的小区出名了，各大研究小队蜂拥而至，媒体记者更是将小区围得水泄不通。

时笙一边闻着肉香，一边哼哼：“外星人是他们想见就见的吗？！想得美！”

封锦抬头看了她一眼，伸手将电脑拿到自己身边，啪的一声合上。

“你干什么？”时笙瞪他。

“食不言、寝不语。”

“我又没吃饭。”本宝宝是用闻的好吗？

“鬼为什么不能吃东西？里面的鬼不也是大吃大喝吗？”时笙撑着下巴，惆怅地看着封锦。

封锦像是没听到一般，动作优雅地喝完最后一口牛奶，起身将盘子收到厨房，哗啦啦冲洗干净。

嘿，脾气够大啊！时笙飘到他身后，伸手想去摸他，指尖迅速传来灼痛，她忙把手缩回去，无比惆怅。

“我要怎么才能摸到你？”这么下去，本宝宝怎么确定他是不是凤辞？

封锦将盘子擦干放到架子上，回身看着她：“忍着。”

“嗯？”忍着什么？

封锦盯着她的眼睛：“忍着痛。”

封锦发现，这几天自家那个鬼神出鬼没的，也不知道在干什么。

时笙在干什么？她在找有什么办法能解除鬼契，或是反转鬼契。当然，事实证明这是她痴心妄想，迄今为止，她还没找到什么可行的办法。

封锦从房间出来就看到时笙在客厅飘来飘去，那一身白，又是晚上，换个人早就吓得尿裤子了。

时笙见封锦出来，立即飘过去：“帮我烧几件衣服啊，整天穿着这个，难看死了。”

她还真不把自己当外人。嗯，外鬼！

“我好歹也代表你的门面对不对，怎么能穿这么难看，出去多丢你的人……”时笙说个没完，封锦有拿针把她的嘴缝起来的冲动。

时笙见封锦不说话，神情阴郁，伸手去摸他。还是同样的配方，同样的味道。时笙抱着手指就飘到窗外。气死她了！衣服不给穿，肉不给吃，人还不给摸，她要离家出走！

封锦看着她的身影消失在夜色中，太阳穴突突猛跳几下，往玄关走去。

下了楼，封锦老远就看到时笙和一个红影站一块儿，还没看清，那把铁剑突然出现在她手中。她持剑便朝着对面的红影砍去，速度非常快，红影连反抗的机会都没有就灰飞烟灭了。

封锦觉得自己以前真的低估了自家这个鬼，刚才那个鬼虽然不是真正的厉鬼，但也是一脚踏入厉鬼的行列，她就那么一下把对方给灭了……抢驱魔人的饭碗啊！

不过……封锦眯了眯眼眸，这里怎么会出现厉鬼？

时笙将铁剑戳在地上，神色有些阴沉。穿一身红，还想吃老子，你咋不上天呢！

她一转身就看到封锦站在路灯下，神色不明地看着自己，昏暗的灯光将他的身影拉得很长。

见她转身，他抬脚走过来：“跟我走。”

“去哪儿？”大晚上往外面瞎跑什么？

封锦斜睨她一眼，没说话。时笙撇撇嘴，拖着铁剑往车库飘。封锦重重叹口气，那把剑迟早要惹事。

上了车，时笙鼓捣她的铁剑，封锦负责开车，时不时扫她一眼。

车内放着很古怪的曲子，但是听着很舒服，时笙也就没计较。

“你这把剑有名字吗？”封锦打破沉默。他更想问，这把剑哪里来的。削铁如泥不说，削鬼都那么牛。

时笙偏头，脸上露出一丝不怀好意的笑：“你听过一个传说吗？”

封锦沉默。传说那么多，他怎么知道是哪个？

时笙也不等他回答，轻轻地说：“以前有个帝王，想要一把神兵利器，让他一统天下。于是有个人献上一把剑，告诉帝王只要用灵魂献祭，就可以铸造一把灵魂之剑。属于他的灵魂之剑，谁也夺不走，可助他一统天下。”

时笙停了下来，往封锦跟前凑了凑，恶劣地笑道：“你说那个帝王有没有献祭？”

“没有。”封锦薄唇轻动，吐出两个字。

时笙撇嘴，坐正身体：“献剑的人又告诉他，不用自己的灵魂献祭的话，可以用九十九个婴儿的灵魂献祭，于是帝王派人抓了九十九个婴儿，用他们献祭。他用那把剑一统天下，在登基那天，他却死于非命，那把剑不知所终，后来有人看到那把剑在斩杀妖魔鬼怪，所以世人称那把剑叫——驱魔剑。”

历史上根本就没她说的这个帝王，更没有什么驱魔剑。

这个鬼在瞎掰。

“你不信啊？”时笙看着封锦，笑得满怀恶意，“其实我也不信。那群婴儿被迫献祭，怎么可能会有驱魔的能力，他们是在报仇。所以，你可以叫这把剑为嗜魔剑。”

【……】宿主的剑总在换名字，简直丧心病狂。

封锦的车停在位于荒郊野外的别墅前。

那是一座白色别墅，在黑夜中很显眼，四周都是树，夜风吹得树叶沙沙地响，天上的月亮不知何时被乌云遮住，此时看着别墅，只觉瘆人得很。

时笙扒着车窗往外面看：“这里面有鬼啊？”

“不知道。”封锦推开车门，望了时笙一眼，时笙立即飘过去，从他那边下车。

不知道来这里搞什么啊！

站在外面，更能感觉到别墅的阴森，大概是来自同类的威胁，时笙身子不自觉抖了抖。

“我们来抓鬼？”封锦也不像这么好心的人，这些天她可是知道这人心有多黑，他能眼睁睁看着一个人被鬼弄死在自己面前。

虽然她也觉得没什么不对，毕竟人家一没求他，二没拿钱请他。

但是作为驱魔人，看到鬼就想抓，难道不是职业病吗？

“看情况。”

看什么情况？

封锦抬脚往别墅走，他依旧穿着长衫，颜色很深，几乎融入夜色。

时笙惆怅地望了望天，这都什么事啊？

别墅门口有人等着，是一个上了年纪的老头，半个身子隐在暗处，只露出一张皱巴巴的脸和半截身子，说不出地诡异。

“封先生？”老头声音嘶哑，听着有些刺耳，满是怀疑，似乎不敢相信来的人是这么年轻的驱魔师。

封锦微微颔首，并没有回答老头。老头也没说什么，只是往他后面看了看，看到飘浮在半空的铁剑，浑浊的眸子里燃起了亮光，态度也恭敬了一些：“封先生，里面请。”竟然能让剑凭空浮着，这位年纪轻轻的驱魔人是有几分本事的吧？他家先生有救了。

封锦大概知道老头心底怎么想的，也没揭穿。他总不能说，是有一个鬼在旁边拿着剑吧？

时笙拿着铁剑四处乱飞，看上去就是铁剑失控，老头心惊胆战地跟在后面。他怎么忽然觉得不靠谱了？

封锦趁老头在前面带路的时候，压低声音道：“别捣乱。”

时笙把铁剑转得跟电风扇的叶片似的，一脸“我没听到，我就要捣乱，有本事你弄死我”的表情。

封锦觉得带她来就是个错误。现在把她塞回去还来不来得及？他正想动用鬼契强行控制她——

“你敢，信不信我和你同归于尽？”时笙威胁的声音传了过来，“反正我不怕死。”兔子急了还咬人，更别说鬼了。虽然他们有主仆契约，但如果她想和他同归于尽，成功率还是很高的，何况她还有那把剑。

“别胡闹。”封锦有些无奈，只得低声警告。

“你答应给我新衣服，我就不闹了。”

封锦皱了皱眉头：“好。”

时笙立即眉开眼笑地把铁剑收了起来。

此时老头已经进了别墅，封锦快走几步，踏入别墅。一进别墅，时笙就感觉特别不舒服，像有什么东西在暗处窥探她。

别墅里的光线不是很足，看什么都如同蒙着一层雾。老头领着他们往楼上走，越靠近二楼，那种被窥探的感觉就越强烈。这种感觉很不好。

时笙心底有些暴躁，想掀了这里，将暗处窥探她的东西揪出来。也许她身上散发的暴躁之感太过浓郁，连封锦都感觉到了。

“它不敢靠近我，放松。”封锦的声音落入时笙耳中。

她一偏头，冷笑：“你以为我怕它？”

她就那么飘在半空，嘴角勾着讥讽的弧度，目光却一片平静，然而往深处看，就会看到那片平静后面深藏的寒凉与杀机。

封锦迅速移开视线，不规律的心跳让他气息有些紊乱。他从来没见过这样的宁萦。在他望进她瞳孔的时候，他几乎无法呼吸，那一瞬间，仿若身处杀机四溢的空间。

“封先生？”老头的声音从前面传过来，封锦立即调整好心态，朝老头走过去。

时笙在原地停了片刻，才跟上去。

进入房间，浓郁的药味扑面而来，里面还带着一股奇异的味道。

床上是一个中年男人，脸色青灰，皮包骨头，嘴唇干裂，起了一层层的皮，呼吸很微弱。

“封先生，您给看看吧。”老头一看到床上的中年男人就忍不住掉泪，“先生不知怎的就病了，一日不如一日，最后变成这样，什么法子都试过，就是没有用，实在是没办法，才托人找到您。”

封锦简单地问了老头几个问题。

时笙心不在焉地在房间中飘，这里的气息竟然没有外面浓。

时笙飘到中年男人上面，看着封锦给男人做检查。封锦动作很慢，却不会出现停顿或凝滞，一套动作下来，很是赏心悦目。

时笙托着下巴瞧着，脑中胡思乱想起来。得赶紧想办法确认他是不是凤辞！

“管家，管家，外面来了一个小姑娘，说是要在这里借宿。”一个用人不知从哪儿冒出来，噼里啪啦地说。

老头显然有些诧异：“借宿？”

“是啊，她说是来这里爬山，结果和大部队走散了，看到这里有光就过来了，想在我们这里借宿。”

别墅会建在这里，说明肯定也不是什么无人区，旁边就是一座爬山爱好者经常光顾的山，以前偶尔有人走到这里来。

若是平日借宿，倒也没问题，可是现在……

“带我去瞧瞧。”老头对着封锦弯腰行了个大礼，“封先生，麻烦您了。”

“嗯。”

老头步履蹒跚地和用人出去，房间很快陷入死寂。

“你看出什么了？”时笙坐在床头上，出声问他。

她此时的样子和刚才判若两人，安安静静的，不去看她，都感觉不到她的存在。

“你发现什么了？”封锦目光闪烁一下，不答反问。

“我不告诉你。”时笙嘴角上翘。

封锦觉得自己对她真是太纵容了，以前她乖巧，自己纵着她一点没关系，但是现在……看来回去后得好好教教她规矩。

“啊！”尖叫声突兀地响起，整栋别墅估计都听到了。

时笙一溜烟往外面飘，封锦迟疑片刻，还是跟了上去。自家这个惹是生非的鬼，他不跟着，还不知道她会捅出多大的娄子。

声音是从一楼厨房传来的，时笙飘的速度肯定比人走路的速度快，所以她是第一个到的。厨房里有很浓郁的血腥味，时笙一眼就看到案板上的肉块，随后才看到跌坐在地上的女人。女人正抱着头尖叫，身上只穿着一条吊带裙，露出大片肌肤。

很快有人赶到，是一个穿用人服的男人，他几步走到女人身边，将她扶起来：“太太，你怎么了？”

“有鬼，有鬼……”女人哆哆嗦嗦地开口，声音不成调。

老头也很快赶到，和他一起的还有个女生。时笙一看到她，头上一阵“黑线”。

安素，她怎么来了？剧情中完全没有这一幕。

安素似乎也看到了时笙，脸色变了变，以前时笙都是以血淋淋的样子出现在她面前的，所以她不认识时笙，只是看到时笙出现会害怕。

“有鬼有鬼……有鬼……”被称为太太的女人还在念叨。

“快送太太回房。”老头迅速吩咐人将女人送回去。

两个用人扶着女人，将她往外面送，到门口的时候，女人突然挣脱两人，朝着前面跑去，一头撞进来人怀中。封锦被撞得猝不及防，身形往后退了一步。

女人像是怕极了，死死地抱着封锦的腰，酥胸压在他的胸膛上。时笙飘到封锦身边，神情莫名地盯着他，眼神很平静，但又有些不对劲。封锦被那眼神看得头皮发麻，赶紧将女人推开。

“有鬼……有鬼……”女人却死死缠着他不放。

封锦眼神阴狠，抬手就将她掀开，力道很大，女人被掀到了墙上。女人还想扑回来。就在此时，安素突然上前，挡在女人和封锦之间。

“你别乱来。”这话安素是对着时笙说的。刚才时笙飘到封锦身边，女人正好在封锦怀里，她以为时笙要害女人也是正常的。

时笙朝着安素翻了个白眼。安素被时笙弄得一愣，这女鬼好像有点不对劲。以前她看到的鬼不是缺胳膊少腿，就是凶神恶煞、愤世嫉俗，哪里像这个女鬼。

嗯……这么淡然地冲她翻白眼，安素突然觉得这个女鬼有点可爱。

就在她走神的时候，突然被人推了一下，踉跄着撞到走廊旁放置的盆景上。女人大叫着跑走了，一群人叫着太太，呼啦地追了出去。

很快，整个走廊只剩下老头管家、封锦、时笙和安素几人。老头一脸沧桑无奈，浑浊的眸子里噙着泪花。

封锦拍了拍被女人弄出褶皱的衣服，抬脚往厨房走。

“封先生，”老头立即抹了抹眼泪，“冲撞您了，我替太太给您道歉。”

“无事。”封锦往厨房看了一眼，“我可以进去看看吗？”

“可以可以。”老头连连点头，“说实话，这已经不是太太第一次这个样子了，她总是说见到鬼，也不知道是不是中了邪……”

两人的说话声渐渐小下去，时笙还站在原地，垂眸看着趴在盆景上的女主角大人，动了动嘴皮子：“蠢。”

安素欲哭无泪，怎么每个人都说她蠢。

她从盆景上爬起来：“刚才……是你吓她的？”

“我才没那么无聊。”时笙往厨房飘。

安素微微愣神，她怎么觉得这声音这么熟悉呢？好像在哪里听过，可一时间又想不起来……

“等等，那你知道是谁吓她的？这里真的有鬼吗？”安素追上时笙，大概知道厨房有人，故而将声音压得很低。

“我不就是鬼。”时笙又赏了个白眼给女主角。

安素跟着时笙进去，厨房很安静，之前那个穿着奇怪的男人正站在切菜的地方，案板上的几块肉还沾着鲜血，像是刚割下来的。安素忍不住反胃，强压着才没吐出来。

她看着时笙飘到那男人身边，男人似乎抬头看了她一眼，然后继续垂头看着那几块肉。那个男人也能看到她？安素不常用的脑子动了起来，之前她是看到时笙往那个女人那里飘，才会觉得她在吓唬女人。但当时那里并不只有一个人，还有这个男人。

“哎呀，小姑娘，你怎么进来了？实在不好意思，吓到你了吧？我这就安排房间。”老头看到安素进来，立即迎上来，挡住了她的视线。

“不碍事，管家伯伯。”安素摇头，“你能让我留宿，我已经很感激了。”

老头强撑起笑容：“都是小事，我送你去房间吧！”

安素看出管家不想多说，也就闭嘴不多问，走之前，她往时笙的方向看了一眼。

封锦和老头说要多观察两天，让他准备了房间。

在封锦家的时候，时笙一直住他旁边的卧室，他不许她进他的房间。但是这次，显然他不让她进是不行的。时笙一进去就霸占了唯一的床：“我睡床。”

一个鬼睡什么床？他倒是想把她扔出去，但一想到这别墅里隐藏的危险，还是默许了她霸占床的行为，抱着被子去沙发。

时笙趴在床上，用手托着下巴：“那老头刚才叫那个女人太太。”

封锦被时笙冷不丁冒出的一句话弄得一愣，偏头看着她。时笙翻了个身，仰面躺着：“那个男人房间里有张遗照，里面的女子和那女人长得一模一样。”

他起身走到床边，从上面俯视着她：“你是说那个女人有问题？”

时笙眨巴着眼睛：“大半夜出现在厨房，还有几块人肉，你觉得她没问题？”

“你怎知那是人肉？”刚才他好像没有告诉她吧？

时笙嘴角翘起好看的弧度，带着几分诡异：“人的血腥味和动物的血腥味是有区别的。”

封锦双手落在她脑袋两侧，阴郁的眸子里带着诡谲的寒意：“宁萦，你是不是恢复记忆了？”

时笙不太适应这种压迫的姿势，从床上爬起来，半跪着看他：“没有啊。”

“那你如何解释，你一夕间性情大变？”封锦凝视着她，一字一顿道，“宁萦，别骗我。”

“骗你，你又不能给我摸，我干吗要骗你？”时笙翻了个白眼，“再说，性情这东西，本就难以捉摸，一夕间性情大变的人那么多，你都要去问他们为什么性情大变吗？”如果不是她卖身给了封锦，才懒得瞎扯这么多。

封锦维持那个姿势十几秒，慢慢地起身，走回沙发，直到他躺下，时笙才听到他的声音：“那人肉是刚割下的，还带着余温。”

一夜无事，但是第二天一早就下起了大雨，安素不得不继续留宿。老头来送早餐的时候，封锦有意无意地问起昨天那个女人。老头支支吾吾，语焉不详，最后找借口走了。

吃完饭，封锦又去看了那个中年男人。

男人叫齐默，知名企业家，但是一个月前，他出现头晕胸闷的情况，去医院检查，医院诊断他只是劳累过度。于是，齐默带着他太太到这里来度假。但是情况非但没有好转，反而越来越严重。大医院与家庭医生轮番整治，查不出什么病症，齐默也不见好转，身体越来越差，最后不能下床，到现在已如同植物人。

管家曾经听齐默的父亲提过封家是驱魔世家，所以才辗转托人找上封家。封锦不在老宅，按理说不应该知道这件事，但是不知怎么，最后是他来了。

封锦看完齐默，又在别墅转悠了一圈，那悠闲的样子，让别墅的下人议论纷纷。最近发生的事，他们也很害怕，夫人老是说见到鬼，别墅一到晚上就阴森森的，如果不是薪水丰厚，他们也不会留在这里。

因为外面下雨，封锦就没出去，只在别墅转了一圈。

“封先生，哪里不对吗？”老头见封锦阴郁的样子，心底直打鼓。

昨晚光线太暗，他也没仔细看这个年轻人，只觉得是个挺好看的性子比较淡漠的男人。今天早上他才惊觉，这个年轻人可不像什么大善人，也不知道自己找他来到底对不对。

“最近你们有什么人失踪吗？”封锦警告地瞪着站在老头背后，不知道想干什么的时笙。

“没有。”老头很快回答，“别墅就这么几个人，抬头不见低头见，没人失踪，封先生问这个做什么？”

老头有些奇怪地看着封锦，先生的病和有没有人失踪有什么关系？

“你问他，有没有人离开。”时笙在后面提醒封锦。

封锦不着痕迹地瞪她：“齐默生病后，有人离开别墅吗？”

老头叹口气：“怎么没有？发生这样的事，大家都害怕，一共走了四个人。”末了，老头又补充一句，“最后一个人就是在昨天上午走的。”

封锦点点头：“晚上让用人们不要出来，不管听到什么。”后面几个字封锦加重了音量。

老头似懂非懂地点点头，又问了齐默的情况，这才离开去安排。

“齐默还有救吗？”那个男人，她瞧着是活不久了。

封锦沉默一会儿，才道：“有。”

时笙扬了扬眉毛。

"那个……你也能看到她吗？"安素站在一根柱子后面，只露出半个身子。

封锦知道安素，和纳兰影有关系的人他都知道。他没理她，直接上了楼，时笙跟着他飘上去，安素站在原地，尴尬地摸了摸鼻子。

不知道为什么，她总觉得那个女鬼有点可爱……不是长得可爱，而是性格可爱，当然她长得也挺好看的。那个男人没看到，但是她看到了，那女鬼站在管家后面，在他背上画了个王八。

中午的时候，时笙看到了昨晚那个女人，打扮得很端庄，坐在餐桌边吃饭，安素坐在她右边，和她说话。那女人的声音轻轻柔柔的，很温婉，完全不像昨晚那个吓得尖叫崩溃的女人。

时笙飘到他们对面，安素看到她，脸色变了变。

"最近一直都在这里，也没人陪我说说话，也亏了这场雨，让安小姐能留在这里，陪我解解闷……安小姐？怎么脸色突然这么难看？是哪里不舒服吗？"

安素回神，慌忙摇摇头："没事，可能是有些冷。"

女人往外面看去，赞同地点点头："是有些冷，我还有些没穿过的衣服，安小姐不嫌弃，可将就一下。"

"怎么会嫌弃……"安素一边和女人说话，一边拿余光瞄时笙。

她看着时笙伸手把桌子上的叉子立起来。

她使劲冲时笙眨眼睛，但时笙像是没看到似的，将叉子往女人的方向移。

女人一收回视线，就看到桌子上凭空移动的叉子。

"啊！"女人猛地起身，椅子翻倒在地上，女人脸色惊恐地往后面退，"别找我，不是我……不是我……"

"齐太太。"安素叫了一声。

女人却像受到惊吓，扭头就朝楼上跑，赶来的用人赶紧追上去。

"安小姐，发生什么事了？"老头态度很好地问安素，眼底却有疑虑。

安素下意识看向时笙，时笙还坐在之前的位子上，不过已经把叉子放下了。

"安小姐？"老头顺着安素的视线看过去，那里空荡荡的，什么都没有。

"刚才……我和齐太太聊天，不知道齐太太看到什么，突然就尖叫起来。"

安素将时笙吓唬齐太太的事隐瞒了下来，虽然她不知道时笙为什么那么做，但觉得时笙并不想害齐太太。

等老头安抚安素几句，追着去了楼上，时笙才起身，路过安素身边的时候留下一句话："不做亏心事，不怕鬼敲门。"

安素很想回她一句，她不就是鬼吗？齐太太也没得罪她，她吓唬人家做什么？但安素没那个胆子。

她一个人上了楼，不断回想时笙那句话。进了房间，她突然觉得寒凉从背脊蹿上头皮，顿时汗毛竖立，不由自主地打了个冷战。四周安静得可怕，她像是被隔绝到另一个空间，背后像有一双冰冷的手在慢慢向上移动，背脊、肩头、脖子……

“纳兰影，别玩儿了。”安素以为是纳兰影。

没人回应她，脖子被冰冷的手掐住。

不是纳兰影！安素脑中闪过五个字，然而已经来不及了，她的脖子被猛地掐住，阻断了空气进入肺部，后背还抵着一个冰冷的坚硬物体。

“唔唔……”安素剧烈挣扎起来，可后面掐着她的人力气很大，她根本就挣脱不开。

安素冷到极致，窒息感带来的胀痛让眼睛充血，视线渐渐模糊。

“封锦……我不想吃这个……”

安素迷迷糊糊听到时笙的声音，接着就晕了过去。

等她再次醒过来，不但时笙在，就连管家和那个被称为封锦的男人也在。

“安小姐醒了？”老头手疾眼快地递上一杯水，略带疑惑地问，“安小姐好好的，怎么晕在房间里？”

“我……”安素张了张嘴，看向飘在自己床尾的时笙，嗫嚅道，“我可能遇到鬼了。”那个掐她脖子的，绝对是个鬼。但她确定不是此时飘在她对面的女鬼，那个鬼身上……有一股很奇怪的味道。

老头脸色瞬间就变了，语气严厉：“安小姐可别瞎说，咱们这里哪来的鬼？”

“管家伯伯，实不相瞒，我有阴阳眼，可以看到鬼。”安素苦笑了一下，如果可以，她并不想要这个能力。能力越大，责任越大，如果她什么都看不到，哪里会像现在这般，整天提心吊胆，生怕一转身就看到一个鬼站在自己身后。

老头不知道是被这话震到了，还是怎么，僵在那里看着安素，好一会儿都没反应。

安素告诉他们，她来这里，其实是受人之托。而那个人竟是齐默的女儿，经过老头的证实，齐默确实有个女儿，叫齐念，和安素读同一所学校，十天前回来过一次，之后就再也没有消息。

但是安素告诉他们，齐念死了，就在七天前。她有阴阳眼，能看到齐念，是齐念托她回来救齐念的爸爸的。

齐念比较孤僻，和家里关系不怎么好，在学校填的联系方式都是假的，学校问周围的同学，都不知道齐念家庭的具体情况。学校按照齐念入学时填的户口本资料找过去，结果那里正在重建，根本找不到人。所以齐念死了七天，这边的人都还不知道。

安素知道这个地方也是齐念告诉她的，但因为不熟悉路，所以在半夜的时候才找到。

老头立即打电话去学校，学校那边反馈回来的信息与安素说的差不多。老头瘫坐在地上。先生变成这样，小姐还没了。

安素歉意地看着老头："对不起管家伯伯，我怕直说你会不相信我……所以才找了个借口。"

老头浑浊的眼眶里蓄满泪水，突然呜呜地哭起来，他是看着小姐长大的，怎么就没了呢？

安素手足无措，起身将老头扶起来："管家伯伯你别这样，齐念爸爸还需要你，我答应过她，一定会救她爸爸的。"

"你看清是谁袭击你了吗？"封锦对哭得像个孩子的老头视若无睹，阴郁地盯着安素。

安素将老头扶到椅子上，喘了口气："不知道，我没看清……"她现在除了能看到鬼，也只会几种简单的法术，知道是自己逞能了，可看着齐念最后请求她的样子，她实在无法拒绝。

"我饿了。"时笙突然出声，从刚才到现在，她一直饿着。

封锦扫了她一眼，垂下眼帘，转身往门外走。

"你觉得是人干的，还是鬼干的？"时笙跟上封锦，也不等封锦回答，摸着下巴点评，"这齐家好玩儿的还不少。"

"纳兰影要来了。"封锦蹦出一句。

时笙下意识接话："安素在这里，他当然要来。"不然怎么和女主角同生共死，怎么和女主角恩恩爱爱？

"纳兰影来了就更好玩儿了。"

封锦不动声色地看着她，她果然知道什么。可是从进入别墅开始，她都在自己眼皮子底下，只有中午的时候出去晃了一圈。昨天晚上，她就像知道了什么。早知如此，他不如不带她来。

大概安素和齐念是同学，又有齐念的嘱托，管家倒是对她知无不言。安素这下可以光明正大地在别墅中四处转悠了。

她走到齐太太房外的时候，正好看到时笙从房门飘进去，接着里面就响起尖叫声。那声音几乎震破安素的耳膜，她快速跑到房门口，推门进去。

齐太太跌倒在化妆镜前，化妆镜上淌着几条血痕。时笙不慌不忙地抹掉血痕，淡然地飘出房间。

“你为什么吓她？”安素突然伸手拉住时笙。

时笙古怪地看着自己被安素拉着的手，有点热热的，但是没其他感觉。

“好玩儿。”时笙将手抽回来，若有所思地摸着被安素碰过的地方。

安素嘴角一抽。时笙吓唬齐太太只是觉得好玩儿？

就在安素还要说什么的时候，听到动静的用人赶到，时笙乘机飘出房间。她直接回了封锦的房间，封锦还保持着她离开时的那个姿势。

时笙在门口荡了几秒，像是下定决心一般，朝着封锦飘过去。封锦抬头，眼前白影一晃，手腕上传来冰凉的触感。

时笙忍着被灼烧的剧痛，快速将不多的灵力聚到指尖，然而还不等她将灵力送入封锦体内，就被一股力量弹开。

封锦脸色阴沉地看着她。她刚才想干什么？杀他吗？

时笙捂着快没知觉的手爬起来，怒火在胸腔中起伏，最终还是被她咽了回去。换了她，别人这般不由分说地摸自己，自己也会拿剑砍过去。

她瞪了封锦一眼：“我要杀你，何必这么麻烦？而且我们有契约，你死了我也得死，我还不至于那么智障。”

封锦紧绷的身体随着时笙的话放松下来：“你为什么非要摸我？”即便是自己受伤也不在乎……

“干吗不能摸？”

“你是鬼。”

“我是鬼怎么了，鬼就没有鬼权了？你歧视我？”时笙怒了。

封锦沉默片刻，喉结滚动好几下，才说出几个字：“人和鬼不能在一起。”

本宝宝只是想确定你是不是凤辞而已。

封锦看着时笙扔了几个白眼给自己，满含嫌弃和不屑，然后捂着自己的手飘出房间。

她不是这个意思吗？不是这个意思，她干吗老想摸自己？

之后封锦就没见过时笙，他只能动用鬼契感应她的位置，嗯，还在别墅中。结果他还没找到她，安素就失踪了，同时失踪的还有齐太太。没人注意她们是什么时候不见的，用人去叫她们吃晚饭，结果两个房间里都没有人，用人找遍别墅也没找到人。

此时外面还在下雨，这么大的雨，她们也不可能主动出去。

此时，地下室。

安素被绑在椅子上，时笙飘到她旁边，神色带着说不出的幸灾乐祸："感觉怎么样？"

安素无语："我怎么到这里来了？"

她本来和齐太太在一起，结果不知怎么就晕了过去，醒来就看到飘在自己旁边的幸灾乐祸的女鬼。不知道为什么，看到她在这里，安素竟然不觉得害怕。

"被人绑来的呗，还能怎么来的？我又不能把你变到这里来。"时笙笑得那叫一个欠扁。

安素并不怀疑这件事是时笙做的，安素自己都觉得奇怪。

安素打量了一下四周，光线昏暗，但足以让她看清周围环境。各种奇怪的铁链挂在墙壁上，她被绑在一张椅子上，地面斑驳着黑沉的血迹，透着一股霉味和血腥味。这里像极了古代惩罚犯人的牢房。

这是什么地方？现在还有这种地方吗？

"齐太太呢？"她不是和自己在一起吗？怎么没看到她？

时笙讥讽出声："你以为是谁把你绑来的？"

安素难以置信地睁大眼睛，怎么可能！齐太太那么温柔的一个人，怎么会绑架她？她和齐太太无冤无仇。

时笙飘动间带起墙壁上的铁链哗啦作响，在这安静的空间里一声声撞在安素的脑海深处，震得她耳中嗡鸣不断。

吱呀——就在此时，地下室的门被人从外面拉开，一个妆容精致的女人从外面进来，手中端着一个医用托盘。

安素看清来人，心底最后的侥幸也没了，真的是齐太太。

时笙站在角落，齐太太似乎看不到她，直直地朝着安素走过去。她将托盘放到旁边的桌子上，安素看清了盘子里的东西。刀子、钳子、镊子，各种医用工具在昏暗的灯光下泛着寒光。

安素浑身都起了一层鸡皮疙瘩："齐太太，你想干什么？我和你无冤无仇，你为什么把我绑到这里来？"

齐太太一改之前温婉的样子，狠狠捏着安素的下巴，神色狰狞道："为什么？你们这些狐狸精不都想勾引他吗？仗着自己有几分姿色，就想爬上男人的床，你们怎么那么贱？"

安素听得有些愣神，显然不懂齐太太说的是什么。

"看看这小脸，娇嫩得让人嫉妒。"齐太太伸出手，指尖从安素的额角滑到眼角、脸颊、嘴角，眼中满是疯狂之色，"你说，我把这张皮割下来，你还有脸去勾引人吗？”

割皮？勾引谁？勾引齐先生吗？安素心底惊骇，分辨出一点有用的信息。

“齐太太……”因为被捏着下巴，安素说话有些困难，也不怎么清楚，“你……误会了，我……我没有……没有勾引齐先生。”

听到这话，齐太太突然失控，一巴掌甩到安素脸上：“贱人，还敢说没有，我都看到了。”

安素被打得脑袋发晕，下意识朝时笙那边看去。

“露出这种眼神给谁看？他现在可看不到，仗着他宠你，很得意是吧？没了这花容月貌，他还会看上你吗？”齐太太笑得狰狞。

齐太太放开安素，转身去拿医用托盘里的东西。

安素惊恐地看着她的动作，这女人是疯了吗？

泛着冷光的刀子贴着安素的脸颊，犹如毒蛇一般下移。

“哈哈哈，贱人们都得死，都得死。”齐太太眼神突然狠戾起来，加重了力道。

就在此时，地下室的灯突然灭了，四周陷入一片漆黑。安素感觉有冰冷的东西在割断她身上的绳子，没了束缚，她立刻狠推齐太太一把，按照记忆朝着门口跑去。她摸到了铁门，然而打不开。头皮猛地一麻，她被人抓着头发往后面狠拽，撞到旁边的铁链，身体一阵剧痛。

“贱人还敢跑。”齐太太的力气很大，摸黑将安素按在墙上，拉着铁链就往她身上乱缠。

时笙站在角落，看着安素再次被绑起来，无语扶额。女主角这战斗力……果然灵异文里的战斗力都是归男主角的。

时笙掏出铁剑，扫了一下旁边的铁链，哗啦啦的声音如流水一般传入疯魔的齐太太耳中。她的身形猛然僵住：“谁？”回答她的只有稀里哗啦的铁链撞击声。

“别装神弄鬼，滚出来。”齐太太在黑暗中巡视一圈，但这里没有一丝光线，伸手不见五指，她根本看不到什么，身子忍不住抖起来。

“还不跑，等着我八抬大轿来救你啊？”时笙的声音传入安素耳中。

虽然这种时候安素不想抱怨，但八抬大轿不是迎娶用的吗？安素深吸一口气，朝齐太太的肚子踢过去，然后迅速朝门的方向跑。

这次她轻易就拉开了门，门外的情景却让她再次止住身形。那是……狗吗？

两条半人高的大狗横卧在窄窄的通道上，听到动静，动作统一地抬头看过来，看到人，站了起来，咧着嘴发出低吼，那凶狠的目光让安素头皮发麻。前有狗，后有疯子。她怎么跑?

时笙不知什么时候已站到对面，无语地看着安素。

“女鬼姐姐，救命啊！”安素也不管什么骨气了，对着时笙号了一嗓子。

时笙拖着一把铁剑走回来，大狗察觉到危险，立即掉转头，冲着铁剑狂叫起来。而此时，齐太太也追了出来，满脸狰狞地扑向安素：“贱人！”

安素一咬牙，拼了！大不了就是一死，二十年后又是一个美少女！她朝时笙快速冲过去，大概是面对死亡的时候，人总能爆发出强大的力量，她竟然避开大狗，安全地站到对面，也不等时笙骂她就识趣地往外跑。

时笙只是用铁剑吸引大狗，并没有砍它们，安素一过来，她收了剑就往外面飘，速度比安素快许多。

“女鬼姐姐，等等我。”安素拿出了生平最快的速度。

跑出地下室，安素将外面的门关上，还把旁边的一块石头弄过来压在上面，这才坐到地上喘气。她差点就死在下面，太可怕了。

“女鬼姐姐，谢谢你。”安素一把鼻涕一把泪，“要不是你，我可能就死了，女鬼姐姐你真好。”

“想太多，我只是想看看你能蠢到什么程度而已。”

她才没那个时间去管闲事，都是为了让男主角爱而不得，当然不能等男主角来救你，让你爱上男主角啊!

“啊？”安素呆呆地看着时笙。

“智障。”时笙高冷地扔下两个字。

齐太太还被关在地下室，安素缓过来后，就去前面叫人。

地下室是开在别墅假山后面的，入口铺着一层植被，一般人看不出有什么不对劲，所以前面找人的，根本就没找到这里来。当管家看到那个入口的时候也很诧异，一副不知道这里有地下室的表情。

时笙站在阴暗处，封锦侧目看她，她仰了仰下巴，神情略显张狂，有几分挑衅的味道，随后就消失不见了。

管家到了地下室，发现齐太太已经死了，是被安素看到的那两条大狗咬死的，血肉模糊。

管家震惊不已，太太怎么会杀人？费了好大的劲，他才带人把那两条大狗制服。他们还从地下室搜出不少人骨，其中还有一个人，正是管家说的已经离开的用人，已经没了气，但身体还是热的，估计刚死不久。

时笙离开那个地方，往别墅四楼飘去。

整个别墅的二楼是主人家的居所，三楼是休闲娱乐的地方，四楼却是被封死的。时笙轻易进到四楼，四楼只有一个房间，很空旷，一进去就感觉一股阴冷的气息，但和她进入别墅时感受到的阴冷不同。

所有窗户都挂着黑色窗帘，一丝光线也进不来。她转了一圈，只在中间看到一张遗照，照片上的人和齐太太长得一模一样。不，不一样。

“我和她是不是很像？”身后突然响起一道声音。

时笙回头看去，黑色的窗帘旁不知何时站了一个红衣女子，容貌和照片上的女人一样。

一红一白，在这个略显昏暗的空间形成鲜明对比。

女人冲时笙笑了笑：“你是怎么死的？”

“不记得了。”

“不记得也好，总是想起生前事，烦恼多。”女人似感叹一般说着。

也许都是鬼，女人没有对时笙露出恶意，缓慢地走到灵位前。

时笙看着她，面上没什么表情，心底却在思考，该怎么砍比较好。

女人却自顾自说着：“我死的那年，正好二十五岁，刚生下念念，还没看到她长大，就死了……”

女人叫苏云，和齐默在大学就是恋人，两家又是世交，所以两人结婚是理所当然的。结婚后，两人感情甚好，家族事业在两人的努力下也是蒸蒸日上。

苏云生下一个女儿，本该幸福美满，可在苏云二十五岁那年，她被人害死了。害死她的不是别人，正是她的双胞胎妹妹苏欣。大概因为双胞胎之间奇异的感应，苏欣也喜欢齐默，看到苏云越来越幸福，竟然嫉妒至心理扭曲。

苏云一开始并不知道是苏欣杀了她。她没有立即转世投胎，不过是因为放不下齐默和齐念。然后她就看到在她死后，苏欣对齐默嘘寒问暖，设计爬上齐默的床。齐默因为苏云的死非常伤心，一直浑浑噩噩，看到苏欣那张和苏云一模一样的脸，根本分不清和自己在一起的人是谁。

苏云虽然愤怒于苏欣的行为，伤心难过之后也只能接受，毕竟自己死了，无法再照顾齐默和念念。齐默不和苏欣在一起，也会和别人在一起。

但是有一次，苏云无意间听到苏欣和一个人打电话，听着她失心疯一般的话，苏云才知道，自己竟然是被她害死的。为了得到齐默，苏欣丧心病狂地害死亲姐、霸占姐夫。苏云心中的怨怒被点燃，化身厉鬼，纠缠着苏欣。那段时间苏欣很害怕，没多久就找来一个道士。那道士作了法，将苏云困在了别墅中。

一个月前，苏欣突然带着齐默回到别墅，苏云从用人口中断断续续知道了事情经过。她一直想接近苏欣，但苏欣身上有当年道士给的护身符，她根本不敢靠近。

“这么说，你从来没接近过苏欣？”时笙挑眉。

苏云摇头：“没有，我靠近她十米就会感觉难受。”

她看上去很平静，如果不是一身红，时笙怀疑她根本不是什么厉鬼。

“那吓唬她的是谁？”

苏云摇头。

就在时笙准备继续问的时候，四楼门口突然传来脚步声。苏云身形一闪，消失在时笙面前，四楼的门也被人打开。封锦和安素的身影出现在时笙的瞳孔中。

成事不足，败事有余！时笙毫无分别地给了两人白眼，闪身离开。

封锦回到房间，看到躺在床上的时笙，快速关门，走到床边，低头看着她。

“你在干什么？”

时笙伸出手，放到和封锦眉眼持平的地方，幽幽道：“力量太弱了。”

力量太弱了？什么意思？封锦突然觉得自己理解能力有点差，听不懂她在说什么。

时笙翻身坐起来，撑着下巴：“我本来想吃了苏云，好增长我的实力。”她太弱了，连封锦的一根汗毛都摸不到，简直是耻辱。

封锦一时失语，好一会儿才转动眸子，干涩出声：“谁教你的方法？”他从来没告诉过她，吸收厉鬼的力量可以增长自己的实力。

“这么简单的事，要谁说？”时笙冲他翻白眼，“电视里不都是这么写的？”

你是电视看多了，脑子看傻了吧？封锦深吸一口气，板着脸：“你别乱来，想增长实力，得我帮你，贸然吸收，你会承受不住。”

时笙眨巴眼睛：“好啊，那你现在去把苏云给我抓过来，这破身体一点也不好使。”

后面一句，时笙嘀咕得很小声，封锦没听清，他因前面那句话愤怒了。

你说抓就抓啊？

#我养的鬼越来越不对劲，简直要上天#。

封锦知道苏云的事，是从管家那里听来的。他也以为是苏云在害苏欣，但显然并不是。在暗处，还有一股力量。

“苏云都不知道它们是什么东西，你说我要是吃了它们，实力会不会坐火箭上升？”时笙激动。

都不知道是什么东西，你就想吃，吃坏了怎么办？封锦觉得自己多年来的定力，在时笙面前就要撑不住了。他瞪着时笙：“不许离开我的视线范围。”

“凭什么？”有契约了不起啊？“难道你上厕所，我也要跟着去？我是没所谓，你要是不介意……”

“闭嘴。”封锦有些气急败坏地吼她，一想到她进男厕所……

“你冲我发什么脾气，信不信老子砍死你。”时笙从床上跳起来，张狂地放话，“说话客气点，逼急我，我可是什么都干得出来的。”

封锦气得胃疼、肝疼，哪儿都疼。他深吸好几口气，才压下怒火，警告道：“别打那东西的主意。”

“那你给我摸一下。”时笙立即顺着竿子往上爬。

封锦面色阴沉地转身，不理会时笙。

“至于吗你，我就摸一下，又不是要睡你，你那一副防贼的表情是干吗？摸一下能死吗？”

背对时笙的封锦，脸色更阴沉了，眸子里满是戾气。这个口出狂言的鬼，真的是他养的，真的是……他想掐死她怎么办？

叩叩！房门突然被人敲响，打断时笙不满的嚷嚷。封锦解脱般往门口走，打开房门。

“封先生……”门外站着的是安素，脸色有些白，身子微微颤抖，“女鬼姐姐在吗？”

封锦皱眉：“找她有事？”

“我……”安素做贼一般左右看看，“我不确定看到的是什么，想问问您和女鬼姐姐。”

“抖成这样，你确定不是害怕？”时笙嘲讽的声音在封锦背后响起。

安素煞白的脸上浮起一丝红晕，乞求地看向时笙，双手合十：“女鬼姐姐，你就让我进去吧，这里太古怪了。”她就是个普通的大学生，从能看到鬼到现在也不过一个月，害怕是正常的。自从来到这别墅，被鬼掐、被人绑架……她没崩溃，已经很佩服自己。

“我也是鬼，你不怕我吃了你？”时笙飘到门口，做出七窍流血的形容。

安素果然后退一步，喘了两下，三秒后才白着脸道：“你……你不会吃我。”时笙要是要吃她，在地下室的时候就不会救她。这个女鬼姐姐就是嘴硬心软。

时笙恢复面容，飘回床上，封锦拉开房门，安素冲他感激地鞠躬，然后一溜烟蹿进来，抵着墙壁，浑身的力量瞬间抽空，大口大口呼吸着空气。

等她缓过来，才打量了下房间。时笙趴在床上看手机，封锦斜靠着沙发，手中拿着几张照片。安素有些怕这个男人，穿得古怪不说，整个人还阴沉沉的，看人的时候，眼神阴郁得让人恨不得立刻自杀，所以她下意识往时笙那边靠。

“女鬼姐姐……”

“干吗？”女主角大人这是要抱她的大腿吗？

安素蹲到床边，余光扫到时笙的手机屏幕，上面的画面让她脸颊火辣辣的。她下意识朝封锦看去，他怎么让女鬼姐姐看这种东西？

封锦大概察觉到安素的视线，抬头往她这边看了一眼，瞧着安素脸色不对，视线一转，落到手机上。他眸色一沉，起身走到床边，拿过手机，看到上面的画面，整个人都不好了。

“再看这种东西，别想要衣服了。”

“啊？”

封锦瞪时笙一眼，把网络关掉，然后点开“连连看”，放到时笙面前。

谁要玩儿这种智障游戏啊！

五分钟后，两个智障女人玩儿连连看玩儿得不亦乐乎。

“你刚才说你看到什么？”时笙一边在屏幕上狂点，一边抽空问安素。

安素这才想起正事，赶紧把视线从屏幕上挪开：“我刚才在一楼，听到储物间有动静，我以为是用人就没在意，但是等我回来，看到一团黑乎乎的东西从储物间的门缝钻进去，就像……就像……浓雾。”

“雾？”

“是怨灵。”封锦接话，末了又警告时笙，“这东西吃不得。”

她是那么没有常识吗？怨灵这东西，一旦形成，就会不断吸收怨气壮大自己，前期有点弱，后期绝对无敌，而且看着就倒胃口，她才不吃那么恶心的东西。

“苏欣怎么会招惹到怨灵？”安素听完又抖了起来，“而且她都死了……怨灵怎么还不走？”

自从能看见鬼后，她恶补了这方面的知识，多多少少知道一些。

“这里还有这么多食物，干吗要走，换我我也不走。”时笙头也不抬地说着，“哎，时间到了，死了。”

“啊？那它不会……”到这里来吧？安素环顾四周，这屋子不保险啊！

她不会忙没帮上，把自己交待在这里吧？

“你当反……封锦是摆着当花瓶好看的吗？”时笙白了安素一眼，“有点出息好不好？”

你是女主角啊！就算前期你的金手指是男主角，但好歹别这么胆小啊！

“女鬼姐姐……”安素都快哭了，“你是鬼，当然不怕，我是人啊！”

“那你当初干吗要来？”

安素哭丧着脸：“大概是……脑子一热就答应齐念了。”她现在后悔也来不及了！

时笙默了默。可不是嘛，好多女主角都是脑袋一热就答应别人的请求，结果把自己搞得一身狼狈，还要连累别人，典型的损人不利己。

齐默的情况依旧不断恶化。自从知道这里有怨灵，封锦的态度就认真不少。时笙还是第一次见他有模有样地拿出符纸贴到齐默的房间。

“我不会被这玩意伤到吧？”时笙没那个胆子进去，不怕一万就怕万一。

封锦贴完最后一张符，走出房间，关上门：“对你无用。”

“为什么？”

“这是对付怨灵的，你虽是鬼，可你和我有鬼契，除非特定的符，一般的符都伤不到你。”

“这么牛，那我岂不是不用怕那些收鬼道士？”难怪苏云说苏欣身上有护身符，可自己接近苏欣的时候，却没感觉到任何不适。

封锦皱眉，总觉得时笙这话有歧义。但是不管他怎么解读，也没读出个所以然来，最后只能点点头。末了他又加上一句：“但是遇上有真本事的，你还是只有跑的份。”

“封先生，有人来了……”安素在远处提醒他们，这要让人看到封锦和空气说话，别人会怀疑封锦是个疯子吧？

果然，一个用人从楼梯上下来，看样子是在打扫清洁，看到封锦和安素，礼貌地点了点头，快速下去了。

“我们现在做什么？”时笙无聊地飘来飘去。

“等。”

封锦说的等，是真的等，时笙和安素窝在一起玩连连看，封锦偶尔会出去，但很快就会回来。

就在封锦贴符后的第二天早上，别墅有人失踪了，之后几天都有人失踪，别墅的人越来越少，也有人因为害怕辞职离开。到最后，别墅就剩下管家老头和两个上了年纪的用人。

据老头说，他们在齐家待了几十年，早就把齐家当成家，能去哪里？

封锦对此不闻不问，安素倒是有些急，大概失踪这么多人，她心底不好受，毕竟那些是活生生的人命。

可能是被时笙动不动就讽刺、封锦一脸“别和我说话”的阴郁样给震慑了，安素除了急，也没别的办法。

时笙比较好奇纳兰影。封锦不是说他快来了吗？女主角都在这里五六天了，他还没出现？男主角不出现，她虐谁去？

贴符后第四天晚上，时笙突然把脑袋从屏幕上抬起来：“来了。”

安素顿时抖起来：“在……在哪儿？”

为了方便行事，他们的房间被安排在齐默对面。

封锦起身往门口走，站在门边静静听着外面的动静。外面有人走动，声音从楼梯的方向传来，很慢，最后停在齐默的房间门前。

好一会儿，封锦才听到门把扭动的声音，然而并不是对面，而是隔壁房间。

咔嗒……房门关合的声音传来。封锦皱眉，迟疑了一会儿，欲打开房门出去。时笙却飘到他面前：“还在外面。”

就在她声音落下的瞬间，一道大力撞到房门上，房门被撞出一条裂缝，隐约能看到外面的人，是之前留下来的两个老用人之一。

时笙掏出铁剑，眼底满是兴奋：“我还没砍过怨灵，不知道手感好不好。挡我前面干吗？让开，站我后面来。”

封锦心想，这台词怎么也该他来说才对吧？

砰！哐当！房门被撞开，外面的老用人周身萦绕着一股黑色的雾气，面容青白，眼睛瞪着这边，四肢僵硬，明显已经死了。

时笙拎着铁剑蹿出去，抬手就砍向老用人。老用人四肢僵硬，速度却不慢，竟然轻松避开铁剑。

“滚开！”老用人张嘴吐出两个字，那声音像是金属划在瓷器上，尖锐刺耳。

时笙目光一闪，讽刺地勾着嘴角：“你来滚一个给我看看，滚好了，我就让你死得痛快些。”

老用人喉咙里发出如同野兽的低吼，愤怒地朝着时笙扑过来。封锦站在被破坏的房门上，看着时笙和老用人打斗。她几乎没用什么力量，都是挥着那把铁剑直接砍，老用人被砍中胳膊和肩膀，行动却一点也不受阻碍。

安素躲在后面，眼睛亮闪闪的，女鬼姐姐好厉害！

大概知道自己打不过时笙，怨灵放弃老用人，黑雾从老用人身体里涌出，快速朝齐默的房间涌去。

房间里响起尖锐的咆哮声，但很快就没了动静，封锦脸色一变，快速冲进房间。房间里一片凌乱，封锦贴的符燃得只剩下一半。齐默床边，怨灵和苏云各占一边，怨灵似乎想进入齐默的身体，苏云手中有无形的力量牵扯着怨灵，双方对峙着。

“他该死。”怨灵突然出声，声音不再尖锐，而是不同女子的声音。

“不……”苏云摇头。

“他该死。”怨灵重复着这三个字。

苏云依旧摇头：“他是无辜的，放过他，苏欣已经死了，她造的孽，她自己还，和齐默没有关系。”

“哈哈哈哈，无辜……你竟然说他无辜……你什么都不知道！”怨灵像是被激怒，“苏云，你死得早，没有经历过我们的遭遇，你不会懂……你不懂，我们要杀了他！”

怨灵突然发力，苏云被弹飞，怨灵如潮水一般涌向齐默的身体。

“不要……”苏云吼得歇斯底里，想要靠近怨灵，然而几次都被弹飞。

齐默四肢突然抽搐起来，面色通红，如同被人扼住喉咙，无法呼吸，他张着嘴，想要呼吸，空气却无法进入肺部。

“救救他，求你们救救他。”苏云突然朝着门口飞过来，对着时笙和封锦乞求。

时笙甩着铁剑，嫌恶道：“渣男一个，有什么好救的。”

封锦则完全没看苏云，显然不打算出手。安素昨天也看到了那些资料，心底挺同情那些女子，所以没吭声，但是齐念的乞求在她脑中回响，她又有些不忍心。

“什么意思？”苏云愣愣地看着时笙。

“这些女子的死，其实都是齐默造成的。”安素弱弱出声，“苏欣虽然是杀她们的凶手，但齐默是知道的，甚至有两个人还是他亲手……”

安素有些说不下去，无法明白，为什么一个明明深爱苏云的男人，到最后会变成一个内心充满杀戮欲望的男人。如果齐默不去招惹这些女子，苏欣就不会对她们下手，齐默却在暗处看着苏欣那扭曲的样子。安素觉得这样的齐默才是更扭曲的那个。

“胡说……齐默不是那种人。”苏云不相信地摇头。她的齐默怎么会是玩弄女人感情的渣男，还看着苏欣杀她们？不可能的……不可能……

“人是会变的。”时笙看着苏云，“从你死后，齐默就变了。”

齐默是爱苏云的，不然也不会在房间挂上她的遗照，可是这份爱阴阳相隔，太过沉重，他无法诉说，多年的压抑便让他变得心理扭曲。

他最后为什么会变成那个样子，时笙是猜不出来的，唯一能解释的是，一个死了，一个即将死去。

床上的齐默渐渐停止挣扎，一歪头，断了气。

“哈哈哈，死了……死了……都死了！苏云……来吧，和我们合为一体，你也是我们中的一员，你该和我们在一起。”怨灵突然把目标放到苏云身上。

“不……我不是。”苏云摇头，表情呆滞，估计还没回过神。

“你是，你的女儿在等你，来吧，这样就可以和你女儿在一起……”

“念念？”苏云无神的眸子陡然亮起来，“念念在哪里？我的念念……”

“她在这里，她在等你。来啊，苏云……”

“是你们杀了齐念……”安素突然出声，表情很愤怒，“她没有任何做错的地方，你们为什么要杀她？”

时笙扶额，这蠢货，激怒了怨灵，看谁护着你。

怨灵突然激动起来：“那我们就有错？父债子还，有什么不对？谁让她是齐默的女儿……女儿……儿……”

“你们杀了念念？”苏云像是清醒过来，神色变得狰狞，“你们杀了念念！”

“那也是她活该，谁让她想找人收了我们！”怨灵的声音拔高。

她们也不想杀齐念，可是她上次回来，竟然说要找高人来收了她们，她们大仇还未报，怎么能被人收了？

怨灵突然朝苏云扑过去：“来吧苏云，和我们在一起，你就可以见到你女儿了。”

苏云身上红光大盛。怨灵想吞噬苏云，苏云则想为齐念报仇，总有一方要败。苏云常年被困在这里，力量没有杀过不少人的怨灵强，很快就落了下风。

时笙立即不乐意了，这可是她的口粮。刚才她给怨灵报仇的机会，已经算是宽容，现在还想跟她抢口粮？不能忍。时笙拎着铁剑冲了上去，对着怨灵一阵乱砍。铁剑的威力怨灵已经尝过一次，自然不敢硬碰硬，往后避开。

怨灵避开铁剑后，突然朝着安素的方向冲过去：“好美味的灵体……”安素吓得往后一退，跌倒在地，封锦站在旁边，却只是冷眼看着，时笙离得有些远，自然赶不及。

千钧一发之际，纳兰影出现，只是冷冷扫了一眼怨灵，怨灵就哆嗦着往后退。寒光从黑雾中穿过，怨灵连惨叫都来不及，便迅速溃散，消弭在空气中。

安素已经被纳兰影扶了起来，不过安素看到纳兰影时表情有些别扭，随后挣开他，往封锦的方向走了几步。

纳兰影看向封锦，封锦则看向时笙，手中突然多出一张符，抬手掷出，纤薄的符纸被绷得紧紧的，如利刃般射向苏云，一接触到苏云，符纸便发出浅淡的光，没入苏云体内。

他抬脚走到苏云跟前，居高临下地看着她："自愿还是我动手？"

苏云此时的表情似喜似怒，听到封锦问话，抬头看着他。足足三秒后，苏云又看向飘过来的时笙，脸上露出解脱的笑容："这么多年，我也累了，现在都死了……我没什么好牵挂的。"她顿了顿，"我自己来吧。"

这两人的对话有些莫名其妙，安素是没听懂，纳兰影看到苏云语毕后做出的动作，才知道她要干什么。

苏云化作了几道红光，慢慢地靠近时笙。纳兰影突然出手，朝着几道红光攻击，似乎想将其打散。

封锦几乎没抬头，几张符纸凭空出现，拦住纳兰影的攻击。

"封锦！"纳兰影咬牙，这个男人的实力竟然又增强了。还有那个宁萦，那天晚上竟然敢……她还是封锦派到他身边的叛徒。

封锦偏头看着时笙，给了她一个安心的眼神："安心吸收她的力量。"

时笙也不客气，专心将苏云的力量化为己用。耳边不时传来响动，好在封锦将她护得滴水不漏，纳兰影根本就接近不了她。

等她吸收完，纳兰影还在继续，体内薄弱的力量变得充沛起来，时笙拎着铁剑就蹿了过去，挡在封锦面前。

"纳兰影，来找死啊？"时笙笑得有些阴森，"我还以为你不来呢。"

"宁萦。"这个女人以前怎么没有这么可恶呢？

"叫我我也不会手下留情的。"时笙哼了一声，直接开始攻击。

纳兰影之前和封锦打，力量已经消耗得差不多了，时笙此时可是巅峰状态，乘鬼之危，当然要卸他一条胳膊。

时笙发现一件事，只要她不对男女主角流露杀机，就不会受到什么限制。他们现在只是正常切磋，刀剑不长眼，伤到哪儿，那就不关她的事了。

纳兰影脱力，行动慢半拍，被铁剑扫到，伤到胳膊。之前他就看到这把剑能伤到怨灵，此时砍在自己身上，那种痛竟然直入骨髓。他心中衡量一番，迅速退到房间角落，扯过安素抱到怀中，从旁边的窗户跳了出去。

"封锦、宁萦，给本王等着。"

"你让等我就等，你以为你是谁？"时笙麻溜地接了一句，也不知道纳兰影听到没有。

整个房间能毁的都被毁了，不能毁的也被毁得差不多了。齐家的人也死光了，只剩下管家老头和一个老用人。

封锦和管家老头单独说了会儿话，出来的时候手中多了一个盒子。

“这是什么？”时笙看着他手中的盒子，好奇地问了一句。

封锦将盒子用符纸里三层外三层地封好，阴郁地凝视着时笙：“没我的允许，不能动。”

“谁稀罕。”时笙拖着剑上车，“快点回去，我要换衣服。”

封锦叹气。

封锦的车还没进小区，他的脸色就越来越难看，四周温度一降再降，犹如暴风雨即将来临。时笙莫名其妙地看着他，好好的，怎么说变脸就变脸了？

上了楼，时笙就知道他干吗一副要杀人的样子了。封锦家大门敞开，屋里被翻得乱七八糟，明显遭贼了。

封锦没有看那些东西，直接朝书房旁边的房间走去。那个房间的门也是大开的，封锦没阻止时笙进去，但时笙一进去就感觉到一股很不舒服的力量，她自觉地退到门口，伸着脑袋往里面望。

房间里光线很足，四面墙上都放着架子，摆着各种稀奇古怪的东西，什么桃木剑、铜钱……正中间还放着一个鼎。

封锦从墙壁上打开一个暗格，里面是密码柜，他打开密码柜看了一眼，时笙还没看清楚里面有什么，他就将之前的盒子放进去，然后关上密码柜，将其恢复原貌。

时笙扒拉着门框：“闯进来的人想找什么？”

封锦掀着眼皮，凉凉地看她一眼：“去把外面收拾干净。”

“我又不是你的用人。”时笙继续扒拉着门框，“我不去，我怎么能干这种活。”

“衣服不想要？”

“说好回来给我衣服的。”时笙怒瞪他。

封锦不再理她，亲自动手整理起房间。

时笙站了一会儿，挠了挠脑袋，然后转身往客厅走去。

鬼穿的衣服都是用特殊纸做成的，封锦自己动手做了两套，等他拿着衣服出来，看着空荡荡的客厅，有种走错地方的感觉。他家的东西呢？刚才虽然乱了点，但还不是现在这样……家徒四壁。

时笙从门外飘进来，看着有点不开心。

“屋子里的东西，你弄哪儿去了？”封锦压着怒火问。

“扔了啊。”时笙回答得理所当然。

扔……扔了？封锦深呼吸：“我是让你收拾干净，没让你扔干净。”

“现在不够干净吗？”

够干净，干净得跟搬新家似的。

封锦将衣服烧给她，只能自己动手去收拾书房和卧室。

时笙对新衣服有些不满，颜色挺好看，但款式好难看，一点也不漂亮。奈何上诉几次，都被驳回，时笙一气之下离家出走了。

安素家。

安素被纳兰影禁锢在床上，满脸惊恐之色。纳兰影朝着她靠过来，她挣扎着叫道：“不要过来。纳兰影……不要……放开我……放开我……不要，放开……”

纳兰影一言不发，动作带着些许凶狠地将她推倒。安素除了哭，没有任何办法。从他第一次强占自己，她的生活就发生了天翻地覆的变化。她不明白，自己为什么这么倒霉，会遇到纳兰影这个鬼，世上那么多女人，他干吗非得要自己？

安素此时还没有和纳兰影经历什么大风大浪，对纳兰影除了害怕，更多的是抵触。这次，安素和纳兰影分开这么长时间，结果一见面，他就不顾自己的意愿，强行占有自己，安素肯定接受不了。

“不要……”安素哭得嗓子都嘶哑了。

纳兰影一把捏住安素的下巴，霸道地宣布：“女人，你生是我的人，死是我的鬼，这辈子都别想逃。”

“不要……”安素被迫承受，他体内的阴气不断地往她身体里蹿，寒意深入骨髓。她突然想起当初那个闯入房间的人说的话：他在吸她的阳气，是在害她。还有别墅里的怨灵说的话：好美味的灵体。

灵体……她好像在哪里听过这个词。

安素有些昏昏沉沉的，似乎感受不到体内一波接一波的寒意和奇异的快感，意识飘远，回到她小时候住的四合院。

奶奶坐在槐树下，将一枚很奇怪的玉佩套到她的脖子上。

“安素，记住，不能将玉佩取下来，也不能去人少阴气重的地方，一定要记住奶奶的话，知道吗？”

小安素捧着胸前的玉佩，好奇地问：“为什么呀？它好重啊，我不舒服。”

“你天生灵体，最易招惹邪物……”

“妈，你又在和安素瞎说。”奶奶的话还没说完，就被从屋子里出来的安素妈打断，“这都什么年代了，怎么还有那些封建思想？妈，我也没别的意思，安素这么小，吓着她怎么办？”

后面的话安素不记得了，她只记得，自那次后，她就再也没回去过，也没见过奶奶。

那块玉佩她却一直戴着，一直没摘。

灵体……玉佩……安素的梦纷乱不已，有她第一次见到满身是血的鬼物，被吓得尖叫的场景，有大学普通的生活，也有和家人温馨相处的画面，更有她和纳兰影初见，在古旧的雕花床上被他强要的情形。

最后一刻，她似乎听到他在她耳边低语：“灵体的滋味果然不一样。”

安素猛地从梦中惊醒，室内一片冷清，她就那么光着身子躺在床上，空气中似乎还余留着暧昧的气息。

把梦中的那些事串联起来，安素惊出一身冷汗。

纳兰影第一次强要她后，那句话不是她的幻听，他真的说过。所以，他从一开始就算计好了？安素越想越害怕，满心慌乱，胡乱套上衣服，拿了钱包和手机，跌跌撞撞地跑出家门。

直到跑出老远，她才微微松口气，这时才想起去摸胸口，那里空荡荡的，什么都没有。她竟然想不起玉佩在什么时候不见的。

安素在街上走着，身体冰凉，四肢麻木，突然不知道该怎么办。手机通话簿被翻了一遍又一遍，她却不知道该打给谁。

谁能听她说这么离奇的事？谁又可以告诉她，这是怎么回事？安素脑中突然闪过一个影子，女鬼姐姐……对！可以找她。

安素指尖快速在屏幕上滑动，翻到最后才想起，女鬼姐姐没有手机，自己怎么找她？

第十七章　小鬼难缠（下）

时笙离家出走后，在街上飘了一阵，几乎每隔一段距离就能看到鬼这种生物。

太过肮脏的世界，无数冤死的人滞留人间。执念、不甘、怨恨、思念……不管哪种，都让这些人死后留在世间。

时笙神情嘲讽地从这些衣冠楚楚的人中穿过，别看他们西装革履、光鲜靓丽，内心早就腐败不堪。不管他们用多少香料涂抹，都无法掩盖骨子里散发出的恶臭。黑暗中滋生的邪恶，腐蚀着人的心灵，直至肉体腐败、死亡。

时笙飘着飘着，也不知飘到了哪儿，附近的房子变得矮了不少。她飘到房顶上坐着，身子微微后仰，反手撑着地面，仰头看着夜空。夜风拂过，吹得她水蓝色的裙摆微微晃动，青丝在她身后翻飞纠缠。

时间像流水一般淌过，直至整座城市都安静下来。

时笙动了动脖子，从天台上跳下去，落到老旧的街道上，漫无目的地向前走着。

“救命！走开，不要过来，啊……”

时笙脚步一顿，偏头往旁边的小巷看去。昏黄的路灯下，几个黑影围着一个女生，张牙舞爪，很是狰狞。

“滚开！”

时笙足足看了一分钟，看着那些黑影将少女摁在地上，看着少女绝望地呼喊。她叹口气，拖出铁剑冲了过去，铁剑一扫，几个黑影就被砍得灰飞烟灭。

身上没有那种冰冷黏稠的触感后，安素几乎崩溃的理智渐渐回笼。她看到穿着水蓝色长裙的女生拎着一把铁剑站在自己面前，神情不悲不喜，目光犹如经历过千年的时光，平静得让人心惊。

时笙像是立在云端，只供人敬仰，谁也亵渎不得，然而一开口，整个画风就都变了。

“就你这样，真不知道是怎么活到大结局的。”时笙讥讽地将铁剑往安素面前一戳。

安素脸上挂着泪，女鬼姐姐说话就不能不带刺吗？她自个儿从地上爬起来，抹了抹脸上的眼泪：“女鬼姐姐，你怎么在这里？”不知道为什么，只要女鬼姐姐在，她就觉得特别安心。

“要你管。”时笙把铁剑收回来。

好吧，她不问。

“女鬼姐姐，刚才谢谢你，这都是你第三次救我了。”安素转移话题。

“三次？哪儿来的三次，我在梦里救过你一次吗？”她怎么记得就两次，难道她还能梦游救女主角？

安素掰着指头开始数：“第一次是在地下室，第二次是在齐默的房间，第三次就是刚才，我都无以回报，要不我以身相许吧？”

什么玩意，以身相许？她又不是男主角，你以身相许什么啊！

还有——

“第二次是纳兰影救的你，跟我没关系。”

安素脸色白了白，强词夺理道：“最后是你杀了怨灵。”

不可理喻。

时笙转身离开，安素见此，赶紧跟上去：“女鬼姐姐，你和封先生住一起吗？”

她和谁住一起，关女主角什么事？

“女鬼姐姐，我能跟着你吗？女鬼姐姐，你别飞那么快……”

就在她们离开后不久，纳兰影的身影凭空出现，皱着眉看了眼四周，最后又闪身消失。

时笙还是没甩掉女主角，这人简直是邪物吸引器，走到哪儿都能惹来邪物。

回到封锦的住处，安素一踏进房门，就被那空荡荡的景象给震了一下。封先生这是刚搬家吗？好干净……

“谁让你随便捡人回来的？”封锦当着安素的面就黑了脸。捡谁不好，还捡纳兰影的女人。

“我没捡人。”时笙一本正经地回答。

“那她怎么跟着你回来的？”封锦脸色更阴沉了。他不信这女人还能自己找到他住的小区。

“不知道，可能是觊觎我的美貌。”时笙开始瞎说，“你也知道像我这么漂亮的，那是男女老少通吃……”

封锦要气炸了。

安素没心情吐槽时笙的自恋，害怕地往时笙后面缩：“女鬼姐姐，封先生看着好生气……”他不会把自己赶出去吧？

事实证明，安素没有想多，封锦当真把安素赶出去了。当他家是什么地方，想进就进，哪儿有那么容易的事。

时笙对此只给了安素一个爱莫能助的表情，她现在寄人篱下，可不想被赶出去。所以为了自己不被赶出去，时笙就任由安素在走廊上待着。

“她天生灵体，最招鬼邪，你少和她搅和。”封锦瞪着时笙，“你就不能安分一点？”

“我本来就是一个安静的美少女。”时笙脸不红心不跳地回答。

他走到时笙旁边坐下，语气有些无奈和隐隐的焦灼：“你最近安分一些，我要离开一段时间。”

“嗯？去哪儿？”

封锦看了她一眼，又垂下眼睑，身子微微前倾，双手交合，抵着眉心。

“你在家等我回来。”最终他也只说了这么一句话，然后起身进了书房。

时笙皱着眉，在沙发上滚了两圈，最后翻身起来，直接穿门进入书房。

封锦站在书房窗边，没有开灯，外面流光溢彩的霓虹将他的身影投在地面，拉出老长的阴影，透着几分萧索的寂寥。

时笙来回搓了搓手掌。如果这次还不行，她就不玩儿了！

封锦身体有些僵硬，动了动脖子，转身——

然后，他就毫无预兆地被扑倒了。后面的窗户没有关，他上半身被压到外面，身上冰凉熟悉的触感让他放弃了攻击。手腕被一双冰冷的小手抓住，一股并不算温和的力量从他手腕中进入身体，那股力量在他体内横冲直撞，却没有伤害他，反而让他有种奇怪的感觉，熟悉中带着心悸……

他身子有些僵硬，只能半扶着怀中的人，黑暗中，她咬牙忍痛的样子，不知怎的让他心疼了一下。封锦撤掉身上的禁制，伸手环住时笙，冲她低吼：“你是不是疯了。”她这样强行触碰自己，搞不好会灰飞烟灭。

时笙身体上的灼烧感在封锦环住她的时候就退了下去，变成一股清清凉凉的舒适感。时笙半靠着他的胸膛，手还抓着他的手腕，源源不断的灵力涌进他体内，那种熟悉的感觉让她激动得差点跳起来。但她也只能有气无力地靠着他，实在动不了。

封锦皱眉，心底那种熟悉感越来越强烈，他下意识抱紧了她，心底却怒火中烧。她到底知不知道刚才有多危险，气死他了。

“放手。”封锦还能感觉到那股力量透过手腕传来，但是没有之前那么多。

时笙却越抓越紧，那力道，让他感觉自己的手腕都快变形了。他换了个姿势抱着她，腾出手掰开她的手。

“干什么？”时笙恶声恶气的，因为之前的事，声音有些嘶哑。

这女人简直不可理喻！她是想把自己的手给捏断吗？让她摸一下，简直要命。

封锦倒是没强行掰开她：“别抓那么紧，疼……”

“你一个大男人，这么娇气做什么。”时笙依旧恶声恶气的，但手松了松，顺便停止灵力输送。

她缓了片刻，感觉身体有些力量，伸手就抓着封锦的胳膊，扭过身子，摸索着亲了上去。封锦大脑有一瞬间的空白，再也听不到任何声音，睁大眼看着面前放大的容颜。她……她她她在干什么！唇瓣上柔软冰凉的触感让他心跳加速，之前那种奇异的熟悉感如海浪一波接一波地席卷着他的神经。他说不清那是什么感觉……但是他不讨厌，反而有些想亲近。

时笙只在他的唇瓣上停留了片刻，她可不敢真亲，万一把他的阳气给吸走了怎么办？她退开一步，撑着旁边的书架，神色认真而凝重：“封锦，以后我罩着你，谁敢动你，我分分钟就让他上天。”

封锦有点蒙，让他缓缓。他是被非礼了吗？不但被非礼，还被罩了。

“我想休息。”时笙再次靠近封锦，在离他一步的地方顿住，“算了，我自己去。”他现在没有记忆，万一她把他吓跑了就不太好办。

时笙愉快地飘出书房，回卧室补充灵力。消耗的灵力太多，她有点虚。

封锦一个人站在冷冷清清的书房里，脑中不断闪现刚才的画面。许久，封锦才重重吐出一口气，往时笙卧室的方向看去，目光复杂晦涩。

第二天，时笙从卧室出来时，封锦正坐在书房画符，时笙凑过去就冲着他脸上摸去。封锦手一抖，一笔拉得老长，在时笙的手摸到他的时候，撤掉身上的禁制。他看着已经不能用的符，无奈地扭头看着她：“你摸我之前，能不能出个声？”他要是来不及撤掉禁制，她又得被灼一次。

时笙来回摸了摸，冲着他翻白眼：“摸自己男人干吗要出声，对……怎么不痛了？”

自己男人！自己男人！自己男人！他什么时候就成她男人了？

封锦看时笙理所当然的模样，默默地将未出口的话咽了下去。他抓住她捣乱的手，板着脸瞪她：“别闹，我还有事。”

“你之前是不是在身上设了什么？”时笙反握着他的手，神色突然有些阴沉。

安素碰她的时候，她完全没有那种感觉，可这人还跟她说什么人鬼有别。

封锦突然有种不好的预感，挣开时笙，端坐好，严肃解释：“所有驱魔师都会在自己身上设下保护自己的禁制。”

“是吗？”

“嗯。”封锦严肃地点头。

时笙转了转眼睛，转移了话题：“你昨天说要去哪儿？”

封锦眉头一皱：“你不能去。”

“我为什么不能去？我不管，你去哪儿我就去哪儿，不然我们同归于尽好了。”好不容易找到了，她怎么可能让他离开自己的视线范围，他要是被人给整死了怎么办？

他伸手拿过桌上的一张请柬，在时笙面前摊开：“我去参加一场驱魔师的峰会，不能带你去。”

到时候来的全是驱魔师，他不确定自己能不让那些人发现她。本来驱魔师养鬼就不合规矩，被发现，不但他会受到惩罚，她更是逃不掉。不知道为什么，从昨晚后，他就觉得她给自己的感觉像是跨越了时光，他们之间有种莫名的关联。那种关联很微妙，看着她的时候，自己会心悸，会心疼，会忍不住怜惜她。

“装神弄鬼，别怕，我带你去打他们。”时笙拍了拍封锦的肩头，“我的男人就该是最好的，让世人畏惧、敬仰。”

他不想称霸世界。

#自家养的鬼以下犯上、非礼主人，在线等，挺急的#。

封锦被时笙闹得没办法，只能答应让她去。

晚上，时笙一起来就发现封锦不见了，满屋子贴的符明显是对付她用的，她试了几次都出不去，气得差点把房子拆了。封锦好样的啊！

时笙飘到门口：“……安素，你在吗？”不知道这些符有没有隔音的效果，要是有，她就只能……炸房子！

“女鬼姐姐？”安素的声音模糊地传进来，“我在我在。”

“你想个办法进来。”封锦，别让老子逮着你。

“啊？怎么……怎么进去啊？”安素在外面愣神，这是防盗门……

“打电话叫开锁的。”时笙提醒她。

“好好……”

因为是晚上，开锁的人来得有些慢。

安素没有身份证明，开锁的人不给开，说要叫物业才行，眼睛却有意无意地往安素手上的钱包瞄。安素黑着脸将身上所有的钱都给了开锁匠，他这才同意开门。开完他就走了，完全没有要看里面的意思，一看就是经常这么干的人。

安素推门进去，被里面密密麻麻的符纸吓了一跳：“女鬼姐姐，这这……封先生这是干什么啊？”

“撕掉。”

“噢，好。”安素将门关上，这才去撕贴在四周的符。她的手刚接触到符纸，就感到一阵灼痛。她瑟缩了一下，感觉能忍下来，便忍痛迅速将所有符纸撕掉。等她撕完，手已经血肉模糊。

“好了，女鬼姐姐。”安素将手背到后面。

“蠢货。”时笙飘到她面前，“手伸出来。”

“啊……不碍事。”安素脸蛋红红地往后退。

“快点。”她的时间都是以秒计算的好吗？

安素这才将手伸出来，时笙握住她的手，一股清凉的感觉覆盖在上面，手上被符纸灼出的伤痕以肉眼可见的速度愈合、消肿。

“先这样吧，我的灵力要留着点，不然一会儿打不赢。”时笙放开安素，她的手已经结疤，虽然有些难看，但是一点也不痛了。

安素惊奇，鬼还有这个能力？

时笙懒得对她解释鬼修和鬼的区别，直接往外面飘。

“女鬼姐姐，你去哪里？”安素赶紧追上去。

时笙顿住，眉头微蹙。她好像不知道封锦去哪里了。那张请柬上也没写地点，难怪他那么有恃无恐，敢拿给她看。

“女鬼姐姐？”安素不解地看着她。

时笙烦躁地挠挠头，病急乱投医地问安素：“你知道驱魔师峰会在什么地方吗？”

驱魔师峰会？安素摇头。她只听过驱魔师，却没怎么接触过他们，驱魔师峰会更是听都没听过。

天都山。

这里有几座出名的道观。

剧烈的爆炸声让天都山上本已睡下的人惊醒，他们连衣服都来不及穿，就朝着山下跑。

“怎么回事啊？”

“什么爆炸了……我感觉整座山都在震动，地震吗？”

“没看到火光，不知道是什么东西，快下去看看。”

一群人风风火火地跑到山脚，只见山脚有个黑乎乎的大坑，截断了上山的路。大坑中还有闪电不断闪烁。跑下来的人不少，自发形成了两支队伍。

“这这……这是什么？”

“这么大个坑，怎么炸出来的？”他们可连一点火花都没看到，只听到爆炸声。

“还记得不久前的一则新闻吗？”一个年纪不大的娃娃脸少年弱弱出声。

“小白说的是小区出现天坑的新闻？”旁边的中年人立即接话。

被叫小白的少年点点头：“你们不觉得这和新闻里面描述的很像吗？突然一声爆炸，没有任何火花，出现一个大坑，坑中有闪电……”

“小白说得有理，难道外星人在我们天都山降落了？”

站在对面的一群人立即冷嘲热讽起来：“平时就说你们白云观的没文化，这个世界哪儿来的外星人……”

“你们长春观那么厉害，怎么香火钱比不过我们白云观？”

“想打架是不是！”

“来啊，打啊，怕你们长春观不成？”

眼看两边的人要打起来，有人突然发现大坑对面有一个人影，大吼一声：“快看那边。”

闪电嗞嗞地闪烁，映得那人影时隐时现，十分诡异。

“那是人，还是鬼？是外星人？”

“是鬼。”少年小白说了一声，不过声音太小，被两边的人声给湮没了。

时笙差点给这群人跪下，这是道观的人？完全没看出来。

他们看到的人影是安素，时笙飘在安素旁边，除了少年小白，没人看到时笙。

“过去问问他们，驱魔师峰会在什么地方举行。”时笙已经不抱多少希望，这群人明显是废物嘛！

估计就是靠着道观的名气，忽悠一下无知的普通人，他们能知道驱魔师峰会，才是有鬼。

一路跟着时笙过来，安素完全处在愣神的状态。女鬼姐姐竟然在天都山山门前炸出这么大一个坑，还叫自己去问对面那群人，驱魔师峰会在什么地方。这不是踢人家场子吗？这个坑……和她小区里的那个简直一模一样。

对了，她一直觉得女鬼姐姐的声音有些熟悉，那次自己和纳兰影……突然出现的不就是女鬼姐姐吗？之前她怎么就忽略了女鬼姐姐的那把剑呢？

安素想起当初时笙说的那番话，心头一暖，时笙在那个时候就提醒过自己，纳兰影不安好心，自己却没放在心上。安素脸上火烧火燎的，竟然被女鬼姐姐看到她和纳兰影那啥，不知道女鬼姐姐看到多少，她感觉自己没脸见人了。

安素逃一般往对面跑去。对面是群人，不是妖魔鬼怪，她倒不是很怕，只是一想到旁边的大坑，她就有点心虚。

“他过来了……他想干什么？”

“是个姑娘。”

无数的灯光往她脸上扫来，安素差点被闪瞎眼睛。

安素紧张地走到目光各异的一群人面前，心怦怦直跳，他们会不会对她发起攻击？

“姑娘，你你你……你是人还是外星人啊？”一个穿着印有小熊图案衣服的男人哆嗦出声。

“我是人啊！”安素额头冒黑线，她哪里长得像外星人了？

“是人啊，是人就好。”小熊男拍着胸口顺气，顺到一半，“不对啊姑娘，你大半夜地跑到这里干什么？还有这个坑，是你弄出来的吗？”

“不是。”安素诚实地摇头，坑是女鬼姐姐弄出来的，所以她这么说也不算撒谎。

“不知道这位小姐深更半夜到我天都山有何贵干？”

“啊……那个……”安素尴尬地挠头，“我是想问你们，驱魔师峰会在什么地方举行，有人知道吗？”

“驱魔师？”小熊男反问。

安素小鸡啄米一般点头，期待地看着那个人。

小熊男迷茫：“那是什么？”

为什么身为天都山道士，却不知道驱魔师是什么？逗她呢？

显然这里的人几乎都不知道。现实世界真的有驱魔师吗？怎么可能！

时笙一脸果然如此的表情飘到安素身边，在人群中巡视了一圈，最终目光落到那个娃娃脸少年小白身上。小白睁着一双黑白分明的眸子，直勾勾地看着她。是的，他在看时笙，不是看安素。

他能看到自己？

“没有人知道驱魔师峰会在什么地方举行吗？”安素又问了一遍。

“这人不会是从哪家精神病院跑出来的吧？”

“我看像……还驱魔师峰会，鬼片看多了吧？”

时笙飘到少年面前，小白往后躲了一下，目光还是没有挪开。他果然看得到自己，还知道自己是鬼。刚才安素说驱魔师峰会的时候，他的神色明显不对劲。

“你知道驱魔师峰会？”

小白黑白分明的眸子突然溢出泪水，下一秒他便毫无征兆地抱着旁边的人大哭起来：“有鬼啊！”

时笙无语，敢情刚才你那镇定的样子都是装的？

旁边被小白抱住的人，头疼地将他扒拉下来：“小白又发病了，师兄不在，怎么办啊？”

“真的有鬼。”小白抱着男人的胳膊，“你相信我。”

“好好，我相信你，我相信你，师叔派人保护你行不行？你们两个，快把小白送上去。”

时笙更加无语了。这唯一能看到她的人，在这群人眼中竟然是个病患。

这天都山到底哪里来的这么大名气？

时笙让安素找机会溜走，自己则跟着少年上了山。走到一半，时笙就感觉上面不对劲，不能上去了。她默了默，从空间里掏出一枚烟幕弹，朝前面两人扔过去。烟雾散开，几乎在接触到烟雾的瞬间，前面的三个人就倒在地上了。

“这效果竟然这么好，保质期挺长的啊！”时笙嘀咕几句，想直接附到小白身上，奈何她一靠近他，就感觉到和山上空气同样纯正的气息。她只能放弃这个想法，用铁剑运着他下山。

在指定的地方看到安素，时笙有些诧异，她这么快就脱身了？

“女鬼姐姐，你怎么把他给……”绑来了？

这是绑架，犯法啊！

“不绑来我怎么问？”时笙白了安素一眼，“别跟我说什么法律，我是鬼，法律管不着我。”

好吧，确实没有针对鬼而专门制定的法律。

小白是被人拍醒的，拍他的是之前见过的那个姑娘，而他的视线斜上方，飘着一个鬼影。

“啊……”

安素手疾眼快地捂住小白的嘴：“别叫别叫，我们不会伤害你。”安素内心有点紧张，从来没有想过有一天自己会干这种事，说出这种台词。

“呜呜……”小白使劲摇头，趁着安素捂他嘴的时候，一口咬在她手上。

“啊！”安素吃痛，松开了他。

“救命——救命——”小白立即扯着嗓子吼起来。

这个蠢货，摁个人都摁不住。时笙拖出铁剑，往小白面前一送，凶神恶煞地威胁：“再叫，我弄死你。”小白哽咽一下，有些艰难地收了音。

“驱魔师峰会在什么地方举行？”

小白眼泪汪汪地看着她：“我……我不知道。”

时笙有种欺负小孩子的错觉，但是为了封锦，她也只能欺负下去。她用铁剑压着小白的脖子：“要么说，要么死，是生是死，你自己选。”

“我真的不知道。”小白都快把脑袋甩掉了，眼泪汪汪，好不可怜。

安素的圣母情怀又开始发作，但瞧着时笙不太好的脸色，也只能将冲动压下去。

时笙冷笑，不说？自己有的是办法让他说。

时笙把小白拖到不远处的一条小河边，直接把他扔了下去。看着小白在河中扑腾，没两下就要沉下去，她才操控铁剑，把他弄起来。小白白了脸，整个人抖起来，主动交代：“我……我不知道具体位置，只知道大体方位。”

七弯街，这座城市最古旧的建筑都集中在这里。从上空俯视，街道如同弯曲的蛇，一共有七道弯，所以被称为七弯街。小白说的就是这里了，但峰会的具体举办地点他不知道。

“我真的不知道。”小白哭丧着脸，“你是鬼啊……去参加驱魔师峰会做什么？”

时笙扫了一眼话多的某白，他立即委屈地闭嘴，往安素身边靠。好歹安素是个人类，给他的感觉要安全些。

此时的七弯街笼罩在一片黑暗中，如同夜色中的大型猛兽，随时准备吞噬妄图闯入的侵略者。

自从到了这里，安素神色就有些不对，目光复杂，时笙皱眉看着她。

“女鬼姐姐，我们要进去吗？”察觉到时笙的视线，安素咽了咽口水，艰难地问。

“不然？”难道她们到这里观光旅游看夜景？

“我……”安素呼吸急促，身子抖得跟秋风中的落叶似的。

时笙眼底闪过一丝狐疑，片刻后想起来，这里是女主角和男主角第一次见面的地方，难怪她这么害怕。此时安素宁愿跟着自己，也不愿意和纳兰影在一起，估计对纳兰影的害怕多过了喜欢。看来，纳兰影离“爱而不得”不远了。女主角越是对他不搭理，他就会越喜欢女主角吧？定律不会错。

“那你在外面等着。”时笙拖着铁剑就要往里面飘。

让她自己在这里？安素看了眼四周，空荡荡的，没有人烟，黑暗中随时随地都能蹿出一些奇怪的东西。她拔腿就跟上去：“我……我还是跟着女鬼姐姐。”

小白茫然地站在原地。她们就不管自己了吗？他怎么回去？

小白看了看四周，眼看前面的人就要不见了，他也赶紧跟上去。这里给他的感觉不太好，还是跟着她们更安全。

附近寂静无声，时笙转了一圈，也没找到哪里有灯火。最终，还是安素带着她左拐右拐进了一条巷子，看到一座古宅。

古宅前聚着不少人，服饰稀奇古怪，有的穿着道士袍，有的西装革履，有的却一身学生装。所有人都在低声交谈，若站得远，几乎听不清那边的声音。

时笙一眼就看到人群中的封锦。大概由于契约的关系，时笙到这里的时候，封锦就朝她看了过来，视线准确地和她的对上。封锦只觉得脑袋嗡的一下就炸了。她还是来了！他环顾四周，见没人注意自己，才不着痕迹地朝时笙大步走来：“你怎么这么不听话？”他抓着时笙的手，将她摁到墙上，压低声音吼道。

时笙眨巴下眼，噘着嘴：“来，想亲就亲，我不介意，也不要你负责。”

安素无语，直接呆住。

小白：这是个鬼吧？那是个人吧？

封锦嘴角抽搐，握住时笙肩膀的手紧了又紧，最后松开她，阴沉着脸，掏出一张符贴到她的脑门上。时笙伸手就给扯了下来：“干什么，我又不是僵尸。”

“想不想跟着我进去？”封锦冷眼看着她。

时笙纠结：“就没有别的办法？”

“没有。”

时笙拿着符，看看阴沉着脸的封锦，又看看那边的古宅。封锦要是打不过这些人怎么办？她得给自己的男人撑场子。算了，难看点就难看点吧。时笙把符纸递给封锦："你亲我一下，我就让你贴。"

"不去，就回家去。"还跟他讲条件！

"那我就这样过去好了，反正你又拦不住我。"时笙得意地晃了晃脑袋。她就喜欢他看不惯她，又不得不顺着她的样子。

封锦忍着一巴掌拍过去的冲动，她要跟过去，还要他亲她？他猛地转头，瞪向安素和小白："看什么，转过去。"安素被吼得身子一颤，赶紧转过身。

封锦又瞪向小白，小白被瞪得浑身冒冷汗，也转过了身。封锦这才低头，喉结滚动几下："就一下。"

"嗯。"时笙仰头闭眼，"来吧。"

封锦抿了抿唇瓣，缓慢地低头亲上去。和上次她亲自己的感觉完全不一样，像是有酥酥麻麻的电流传遍他全身。时笙怕自己忍不住，不小心吸掉封锦的阳气，只用舌尖轻扫他的唇瓣，然后挪开，在他脸颊上吧唧了一口。

封锦心底竟然有些失望，但他很快调整好心态，冷着脸问她："行了吧？"

"行了。"时笙眉开眼笑地点头。

封锦眼底闪过一丝无奈，以往那浓得化不开的阴郁也被驱散了一些。他将符纸贴到时笙的脑门上："不能取下来。"想了想，他牵住她的手，这样比较保险，免得她瞎蹦跶。

显然封锦的决定是正确的，一到那边，时笙就想去戳这个戳那个，要不是封锦拽着她，世界大战立刻就要被挑起来。

小白和安素是人类，跟在封锦后面没问题。

"后面那个小白脸，你在哪儿捡的？"封锦比较在意这个，趁着旁边的人离得远，偏着头低声问时笙。捡个女的回来就算了，现在她竟然还捡个男的。她有把他这个主人放在眼里吗？

"不是捡的，我绑的。"

绑……绑的！封锦握住时笙的手下意识收紧。

"你绑他干什么？"

"天都山那群蠢货，竟然看不到我，就他看得到，我不绑他绑谁？天都山的道士简直就是欺骗消费者，应该投诉他们。"

天都山……封锦突然明白过来，她不知道自己在什么地方，而天都山上都是道观，她猜测有人会知道，所以就去那里绑人，好问出地点……

封锦觉得，自己得高估一下这个鬼的智商，她还有什么事做不出来？

“天都山有真才实学的人都来了，看到那边几个穿道士袍的没有……”

封锦感觉手上有拉力，回头去看，时笙正扭着身子，对着远处一个穿着西装的男人吹冷气。西装男感觉有冷风直往面上扑，冷得想哆嗦，然而旁边的人都没感觉到冷，他哪里敢做什么奇怪的动作，只能硬生生扛着。

封锦黑着脸把她拉回来：“你干什么？”

“我想试试，看他是不是有真才实学。”时笙耸肩，“事实证明，他也没多大本事。”

“来这里的不一定都是很厉害的，有的人只是出身驱魔世家，那个人是路家的，跟着来长见识，还没到独当一面的时候。”封锦捺着性子解释。

“哦，封家其他人也来了？”

封锦沉默，嘴角紧抿。

“没有，就我一个人。”封锦声音有些低，像在压抑什么。

封家那些贪生怕死的人，怎么可能会来。

时笙偏头看着封锦的侧脸，脑中快速过滤着剧情。什么样的环境出什么样的人，封锦并不是生来如此。她突然抱住他，脸颊在他的胸膛上蹭了蹭，半安抚半嚣张道：“以后我把封家给你抢过来，你想怎么玩儿就怎么玩儿，想让他们去送死，就让他们去送死。咱有仇报仇，没仇先结仇，再报仇。”

封锦被她抱得措手不及，手僵在两侧，愣在原地。他不知道她口气为什么这么狂妄，好像得到一个家族，对她来说和吃饭一样简单。但是……他心底很受用。他不能回抱她，因为姿势会显得很奇怪，让旁边的人怀疑。他将目光投向一片黑暗的古宅，看来今晚一定要进去。

“小白！”人群里，一个穿道士袍的中年男人突然大步朝着时笙这边走来，面带怒色，“你怎么会在这里？谁带你来的？”

小白先是无辜地眨眼，随后看向时笙。他是被绑来的！

时笙冲他扬了扬拳头，他立即垂下头，弱弱地叫那个中年男人一声：“师父……”

在小白看向时笙的时候，中年男人似有所察地看了封锦的方向一眼。看到封锦，中年男人瞳孔缩了缩。这个男人……是封家的那个？

他镇定礼貌地点点头，视线不着痕迹地在封锦身边晃了一圈，没看到什么奇怪的东西，心想，可能是自己感觉错了。

封家这小子气场也太强大了，中年男人赶紧移开视线。他一巴掌拍在小白的脑袋上，怒道：“谁带你来的？”他不信自家这个反应慢半拍还特别蠢的徒儿能自己找到这里来。

小白很委屈，又不是他自己想来的。

师父，你还自诩天下第一，怎么就看不到旁边那个神色嚣张的鬼呢？当然这些话小白是不敢说的，他转了转眼珠，无辜地指向安素：“是她。”

突然被点名，安素满是诧异，伸出手用食指指着自己，又看看时笙，默默地把辩解的话给吞了回去。安素冲小白师父尴尬地笑笑：“那个……我其实是来找人的，因为找不到地方，所以……是小白自己说要和我来的，我没逼他。”

时笙给安素竖起大拇指。可以啊，现在说谎都不会脸红心跳。

“小白！”小白师父怒了，自己以前是怎么对他说的，不许下山！不许下山！他倒好，把自己的话当成耳边风了？

“我哪——”小白被时笙凶狠地瞪着，哆嗦一下，后面的话怎么也说不出来，“师父，我也好奇……所以……”

小白师父把小白拎到一旁开始教育，小白立即就把时笙给出卖了。小白师父却只是勒令他不许乱说，完全没有为自家徒儿报仇的意思。小白郁闷，他到底是不是师父的亲徒儿？

封家是连续几代出过驱魔宗师的驱魔世家。荣获宗师的封号，是驱魔师毕生的追求，但是一宗一脉，一个世家能出一个宗师就不得了了。封家却连着几代都出过宗师，就算现在的封家没有以前那么风光，可他们深厚的根基也不是别的家族能比的。现在招惹封锦明显是不智之举……

小白被师父拎走，就剩安素孤零零地站在封锦身后。因为她和封锦站得太近，不少人的视线都往她身上瞄，好奇这个姑娘是谁，竟然能和封家的人站得这么近。安素那叫一个窘迫，为什么这些人看不到女鬼姐姐，说好的驱魔师法力高深呢？

时笙身子贴着封锦的背部，趴在他肩头，无聊地问：“他们聚在这里做什么？”

驱魔师峰会难道就是让他们来这里聊聊天？也太无聊了。

“十二点。”封锦轻声安抚她，“还有十分钟，你耐心等等。”

“我们要进古宅？”时笙注意到，刚才有不少人对古宅指指点点。

“这座古宅是出了名的凶宅。”安素有些胆怯地接话，见封锦没阻拦，才大着胆子道，“听说这家人曾是清朝有名的富商，后来一夜间全家都死了，死相极惨……”

【触发支线任务：记忆碎片。】

时笙听故事正起劲，突然被系统提示音打断。

什么？什么记忆碎片？

【寻找宁萦的记忆。】系统很贴心地提示。

宁萦的记忆……怎么寻找，记忆还能散落不成？简直是坑人。

＃老是被系统坑系列＃。

时笙转着不怎么用的脑子，飞快地将之前的一些线索串联了起来。

隐藏任务的触发条件是目标在附近，而支线任务的触发条件是相关信息已经出现。

刚才他们说的是古宅……难道宁萦和古宅有关系？那得死多久了？

清朝，一百多年啊！

"在想什么？"封锦伸手按了一下时笙的脑袋，半天听不到她说话，他一点也不习惯。

"你在什么地方捡到我的？"宁萦的记忆中竟然没有这段。

好像……从她有记忆起，就跟在封锦身边了。

那个时候，封锦正好十八岁，从封家搬出来。有时候，他一个月都不开口说话，整天神情阴郁，不是关在房间里，就是带着她出去抓鬼。

封锦皱眉："怎么忽然问这个？"

"想知道我们是怎么相遇的。"时笙夸张而深情地说。

"我们——"

封锦正要说话，有人大嗓门地喊："时间到了，规矩和往年一样，没意见就进去吧。"

四周的人立即停止交谈，各自低头检查，将一枚奇怪的胸章戴上，随后有序地进入古宅。

封锦摸了摸时笙的脑袋："先进去。"

安素见有人留在外面没有进去，立即举手："那个，女……姐姐，我就不进去了。"她可不想再去里面体验一把。

封锦本也没想带上她，她不去，正合他的意。

古宅比时笙想象的还要阴森一些，破旧的门窗布满灰尘和蜘蛛网。时笙一进去就把脑门上的符给撕了。

这里几乎伸手不见五指，而且大得离谱。刚才至少有三四十人进来，这会儿他们却连一个人都没遇到。

"我们在宅子里找什么？这个驱魔师峰会到底是干什么的？"时笙一头雾水。

封锦听着时笙说“我们”，心底颤抖了一下，她说得那么自然……

“驱魔师峰会每三年举行一次……”封锦觉得如果用太深奥的词语解释，时笙肯定没耐心听，“用你的话来解释，就是一群人吃饱了没事干，要比试一下，看谁更厉害。”

“确实是吃饱了没事干。”时笙点头。

封锦无奈，举办峰会，也是为了让驱魔师知道，哪个地盘上有自己不能惹的人，哪个地盘上的人可以欺负。

“所以，我们进来这里是干什么？”打架干吗要进这破宅子？

“凶宅是每次峰会必选的地点，今年的凶宅在这里，谁能率先消灭凶宅里面的东西，谁就是今年峰会的魁首，也算一种荣誉。”

封锦低沉的声音在黑暗中响起。

“在里面还会受到驱魔师的攻击，被抢走勋章的话，就无法继续参加峰会。”

“那要是有人抢夺了其他所有人的勋章呢？”时笙突然出声。

封锦愣了一下，随后才答：“会被授予宗师的称号。”

“宗师很厉害吗？”

“算是吧。”

观摩学习的人都在外面，真正进入宅子里面的都是经验十足的人。如果有人能抢夺这里其他所有人的勋章，证明实力不凡，因此会被授予宗师的称号，获得驱魔师的最高荣誉。

获得宗师称号的人，不管走到哪里，都会受人尊敬。

“行，那咱们就把他们的勋章全抢了。”时笙一撸袖子打算干架。

封锦衡量了一下，眼下自己拦着她还不如帮着她容易。

外面等候的人见人接二连三地从宅子里出来，纷纷围上去。

“怎么回事，你们怎么都出来了？”以前虽然有人被抢勋章，可也没这么多啊！

“别提了。”一个矮个子男人啐了一口唾沫，“也不知道哪个缺德的，竟然下黑手。”

“就是，一会儿等人出来，我倒要看看是谁这么缺德，就算他抢了所有人的勋章，我也不会认可他，用如此卑劣的手段，我呸！”

外面的人面面相觑，心底不断打鼓，难道今年会出现宗师？

不知为什么，安素总觉得这事和女鬼姐姐脱不了关系。

古宅中，时笙再次黑掉一个人后，转回封锦身边。

“还差多少个？”她问。

“三个。”封锦顿了顿，“这三个人应该是白云观的郭成，长春观的宋江和魏立。”

郭成就是小白的师父。

时笙挑眉，不屑地哼哼：“教出天都山那一群蠢货的人，能有多大本事？”

“他们是有真本事的。”封锦提醒时笙，“你别小看他们。”

“哦。”时笙不在意地应了一声。

封锦见她毫不在意，只得暗暗提高警惕。

他们遇到魏立时正好在古宅的一个偏院，双方打了个照面。魏立已经从别人那里知道有人在抢勋章，而且还抢到了不少，此时遇到人，他的第一反应就是攻击。然而，时笙只是掏了烟幕弹扔出去，魏立冲得太快，一脚踏进烟雾区，收都收不住。

扑通——重物倒地的声音响起。你有再多本事又如何，用不出来，就是瞎扯。之前时笙还会用一用那把铁剑，现在连铁剑都不用了。

“你扔的东西是从哪儿得来的？”鬼身上还能放这种实物？他感觉自己的知识都白学了。

时笙立即凑过去：“亲我一下，我就告诉你。”

能不能好好说话啊！封锦还是俯身亲了她一下，脸颊微微发烫，好在此时身处黑暗，时笙看不到他的表情。

“我有一个空间，空间知道吧，就是里面可以装很多东西的那种。”

封锦嘴角抽搐，这是“中二病”又犯了？

时笙顿了顿，语气阴森：“嗯，你会不会因为嫉妒我，想抢我的空间，然后杀我？”

封锦哭笑不得：“那你得先告诉我，你的空间媒介是什么，不然我怎么抢？”

他虽然没有空间，但也在家族的相关记载中见过，一般空间都有媒介，而有的媒介在认主后，会和主人融为一体，主人死亡，空间也就消失，别人是抢不了的。

听着是诱人，可此时对他来说，空间反倒没有这个女鬼对他的诱惑力大。

“有道理。”时笙点点头，“那等你以后被我睡了，我再告诉你。”

封锦常年不起丝毫涟漪的心湖，此时正掀起巨浪，他微微叹口气。

最后的两个人也被时笙用同样的方法放倒。

“搞定。”时笙将勋章扔给封锦，“夸夸我，我是不是很厉害？”

封锦无奈：“嗯，很厉害。”她都没动手，哪里厉害？偷奸耍滑厉害吗？

封锦已经想到，若是出去，外面那些人……算了，就算那些人群起而攻之，他也会保护好她。

只抢到勋章还不行，他们得把凶宅里的东西消灭掉。

一路过来，时笙感觉，除了气氛有点阴森，环境脏乱一点，也没看到什么奇怪的东西。

“去后面看看。”封锦拉着她往宅子后面的院子走去。

院子里光线没有那么暗，但也只能凭此看到一些黑乎乎的影子。不知从哪里刮来的冷风，吹得院子里的一些杂物嘎吱嘎吱地响。

时笙眉头一皱，掏出铁剑就朝那堆杂物砍去。

“啊！”杂物堆中，猛地尖叫着蹿出一个白影。

时笙铁剑一转，朝着影子扫过去。

“姐姐，姐姐，救命，救命！”稚嫩的声音在院子中响起。

很快就有一道黑影从旁边的房间飘出来，飞扑到白影身上，挡在他身前。

“宁萦，你……回来了。”略带迟疑紧张的声音让时笙的铁剑骤停，锋利的剑刃只差一毫米就碰到那个人。

时笙打量了那个女子几眼，她穿着一件大红的喜袍。是的，就是古代结婚用的那种喜袍。她的面容隐在暗处，时笙看不清：“你认识我？”

“二姐……”女子身后的白影也冒出一个头，似乎有些不确定地叫了一声，“姐姐，她是二姐吗？”

女子摸了摸他的脑袋，声音没了之前的紧张，反而多了几分疑惑：“是她。”

那孩子立即从女子身后转出来：“二姐，二姐，我是小言，我好想你啊。”

小言……时笙脑中极快地闪过一些光影，没等她抓住就已消失不见。

时笙将铁剑收回来：“你们真的认识我？”

“二姐……你怎么了？”小言怯生生地往前走了两步，却被女子拉住，“姐姐，她是二姐啊，你拉着我做什么。”

“你还记得多少事？”女子没有放开小言，转而对时笙提问。

“记忆碎片”指的就是这些鬼吗？她竟然真的和这古宅有关系！

“我想看看你的手臂，可以吗？”女子又提出要求。

时笙沉吟片刻，撩开袖子给她看，这些鬼是自己寻获记忆的重要NPC，还是不要得罪的好。要知道，NPC任性起来，也是可以上天入地的。

时笙手臂靠近肩头的位置，有一块很小的红痕，看上去像是小时候受伤造成的。

女子叫宁娴，那半大的孩子叫宁言。

时笙和封锦被他们带着去了地下室。里面很干净，却有股很奇怪的味道，时笙皱了皱眉，往封锦的方向靠了靠。宁娴见此，有些不好意思地笑笑："小言有些淘气，总弄些奇怪的东西回来。"

"这里就你们两个？"时笙不动声色地将地下室打量了一番。

屋子有些陈旧，但不简陋，还有做工精细的书架、书案，明显是以前修建的。

"嗯，只有我和小言，你们坐吧……"宁娴有点胆怯地看着封锦。

"不用了，你能告诉我关于我的事情吗？"

宁娴点头："可以。小言，你出去玩儿会，姐姐和二姐说点事。"

"那我回来后，可以和二姐玩儿吗？"

宁娴看了一眼时笙："小言听话，二姐就会和你玩儿。"

"小言听话。"小言信誓旦旦地拍拍胸脯，冲时笙露出一个笑容，"二姐，我一会儿再和你玩儿。"

时笙扯着嘴角笑了下，目光却没多少涟漪。

"你叫宁萦，是宁家第二个孩子……"

宁家是商贾世家，在那个时代，家主本该三妻四妾，可宁家的当家人，也就是宁父，只有一个妻子。

宁母身体不好，连生了两个孩子都是女孩，为此她很自责，觉得自己不能为宁家留后。宁父却不在乎，很是疼爱两个女儿。宁父越是如此，宁母心底越难受，身体一日不如一日，眼看就要不行了。宁父却不知从哪儿找来一个人，那人告诉宁父，宁母是为心结所困，才变得如此。

为了解开宁母的心结，宁父从那人那里得知一个法子，与一个鬼王定下契约，并且许诺鬼王，等宁萦长大成人后，让她与他结冥婚，而鬼王需要让宁母怀上一个男孩。

果然不久后，宁母怀上了，八个月后生下一个男孩，就是宁言。也许觉得亏欠宁萦，宁父和宁母特别宠宁萦，对另外两个孩子反而没有那么宠爱。

宁言一日一日长大，宁萦的成人礼也即将到来。

然而，宁萦在这之前听到了宁父宁母的谈话，知道他们要将自己嫁给一个鬼，只觉得荒唐可笑，这世界上哪儿来的鬼？她并没有将此事放在心上。直到府中开始置办成亲用的东西，府里的人明显减少，留下的都是在宁家服侍许多年的知根知底的老仆人。宁萦这才开始害怕，宁父禁止她出门，她每天只能在宁府活动，身边跟着两个婆子，一刻也逃不出对方的视线。

宁萦害怕极了，她不想嫁给鬼，也不想死，她打算逃跑。宁父早有准备，宁萦没跑成，反倒被关押起来，一步也不许踏出房间。她想过各种办法，大喊大叫，绝食威胁，却被绑了起来，每日的吃食也由人强行喂下。

到了成人礼那天，她被迫换上喜服，等着黑暗降临。就在她绝望的时候，宁娴出现了。她是宁萦的姐姐，自然能进入房间，并以要和宁萦说话为由，将其他人支到了外面。

宁娴给宁萦松绑，和她互换了衣裳，打算代替宁萦出嫁。宁萦当时被吓惨了，只想逃走，所以在宁娴提出这个要求的时候，她虽然犹豫，但还是答应了。

宁萦和宁娴本就有七分相似，身形也差不多，她拿着手帕捂住脸，哭着跑出去，外面的人根本就没发现。

之后宁娴出嫁，鬼王发现自己娶的不是宁萦，于是让宁家一夜间血流成河，没有一个人生还。

“宁萦，我很后悔，当初如果我没有和你互换身份，父亲母亲就不会死。”宁娴是哭着说这句话的。

“是吗？”时笙的表现却很冷淡。

宁娴大概被时笙弄得有些不知所措。在她的预想中，就算妹妹失忆了，听到这样的身世，怎么也该表露出一点情绪吧？

然而没有，她的妹妹就这么平静地看着自己，好像她说的只是一个故事，一个和宁萦完全无关的故事。

就在此时，时笙突然露出一个诡异的笑容，拖出铁剑，朝着对面的宁娴砍去。宁娴眼底露出惊骇之色，飞身跳到旁边，震怒地质问：“宁萦，你干什么？”

“杀你呗，还能干什么。”时笙拿看白痴的眼神看着宁娴。

“为什么？”宁娴脸上染上哀伤，“为什么要杀我？”

“为什么？因为你穿着红衣。”时笙似笑非笑地看着宁娴。

宁娴心里咯噔一下，脸上有慌乱闪过。

不等宁娴将慌乱压下去，时笙的铁剑就刺到跟前，朝着她的面门砍下去。

“姐姐！”宁言突然出现，挡在宁娴面前，声音中满是惊慌，“不要伤害姐姐。”

“让开。”时笙冷眼看着宁言。

“我不，二姐，姐姐做错了什么，你要杀她？”

“宁萦……”宁娴身子有些颤抖，本就苍白的脸越发苍白，“你没有失去记忆，对不对？”

“为什么这么说？”时笙嘴角的弧度像是在嘲讽宁娴，“你觉得，自己说过什么欺骗我的话被我发现了吗？”

宁娴分不清对面的人到底有没有失忆，好一会儿都没接话。

“二姐，你回来，我们好好在一起，以前的事都过去了，不重要了，我们是一家人，为什么要弄成这样？”宁言小脸皱成一团。

“你姐姐既然这么在乎你，又为什么不让你去转世投胎？”宁言是个普通的鬼，可以转世投胎。

时笙的质问让宁言愣了一下，随后他大声辩解：“是我想和姐姐在一起。”

时笙诡异地笑笑：“既然这是你的选择，我就不说了，但是宁娴，你刚才的话漏洞百出，事实和你所说的应该完全不一样吧？”

宁娴瞳孔一缩，脑中快速掠过之前对时笙说的话，但因为紧张，她竟然想不起之前说了什么。她哪里说错了？还是说，宁萦根本没有失忆，只是在耍着她玩？

时笙讥讽的声音慢慢响起：“我没有恢复记忆。不过按你所说，我如果在宁家极其受宠，那么你和宁言必定受到冷落，而你又怎么可能为了我，自愿下嫁给那个什么鬼王？别跟我说什么姐妹情深，真要是有什么姐妹情深，你不会一张口就叫我的名字。你第一次叫我的时候明显很紧张，甚至是害怕，但发现我可能失忆的时候，你明显松懈下来。宁娴，你不解释一下吗，为什么在亲人相见的时候，你的第一反应不是激动，而是紧张？你在紧张什么？”

宁娴紧拽着袖子，辩解道：“我们那么长时间没见，你突然出现，我紧张也是自然的。”

“看来你是不打算自己说了。”

时笙看到宁娴，第一反应其实是厌恶。对一个陌生的鬼，她是不应该产生厌恶情绪的。所以这个情绪可能是属于原主的本能反应。她去过那么多位面，几乎都没有感觉到寄体的本能反应。宁萦是有多厌恶宁娴，才能让她感应到？所以，事实绝不会是宁娴说的那样。

“姐姐、二姐，你们在说什么？”宁言有些听不懂，目光迷茫地在她们中间徘徊，看时笙的眼神明显有些不满。

一个是刚回来的姐姐，一个是照顾他多年的姐姐，宁言心底其实已经偏向宁娴。

时笙见此也不说什么，闪身攻击，宁娴将宁言护到身后，和时笙交上手。宁娴没有武器，本就处于劣势，十招后就被时笙踹到了地上。时笙用铁剑的剑尖指着她的脖子。

“小言快走。”宁娴扭着脖子对宁言道。

“二姐，你放了姐姐，姐姐没有做错什么。”宁言哭着摇头，“二姐你快放开姐姐，求你了，小言求求你了。”

“宁言，快走啊！”宁娴焦急地吼着，“去找他，就说宁萦回来了，快去。”

宁言像是想起什么，立即起身往外面跑。

时笙给封锦使了个眼色，封锦拿出一张符往宁言那边一扔，直接将他定在了原地。

“想去找那个鬼王吗？”时笙见宁言被定住，这才转头俯视宁娴。

眼见希望破灭，宁娴维持不住表情，怨毒地看着时笙：“宁萦，你为什么没有灰飞烟灭？”当初那个人明明说过……

“哦？”时笙拖长音调，“那还真是让你失望了，我是没有灰飞烟灭，不过你很快就会了。”

“哈哈哈哈，宁萦，你以为他还会相信你吗？他要是知道你回来了，会亲手杀了你。”

时笙要爹毛了。有本事说全剧情啊！说个片段，然后让老子去猜，猜什么啊！她有让人说实话的道具，但没有让鬼说实话的道具……

“系统，系统商店里有没有什么道具，可以让她别废话，直接说正题？”时笙在心底呼叫系统。

【请宿主不要提这种辱没系统商店的问题。】

好吧，那就是有了。

时笙在脑中展开系统商店，上面的产品看得她眼花缭乱，好在系统帮她把范围调出来了。

真心丸

D级道具

积分1000

服用后说出的话绝对真实

适用于间谍卧底刑讯逼供

所有种族皆可使用

这种道具需要花费一千积分，说贵不贵，说不贵又贵，时笙最后还是咬牙兑换了，将真心丸给宁娴喂了下去。

宁娴的说辞里，和事实有出入的地方是宁萦对待这件事的态度。

宁家的孩子，都有当初帮宁父和鬼王定下契约的那人所赠之符。这符可以让他们看到鬼王，宁萦其实并不讨厌鬼王，鬼王陪着她长大，两人青梅竹马，两小无猜。

宁萦很喜欢鬼王，在心底是期待着成人礼的，她想成为他的新娘，和他缔结冥婚，永远在一起。然而宁娴也喜欢鬼王，更因为宁父和宁母偏心宠爱宁萦，暗暗嫉妒宁萦。

所以，她偷偷找到之前那人，出了高价，请他在宁萦成人礼那天将她弄死，并将宁萦的魂魄带走。如此一来，宁娴就可以代替宁萦嫁给鬼王。

鬼王发现自己娶的不是宁萦，大怒之下要杀宁娴，宁娴只见过鬼王安静地陪在宁萦身边对着宁萦浅笑的模样，哪里见过他如此生气？她不甘心，于是骗鬼王说，宁萦根本不喜欢他，她喜欢的另有其人，她已经和那人私奔了。鬼王不信，宁娴又说，那么多年宁萦都是装的，因为知道自己和他有契约，害怕他伤害她的家人，才假装对他深情。

也是因为宁娴最后的这句话，鬼王在盛怒之下，血洗宁家，想把宁萦逼出来。然而当时宁萦已经死了，连魂魄都被镇压，怎么可能出现？这才是当年的事实真相，但是后面发生了什么呢？宁萦被人带走后，又遭遇了什么？

封锦突然伸手握住时笙的手，声音低沉地道歉：“对不起。”

“嗯？”

封锦摸了摸她的脑袋：“后面的事，我可以告诉你，不过……我们得先把这里的事解决了。”

“那个鬼王还在这里？”时笙问的是宁娴。

宁娴目光呆滞地点点头。

“宁娴，你竟敢骗我。”一道怒吼声平地炸开。

漆黑的影子在空气中显露出来，来人一把掐住宁娴的脖子，虽然面容狰狞，却不失俊美。宁娴眸子充血，脖子上冰冷的触感让她恢复了意识。真心丸不会让人丧失记忆，所以刚才她坦白了什么，现在都一清二楚。

鬼王将宁娴摔到地下室的墙壁上，待她滚到地上后，一脚踏在她的胸前。

“我没有，是他们用了计策，鬼王你不能相信她。”宁娴伸手抱住鬼王的脚，惊恐地摇着头。

“我都亲耳听到了，你还要骗我。”鬼王脚下用力。

“啊！”

宁言被定住，不能说话，只能眼睁睁看着宁娴痛苦地喊叫。

“你看看，现在她带着别的男人，你醒醒吧，她是不会喜欢你的，以前不喜欢，现在也不会喜欢。”宁娴不知哪儿来的力气，突然从鬼王脚下挣脱，指着时笙和封锦，一阵歇斯底里地咆哮。

“你胡说。”鬼王隔空一巴掌抽在宁娴脸上。

宁娴被打得一个趔趄，半跪到地上，神情似疯似狂：“我胡说？你转身看啊，你为什么不敢看？就算当初是我骗了你，可现在我没有骗你。”

鬼王恼怒地抽打着宁娴，宁娴不断发出狂笑。她守他百年，却抵不过宁萦和他的十几年。

“你就是个懦夫。”宁娴大吼。

“我是懦夫？”鬼王像是被这句话镇住，语调古怪地重复了一遍。

“不是懦夫是什么？当初我告诉你，宁萦和别人私奔，如果你追出去的话，说不定就会发现真相，可你没有，你只是血洗了宁家泄愤，不是懦夫是什么？”宁娴声音嘶哑，却字字诛心。

鬼王瞪着宁娴，宁娴破罐子破摔，一脸决绝。如果他没有听到自己说的那番话，也许自己还有机会，可是现在……从她见到宁萦的那刻起，就知道只有两个结局，要么宁萦灰飞烟灭，要么她灰飞烟灭。

她眼中凶光大盛，这两个结局都不是她愿意看到的，所以，就让她和宁萦一起灰飞烟灭，谁也别想得到他。

宁娴突然朝时笙疾飘过来。时笙将铁剑往前一挥，无形的气流便朝着宁娴涌去，宁娴身形不受控制地后退，啪的一下被拍在墙上。

宁娴满脸难以置信，宁萦怎么会这么厉害？自己连她的身都近不了。这个时候，宁娴才知道什么是真正的绝望。

几秒时间，足以让鬼王反应过来。

“找死。”当着他的面，这女人还敢对宁萦动手。

于是，鬼王又补了一脚。这下，宁娴连爬都爬不起来了。她趴在地上，神情痛苦，却咧着嘴，露出诡异的笑容。

“宁萦，我会输给你，只是因为当初爹选择了你，而不是我。”如果当初爹选了她，他喜欢的就会是自己。

“那你回去再让他选一次好了。”时笙回以浅笑，眉眼弯弯。

宁娴气得一口气没提上来，身形渐渐消弭在空气中。鬼王这才看向时笙，神情复杂，有愧疚、悔恨、猜疑、嫉妒……以及深沉的爱。

“萦萦……”

封锦却上前一步，将时笙搂进怀中，大有宣示主权的意味，也有保护时笙的意思。时笙扭头对着封锦笑了笑：“放心，就算前面站着一个天仙，我心里也只有你。”

封锦黑着脸不看她，手却收紧了几分。鬼王很想冲上去杀了封锦，却胆怯了，一如当年他不敢去找她，所以错失那么多机会。

今天如果他不来这里，说不定……他目光复杂地看着时笙，像是有千言万语要说，最终却只道出一句话：“萦萦，我会来找你的。”鬼王扔下这句话，带着宁言走了。

时笙愣神，这就走了？不打架了？

“他比纳兰影厉害。”封锦点评道。

时笙将铁剑收起来，没有说话，鬼王是否真的喜欢原主，时笙不予判断，她对这种剧外人没多大兴趣，她感兴趣的只有男女主角。

时笙和封锦出去时，天色已经微微泛白，一群人将古宅大门围得严严实实。他们已经清点完人数，此时还没出来的只有四人。

就在他们思索剩下的三个人到底谁才是那个卑鄙下流的人时，封锦将之前收好的勋章直接扔在了地上。

一群人目瞪口呆地看着那堆勋章。是……是封家这小子？今年当真要出一个宗师？但他的做法太下作，他们接受不了。

时笙露出讽刺的微笑，那三个人估计还在宅子里躺着。

安素和小白对视一眼，从对方眼中看到“果然如此”四个大字。

“封锦，你竟然下黑手！魏立、宋江、郭成呢？你把他们怎么了？”

这三个人到现在都没出来，不会是被他给杀了吧？

“里面。”封锦的话简短有力。

里面？什么意思？小白这才想起自己的师父还没出来，赶紧拽着安素上去：“我师父呢？”他看的是时笙的方向，所以问的也是时笙。

时笙出来的时候并没有贴符，小白这一问，让刚才被勋章镇到的人将视线放到了穿着水蓝色长裙的时笙身上。这个时候天气已经转凉，她穿的却是夏季那种五分袖的连衣裙。

这……是个鬼。

“封锦，你竟然养鬼！”有人大喝一声，“这是不合规矩的。”

“不合规矩又如何？”时笙往前走一步，将封锦挡在身后，“不服的来干架，干赢了再说话。”

小白被她的气势震得一哆嗦，直接往旁边挪……安素也跟着挪到封锦后面，这架势不对，还是站在封先生后面安全。

驱魔师们愣神，这个鬼好嚣张啊！不打都对不起自己。

“一个一个来，还是一起上？”时笙慢条斯理地将铁剑摸出来。

那姿势、那态度，看得人直想把她往地缝里揍，白长了这么好看的一张脸。

“我先来。”最先出来的那个黑矮子男人先站了出来，手中也是一把剑，不过是桃木的。

他走到时笙对面，用桃木剑指着时笙：“妖孽，今天我就替天行道……”

时笙翻了个白眼，拎着铁剑飘向黑矮子，抬手朝着他的桃木剑削下去。桃木剑毫无意外被削成两截，啪地掉到地上。空间诡异地寂静下来。

黑矮子的表情最丰富，我连话都还没说完，你上来就开始砍，懂不懂规矩!

“你使诈。”黑矮子憋出一句话。

“我哪里使诈了？”时笙挑眉看着他。

“我还没喊开始，你不是使诈是什么？”

时笙嗤笑，表情极其讽刺：“你知道你面前站着的是什么吗？”她是鬼，是鬼知道吗？

黑矮子大概才反应过来，下一秒他就被踹飞了。

“无耻卑鄙……”黑矮子被人从地上扶起来，对时笙骂道。

“谢谢夸奖。”时笙等他说完，淡然来了一句。

“还有谁？”时笙嚣张地用铁剑扫过对面，“你们一个一个太麻烦，一起上吧。”

封锦在后面扶额，他到底养了一个多么暴力的鬼？之前她还只是拆拆家门，现在开始拆人了吗？

“封锦，你当真纵容她？”有人突然将注意力拉回到封锦身上。

这才是他们今天的主要目标，他们是绝对不会承认封锦是宗师的。

“你身为驱魔师，却和妖邪鬼物混在一起，有什么脸面对祖师爷？”

“今天你必须给我们一个交代。”

时笙烦躁地用铁剑戳着地面，脑中已经上演了各种血腥的片段。

“封锦，你亲手结束这个鬼，我们还可以放了你，不然只能剥夺你驱魔师的身份……”

时笙看向封锦，封锦的表情如她初见，看不出喜怒。他微微抬头，和她视线相交，眸中的阴郁散去，嘴角缓缓上翘。太阳升起，照在他身上，如同为他镀上了朦胧的金光。

就连那群驱魔师都不得不承认，封家这小子长得真好看，笑起来更像夺魂摄魄一般。

“我愿意纵着她。”封锦目光轻飘飘地扫过那群人，声音不轻不重。

“封锦，你想与所有驱魔师为敌吗？就算你是封家人，闹出这种事，他们也是保不住你的。”

驱魔师养鬼的行为会破坏整个行业的稳定，所以是被严令禁止的。

“有我就够了，要那封家做什么。”时笙嚣张地接话，她的人，不需要别人来庇佑。

“妖孽别在这里口出狂言，你真以为有几分本事吗？你不过是仗着下作手段行事罢了。”黑矮子最气愤。

“下作手段？”本宝宝怎么就仗着下作手段了？

时笙怒了，阴森森道：“行啊，既然你们这么说，那我不做，岂不是对不起你们？今天这宗师你们是不认也得认。”

“我呸……啊！”黑矮子的骂声陡然转成惨叫，身子一弯，朝地面扑去，呈跪拜姿势。

所有人都不明白这是怎么回事，面面相觑，却无人敢去搀扶。接着，站在前面的人也直直朝着地面扑去。后面的人迅速后退，警惕地看着四周。封锦和那个鬼站在他们前面，袭击他们的是什么？难道还有一个鬼？

“啊！”

就算将警戒线拉到最大值，后面的人还是跟着扑向地面。直到所有人都扑在地上，他们仍然不明白，怎么完全站不起来？膝盖像是废了……

时笙身子有些晃，但还是勉强用铁剑撑着：“行如此大礼，不留影纪念一下怎么行？安素，给他们照相，三百六十度无死角的那种。”

“啊？”安素呆呆地看着时笙，给他们照相做什么？

时笙冷眼扫过去，安素立即从兜里摸出手机，开始咔嚓咔嚓地拍照，不但有集体照，还有个人照。

安素拍照的时候，封锦上前扶住时笙：“一个称号而已，我不在乎，你没必要把自己……”

“我说过，你就该拥有最好的。”时笙打断他，身体放松地靠着他，又解释一句，“不过是灵力消耗过度，不碍事，我不会拿自己的命开玩笑。”

封锦握着时笙肩头的手紧了紧，低头看着怀中的少女，眸中多了一丝柔和之色。这样……也不错。

“女鬼姐姐，拍好了。”安素拿着手机回来。

时笙点点头：“从今天起，谁敢对封锦不敬，这些照片就会出现在某些地方。”

顿了顿，时笙又道：“哦，对，发之前我一定会处理一下，到时候出现的是裸体还是床照，就得看我的心情了。有谁不服，随时来战。”

“妖孽，你不得好死。”

时笙耸肩：“我已经死了。”

“噗……”安素实在没忍住，直到无数锐利的视线落在她身上，她才赶紧捂嘴。

“最后，我免费送你们警局的豪华套餐。”

那群人还没反应过来这句话是什么意思，封锦和安素突然从他们面前消失，接着，他们面前的古宅响起爆炸声，一座古宅就这么在他们面前化成了废墟。

时笙用的是普通炸弹，隔得老远都能看到这里升起的浓烟。

封锦坐在铁剑上，看着下面的废墟，目光闪烁。

小白不知道什么时候进去了，正拖着他家师父往外走。时笙扔炸弹的时候避开了他们，另外两人所在的地方只是被波及，两人受点伤是免不了的。

“女鬼姐姐……”安素是被时笙拎上来的，此时整个人呈虾子状，趴在铁剑上，身子直抖，“我我……我怕高。”为什么这把剑还可以像神话里写的那样变大飞起来!

据说那天在场的人都被带回警察局，看到一群穿得五花八门的人集体扑在地上的时候，警察也是有些愣神的。

爆炸炸毁了附近的监控，民警只看到他们集体趴在外面，他们又不能说这事是一个鬼干的，那样估计会集体被送进精神病院。

不过死罪可免活罪难逃，赔偿是必定的。据说有人赔得倾家荡产。运气较好的是留在宅子中的三人，只需要赔钱，没被拍照，也没被拘留。

小白拖着他家师父出来的时候，正好看到民警。这孩子打小就怕警察，第一反应就是把师父拖回去藏起来。而他师父也在这个时候醒了，两人合力将另外两人从旁边带了出去，本以为逃过一劫，然而三个人都被出卖了。多三个人来平摊赔偿款，自己又要少付一些不是?

自此，天都山和各大驱魔家族决裂。事实证明，有难是不能同当的。

时笙休养了好几天才恢复过来，安素去了学校，家里只有时笙和封锦。时笙飘到封锦的房间，他正在看一本泛黄的手札。见时笙进来，也不知怎的，他有些慌乱地将手札塞到被子下，起身将窗帘拉上，房间的光线顿时暗下来，时笙从门口飘到了床边："你在看什么？"

封锦迟疑地看着她，纠结一会儿，从被子下将手札递给她："你死后发生的事，都记载在这上面。"

时笙接过去，那手札的纸张很粗糙，而且看上去年代久远。

当初那人之所以会答应宁娴，是因为他的家族正值危难之际，他需要一笔钱救急。带走宁萦后，他并没有按照宁娴所说，让宁萦灰飞烟灭，只是将她封印了起来。后来家族度过危机，他心里很愧疚，就将宁萦供养起来，临死也交代子孙，必须好好供养宁萦。

那个人叫封信，是封锦的太爷爷。

本来到了封锦这一代，不该由他来做这件事，但当时宁萦的封印出了问题，封家的其他人都不愿意管，担子就落到了他身上。

因为年代久远，封印已经失效，他去的时候，正好看到宁萦从封印中挣脱，并因此受到重创，连记忆都丧失了。

"那你为什么把我捡回来？"时笙合上手札。

封锦的脸突然有些红，目光闪躲："你当时……什么都没穿，我看了你的身子……要负责。"

可他其实看到的是宁萦，不是她！如果她不来，那他岂不是要对宁萦负责？这么一想，时笙心底就觉得有些不舒服。

她瞪了封锦一眼，飘出房间。封锦不明白，她又怎么了？

一连几天，时笙都没理封锦，安素回来就能感觉到家里气氛不对劲。

"封先生……"安素小心翼翼地走到封锦跟前，"女鬼姐姐这几天怎么了？"那表情看着就吓人。

封锦心底像被猫抓一样难受，安素这么一问，他噌的一下站起来，迈着大长腿进了时笙的房间。

安素无辜地望向天花板……

房间中，时笙盘腿坐在床上。封锦推开门，先看了她一眼，随后缓慢地走进去。时笙抬头看向他，封锦背抵着房门，一时间气氛有些尴尬。

"有事？"

封锦突然有些无措，走过去蹲下身子，微微仰头看着时笙："我……"

时笙撑着下巴："你怎么了？"

封锦深吸一口气："我……我会负责的。"

“人鬼殊途。”时笙跳下床，偏头看着他，“这不是你说的吗？”当初这人可是说得义正词严。

“我可以让你还阳。”封锦抓住时笙的手，认真地看着她。

“我不还阳。”

封锦抓着时笙的手紧了几分：“为什么？还阳……你就可以和我在一起了。”

时笙自恋地摸摸脸蛋：“因为这样，我就可以一直貌美如花啊。”

这理由，他还真反驳不了。

“你喜欢以前的宁萦，还是现在的我？”时笙冷不丁冒出一句。

“现在的你。”封锦没有任何迟疑地回答。

以前的宁萦很乖巧，可他不喜欢她。他将她带回来，也确实是因为自己看了她的身子，为了对她负责才养着她。他喜欢的只是现在的她，大概是喜欢……她的无理取闹？

时笙突然靠近封锦，一把将他摁在床上，俯视着他。精致的容貌映在封锦眼里，他心跳加速，很是紧张。房间里的气氛陡然暧昧起来，温度上升。

时笙缓慢地靠近他，突然出声：“不还阳，我是不是不能和你做？”

这么直白地问，真的可以吗？

封锦告诉时笙，也不是不可以，只要她控制住自己，就不会对他造成太大的伤害。流失一点阳气对他来说也不算什么，而且对她有好处。

时笙直接拒绝：“有任何风险都不行，我赌不起。”她在这个位面能找到他，那下个位面呢？他到底是谁？他为什么会出现在虚拟世界，她完全无法得知，也不知道他什么时候会消失。他们的时间都是有限制的，所以，她赌不起。

封锦的心又是一阵刺痛，他抱住时笙：“没关系的……”

时笙揉了揉封锦的脑袋：“那我想想办法。”

封锦在心里道，他不是这个意思啊。

“我们现在算是什么关系？”封锦看着时笙。

“民政局不给人鬼扯结婚证，你还想要什么关系？”时笙一句话就把封锦堵了回去。

封锦想静静。

晚上，封锦接了个电话，安素哭着跑回来，仿佛有什么东西在后面追她，身上的衣裳也被扯得乱七八糟。时笙皱眉，从沙发上飘过去：“你怎么了？”

安素猛地朝着时笙扑过来，抱着她就是一顿痛哭。安素身上有淡淡的欢爱后的气息，时笙本想推开她，闻到这个味道后，只是把手放到她背后拍了拍。

等哭完，安素才哽咽地说出事情经过。

封锦给她的符被她的同学不小心弄坏了，她本想着回家路上有同学一起，不会有事，就没给封锦打电话。谁知道她还没出学校，就被纳兰影掳走了……

“女鬼姐姐，呜呜……怎么办，他说不会放过我。”安素声音哽咽，紧紧抓着时笙的手，“我是不是这辈子都摆脱不了他？”

“哪儿有那么严重。”时笙将她塞到浴室，“好好洗洗，别多想。”

大概因为在封锦家，安素没那么害怕，顺从地进了浴室。

等封锦回来，安素已经睡下了。

“我怕她怀上纳兰影的孩子，有没有什么办法能防止怀上鬼胎？”时笙站在门口，小声地问封锦。

封锦将房门合上，淡淡道：“纳兰影不会有后代。”

不会有后代吗？

原本的剧情中，好像确实是到结局时，安素都没有怀上孩子。

“为什么？”

“他曾喝过无根水。”封锦走向厨房，“想吃什么？”

“你做的都喜欢。”

封锦嘴角上扬：“那今晚吃馒头。”

“啊？不要，我要吃肉。”时笙赶紧扑过去，挂在封锦背上，“无根水是什么？喝了就没后代？”

就是传说中的万能避孕药？

“不是，无根水的主要作用是抑制他的力量，副作用是导致他没有后代。”封锦挽起袖子，看了看冰箱里的东西，将食材逐一拿出来，动作熟练地开始烧菜。

时笙歪着头，径自想无根水的问题去了。她挂在自己身上也没重量，封锦也就由着她。

因为是晚上，封锦做的菜也不多，但是每样菜都色香味俱全，卖相不怎么样，味道绝对是一等一的好。当然，时笙也只能闻闻香味，是吃不到的。她郁闷地趴在桌子上，果然还是要变成人才行？

“怎么了？”封锦看着面前的红烧排骨，“不喜欢吗？今天早上不是说要吃吗？”

时笙把红烧排骨扒拉到身前：“喜欢。”

“不喜欢就算了，明天我给你做其他的。”封锦将盘子端回去。

时笙看着封锦，小脸一垮：“我想吃你。”

封锦动作一顿，耳尖一下就红了，磕磕巴巴道：“吃饭，一会儿……”

时笙撑着下巴，目不转睛地盯着封锦，似笑非笑地问："一会儿干什么？"

封锦慌乱地起身，将桌上的东西收进厨房，声音有些怪异："一会儿带你出去走走。"

"我又不想去。"时笙嘀咕一句，转身就飘出窗户。

封锦回头看的时候，客厅里已经没了她的影儿。

封锦抿了抿唇，他刚才干吗要那么说？这些天，她虽然会对自己动手动脚，可在其他方面不会逾越半步。封锦总有种不太真实的感觉，她离自己太遥远了。

收拾好东西，封锦洗漱上床，却翻来覆去怎么也睡不着。她去哪儿了？她晚上老是跑出去，很晚才回来，他试着用契约感应过，她一直在移动，位置变换很快，以他的速度根本追不上。

凌晨三点，迷迷糊糊中，封锦感觉身边多了一抹冰凉。他微微睁开眼，就看到她放大的容颜。

"吵醒你了啊，还想偷亲你一下来着。"时笙拉开距离，缩回旁边，还顺手帮他拉了拉被子，"睡吧。"

时笙怕他冷，晚上虽然睡在他旁边，却是单独盖一床被子。

好吧，她其实盖不盖都无所谓的。

封锦动了下身子，突然起身，把那床被子掀到地上，将自己身上的被子盖到她身上，人也睡了过去，直接将她搂进怀中。不顾时笙的挣扎，他准确找到她的唇吻了上去，舌尖撬开她的贝齿。火与冰的交融，让时笙脑袋晕乎乎的，很快，那种舒服的感觉让她下意识抢回主导权。但是下一秒，她就猛地推开封锦，嘴里残余着他的温度，冰凉的身体似乎变得温暖起来。

她半撑着身子，退到旁边："封锦，别勾引我。"

"你明明……"黑暗中，封锦神色黯然，他可以给她的，少一点阳气他又不会死。

"再等等，很快了。"时笙声音嘶哑，起身就往门外飘，"我去书房。"

"我不碰你，你别走。"封锦轻声道。

时笙顿了顿："你再碰我，我会揍你的。"

"嗯。"

时笙迟疑片刻，还是飘了回去。

"我抱着你睡，可以吗？"封锦问。

"你会冷的。"时笙将地上的被子拎上床，"你生病，我会想杀人。"

"那一点冷我承受得住。"她的身体并不是很冷，习惯了也没什么，是她把他想得太娇弱了。

他一个大男人，有那么娇弱吗？

“不……”

“那我不盖被子，就这么陪着你冷。”封锦身上的被子被他踢开，人呈大字形躺在床上。

学会威胁她了？

“行行，抱吧。不过明天你要是有哪里不对劲，就别怪我下手太狠。就算我喜欢你，揍你时也绝不会手软。”

时笙将两床被子都盖在他身上，这才缩进他怀中。封锦心满意足地抱着时笙：“不会的，我没你想的那么弱。”

那些驱魔师虽然心里不愿意承认封锦，但是时笙手上握着他们的照片。那么屈辱的照片真要拿出去，让客户怎么看他们，怎么相信他们？

于是，封锦的宗师授封仪式还是被确定下来了，时间定在十二月五日，地点在封家老宅。

封锦其实很奇怪，为什么没有人来找自己麻烦，就算他们当时被震慑了，等回去后，也是咽不下这口气的。可他们不但咽下去了，还要为他举办宗师授封仪式，这其中肯定有鬼。

时笙外出的时间越来越长，有时候白天都看不到她。不管封锦怎么问，时笙要么避而不答，要么直接亲他，转移他的注意力。

“啊？现在吗？”安素捂着手机，做贼一般接着电话。

封锦步子一顿，退回了房间，就在他虚掩上房门的时候，安素朝着他这边看过来。

“好，我马上到。嗯，我会小心的。”安素挂了电话，回房间拿了包，轻手轻脚地出门。

封锦拿过外套，跟在安素后面。他不用车的时候，时笙会把他的车给安素用，所以此时安素开着他的车出了小区。封锦只好打车跟在后面。

安素选的路很偏僻，出租车师傅不敢往前开，封锦只得不断加钱，直到前面的车子停在一座墓园前，出租车师傅才将封锦放下，一溜烟开车跑了。

大半夜的到这废弃的墓园来，简直有病。

封锦知道这座墓园，是民国时期的，已经废弃几十年了。

安素已经踩着半人高的野草，快要消失在封锦的视线中，他赶紧跟上去。

墓园是梯形的，杂草覆盖了道路，安素跌跌撞撞地走着，也不知道走的是不是坟地。她最近干了不少事，胆子也大了一些，此时目不斜视地往上走，心底默念着，什么都看不到，什么都看不到。

到了山顶，她看到熟悉的身影，才松了口气，几步小跑过去："女鬼姐姐。"

时笙脸色有些白地靠着一块墓碑，身形纤薄。

"女鬼姐姐，你脸色怎么这么难看？这次遇到的鬼很厉害吗？"安素看清她的脸色，立即上前扶住她，焦急地询问。

时笙微微摇头。

"你为什么要瞒着封先生？他那么厉害，可以帮你的。"

"他是人，很脆弱。"

"可你也不是万能的啊！"安素实在想不明白，为什么女鬼姐姐要独自扛下来。

"谁说我不是？今天只是不小心，想要我命的，还得修炼个几千年。"

都这个样子了，你还好意思自恋。

"女鬼姐姐，你快恢复吧，不然早上我一个人回去，封先生那眼神……"都快戳死我。

啊，不，封先生现在就能用眼神戳死她。

安素突然不说话了，反而惊恐地看着时笙后面，时笙扭头看去。

封锦静静地站在那边，山风吹得他四周的杂草不停晃动，他周身似乎有一股暗流，汹涌澎湃。

时笙狠狠地瞪了一眼安素，你怎么把他带来了？

安素无辜，她不知道封先生跟在后面啊！她出门的时候明明确定过的，来的时候也特别小心，封先生到底是怎么跟来的？

封锦一个字都没说，将时笙带回了家，安素非常明智地滚回自己的房间，死死锁上门。封先生太可怕。

"封锦……"

封锦抱着时笙往卧室去，将她放到床上，伸手就去解自己身上的衣裳。

"封锦，你干什么……"

封锦根本没给时笙解释的机会，她受了伤，几乎任由封锦摆布。

等她醒过来已是第二天下午，身边空荡荡的，没有人，房间的味道也很干净，昨晚那场情事就像她的一场梦。

时笙动了动身体，伤是好得七七八八了，可……昨晚不是梦，封锦真的把她给办了。时笙脸色不好地下床，旁边放着一套新衣服，时笙拿过穿上。

外面没有人，时笙憋着的火一时间没处发。

直到天黑下来，安素才一身狼狈地进门，看到时笙愣了一下，脸色微红：

“女鬼姐姐，你还好吧？”

“好得很，封锦呢？”时笙目光在她身上转悠一圈，“你又遇到纳兰影了？”

“嗯，不过没事，封先生给我的符很管用。”之前如果不是她把符弄坏了，她也不会出事，“对了，封先生今天可能会很晚回来，让我给你弄晚餐，女鬼姐姐你想吃什么？”

时笙气都气饱了，哪里还吃得下？

“封锦去哪里了？”

“不知道……”安素摇头，封锦只让她给时笙弄吃的，没告诉她他去了哪里。

时笙皱眉：“今天几号？”

“十二月四号……”安素有些不确定地回答，又摸出手机看了眼屏幕，“五号，今天五号。”

五号了？今天是封锦的授封仪式。那个智障，她不去，那些人会放过他吗？两次，两次都是这样！气死她了！

时笙火急火燎地赶到封家，这里布置着类似结界的东西，时笙一路砍了过去，立即惊动里面的人。封锦听说时笙来了，脸上满是无奈。她就不能安静地当个姑娘吗？封锦亲自去接时笙，时笙看到他就一顿暴打，没有任何话，就是暴打，当然，打的都是肉多的地方。

“封锦，你行啊！”时笙气得手直抖。

封锦靠近时笙：“我行不行，你昨晚不是已经试过了。”

授封仪式进行得很顺利，本来那些人之前看时笙没来，还想整点事，结果时笙往那儿一站，那些人立即老实了。不要问为什么，他们不想再被揍，更不想被抢生意。要是没有生意，他们怎么办，喝西北风吗？

时笙这些天挨个把他们教训了一遍，还顺道吸收了不少厉鬼的力量，加上昨晚封锦……她觉得自己现在上天下地都没问题。这些人如此乖巧不闹事，她还感到有点惋惜，找不到理由揍他们，真是太可惜了。

授封仪式结束后，其他人被送走，家里只剩下封家人。封家当家的是封锦的小叔，浓眉大眼，国字脸，看上去很严厉。

“封锦，这宗师的头衔你是怎么得来的暂且不提，但你养鬼的事，是不是要给个交代？”封全的目光落在时笙身上，眉头直皱。

“要什么交代？”时笙毫不畏惧地瞪回去。

封锦拉住时笙，对着封全微微颔首：“小叔，这是我最后一次这么叫你，我为你们做的，已能抵过当年你于我的救命恩情以及这些年的养育之恩，从今以后，我封锦与你们再无瓜葛。”

“封锦，你胡说什么？”封全噌的一下站起来，大概觉得自己态度不好，缓和了一下语气，“小叔也没别的意思，现在你有宗师的封号，做事无人敢质疑。我只是想提醒你一下，毕竟小叔也是关心你。”

“真要关心，麻烦你表情诚恳一点。”时笙在旁边拆台。

“这里是你随便能说话的地方吗？”都是这个妖孽勾引封锦，不然封锦也不会想要脱离封家。

他现在有宗师的封号，虽然来路不正，但毕竟得到了大家的认可，何况他还是封家这一代孩子中天赋最好的……

“那就把这地方抢过来，这样我就可以随便说话了。”时笙露出一个满含恶意的笑容，“封锦，你是想他活得痛苦，还是想他死得痛苦？”

封锦拉住想冲上去的时笙，声音低沉：“这样的地方，脏。”他在这里待了十八年，够了。倘若这个宗师头衔不是时笙为他抢来的，他一步也不想踏入这个满是算计的肮脏地方。

“那也不能便宜他们。”敢这么算计封锦，当她是不存在的吗？时笙想直接把封家炸了。

封锦除了无奈还是无奈。自家媳妇太暴力怎么办？

时笙不断吸收厉鬼的力量，等她到达鬼王的等级后，就能控制住自己吸食阳气的冲动。这是她翻了不少书才获知的办法。

附近的厉鬼几乎被时笙抓了个遍，很长一段时间，这里的驱魔师都接不到生意，被迫离开。

之前在古宅的那个鬼王，龟缩了好几个月后，总算冒头，开始在时笙身边转悠。时笙见他一次揍一次，封锦在旁边看戏。

安素感叹，有情敌都不用自己上，师父嫁得好！嗯，重要的是女鬼姐姐威武霸气。安素拜了封锦为师，不得不说，她的女主角光环还是在的，就连封锦都夸过她几句。

纳兰影经常纠缠安素，但安素的实力越来越强，一开始还要靠封锦的符避开纳兰影，后来她自己就能搞定。大概得不到的东西是最好的，更何况安素还是女主，纳兰影对安素格外执着。

时笙有点怕，万一纳兰影继续纠缠，安素突然脑子不灵光，又看上纳兰影怎么办？直到安素和天都山那个小白手牵手走到她面前，她除了不忍直视，也放下一件心事。

时笙完全不知道小白为什么会和安素搅在一起，在她努力升级的时候，这两人竟然在培养感情？想想她还是很不爽的。好在小白不是男主角，时笙没有要拆他们的意思。

小白这孩子天赋很不错，就是反应有些迟钝，还长着一张娃娃脸，让人完全看不出他和安素同龄。每次安素和小白出去，旁边的人都以为小白是她弟弟。后来，安素和小白合力将纳兰影封印在了某处，那次的事让安素受了很重的伤，所有人都束手无策，时笙进病房待了一阵，出来后安素就脱离了生命危险。至此，安素对时笙的崇拜达到新高度，时不时要带着小白造访封锦家，打扰他们的二人世界。

封锦对此深恶痛绝，奈何他也没办法，谁让他们家是媳妇说了算。

封锦一直想为时笙还阳。他之前从齐默的别墅里拿出来的东西，还有驱魔师峰会的魁首奖品，都是还阳要用的道具。

“你那个时候就在为我准备了？原来你偷偷喜欢我那么久了啊？”时笙感叹。

“不是。”封锦摇头，“我一开始之所以收集这些，是因为纳兰影想要还阳，我不想他得逞而已。”

时笙想要掀桌，好歹你装一下啊！这么诚实干什么！

说到纳兰影，时笙有些奇怪地问：“你和他有什么仇？”竟然大费周章去阻拦他还阳。

封锦皱眉，有些茫然，片刻后摇头：“不知道，看他第一眼就觉得不爽，而且我身为驱魔师，抓鬼是很正常的。”

“这话我不信。”时笙翻了个白眼。这话哄哄安素和小白那样的还行，哄她？

封锦脸上露出笑容，抱着时笙就往卧室去：“那我就抓给你看看。”

“封锦你够了，大白天的……你大爷的，放开我！我生理期……”

“鬼哪儿有生理期。”封锦凉凉地接了一句。

她还不如做人呢，一个月至少还有七天……

时笙一直没有还阳，非常珍惜和封锦在一起的时间，虽然日子过得鸡飞狗跳，但她都把封锦当小公主一般宠着。抓鬼打架她上，家里重活她上。

没有被人宠过，不会明白那种感觉。封锦很是怀疑，自己是不是投错了胎。

如果不是有人挑衅，时笙在外面也会很给封锦面子，几乎都是让他做主，不会让他尴尬。但只要有人敢找死，抱歉，时笙一点就炸。

在封锦看来，因为她是他喜欢的人，所以他很愿意让她宠着自己，也愿意宠着她。

死亡来临的时候，封锦抓着时笙的手：“我们会不会再见？”

他一直有感觉，那是来自灵魂的熟悉和默契。

“会的。”时笙嘴角微微上翘，露出最完美的微笑，“我会去找你，你只需要等着我就好。”

封锦努力扯着嘴角，想要挤出一个笑容，可他没有力气了。他要离开最爱的姑娘了，而他的姑娘将在未来等着他。

时笙看着封锦闭上眼睛，缓缓起身，在他的额头上印下一吻：“我会找到你的，还有，我叫时笙。”

时笙回到系统空间，系统瞧她神色挺正常，没有什么奇怪的举动，才小心翼翼地刷出资料。它怕她一言不合就要重新回到那个世界。

姓名：时笙

人品值：−128000

生命值：35

积分：15000

任务等级：C

任务评分：91

隐藏任务：完成

隐藏任务奖励：积分2000

支线任务：完成

支线任务奖励：积分1500，奖励道具鬼王之心

道具栏：女王的皇冠

时笙面无表情地看着屏幕上的资料，好一阵才道：“继续下一个位面。”

【……】宿主，有什么你说出来，不要憋在心里，人家害怕。

#总有种宿主在酝酿大招的感觉，是它的错觉吗？#。

【传送开始……】

封锦番外

我第一次遇到宁萦，是在祖祠后面的房间，这里平时是禁地，谁都不能进。而今天，他们突然让我到这里来，说从今以后这里就归我管，要好好供奉里面的东西。是的，他们说，那是东西。我当时就明白，这里面的东西，是他们不喜却又不能除掉的。所以，他们让我去。

推开那扇古旧的门，吱呀的声音尖锐悠长。

房间还算宽敞，里面有一张案桌，桌上摆着香案和一个罐子，罐子上贴着封条。封条很古旧，我走近细看，从已经失色的封条上隐约辨别出来，那是太爷爷的笔迹。太爷爷，在那个兵荒马乱的年代，他带领家族度过了危机，是族中的英雄。

就在我看着封条的时候，罐子突然摇晃起来，罐身出现裂痕，在我眼前碎裂成无数碎片。烟雾从罐子中溢出，等烟雾散去，一个不着寸缕的女子站在我面前。她神色狰狞，看到我就朝我扑过来，大有要杀我的架势。受到威胁，我自然要反击，可还不等我把符拿出来，她突然就倒在了地上。我拿着符，站在原地，大概有些无措。

她是鬼，还是个女鬼。族中有规矩，能被供养在族中的鬼物，要么有恩于族中，要么是族人对其有愧，不能杀它们。而我又看了她的身子，只好将她带回自己的住处。我不敢告诉别人，怕他们以此刁难我。当时我想的是重新将她封印起来，她一直在沉睡，看上去很虚弱，我试了好几次，都没办法再将她封印。没办法，我只能将她养起来。

直到三年后，她才醒过来，而当时我正好十八岁，搬离了老宅。我没想到她会丧失记忆，除了记得自己叫宁萦，其余事完全不记得。我带着她离开，却不想被其他人算计，那一次，我和她不小心缔结了鬼契。我想过解除鬼契，可转念一想，反正都养了这么多年，有没有这个鬼契都一样。

她很乖巧，我说什么，她就做什么，偶尔也会问一些问题。但是每次都被我态度冰冷地挡回去，时间长了，她看到我，除了恭敬，还是恭敬。

后来，我把她派到纳兰影身边去，让她寻找纳兰影的弱点。可我没想到，弱点没找到，等我再见她，她就像变了一个人似的。

那天，我许久都感应不到她，才去了她曾经停留时间最长的小区。我见她围着小区转了好几圈，不知道她在找什么，但她脸上的表情是我以前从未看过的，很生动，喜怒皆有。我却看不懂她眼底的真实情绪。

我看了她一会儿，才出现在她面前。我本以为她会像以往一样，对我恭敬有加却态度疏离。然而她没有，开口就是抱怨，语调中带着不屑和嫌弃。她说不想待在纳兰影身边，还说纳兰影色，当时我不知怎么就答应让她跟着自己回去。

我有些不习惯她的变化，她太闹了。她不像以前的宁萦，可鬼契明明白白告诉我，她就是宁萦。我也不明白自己怎么了，以前宁萦在我面前晃，我会觉得心烦，可现在的她，就算吵吵嚷嚷地拆了我家，我也只是觉得她太闹腾，并不会讨厌她。

她对我的态度也有些奇怪，老是想摸我。说实话，那个时候我以为她被纳兰影策反，想要杀我。可她说得对，以她当时的能力，靠着那把古怪的铁剑，想要杀我的话，根本不需要费尽心思地靠近我。那么她想要什么？

直到那天晚上，她压着我，将一股奇怪的力量送入我体内。那股力量横冲直撞地在我体内游走，最后聚到心脏四周，如同被驯服一般，变得极其温驯。我内心深处生出熟悉的悸动。我似乎曾经也这么抱过她。那种下意识的动作快过了我的脑子。随后我一阵恼怒，她这么莽撞地碰我，一不小心就会灰飞烟灭的，我却舍不得责怪她。舍不得……当这三个字出现在我脑中的时候，我有些蒙。我竟然会舍不得她。

她神色嚣张地告诉我——封锦，以后我罩着你，谁敢动你，我分分钟就让他上天。当时我哭笑不得，她到底哪里来的自信？这么嚣张？

我不得不承认，自己大概是喜欢上她了。那种来自灵魂的熟悉让我无法否认，她正在慢慢占据我的心。之后的事让我更加确信，自己喜欢她。

我们谁都没有说破，好像在一起是自然而然的事。她怕自己会吸走我的阳气，对我的触碰仅限于亲吻，还是非常浅的那种。可她能对自己下狠手，我无法形容当时在墓园看到她那么狼狈时的感觉。心痛得快要麻木，所以那一晚，我不顾她的反对，强要了她。阳气流失的感觉真的很不好，像是身体被掏空，虚弱、疲惫、冰冷，接踵而至。难怪她那么反对。可她能为我做许多事，我连这点都承受不了的话，还算什么男人？

我想让她还阳，可她不愿意，还努力提升自己的实力。我很长一段时间都不明白，她为什么拒绝，直到我想起她曾经说过的一句话——他是人，很脆弱的。

她知道我若帮她还阳，也要付出很大的代价。她不愿意让我冒险，所以宁愿靠自己努力。她真的很宠我，那种要被宠上天的感觉，每次都让我哭笑不得。我很庆幸，当初我把她带了回来。

我心底清楚，如果她还是原来的宁萦，我是不会喜欢她的。

这一个她，不一样。

她是宁萦，可又不是。

第十八章　殿主求嫁（上）

时笙睁开眼的时候，发现自己正在一辆马车中。马车很豪华，一看就是有钱人家用的那种。这很好，符合她的气质。

时笙掀开车帘看了看外面，古色古香的街道，拉车的是一头雪白的独角兽。

独角兽！这是玄幻故事！

时笙放下帘子，赶紧接收剧情。

这是一篇穿越玄幻文。

女主角秦琅月，21世纪的头号杀手，遭爱人背叛惨死，却不想没死成，穿越到了九州大陆秦家的痴傻废材嫡女秦琅月身上，族人欺凌，未婚夫退婚，世人唾骂，然后遇到男主君寒临，强强联手，横扫九州大陆，最后成功登上巅峰，成为一代传奇。

这就是玄幻文的标准套路。

原主沈瑶光，九州学院的天才，沈家的掌上明珠。

两人最初的交集是在学院报名时，原主带人清场，和女主角起了冲突。

最后自然是女主角赢了，毕竟女主需要一个立威的机会。

后来，女主角从她契约的神兽那里得知，沈瑶光身上有她需要的药王鼎，就开始有意针对沈瑶光。

女主角想要药王鼎，可沈瑶光又不是傻子，药王鼎是神器，她怎么可能会给女主。软的不行，女主就用硬的。先是挑衅沈瑶光，沈瑶光属于那种火暴的性子，一点就炸，每次都会让人觉得是沈瑶光的错，无辜的是女主角。

在女主角的刻意打压下，沈瑶光的天才光环越来越弱，在众人心中就是一个恃强凌弱、有后台的千金大小姐。女主一步一步逼迫沈瑶光，最后成功拿到了药王鼎，沈瑶光却丢尽颜面，沈家也因此受到重创，面临灭族的危机。

大家族都是凉薄的，当沈瑶光对沈家有用的时候，他们捧着她，在她失去天才光环后，沈家恨不得人人踩上一脚。

沈家将她送给了势力遍布九州的九幽殿殿主步惊云，以求九幽殿的庇佑。

步惊云是谁？本文最大的反派，一个试图一统九州大陆的神经病。是的，步惊云就是神经病，还有个爱好，喜欢美人。

沈家也是因此才将沈瑶光送给步惊云的，明知道前面是火坑，却依然把沈瑶光推了下去。

然而步惊云真的喜欢美人吗？并不。他只喜欢看美人鲜血淋漓、垂死挣扎、绝望无助的样子。

沈瑶光被送到九幽殿，步惊云并没有将她列入那群待宰的美人，而是让她做了侍女，伺候他的生活起居。

沈瑶光后面竟然渐渐喜欢上了步惊云，最后，在女主角和步惊云交手的时候，毅然为步惊云挡了刀，成为女主角的刀下亡魂。步惊云自然也没跑掉，成功被砍杀。从此女主角和男主角幸福地生活在一起。

接收完剧情，时笙无语，这女主角的描写毁得也太明显了！

原主的愿望有三。

一、整死女主。

二、弄垮沈家。

三、和步惊云在一起。

时笙默了默，原主这孩子是患了斯德哥尔摩综合征吗？她竟然喜欢步惊云那个神经病。

时笙将原主的记忆和剧情对接了一下，发现过来的时间点还算早，女主角还没进入学院。

今天就是九州大陆开学的日子，原主是带沈家的其他适龄入学子弟去报名的。她现在还是沈家的天之骄女，被沈家视若明珠，排场自然大，从那只独角兽就能看出来。九州大陆的人修炼灵力，其中自然会有灵兽，独角兽就是灵兽。

到学院的时候，一群沈家小辈恭敬地站在马车旁，等着时笙下车。

“独角兽，沈家的马车……里面是沈瑶光小姐吗？”

"应该是，沈瑶光小姐不但人漂亮，天赋也好。"

"听说沈小姐已经是灵王三阶了，这可是近百年来，到达灵王三阶年纪最小的人，连三皇子都比不上她。"

九州大陆修炼的灵力和修真界的差不多，只不过称呼和等级划分不同。最低级的是灵侍，往上有灵王、灵皇、灵尊、灵圣、灵帝。

每一个大等级又分为七个小阶。沈瑶光小小年纪就是灵王三阶，可见天赋有多好。要知道，普通人穷其一生也只能停留在灵王等级，而沈瑶光才十四岁，前途无量。当然，前提是不遇到女主角。遇到女主角就只能被打，就算她天赋厉害，也厉害不过女主角。

时笙掀开车帘下车，围观的人发出阵阵低呼。

时笙有些无法理解，这身体才十四岁，都没发育好，模样能漂亮到哪里去？这群给她拉仇恨值的背景板！差评！

"大小姐，"有个唇红齿白的小少年熟练地走上来，"人太多了，要不要我清条路出来？"

时笙看了那个小少年一眼，沈锦，天赋不错的旁系，平时一直跟着沈瑶光，耀武扬威的事没少做。

一上来就清场，拉仇恨值妥妥的啊！

时笙还没回答，沈锦就当她同意了，冲着旁边的人挥了挥手。围着她的沈家弟子立即散开，开始清场。果然在清到前面的时候，突然就吵了起来。

时笙顺着清出来的路，端着姿态走了过去。

"给她道歉。"

"道歉？开什么玩笑，你知道我们是谁吗？她一个土丫头受得起我们道歉吗？"

"就是，也不知道哪儿来的土包子，穿成这样就算了，耳朵还不好使，我们在后面都喊多久了？"

"这是九州学院，是你们这些土包子能来的吗？"

一个面容稚嫩的少女，满脸冰冷地盯着趾高气扬的沈家子弟，这应该就是女主角秦琅月了。

而她身后还有一个少女，看上去有些怯懦，正拉着秦琅月，冲她摇了摇头。

"你们是天王老子也不行，我最后说一遍，给她道歉。"秦琅月态度很强硬，眼神凌厉，周身散发一股凛然杀气。不愧是做过杀手的人！

四周的人感觉到了那股杀气，不免心底发怵，都有退缩之意。

沈锦好一会儿才回过神，神色一怒："同你好好说话，你还蹬鼻子上脸了，给我把她弄开，大小姐还等着呢！"

另外的人被沈锦的话惊醒，立即上前去驱赶秦琅月。最前面的人突然啊的一声跪了下去，接着第二个、第三个。这一突变是所有人都没想到的。

"道歉。"秦琅月说话掷地有声，背脊挺得笔直。

沈锦心底生出一股畏惧，有些害怕地往后退了退。这个女人的气势怎么这么可怕？

时笙站在后面，一点上前的意思都没有。

这些人，在原主出事后哪个不是躲得远远的，生怕和她扯上关系，惹得一身腥。

"你知道我是谁吗？"沈锦因为和沈瑶光走得比较近，平时那些人见了他，哪个不是恭恭敬敬的，所以沈锦这个时候抬出身份，也是无可厚非。

只是女主角不会买账就对了。

"我管你是谁，撞了人，就得道歉。"

"做梦。"沈锦咬牙，一道深红色的灵力从他手中疾射而出，直奔秦琅月而去。

灵侍七阶！秦琅月脸色一沉，抓着她身后的少女朝旁边闪去，沈锦那道灵力打到了人群中，惹得人群一阵喧哗。

秦琅月将少女放下，也不知道从哪儿摸出一把匕首，身形极快地朝着沈锦掠去。沈锦还没看清她的动作，就被人给制服。

时笙嘴角抽搐，这个智障，没本事还去挑衅人家女主角。

原主的其中一个愿望就是搞垮沈家，所以沈锦被挟持，时笙是不会出手去救的。

最后，沈锦被迫给女主角身后的少女道了歉。

时笙已经回马车上去了，沈锦憋屈地回来，站在马车外面，有些不明白今天大小姐怎么不给他们出头。以前若是有人敢这么做，大小姐早就出手了……如果大小姐出手，那个女人还能那么嚣张吗？

"大小姐今天怎么了？"沈锦看了眼马车，压低声音问旁边的人。

"不知道啊，刚才看着看着就回马车了……"

"大小姐看上去心情不好吗？"沈锦有些不死心地继续问。

那人摇了摇头："没有啊，我还看她笑了下。"

沈锦迷茫地看了看马车，又看了秦琅月的方向一眼，重重地哼了一声。

九州学院作为九州大陆唯一一个学院，前来报名的人自然数不胜数，天赋好、有钱的、有势的，都能被录取，所以报名持续了五六天。

前面排队的有秦琅月，没有时笙作为后盾，沈锦不敢上去挑衅，只能排在秦琅月后面。

时笙是不用报名的，沈瑶光十二岁就已经被九州学院录取了。她一边适应新的修炼体系，一边关注着外面的情形。轮到女主角测试的时候，时笙掀开车帘，趴在车窗上，看着秦琅月的方向。按照剧情，这个时候，秦琅月应该有灵王二阶的实力，但她故意把实力压在了灵侍阶段。如果没有她打败沈瑶光的剧情，可以说她是隐藏了实力的。

可是在人人都知道沈瑶光是灵王三阶的情况下，她将实力压到灵侍，就惹得不少人对她高看了几眼。

这次时笙没有动手，因此就算秦琅月把实力压到灵侍，估计也不会让人高看她一眼。然而事实证明，女主角是很聪明的，没有人在她面前显摆，她也没把实力压得那么狠。

“灵王一阶，天，她是灵王一阶，难怪刚才那么容易就制服了沈……”

后面的话那人没说出来，沈锦还是黑了脸。

“大小姐，要不要查查她是哪家的？”沈锦讨好一般询问时笙。他是没那个权力动用家族力量去查一个人，但是大小姐可以。

“你想知道，直接去问她不就行了。”时笙睨了他一眼，“以后少拿我的名义做事，再有下次，别怪我不客气。”

沈锦愣愣地看着时笙。时笙重重放下车帘，吩咐了外面的人一声，马车掉了个头，缓缓驶出人群。沈锦好半晌都没回过神。大小姐这是怎么了？

时笙一反常态，让平时仗着沈瑶光胡作非为的一群人皆丈二和尚摸不着头脑。

这些人对沈瑶光能有几分真心？一个人站得越高，越是光鲜靓丽，身边能信任的人就越少。这就是人的常态。当你和他平起平坐的时候，他很容易把你当成朋友、知己。而当你高出他一头，他心底就会生出不平、嫉妒、羡慕。沈瑶光到最后被沈家送出来才明白。

时笙看着手中的炉子有些发愁，这玩意就是药王鼎啊？黑乎乎的，丑死了。怎么处理好呢？给女主角肯定是不可能的，但是她又没用……自己炼丹？别逗了，那么累的活，她才不干。

九州大陆低阶丹药不是很缺，但是高阶有价无市。女主角就是因为得了药王鼎，后期炼制了高阶丹药，为她笼络了不少人。

时笙想了好一阵都没想到怎么处置药王鼎，最后只能先放着，等想到再说。

女主角灵王一阶的实力，年纪又不大，是很引人注意的，还没进学院，就引来了几个导师的争抢。最后听说女主角选择了钟十一。剧情里女主角也是这么选的，这位导师的身份可不简单，是炼丹公会的副会长。

时笙的导师是叶天南，一个很奇特的抠脚大汉，无隐藏剧情，就是个抠脚大汉。好在还算有点本事，但是这人和钟十一不对盘，后面会被女主角整得很惨。

“呀呀，瑶光来了，正好，一会儿要给那群新生上课，你和我一起去。”时笙一踏进抠脚大汉叶天南的地盘，就听到那贱兮兮的声音响起。

“我去做什么？虐他们？”时笙很不想回话，但是一想到你不理他，他就来劲，还是回了一句。

“瑶光这么不可爱，怎么可以虐他们呢。”叶天南不赞同地纠正，“我们是去教育他们的。”末了他又兴冲冲道，“听说钟十一新收的弟子也在，我得好好去教育教育。”

时笙嘴角抽搐了一下，这个画风不太正常的抠脚大汉，活该是个炮灰，女主角也敢去教育，不知道人家自带报警系统吗?

最终，时笙还是被叶天南给拉到了广场上。

新生入学，都会有导师轮流传授在学院的注意事项。今天正好轮到叶天南。叶天南除了形象有点邋里邋遢，把头发剪剪，胡子修修，其实还是挺好看的一个大叔，可惜……他现在就是个抠脚大汉。

叶天南随意讲完注意事项，立即开始组织人切磋。

“秦琅月，你和我们瑶光来切磋一下。”时候差不多了，抠脚大汉立即暴露自己的目的，不怀好意地盯着秦琅月。

秦琅月眼底闪过一丝厌恶，大概是觉得抠脚大汉看上她的美貌了。

显然秦琅月想多了，人家抠脚大汉此时想的是怎么让自己的学生好好虐虐死对头的学生。

秦琅月看向时笙，皱了皱眉：“导师，瑶光师姐已经灵王三阶，我才灵王一阶，肯定不是瑶光师姐的对手。”她知道这个沈瑶光，学院里传得最多的一个天才，和自己的年龄差不多，才灵王三阶而已。要知道，她从可以修炼到现在也不过三个月时间。也就是说，三个月的时间，她就从灵侍到了灵王。

“没关系没关系，就是切磋一下，属于友好交流。”抠脚大汉完全不买账，“瑶光，好好和师妹切磋切磋。”

时笙满头“黑线”，她不想和女主角打架！她又不能杀了秦琅月，还有可能会被那些破规则压制……

抠脚大汉在一旁怂恿，秦琅月不得不应下。

时笙尽量控制着自己的杀气，把自己放在切磋的位置上。时笙在修真位面待了那么久，用灵力比秦琅月用得熟练多了，而且她还结合修真界的一些法术，自创了一些招式，秦琅月没坚持到十招就败了。秦琅月心底很清楚，自己尽力了，这个女孩子好强，她现在不是对方的对手。

时笙朝着抠脚大汉耸耸肩："我可以走了吗？导师。"幸好女主角没动什么杀机，否则时笙还真不知道今天该怎么收场。

抠脚大汉正准备点头，一道灵力从天而降，落在抠脚大汉脚边。时笙被气流波及，掀得她往后退了好几步。

"叶天南，你作为一个导师，竟然欺负新生。"浑厚的声音从高空传来。

声音落下，一道人影踏空而来，身影在空气中留下残影，来人几步落到秦琅月面前。

"小丫头，你没事吧？"

"你这个老不死的瞎说什么？老子什么时候欺负新生了？"抠脚大汉瞬间就奓毛了，"瑶光，你刚才欺负新生了吗？"

时笙深呼吸一口气，才平静道："只是切磋——"

时笙的话还没说完，钟十一就截断了她："哼，谁不知道你们一个鼻孔出气，沈家小姑娘，做人不要太张扬，收敛着点。"

她还没开始张扬，怎么就开始给她乱扔锅了？时笙冷笑一声，周身气势骤然一转，变得凌厉而嚣张："我张扬又如何，我有张扬的资本，为什么要收敛着点？"她一双眸子平静如水，却无端让人觉得其中带着几分蔑视和不屑。

"瑶光说得好。"抠脚大汉像是没感觉到时笙的气场转变，夸张地给时笙鼓着掌。

钟十一被时笙突然转变的气场震慑了一下，那一瞬间，他感觉自己面前站的不是个不满双十的小姑娘，而是一个身经百战的高手。

一个小姑娘，怎么会有这种气势？等他再次感受，却没了那种感觉，只有她的狂妄。果然是他的错觉。

"沈家小姑娘，你有实力是没错，但是比你实力强的人数不胜数，奉劝你一句，做人不要太狂妄，天外有天，人外有人。"

"哦。"时笙顿了下，突然抿着唇浅笑，满是恶意地开口，"那我就做那个天外天、人外人。"

天外天？人外人？钟十一对面前这个狂妄到没边的小姑娘彻底失去耐心，

她以为做天外天、人外人只是说说吗？九州大陆那么多强者，都没人敢说自己能做天外天、人外人。

“瑶光的理想很伟大。”抠脚大汉却欣慰地看着时笙，“相信自己，一定可以的。”

时笙觉得并不是很想看到这个抠脚大汉。

“叶天南，你迟早会把人教废。”钟十一很不赞同叶天南的教育方式。就算不教废，出来的人也是个不懂收敛的，在九州大陆上生存，不懂收敛的人都活不长。

“老不死的管好你自己吧，我怎么教人那是我的事。”抠脚大汉哼了一声。

“不知好歹。”钟十一冷哼，转头对着秦琅月道，“小丫头，刚才你没事吧？他是不是欺负你了？有就告诉我，你现在是我的弟子，我会给你讨回公道的。”

秦琅月看了看时笙，又看了眼抠脚大汉，好一会儿才摇头：“没有。”

“你别怕他们，这学院不是他叶天南的。”钟十一却以为秦琅月害怕，声音不免加重了几分。

“我说这位导师。”时笙出声，神情讥讽，“小师妹都说没有了，你非得让她改口说我们欺负她吗？你当这里这么多人都是瞎的不成，栽赃陷害也不是这么做的！”

钟十一脸色微变，他刚才的话根本不是这个意思，怎么就被曲解成了这样？

被点名的新生一时间不知该给时笙做证，还是该缄口不言，毕竟这看上去好像不是什么好事。

“好你个老东西，心思竟然这么歹毒。”抠脚大汉脑子转了个弯，大怒，“来啊，今天老子非打得你找不着东南西北。”

钟十一找不找得到东南西北时笙不知道，但抠脚大汉是找不到东南西北了。

“瑶光，你要努力啊！以后……嘶，瑶光轻点，疼。以后你一定要打死那个老不死的，气死我了。”

时笙只当没听到，麻溜地给叶天南上药。有这么个作死的导师，沈瑶光作死也就理所当然了。

“瑶光，你可是我的希望，千万不要让我失望。”抠脚大汉期待地看着时笙。

时笙嘴角抽搐了一下："导师，我肯定不会让你失望，但是……你得先活到那个时候。"别作死了！

"你这死丫头怎么说话呢？我怎么会比那个老不死的先死呢？"抠脚大汉板着脸。

"难说。"女主角大人可是开挂的，这人再挑衅几次，离下线领盒饭就不远了。

"嘿，你这死丫头。"抠脚大汉拿着桌子上的茶杯砸了过去，"就不能盼着为师点好吗？"

时笙偏头避开，平静地看了眼叶天南，就他这见面就和钟十一干架的性子，好不了。

时笙见抠脚大汉那样，咽了咽口水，将那些略显讽刺的话给咽了下去。

女主角走到哪儿，哪儿就有事故。

时笙刚从叶天南那里出来，就听到有人说秦琅月和三皇子对上了。

九州大陆势力复杂，各门各派占地为王，几大家族横行，本该作为主宰的皇室却渐渐式微。近百年，皇室一直没有天赋好的皇子出生，皇室地位岌岌可危。就在皇室人心惶惶的时候，三皇子出生了。他的天赋和沈瑶光不相上下，两人一直被称为金童玉女。三皇子却是有婚约的，婚约的对象就是秦琅月。

他一个天才，怎么可能会娶一个痴傻废材？如今在学院里看到秦琅月，他哪里咽得下那口气。是的，现在他们的婚约还没有解除，而秦琅月是灵王一阶的事被钟十一用手段压制了，暂时没传到三皇子耳中。

时笙赶到事发地点时，那里已经里三层外三层围了不少人。站在她前面的几个妹子，正满脸不屑又嫉妒地讨论着。

"她就是秦琅月啊？竟然妄想嫁给三皇子，也不看看自己长什么样，听说还是个废材，学院怎么把她给录取了？"

"谁知道用什么龌龊手段进来的。"那个女生顿了顿，"就算进来了，三皇子也是不会喜欢她的，三皇子可是天上的明月，她秦琅月一个废物，给三皇子提鞋都不配。"

"三皇子……"

时笙往里面看了一眼，人太多挤不进去。她环顾了下四周，走到人少的地方，跳上房顶，踩着屋脊往事发的中心区掠去。

她走到一半的时候，忽然顿住。前面的屋顶上，已经有人了。他穿得脏兮兮的，神情却十分邪肆，也许察觉有人上来，神情陡然一变，眸子瞬间暗淡无光，痴傻地看了过来。

时笙眯了眯眼眸。君寒临，当今七皇子，韬光养晦的男主角大人。老子都看到了，你还玩变脸。

君寒临是认识沈瑶光的，但他现在就是个智商不高的“痴儿”，自然不能叫她的名字，只能无辜地叫了一声：“姐姐，下不去了。”

姐姐你大爷啊！本宝宝比你小好吗？智障！

“哦？那你怎么上来的？”时笙露出一个笑容，一双黑漆漆的眸子点缀着细碎的光，然而看进去的时候，却让人无法感觉到一丝温度和涟漪。

君寒临心底诧异，这个沈瑶光和他知道的沈瑶光完全不一样……但是很快君寒临就没有纠结了。他自己就身在皇室，自然懂那些大家族子弟戴着怎样的面具，表现出来的一面，很有可能不是他们真实的一面。

“他们把我扔上来的。”君寒临委屈地出声。

君寒临确实是被人扔上来的，他顶着皇子的头衔，有时候还不如一个普通人。

“那你想下去吗？”时笙靠近君寒临，眉眼弯弯，笑得非常温柔。

“想。”君寒临点了点头，“姐姐可以带我下去吗？”

“当然可以。”时笙点了点头。

君寒临心底隐隐生出一股不安，看着时笙朝他走近，弯腰，抓着他的胳膊一用力，直接将他从屋顶掀了下去。他瞳孔中映着屋顶的景象。少女神情淡漠，衣袂飘扬，青丝翻飞，长身玉立，犹如神祇，后面白茫茫的光刺得人睁不开眼。

【宿主，你何必这么拉仇恨值？】系统忍不住出声。

她就不能安安静静做任务吗？

“人生不能太风平浪静。”

【……】因为那样你就不能装了是吗？

它还是不说话，做个高冷的系统比较好，不然迟早要被宿主给气死。

砰！君寒临正好砸在人群中，落在女主角面前，这么多人，他根本不能抬头去看屋顶，只能装着咿咿呀呀地喊疼。

“七弟，你怎么……”三皇子指了指上面，神情忍俊不禁，“怎么从天上掉下？难道这就是所谓的天赐良缘？别说，七弟和秦大小姐还真是绝配。”

随着三皇子的话，人群中爆发出一阵哄笑，各种不怀好意的视线落在君寒临和秦琅月身上。没人关注君寒临为什么会从天上掉下来。

“傻子配傻子，绝配，大家伙说是不是？”

秦琅月冷眼看着那些人，眼中杀气弥漫，就在此时，衣摆忽然一重，有人抱住了她的双腿。

“疼，呜呜，疼，别打我。”君寒临死死地抱着秦琅月。

“七弟这么迫不及待，哈哈哈，没关系，本皇子成全七弟，这就进宫去请父皇解除我和秦大小姐的婚约。”

三皇子正愁找不到好借口，这门婚约是先皇定下的，所以他没有足够的理由就不敢去找父皇解除婚约，但是现在……

七皇子和秦琅月有染?

秦琅月听三皇子这么一说，心底暗道不好，她是要解除婚约，但那得由她来说。然而三皇子不给秦琅月说话的机会，带着人火急火燎地走了。

群众又落井下石一番，随后散开，君寒临却依旧死死地抱着秦琅月。

时笙啧啧了两声，只感叹两声剧情君的强大，一个契机就让男女主角绑定在一起了。

三皇子也不知道用了什么办法，当真解除了婚约，还把婚约转到了君寒临身上。君寒临这人忍辱负重这么多年，此时自然不会反对，在别人告诉他秦琅月是他未来娘子后，整天都跟在她屁股后面。

要知道剧情中，他们相遇的时候男主角可不是个傻子，所以在不知道男主角其实很正常的情况下，女主角还会爱上男主角?

“不要，走开，你们这群禽兽，不得好死，啊！走开，放开我，放开我……”

女子挣扎的声音穿透幽静的树林，落入时笙耳中。她偏了偏头，从树冠上望向声音传来的地方。

不远的大树下，两三个少年正按着一个少女，大笑着扯她身上的衣裳。少女有些面熟，时笙想了好一会儿，才将她和在学院报名那天被秦琅月护着的少女对上。好像叫秦葵，是秦家的一个旁系，因为一直对秦琅月不错，所以秦琅月才把她带在身边。唔……这场戏，好像是秦葵被侮辱致死，秦琅月发飙，惩治了那群纨绔。

时笙换了个姿势，撑着下巴看着下面人的暴行，黑沉沉的眸子里没有同情，也没有幸灾乐祸，只有一片死水般的平静。

少女的呼喊声越来越小，最后没了声息。那几个纨绔发觉不对劲，看少女已经死了，扔下满身污渍青紫的少女，扬长而去。

时笙从树上跳下去，秦琅月正好从另一头跑过来，两人打了个照面，秦琅月一扭头看到地上的少女，面色一变。

“秦葵！”

和秦琅月一起来的还有一个少年，浑身透着一股冷气，像一把锋芒毕露的宝剑。

江慕，女主角的第一个跟班。

时笙只看了他一眼就移开了视线，转身往外走，少年却突然闪身挡在她面前。

“沈瑶光！”秦琅月将少女裸露的躯体盖住，满身杀气地冲了过来，“谁干的？”

女主角大人，你厉害啊，都敢直呼她的名字了！时笙后退一步，神情略显讽刺：“我怎么知道是谁干的。”

秦琅月大声质问：“你在这里，怎么会不知道？是不是你指使人做的？”

“路过。”时笙脸上露出恶意的笑容，“要是我指使人做的，一定会让你连尸体都看不着。”

秦琅月瞳孔猛地一缩，这个沈瑶光怎么回事？邪里邪气……

秦琅月看了看秦葵的方向，又看了看时笙，突然厉声问：“你都看到了？”

“看到了。”过程并不怎么好看，污眼睛。

“那你为什么不救她？”秦琅月情绪突然有些失控，“你都看到了，为什么不救她？她还那么小，还有那么长的路要走，你明明只需要说句话就能救她，为什么？”

沈瑶光在学院什么身份？她说的话，谁敢不听？可她见死不救……

秦葵是她到这个世界上后唯一对她毫无保留的人，她已经把秦葵当成亲人，可是秦葵现在被人侮辱致死，面前还站着一个见死不救、一副理所当然表情的人。

时笙嘴角微微上翘，勾起好看的弧度：“我为什么要救她？我凭什么要救她？”

秦葵是谁？就是一个陌生人，她凭什么要救？别人救那是情分，不救那是本分，不救还有错了？道德绑架对时笙来说，屁都不是。别说她不认识秦葵，就冲她是女主角的人，她就不会救。

“沈瑶光，你的心怎么这么狠？”秦琅月攥紧了拳头，死死地盯着时笙，目光带着丝丝缕缕的恨意。都是她见死不救，秦葵才会死。

“那又如何？”你不狠，总有人比你狠，那么到时候死的就是自己。

“你这种人也配称为天才？”秦琅月冷笑连连，这些大家族出来的人，果然没一个好东西。

时笙似不解地看着秦琅月，她可是杀手，见过的龌龊事不在少数，就算来到这个世界有些不适应，可也应该明白，这个世界就是强者为尊。她杀人就是天经地义，别人杀人就是天理不容？凭什么啊？不都是为了达到自己的目的吗？

“不管我配不配，都是天才！”时笙不要脸地自夸。

秦琅月被噎得一个字都说不出来。

秦琅月最终还是知道了那天侮辱秦葵的人，和剧情中一样，她废了那几人的命根子，但也因此引来了那几人所在家族的报复。虽然秦琅月每次都能避开，但每次都是九死一生，男主角时不时还要火上浇油，小日子过得那叫一个心酸。

时笙看着她都觉得好艰辛，没那个能力把尾巴扫干净，干吗要动手呢？智障！

“你跟着我做什么，滚！”秦琅月狠狠推了君寒临一把，今天她被人挑战，差点死了，这个傻子竟然还给她惹麻烦。

君寒临被推得一个踉跄，低头的瞬间眼底闪过一缕杀气，再抬头，却又是痴笨的样子。他从地上爬起来：“娘子不生气，我帮你打坏人。”

秦琅月气笑了：“你一个傻子能打什么坏人？别再跟着我！”

秦琅月大步离开，君寒临孤零零地站在原地，等秦琅月的身影不见了，脸上的痴笨立即敛了下去，目光凌厉而冰冷地盯着秦琅月离开的方向。

“哟，不装傻子了？”

君寒临心头一跳，猛地回头。几步远的花丛边，少女双手环胸而立，粉色的唇微微扬起，眉眼间满是淡漠。花衬人，人衬花，人比花娇。是她！上次她把自己掀下去，他还没去找她算账，她倒是自己送上门了。

“你果然知道了。”君寒临也不装傻，邪肆地打量了时笙一眼，“没想到沈家的大小姐也是个深藏不露的。”

“沈瑶光可没深藏不露，沈瑶光的底牌不是一直被光明正大地放着吗？”

沈瑶光为什么这么受追捧？第一是她本身天赋好，第二是沈家在后面推波助澜，但是第二才是重点。如时笙所说，没了沈家，沈瑶光天赋再好，也只有被宰割的份。沈家确实给了沈瑶光资本，但是沈家从来都是把沈瑶光当一件商品，每时每刻都在算计她的价值，以及能为家族带来多少好处。

“你很有自知之明。”君寒临眼底满是赞赏，他就喜欢看得清自己地位的女子。

“自知之明？抱歉我没有。”时笙嗤笑一声，“刚才我说的是以前的沈瑶光，而我不是以前那个任人摆布的沈瑶光。”

君寒临目光瞬间变得犀利，四周的温度一点点下降。

“你说……”时笙睫毛颤了颤，清澈的声音流转开，“如果皇室的人知道你在装傻，他们会采取什么措施？你现在还没能力反了皇室吧？”

君寒临心中狂跳，但面色不变：“你不怕我杀你灭口？”

“欢迎随时来杀我灭口。”时笙满脸都是欠收拾的表情。

君寒临心底已经有了杀意，这个女人留不得。就在他准备动手的时候，远处突然传来人声，君寒临左右衡量了一下：“沈瑶光，你最好把嘴闭紧。”

“嘴巴长我身上，你还能给我缝上啊？”时笙继续挑衅，远处的人声越来越近。

君寒临只能冷冷警告地瞪了时笙一眼，快速朝着远处跑去，消失在时笙的视野中。

君寒临想要杀了时笙灭口，可时笙转个身就把君寒临不是傻子的事说了出去。仇恨值max，君寒临分分钟想闯到沈家把时笙给杀了泄愤。这个女人还真的敢说出去！他最后悔的是当天没直接把那个女人杀了，就算有人来了，大不了一起灭口。

三皇子和皇室的其他人很关心他到底有没有傻，君寒临又自毁形象好几次，才混过去。但是他知道，那些人肯定不会像以前那么松懈了，这让他以后行事难了不少。

“主子，沈瑶光最近都在沈家，没有出来……”

“以为躲在沈家，就能万事大吉了吗？”君寒临冷哼，转过身，对着跪在地上的人道，“沈家太张扬了。”

沈瑶光，既然你把沈家当作后台，那我就先拔了你的后台。

那人先是一愣，随后拱手：“属下明白。”

君寒临暗中谋划想要弄垮沈家，搞死时笙，时笙却没当回事，依旧整天在学院中晃。

大概太无聊，她竟然一言不合就打架，作为时笙的导师，抠脚大汉叶天南表示很心塞，每天都要去刑法堂赎人，真是谜之体验。

“瑶光啊，最近你安分一点，别给我惹麻烦了行吗？”抠脚大汉语重心长地说着，“过几天有群神经病要来，咱们要低调点。”

“神经病？什么神经病？”时笙直接跳过了叶天南前面的话。

“九幽殿听过没有？三岁的稚童都知道，你肯定也知道。”

那不是反派大人的势力吗？

大陆上的人可以不知道九州大陆的君主是谁，但绝对不能不知道九幽殿的步惊云。

“过几天，九幽殿的人要来学院，说是切磋，实际就是来虐我们的。你低调点，这几天不要冒头，不然被钟十一那个老不死的穿小鞋，我也赎不了你。”

自从九幽殿成名后，每隔三年就会来九州学院切磋。一开始双方真的是切磋，但是后来九幽殿的实力越来越强，九州学院都是被吊打。再后来就演变成了九幽殿三年一次的野外副本活动，掉落人头×N、美人×N。九州学院再憋屈也只能受着，谁让自己的人不争气，干不过人家呢？不接受？呵呵，是想集体被灭吗？

时笙回忆了下剧情，好像是有这茬。但是这次有女主角在，女主角吊打了九幽殿，也就是在这时和九幽殿结了仇。

“步惊云来吗？”

“他？那个神经病百年都不踏出九幽殿了，怎么会来？来的应该是九幽殿的护法……一个神经病养的一群神经病，反正都不是善茬。”

一个神经病养的一群神经病……叶天南，你这么说话，会被一群神经病群殴的！

“瑶光我跟你说，九幽殿的人不好惹，你这几天给我做个安静的美少女。”

抠脚大汉好潮啊！这话她之前在他面前说过，他就能灵活运用了。

从叶天南那里，时笙知道了不少剧情中没有提到的事。步惊云成名的时候只有二十五岁，如今已经百年过去。修炼之人，突破灵皇，就可以增长寿命，大陆上的平均年纪是两百岁。步惊云还是个死宅，除非火烧到九幽殿，否则绝不踏出九幽殿半步。

九幽殿来打脸绝对是大事，院方表示了一百分的关注。时笙当真没惹事，但还是被穿小鞋了。接到通知的抠脚大汉当场暴走，去找钟十一打架，结果自然是被虐回来。

“瑶光，我对不起你啊。”抠脚大汉一脸悲伤，好像时笙是去送死一般。

唔，好吧，在他们眼中她就是去送死的。

九幽殿的武力值不是他们九州学院能比的，打不过人家，就算你是地头蛇也得憋着。

“你也给秦琅月穿一个就行了。”哭什么啊！

每个导师手上都有一个名额，被选中的人，呵呵，算你倒霉，安心去死吧！

剩下的则是集体投票产生的，被投票了？那只能怪你人缘不好。

“可是……”抠脚大汉小媳妇脸，“我已经把名额用掉了。”

这个智障！

没有抠脚大汉的那一票，秦琅月还是被集体投票，成了送死小分队的一员。

九幽殿的人来的那天，整个学院都沉浸在压抑的氛围中。对方是来打脸的，想想就好不开心，气氛怎么可能不压抑。

时笙没去前面看热闹，她在杀人。杀谁？不知道是谁派来的，反正送上门的人头，她不杀白不杀。

时笙拎着铁剑杀得起劲，那把铁剑饮了血，剑身透着诡异的红光，挥动间，红光影影绰绰地在空气中闪现。

时笙砍了最后一个人，一脚将他踢开，那个人难以置信地睁大眼，似乎不相信自己竟然就这么死了。

时笙看了眼铁剑，蹲下身子，将剑刃擦干净，铁剑上的血色褪去，恢复了普通铁剑的模样。她一手拖一具尸体，朝着林子深处走去。

九州学院占地极大，就是这片林子，足以让人绕得头昏眼花，时笙将人扔到林子深处，拍了拍手，准备离开，一转身就对上一双泛着幽光的眸子，眸子的主人贴着她后背站着，悄无声息，一身大红的袍子非常扎眼。

走路不带声音，连一丁点气息都没有，这人是鬼吗？

时笙条件反射地摸剑砍去，那人却幽灵一般飘到另一边，真的是飘的，而且速度很快，红色的袍子在空气中发出轻微的声响。

【隐藏任务：共度余生。】

时笙铁剑一偏，砍在旁边的一棵树上。

咔嚓——咔——咔咔——大树应声倒下，惊得树冠上的飞鸟扑棱棱地飞远。

【任务目标：步惊云。共度余生乃字面意思。】

时笙没什么反应，连内心吐槽都没有，系统有些奇怪，嘴贱地问了一句。

【宿主？你不吐槽了？】

“今天不想吐槽。”时笙收了剑，余光觑着不远处的红影，他正飘在她扔掉的那两具尸体上空。

然后，她看着他抬手，两人的身体里飘出一团雾状的东西，迅速被他吸入掌心。

这不但是个神经病，还是个练邪功的神经病。说好的死宅呢？他为什么会出现在这里？她以后岂不是要养这么一个神经病？

步惊云扭头朝着时笙看过来。他的脸可谓颠倒众生，又穿了一身红衣，不仔细看，还以为是个大美人。

“干什么？”时笙后退了一步，这人看她的眼神怎么跟看食物似的？

时笙握紧了铁剑，这人要敢动，她就砍了他！

“殿主？殿主在这里！”几道人影不知道从哪儿冒出来的，一窝蜂拥向步惊云。

“殿主，您怎么又随便吃东西。”

“殿主，您快吐出来。”

时笙愣神地看着几人手忙脚乱地把步惊云按着，然后将那两团雾从他手心里逼了出来。

这么大逆不道的行为，应该拖出去砍了啊！然而步惊云没什么反应，任由那些人将他身上的衣裳整理好。

“抓回去。”步惊云突然抬手指着时笙。

那边的几人动作整齐地朝着时笙看过来，纷纷露出怜悯的眼神，其中两人朝着时笙逼近。

“姑娘，殿主看上你是你的福分，你放心，我们会好生补偿你的家人的。”

我并不要这种福分，谢谢你们全家哦！时笙拎着铁剑就劈了过去。时笙没有留任何余地，攻击得很刁钻，那两人还没看清楚时笙是怎么出手的，就已经躺下了。当武力值不对等的时候，比的就是速度。

时笙阴恻恻地看着步惊云，突然朝他身边的人掠去。剩下的几人大惊：“保护殿主！”

人数有些多，时笙武力值有点跟不上。她摸出储存雷电的紫色小球，将那几个人引到了旁边，直接往他们脚下扔。砰！砰！地面一阵颤抖，惊起一群飞鸟，时笙乘机走到了步惊云身边，解决了那个守着步惊云的人，拽着步惊云上了铁剑，往林子外面飞去。

步惊云试图反抗，然而还没反抗两下，就被时笙压在了身下：“受伤了就别乱动，小心我弄死你。”

刚才那些人摁着步惊云的时候，她看到步惊云是想反抗的，但是好像没有力气。他又能飘，证明不是没有修为，那就只能是受伤了。

步惊云怒目而视：“你知道本尊是谁吗？”

"管你是谁，现在我要抢你去做我的压寨夫君，乖乖的啊，否则我弄死你。"时笙拍了拍步惊云的脸蛋，"回去得给你喂点药，免得你乱跑。"

嗯，这个主意棒棒的！

【……】系统已哭晕在厕所。

步惊云大概成名后就没受过这般屈辱，这个女人口口声声说要他做压寨夫君，然而动不动就要弄死他，还这么粗暴地对待他……

来人啊，他要砍死这个女人。

九幽殿的人此时还在学院门口和官方代表寒暄。

双方会晤成功，没有发生血案，就在这个时候，一个黑乎乎的人从远处跑了过来。

"护法，不好了，殿主被人抢走了。"那人连滚带爬地跑到一个人高马大的汉子面前，"护法，殿主被人抢走了。"

九州学院的人各自对视几眼。

殿主？步惊云？

他竟然来了，还被人抢走了，哪个前辈这么厉害？

"被谁？"护法抓住那个人，"你们怎么保护殿主的？殿主——"

他猛地止住话头，看了九州学院的人一眼，强行压下心底的焦灼，对着九州学院的人点了点头："有些私事处理，三天后我们会准时到的。"

"有什么需要我们帮忙的吗？"院长假惺惺地问了一句，眼底的幸灾乐祸已经出卖了他此时的心情。

步惊云那个神经病也有今天，真是大快人心。

"多谢院长关心，我们可以自行处理。"护法冷冷道，"我们走。"

带着九幽殿的人出了九州学院的地盘后，护法立即就炸了："其他人呢？殿主怎么会被人抢走？你们是怎么保护殿主的？"

"我……"那人被一连串问题问得有些愣神。

"我什么我，殿主被谁抢走了？往哪儿去了？"护法火大，想打那人，但是一见他身上黑乎乎的，扬起的手又收了回去。

"不知道……"那人弱弱道。

爆炸的时候，他站得没那么靠前，才勉强逃过一劫，那个小姑娘在他们去的时候就在了，谁知道她是谁啊！

"不知道……"护法胸口快速起伏了两下，这次一巴掌扇在了那人的脑袋上，"找不到殿主，拿命来见。"

此时，步惊云被时笙带去了一栋不大的宅子。宅子是时笙最近买的，本来打算弄垮了沈家后住，没想到这么快就有用了。

时笙将步惊云绑到椅子上，围着他转了一圈，突然伸手去扒他的衣裳。

“你干什么？”步惊云脸色骤变，身子往后缩，“本尊宁死不屈的！”

时笙抓着他的衣襟，恶狠狠地瞪了他一眼：“别动！”

来人啊！本尊要砍了这个可恶的女人！

时笙三下五除二地扒了步惊云的衣裳，这才满意地摸着下巴：“好好的一个男人，穿什么红衣，碍不碍眼。”

他穿红衣怎么了？他喜欢！把衣服还给他！

时笙凭空抖出几个瓶瓶罐罐，推到步惊云面前：“来，你选，喜欢吃哪个，咱们就吃哪个。”

步惊云往那些瓶瓶罐罐上瞄了一眼。

断魂散……鬼泣丹……碧落黄泉……浴火重生……万象轮回……这些名字一看就是毒药，这女人竟然让他选？

“放心，这些都不致命的，只是需要定期服用解药，不然你就得挂掉。你乖乖待在我身边，解药什么的都好说。”时笙再次将瓶瓶罐罐往步惊云面前推，“选吧。”

步惊云深吸一口气，扭开头：“不选。”

“真不选？”

“不选！”等本尊的大军到了，要把这个女人抓回去，千刀万剐都便宜她了！

“那就都吃吧。”时笙随手拿了一个瓷瓶，拔开瓶盖，捏着步惊云的下巴就要往他嘴里倒。

步惊云惊呆了。这个女人怎么不按常理来啊！这些玩意一起吃，他会挂掉的吧？一定会的！

“唔唔……”步惊云摇头，漂亮的脸蛋染上了不正常的红晕，一双眸子像黑玉染上了寒霜，“我……选！”

“晚了。”时笙直接将瓷瓶的东西倒进步惊云嘴里，确定他咽下去后，继续拿着桌子上的瓷瓶往他嘴里倒。老子让你选你不选，现在又想选了，哪儿有那么容易的事！

这些毒药只是名字看上去凶残，其实也不是什么致命的药，都吃下去也没事。

时笙放开步惊云，给他松了绑。步惊云捂着胸口，剧烈咳嗽起来：“咯咯……”他想把那些东西吐出来，然而除了吐出一些口水，啥也没见着。

他猛地抬头，伸手就去掐时笙的脖子。时笙不闪不避，神情嚣张：“不想要命了就杀了我。”

步惊云的手微微收紧，时笙感觉呼吸有些难受，铁剑横空而来，挑开了他的手，压在他的脖子上，将他摁到椅子上坐着。步惊云：说好不要命就杀了她的呢？

“就你现在的武力值，想杀我？别做梦了！”时笙收了剑，摸了摸他的脑袋，“乖乖的，就算你要这个大陆，我也送给你。”

这台词……应该他来说才对吧？为什么会从一个姑娘嘴里说出这种话啊！

步惊云看了时笙一眼，垂下头，不再反抗。

宅子里没有其他人，时笙又不想做饭，只得去外面买。步惊云也不知道是想着吃饱了好跑，还是想着其他计划，时笙让他做什么，他就做什么。

晚上，时笙让步惊云睡床上，自己睡旁边的软榻。时笙抱着药王鼎看，余光扫到背对着她的步惊云，跳下软榻就爬上了床。步惊云感觉有人上来了，立即朝里面滚了一圈，警惕地看着时笙：“你想干什么？”

时笙半跪在床上，很不优雅地翻了个白眼：“步惊云公子，我真的要对你做什么，你觉得现在的你能反抗吗？”

步惊云眉头一皱，盘腿坐了起来：“你到底想干什么？”

“我想养着你，和你白头偕老。”时笙张口就来。

“你喜欢我？”步惊云眉头皱得更深了。

“不喜欢。”

“不喜欢，你为什么想养着我，和我白头偕老？”步惊云心底有些抓狂，这女人是有毛病吗？

“就是想养着你。”时笙诚实脸，“你好看。”

又是为了他的皮囊？可是看这女人也不像这么肤浅的人，步惊云有些摸不透时笙，抿了抿唇，没再讲话。

等本尊的大军到了，非得把这女人抓回去，让她尝尝什么才是真的养着。

时笙将药王鼎放到步惊云面前：“送给你。”

步惊云看着那其貌不扬的黑炉子，瞳孔缩了缩，拿过炉子看了一会儿：“这是药王鼎？”

“对啊，喜欢吗？”时笙换了个姿势坐。

“这是神器。”别说她不知道药王鼎是什么东西，她刚才竟然说送给他，这玩意不会是赝品吧？

她还不知道这是神器吗？时笙深吸一口气，道：“喜欢就拿着，不喜欢就扔了。”

神器说扔就扔?

时笙翻身下床，躺回软榻，步惊云的视线一直落在她身上，时笙有些烦躁：“看什么看?”

这么不温柔，难怪沦落到抢男人。他翻身躺下，谁愿意看她啊！哼!

手中冰冷的炉子被他捧出了温度，步惊云不知道自己什么时候睡过去的，醒过来的时候，房间依旧一片漆黑，他下意识翻身往软榻上看去。软榻上空荡荡的，没有人，他立即清醒，跳下床，环视四周，没感觉到有人。那个女人去哪儿了?

砰！房门外响起重物落地的声音，接着就是万籁俱静。

步惊云开门出去，一眼就看到站在院子里的黑影，她手中拎着一把铁剑，上面似乎沾染了什么东西，黑乎乎的，脚边倒着几具尸体，一股浓郁的血腥味扑面而来。

她缓慢地扭过头，脸上的表情有些诡异，像是死亡与黑暗交织的冷漠，又像是杀戮与血腥交织的兴奋。

然而就在下一秒，她神情蓦地柔和起来，像是一摊死水突然被注入清泉，徐徐而动。

“来得正好，赶紧帮我把他们毁尸灭迹了。”

他就是来为她毁尸灭迹的吗？步惊云恼怒地摔上门，他才不要为这个女人毁尸灭迹，哼!

脾气这么大？时笙纠结地看了眼地上的刺客。啊，好麻烦啊！算了，先扔着吧!

于是，第二天步惊云出来的时候，看到的是原封不动躺在地上的刺客，他抓着门的手紧了又紧，脸上的表情换了又换。

这个女人！竟然把人扔在这里！步惊云再次摔上门。那群白痴怎么还没找到本尊，气死本尊了!

时笙正好从外面回来，手中拎着早餐，看到步惊云脸色不善地摔上门，有些愣神。大早上的，这神经病在发什么脾气?

然而就在此时，房门再次被拉开，步惊云的视线和时笙撞了个正着，他僵在原地，几秒钟后，当着时笙的面砰地再次关上门。

绕开地上挡路的尸体，时笙推门进去，步惊云坐在床上，听到声音，凶残地瞪了她一眼。

“吃饭。”时笙将早餐放到桌子上，“别那么瞪我，瞪又瞪不死，我都没嫌弃你老，你还嫌弃我貌美如花不成？”

老……她竟然敢嫌弃他老？

气……气死本尊了！

“喀喀……”步惊云突然咳嗽，整个人都倒在床上，身体微微抽搐。

时笙莫名其妙地看了他一眼，随后几步冲过去，可也只是站在床边，居高临下地看着步惊云。

“不应该啊，毒发的时间没这么快。”

步惊云气得咬牙，本尊不是毒发！他也不知道哪儿来的力气，突然抓住时笙的手，将她往床上一扯，翻身压在她身上，冲着她的脖子咬了下去。

“嘶……”时笙疼得倒抽一口冷气，一巴掌打到步惊云的脸上，抬脚将他踹开，捂着脖子翻到里面。

步惊云不死心地朝着时笙再次抓去，眼睛里满是猩红的光泽，如同野兽一般骇人。

这设定有毒！他竟然喝血！

时笙轻易地挡住步惊云，抓住他的手，将他压在床头，也不知道从哪儿弄出来一根绳子，三下五除二地把他给绑在了床上，姿势非常……嗯……销魂。

“竟然敢咬老子。”时笙捂着脖子下方，指尖在脖子上摩擦了几下，全是濡湿的感觉。这人是属狗的吗？咬一下竟然出血了！气死她了！

时笙随意包扎了一下，拎着铁剑站在床边，目光有些阴森。步惊云此时像是丧失了理智，只用猩红的眸子盯着她。时笙心底的火噌噌地往上冒。

晚间，步惊云才恢复正常，眸子褪去了猩红。手上的束缚让他极不舒服地动了动，再一看顿时黑了脸，他竟然被绑着！还是以这么……羞耻的姿势！那女人就坐在他旁边，撑着下巴看着他。

“放开我！”步惊云声音略带嘶哑，等他伤好，他会把这个女人绑起来，千刀万剐！哼，千刀万剐都便宜她了！

“放开？你再咬我怎么办？”时笙将脖子伸了伸，指着已经止血的伤口，“你看，给老子咬这么大一个口子，会毁容的知不知道？”

步惊云：咬在脖子上，毁什么容！

他咂了一下嘴巴，嘴里似乎还有血腥味，他胃里顿时一阵翻滚，干呕了起来。

“你敢吐！”时笙掐着步惊云的下巴，将他的头抬起来，“吐脏了你洗吗？”

于是，九幽殿的人破门而入的时候，看到的就是这么一幅……嗯，霸王硬上弓的羞耻画面。

“殿主！”护法失声大喊，语气带着难以置信。殿主竟然被人这么对待……

时笙皱眉看到破门进来的人，非常不爽：“你们有没有礼貌，进门不知道敲门吗？”

跟反派讲礼貌？妹子你智障吗？

然而护法下一秒就没有气势了。

“出去，敲门。”时笙掐着步惊云的脖子，“不然我弄死他。”

这个神经病！本尊要回九幽殿，再也不要出来了，大陆太可怕了！

护法滚出去敲门再进来，看到的是那彪悍的女子给自家殿主松绑，还非常贴心地给他甩了一床被子盖着身子。步惊云有气无力地靠着床头，护法在他心中从来没有此刻这么高大。

“抓活的！”步惊云霸气地吩咐护法。

护法嘴角一抽，殿主大人，您看不到她手上的剑吗？只要稍稍用力，您就挂了啊！还抓活的……抓个什么啊！

“姑娘……”护法深吸一口气，不断告诫自己淡定，一定要淡定，殿主还在她手上，“姑娘有什么要求尽管说，只要你放了我们殿主，都好说。”

“哦。”时笙收了剑，起身往旁边走了两步，“还给你们。”

这么好说话？有阴谋？护法快速环顾四周，还没发现有什么奇怪的地方，耳边又传来那女子幽幽的声音：“反正我给他下了毒，没我的解药，他迟早得死，你们不怕他死，就把他弄回去好了。”

护法快速地看向步惊云，用眼神询问。殿主，她说的是真的吗？

步惊云有些恼怒地扭开头。

殿主恼羞成怒，那就是真的。

冷静！冷静！冷静什么！殿主都被人下毒了！这是多大的耻辱！必须杀了这个女人！护法手中深黄的灵力闪现，身形极快地射向时笙，浑厚的灵力如海浪一般席卷而至，房间里的家具噼里啪啦地碎裂。灵皇巅峰强者！

“住手！”就在时笙准备开挂打得护法爹妈都不认识的时候，步惊云突然出声制止。护法显然是忠实的属下，步惊云一出声，他立即刹车，如暴风雨肆虐的灵力陡然消失。

“殿主？”护法不解地看着步惊云，为什么不杀了这个女人？

“抓回去。”步惊云言简意赅。这个女人敢这么对自己，他怎么会让她那么容易就死了。

时笙心底生出几分狐疑，怎么这个护法好像不担心步惊云中毒？而且步惊云也并不怎么在乎……

【支线任务：步惊云的身世，默认接受。】

这个时候，你跳支线任务出来？

有病！时笙恨不得分分钟抽死系统。

护法和步惊云眼神交流了几秒，也不知道说了什么，最后护法同意，把时笙活抓回去。

很好嘛！时笙麻溜地摸出一个小球，抬手往护法那边扔。砰！这次爆炸的威力不是很大，时笙趁着护法没反应过来，闪身到步惊云身边，拎着他就跑。

“追！把殿主抢回来！”身后传来护法中气十足的怒吼。

时笙有铁剑做飞行器，速度比那些两条腿的快多了，待甩掉九幽殿的人，他们已经出城，落在一片小树林中。

步惊云很淡定，可其实内心如岩浆一般喷涌着怒火。他怒视着时笙。时笙满脸不在乎地笑了笑：“我养着你哪里不好？你想要什么，我都给你，这是别人几辈子都修不来的福分。”

步惊云总觉得这话不对劲。

“我要回九幽殿。”

“好啊。”时笙点头。

步惊云目光一沉，略带诧异地看着时笙，越发看不懂这个妹子。时笙冲他微微一笑：“不过，得等我把那群人给弄死才行。”

两天后，时笙带着步惊云回了学院，九幽殿的人看步惊云完好无损，那叫一个激动，然而没人上前认，就连行礼的都没有。

时笙发现，不但九幽殿的人只是暗中激动，就连学院的人看到步惊云也只是惊艳于他的容貌，完全没有看到九幽殿殿主该有的表现。

“喂，他们干吗一副不认识你的样子？”时笙戳了戳步惊云。

步惊云瞪了她一眼，缓慢地开口：“他们未见过本尊，自然不认识。”

“咦？”没见过吗？

步惊云冷哼一声：“这里修为最高的未满百岁。”

时笙悟了：“原来是你太老。”

步惊云成名已久，之后这些人也只听过他的名号，见过他的人不是挂了就是挂了，所以不认识他实属正常。

“沈瑶光，你再说本尊老，信不信本尊自杀给你看！”

步惊云见时笙不说话，这才满意地哼了一声。她似乎挺怕他死的，只要他这么说，她几乎都不会出言不逊。

时笙心底抓狂，系统那个贱人！没事就喜欢乱加规则！气死她了！

“瑶光，你这两天去哪儿了？我还以为你畏罪潜逃了。”抠脚大汉不知从哪儿冒出来，一把抓住时笙，“这个美人你上哪儿拐来的？我们学院的吗？我怎么没见过。”

畏罪潜逃你大爷的！会不会用成语！

美人步惊云冰冷的眼刀嗖嗖地往抠脚大汉身上射。抠脚大汉被看得头皮发麻，往时笙旁边挪了挪，自以为很小声地道：“瑶光，这美人好冷啊！”

时笙怜悯地看了抠脚大汉一眼。还叫美人！找死啊！

“快要开始了，导师你还不过去？”时笙往高台的方向望了一眼，成功转移了叶天南的注意力。

“对对，我是来给你送东西的。来拿着，这可是咱们学院的镇院之宝，记住啊瑶光，打不过就不要逞强，保命要紧。”

抠脚大汉把一个黑乎乎的玩意塞到时笙手中，还做贼似的左右看了看：“千万别说是我给你的，好了，我能帮你的只有这么多了。”

所以，这镇院之宝是怎么来的？偷的吗？

别说，抠脚大汉还真干得出来。

第十九章　殿主求嫁（中）

步惊云对时笙手上的东西表示十分嫌弃："九州学院这么穷酸。"

时笙垂头看了眼手中的东西，巴掌大小，圆形，黑色的，上面刻着许多纹路，应该是某种符阵。瞧步惊云那看不上眼的样子，估计这也不是什么好东西，时笙随手就塞给了他。

他是回收站吗？什么都往他这里塞！

时笙在上台的地方遇到了秦琅月。

"丫头，你小心。"钟十一正对秦琅月交代，"九幽殿的人素来阴险，提防他们使下流手段。"

"胡说八道。"步惊云冷不丁冒出一句。

钟十一和秦琅月齐齐朝着步惊云看来，秦琅月看到时笙，身上骤然迸射出一股杀气。

步惊云睨了她一眼，秦琅月身上的杀气便如潮水般褪去，眸子里闪过一缕惊艳神色，但很快就被疑惑压了下去，盯着步惊云若有所思。

"沈家的小姑娘，你怎么能随便带人进学院来？"钟十一打量了一下步惊云，随后沉着脸开口，"就算你是学院的重点培养对象，也不可这般藐视院规。"

时笙耸耸肩："那我现在都带进来了，要不你把他扔出去？"

你敢扔，对面那群人非得撕了你不可。

"哼，这件事结束后，你命大的话，我再跟你算账。"叶天南教出的果然不是什么好东西。

“嗯，我向来命大。”时笙赞同地点头。

这小姑娘怎么就这么不要脸？

秦琅月不知在想什么，此时垂着头，没人看得清她脸上的表情。

钟十一说不过时笙，只能哼了哼，不再理会。反正她上了这台子，下来的概率微乎其微。

“一会儿你让他们给未来殿主夫人放放水，让我装装可好？”时笙和步惊云打着商量。

步惊云高冷地睨着她：“谁说你是我未来的殿主夫人？”不要脸！

“我说的啊！”时笙说得理所当然，“你不让他们让着我，那我只能下狠手，你是愿意看着他们死，还是愿意让他们配合我，你自己选吧。”

这个可恶的女人！

那群蠢货对他还算忠诚，就这么死了，挺可惜的。

步惊云左右衡量，抬头望向护法。

护法立即接收到自家殿主的眼神，也不知两人怎么交流的，反正最后护法古怪地看了时笙一眼，偏头对身边的人吩咐了一声。

时笙满意地拍了拍步惊云的胸口：“干得好。”

秦琅月作为女主角自然是要最后上场的，这样才能显出她赢得不容易，才能成为绝地反击、反败为胜的英雄。可是这次有时笙，抢风头的事，抱歉，她承包了。

她一上去，那个九幽殿的子弟就夸张地哆嗦了一下，最后一扭头，下了比武台。除了九幽殿的人，所有人都有些愣神。什么情况？瑶光师姐一上去，九幽殿的人打都不打了？

接下来上来的人，有的假意攻击两下，但放水太明显，眼不瞎的都看得出来，有的则直接认输。九幽殿的人对此也不解释，所有人上完场了，护法上来就是一句“今年甘拜下风，来年再战”，然后带着人走了。

台上只剩下独领风骚的时笙，台下万籁俱静。

这赢得也太不科学了……

“沈瑶光，你勾结九幽殿！”人群中突然有人大吼，在安静的场面下，显得非常刺耳。

时笙朝声源传出的方向看过去，竟然是沈家的人。

“勾结九幽殿？不会吧，瑶光师姐为什么要勾结九幽殿？”

“你们少胡说，瑶光师姐怎么会勾结九幽殿，现在可是我们学院赢了。”

“赢了？沈瑶光一上场，九幽殿的人就不出手，这算什么赢了？”

“瑶光师姐为什么要勾结九幽殿啊？也许是九幽殿的人打不过瑶光师姐呢？毕竟师姐那么厉害……”

台下吵得不可开交，时笙却没多大反应，一双眸子平静无波地扫过人群，落在最后方的君寒临身上，君寒临给了她一个邪肆的眼神。

时笙嘴角一勾，眉眼弯弯地冲着君寒临笑。男主角大人竟然借刀杀人，想要这么对付她吗？还是想让沈家屈服于压力，孤立她？

君寒临被时笙笑得有些发毛，在脑中过滤了一下，没发现什么漏洞，才安心不少。

“肃静！”钟十一的声音瞬间传遍整个空间，“沈瑶光，你可有勾结九幽殿？”

“勾结了又如何，没勾结又如何？”时笙挑眉，“你们还能打上九幽殿不成？”这些人憎恨九幽殿，可九幽殿的人来了，又不敢做什么，非但不敢做什么，还得好吃好喝供着！

“沈瑶光，你是学院栽培的，怎么可以勾结九幽殿，你安的什么心？”台下的人再次出声。

“我承认勾结九幽殿了吗？”时笙看着说话的那人，神情略显讥讽。

那人噎了噎，很快卷土重来：“那刚才九幽殿的人怎么不攻击你！你没勾结九幽殿，他们凭什么放水？”

“大概是看我美，舍不得下手。他们愿意为了我的美貌放水，我还能拦着他们吗？”时笙自恋地摸了摸脸蛋，感叹道，“长得美是我的错吗？”

台下的人皆无语。他们见过自恋的，没见过自恋成这样的。

“瑶光师姐说得没错，九幽殿的人愿意放水，怎么能怪瑶光师姐。”

沈瑶光的脑残粉开始声援。

“瑶光师姐最美！”

“瑶光师姐我们相信你！”

步惊云对时笙的不要脸已经有了一点抵抗力，她那张脸着实也算倾国倾城。但说他九幽殿为了美貌什么的，他是拒绝的。他的九幽殿是一个只看皮囊的地方吗？呵呵！

台下的呼声已经连成一片，时笙还跟明星似的挥了挥手，看得不少人想冲上去摁着她打！

步惊云捻了捻手指，眸子里泛着层层幽光。要不是他受伤，他第一个上去打死这女人！看着就气人！

“沈瑶光，你少胡搅蛮缠，这件事你必须解释清楚！”钟十一和时笙杠上了。

“你这个老不死的，来劲了是不是！”刚才一直没吭声的抠脚大汉也跳了出来，“我们瑶光都说了，是九幽殿的人让着她，关瑶光什么事？有本事你找九幽殿的人对质，在这里吼瑶光有什么用！”

钟十一脸色变得难看起来：“如果她是清白的，为什么不将事情说清楚？”

“瑶光说得很清楚了，是你想找瑶光的碴吧？”抠脚大汉捋了捋袖子，神情激动，“我就知道你不是什么好东西，我们的恩怨，你直接冲着我来。”

眼看两人就要打起来，一直站在后面当背景的院长总算站了出来。

院长长得圆滚滚的，要是放到现代，衣服都没他穿的号，脸非常圆，好在挺光滑，倒不会让人反感，但是眼睛特小，笑一笑，眼睛准没了。

“当着这么多学生，像什么样子！”院长呵斥了一声。

钟十一动了动嘴皮子，到底没再说什么。

倒是抠脚大汉跃跃欲试，想要整钟十一，院长横插到两人中间，用那双小眼睛瞪了抠脚大汉一眼：“叶天南，还胡闹？”

抠脚大汉这才老实。

解决完一个刺头，院长心塞地看向另一个刺头。当初他怎么就把这么好的一根苗子给了叶天南呢？好好的姑娘，给教育成了这样！

“沈瑶光，你好好说说，今天怎么回事？”院长语气好很多，一副商量的样子，毕竟她还顶着沈家大小姐的名头，又有天才光环加身。

“就是那么回事呗。”时笙依旧痞子气十足地耸肩，“有人死乞白赖地给你东西，你还要拒绝不成？”

步惊云指尖都红了，眸子里杀气重重。

死乞白赖？不是她威胁的吗？她也好意思说出口！

院长气得胡子一翘：“沈瑶光，好好说话！”

“我怎么没好好说话了？”时笙眨眼，“哪个字院长听不懂？我免费给院长解释解释！”

院长转头，恶狠狠地瞪了抠脚大汉一眼，这是教的什么出来？“尊师敬老”被她吃了吗？

抠脚大汉迷茫，瞪他干什么？

“我真要勾结九幽殿，你觉得你们现在还能安稳地站在这里？”时笙冷不丁冒出一句，“好歹也是为学院长了一回脸，你们不好好感谢我，还想往我脑袋上扣屎盆子，真是让人寒心。”顿了顿，她又道，“既然这样，就把九幽殿的人叫回来再比一下好了，反正我又不丢脸。”

底下的人立即沸腾了。

是啊，不管怎么说，这次是九州学院赢了，过程虽然有些诡异，但结局是好的。而且，沈瑶光真要勾结了九幽殿，怎么会让九幽殿的人放水，让九州学院赢得比赛？

时笙从台子上跳下去，走到步惊云跟前，四周的人纷纷屏住呼吸，无数视线如扫描器一般扫向鹤立鸡群的美人步惊云。

“把你那群属下叫回来，虐他们。”时笙压低了声音，只用两人听得到的声音道。

步惊云高冷地道：“凭什么？”

“我是你未来的夫人啊！”时笙捧着脸蛋，一脸笑意，“你要看着他们欺负我吗？”

到底谁欺负谁？看看一大圈的人，哪个像是能欺负她的？步惊云堵得心疼，手掌紧了松，松了紧。

“求求你啦！”时笙突然开始卖萌。

步惊云耳根子猛地一红，他绝不会承认自己被萌到了，绝不！

“哼！”他快速移开视线，嘴上虽然哼着，手却已经伸进袖子，摸出一块打磨光滑的玉石。他微微用力，玉石没什么反应，再用力，依旧没反应。

步惊云耳根子通红，觑了时笙一眼，将玉石递到她面前，道：“捏碎。”

所以刚才你其实是捏不碎？那你装什么啊！差评。

时笙接过玉石，灵力猛地注入玉石，玉石咔嚓一声碎成了几块。

“沈瑶光，你在干什么？”这声怒吼是随着玉石碎裂而至的。

时笙扔掉手中的玉石，转身笑意盈盈地回答钟十一：“你们不是想再打一次吗？我在帮你们叫人啊！”

“你还说没和九幽殿的勾结！”钟十一勃然大怒，“没有勾结，你怎么会有九幽殿的联系方式？”

“你说有就有喽，你开心就好！”时笙不在意地耸耸肩。

“沈瑶光！”

“叫那么大声做什么，我又没聋。”时笙掏了掏耳朵，“再这么凶我，信不信我让九幽殿灭了你们？”

钟十一的脸跟调色盘似的，青一阵白一阵，煞是好看。

四周的人也被时笙那句话震慑，纷纷往后退开，留出一片空地。

“瑶光师姐真的和九幽殿有关系吗？”

“没关系的话，她也说不出这种话，她刚才捏的是传音玉，她不会真把九幽殿的人叫回来了吧？”

“啊……”

人群里的低声讨论时不时传入步惊云耳中，他微微侧目，站在身侧的少女面含浅笑地看着台上，好像没将这些人的讨论放在心上。她像是站在另一个世界，有一层透明的东西将她和这个世界分离，让她显得格格不入，却又十分扎眼。

就在他们讨论得火热的时候，刚才离开的九幽殿众人，果然火急火燎地赶了回来。步惊云都在这里，他们自然不会走远。护法快速扫了场内一圈，看到步惊云好好地站着，这才松了口气。

步惊云暗中传音给护法，护法听完，整个人都不好了。殿主，您出来一趟，怎么画风就变了呢？

院长冷汗涔涔，还真回来了？

护法看向院长，清了清嗓子：“既然你们不服，那就再来一次吧！”

不，本院长是拒绝的！

这次，院长瞪视的对象变成了钟十一，你惹的事，你搞定！

“敢问护法，你和沈瑶光是什么关系？”钟十一是个不怕死的，迎着院长的警告视线，上前一步，厉声质问。

护法眉头一皱。什么关系？这个他要怎么回答？抢了他们殿主的女人？仇人？

“我为什么要告诉你？你打不打？”护法回答不上来，突然一怒，“不打就别浪费时间，你当谁都跟你们一样闲吗？”

“打啊，院长，别丢脸。”时笙喊了一声，“可千万别输，免得别人说你们之前不战而胜。”

正想拒绝的院长身子一抖，差点没稳住。

“一群懦夫，连迎战都不敢，你们这些人也不过是家族的蛀虫，能有什么作为。”九幽殿的人很配合地开始挑衅。

九州学院的人果然怒了：“说谁呢？打就打，以为我们怕你们不成！”

“哼，来啊，看爷爷打得你回炉重造！”

“院长，和他们打！”

“院长，打！”

看着下方激愤的人群，钟十一也像被点燃了激情：“院长，九幽殿的人太嚣张了，再这么下去，咱们九州学院迟早沦为笑柄，不能不战。"

"打什么打，打得过吗？院长，不能打！"抠脚大汉也插了一句。

钟十一愤怒地指责："叶天南，你怎么长他人志气，灭自己威风？"

"我这是为了那群小萝卜头。"抠脚大汉理直气壮，"九幽殿的实力你我心知肚明，根本不可能打赢。"

"行了！"院长身上的肥肉直颤，"今天不迎战是不可能的。"看看下面激愤的众人，真要不迎战，之后指不定被人怎么戳脊梁骨。都是这群不省心的！哼，罪魁祸首还是沈瑶光！

院长气哼哼地宣布切磋继续，从时笙后面开始。至于时笙那一局，就判时笙赢了。这种比赛其实挺无聊，浪费时间不说，打来打去无外乎一个目的，打翻对方。时笙向来不在乎过程，什么公平正义，都是瞎扯，打翻对手，你说什么都是公平正义。

轮到女主角的时候，时笙才打起精神。秦琅月此时已是灵王三阶，升级速度果然是坐火箭似的往上飙，一出手就把一个九幽殿的弟子掀飞了。之前九幽殿的人赢得有些得意忘形，被秦琅月钻了空子，一击即中。但是接下来就没那么轻松了，九幽殿的人敢在大陆上横行霸道，也不是花架子，年青一辈几乎全是个中高手。秦琅月好几次差点输了，但最后反败为胜，赢得可谓艰难。

这比试就像擂台赛，双方同样的人数，最后谁守擂成功谁就赢了。此时，九州学院这边只剩下秦琅月，而九幽殿还剩下两个人。

"秦琅月能行吗？"

"但愿她行吧，刚才不都撑过来了吗？"

"以前都不知道她这么厉害，幸好当初我没和他们一起落井下石。"

女主角就是女主角，打不死的小强，最后关头，总能化险为夷。

时笙突然戳了戳步惊云："你让你的人过来一个。"

步惊云不解地看着她。

"看什么看，以后能看的机会多得很，让你叫人，听不懂啊！"

"哼！"

步惊云传音让护法派个人过来，时笙掏出几颗紫色的小球递给了那人。那人曾见过这个小球，一扔就炸，威力惊人，自带闪电，比灵力爆炸还恐怖。他拿着小球，手忍不住颤抖，这玩意炸了怎么办？

"一会儿打不赢就扔。"

"这……"那人抖了抖，这不好吧？而且你好像是敌方的吧，为什么要帮着他们？难道真看上殿主了？殿主竟然出卖色相……

步惊云冷冷地看向那人，那人立即停止胡思乱想，亵渎殿主，要不得的！

“你不用，她也会用，反正我能帮你的就这么多。”

虽然没有说不能使用道具，但是这么多年，几乎没人使用道具，所以，女主角使用了道具，打得九幽殿措手不及，最后惨败。

“殿主？”这姑娘的话能信吗？她可是把您都抢了，还在护法眼皮子底下带着您瞎晃……

步惊云没出声，也不知道那人是怎么从步惊云那里看出来的，反正最后他回去，把东西给了护法，并表示殿主同意了。

秦琅月最后祭出道具的时候，九幽殿的人先一步扔了小球，几次连番爆炸，将秦琅月逼出擂台范围，身负重伤，生死不明。

九幽殿一阵欢呼，九州学院却是一脸失望愤怒。差一点就赢了！秦琅月竟然在最后关头输了。给了他们希望，最后又让他们绝望，这样的落差让一些人看秦琅月更加不顺眼。

“卑鄙，使用道具！”有人愤愤出声，对九幽殿表示不屑唾弃。

“有什么卑鄙的？你们那边的不也打算使用道具？我们只不过是抢占了先机，而且规则上，也没有说不能使用道具，谈何卑鄙！”

“输了就输了，找什么借口！”时笙嗤笑一声，清清脆脆的声音立即压过其他声音。

场面再次诡异地安静下来。

护法忽然看时笙顺眼多了，当然这并不能抵消她抢了他们殿主的事实！

“沈瑶光，你到底哪头的！”钟十一眼睛里都快冒火了。

时笙双手一摊：“哪头都不是。”

场面异常剑拔弩张，眼神如果有形的话，时笙不知道被钟十一的眼刀子戳死多少次了。

不知道院长是怎么和护法交涉的，最后护法没再挑衅，别有深意地看了时笙一眼，带着人再次撤了。

护法离开后，院长拂袖而去，估计气得不轻。

钟十一担心秦琅月，没多纠缠，但这件事他肯定不会就这么算了。

抠脚大汉跳到时笙身边，胡子拉碴的脸上满是赞赏：“瑶光，好样的，我还没见那老不死的这么憋屈过，真是大快人心。”

正常人此时不应该问她和九幽殿是什么关系吗？

“不过，接下来他们肯定不会善罢甘休，你放心，作为你的导师，我绝对不会放任他们对你为所欲为。”叶天南神色一正。

“谢谢导师。”时笙非常有礼貌地道谢。

步惊云看得一阵诧异，这女人竟然懂礼貌？

抠脚大汉不甚在意地挥挥手：“谢什么，你既然入了我的门，在学院的时候，这是我作为导师应尽的责任。”

抠脚大汉又嘱咐了几句，这才火急火燎地离开。

四周围观的人也散得差不多了，不过还是有不少人对时笙和步惊云指指点点，毕竟步惊云美若天仙，不惹人注目才奇怪。

时笙转了转眼眸，突然扯了步惊云一下：“走，带你揍人去。”

步惊云没机会发表意见，就被时笙拽着走了。她一个姑娘家，哪儿来这么大的力气！

君寒临在人群还没散的时候就走了，他本想让这些人误会时笙和九幽殿有所勾结，可是这个计划她完全不配合，或者说有恃无恐。不管多少阴谋，对一个根本不上套、不按常理出牌的人是完全没用的。君寒临有些不甘心，就不信整不垮这个女人。她要是没了倚仗，还能这么嚣张吗？

就在他下定决心的时候，眼前突然一黑，被人套进了袋子里，身体一阵发麻，完全动弹不得。等他重见光明，四周的场景已经变成小树林，站在他面前的不是那些经常捉弄他的人，而是他刚才还在想的人——

沈瑶光。

“七皇子，扮猪吃虎好玩吗？翻船了吧？你当我时……沈瑶光好欺负吗？竟然还想操控舆论，厉害啊！”

君寒临完全没想过，她会直接上门抓他。

感觉自己的身体慢慢恢复了知觉，君寒临不动声色地看着时笙：“沈家大小姐果然非同一般。”

“那还用你说。”时笙仰了仰下巴，“行了，不废话，一会儿药效就过了。”

君寒临内心抓狂，老子就是要拖到药效过去，你说出来干什么！

时笙转头看着步惊云：“你的人呢？叫两个出来，揍他！”

君寒临顺着时笙的视线看过去，步惊云是侧对他站着的，虽然只是侧面，但也可以看出这是个风华绝代的男子……

“你为什么不自己动手？”

“就这点小事，还要我动手？那你养那群人干什么？”老子要是能揍，早就揍了好吗？

“我养的人跟你有什么关系？”步惊云眸子里一片冷色。

“你都是我的，你的人当然是我的。”时笙瞪他，“你怎么这么啰唆，赶紧叫人，找死是不是！”

就知道凶他！步惊云抬手在空气中挥了挥，两个穿着九幽殿制服的弟子从旁边的树上跳下来：“殿主。”

“沈瑶光，有话好说！”君寒临从美色中回过神时，那两人已经走到跟前。

“没什么好说的。”时笙撇撇嘴，“之前你派人杀我，我还没和你算账，你现在又算计我，君寒临，我看你真是活得不耐烦了。给我往死里揍，死不了算他命大，死了算他倒霉。”

“沈……唔……”

君寒临闷哼一声，腹部一阵收缩，身子由于疼痛而大幅度弯曲，还没等他缓过气，又是一拳落在他的腹部。

被人揍几乎是君寒临的日常，所以他其实是很耐揍的，时笙考虑要不要让人给他一剑，最后想想，还是算了。

让女主角折磨他去，本宝宝看戏就够了。

时笙蹲到被揍成猪头的君寒临面前，一双眸子闪闪发亮：“君寒临，不要再派人杀我了知道吗？你又杀不了我，何必白费力气？留着资源，培养人不容易的。”

“沈瑶光，你今日不杀我，迟早有一天得跪下求我。”这个可恶的女人。

“哦？那你的意思是要我现在杀了你？既然是你的愿望，我一定满足你。”时笙正儿八经地点了点头，突然拖出铁剑，站起身。铁剑在空气中舞动，带起一阵气流。

君寒临咬牙瞪着时笙，今天是他栽了，小看了这个女人，算漏了她的性子，二十年后他又是一条好汉。

男主角会那么容易就死了吗？时笙会用事实告诉你——根！本！不！可！能！她的铁剑眼看就要砍到君寒临，他身上突然爆发出一股强烈的白光。时笙被白光扫到，身子猛地朝后一退。步惊云下意识接住她，但因此时身上有伤，又被时笙折腾过，力气不大，两人都朝着地面扑去。时笙拽了步惊云一把，自己给步惊云垫了背，步惊云压在她身上，两人四目相对。步惊云愣住，随后脸上浮现不正常的红晕，耳尖都是红彤彤的，然而下一秒就黑了脸。

没有套路中的亲吻，只有时笙皱着脸嘀咕：“你吃什么长大的，重死了！”

这女人不但嫌他老，还嫌他重！他有那么老吗？老吗？明明一点都不老！

“殿主，殿主，您没事吧？”九幽殿的弟子忙将步惊云从时笙身上扶起来。

步惊云冷着脸哼了一声。两人愣神，你看看我，我看看你，殿主怎么了？

时笙拄着铁剑站起来，视线一偏，落在刚才君寒临所在的位置，那里空荡荡的，没有任何人影。时笙揉了揉被步惊云压得有些疼的胸口，若有所思地看了一会儿，君寒临的外挂是啥来着？对了，是只凤凰，和女主角的神兽龙正好配对。

前期剧情里没有提过男主角的神兽，到后期它出现的时候，已经很厉害了。但是刚才那道白光虽然有些强横，对他们造成的伤害却不大，那只凤凰难不成受了伤？受伤的凤凰不如鸡！

“你们干什么？”时笙扭头就见九幽殿的弟子带着步惊云想溜，立即大吼一声，“放开他！”

“做梦，殿主是我们的。”两个弟子见被她发现，也不偷偷摸摸，一人架一边，带着步惊云就跑。

时笙身子一纵，踩着树枝拦在他们前面，用铁剑挡住了他们的去路。

“再说一遍，放开他。”

“不放！这是我们的殿主，你这个妖女，我们是不会把殿主给你玷污的。”

妖女是什么鬼？什么玷污？本宝宝是那种人吗？

时笙气乐了：“行啊，那你们就把命留在这里吧！”

两人脸色一变，同时放开步惊云，分别朝两边掠去：“殿主，我们会让护法来救你，你一定要保住清白。”

“这就是你的人？”是来搞笑的吗？

“哼！”没有本尊的话，他们会走？本尊才不会告诉你！

学院某处偏僻的角落，君寒临的身影伴随着一阵白光出现。他一身狼狈，脸上红肿一片，目光阴沉。

“沈瑶光。”他咬牙切齿地念出沈瑶光三个字。

“主人……”气若游丝的声音突然在君寒临脑中响起。

他眸色一变：“小七，你怎么样？”

“能量耗太多，主人，我可能要陷入沉睡，不能保护你了。”

“你好好休养。”

“主人小心。”小七说完这句话就没了声息。

君寒临扯着皱巴巴的衣裳，脸上火辣辣地疼，动一下就感觉有什么东西在脸上割。

一想到这伤是怎么来的，君寒临就一阵郁结，脑中不由自主闪过那个风华绝代的男人。

那男人是谁？他和沈瑶光什么关系？

君寒临把脸上的伤处理了一下，但青紫的痕迹没能全部消除。回去的时候，他遇到了几个人，他们不怀好意地告诉他秦琅月重伤，他只能跌跌撞撞地往秦琅月的住处跑。

秦琅月已经上了药，而且有她自己炼制的丹药，也没什么大碍，但是在钟十一面前，她也不能表现得太过明显，只能倚着床，听钟十一说话。

“那个沈瑶光简直目中无人，竟然敢勾结九幽殿，还把你打成重伤，我不会放过她。”

秦琅月眸子里闪过一缕寒光，斟酌着开口：“可是她有沈家做后台。”

“沈家算个什么东西。”钟十一冷哼一声，说完可能觉得自己太过激动，深吸一口气道，“你也是大家族出来的，该明白那样的家族中，没多少亲情，有的只是棋子和弃子。”

秦琅月目光暗淡，苦笑道：“亲情、人心，在权力和金钱面前，不堪一击。”

“秦家是有眼无珠，有他们后悔的一天。”钟十一以为秦琅月想到了自己在秦家的遭遇，安慰了一句。

“娘子，娘子你没事吧？”君寒临突然从外面跑进来，挤开钟十一就坐到秦琅月面前，“娘子，你哪儿疼，我给你吹吹，吹吹就不疼了。”

秦琅月看着脏兮兮的君寒临，脸上还青紫交加，心底一阵不耐烦，没好气道：“我没事。”

“没事就好，没事就好。”君寒临夸张地拍了拍胸脯。

“我想休息了。”秦琅月今天输了，心情本就不好，看君寒临就怎么都不顺眼，她凭什么要像照顾儿子一样照顾这个傻子？

“七皇子，琅月今天受了伤，你让她好好休息。”钟十一开口，态度不算太坏，也不算太好。

“哦。”君寒临冲着秦琅月笑了笑，“那娘子好好休息，我一会儿再来看你。”秦琅月敷衍地点了点头。

君寒临和钟十一一起出去，钟十一要去找院长，一出去就和君寒临分开了。君寒临站在阴暗处，神色莫名地盯着秦琅月的住处。

就在他准备转身的时候，一道人影突然出现在他的视野中。

江慕？他怎么会出现在这里？

江慕进去许久都没出来，君寒临眸色闪了闪，又站了一会儿才离开。

学院里最近流言蜚语非常多。全是关于沈瑶光和秦琅月的，两人的流言版本，够写一本百万字的长篇小说了。

但是高层没发话，这些人也只能传一点流言，不能对时笙做什么。秦琅月就不同了，就算她现在是灵王三阶，也有不少人针对她。每当这个时候，江慕就要出场，将那些人打趴下。于是，这些人又开始传秦琅月和江慕不清不楚，给君寒临戴绿帽子，可谓一波未平一波又起。

至于时笙。说她坏话？被揍！找她麻烦？被揍！看她笑话？被揍！反正只要有人敢凑上去，无一例外会被揍回去。

见识了时笙的彪悍后，没多少人敢再去挑衅她，全跑去堵院长，让他给说法。院长急得头发直掉。给什么说法？沈瑶光就是死猪不怕开水烫的样子，说什么她都能不咸不淡地堵回来。沈家那边虽然没动静，可学院没有证据，真要把沈瑶光怎么样，沈家会不管吗？

时笙换了比较幽静的宅子，步惊云住得心安理得，时笙怀疑他是不是被人换了芯子，不然怎么不吵也不闹了？

“解药。”时笙将一枚药丸递到他面前，“只是这个月的，你最好别跑。”

步惊云哼了一声，拿过药丸吞了下去。

“你想……养着我到什么时候？”吃了药，步惊云突然问了一句。

时笙没抬头，声音轻缓：“一辈子。”

一辈子，三个字不轻不重，猛地砸到步惊云的心尖上，好像有什么东西开始生根发芽。

他抿了抿唇瓣，耳尖微微发红，好一会儿才憋出几个字：“不要脸。”

“我怎么又不要脸了？”时笙抬头，双手撑着桌面，朝着他的方向倾了倾，“我又没对你做什么，你讲点道理啊！”

步惊云像是被吓到，身子大幅度一仰，从凳子上摔下去，眸色变得深沉起来。他迅速垂下头，压制着体内翻涌的痛意，从牙缝里挤出两个字：“出去。”

时笙正要伸手去拽他，突然听到这两个字，手停在半空，随后收回，头也不回地出了房间，顺手把门给关上了。

步惊云听到房门合上的声音，微微抬头，猩红的瞳孔看得人冷汗直冒，头皮发麻。她走了，可他心底竟然有些失望。

步惊云忍着体内一波接一波的痛感，在他感觉自己快要撑不住的时候，有人从后面将他撑了起来，接着就是带着余温的液体顺着他的唇齿流入口腔，滑入食道，那液体充满让他恶心的味道，胃里一阵翻涌，让他想吐。

可是下一秒，有清凉的液体被灌了进来，带着丝丝的甜味和清香。

时笙灌完水，将步惊云抱起来放到床上，她身后站着两名九幽殿的弟子，其中一人还端着一碗鲜红的液体。

砰！护法风风火火地从外面闯进来，差点把门板给踹坏："殿主！"

"不许过来。"时笙皱着眉呵斥，护法猛地停住。

他咬牙瞪着时笙："你到底想怎么样？"这个女人简直难缠，偏偏殿主还……

时笙给步惊云盖上被子，不答反问："他怎么了？"

护法瞪着时笙："这和沈姑娘没什么关系。"

时笙抬头看了他一眼，铁剑凭空出现，剑尖直指步惊云："他能不能活，就在你的一念之间。"

你一言不合就要动手，几个意思啊！

其实护法是不相信时笙会对步惊云动手的，毕竟这些日子，她把殿主养得很好。但是不怕一万，就怕万一。他完全摸不透这姑娘的脾性，说不定下一秒真对殿主动手呢?

护法迫于时笙的威压，屈服了。

"殿主身上有诅咒，会不定时发作，发作的时候需饮女子鲜血才可缓解。"

饮血？这个烂梗，给一百个差评。

"什么诅咒？"反派boss果然和主角一样，都那么惨。

护法目光闪了闪，表情凝重了几分："这个我也不清楚，我跟着殿主的时候……他就是这个样子，殿主告诉我，那是诅咒。九幽殿因此不时从外面抓女子回去，但没有外面传的那么可怕，我们只取血，不会要她们的性命。"

"除了这个，就没有别的办法了？"不管是什么诅咒，都有可解之法，只是付出的代价不同罢了。

护法摇头："殿主这些年一直在寻找解法，但是……没有任何结果。"

时笙坐到床边，也不知道在想什么，护法见她久久不语，心底不免有些忐忑："沈姑娘，殿主经不起你折腾，你高抬贵手，放他一马。"

时笙偏头看过来，平静无波的眸子如同染了墨汁，黑沉沉、阴森森的，护法感觉有凉气从脚底蹿了起来，直冲脑门。

他见过凶残至极的人，见过绝望痛苦的人，可没见过她这样的。

“我对他没有恶意。”时笙声音平缓，“你不用担心我会伤害他，毕竟……若我要杀他，早就动手了。”

护法惊讶，虽然觉得这姑娘有些狂妄，可心底也清楚，她说的是真的。她若真要杀殿主，早就动手了，也不会在殿主病发的时候逼他们出来。

护法张了张嘴，话到嘴边又咽了回去。时笙把护法赶了出去。护法有些憋屈，这是他的殿主好吗？他的殿主被这个女人霸占了，他还不能抢回来，好心塞的！

时笙看了床上的人一眼，有些无聊地掏出一本书看了起来。

步惊云醒过来的时候，天色已晚，耳边有哗啦啦的声音，他适应了一会儿才看清。

时笙坐在床边，哗啦啦地翻着一本书。真的是哗啦啦地翻，速度非常快，她根本就没看。余光扫到他醒了，她立即把书扔开：“跟个姑娘似的，以后也只能我养你了。”

一醒来就被调戏是什么意思？他这么帅，想要他的人数不胜数！什么叫只能她养他！

“等着，我去给你弄吃的。”时笙跳下床就往外面走。

步惊云往她扔开的书页上扫了一眼，脸一下红了，火辣辣的感觉。这个不要脸的女人！不知羞耻！

她一走，护法就进来了，看着自家殿主满脸红晕，心底咯噔一下，殿主这是思春了吗？他小心翼翼地观察着自家殿主的神情，出声道：“殿主……我们真的不回去吗？”那个女人明显不安好心，殿主怎么还要留下来？这个时候不跑，更待何时！

步惊云不动声色地用被子压住那本书，摇了摇头，不知道为什么，他觉得自己不能走。虽然……他时常被她弄得有气没处发；虽然……这个女人恬不知耻。

“殿主……”

“这是我这个月第几次发作了？”步惊云打断护法的话。

护法咬咬牙，沉声道：“第五次了。”近年，殿主发作的时间间隔越来越短。

步惊云沉默，空气中流转着一股压抑气息。

时笙回到了学院。因为怕步惊云跑了，所以时笙随时带着他，本就出名的时笙这下更出名了。她依旧惹是生非，院方恨不得直接开除她，奈何沈家还在后面立着，沈家没发话，她就是沈家的大小姐，学院贸然将其开除，说不定会得罪沈家。

“大小姐，大小姐。”时笙和步惊云正走在学院的小道上，后面突然有人追了上来。

时笙觉得声音有些耳熟，扭头看了一眼。果然很熟，不就是沈锦嘛！

“干什么？”时笙语气算不上好。

沈锦跑近，有些气喘：“大小姐，三天后有宴会，您务必要回去。”

自从发生上次的事以后，沈锦就很少看到时笙。她基本不回沈家，就算回去，也不见人，和以前完全不一样。他站在她面前，觉得有些害怕，说话不免多了几分恭敬。

“宴会？什么宴会？”

“百族宴，今年在我们沈家举行。大小姐身为沈家嫡长女，自然要出席。”

百族宴，不是说有百个家族参加，而是九州大陆上所有有名的势力都会参加，虽然不知道有什么用，但它就是延续至今。

难怪之前她回沈家的时候，发现那些人忙碌得很，原来是在为百族宴做准备。

宴会什么的都是坑，时笙会去，完全是为了看女主角，顺便捣乱。

宴会那天，时笙带着步惊云去了。

她最近做的事，大概让沈家比较失望，竟然没一个人正眼瞧她，就连这身体的亲生父母，都是恨铁不成钢的表情。

“瑶光，你怎么还带男人来？”沈母看上去很年轻，脸和这身体的主人有五六分相似，两人站在一起，估计没人会觉得是母女。

她一看到时笙身边的步惊云，脸色就沉了下来，将时笙叫到无人的地方：“你是沈家的嫡女，怎可随便和男人来往？你代表沈家的脸面，可知道有多少人盯着你……你赶紧把那个男人弄出去。”

沈母只有沈瑶光这么一个女儿，虽然是嫡女，但以后不能继承家业，如果不是沈瑶光天赋好，沈母在沈家怕是很难过。她自然不能看着自己的护身符脱离掌控。

时笙不吭声。沈母继续道：“那个男人除了长得好看点，还有什么？”她可从来没听说哪家有这么个容貌出色的公子。既然不出名，肯定不是大户人家的，这对沈家没有益处，她说什么也不会让女儿和他来往。

他有九幽殿啊！你们以后还要抱人家大腿，把女儿给送出去呢！时笙在心底接话。

“你是我沈家的嫡女，要嫁的人必定是人中龙凤。瑶光你听话，为了沈家，你不能任性，你要知道自己身上背负的是沈家的重担。”沈母苦口婆心地说。

时笙听得直翻白眼。把沈家的重担压在一个姑娘身上，你还真是亲妈！那你把沈家的男子放在哪里？

“瑶光，你赶紧把他送出去，今天的事我就当没看到，不告诉你爹，不然没你的好果子吃。”说到后面，沈母开始威胁。

时笙这才扯了扯嘴角，讽刺出声：“说那么好听做什么？还不是为了自己的利益，这个沈家嫡女的名头，你们爱给谁就给谁，我不稀罕。”

沈母瞠目结舌：“沈瑶光，你在胡说八道什么？你这丫头是不是疯了？嫡女的名头是你说不要就不要的吗？”

“对啊，我说不要就不要。”时笙认真地点头。

沈母气得胸口起伏，突然抬手朝时笙扇了过去，这个逆女，真是气死她了。别人为了嫡女的名头争得你死我活，她倒好，说不要就不要。

时笙轻描淡写地抓住沈母的手腕，神色有些冷：“你生养我，说话难听我不和你计较，但你若要打我，就别怪我不顾情面。”

“沈瑶光，你真的是疯了！”沈母声音拔高了不少，铁青着脸道，“我是你娘，你竟然敢还手，我这么多年是白养你了吗？”她家瑶光以前那么听话，肯定是被外面的男人教坏了。

沈母更不喜欢步惊云，长着一张狐狸精一样的脸，能是什么好货色？

时笙眯着眼笑了笑，戏谑道：“你用我换取了你在沈家的地位，养我的人也不是你。真要算起来，你只是生了我而已。”

这个沈母，年轻的时候只知道在沈父面前争宠，老了又想尽办法抓牢沈家主母的权力。她除了顶着沈瑶光生母的头衔，哪里尽到了做母亲的职责？这么多年，沈瑶光在她那里听得最多的就是之前那番言论，什么“你是沈家的嫡女，你代表的是沈家，你必须努力”……

“好啊！现在翅膀硬了，不听我的话了是不是？”

“对啊，翅膀硬了。”时笙点头。

沈母气得血气上涌，恨不得一巴掌抽死面前的逆女，奈何她的手仍被时笙抓着，只得愤怒地开口：“沈瑶光，没了沈家，你以为自己是个什么东西？你那点本事放到大陆上，以为有多厉害？上次就有人说你勾结九幽殿，要是没有沈家，你还能安稳地站在这里？”

“打全大陆没问题。”打不赢老子还炸不赢吗？储存的炸弹那么多，炸翻这个大陆都没问题。

沈母被震得好半晌没回过神。

这个口出狂言的人，真的是她女儿？

“好好好，我倒要看看没了沈家，你能混出什么样来，到时候你别回来哭。”

时笙放开沈母，后退一步，嫌弃地拍了拍手：“那就在今天的宴会上宣布一下，省得以后麻烦。”

沈母也被气晕了，一口答应下来：“沈瑶光，你不要后悔。”

“后悔？我不认识那两个字。”时笙嗤笑，转身往门外走。

等时笙离开，沈母才从愤怒中清醒过来，她刚才说了些什么？她在沈家唯一的倚仗就是沈瑶光，没有了沈瑶光……沈母不敢想下去，赶紧追了出去。可外面哪里还有时笙的身影？沈母气得心肝疼，眼前阵阵发黑，直接晕了过去。

时笙出去的时候，步惊云不在外面，她找了一圈，在沈家池塘边找到了他。

可是……为什么女主角也在啊！他们两个怎么勾搭上的？

“公子，刚才多谢了。”秦琅月身上湿漉漉的，此时被冷风一吹，她不由得哆嗦了一下，娇躯轻颤，声音也抖了抖，“敢问公子大名，日后好报答公子。”

步惊云眼底闪过一丝不耐，抬脚想走，秦琅月身子一歪，往步惊云怀中倒去。

看戏的时笙炸了。男主角大人还等着你去宠幸，跑来这里折腾我家反派大人做什么？时笙一个箭步冲上去，从中间插手扶住秦琅月：“男女授受不亲，秦琅月，你往我未来夫君怀里扑什么？”

秦琅月眼底极快地滑过一丝杀气，她将胳膊从时笙手中抽回：“我只是没站稳，没有别的意思。”以为她会看上一个废物吗？不过有副好皮囊，也就沈瑶光把他当成宝。

时笙没错过她眼底的不屑和轻蔑，夸张地拍了拍胸脯：“吓死我了，还以为你要和我抢人呢。”

秦琅月有些可惜地看了步惊云一眼，礼貌地点头：“刚才多谢公子。”步惊云直接扭开头。

秦琅月皱了皱眉，眼底的不屑更盛：“瑶光师姐，那我先告辞了。”她也不等时笙说话，转身离开。

“她刚才干吗要谢你？”时笙好奇地看着步惊云，女主角也不像看上他了啊。

“哼！”步惊云将头转向另一边。

由于时笙的不懈努力，步惊云还是把事情经过说了出来。

女主角被人欺负，步惊云恰好出现，那些人大概怕惹出什么事，就跑了。时笙愣神，这算哪门子的搭救？

“我上次给你的那破玩意，你带着没？”时笙突然问。

步惊云迷茫。什么破玩意？学院给他的那个？早扔了。那东西只能抵挡一次攻击，用完就废了。

“药王鼎。”时笙加了一句。

药王鼎是破玩意？你把大陆上那些想破脑袋也想得到药王鼎的人置于何地？一人一口唾沫都能淹死你。

“带了。”步惊云哼了哼。

“难怪。”时笙摸着下巴。

女主角是冲着药王鼎来的。想要，她也得有命来拿才行！时笙露出阴森森的笑容，步惊云从侧面看到了，只觉得此时站在他身边的就是个恶魔，那张倾国倾城的脸完全是在骗人。

宴会开始，沈父作为主人，自然要讲话。时笙中途打了好几次哈欠，听得昏昏欲睡。

“今天借这个机会，沈某在这里还要宣布一件事。”沈父顿了顿道，“小女瑶光和三皇子今日就在百族宴上订婚。”

什么玩意？订婚？和三皇子？脑子有病！

时笙瞬间清醒过来，朝沈父看去，沈父也正好看向她，还冲她招了招手：“瑶光过来。”

三皇子已经走了出来，站在沈父身边，深情地看着时笙。

众人的视线都落在她和她身边的俊美男人身上，时笙半个身子靠着男人，挽着男人的胳膊，姿势亲密，一看两人就不是普通关系，所有人的目光都变得晦涩起来，有好戏看了。

时笙没动，扯着嘴角道：“我可没同意什么婚事，你们要订婚，别找我。”

她完全不知道有这么一出，所以沈家根本就不在乎她的意见，只要她能换回利益就可以？原主想要弄垮沈家，也不是全无道理。这样一个家，还不如毁了。

三皇子这个抛弃女主角的人渣，后期浪子回头，爱女主角爱得死去活来，知不知道和女主角抢男人会死得很惨?

“瑶光，”沈父沉了脸，“你在胡说什么，快过来。”

“听不懂啊？那我也没办法。”时笙无奈地摊手。

“沈瑶光！”

“瑶光，你不喜欢我吗？”三皇子拦住沈父，深情地问。

“对啊，不喜欢。”你以为你是人民币，人人爱你，你爱人人吗?

三皇子脸色僵了僵，这回答太直白，他不知道怎么接下去。

他英俊潇洒，风流倜傥，竟然有人不喜欢他?

这沈瑶光不知好歹，小小年纪，就和男人走这么近，要不是看她有几分姿色，而且皇室需要沈家，他也不会答应和她订婚，她竟然不知好歹。

“正好，”时笙站直身子，走到中间，“今天这么多人，我也让大家给我做个见证。”

愣神的群众发现，事态发展好像有点不对劲。

“我沈瑶光，今天在这里和沈家断绝关系，从此老死不相往来！”时笙的话语传遍大厅，所有的声音在这一瞬间好像都消失了。

“你说什么？”沈父怀疑自己出现幻听，不由得问了一句。

时笙非常贴心地重复了一遍：“我说，我沈瑶光，今天在这里和沈家断绝关系，从此老死不相往来。”

“你……”沈父气得手抖，指着她，半天也没说出个所以然，胸口的怒火噌噌往上冒。

家族花费了那么多资源去培养她，她一句断绝关系就想撇清?

沈父深吸一口气，将怒气收敛下去，拿出慈父的样子：“瑶光，不要胡闹，今天这么多宾客，你开玩笑也要看场合，是不是我平时太宠你，你就不知天高地厚了？”

沈父这话说得好，先说她在胡闹，又说平时自己太宠她，让人知道她这个沈家大小姐有多幸福，即便在这么重要的场合，父亲都能容忍她胡闹。

这样你要是还想断绝关系，就是狼心狗肺。

“你说我白眼狼也好，说我不孝女也好，反正这里我不会回来了，你们的事，别和我扯上关系。”时笙不在意地耸肩。

“来人，把这个逆女给我送回房间去。”沈父脸色铁青地吩咐人。

这死丫头今天跟中了邪似的，看来是他平时不怎么管她，她不知道沈家是谁在当家做主。

几个沈家弟子从人群中走了出来。

"大小姐，得罪了。"沈锦为难地看了时笙一眼，抱了抱拳。

"拼得你死我活就不好看了。"时笙似笑非笑地看着沈父，"今天这么重要的场合，你确定要丢面子吗？"

沈父的怒火似要从眼睛里喷出来。你还知道是这么重要的场合！你还知道丢面子！

"带下去。"回头看他怎么收拾这个逆女。

沈锦闻言就要来抓时笙，手还没摸到人，手背突然钻心地疼。他收回手，只见手肿了起来。

对面的少女手中不知何时多了一把铁剑，沈锦看过去的时候，泛着寒光的剑刃朝他砍了过来。

"沈瑶光！"沈父的怒喝声响彻整个大厅。

时笙手下没有丝毫停顿，铁剑以肉眼可见的速度落下。劲风从时笙后面扫来，她眉头一皱，铁剑被迫拐了个弯，横扫向身后。偷袭时笙的是一个沈家子弟，铁剑扫过去，他直接仆倒。

死了一个人！众人这才惊觉，今天的事不好收场。

沈父直喘粗气，吩咐人将宾客带下去。这些人虽然想看戏，但现在明显不是他们说了算，纷纷退出大厅。大厅里很快只剩时笙和沈家人。

"沈瑶光，我沈家生养你这么多年，供你吃穿，让你活得风光，你就是这么报答沈家的？"沈父沉着脸，眸子里满是失望和杀意。一个不受控制的嫡女，不要也罢。

"除了这个，你还会说点别的吗？"时笙偏头浅笑，笑容却不达眼底，漆黑的眸子犹如死水，让人觉得阴森。她像极了从黑暗深渊中爬出的恶魔。

沈父心头狂跳，这人不是他的女儿，他的女儿不会像恶魔一样笑。

"你是谁？你把瑶光怎么了？"

沈父突然吼出一句，四周的人都莫名其妙。这不是他们的大小姐吗？家主这是被气糊涂了不成？

"你觉得我是谁，我就是谁。"时笙不怕死地继续挑衅。

沈父差点没一口血吐出来，他哪里知道她是谁啊！

"把她给我抓起来，抓起来。"不管她是谁，今天他都不会放过。

沈家的子弟面面相觑。

"戳着做什么，把她抓起来！"

沈家的子弟这才一拥而上，想要抓住时笙。这些人都是年青一辈，哪里是时笙的对手？没两下就被她撂倒了，聪明的躺在地上装死，不聪明的爬起来，只有死路一条。

沈父见时笙这般无所顾忌地杀人，眼中燃烧的烈火似要将她焚烧殆尽。他目光一凝，突然朝远处的步惊云掠过去。

“沈瑶光，住手，否则我就杀了他。”

时笙余光扫过去，脸色陡然一变。沈父知道自己赌对了，这个小白脸对她来说果然很重要。但时笙并没有停手，耍了几个漂亮的剑花，顿时鲜血飞溅，围在她四周的人纷纷倒地。空间恍如进入了另一个纬度，一时寂静无声。

时笙转动了一下脑袋，红唇轻启：“威胁我？”

“你不想他死，就乖乖束手就擒，否则我杀了他。”沈父手中的匕首抵着步惊云的脖子。

“好啊，你杀！”时笙突然收了剑，“你敢杀他吗？”

“一个小白脸，有什么不敢的，我不信你真的不在乎他。”她既然把一个没有修为的人带在身边，可见对他的在意程度，她怎么可能会不在意他?

“小白脸？噗——”时笙突然笑起来，笑容颇为生动，眸子也没了之前的那种阴森感，“步惊云，你看，他们都说你是我养的小白脸。”

“哼。”他才不要她养，身为男子汉大丈夫，绝对不行。

步惊云扭头，因为拉扯，脖子上出现了血痕。

时笙眸子一眯，提醒沈父：“你再不松手，沈家就要被灭了。”

“你一个人想灭我沈家？”沈父冷笑，“你当我沈家是什么地方？”

“谁说我一个人了？”时笙用看白痴的眼神看着沈父，“你刚才没听到我叫他什么吗？”

“什么？”沈父一时没反应过来。

刚才她叫的什么？步……步惊云？沈父脸色一变，步惊云这个名字，大陆上谁不知道？他看了看被自己挟持的羸弱男子，又看了看笑得不怀好意的时笙。不对，不对。步惊云怎么会这么年轻，而且一点修为都没有。步惊云成名百年，就算再厉害，也不可能保持这么年轻的面容，这绝对不是步惊云。这个女人在诓他。

“堂堂沈家家主用一个男人来威胁弱质女流之辈，这要是说出去，够外面的人笑好几年了。”

弱质女流……就她那杀伤力，也好意思把这个词用在自己身上，要不要脸?

“少废话，放下武器。”沈父坚信这个女人是在诓他，压着步惊云的匕首用力了几分。

步惊云闻到了血腥味，鼻尖动了动，胃里有些难受。

时笙皱了皱眉头，身形一闪，失去了踪影。沈父心惊地环顾四周，眼前有黑影闪过，他还没看清，只觉手臂上一阵刺痛，手腕被冰冷的东西挑开，胸口被人踹了一脚。他被迫放开了步惊云。

步惊云被时笙拉到身边，自己的血腥味和远处倒在地上的人散发出的血腥味混合，让他很想吐。就在此时，他嘴里突然被人塞了一颗东西，清清凉凉的，带着甜味和香气，入口即化，冲淡了血腥味。他抬头望向身边的少女，面容上带着说不清的冷意。她撕了衣摆，把他脖子上的伤口缠住，止住鲜血。

这个口是心非的女人，刚才摆出一副不在乎的样子，明明很在乎他嘛！哼！

时笙给步惊云包扎好，这才看向被她踹到一边的沈父。她很奇怪，刚才沈父为什么不直接动手，反而拿步惊云要挟她？现在她知道了，沈父受了伤，而且是很重的伤，难怪要让她和皇室联姻。皇室需要沈家支持，沈父打的什么主意她暂时不知道，但肯定不是好主意。

时笙脑子转了转，明白了其中的关键。君寒临怕是对沈家出手了。男主角大人还真是给力啊！君寒临若知道自己只是在给别人作嫁衣裳，会不会气得跳脚？想想男主角跳脚的样子，蛮有趣的！

时笙暗自走神，沈父趁机叫人，等时笙回过神，空荡荡的大厅又被人塞满了。这次的人显然不像刚才那些一剑就能秒杀，修为最低的也是灵王七阶。

“给我杀了她。”沈父气狠了，不管这个女人到底是谁，为什么要冒充他的女儿。

时笙撇撇嘴，拉住步惊云的手腕，另一只手掏出紫色小球。砰！时笙坐着铁剑蹿出大厅，身后的大厅以肉眼可见的速度坍塌，紫色的雷电嗞嗞流窜。爆炸的气流扩散开来，外面的人感觉到可怕的威力，迅速朝沈家外面跑去。

时笙控制铁剑升到半空，垂头看向下方。见人散得差不多了，时笙开始摸出小球往下扔。沈家的所有建筑物相继坍塌，灰尘漫天，雷光闪烁。

轰隆隆——天空中突然响起震耳欲聋的雷声，大片乌云汇聚过来，时笙扔小球的手一顿。糟了，她扔太爽，忘了系统提醒了。时笙赶紧收了小球，控制铁剑往远处没有乌云的地方飞。

步惊云仰头看着蓄势待发的雷电：“这雷是劈你的？”

“不然它们组团来观光的吗？”

“它们在跟着你移动。”

时笙抬头看去，果然，整片乌云以诡异的速度跟着她移动。她找了个比较平坦的地方，将步惊云扔下去，自己带着一片雷云朝远处飞去。

步惊云看着远处不断落下的雷电，心底有些不舒服，想跟上去看看，可自己除了用两条腿走，别无他法。等他走到雷云最密集的地方，看到的就是躺在地上、不知死活的时笙。他的心猛地提了起来，几步冲上去："沈瑶光？"

"嗯？"时笙眸子微微合着，听到声音，睫毛颤了颤，很轻地嗯了一声。

步惊云心底松了口气，这女人就是个祸害，怎么可能这么容易就挂了。

"'装傻'挨雷劈，古人诚不我欺。"时笙有气无力地嘀咕，随后还冲着天上竖起中指。

修真世界劈本宝宝，玄幻世界又劈本宝宝，结果还不是没弄死本宝宝。

啊，好痛！时笙往步惊云怀里缩了缩，整张小脸皱成了一团。步惊云也不知道自己怎么想的，鬼使神差地抱紧了时笙。她身上穿着一件很古怪的袍子，不过此时破破烂烂，他试了几次都没将它脱下来，也只能这么抱着她离开。

时笙猛地清醒过来，脸色发白，极快地喘息着。又是那个梦！

"你醒了。"

清澈的声音将她拉回现实。她猛地抬头，红衣男子逆光而站，神情淡漠。时笙转了转眸子，彻底清醒过来，转着脑袋打量了一下四周："这是什么地方？"她不是被雷劈了吗？怎么到这里来了？

步惊云往前走了两步，俊美的面容褪去光泽，却依旧美得惊心动魄。他垂眸看着她："九幽殿。"

九幽殿？

"你把我弄这里来干什么？"

"养着。"哼，就许她养他，不许他养着她吗？

"你怎么又穿一身红？"时笙皱眉看着他身上的衣裳，刺眼，还长得那么好看，简直让人眼瞎。

"我的地盘，我穿什么我说了算。"我就喜欢穿红衣。

"难不成你这么想和我成亲？那等我好了，我们就把婚礼办了。"时笙眯着眼，眉眼弯弯的样子格外好看。

步惊云拂袖离开，细看的话，就会发现他耳尖红红的，很可爱。

时笙撇撇嘴，试着动了动胳膊，发现酸胀不已，她身上还穿着那件为她挡雷的法袍。幸好灵力是通用的，否则她还真有可能被雷劈死。

时笙将法袍脱下来，上下摸了摸，还好，没什么大碍。

休养了几天，她身上的酸胀感才退了一些，但还是能感觉到。时笙活动了一下手脚，就见一个女子端着托盘进来，将上面的东西摆到桌上。

“姑娘，用餐了。”

这女子是这几天一直伺候她起居的，叫小荷，很可爱。

“怎么又是粥？”时笙觑了一眼桌上的食物，神情不悦。

小荷捂着嘴笑：“姑娘身体不舒服，殿主特意吩咐，要我们做清淡一点。”

语毕，她又道：“姑娘好福气，我们殿主可从来没对谁这么好过。”

“是吗？”好什么，“那他身边就没别的女人？”一百多岁呢，怎么也得，嗯哼……那个啥啊。

“没有。”小荷摇头，“伺候殿主的事都是护法亲自在做，我们很少见到殿主的。”

殿主和护法，历来在本子里都是CP。看护法紧张步惊云的样子，别说，还真有可能。时笙忽然有些恶寒，她不会要拆散他们吧？不要啊，她只对拆男女主有兴趣。

小荷看着一会儿点头一会儿摇头的时笙，满头雾水。姑娘这是怎么了？

时笙喝完粥，让小荷扶着自己出去走走。步惊云说养着她，还真把她养着，活动的范围只有这个房间和外面的园子。

等时笙彻底养好，已经是十几天后了。伤一好，时笙就拖着铁剑，气势汹汹地找步惊云。

“姑娘，您……”小荷被时笙的样子吓到了。这是要杀人吗？

“你们殿主呢？”时笙本来已经蹿出去，但很快又蹿了回来。

“殿主……殿主和护法在一起。”小荷结结巴巴地回答，小脸红扑扑的。

时笙顿了顿，脸上的表情突然柔和下来：“吓到你了吧？”

“没没……”小荷红着脸摇头，刚才姑娘确实挺吓人的。

“那你能带我去找你们殿主吗？”时笙嘴角弯了弯，弧度正好，衬得那张脸美艳动人。

小荷小脸红得更厉害：“可……可以。”

沈姑娘怎么可以这么好看，小荷捧着小心脏，带着时笙往步惊云的住处去。

找到步惊云的时候，时笙还非常贴心地让小荷站远点。小荷有些不解，但还是很听话地站在远处。

步惊云老远就感觉到一股杀气，一转头就看到时笙拖着铁剑，稀里哗啦地过来。

“沈瑶光，你要干什么？”护法呵斥了一声，这是九幽殿，可不是外面，由不得她放肆。

“不干什么。”时笙神色平静地回答了一声。

那拖着你那把铁剑做什么？弄出声音来奏乐吗？

“你先下去。”步惊云拦住护法。

“殿主？”

“下去。”步惊云神色冷了几分。

护法不敢再说，目光带着警告地瞪了时笙一眼，退到小荷那边，站在那里，正好可以看到这边。

“有事？”步惊云见时笙站着半天没动，也没说话，不免多看了两眼。

“看什么？”时笙立即瞪回来，随后转开头，“之前谢谢你把我捡回来。”

这诡异的用词！不过她竟然在对自己道谢，这才是更诡异的。她这种人，不是应该一脸“你捡我回来，那是你的荣幸，你几辈子修来的福分，你该感恩戴德”的表情才对吗？

时笙这几天总有些恍惚，不知道是不是被雷劈傻了，看步惊云也比以前顺眼多了，而且有时候……时笙抿了抿唇，打破沉默，顺道转移了话题：“外面怎么样了？”

步惊云狐疑地看了她几眼，见她和以往没什么不同，这才开口：“沈家伤亡惨重，你被不少人惦记上了，大陆没你的容身之处。”

时笙撇撇嘴，遗憾地啧了一声。她倏地转过头，笑得灿烂：“步惊云，我用整个大陆做嫁妆，你娶我好不好？”

“不好。”步惊云想也没想就拒绝了。这种事，哪里是她一个女人该做的，哼！

“嘿，你怎么这么不知好歹，你不是一直想一统大陆吗？我以——”

步惊云甩袖离开。时笙拖着剑追了上去：“步惊云，你别逼我动粗，娶我一下又不会死，就算你喜欢护法，我也不会阻拦你的……你突然停——”时笙的声音戛然而止。她愣愣地看着面前放大的脸，唇瓣上的温度彰显着她此时的遭遇。

步惊云趁时笙没反应的时候，一把将她摁到怀中，手掌托着她的后脑勺，舌尖轻巧地撬开她的唇齿，滑入口腔，勾着她的小舌纠缠。

步惊云在亲她？时笙回过神，大力咬下去，步惊云吃痛，血腥味在两人口齿间蔓延。步惊云立即放开她，忍着胃里的恶心，视线游移，不敢瞧时笙，耳根子红彤彤的，火烧火燎般发烫，最后索性朝着远处大步走去。

直到他的身影快要消失，时笙才反应过来。

“步惊云，你吃老子豆腐！”时笙拖着铁剑，气势汹汹地追了上去。

站在远处的护法和小荷都惊呆了。殿主竟然和沈瑶光接吻了，还是殿主主动的，护法觉得他的人生突然黑暗了。殿主不会真的喜欢那个女人吧？那女人有什么好，不温柔，不贤惠，身材也一般，说话老是带刺，不讽刺人就活不下去似的，看谁都像看仇人，除了长得漂亮，也没啥优点。殿主，你到底喜欢她哪一点啊？

步惊云亲完也后悔了，虽然他不想承认她的味道真的很好，让他有前所未有的冲动。可他还是后悔——这个女人一直以此事逼自己娶她。他躲着她，她却阴魂不散。吃饭能看到她，睡觉能看到她，解决“人生大事”都能看到她。他恨不得时光倒流，好给自己两耳光。让你亲她。当时他怎么就不受控制了呢？嗯，一定是她诱惑自己，都是她的错，她还好意思逼自己娶她！坚决不娶。

“你亲都亲了，还想赖账是不是？步惊云我告诉你，没门儿，今天你必须娶我。”时笙把铁剑戳到步惊云面前，不要脸地逼婚。

“不娶。”步惊云面无表情地回答。

时笙胸口起伏了两下，小脸一垮：“大哥、殿主、祖宗，你到底要怎么才肯娶我？”

步惊云目光暗淡几分，摇头：“我不会娶你。”

“行啊，你不娶是吧，我娶你。”时笙拍着桌子吼了一嗓子。

本尊是你想娶就娶的吗？他才不嫁！

时笙怒火冲天地走了，步惊云也没让人拦着她。她即便留在这里……

眼不见心不烦，本尊才不想看到她，哼！

接下来，每天都有时笙的消息被送到他这里来。

“殿主，沈姑娘被人追杀，对方全军覆没。”

“殿主，沈姑娘被人调戏，那人下场好惨……”

“殿主，沈姑娘……”

无数的消息凑成了一幅又一幅画面，似乎将她活灵活现地呈现在他面前。

“殿主，沈姑娘当上了四方城的城主……”

第二十章　殿主求嫁（下）

四方城就像它的名字，是四四方方的城池。因它靠近魔兽居住的森林，所以这里几乎是三不管城池，整座城池非常混乱。

但四方城也是有主人的，城主贺家的权势最大，在四方城生活的，没有谁不被贺家欺压。

时笙到这里的时候，也没有占地为王的意思。但贺家有个不怕死的，竟然想抢她的正义之剑。这还了得，这玩意可是她砍人的道具。结果那小王八蛋没抢赢，被时笙废了一条胳膊，小王八蛋竟然把老家伙搬了出来。

时笙心底憋着火，一怒之下就把贺家收拾了。但是时笙也受了伤，她现在只是肉体凡胎，不能大规模使用小球。如果不是仗着她空间有不少东西，真要是单打独斗，她有可能还真干不过这些人。

四方城的人都是刀口舔血地过日子，没有谁还保有善良，只有无尽的掠夺。这样的地方，不在乎良知、道德、情义。

成王败寇，胜者为王。四方城的规矩，谁杀了城主，谁就是新一任城主。时笙灭了贺家，她就是城主。有人想趁机杀了时笙，城主之位得来全不费工夫。

"咯咯……"时笙撑着铁剑，脸色发白地咳嗽了两声，鲜血从嘴角溢出。

她对面站着两个人，四周全是鲜血和尸体，这里就像修罗场。

"小姑娘，不要苦撑了，你确实厉害，可你现在早就油尽灯枯了吧？"男人甲不怀好意地盯着时笙，"看你长得也不错，乖乖地叫几声哥哥，让我们乐和乐和，哥两个说不定还能饶你一命。”

从她做任务那日开始，还从来没有这么狼狈过。

车轮战，果然最讨厌。

“呸。”时笙吞了一口血，随意擦了擦，“你们是觉得自己长得艳压群芳，还是修为天下无双？就这熊样，还敢跑到老子面前瞎说。”

男人甲神情一怒，正要说话，就被男人乙给拉住了：“小姑娘，过嘴瘾可没什么意思。”

“哦。”时笙扯着嘴角笑了下，平静的眸子里漾起层层涟漪，诡异而阴森，“那我就……教你们重新做人。”时笙身形一闪，挥着铁剑冲了过去。

两个男人大概都没想到时笙竟然还有力气，诧异了一瞬，很快迎战。他们心想，就算她还有力气，肯定也是最后的一丝力气了。但是很快他们就发现，根本不是这样的。她除了脸色苍白，根本没有力竭或灵力消耗过度的样子。两人却渐渐体力不支，这个女人好邪门。

男人乙心生退意，再这么打下去，迟早得死。时笙的铁剑已经到了跟前，男人乙突然抓过旁边的男人甲，甩到时笙的铁剑上，自己朝外面狂奔。男人甲被铁剑刺穿，大概做梦都没想到，自己会因同伴而死。少女略显凉薄讽刺的精致面孔，是他最后看到的景象。

“看，我说教你们重新做人，放心，他很快就下去陪你。”时笙将铁剑抽离，闪身追了上去。

男人乙眼看就要跑出城主府，后背突然一凉，胸前多了硬物。他的身形猛地朝前扑去，倒在城主府的大门上，利刃在胸腔中来回摩擦，刺耳异常。那声音却像死亡序曲，他面前的一切都变得虚无起来。背后有脚步声，很轻，如同踩在他的心尖上。他听到后面有少女轻灵的嗓音响起：“下辈子别做人，太累。”

时笙将铁剑从尸体中抽出来，毫无形象地坐了下去，大口大口地喘气。五脏六腑像是被火烧灼一般疼，时笙小脸挤成一团，好一会儿才缓过来，仰头躺了下去。再来个人，她就要死了。要是能靠想一想的，让对方挂掉就爽了。

【宿主，脑洞不要开太大。】

系统冷不丁冒了一句。

时笙没理会它，系统也没再说话。

满是血污的地面，尸体横七竖八地躺着，时笙躺在一堆尸体中，乍一看还以为是死的。

天色渐渐暗下去，月上树梢，清冷的月光洒在地面上，将整个城主府映衬得阴森森的。

一夜安宁。

打也打了，时笙自然没有不占的道理。于是她占地为王。那么多人去杀她，她都没死，实力毋庸置疑，四方城的人默认了她城主的身份。

自从时笙当了城主，四方城更乱。城主府就她一个光杆司令，她又不管事。除了偶尔能看到这位城主从街上大摇大摆地晃过，其余时间根本不见她的人影。

这几日，四方城特别热闹，流动人口增加了不少，让那群喜欢不劳而获的无业青年多了不少收入。

秦琅月和江慕在进四方城时被几个人拦住了。

时笙不在的日子，秦琅月过得也不太好，学院的人刁难她，还有个傻子在她身边转，整天就知道惹事。这次她来四方城，是为了即将出世的异宝。这个消息是钟十一告诉她的，学院也会带人前来，但是她先走了一步。

“新来的？进城要交保护费，赶紧把你们身上值钱的东西交出来。”穿得吊儿郎当的青年吹着口哨，说着经典台词。

这几天来到四方城的人虽然多，他们敢动手的对象却很少，对方好多都是结伴而行，还有一些大家族的，那些人他们可不敢动。

此时看到一个小姑娘和一个少年，他们怎么会放过。

“让开。”秦琅月冷着脸呵斥。

“哟，小丫头够辣的啊。”青年们哄笑几声，“这里是四方城，不是外面那些地方，不交保护费，你们休想进去。”

“找死。”江慕周身气势一盛，然而还不等他出手，远处突然跑来一个人，嘴里还喊着话。

“城主有令，关闭城门，从今日起，不放任何人进入四方城。”

“城主有令，关闭城门，从今日起，不放任何人进入四方城。”

“城主在城里吗？”四周的人立即低声交流起来。

“上次我见她出城了，没看到回来啊……”

“他们家城主神出鬼没的，要找人比上天还难。”

“这个时候关城门……城主想做什么？”

“现在来的都是大陆上有头有脸的人，城主也不怕得罪人。不过这么一想竟然有些爽，那些人自诩了不起，看不起我们，现在城主把他们关在外面，哈哈哈，可谓解气。”

四方城的人多多少少都和大陆上的人有些恩怨，要么是在大陆上杀了人，大陆容不下他们，要么是为躲仇家。

所以，这些人看大陆上的那些人，自然没什么好脸色。

之前进城的那些，已经和本地居民发生了不下十次的斗殴。

城主没出来说话，他们也只能在心底暗恨。

拦着秦琅月的人对视几眼："小姑娘，我们城主可发话了，马上就关城门，你不把保护费交了，我们就只好把你撵出去。这四方城外面晚上可不安全，落日森林里的魔兽时不时要出来溜达一下。"

落日森林就是四方城外的那片森林，占地极广，没人能穿越落日森林，里面魔兽无数，许多人会将历练地点选在此处。

秦琅月皱眉："现在还是白天，你们城主为什么要关城门？"

正午刚过，离天黑尚早，平白无故关城门，肯定有猫腻。

"城主做事我们哪里知道。"青年嗤了一声，这个命令还是城主上台这么久，颁布的第一个命令，"小姑娘，你进不进啊？喏，那边关城门的人已经来了。"

果然，那边有几个高个子大汉朝这边走来，二话不说就将站在城门口的人往外面赶。

四方城的城门一直有专人管理，所以就算换了城主，就算城主是光杆司令，城门这边也不会没有人。

"都出去，出去，城主说了不许进人，你们站着干什么？出去，快点。"

"你们怎么回事啊，还有没有王法了？"

大汉冷笑地看着说话的那人："王法？在四方城，城主就是王法。"

"这城不就是给人住的？你们怎么还霸占着不让人进，这不合理吧？"

"就是，凭什么让我们出去啊？外面晚上那么危险，让我进去。"

"让我们进去，让我们进去。"

刚才那人喊完话，城门就被人给拦住了，此时外面和已经进来被往外赶的人，吵得不可开交。

"吵什么吵，再吵别怪老子不客气。"其中一个大汉突然扔出一团绿色的灵力。

众人瞬间安静下来。

灵尊……这个大汉竟然是灵尊修为。

灵尊在大陆上随便都能混成一个大家族或大门派的长老，四方城的灵尊竟然是关城门的？

四方城的人修为比外面的人要高许多，他们不但每天面对来自人类的威胁，还要面对落日森林的威胁，那些不努力的，早就死了，留下来的，自然都是有实力有手段的。但这种人也不是遍地走，四方城的灵尊数来数去，也就那么十来个。

“敢问这位大哥，是什么原因要关闭城门？”秦琅月站得比较近，此时没人吵嚷，她的声音就显得很突兀。

“是啊，不让我们进去，你总得说个原因吧？”

大汉板着脸：“我们只是按城主吩咐行事，什么原因我们哪里知道。”

“那你把城主叫出来，他一个小小的城主，还想把我们这么多人拒之城外，他可知道会得罪多少人？”

大汉冷眼看着那人，他们都见不到城主，你们还想见城主，做梦呢？

“得罪多少人，说来听听。”轻灵的声音穿插进来。

那个激动的人似乎没有发觉回话的人声变了，张口就道：“不说我们，大陆上各大家族势力，甚至皇室——”

那人还没说完，人群中就有人大喝一声，打断了他。

“沈瑶光！”

沈瑶光。

不需要任何说明，只需要三个字，就让在场的所有人将目光汇聚在不知何时站在后面的少女身上。她穿着一套紫色长裙，和大陆上那些姑娘的不一样，她的看上去更方便打架，但款式依旧华丽，腰间坠着流苏，裙摆很飘逸，微风一过，就能带动裙角。少女容貌精致，肤白如玉，嘴角微微上翘，像是在笑，又像嘲讽。这就是那个一夕毁掉沈家，得罪大陆无数家族的沈瑶光。

秦琅月上下打量了时笙几眼，她看上去什么事都没有，修为貌似还精进了。

“沈瑶光，你怎么会在这里？”

“我在哪里，关你屁事啊！”时笙就差翻白眼了。

秦琅月脸色一黑，江慕直接释放了杀气，大有弄死时笙的架势。

“把他们都给我赶出去，进了城的，也给一个个找出来，扔出去。”时笙无视江慕的杀气，扭头对着大汉吩咐。

大汉还在愣神状态，他竟然看到城主了，还知道了城主的名字……沈瑶光，城主的名字怎么这么好听呢？

听到时笙的话，大汉才回过神：“好的城主，属下一定办好。”城主不但有实力，人还漂亮，谁以后娶了城主，是谁的福气哇。

大汉还在内心盲目崇拜。

“什么，她是城主？”人群中有人大吼了一声，“你们知道她是什么人吗？她一个屠杀自己家族的女人，你们竟然还让她当城主。”

“四方城的规矩，胜者为王。”大汉的声音传遍所有人的耳朵。

这四方城的人，哪个手上没染过血？大惊小怪。

四方城好多没出来历练的子弟都不知道，即便知道的也只知道四方城的人不好惹，这里面的弯弯绕绕，没几个人摸得明白。

大汉这么说，他们也没办法反驳。但是现在一个大陆上人人唾弃的对象，竟然把他们关在城外，怎么想都丢脸。于是，有人暗自想动手。

有一个人动手，自然有第二个，城门口立即混乱起来，各种灵力乱窜，时笙站在里面一点的位置，神色漠然地看着。大概时笙做城主向来不管事，他们行事方便，加上她又是这么一个漂亮的小姑娘，四方城的人竟然自主地将她保护起来。

有实力有身份的都在后面，现在来四方城的要么是打头阵的，要么是一些小势力，根本不足为惧，四方城的人很快就将闹事者压下去，全部赶出四方城。

“城主，我们把他们赶出去做什么？”关上城门，之前那个灵尊大汉才凑上前问时笙。虽然他揍得很爽，但等他们的大部队来了，怕是不好收场。

时笙扯着嘴角笑，就在大汉以为她要说出什么惊天秘密来的时候，她只轻飘飘来了一句：“看不惯他们。”

看不惯他们……所以就把他们赶出去？新城主好任性。

“最近怎么这么多人进城？”她最近没在四方城，一回来就发现四方城全是陌生面孔。组团来围观四方城吗？

大汉诧异：“城主不知道吗？”

“知道什么？”本宝宝不在的时候，发生了不得了的大事？

大汉嘴角抽搐，这么大的事，城主竟然不知道，她真的是城主吗？

组织了下语言，大汉才道：“落日森林有异动，外面都说有异宝出世，这些人为异宝来的。”

“异宝？什么异宝？”玄幻世界，一个厉害的东西出世，立即会引得四方动荡，八方来袭。然后男女主角借机捞一笔，发展一下感情，堪称套路里最重要的一环。

大汉尴尬了，挠了挠脑袋：“这哪儿知道啊，得等异宝出世，或是进去了才知道。不过这次来的人这么多，恐怕不是什么简单的东西，城主，我们要不要也……”

大汉后面的话没说出来，但是时笙懂的——要不要插一脚。

“你们想要就去呗，问我做什么，我不管。”时笙摆摆手，“把城门看好了，城里的人也给我揪出来，扔出去。”语毕，时笙转身就走。

大汉又是一阵“黑线”，这城主的画风怎么这么不对劲？别人做了城主，哪个不是耀武扬威，她倒好，啥事不管，还不见人影。城主大人，你这样迟早会被篡位的！

果然，自从时笙下令关闭城门后，来的人越来越多，找碴儿的人那是一拨接一拨。但是想进城，并不是那么容易。

四方城建在落日森林外围，自然有防御用的阵法，阵法开启，这些人也蹦跶不出什么浪花。也许聚集的人太多，落日森林的一些魔兽跑了出来，一到晚上，城外就鬼哭狼嚎的，听得人头皮发麻。

“城主，城主，您在吗？”城主府外，之前那个大汉扯着嗓子吼，神色略显焦急。可喊了半天，里面没半点动静。

“城主不会不在吧？”

“不应该啊，阵法开启的时候城主还在城里，她要出去，我们不可能不知道。”

“那她怎么不出来？要不进去看看……”

这个人的提议虽然有些冒进，但大汉还是同意了。

城主府说是府，其实就是个四合院，一跳就进去了。院子里空荡荡的，什么都看不到，只有一间屋子有光亮。

大汉敲了敲门，依旧没人应，和其他人对视几眼，大汉试着推门，房门没有锁，轻轻一推就开了。看清房间内的景象，大汉有种走错门的感觉。满地的书，随意扔在地上，整个房间除了一张床、一张桌子和椅子，其余的全是书，就连进门的地方都有。

他垂头一看，嘴角又是一阵抽搐，这是什么？春宫秘籍！花房秘史！城主都在看什么奇怪的东西？还有，城主哪儿弄来这么多的书？

“你们在干什么？”

大汉一个激灵，猛地回头，就看到一个黑影站在院墙上，黑影从院墙上跳下来，走进光线区，众人这才看清来人。

大汉觉得自己的三观正被不断刷新：“城主……你干吗翻墙？”门是拿来当摆设的吗？

“懒得开门。”时笙应了一声，目光又转向被推开的房门，“你们在干什么？”

懒得开门，所以就翻墙？到底哪个更费力啊？

“那个……我们见房间有光，以为城主在房内，但是叫了半天没人应，所以才……”大汉解释。

时笙盯了他几秒，看得大汉恨不得找个地缝钻下去。

“找我什么事？”时笙朝着房间走，一脚踢开挡路的书，走到里面。

大汉和其他人看得冒冷汗，大汉没敢跟进去，只站在门口道：“外面的人在合力破防御阵，他们人多，不知道防御阵能坚持多久，所以……”

现在到的人已经有大家族的，那些人联合起来破阵，防御阵估计坚持不了多久。

“他们进不来。”时笙挥挥手，“回去洗洗睡，少管闲事。”

这不是闲事啊城主，这关乎四方城的生死存亡。那些人要是进了城，还不得算账啊？

时笙一脸不耐烦，大汉说破了嘴皮，时笙要么不吭声，要么让他回去，最后直接关上门。四方城有史以来最任性的城主已上线。

时笙坐在椅子上，手中拎着一本书，随意地翻着，书名很正常——《上古》。

里面的字很小，写这本书的人应该是个姑娘，字体娟秀，不时还能看到插画，画的都是一些魔兽，几乎现在所有的魔兽祖宗都能在这上面找到。

前一半记载的就是魔兽，后一半记载的却是一些闻所未闻的药材与禁术。

时笙将书页翻到最后，有明显的撕痕，而在左侧，记载的是一种名叫红袖引的禁术。很好听的名字，这禁术却是用在男子身上的。

禁术只记载了一半，剩下的被人撕掉了。按照前面的记载方式，后面的应该是这个禁术的解法，现在却被人撕掉了。

红袖引的来历很狗血，总结起来说，是一个男人引发的血案。

从前有一对夫妻，丈夫在某一天出轨了，妻子挽回不了，还被丈夫和“小三”弄得半死不活。妻子心有不甘，自行钻研多年，终于创造了一个禁术。这个禁术就是红袖引。男子中了这个禁术，必须喝女子的血才得以缓解，而且必须是施展禁术的女子所指定的女子血液，其他人的都不行。所以，丈夫活活吸干了“小三”的血，最后还是死了。从此，红袖引就流传下来，专门用来对付那些负心汉。

然而……步惊云为什么会中红袖引？他负了谁？他也不需要特定的女子鲜血，只要是个女的，他喝了就可以缓解。时笙只感觉狗血一盆一盆在往她身上泼。

时笙将书收起来，找了这么久，也就找到这么一本有用的，偏偏重要的部分还被撕掉了，气人。

因为城主不靠谱，大汉满心忧愁。但他很快就发现自己的担忧是多余的，城墙下那些攻击的人，没多久就放弃了，因为有外敌来袭。他们如此大范围使用灵力，落日森林的魔兽闻到味道，可不得火急火燎朝着食物奔过来。

还没进落日森林，就折损不少人，那些人可是将四方城和沈瑶光恨得牙痒痒。

等人到齐了，进入落日森林的时候，除了后面赶到的，几乎所有人都是一副被过度摧残的样子。

秦琅月遇到了男配角N号，某个佣兵团的少主，所以这些日子过得比其他人好得多。

大部队分批进入落日森林，因为没有异宝的确切位置，这些人走的方向也不同。秦琅月一开始还跟着那个佣兵团，后面遇到了狼群，就和佣兵团走散了，连江慕也不在她身边。她身边跟着的是时笙。

别问时笙，她为什么会和女主角在一起。女配角和女主角那是真爱，不在一起那是要遭雷劈的。就算她避开了秦琅月，可各种意外还是会让她们遇到彼此。给强大的剧情君点赞。

时笙此时看上去比较悠闲，秦琅月却有些狼狈，两人中间横着一条小溪，溪水哗啦啦奔向远方。时笙没动，秦琅月也没动，只是警惕地看着她。时笙眼睛有些酸，转了转眼珠子，突然朝后面的森林退去。秦琅月看着她的身影隐没在灌木丛中，这才松了口气。

进入森林后，时笙几乎一路奔波，没有喘口气的机会，在这里遇到沈瑶光，完全在她的预料之外。

这个女人给她的感觉不太好，所以遇到时笙，她的第一反应是戒备。

秦琅月等了一会儿，确定时笙走了，这才走到溪边整理。溪水很清澈，看到水她就想到自己好多天都没清洗了。又往上游走了一段，她确定四周无人，便脱掉衣裳下了小溪，舒舒服服地开始洗澡。就在她洗得舒服的时候，对面的林子里突然响起声音，是某种东西摩擦树叶产生的沙沙声。她心头一紧，伸手去拿地上的衣裳，手刚碰到衣裳，林子里就蹦出一头狂风狼，威风凛凛的身躯，凶悍的眼神，锋利的獠牙。

第一只狂风狼跳出来后，后面接着第二只，第三只……秦琅月僵在那里，这狂风狼的威力，她之前才领教过，群居、速度非常快、很团结，是极其聪明的一种魔兽。

秦琅月不动，狼群也不动。

最先跳出来的那头狼身躯明显比别的狼高大许多，其他狼也对它非常恭敬，这是这群狂风狼的王。狼王泛着绿光的眸子动了动，似乎有些不解自己追的人怎么变了。但人类都是无耻之徒，狼王眼底闪过一丝凶光，低吼了一声，狼群立即朝着秦琅月扑了过去。

秦琅月心都提到了嗓子眼，狼群一动，她抓着衣裳就披到身上，跳上岸，往远处的森林跑去。狼王恼怒地吼了一声，所有狼都如闪电一般追了出去。

落日森林基本是没路的，所以秦琅月这个人类在森林中跑，其实很吃亏，没多久就被狼群包围。

秦琅月身体下面是悬空的，冷风直往她身体里灌，浑身都是鸡皮疙瘩，又被这么多狼盯着，她不由得哆嗦了一下。难道她今天要折损在这里？契约兽之前为了帮她，已经陷入沉睡，她现在怎么叫都没用。

狼群越聚越多，秦琅月一咬牙，拿出武器开始攻击。她不能死在这里！别人穿越都能混得风生水起，她为什么不可以，她绝对不能死在这里。

然而秦琅月小看了狂风狼的威力，那么多的狼，她就算一只一只杀，也会杀到手软。秦琅月体力渐渐不支，恢复灵力的丹药她有，但是恢复体力的没有。

狼王看准机会，一下子将她扑倒，咬住了她的脖子。秦琅月倒在地上，身上的衣裳散开，露出白花花的娇躯。狼王狠咬了秦琅月一口，她还来不及反击，就晕了过去。

时笙引完狼，还跟着这群狼在后面看戏。看到狼王本来打算杀了秦琅月，可是在秦琅月白花花的身体露出来的时候，它竟然改变了主意，只把秦琅月给弄晕带回去了。时笙那叫一个心塞，气得直挠树。老子是让你杀她的，不是给你找媳妇的！你带回去几个意思啊！你是一头狼，知道吗？就算你是只能化形的狼王，你也是只狼，人和兽是没有好结果的。

时笙差点没忍住掏小球，想把这群蠢狼的老窝给炸了。最后肯定是没炸成的，不过她又去把附近的蛇窝捅了，引到狼群的老窝外面。

两个种族干架，还是蛮好看的。两种魔兽都是群居，还都是肉食，又离得这么近，平时想必也没少为了地盘、食物起冲突。这次干起来，可是天雷勾动地火，非常壮观。

狼王和蛇王互相看不顺眼，但蛇王的实力要高一些，最后蛇王赢了。狼王大概不想死，就提出将秦琅月送给蛇王。在落日森林很少看到人类女性，所以在狼王提出这个要求的时候，蛇王装模作样地考虑了一会儿，才勉为其难答应下来。

于是，秦琅月又被转手送给蛇王。大概因为时笙改变剧情太快，秦琅月的金手指缓冲跟不上，她连反抗的机会都没有，就被蛇王带回蛇窝。

这件事时笙是不知道的，她引完蛇就走了。反正女主角死不了，就是这么厉害。

落日森林出土……呸，出世的宝贝最终被皇室的人先找到。这些人身上都有传音玉，几乎是在皇室刚找到宝贝的时候，这个消息就在各大势力和家族间传遍了。所有人都奔着宝贝去了，沸腾了许久的落日森林越发沸腾。

时笙跟着大部队到了事发地，发现不只人类，还有各式各样的魔兽。

两方大部队隔着一面湖泊遥遥相望，湖泊中间有一株类似莲花的植物，不过它的花瓣是七彩的。是的，没看错，就是七彩的。简直就是传说中的七色花。不知道一瓣可不可以完成一个愿望。

此时，七色花还没开，空气中浓郁的灵气却是谁都感觉得到的。时笙在原主的记忆中扒拉了一下，没扒拉出这是什么玩意，又扒拉了下剧情，总算有了它的名字——七色莲。

说白了还是莲花，变个色，等级就高出普通莲花数百倍。七色莲千年开花，千年结果，据说果实可以起死回生。而花瓣有增长修为的作用，一片花瓣可以让一个灵尊突破灵圣。灵圣，九州大陆上十根手指都数得过来。灵圣强者，可抬手间让一座城池灰飞烟灭。两个字，厉害。

谁家要是出了灵圣，那个家族的地位分分钟要上升到领头羊的位置。在这样的诱惑下，此时想要得到七色莲的人，绝对要绕九州大陆几圈。

时笙找了一个能全方位看戏的地方，坐等一群禽兽和一群人类开战。

等待七色莲开花期间，人类似乎结成了联盟，以皇室和几大家族为首，其余势力则各自找了联盟。

“九幽殿的人来了。”

“九幽殿……他们怎么来了？”

时笙偏头看过去，正好看到护法带着人气势汹汹地过来，人群中没有步惊云。时笙收回视线，步惊云上次的伤估计还没好，不跟着来也对。

九幽殿的人霸气地占据了最佳位置。

不服？来啊，打架啊！拳头硬就是大道理。

晚间时分，时笙无聊地晃着腿，这么多人守着一株花儿，它却矜持地久久不开，时笙恨不得上去将它掰开。

就在她暗自考虑要不要去掰开的时候，后面的树枝突然一重。时笙脸色微变，手腕翻转，铁剑猛地出现，反手就朝后面横扫过去。树叶沙沙地响，身后却没有人。时笙哼了一声，将铁剑收回："来了躲躲藏藏做什么，步惊云。"

红影从上方落下，轻巧地落在时笙面前："哼。"

时笙紧了紧铁剑，好一会儿才松开，反身坐了回去。步惊云不高兴地哼了哼，见时笙不理自己，直接跳到时笙旁边的树枝上坐下。时笙还是不理他。步惊云心底有些急，张着嘴，却半晌没憋出一个字。

这个女人故意不和他说话，他也不和她说话。但是很快，步惊云就有点坐不住了，在旁边动来动去。时笙烦躁地皱眉，伸手就把步惊云推了下去，反正下面是草丛，摔也摔不死。绝色的红衣男子躺在绿油油的草丛中，愣神地看着树上的人，表情可以称为迷茫。

时笙看那红衣有些碍眼，从树上跳下去，伸手就去扒他的衣服。步惊云抓住时笙伸过来的手："你干什么？"

"扒衣服。"时笙用巧劲挣开步惊云，爪子伸到他腰间。

步惊云气得脸色发红，死死护住腰带："不许。"

时笙冷笑："谁让你穿一身红到我面前晃的？手拿开，不然我动粗了。"

"动粗我也不。"步惊云哼哼，这是他的衣服，他的！这个女人怎么那么喜欢扒他的衣服，不要脸。

"真的不放开？"

"不。"步惊云捍卫着自己的衣服，"沈瑶光，你别乱来，信不信我自杀给你看。"

你还威胁上瘾了是吧？老子今天不扒了你……

步惊云目光闪了闪，手疾眼快地抱住时笙的脖子，直接亲了上去，翻身就将时笙压在了下面。红衣散开，挡住她娇小的身躯，步惊云将她整个人禁锢在怀中，带着几丝缠绵地吻着她。时笙被亲得愣神。你一言不合就亲是几个意思。时笙故技重施，想咬步惊云，但他这次学聪明了，快速将舌头退了回去，只用唇瓣贴着她的唇，轻轻摩擦。他一点也不想承认自己想念她的味道，但他的身体比他诚实。

哼！都是她勾引自己。步惊云这么一想，重重一口咬在时笙的唇瓣上，舌尖有意无意舔过她的唇瓣，带起一阵酥酥麻麻的感觉。时笙身体颤了颤，不是被亲得起了反应，而是气的。她的目光变得有几分阴森起来，步惊云警觉时笙不对劲，想放开她。这个女人不好惹，他得吃了就跑。

步惊云还来不及放开时笙，就被她抓住了胳膊，时笙猛地加大力道，一个翻转，他就被压到了下面。时笙手指掐着他的脖子，微微俯身，低头看着她，他能从她的眸子里看到自己的倒影。

"步惊云，胆子肥了是吧？你知道这是什么行为吗？你这是耍流氓，信不信老子弄死你。"

"你心虚？"时笙强迫想移开视线的步惊云看着自己。

步惊云不开心地哼哼，本尊才不是心虚。

时笙忍着一剑砍死他的冲动，放开他，人还是坐在他身上："你怎么到这里来了？"

"这个大陆有哪里是本尊不能去的。"步惊云高冷地回答，余光却不断在时笙身上打转。她果然是关心自己的，口是心非的女人。

时笙白了他一眼："地狱你去不去？"

时笙突然抓住步惊云的衣襟，另一只手摸到他腰间，快速解开腰带，麻溜地剥掉他外面的红衣。步惊云想挽救已经晚了，只能眼睁睁看着自己心爱的红衣被时笙暴力地撕成碎片。

"沈瑶光！你对殿主做了什么？"护法的声音突然在后面响起。他看着满地的碎衣裳，再看看自家殿主生无可恋地躺在地上，想象着时笙强行占有自家殿主的画面，胸腔中的怒火便噌噌地往上冒。这个妖女竟然敢这么对待殿主。简直是……不能忍。

"我能对他做什么？"时笙莫名其妙地看了护法一眼。她一没打他，二没骂他，就是扒了他的衣服而已，至于这么激动吗？大惊小怪！

"沈瑶光……"

"回去。"步惊云从地上站起来，冷眼看着护法。

殿主，你不能区别对待啊！为什么每次看他都是这么高冷，他不服！他竟然还比不过一个殿主认识几个月的女人。

迫于步惊云的压力，护法只能一脸"我家殿主竟然被人玷污了，殿主还胳膊肘往外拐，我感觉自己失宠了"的表情回了大部队。

时笙跳回了树上。步惊云也跟着上去，时笙没撵他，对于刚才的事，她只字不提，好像对她来说，这只是一件很平常的事。

步惊云胡思乱想，天色渐渐黑了。夜晚再看那株莲花，散发着莹莹的光，格外好看。当月亮升到中天的时候，那株含苞待放的七色莲以肉眼可见的速度开放。

嗷！

"开了，开了。"

人类和魔兽的声音同时响起，一道道黑影从湖泊两边同时掠向中间。

七色莲的花期很短，正常时间也就五分钟。五分钟不摘，七色莲的花瓣就会凋零，开始进入结果期。

五分钟能干什么？五分钟能吃一桶泡面，能打一把游戏。时间看上去很长、很足，但在此时看来，这点时间根本就不够。

人类不想让魔兽得到七色莲，魔兽自然也不想人类得到，更何况魔兽大军还有长翅膀的，能上天的。人类虽然修炼到灵皇阶段就可以御空飞行，但也很耗费灵力，哪有人家自带的好用，两爪子就把你给拍下去了。

“你要七色莲？”看戏的时笙扭头问步惊云，她看到九幽殿的人在里面浑水摸鱼，去抢七色莲。

“不……”步惊云下意识摇头，话还没说完，立即打了个转，“嗯。”

“那玩意有什么好的。”时笙皱着眉嘀咕了一声，把铁剑拿了出来，“在这里等着，我去给你抢回来。”

步惊云：不对啊，这台词不是该他说吗？

“等——”

时笙根本没听他说话的意思，直接蹿了出去。时笙速度很快，趁着那些人对付魔兽，摸到了七色莲旁边。她正要伸手去摘，旁边突然多了一双白皙的爪子，抓着七色莲连根拔起，水声哗啦，所有的人和魔兽的注意力都被吸引到这边。

时笙顺着爪子看过去，太阳穴突突跳个不停。女主角大人，你还真是无孔不入啊！

秦琅月给了时笙一个得意的眼神，然后朝着岸边蹿去。然后，异象陡生，刚才一直平静的水面，突然甩出几条银色的触须，卷住秦琅月的小腿，将她拽了回来。

这种异宝身边肯定有保护它的东西，要么是异常凶猛的魔兽，要么是某种植物。此时伸出来的银色触须，更像是一种植物。时笙砍掉朝着她伸过来的触须，朝着秦琅月掠去，乘机去抢她手上的七色莲，秦琅月脸上浮起一丝冷笑，七色莲蓦地就消失了。水面又有几条触须甩出，闪电般朝时笙伸来，时笙被迫拉开和秦琅月的距离。

此时水面上几乎全是那种银色的触须，魔兽第一时间退出触须的攻击范围，一些跑得慢的人就没那么好运，直接被拖入水中，咕咚几下，就是一团团黑色的阴影在水面蔓延，血腥味弥漫开来。

秦琅月被触须缠住，眼看就要被拖入水中，一条大蛇从岸边飞射而来，一口咬在那几条触须上，触须吃痛，缩回水中。大蛇用尾巴卷住秦琅月，横冲直撞地撞开伸过来的触须，速度极快地蹿回岸边。

时笙砍掉几条触须，慢了秦琅月一步。结果……她一过去就听到秦琅月说话。

“被沈瑶光抢走了。”

湖面上的触须还在乱晃，被卷住的人哇哇地叫着求救，但是下一秒就被拖回湖中，根本没人救得了他们。密密麻麻的触须，看不清中间是什么情况，刚才最靠近七色莲的就是时笙和秦琅月，现在七色莲不见了，那只有两种可能。不是在秦琅月身上，就是在时笙身上。

秦琅月栽赃陷害给时笙，那这锅时笙背定了。谁让她是专业反派，不背锅干什么。所以，在时笙落地的时候，一群人就快速将她围了起来。

“沈瑶光，把七色莲交出来。”

时笙甩了甩铁剑，看向站在人群中被一个略显阴戾的俊美男子抱着的秦琅月，内心一阵狂躁。

蛇王竟然拜倒在女主角的石榴裙下，简直是……魔兽界的耻辱。

时笙一点解释的欲望都没有。她意味深长地看了女主角一眼，随后看向四周的人，拖着音调，阴阳怪气地问：“想要七色莲？”

“废话，把七色莲交出来。”

“也不是不行啊。”时笙无视那人，眉眼弯了弯，“用秦琅月来换怎么样？”

秦琅月心底本还有些得意，此时听到时笙的话，心底却咯噔一下，生出几分不好的预感。

“秦琅月？你要她干什么？”有人满是疑惑地问，这两人好像没什么仇啊！

“干什么你管不着，你们有考虑的时间，拿秦琅月来换七色莲，或是我毁了七色莲。”时笙说得理直气壮，好像七色莲真的在她手上一般。

“别想动手，我毁掉七色莲的速度可比你们动手的速度快多了。”

时笙这话一出，打消了那些想直接动手抢的人。

沈瑶光的实力还是有的，她若真的要毁七色莲，他们肯定拦不住。

“我们怎么知道七色莲真的在你身上，你拿出来看看。”不知是哪个智障，突然说了一句。

时笙噗的一声笑了出来：“你们是来搞笑的吗？说七色莲在我身上的不是你们吗？逗着我玩儿，还是逗着你们自己玩儿？”

语毕，时笙似笑非笑道：“既然你们怀疑我没有七色莲，那就让我走呗。”

“沈瑶光，少在那里混淆视听，七色莲肯定在她身上。”

这话前面一句是对时笙说的，后面一句则是对着其他人说的。

问出愚蠢问题的人被身边的人狠打了两下，不敢再出声。

场面安静下来，只有远处湖面不断响起水声，那些触须似乎不能离开水，也有长度的限制，只能伸到岸边一两米的距离。所以此时那些触须犹如疯长的头发，在湖面上乱舞，看上去颇为诡异。对面的魔兽似乎有些忌惮这些触须，竟然没有过来，只是观望着。

这边的人面面相觑了几秒，很快各自讨论起来，但是秦琅月已经被人看管起来，什么结果不言而喻。七色莲，一片花瓣就是一个灵圣，拿一个女人去换，很划算的。

那些人装模作样地讨论一番，最后看向秦琅月。秦琅月尽量保持平静，但眼底的愤怒还是倾泻出来。她想算计沈瑶光，没想到沈瑶光反过来算计自己一把。但是她又不能说沈瑶光身上没有七色莲，她现在除了强行打出去，竟然是死局。

“谁敢动我女人。”蛇王在人靠近的时候，忽然将沈瑶光护在身后，语气中满是强横。

能化形的蛇王，修为至少和人类的灵尊持平，他身上的威压横扫而出，一些修为低的人顿时只觉泰山压顶，双腿发软，想要跪下去。

但是这里的灵尊不少，真要打起来，蛇王还不是他们的对手。所以这些人并没有被蛇王吓退，反而有些厌恶地盯着秦琅月。

“竟然和魔兽在一起，秦琅月，没看出来你口味这么重。”

“就算他能化形，他也是魔兽……”

秦琅月听着那些人越说越过分，心中杀机四溢。她和蛇王在一起，那还不是被逼的。对，都是沈瑶光。她问过蛇王，他说是有人引着他出去，他才去狼王那里打架的。加上之前她遇到狼王的情景，明显是沈瑶光设计她的。

她满是冷光的眸子转向时笙，时笙弯着嘴角，回了她一个欠扁的笑容。这笑容落在秦琅月眼中，讽刺极了，像是在嘲笑她的愚蠢。

“你们说完了没有？”反派死于话多知不知道？看看女主角那眼神，一会儿金手指上线，吊打你们信不信，一群智障。

那些人脸色变了变，但也没人反驳时笙。

有人开始对蛇王出手，将他引到旁边，秦琅月被几个人围攻，她的金手指不在，除了本身的实力，根本没啥好怕的。这就是成长型女主角的弊端。真要是遇上一个不按套路走的反派，分分钟就能弄死你，哪里能让你嚣张到最后。

蛇王和秦琅月一前一后被抓住，送到时笙面前。

“废了她的修为。”时笙随便指了个人。

“沈瑶光，你刚才可没说。”

时笙不在意地耸肩：“那我现在加上去行不行，想不想要七色莲了？”

那人瞪了时笙一眼，吩咐人上去废秦琅月的修为。

“沈瑶光，我和你无冤无仇，你为什么要这么对我？”秦琅月此时是真的怕了。她知道被废除修为后，她面对的将是什么。所以她要拖延时间，等她的契约兽醒过来。

时笙眼皮都没抬一下，指尖在空气中点了点，催促道：“快点，磨蹭能下个崽吗？”

那人恼怒地瞪了时笙一眼，但还是加快速度走到秦琅月身边。

“沈瑶光，要死也要死个明白，你为什么这么针对我？”秦琅月急急出声。

“我又没让你死，什么死不死明白的，不要说得那么严重。”时笙笑了笑，然后一转头，又是一脸凶残：“还不动手，不懂怎么废人修为啊？”

不要说得那么严重……被废除修为，那是比死还严重的事好吗？这个女人竟然说不严重。秦琅月还想说什么，但是那个人已经将手掌放到她的头顶，一股灵力从百会穴进入。突来的外界灵力在她体内乱窜，强横地摧毁着她的经脉。她耳边似乎有经脉断裂的声音，痛楚瞬间席卷而上。

“啊！”秦琅月受不了那种痛，惨叫起来，声音格外凄惨，听得人头皮发麻。

“好了，沈瑶光，把七色莲交出来。”

废秦琅月修为的人一收手，立即有人对着时笙吼。

秦琅月的修为被废除，一群想要七色莲的人立即兴奋起来，看时笙的眼神都变得灼热无比。灵圣啊，多么诱人。

时笙嘴角扬了扬，语气讥讽：“我可没什么七色莲。”她刚才可没承认那什么破七色莲在她身上。这些人脑子是被猪啃了吗？秦琅月说一句东西在她这里，就真在她这里啊？

“沈瑶光，你什么意思？赶紧把七色莲交出来。”

“别在那里拖延时间，我们这么多人，你想赖账也得看看有没有那个实力。”

“听不懂话吗？我说，我没有七色莲。”时笙把语速放得很慢，让在场的人都听到了。

“我们已经达成你的要求，沈瑶光你别想赖账，把七色莲交出来，否则她的下场，就是你的下场。”一个高个子男人指着秦琅月，满脸凶狠道。

“沈瑶光，别挑战我们的耐心，快点把七色莲交出来。”

“快点交出来……”

“快点……”

众人一人一句叫嚷得非常欢畅。

时笙不理他们，走到秦琅月身边，那边的人紧张地看着她，随时准备出手。时笙也不在意，直接蹲下身子，捏着秦琅月的手腕。

“沈……瑶光……”秦琅月艰难地抬起头，瞳孔布满血丝，看着有些瘆人。沈瑶光真的让人废了自己的修为……她要杀了这个女人。

“嗯？”时笙指尖在她手上摸索，听到秦琅月叫自己，侧目看着她。

“我……不会……放过你。”秦琅月咬牙切齿地说出几个字。

“哦。”时笙收回视线，指尖微微用力，秦琅月脸色陡然一变。

“你……沈……瑶光，你你你……想……想干什么？”秦琅月想挣开，但是她现在的力道，哪里是时笙的对手。

“拿点利息。”敢栽赃陷害本宝宝，当本宝宝是圣母，还能一笔揭过吗?

“不要。”秦琅月眼底总算出现一丝惊恐，对方在她手腕上摸索着，明显是在找空间手镯。沈瑶光怎么会知道这件事？她从来没在人前使用过，也从没给任何人说过，沈瑶光怎么会知道?

“沈瑶光，你在玩儿什么花样，快点把七色莲交出来。”那边的人等得有些不耐烦。

时笙没回答他，指尖捏着无形的硬物，注入灵力。秦琅月现在受了重创，正是虚弱的时候，时笙想要抹除这个手镯和秦琅月的契约是件很容易的事。果然很快，秦琅月的手腕上就出现一个看上去非常古朴的镯子。

“不要……”

时笙将镯子褪下来，这个世界设定无人的空间手镯，谁都可以进，时笙找到七色莲，将镯子还给了秦琅月。秦琅月给七色莲找了个盒子，也省了时笙找东西保存，拿到七色莲后，她猛地朝远处掠去。她动作突然而迅速，这边的人还没反应过来。

“沈瑶光！”

后面一群叫嚷着追上的人却没发现，时笙是把他们往魔兽那边带的。等他们发现已经来不及了，魔兽对人类可没什么好感，他们这么冲过去，无疑就是在挑衅，魔兽哪里会让他们蹦跶。

时笙甩掉了那群人，又绕回步惊云所在的地方。步惊云和九幽殿的人都在，看到时笙过来，个个警惕起来。时笙将装七色莲的盒子扔给步惊云，满脸嫌弃："喏，真不知道你拿这个来干什么。"

步惊云捧着盒子，嘴角一阵抽搐，她还真的从那么多人手中抢到了？她那嫌弃的表情，会让外面那些人气得发疯的。而且……他之前让人去抢七色莲，是看她守在这里，以为她想要，才想抢来送给她。结果她守在这里，根本就不是为了七色莲。现在让他怎么送出去？步惊云只得默默地将东西收下。

护法也是有些蒙的，这个妖女对殿主好像也没那么坏，这种东西她都可以去抢来送给殿主。

"我们现在去哪里？"步惊云将七色莲给护法收好，转头问时笙。

时笙抚了抚有些皱的衣摆，目光平静地望着森林深处："去打架。"

步惊云无语，除了打架，就不会干别的了吗？难怪没人要，要逼婚，哼！也就本尊这么善良，让她逼婚，换了别人，早就打死她了。

时笙搅得这边一片混乱，自己却淡定抽身，往森林深处进发。步惊云没有带他的大部队，只带了护法。越往里面走，遇到的魔兽等级就越高，护法有些担心。

"殿主，我们这么走下去，不太安全。"

这几天，他见那女人就是漫无目的地往前走，遇上魔兽虽然不需要他动手，但是从今天遇到的魔兽等级来看，再往前可就没那么好对付了。他也不知道殿主怎么了，非要跟着她。

"她不会让我有事的。"步惊云看着前面的纤细背影，嘴角弯起一个极小的弧度。

这句话若是姑娘说的，根本没问题，但现在是个大男人在说，而且还是他心中英明神武的殿主，护法觉得，内心深处殿主高大的形象正在崩塌。

"你先回去吧。"

"啊？"刚才他们在说这个话题吗？

"那怎么行。"反应过来，护法立即摇头，"我必须跟在您身边。"身为护法，他就是来保护殿主的。

步惊云凉凉地看了他一眼，道："我不想说第三遍，回去。"

护法想，可我怎么放心把您交给这么一个妖女……

步惊云眼神更凉了，护法非常憋屈道："是。"

步惊云这才几步追上时笙，两人的身影渐渐消失，被半人高的杂草遮住。

护法挠了挠头，殿主的安全怎么办啊？好着急啊！最终，护法还是悄悄跟了上去，反正他是不放心将殿主和那妖女单独放在一起的。

时笙并没继续往里面走，而是兜兜转转到了一处悬崖边。悬崖对面有一株鲜红的植物，根茎非常纤弱，只有两片叶子，却开着很大的花，摇摇晃晃地开得灿烂，让人很怀疑那纤弱的根茎承受不住它的重量。

步惊云看到那株植物，脸色变了变，看时笙的目光越发幽深。

时笙大概是想过去，步惊云一把拉住她，手掌贴着她的腰，顺势将她拉进怀中，两人挨得极近，近得能听到彼此的心跳声。

“有病啊？”时笙瞪了他一眼，“放开。”

步惊云抿了抿唇，声音压得有些低：“你……从哪儿知道的？”

“什么从哪儿知道的？”时笙翻了个白眼。

“羯云花。”

“关你什么事。”时笙皱眉。

“沈瑶光，”步惊云低低地叫了她一声，眼底光芒很复杂，“你知道我在说什么。”她就不能说一句实话吗？羯云花，是解红袖引的药引之一，他不信她只是巧合地找到了羯云花。

时笙双手抵着步惊云的胸膛，身子微微后仰：“你这么多年不是没找到解身上禁术的办法，只是找不到解禁术所需要的东西。药王鼎我已经给你了，其余的东西我都会给你找来，你只需在禁术解除后，娶我就行了。”

中了红袖引的男子，就算饮下鲜血压制，也活不长。她不清楚步惊云是怎么活到这个年纪的，但是付出的代价绝对不简单。

步惊云愣愣地看着怀中的少女。她说得那么理所当然，胸有成竹。她凭什么啊？可他该死地喜欢她这个样子。

步惊云心中一动，突然低头，温热的唇瓣落在时笙的唇上。时笙第一反应是避开，奈何步惊云突然像吃了大力水手的菠菜似的，一下子变得力大无穷，自己竟然挣脱不开。他几乎是强压着时笙，将她亲了一阵。

就在时笙准备拿铁剑砍他的时候，他福至心灵一般放开时笙，时笙一巴掌拍在他的脑袋上：“步惊云，你耍流氓还上瘾了是不是？”一言不合就亲。

“哼。”

“嘿，你亲老子，老子没和你算账，你还好意思傲娇，你把脸转过来，你还跑……”

两人闹腾了一会儿，时笙才去摘那边的羯云花。步惊云本是不想时笙去的，但是时笙一巴掌就把他拍地上了。

羯云花并不珍贵，但很难见，生长在悬崖峭壁之上，所以在大陆上基本买不到这种对普通人来说没有任何作用的羯云花。

不珍贵，也就代表它没有魔兽守着，时笙轻松地拿到了羯云花。然而就在她准备返回的时候，悬崖下方突然冲出几个黑影，身形庞大，覆盖着黑色的羽毛，翅膀一扇，带起强劲的风，差点将时笙从铁剑上掀下去。

时笙稳住身形，这才看清那几只东西，竟然是黑鹰。黑鹰也是魔兽，鹰的一种，体形很大，翅膀张开足足有十几米，简直遮天蔽日。

四只黑鹰在时笙的头顶上盘旋啼叫，其中两只气势凶猛地朝着她扑来，另外两只却冲着步惊云而去。黑鹰皮糙肉厚，还会飞，比那些地面上的难对付多了。一直跟在后面的护法见黑鹰冲过来，立即跳了出去，将步惊云护在身后。

黑鹰用翅膀扇出强风，趁机攻击，两只还会配合，聪明得令人发指。时笙被弄得手忙脚乱，一时间只能闪避，没办法攻击。

护法要护着步惊云，身上很快就挂了彩。他被一只黑鹰扇飞，另一只黑鹰忽然朝着步惊云掠去，锋利的爪子抓住步惊云的肩膀，翅膀一扇，就飞到了空中。

“殿主！”护法的惊呼，让时笙侧目看去。

悬崖边上，步惊云被一只黑鹰抓住，拎到了半空。时笙皱了皱眉，这人一直是废材样，即便现在也没有反击。

护法挥开一直缠着自己的黑鹰，飞奔向抓住步惊云的黑鹰，将他给救了下来。

“殿主。”护法满脸紧张。

步惊云脸色发白，摇摇欲坠。护法惊觉不对，视线绕到他背后，一片血肉模糊。

“殿主……”殿主怎么会受这么重的伤?

护法来不及深究，天上的黑鹰又开始攻击，他忙抱起步惊云，往远处的林子掠去。这里地势开阔，适合黑鹰攻击，进了林子就没那么容易了。时笙紧随其后，这玩意飞得太快，她连扔小球都不行，完全炸不到。简直气死人。

进了林子，黑鹰在上面弄得树冠哗啦啦地响，但是枝叶太茂密了，它们看不到目标，大范围地闹了一阵就消停了。

护法带着步惊云躲在一棵大树下，时笙站在离他们稍远的地方。

“走了。”时笙见天上的黑鹰飞走，这才几步走到步惊云跟前，“他怎么了？”

护法狠瞪了时笙一眼：“你还好意思问，要不是你，殿主怎么会受伤？”

谁知道他这么废材啊！他是反派好吗？之前不是说他受了伤吗？难道伤还没好？

“反正都是你的错。”护法还在说，“自从遇到你，殿主就各种倒霉，沈瑶光你就是个灾星。”

护法也是气极了，以前殿主从来不出九幽殿，哪里会遇上这些事。他们殿主就算废材，那也是他们高高在上、尊贵无比、他们心甘情愿侍奉的殿主。

后来时笙才知道，步惊云不吸食人的精魂，基本就是个废物。每次吸食精魂，会让他承受更加沉重的负担，所以九幽殿的人都在防着步惊云跑去吸食人的精魂。他之前说的受伤，也是吸食精魂引发的。

对于这个坑人的设定，时笙只想呵呵两声，然后问候作者全家。他是反派啊！你给他设定这么一个坑人的技能是几个意思？体弱多病的反派？

步惊云当真体弱，就被挠了几爪子，竟然昏了大半天。护法嘴里虽然损着时笙，行动上却没怎么限制她，他没听到两人的对话，但羯云花他是看到了，那是殿主让他们一直在找的东西。

这个女人就是说话太难听。

两人带着步惊云，一路火花带闪电地出了落日森林，等到达四方城的时候，步惊云的伤已经好得差不多了。四方城在那些人退出来后，被报复攻击了，好在防御阵够结实，那些人又不够团结，最后不欢而散。而导致那些人不团结的，竟然是秦琅月。

时笙把她的空间手镯暴露出来，只要是女主角有的东西，那必定是稀缺的。九州大陆上的空间物品，可是稀有中的稀有，那些人肯定不会放过空间手镯。

七色莲已经没有了，连空间手镯都捞不到，他们岂不是白跑了？于是为了空间手镯，众人又是一场争执。

而秦琅月的契约兽醒了，带着秦琅月跑了，顺便带走的还有知道她修为废了依旧保护她的江慕。

“琅月，吃点东西吧。”江慕把一些果实放到秦琅月身边，冷硬的眉眼间挂着担忧。

秦琅月目光空洞地躺在地上，机械地回答：“不吃。”

“你不吃，身体会受不住的。”

秦琅月突然坐了起来，歇斯底里地吼：“我说了不吃，不吃，你听不懂话吗？滚啊，我不想看到你。”

江慕被她吼得一愣，好一会儿才道：“可是……”

“滚，给我滚。”秦琅月伸手去推江慕，“滚出去，滚。”

江慕眼底的担忧更甚，为了不刺激秦琅月，他还是退了出去。江慕一走，秦琅月就捂着脸，呜呜哭了起来。她现在没有修为，就跟废人一样，喜怒无常，心底知道江慕是为自己好，可还是会忍不住发脾气。

“主人，还有一个机会可以恢复实力。”契约兽的声音缓缓在她脑海中响起。

秦琅月猛地抬起头，通红的眸子里闪着狰狞的狠光：“什么办法？”她要恢复修为，她要找沈瑶光报仇。

秦琅月前世作为杀手，心性本就比常人坚定，但是心性再坚定的人，遇上一连串打击，也会脆弱得不堪一击。

契约兽沉默了一阵，秦琅月眼神阴狠地催促起来：“你说啊，什么办法？我不要做个废人。”

“主人真的想要恢复吗？即便失去一些东西？”契约兽不答反问，声音有些低落。它和她契约的时候，她明明不是这样的人，此时的主人让它有些害怕。

“是，我想恢复，失去什么我都不在乎。”秦琅月极快地回答，她要找沈瑶光报仇。

良久，契约兽才回答：“嗯，我一定会让主人恢复的。”

秦琅月心急，一再追问，契约兽却什么都不说，只是让她安心等着。

秦琅月晚上做了个梦，梦里有个男童满脸悲伤地看着她，眼神令她极不舒服，像是自己做了什么对不起他的事。她从梦中惊醒，外面的光线照射进来，她伸手捂住脸，粗糙的皮肤让她一惊，她惊慌地在脸上摸了几下，以往光洁的皮肤没有了。

她将手举到眼前，嫩如青葱的手指此时干枯如树枝，上面布满皱纹。怎么会这样？不不，她一定是在做梦。秦琅月安慰自己，然后躺下去，闭上眼。她一定是在做梦，做梦……

“啊！”凄厉的惨叫声响彻黑夜，外面守着的江慕立即闪身进来：“琅月，你怎么了？”

秦琅月抱着头，嘴里发出模糊的声音：“别过来，出去，出去……”

“琅月。”江慕哪里放心，走过去抓住秦琅月，想将她的头抬起来，“琅月别怕，以后我会保护你，你还有我。”

“不要，走开，不要碰我，不要……”她变成这个样子，没人会喜欢她的，都是骗子。

“你听我说，我真的……”江慕的声音戛然而止，身形僵在那里，脸上难以置信的表情被黑暗掩盖。他的身子慢慢地朝地面倒去，喉咙里发出咕噜的声音，却没能连成一句话。

秦琅月也被惊住，好半晌才举起双手，她……她的修为恢复了？而且好像比以前厉害了。

“我的修为恢复了，恢复了，哈哈哈，恢复了。”秦琅月像是癫狂了一般，根本没去看躺在地上渐渐没了气息的江慕。但是很快，秦琅月发现就算恢复修为，她脸上和手上的皮肤还是如此，像个老妪。她死命挠着那些皱纹，直至鲜血横流。怎么会这样，她明明恢复了修为，为什么还会这样？对了！契约兽。是它让自己恢复修为的，它肯定知道自己怎么了。

秦琅月在心底叫着自己的契约兽，可不管她怎么叫，也无人回答她，她甚至感觉不到自己和契约兽之间的联系。之前契约兽陷入沉睡，可她一直能感觉到他们之间的联系。她心底虽有疑惑，但很快就被仇恨压到角落。

秦琅月怀了蛇王的孩子，她修为被废，孩子没有灵力供养，只能吸食她身体里的养分。而契约兽凝聚自己所有的力量，帮秦琅月恢复了修为，它的力量太过纯正，孩子承受不起，于是拼命吸收秦琅月体内的养分保护自己，最终秦琅月虽然恢复修为，容貌却已无法恢复。

秦琅月试了很多办法都没有让容貌恢复，最后只能裹着一身黑袍，将自己遮得严严实实。

外面那些奇怪的打量和窃窃私语，让秦琅月心底很不好受，有时候甚至想出手杀了那些人。她没有立即去找时笙报仇，反而回了九州学院去找钟十一。她要变得更强。如果……如果能得到药王鼎就更好了。可惜那个男人，自从那次她在沈家见过后，就再也没遇上，也不知道他是什么人……

秦琅月的事，时笙自然不知道，她现在也是麻烦不断。大陆上的人知道她回了城，还是不死心，想要抢七色莲。四方城也不能一直关着，所以每隔一段时间，她就会遇上人来找死。

“给你。”步惊云又穿一身红衣，将装着七色莲的盒子递给她。

“给我干什么？”她又不需要这个。

“本尊给你就拿着。”

这是我给你的好吗？你现在送回来是几个意思？

步惊云哼了一声，将盒子放到时笙旁边，转身就走。时笙嘴角抽搐，这人越来越傲娇。当初怎么就没让黑鹰挠死呢？

时笙瞄了眼七色莲，眉眼弯了弯，露出阴险诡异的笑容。你们不是想要七色莲吗？给你们！

最近四方城很忙，他们那画风清奇的城主不知道在玩什么，竟然要宴请大陆上各大势力。先不说那些人会不会来，上次他们将那些人关在外面，那些人要是真的来了，还不得公报私仇，一起算账？

别说这些普通人，就连步惊云都想不通，她没事又去撩拨那些人干什么？步惊云看过她发出去的请帖，帖子上除了被邀请人的名字，就只有一行字——

想要七色莲，来四方城。

接到请帖的人也不懂，但七色莲的诱惑让他们明知是个陷阱，也心甘情愿往里面跳。风险与利益共存的道理谁都懂，天上没有白掉的馅饼。

时隔几个月，四方城再次热闹起来。大街小巷人头攒动，非常拥挤，打架斗殴更是时有发生。

秦琅月裹着黑袍，身形微微臃肿，和钟十一一起进城，戴着黑色面纱的脸上满是扭曲的恨意。

“别担心，等拿到七色莲，你就能恢复。”钟十一拍了拍秦琅月，宽慰道。

“谢谢导师。”秦琅月低低应了一声。

钟十一叹了口气，他最看好的弟子竟然被人弄成这样。

秦琅月的目光落在自己微微隆起的小腹上，眼底全是狰狞的恨意。如果不是钟十一说不能拿掉这个孩子，她真的很想打掉他。她不知道自己怀的是蛇王还是狼王的孩子，但是不管哪一个都是耻辱，她自己还因为这个耻辱变成这副样子。如何不恨。幸好，她还有机会。只要拿到七色莲，她就能恢复年轻貌美。

“城主过来了……”人群突然一阵骚动，秦琅月被人挤到一旁，要不是钟十一伸手扶住她，她差点就被撞到地上。

人群自动让开一条路，紫衣少女和红衣男子从城门的方向进来，好一对璧人。

秦琅月看到时笙的时候，身上浮起一股浓郁的杀气，好在此时城中不少人想杀时笙，各种杀气汇聚在一起，她的就显得不怎么明显。

钟十一拉住秦琅月，冲她微微摇头，让她别冲动。

秦琅月深吸一口气。沈瑶光，就让你多活一些时候。

她的目光落在和时笙并肩而行的男子身上时，顿时瞳孔紧缩。是他，那个拥有药王鼎的男人。

时间来到请帖上说的那天，所有人早早就到了，各自占据了位置。比较突兀的是裹着一身黑袍的秦琅月，和一个戴着面具的男人。那个男人气势强大，目光凌厉，四周空荡荡的，没有一个人。

这是回形楼，所有人都聚集在最下面，时笙抱着盒子出现在二楼，惬意地打着招呼："嘿，好久不见。"下面一阵诡异的寂静。

第一个打破沉默的是一个满脸络腮胡的威猛高大的汉子："沈瑶光，你玩儿什么花样？"他声音粗犷，整栋楼似乎都被震得颤了颤。

时笙靠着二楼的栏杆，目光平静地看着络腮胡大汉："我好歹也是一城之主，你沈瑶光沈瑶光地叫，当自己在叫什么？"

"老子叫你沈瑶光都是给你面子，你知道外面的人怎么叫你的吗？"络腮胡大汉顿时就怒了。

旁边的瘦高个男子立即拉住他，脸上写满了精明。猴精一词用来形容他最适合。他先安抚了络腮胡大汉几句，随后拱手对时笙点了点头："沈城主，不要和他一个粗人计较，我们是受你邀请来的，你是主，我们是客，你多担待。"

"你这意思是说他骂我，我不能还嘴，他打我，我也不能还手？"时笙挑眉问道。她是主怎么了？她逼着他们来了吗？

猴精男顿时语塞，他明明不是这个意思……

"沈城主，咱们明人不说暗话，也别整那些虚的，大家都是为了七色莲来的，你说，要怎么才能把七色莲给我们，是拍卖还是怎么的？"有等不及的人开口了。

时笙将盒子放到栏杆上，下面人的视线都黏在时笙手中的盒子上。气氛压抑起来，空气中暗流涌动。时笙打开盒子，磅礴的灵气立即倾泻而出，让人身心舒畅。垂涎贪婪的目光似乎能将空气点燃，下方的人蠢蠢欲动起来。

"我叫你们来呢……"时笙拖长了声音，将七色莲拿出来，离盒子远了些，七色莲的色泽顿时暗淡几分。

"不要拿出来。"下面立即有人喊，"拿出来会失去效果。"

七色莲一半在盒中，一半暴露在空气中，时笙看了男人一眼，继续慢吞吞道："我叫你们来，是让你们观赏七色莲被毁掉的经过，免得你们老是惦记我。"

什么？一群人睁大了眼，他们好像听不懂，刚才她说的是人话吗？观赏七色莲被毁掉的经过？

然后他们就眼睁睁地看着时笙将整株七色莲拿出来，暴露在空气中。

"沈瑶光！"秦琅月凄厉的怒吼声拉回了众人的神志，他们纷纷使用灵力，腾空而上，欲抢夺七色莲。

然而时笙一点也不畏惧，嘴角勾着讽刺的笑容。

那些人刚来到二楼，突然如同下饺子一般掉了下去，接着下面就倒了一片，勉强能站稳的，也是有气无力，不敢动一下。

“别白费力气了，自从你们踏进这里，就中了毒。”下面的人一听，立即想用灵力将毒逼出来。

“友情提示，使用灵力，会死得更快。”

时笙话音刚落，最先使用灵力的几人就开始口吐白沫，倒在地上抽搐起来，十几秒的时间就断了呼吸。这一变化让在场的人脸色大变。

“沈瑶光，我们的人没有全部进来，就算你给我们下毒，等他们发现，也迟早会把我们救出去，你这么做就是与整个大陆为敌。”

“说得我好像要对你们做什么似的。”时笙撇撇嘴，“我就是请你们来观赏七色莲被毁的经过，好给我做个见证，别整天没事围着我转。”

时笙将已经彻底失去光泽，即将枯死的七色莲扔到下面，幸灾乐祸道：“你们要的七色莲，多看两眼，说不定这辈子也就这么一次。”

下面的人被气得吐血。这个沈瑶光简直丧心病狂。把这么多人请来，结果就是让他们眼睁睁看着七色莲变成废品。

众人心都在滴血。无数人在心底将“沈瑶光”三个字拉入黑名单，这个女人耍了他们一次，还敢耍他们第二次，可恨！

站在角落的君寒临脸色也是铁青的，这个女人还真是让人意外。七色莲这种东西说毁就毁，原因仅仅是大陆上的人惦记着她。上次他以为自己是在拔除她的后台，结果到最后，他不过是在给她作嫁衣裳。他很怀疑，当初她挑衅自己，是不是就料定自己会对沈家动手？

时笙像是察觉到君寒临的视线，侧目轻飘飘地扫了他一眼，目光一如既往地平静。不知怎的，君寒临突然觉得她认出自己了。

时笙只看了几秒就收回视线：“出城的时候会有人给你们解药，你们要是有骨气呢，就别接，没骨气呢，就拿着。”顿了顿，她继续道，“这毒除了会让你们身体发软，不能使用灵力，也没其他副作用，我相信你们不会向恶势力低头的，对不对？我看好你们。”

噗——

没有最无耻，只有更无耻。

还不了手，骂她又完全没效果，一群人憋屈得不行。

出城的时候，他们还得纠结要不要拿解药。

秦琅月没想到会是这么一个结果，明明她有机会恢复，可现在希望被沈瑶光亲手碾碎了。她恨。

她余光突然瞥到一个从她旁边过去的戴着面具的男人，他的腰间坠着一枚玉佩，那玉佩很眼熟。

“君寒临。”秦琅月突然上前抓住男人的手臂，“君寒临，你怎么在这里？”

那玉佩她在君寒临身上见到过，只不过那个时候他没有佩戴，她也是无意间看到的，刚才她差点没想起来。

君寒临一个傻子，怎么会出现在这里？不对……他身上的气势完全不对。

“放手。”君寒临皱着眉呵斥一声，要不是他现在没力气，早就甩开拉着自己的女人。

他虽然没看到来人黑纱下的面容，但那声音他不会认错，秦琅月，他的未婚妻。上次从落日森林回来，她就一直将自己裹得严严实实的，而且对他的态度更加恶劣，甚至有几次动手打他。君寒临此时怎么可能给她好脸色。

“丫头，你认错人了，七皇子不可能出现在这里。”钟十一赶紧将秦琅月拉住。

“我没认错，他就是君寒临。”秦琅月摇头，厉声质问：“君寒临，你不是傻子，你骗我。”

“傻子？呵……让你失望了，我不是。”君寒临的声音中带着几分讽刺。

这次回去，他就要动手了，也不需要再掩掩藏藏。

“你为什么骗我？”秦琅月用尽全身力量抓紧君寒临，她也不知道为什么，只是有种直觉，好像她应该抓紧他。

君寒临凌厉的视线落在秦琅月身上：“为什么？你以为你是谁，我做什么要向你解释？”

“我……”秦琅月眼底闪过一丝慌乱，但她很快镇定下来，像是抓住最后一根救命稻草，“我是你的未婚妻。”

“那么从现在开始，你不是了。”君寒临将自己的手臂从秦琅月手中抽离，心中冷笑连连，“秦琅月，你真让我恶心。”

秦琅月，你真让我恶心。你真让我恶心……恶心……这句话不断在她脑中循环播放。他凭什么骗她，他明明不是傻子，为什么要骗她，为什么？她眼底的绝望和怨毒渐渐被戾气取代。

钟十一发现秦琅月不对劲的时候，已经来不及阻止，秦琅月入魔了。钟十一第一个遭殃。入魔之人心智全失，大开杀戒，且十分执着于自己的心魔。

秦琅月的心魔便是时笙。

有人在四方城大开杀戒的消息，很快传到时笙耳中，时笙这个城主自然要去瞅瞅。此时，大部分人还没出城，毕竟他们没多少力气，能走到这里已经不错了。秦琅月突然大开杀戒，是他们都没想到的，好多人就这么遭了殃，死得可谓憋屈。

秦琅月为什么可以大开杀戒？

入魔之人，就算还剩一口气，也能狂化。

时笙赶到的时候，四方城的人已经将秦琅月围了起来，正手忙脚乱地展开攻击。她一出现，秦琅月就跟闻到食物的猛兽似的，一双黑漆漆的眸子直勾勾地盯着她，身子一闪，朝着时笙掠了过去。

风带动她面上的黑纱，露出里面老树皮般的皮肤，四周的人齐齐倒抽一口冷气。这女人身形看上去像个妙龄女子，怎的面纱下这般恐怖？

"沈瑶光……受死。"秦琅月的声音很僵硬，但还是能从中听出她的恨意。

时笙抽出铁剑，本想挡下秦琅月，结果那一击的力量超乎她的想象，时笙很不优雅地踉跄了一下。

入魔还真是了不起，战斗值都直线飙升。秦琅月一击得手，第二击接踵而至。时笙打起精神和秦琅月干架，旁边的人不时攻击一下秦琅月，让她不能集中精力，倒是给了时笙不少机会。秦琅月被打得有些急，突然不防御了，直接朝时笙奔去，眼底的黑雾疯狂涌动。

"沈瑶光！"步惊云的声音突然在后面响起，几乎震破时笙的耳膜。接着一个红影挡在她面前，将她狠狠地往后一推。砰！时笙被气浪掀飞，撞到后面的城墙上，耳边嗡嗡乱鸣，好一会儿才恢复过来。时笙的心脏极快地跳动着，像是要从胸腔中跳出来。咚！咚！咚！犹如擂鼓。她呆愣地看向爆炸中心，那里空荡荡的，只有黑色的灰尘从天空飘落。被刚才爆炸波及的人不在少数，一时间哀号遍野。四周的场景恍如慢镜头回放，一帧一帧从时笙眼前闪过。

天空突然阴沉，她似乎听到有人在叫殿主，那声音惊慌而嘶哑，穿透她的耳膜，直达灵魂深处。时笙艰难地动了动眼珠，入目的却是一片灰色。

"殿主在这里，殿主……"

时笙突然起身朝那边奔去，推开挡着的人，一眼就看到被人托着头的红色人影。他满身狼狈，胸口微微起伏，证明还活着。

"步惊云。"时笙声音有些抖，蹲下身子，看着衣服染满鲜血的人，突然手足无措，所有的冷静在此刻土崩瓦解。

她不需要任何人替她挡在身前。不需要……

步惊云眼睛睁开一条缝，眸中似有光彩闪过，耀眼至极。护法在一旁，把各种丹药往他嘴里塞，可没有任何效果。

“殿主……”护法几乎快要哭出来，这些都是最好的疗伤丹药，为什么会没有用?

“瑶——”他忽然抬起手，朝时笙伸过去，时笙连忙握住他的手。

“别说话，我不会让你死的。”她一边说一边从空间里拿东西出来。

可不管她用什么，步惊云都不见好转，那些东西对他没有效果。

时笙愣愣地看着他，怎么会这样?

这大概是步惊云看到她最失态的样子，她如此失态却是为了他，这么一想，他还是挺荣幸的。他嘴角漾开一抹笑，声音轻得快要听不清：“能……能再亲我一下吗？”

时笙愣了一下，像是想起什么，随后俯身吻了下去，源源不断的灵力从她口中渡到步惊云体内。她的灵力进入步惊云体内后，一股悸动从心上蔓延开来，熟悉的气息扑面而来。她难以置信地睁大眼。然而被她吻着的人已停止呼吸，安详地躺在她怀中，嘴角漾着一抹笑意，似乎只是睡着了。

良久，她的嘴唇才动了动，艰难地吐出一个名字：“凤……凤辞……”

时笙不许任何人动步惊云，那凶残的样子，就连护法都不敢用强的。她带着步惊云就这么消失了。

山崖之上，少女静立，任由狂风吹打她的面颊。旁边的石头上，红衣男子静静地靠在上面，脑袋微微偏着，风吹着他的红袍，猎猎作响。如果不是知道他死了，看到他的人都会觉得他活着。

时笙身体冰凉，眸子空洞地看着远方的城镇，一股股奇异的感觉如同电流在她体内肆虐，她却脑中空白。

【宿主？】

“凤辞……”时笙唇瓣微动，吐字极其艰难，“是他吗？”

【……】系统沉默了一会儿道【宿主，你是如何得知的？】

时笙呼吸一窒，像是有什么东西在脑海里炸裂，恍如听到山崩地裂的声音，胸口闷得难受。

她从哪里知道的?

刚才她将灵力送入步惊云体内的时候，竟然和他产生一种共鸣。那种共鸣，她只在一个人身上感觉到过——凤辞。因为他给自己吞掉的那颗奇怪东西，她的灵力和凤辞的灵力可以产生共鸣，那种感觉很舒服。以前凤辞没事的时候，就喜欢把灵力送入她体内，她对那种感觉很熟悉，绝不会忘。可是，现在她从步惊云身上感觉到了。

“他……为什么出现在这里？”时笙尽量控制着自己的情绪，可声音到底有些颤抖。

她以为自己可以把凤辞当成一个虚拟人物，如同她遇到过的那些人一样，都是不相干之人。可是她发现，不行，她做不到。每当夜深人静，眼花缭乱的梦中，他总是会悄无声息地出现。他抱着她跳下北山之巅的画面，如同梦魇一般折磨着她，她甚至有过疯狂的念头，想回到那个世界，可最后到底是理智战胜了疯狂。

【对不起宿主，我无权回答你，一切都得靠你自己。】系统是欣慰的，幸好宿主不是真的无情，她把感情藏得太深，连它都感觉不到。

不过它还是不明白，为什么凤辞对她来说，是不一样的。

她又是如何得知，明明之前……

时笙没说话，静静地看着远方，眸子里翻涌的情绪已经被她压了下去，恢复了万年不变的平静，好像刚才那个几乎失控的人不是她。

天空阴沉沉的，豆大的雨滴从天上砸下来，转眼变成了倾盆大雨，少女纤薄的身子在雨幕中变得朦胧起来。她忽然蹲下身子，脑袋埋在臂弯里，雨声压住了哭声，她就那么静静地蹲在那里。

也不知过了多久，大雨依旧，少女站起身，走到红衣男子身边，将他抱了起来。

她缓慢地转身，朝着悬崖走去。她朝着虚空迈步，身体猛地往下坠落。

【……】宿主这是在寻死吗?

时笙当然不会寻死，在她坠落到一半的时候，铁剑蓦地出现，接住了她。

时笙将步惊云带回九幽殿，为他举办了葬礼，之后就带着铁剑离开了九幽殿。没多久，大陆上接连传来她的消息。

她曾说会把这个大陆送给他。即便他不在了，这个诺言依旧有效。

所有见过时笙的人，都觉得她是疯子，她根本不在乎自己会不会死。受伤流血，命悬一线，她都是波澜不惊的样子。好像所有人在她眼中都是死的，是没有生命的，她听不到他们的骂声，看不到他们的愤怒，感受不到他们的恨意。

君寒临那边刚登基，时笙这边就打来了，气得君寒临直吐血。她用了三年时间，一统九州大陆。当大陆上的人看着她把一块灵牌捧上王座的时候，都快疯了。这女人简直有毛病，如此折腾，竟然只是为了让灵牌当上大陆之主。

而那上面的名字让他们又是一震——步惊云。

时笙回到系统空间，整个人都有些不对劲，站在原地好久都没说话。系统酝酿许久，也没说出一句话，现在的宿主看上去很不好惹。也不知过了多久，她才慢慢朝屏幕走了过去，脑袋微微垂着，看不清她的神色，周围气压极低。

就在系统心惊胆战的时候，她猛地一掌拍在屏幕上。

“你不该给我解释一下吗？”她的声音像是从牙缝里挤出来的。

【宿主……】它就是个系统，不要为难它啊！

时笙指尖在屏幕上摩擦了几下，屏幕的光晕打在她的脸上，怎么看怎么阴森。

“解释不了？那我就把你拆了。”

【宿主！】拆了它，那怎么行。

“说。”

系统要是人的话，此时肯定在打哆嗦，好一会儿它才道：【宿主，我只能告诉你，凤辞会出现在任务中，其他的我不能说。】

这是它最后的底线。

“每个任务都会出现？”时笙目光闪了闪。

【无可奉告。】

“呵……”时笙将手收回来，“你后面的那个人在算计我什么？嗯？”

【……】宿主有被害妄想症吧？

算了，它还是闭嘴比较好。

时笙面无表情地看着屏幕上刷出来的资料。

姓名：时笙

人品值：-125000

生命值：25

积分：15000

任务等级：C

任务评分：76

隐藏任务：未完成

隐藏任务奖励：积分0

支线任务：未完成

支线任务奖励：积分0

道具栏：女王的皇冠、鬼王之心

不但人品值被扣那么多，连生命值都扣除了十点。

时笙忍着拆了系统的冲动，但是一想到自己或许可以在任务中遇上凤辞，她又忍了下来。

“步惊云为什么会中红袖引？”

【是否查看隐藏剧情？】

“查看。”

步惊云出身的家族虽然不是名门望族，可也算小有名气，在步惊云出生那年，他父亲失踪。

大伯垂涎步母的美色，步母是个弱女子，无法自保，为了步惊云，被迫转嫁给他大伯。但是大伯之前就有自己的妻子和孩子，在步母转嫁之后，大伯的妻子就一直针对步母。可她越是如此，步母在大伯那里就越得宠。大伯妻子嫉妒得心理扭曲，从一个散修那里得到了红袖引的方子，给大伯下了红袖引。

却不想大伯不但宠爱步母，就连步惊云他也视如己出，而大伯妻子送给大伯的鸡汤中下了红袖引的药引，被步惊云喝了。因为后来并没有完成整个禁术，所以步惊云体内的红袖引是半成品，所以他不用喝特定女子的鲜血。

半成品的红袖引不会发作得那么快，直到步惊云十六岁那年，他才第一次发作。大伯妻子发现后，立即散播他是妖物的流言。那个时候，步家已经被大伯妻子掌权，大伯有心无力，步母为了保护步惊云，死于非命，步惊云连夜出逃。之后他隐忍修炼，终于在二十五岁那年，以一己之力灭了步家，一战成名。

步惊云就是典型的玄幻文男主角，当然，前提是他后面没长歪的话。

凤辞……既然来了，就留下吧！等我去找你。